U0599165

刘心武揭秘

红楼梦

下卷

刘心武 著

作家出版社

下　卷

刘心武揭秘《红楼梦》（三）

黛玉之谜及古本之秘

目录

上编　林黛玉之谜

林黛玉家产之谜 /9

林黛玉血缘之谜 /22

林黛玉眉眼之谜 /31

黛、钗关系之谜 /42

林黛玉险境之谜 /54

林黛玉沉湖之谜 /64

中编　古本《红楼梦》真貌揭秘

古本和通行本的故事 /79

不读凡例真遗憾 /95

女娲补天剩余石、通灵宝玉、贾宝玉
　是三位一体吗？/99

曹雪芹的《红楼梦》有回前诗 /106

家族史的投射 /108

四大家族惹人眼 /110

钟情大士？种情大士？ /113

曹雪芹的《红楼梦》以三种人称灵活叙
述 /116

读不懂第七回，莫读《红楼梦》/118

白骨累累忘姓氏 /121

细抠精选为求真 /124

从《风月宝鉴》中撷取改造？ /127

史湘云的原型：曹雪芹的一个李姓表
妹——脂砚斋 /130

"真事隐"后以"假语存" /135

"秦人旧舍"越发过露——秦之孝如何
演化为林之孝 /138

不可不知的几条脂砚斋批语 /144

莫忽略：得到与谋求差事的贾氏宗族
子弟们 /149

小红是贯穿全书的重要角色 /152

六足龟·四月二十六·五月初三 /157

四月二十六日是遮天大王圣诞 /162

金麒麟的奥秘 /167

谁是告密者·如何看袭人·贾母巧夸钗 /171

枕霞阁十二钗 /179

贾母论窗需细品·书至三十八回已过三

　　分之一有余 /183

不可小觑尤氏·李纨也有尖刻时 /188

三个关于欲望的故事 /192

芦雪广不是芦雪庵·薛小妹灯谜诗大揭

　　秘 /195

不要忽略过场戏 /203

"零碎杂角""无意随手"皆见功力 /208

刺绣复杂的人生图像 /213

从《红楼梦》中选出最美的四个场景,

　　你选哪四个? /219

"红楼二尤"的自救悲剧 /224

或打、或杀、或卖——为什么把"或
　　杀"搁在"或卖"前面？ /231

毛刺·膇油冻佛手·玻璃围屏·官中 /238

风起于青蘋之末——小鹊报信 /249

缺中秋诗俟雪芹·玉田胭脂米 /256

不稀罕那功名，不为世人观阅称赞 /263

这两回是否是曹雪芹原笔？如系补作，
　　作者当非高鹗 /272

下编　遗失了的后二十八回：次第检索

你一定要知道：曹雪芹是写完了《红楼梦》
　　的 /279

探佚《红楼梦》第八十一回至一百零八
　　回 /283

上编

林黛玉之谜

林黛玉家产之谜

　　林黛玉,《红楼梦》里的"女一号",曹雪芹用精湛独到的笔触为我们展现的一个美丽柔弱、多愁善感、才华横溢、心高气傲的艺术形象。她和《红楼梦》"男一号"贾宝玉由青梅竹马发展到相知相爱、最终却以悲剧收场的爱情故事,更具有丰富的思想内涵,也赚取了无数读者的伤心之泪。

　　而在关于林黛玉的文字背后,却隐藏着大量鲜为人知且又难以解释的一系列谜团。《红楼梦》第十二回写到,林黛玉因为父亲林如海身染重病,便在贾琏的护送下去扬州探望。不成想,大半年之后,林如海竟然不治身亡,林黛玉就彻底成为了孤儿,从此只能寄居在外祖母(也就是贾母)的家里。那么,林黛玉的父亲林如海死了以后,会不会留有巨额遗产?而如果有遗产的话,作为女儿的林黛玉,在那样一个封建专制时代,又能否继承这笔遗产呢?

　　现在,我们就一块儿来探讨这个问题。

　　这个问题猛一听觉得好像不太重要,实际上很重要。因为人都有社会属性,人的社会属性中最重要的那部分就是他的经济状况,就是他的经济地位——用《红楼梦》里面的话来说,就是他的家业根基。所以,这个问题是很重要的。

　　我们可以一层一层地来探究这个问题。

　　首先,大家想一想,林如海这样一个官吏,他死了以后,会不会有大笔的遗产?

书里面对林如海的情况交代得很清楚。这个人祖上三代都是皇帝给封了贵族头衔的，到他这一代，虽然不再享有贵族头衔，只能通过科举谋出身，但是他很争气，故事开始的时候，他已经当官了。他因为什么当的官？因为他是前科的探花，他科举考试获得了很高的名次。他当了什么官呢？巡盐御史，衙门在扬州。巡盐御史，这是个肥缺啊！盐多重要啊！人们的生活离不开盐，盐不光是日常生活中必需的一种食物，还有很多其他的用途。一个管理盐的开采、配置、运送及相关税收的官员，得有多少人奉承他呀！他在多少个环节上可以获得财富啊！他死了以后，一定会留下大笔的遗产。

《红楼梦》里的官职，并不是清朝官职的照搬，而是按照现实中存在的官职，参考更古的时候的一些官名，再加以变化来设定的。但大体上我们可以根据官职的名称、性质来判断出这个官职的大小。

过去有所谓"三年清知府，十万雪花银"的说法，就是说官场的贪污腐败与昏庸无道已经成为一种常态。知府尚且如此，官位比知府大同时又绝对是美差、肥差的巡盐御史就更不用说了。根据这样的分析，林黛玉的父亲林如海确实应该留有大笔的遗产。

可是，我们不禁要问，就算林如海留下了一大笔遗产，在那样一个封建专制时代，作为女儿的林黛玉，是否就有资格来继承这笔遗产呢？

在那个时代，家中的女儿怎么继承家庭财产呢？一般是以嫁妆的形式来分割这个财产。父母在世，把她嫁出去了，就从自己的财产里面切割出一部分作为她的嫁妆，给她带到她的婆家去。嫁出去的姑娘泼出去的水，有了嫁妆，她就和她的丈夫，和她婆家的人，构成了另外一个经济单位，成为另外一个社会细胞了。所以，如果林黛玉是一个已经出嫁的女儿，林如海死了，她就没有继承权了，只能分得一点纪念品。但是书里写得很清楚，林黛玉的母亲死了以后，她父亲就把她送到她的外祖母家了。那时候她还很小，没有出嫁。我们所看到的曹雪芹留下来的前八十回文字中林黛玉都没有出嫁。所以，林黛玉当然有继承父亲遗产的资格。在那个社会，就算你没有出嫁，如果你定了亲，许了人家，嫁妆给你了，也算是把家族的财产分给你了。从书里的描写来看，林黛玉没有这种情况。她不但没有结婚，也没有订婚，前八十回里面没有这些迹象，也没有说林如海留下一个遗嘱，很明确地把一部分财产作为她的嫁妆给她留下来。

由此可见，林黛玉虽然是一个女儿身，但她仍然具有不可侵犯和剥夺的继承权。问题的关键是，林黛玉所拥有的继承权，在所有可以继承林如海遗产的亲属之中，究竟能够排在第几位？

林如海死了以后，继承他财产的，首先应该是他的正妻。书里面交代得很清楚，林如海的正妻是贾母的女儿贾敏，也就是林黛玉的母亲。这个贾敏在故事一开始的时候就已经死掉了。贾敏死后，林如海才把林黛玉托付给贾雨村，送到京城，到了荣国府，寄居在她外祖母的家里。所以说，很明显，林黛玉的母亲早已去世，她父亲去世以后，不存在由她母亲来继承遗产的可能。

当然，林如海可以续弦，可以填房，这在那个时代是很普遍的事情。可书里面交代得很清楚，林如海没有续弦，没有填房。他跟贾雨村表明了自己的明确态度，就是他不想再娶一个正妻。所以，没有一个继母可以排在林黛玉前面继承林如海的遗产。

那林黛玉有没有兄弟姐妹呢？特别是有没有哥哥或弟弟呢？在那样一个男权社会，他们是最具有继承权的人。书里面也写得很清楚，贾敏生过一个儿子，可是这个男孩没养大，三岁就夭折了。

此后，林如海虽然也有几房姬妾，但是这些姬妾都没有生育，林黛玉是一个独生女儿。因此，在继承权的排序上，林黛玉应该是很靠前的。几房姬妾当然要分到一些遗产，但在那样的社会中，姬妾的地位是很低的。你看，《红楼梦》里写得很清楚，都是贾政的老婆，但是正妻王夫人那是什么地位啊？作为妾的周姨娘、赵姨娘是什么地位啊？没法比。

所以，我们可以得出这样一个结论：就是林如海死了以后有大笔遗产，这个遗产的继承权，林黛玉是有的，而且没有人能和她竞争。那些姬妾就算是当时在扬州把着遗产，不想分给林黛玉，也不能做得太过分。因为林家会有族长来管理这个事情，就像贾家有族长一样。贾家的族长是谁呀？是贾珍。各个宗族都有自己的族长来管理类似的事情。所以林黛玉是应该能分到遗产的。

可是，我们在阅读《红楼梦》时会发现，林黛玉在荣国府里无依无靠，没有任何的经济外援，其表现根本不像是一个继承了大笔财产的人。她在《葬花吟》中，一句"一年三百六十日，风刀霜剑严相逼"，十分贴切地道出了她寄人篱下的真实感受。我们仔细读《红楼梦》的文本就会发现，林黛玉一点遗产都没得到，愣是没得到。她的母亲去世以后，父亲就让贾雨村把她送到了京城的外祖母家。故事发展到秦可卿之死那一段的时候，突然又插进一笔，说林如海得了重病。于是，贾府就派贾琏护送林黛玉回到扬州，去探视她父亲。结果，她父亲不久就死掉了，"捐馆扬州城"了。就这样，探视变成了参与丧事。林如海的丧事结束之后，贾琏就把林黛玉又带回了荣国府——这次林黛玉就长住荣国府，没有别的依靠了。书里面交代得很清楚，有一句话说林如海这家人"没甚亲枝嫡派"，就是说林如海连亲哥哥、亲弟弟也没有，跟他同宗的人血缘上都离得比较远。

林黛玉在贾府里面是一个什么经济状况呢？从经济地位来说，她是整个荣国府的小姐里面最悲苦的一个人。

第四十五回写到林黛玉和薛宝钗经过了许多心理上的相互猜忌、排拒、冲突之后，终于和好。和好的时候，两个人说了很多知心话，这些知心话就牵扯到两个人的经济状况。林黛玉就说："我是一无所有，吃穿用度，一草一纸，皆是和他们家姑娘一样。"什么意思啊？"一草一纸"，这个话把她生活当中的所需全概括了。这个"草"，说明她很谦虚，说自己是吃草的，也就是说她平时的吃喝全靠荣国府供应。说"纸"，因为林黛玉是一个才女，她要读书，她要写诗，她有文化需求，她这方面的需用也都要靠荣国府供应，而标准无非就是跟荣国府那几个姑娘一样。

可是，那几个姑娘，你比如说迎春，人家有父有母，贾赦还有爵位，家里人有财产，她住在荣国府，所领的月例银子无非是一份额外收入。探春更不消说，她的父母根本就是荣国府的主人。惜春本是宁国府的，被接到荣国府来住。她的父亲虽然是到道观里面去了，但是第六十三回以前毕竟还在。她还有一个当族长的哥哥，还有嫂子什么的。宁国府，你看书里面写的乌进孝来给他们送年货等情节，经济状况是非常不错的。也就是说，惜春的经济背景很强大。可是林黛玉呢？她什么都没有了。她靠着什么呢？靠着跟其他姑娘一样每个月能领到二两银子的月份钱（又叫月例钱）。这个钱由凤姐从荣国府的总账房领出来之后，再分发给荣国府里面的这些女眷，包括丫头什么的。除此之外，林黛玉没有获得林家的任何经济支撑。所以，林黛玉真是非常悲苦。

这一回如果我们对比着看的话，情况就更清楚了。林黛玉是怎么到荣国府，怎么在荣国府生存的呢？原是"无依无靠投奔了来的"，"一无所有，吃穿用度，一草一纸，皆是和他们家姑娘一样"。

而薛宝钗是怎么住到荣国府来的呀？是因为自己经济上无依无靠投奔来的吗？不是。她不过是靠着亲戚的情分，白住在这里。薛家虽然跟他们家过去相比也不行了，也衰微了，薛姨妈的丈夫（就是薛宝钗的父亲）已经不在了，可是，薛蟠子承父业，还是一个皇家买办，还可以从皇家领到银子去给皇家买东西。在这一过程中，自己当然可以获得很多的收益，合法的、不合法的都会有。而且，小说里面交代得很清楚，薛家来了京城以后，一开始不一定非得住在荣国府，人家自己在京城有房子，只是由于薛姨妈和王夫人是亲姐妹，姐俩好，不愿意分开住，再加上薛蟠后来一看，贾珍、贾琏这些贾府的人跟他臭味相投，合得来，就近一块儿玩着方便，就这么着住在荣国府了。

有一笔写得很清楚，就是薛姨妈说她住在这儿可以，但是所有费用还都由他们自己承担。意思就是说荣国府里面的月份钱（一个人每月几两）他们都不要。王夫人一想，他们家在这种事情上也不难，还计较这个干吗呢，双方就达成了默契，薛家白住在这儿。

而且，林黛玉也指出来了："你们这里又有买卖地土，家里又仍旧有房有地。""家"指的是江南。薛家从江南来到京城，不是因为穷投靠亲戚，主要是为了让薛宝钗参加选秀。所以到了京城以后，虽然住在荣国府这儿，但他们经济上很强大，在城里有自己的房子，随时可以搬过去住。他们在京郊还有土地。在江南，他们也依然有房有地。而且，薛家还有很多买卖，还开了当铺。书里有这样一个情节，就是邢夫人的侄女邢岫烟，后来也投奔到荣国府来了，跟迎春住在一块儿。凤姐也像对别的小姐一样，每月拨她二两银子做零用钱。但是邢夫人是一个很刻啬的妇人，她就逼着邢岫烟拿出一两银子，说是孝敬父母。对邢岫烟来说，本来二两银子就不是很充裕，分出一两以后就不够用了，不够怎么办呢？就只好去当衣服。薛宝钗发现了，就问她当在哪儿了。她说是鼓楼西大街的恒舒典。薛宝钗当时就开了一个很柔和的玩笑，说敢情人没到，衣裳先到了呀！为什么这么说？因为由家长做主，把邢岫烟许配给了薛宝钗的堂弟薛蝌，邢家和薛家又结成了一门亲戚。那个时候，邢岫烟没有过门，可是她把衣服拿到一个当铺去当，不知道那个当铺正是人家薛家的买卖。所以，你要懂得，那时候，薛宝钗的经济地位跟林黛玉比，一个是天上，一个是地下，很不对等的。

在这种情况下，薛宝钗就决定在经济上帮助林黛玉，而林黛玉也接受了她的帮助。林黛玉的身体很弱，需要吃燕窝。燕窝是很贵的东西，虽然贾母对她很好，林黛玉开口问王夫人要也没有问题，但是林黛玉因为自己没有了富贵根基，经济上处于弱势，自尊心又很强，怎么能够老开口要燕窝呢？即便贾母、王夫人不嫌她，荣国府那些底下的人不也得说她的闲话吗？她很为难。这个时候，薛宝钗就跟她说，这个燕窝他们家供得起。说完以后，当晚就让人送来了一大包燕窝。此外，还送了一大包什么东西呢？这个很体现薛家的状况，是一大包糖，因为熬燕窝是要放糖的。什么糖呢？洁粉梅片雪花洋糖。你看曹雪芹取的这个名字：首先，它很洁净，粉状的；像梅花一样，一片一片的；并且是雪白的，很容易溶化的；而且，特别给你点明，是洋糖。那个时代很不开放，不像现在进出口贸易这么发达，但是薛家就能够有洋糖，上好的洋糖就可以一大包包来，薛宝钗就可以做主送给林黛玉。这两个人的经济状况真是太不一样了。

从《红楼梦》的文本来看，林黛玉在贾府确实是一种寄人篱下、无依无靠的经济状况。那么，经济状况如此之糟的她，在贾府又如何立足呢？身为老祖宗的贾母对待自己的这个外孙女又会是一种怎样的态度？她在贾宝玉的婚事上，究竟是更中意林黛玉，还是更中意薛宝钗呢？

　　看到这儿，可能有人就叹气了，说林黛玉也真是太悲苦了。父亲一定有大笔遗产，可她居然一两银子没得着，落了个经济上没有根基，寄人篱下、无依无靠。好在有贾母维护她，这也是她在荣国府能够站住脚的一个重要原因。有贾母，林黛玉就有一定的依靠；没有贾母，她的结局将不堪设想。后文我还会再揭示这其中的奥秘。

　　先从经济上说，贾母对林黛玉，在经济上是保驾护航的。这就要讨论第二十九回中的那个情节。我之前曾讲到，贾府的婚配，四大家族的婚配，是特别讲究经济根基的。我收到了很多封读者来信，也从别的途径听到了很多质疑，说你这么说不对呀，因为第二十九回贾母有一段话，可不是这么说的呀！他指的就是贾母在清虚观打醮的时候，张道士给贾宝玉提亲贾母讲的那番话。

　　我们现在再回忆一下这一段情节。贾母到清虚观打醮之前，发生了一件什么事呢？是一件很重要的事：端午节快到了，贾元春就从宫里给荣国府的亲属颁赐节礼。曹雪芹写下很重要的一笔，就是贾元春赐给这些人的节下的礼物，贾宝玉和薛宝钗得的最多，均等；林黛玉、贾迎春、贾探春、贾惜春等人比他们少，这些人低一级，一样。这意味着什么呀？在那个时代，这是一个很明显的意向，就是指婚的意向。就等于说贾元春有一个态度，她认为她的弟弟贾宝玉应该娶薛宝钗为妻。她没有明说，却通过颁赐节礼把她的这一意向表达得很清楚了。这是很利于实现"金玉姻缘"的一个举措呀！因此，王夫人和薛姨妈肯定非常高兴，关键看贾母的态度。你仔细读它这个文本，非常有意思。

　　这个贾母并不是一个傻老太太，她聪明过人哪！贾母在这件事上装傻，你看懂没有？你贾元春不是颁赐节礼这么颁了吗？你不是要指婚又没明说吗？你没明说，我就不懂，我不知道，我没感觉。这是贾母的一个重要态度。而且，在这个情节的流动当中有一些非常重要的细节。本来清虚观打醮是元春的主意，这个"球"贾母接下了，让去就去，而且打醮的银子元春都从宫里面发出来了。这个你可以仔细看第二十八回，里面有交代的。贾元春让夏太监拿来一百二十两银子，明确指定要在五月初一到五月初三到清虚观打平安醮——一种为亡灵举行的宗教仪式，而且点名要贾珍带着府里的爷们儿去烧香跪佛。贾母很愿意到清虚观去打醮，她什么目的呀？她的目的跟元春不相干，她是"享福人福深还祷福"——她已经很享福了，但觉得福还不够，还要再去打醮，为自己祈求更多的幸福。贾母就是这么一个老太太。

贾母这一次有一个独特的做法，她让荣国府的女眷全去，而且有很具体的交代。首先她点名要薛姨妈必须去，然后让人顺路告诉王夫人让她也必须去。薛姨妈后来去了。但是请你注意，书里面有一个大场面描写，是《红楼梦》中少见的大场面，荣国府的那些女眷倾巢而出，整条街上都排满了车马、轿子，几乎所有能争取到机会的人全去了，包括好多大丫头和小丫头、婆子。但是有一位没有去。谁啊？王夫人。你没注意到吗？王夫人偏不去。

王夫人不去，这在当时那个社会里是一个很骇人听闻的现象！你要知道，在那种封建贵族大家庭里面，婆婆到哪儿，媳妇就要跟到哪儿伺候。在书里的其他场合，王夫人全是这么做的。你注意到没有，她每天要到贾母面前去伺候，自己不亲自动手也要在旁边侍立，指挥其他人来伺候，很多时候还要自己亲自斟茶献上去。王夫人在这方面一直表现得很好，是一个模范媳妇。可是这一次，贾母说一起都到清虚观去，她却不去。她说她有事。有什么事？她说宫里面元妃那儿会派人出来，她要接待。这是为什么？就是因为王夫人和薛姨妈看到贾元春颁赐节礼，把贾宝玉那份和薛宝钗那份完全划一，而且东西特别多，还有好东西，心里特别高兴。元妃虽然在家族辈分上低，是贾母的一个孙女，但是她在整个社会上的地位高啊！她已经"才选凤藻宫，加封贤德妃"了呀！她在皇帝身边了呀！她的态度得重视啊！贾母一点反应都没有，不表态，王夫人觉得受到了很沉重的打击，心理上难以承受，实在不愿意在这个场合再跟着贾母去，所以居然就没有去。

以后的情况，曹雪芹写得很巧妙。王夫人没去，但是那个张道士却在贾母面前给贾宝玉提亲了。提亲以后，贾母就当着大家表态了。在场的最重要的一个人物是谁呢？薛姨妈。前面写了，贾母点名说薛姨妈得去，薛姨妈去了，在那儿乖乖听着。虽然她是个亲戚，但是人家是贾府宝塔尖上的人物，老祖宗，她讲话得注意听。贾母的话都是"黑话"，话里有话。读《红楼梦》，读不懂贾母这些话，那真是白读了。

贾母怎么说的呀？

前面她说："上回有个和尚说了，这孩子命里不该早娶，等再大一大再定吧！"这个话很厉害，等于当众宣布元妃的指婚无效：你不是借着端午节颁赐节礼，在那儿拿主意了吗？你觉得你这个弟弟跟那个表妹是天作之合，一个戴金锁，一个戴玉，所以颁给他们的节礼也完全一样，就像他们是未婚夫、未婚妻那样，可我偏要说，现在宝玉还小，等再大一大再定吧，就是要让你的指婚不算数。贾母还故意搬出一个和尚——因为王夫人、薛姨妈总在造舆论，说有个和尚如何预言了"金玉姻缘"，贾母的意思就是：你们有和尚预言，我这儿也有和尚预言，在这一点上，咱们起码是打个平手。

贾母接着说："你可如今打听着，不管他根基富贵，只要模样儿配的上，就好来告诉我。"有的读者就糊涂了，说闹了半天，贾母不主张在子女的婚配问题上讲究家业根基，不富贵也行？但贾母的这句话，是在特定的场合，当着特定的人，表达一个特定的意思。她就知道薛姨妈、王夫人一天到晚在"金玉姻缘"上打着主意：你们不就是嫌林黛玉穷吗？嫌林黛玉没有根基吗？你们不就是怕成就"木石姻缘"吗？现在我就把话说清楚了。她表面上是跟张道士说，实际上是敲山震虎，说给薛姨妈这些人听。"不管她根基富贵"，"模样配的上就好"。那林黛玉的模样，根据书里面的描绘（我专门有一讲要讲她的模样），那是没得挑的。而且这句话也很厉害，叫做"你来告诉我"——跟张道士说，来告诉她，意思就是说：关于宝玉的婚事，谁都别插嘴，你们有了消息，就来告诉我，由我来决定。在宝玉的婚事问题上，贾母绝不放权，她要独裁，这是她的一个坚定的态度。

然后，贾母又说："便是那家子穷，不过给他几两银子也罢了。"这是什么意思？林黛玉虽然没有得到她父亲的遗产，但是贾母有梯己钱，她要拿出来，她是林黛玉的经济上的后盾，是靠山。她有钱，给林黛玉几两银子，对她来说很容易，她不能允许王夫人、薛姨妈在那儿唧唧喳喳，表面上跟她微笑，其实是微笑战斗。封建家族经常是这样，在温情脉脉的面纱下面，其实都是几颗狰狞的心在那儿互相恶斗，就是为了争夺家族中的权势。贾母是个聪明人，所以这句话说得挺厉害。

曹雪芹笔下的四大家族，互通有无，互结姻缘。身为贾家"金字塔尖"的贾母不是不知道这个道理，只是由于自己最疼爱、喜欢林黛玉这个外孙女，因此衷心希望贾宝玉与林黛玉能够最终走到一起。尽管林黛玉没有继承父亲的遗产，也就是没有了所谓的富贵根基，但是贾母却心甘情愿地成为了她最大的后盾。如果要讲富贵根基，林黛玉的靠山贾母就是最大的富贵根基。

那么，在《红楼梦》的文本之中，会有贾母要把她的梯己钱给林黛玉的具体描写吗？林黛玉没能继承的那笔遗产，又究竟到哪里去了呢？

贾母要把她的梯己钱给林黛玉，这个书里面有很明确的交代。在第五十五回，写王熙凤和平儿私下里议论府里面的事，这个时候，王熙凤和平儿就"沙场秋点兵"，扳着手指头数府里面这些公子、小姐还有哪些事没完，需要怎么花钱。凤姐就说："宝玉和林姑娘他两个，一娶一嫁，可以使不着官中的钱，老太太自有梯己拿出来。"王熙凤她是很明白这一点的。我们通过书里的描写应该能感觉到，虽然荣国府的主人是贾政和王夫人，住在以荣禧堂为主的这样一个中轴线上的主建筑群里面，贾母住在中轴线主建筑群西边的一个大院子里面，但是贾母在经济上有相对的独立性。贾母非常富有，有很多的梯己钱。以至于书中后来描写到官中缺钱——所谓"官中"，在《红楼梦》里多次出现，指的是荣国府的总账房。一个府里的事务管理机构，特别是它的财务中心，叫官中，很多花销要从官中支领，或者是事先垫付再到官去报销——王熙凤就很清楚，她对平儿说，宝玉和黛玉结婚的时候（按说这是非常重要的两个人物，尤其是宝玉，居然用不着官中，居然用不着荣国府的那个财务中心出钱），贾母自己就会包揽下来，自有梯己钱给他们办事，贾母很有钱。所以，林黛玉虽然在贾府里确实没有自己的经济根基，但是贾母对她在经济上是要包揽到底的。这一点也是我们读《红楼梦》时必须读懂的。

贾母在清虚观对大家所说的那一番话，表面上是回答张道士的提亲，实际上是说给薛姨妈等人听，让该懂的人懂得她对贾宝玉和林黛玉的爱情和婚姻是一个什么样的态度，是一个什么样的基本立场。所以说，贾母说不管她根基富贵，这句话是虚晃一枪，她是针对"金玉姻缘"来说的，针对薛家特别富有而林黛玉没能得到她父亲的遗产来说的，并不意味着四大家族（特别是贾府）在婚配问题上居然可以不管对方的根基，不是这样的。

在第七十回，有一句话曹雪芹写得很明白，绝不是赘文闲笔："偏近日王子腾之女许与保龄侯之子为妻，凤姐又忙着张罗。"这就是四大家族婚配的普遍状态，王家和史家又结了一门亲。

那么，有的人一定会问了：贾母既然那么关爱林黛玉，她怎么不去为林黛玉争得林如海的大笔遗产呢？

以《红楼梦》那个时代的道德与行为规范而言，贾母尽管是整个贾家的老祖宗，辈分最高，但林氏是他姓别族，况且贾敏已经死去，对于林如海家族的内部事务，她不便过问，也无权过问。另外，有着相当殷实的经济基础的贾母也可能并不在乎林黛玉是否继承了多少遗产，她是甘愿为自己的外孙女的婚事埋单的。

但我们不能不"打破砂锅璺到底"，探究一个悬而未决的问题，那就是，林如海应该分给林黛玉的遗产究竟跑到哪里去了？在《红楼梦》的文本之中能找到什么线索吗？

我要提醒大家，注意书中的一些有关贾琏的文字。为什么？因为林如海病重以后，是贾琏带着林黛玉去扬州探视的，后来林如海去世了，又是贾琏带着林黛玉把林如海的灵柩护送回原籍苏州。第十六回写道："林如海已葬入祖坟了，诸事停妥，贾琏方进京的。"所谓"诸事停妥"，当然包括贾琏以监护人身份争到了林黛玉的遗产这件事。

贾琏是荣国府的总管，财务方面的事他当然把得很紧。林如海的遗产中林黛玉应得的那一份，应该全部折合成了银子，按当时的规矩，带回以后他应该交给荣国府的总账房保存，等到林黛玉出嫁的时候，作为她的嫁妆提取出来。而且，林黛玉大一些以后，如果自己知道有这笔遗产，即使自己没出嫁，有需要时应该也可以提取。但是，从书中后来的描写来看，林黛玉应得的这笔遗产竟化为了乌有。不仅林黛玉觉得自己一无所有，贾母也知道她的这个外孙女没有了富贵根基。这又是为什么呢？

我们从第十六回往下看，就会发现贾琏带着林黛玉从苏州回来以后，很快遇到了一桩大事，就是贾府为了迎接贾元春省亲，斥巨资兴建了大观园。元春省亲的时候一再地叹息"奢华过费"，"以后不可太奢，此皆过分之极"。第五十三回，还通过贾蓉之口交代："头一年省亲，连盖花园子，你算算那一注花了多少，就知道了。再两年再省一回亲，只怕就净穷了。"历来都有一些读者感觉到，林黛玉应得的那份遗产肯定是在兴建大观园的时候被贾府挪用了。林黛玉自己对此混沌无知，贾母应该是知道的。但因为元妃省亲一事关乎整个家族的根本利益，贾母对此也就予以了容忍。好在贾母自己有很多梯己钱，黛玉出嫁的嫁妆，她是能包下来并且能保证高标准的。

那么，林黛玉应得的遗产全部都挪用于兴建大观园了吗？当然不是。贾琏既然经手此事，必然从中贪污。

第十六回写贾琏从苏州回来，平儿私下里有一句话说他："我们二爷那脾气，油锅里钱还要找回来呢！"又写到贾琏听说贾珍派贾蔷去姑苏采买戏子，公然笑道："这个事虽不算甚大，里头大有藏掖的。""藏掖"就是暗中贪污的意思。这些笔墨其实都在向读者暗示，从苏州携林如海的大笔遗产到贾府的贾琏是一定要从中侵吞的。

那么，在《红楼梦》前八十回的文本里，有没有一处地方，由贾琏自己把他侵吞林黛玉应得的遗产的事情透漏出来呢？我认为是有的。

在第七十二回里面，贾琏和王熙凤就说了好多有关银钱的话，两个人有很多金钱上的讨论，而且剑拔弩张，都说了一些难听的话，特别是王熙凤。王熙凤在气势上一贯压过贾琏，甚至于说了一些丑话，什么"把太太跟我的嫁粧细细看看，比一比你们的，那一样是配不上的""把我王家的地缝子扫一扫，就够你们过一辈子了"之类的话。这一回重点写了很多经济上的事情，也写到官中的流动资金不够了，因为贾琏是财务中心的一个主管，他管整个荣国府的事务，财务中心是他重点要管的一个部门，就向鸳鸯去借当，说把贾母的金银大家伙偷运出一箱子来先拿去当掉。又写到了宫里面的太监跑到他们家来敲诈勒索。这个时候，贾琏说不过王熙凤，于是就用一句话收场，一句什么话呢？这句话很重要，他说："这会子再发个三二百万的财就好了。"这句话可不是随便写上的！从七十回往前捋一捋，贾琏在什么情况下有可能获得二百万两银子？有的古本，可能抄手觉得三二百万这个数字太大了，所以就把这句话写成是三二万，觉得三二万也不少呀。请注意贾琏的口气，"这会子"是相对于"那会子"而言的，"那会子"是哪会子？就应该是他陪林黛玉到扬州，先是探视林如海的病，后来林如海就死掉了那会儿。那个时候，林黛玉还是个小姑娘，有可能去为自己争遗产吗？不可能。贾琏可是个成年人，一定会据理力争，对方也没有道理不给。贾琏把这些银子拿回来之后，有可能形式上往官中交了一点，其他的就和王熙凤私吞了。

所以，林黛玉是一个很悲苦的人，她的遗产，她应得的遗产，是被人侵吞的。

讨论到这儿，可能有"红迷"朋友要问我一个问题了，说你说这个贾母，她特别主张贾宝玉娶林黛玉，可是他们俩是姑表兄妹呀！即使在封建社会，在那个时代，也不允许，或者说不提倡姑表兄妹结婚哪！这血缘太近了呀！血缘这么近，要生傻孩子的呀！人们通过世代的婚配，早已得出了优生的原则和理念，怎么会写成这个样子呢？曹雪芹那么一个伟大的作家，那么聪明的一个人，他怎么在血缘上把林黛玉写得跟贾宝玉这么近呢？这就是我下一讲需要跟大家共同研究的，就是林黛玉的血缘之谜。

林黛玉血缘之谜

上一讲中提到，林如海因病离开了人世，留下巨额家产，林黛玉虽身为独女，却未得半点遗产，她来到贾家，成为荣国府里一个没有经济根基的寄食者。在荣国府里，她惟一的知己就是贾宝玉。她对贾宝玉爱得真诚，爱得执著，贾宝玉也对她爱入肺腑。可是，面对宝、黛之间的爱情，我们不能理解的是，曹雪芹这样一位天才作家，为什么要写一对血缘如此接近的人物彼此相爱？曹雪芹的"真事隐"究竟隐藏了什么？这一讲我们就来探究这个问题。

根据书里对人物关系的设计，贾宝玉和林黛玉是姑表兄妹，也就是说一家人中，哥哥的儿子和妹妹的女儿相恋。而且我在上一讲还分析出，贾母是主张他们两个结婚的。这有点奇怪。不要说现代社会姑表兄妹不能结婚，就是在过去姑表兄妹结婚也是一种禁忌，因为从优生学的角度来讲，这种婚姻会产生很糟糕的结果，会生傻孩子。但是曹雪芹居然就这么写，这是为什么？要解答这一问题，就必须把握《红楼梦》这部小说在写作上的一个基本原则。

我曾反复强调我个人的一个基本看法，就是《红楼梦》这部小说带有自传性、自叙性、家族史的特色，它的许多人物都是有生活原型的；它在艺术上的基本宗旨，是"真事隐"、"假语存"，就是把真事隐藏起来，隐藏到假设的小说的叙述当中，但是它的目的还是要保存它不得不倾诉的真事儿。这是曹雪芹写作《红楼梦》的一个基本的出发点，把这一点搞通，我提出的这个问题就比较容易得到一个清楚的答案。

宝玉和黛玉这两个艺术形象虽然被设定为姑表兄妹，但是在真实的生活里，这两个角色的生活原型真的是血缘那么亲近的姑表兄妹吗？要弄清楚这个问题，我们首先必须了解贾母这个人物的原型。在《红楼梦》一书的人物当中，曹雪芹把贾母设定为贾府的老祖宗。那么，在真实生活中贾母的原型会是谁呢？

贾母的生活原型是康熙朝苏州织造李煦的一个妹妹。她嫁给了康熙朝江宁织造曹寅，是曹寅的正妻，因此贾母这个角色就是根据生活当中的这样一个真实人物来加以发挥的。当然，写到小说里面，因为它是"假语存"，所以曹雪芹对这个人物进行了艺术加工，进行了艺术升华，构成了一个独特的艺术形象。

这个真实生活当中嫁给曹寅的李氏，遭遇是非常奇怪的。一开始呢，她应该很幸福，因为她的哥哥是苏州织造，她的丈夫是江宁（南京）织造。这两个织造，还有一个杭州织造，是康熙皇帝在江南的耳目，很受皇帝的宠爱、重用和信任。但是李氏很不幸，就在享受这样荣华富贵的生活的时候，她的丈夫曹寅得了疟疾。治疟疾需要一种进口的药叫金鸡纳霜。有人要问，那个时代有这个东西吗？是有的。皇宫里有，这是在清宫档案里有明确记载的。康熙皇帝听到奏报以后非常着急，立刻把宫里的金鸡纳霜由飞马一站不停地送往南京。但是曹寅没有等到金鸡纳霜来救命就一命呜呼了，李氏成了一个寡妇，很不幸。

康熙皇帝对曹家好得不能再好了，讲出来好多人都不信，但是他对曹家就那么好。为什么？曹寅的母亲孙氏曾经是康熙皇帝的保母。康熙皇帝小的时候不是在他自己的母亲身边长大的，而是在孙氏的身边长大的。孙氏自己的儿子，就是曹寅，打小就陪着康熙皇帝一起读书，康熙登基之后他又是康熙的近身侍卫。后来康熙就给他安排了一个肥缺——到南京担任江宁织造。用现在的北京话来说，康熙和曹寅就是"发小"，感情特别深厚。那么曹寅死了以后，这江宁织造由谁来当呢？根据康熙帝以前清朝的皇家游戏规则，像织造这样的内务府官吏，是不能够世袭的——不能说你老爸是一个织造，他死了，你这个儿子就当织造，没这个道理，一定要换人。但是皇帝可以不遵守之前的游戏规则。康熙皇帝对曹寅太好了，他就做主，曹寅死了，有没有儿子？有儿子，就让他儿子接着当这个江宁织造，这个儿子就是曹颙。

曹颙又当了江宁织造，这不挺好吗？可是呢，天公不作美，不几年，曹颙又得病了，又治不好，也死了。李氏还有没有儿子呢？没有了。她先死了丈夫，又死了亲儿子，变得孤苦伶仃了。

康熙皇帝由于和曹寅感情很深，所以对李氏这样一个未亡人关怀备至，又由于李氏是苏州织造李煦的妹妹，康熙对李煦也是宠爱有加。康熙就命令李煦：曹寅的儿子不是也死了吗？但我还是要让曹寅他们家当江宁织造，你去到曹寅的侄子里面去给我选一个奏报上来，过继给李氏，接着当江宁织造。后来李煦就给康熙上了奏折，推荐了曹寅的一个侄子，即曹頫。因此我们应该知道，曹頫是过继给李氏的，不是一个血缘上的亲儿子，是一个有着过继关系的儿子。曹頫转化到小说里面构成的艺术形象，就是贾政。周汝昌先生对此有很深入的考证。

曹雪芹把贾政设计成贾母的亲儿子出现在《红楼梦》的文本当中，他的生活原型其实是曹頫，在真实的生活里，这母子二人并无直接的血缘关系。我们阅读《红楼梦》文本时会发现，贾母是有两个儿子的，如果书中贾母的二儿子贾政的生活原型是曹頫的话，那么，书中大儿子贾赦的生活原型又是谁呢？探究贾赦的生活原型，对于我们理解林黛玉的血缘能有什么帮助吗？

小说里面说贾母有两个儿子，大儿子是贾赦，可是贾赦跟贾母住在一起吗？不住在一起。这不但是贵族家庭的一个怪现象，就是在封建社会的普通家庭里也是很离谱的。小说里面贾母的丈夫是贾代善，他在故事开始的时候已经死去多年了，贾代善死了以后，爵位是由贾赦来袭的。可是袭爵的他却不住在荣国府的荣禧堂，不住在荣国府中轴线上的主建筑群，却跑到荣国府隔壁另外一个黑油大门的院子里去住。这个荣禧堂——荣国府最重要的一个空间——被谁占据了呢？贾政和王夫人。他们住在荣国府中轴线主建筑群，占据荣禧堂这样一个非常重要、挂着皇帝的赐匾的空间。从小说的人物设计来说，这是说不通的——贾政只是因为皇帝对他也比较看重，额外给了他一个官职，这个官职也不是很高，是个员外郎，却大摇大摆地跟他的正妻王夫人占据荣国府主要的居住空间，由他和王夫人来作为贾母跟前的儿子、儿媳妇来侍奉贾母。这是为什么？就是因为曹雪芹在写作当中遵守这样一个原则：当他的小说里的人物设计和生活当中的实际情况难以协调的时候，是牺牲生活的真实去照顾小说本身逻辑的圆满呢，还是牺牲小说本身逻辑的圆满去照顾生活的真实？曹雪芹选择了后者。这是他"真事隐"、"假语存"文本的一个最大的特点。因为在生活的真实当中，李氏的丈夫死了，亲儿子又死了，她过继来一个儿子，这个儿子带着儿媳妇过来了，作为她的合法的儿子、儿媳妇来侍奉她，与她住在一起。而贾赦呢，在生活真实当中是贾政原型的一个亲哥哥，并没有与之一起过继到李氏的门下。在小说里，为了写作上的方便，曹雪芹就合并同类项，把生活当中贾赦的原型，一个本来并没有跟贾政的原型一起过继到李氏门下的人，也设计成了贾母的儿子。虽然小说是如此"真事隐"了，但曹雪芹又不愿意按照虚构应有的逻辑来写——按那个逻辑，他应该写贾赦和邢夫人住进荣禧堂，他还是要"假语存"，就是虽然把生活当中的曹頫化为了贾政这样一个艺术形象，却又在描写上保存生活中的真实情况，那就是过继过来的曹頫和他的媳妇跟李氏住在一起。这是《红楼梦》文本的一个很重要的特点。

《红楼梦》文本之中设定的贾母的亲儿子贾政，其生活原型是贾母的原型李氏过继的儿子，把这一点弄明白了，就会得出这样的结论：从生活原型的角度来说，贾宝玉的原型并不是贾母的原型血缘上的亲孙子。但是，我们阅读《红楼梦》时会经常发现，贾母视宝玉为心肝宝贝、命根子，如果没有血缘关系，贾母能这样对待他吗？关于这一点，该如何解释呢？再有，《红楼梦》第三回写到，林黛玉初入荣国府见到贾母，贾母为什么那样激动呢？宝、黛的生活原型又到底是谁呢？

以生活原型而言，曹雪芹如果是曹頫的儿子，那么他跟李氏就并没有直接的血缘关系，他只是一个过继来的儿子生下的一个孩子。但是在封建社会，无论是富贵家庭，还是普通人家，都认同一个道理：过继的儿子如果是成年过继过来的，和他过继后的父母关系不融洽的话，这个儿子所生的那个儿子却会被上面的祖父、祖母视为自己的亲孙子，这是在那个时代为了延续一个家族的血脉约定俗成的一种心理认知和伦常定位。这种伦理定位，直到今天仍被绝大部分有过继关系乃至"入赘女婿"的中国家庭所认同。所以书里多次写到，贾母对贾政没有什么感情，但她确实是把宝玉当作心肝宝贝，这是非常合理的。

把这个问题捋清楚以后，你再想一想，在曹雪芹执笔写作的时候，他心目当中的贾宝玉和林黛玉血缘很近吗？在生活的真实当中，这两个人物的原型的血缘离得比较远。生活当中的李氏有一个亲女儿，在小说里面化为了贾敏，生了一个女儿，这个女儿到小说里面就被设计成叫林黛玉。这是她的亲骨肉，是她的亲女儿生下的亲女儿，非常亲啊，所以他写第三回林黛玉到了荣国府以后，贾母那样激动——否则不好理解：贾母眼前的姑娘很多嘛，大儿子贾赦就有大女儿贾迎春，那不就是贾母的宝贝疙瘩吗？对不对？贾母有血缘上嫡亲的孙女儿啊。可是小说里面贾母对贾迎春什么态度啊？有一次府里面开宴请客，南安太妃来了，要见他们家的姑娘，贾母让林黛玉、薛宝钗、史湘云出来跟人家见，说贾家的姑娘就把探春叫来吧。邢夫人对此耿耿于怀，认为贾母对贾迎春视有如无，非常怨愤。相比之下，贾母初次见到林黛玉时是怎么个情景呢？而且大家知道，王熙凤是最会讨贾母欢心的，王熙凤出场以后怎么说的啊？她就知道贾母心里在想什么，她说，哪里是一个外孙女儿啊，分明是一个嫡亲的孙女啊！她就知道，在血缘上，林黛玉是跟贾母最近的一个生命，所以贾母珍爱她。作为一个封建老太婆，在血缘认同上有这样的意识，应该是可以理解的。

书里说贾母的二儿子是贾政，但从描写上看，像亲的吗？第二十二回写大家一块儿猜灯谜，因为贾政的生活原型是一个过继儿子，小说里面其实也是根据生活当中的真实情况来写，就写到：有贾政在场，贾母就觉得不自在；贾政在她面前承欢也显得很勉强，最后贾母就等于是把贾政给撵走了。真是亲儿子能这样吗？在贾政痛打贾宝玉之后，贾母颤颤巍巍去说了一些话，那是母亲在和亲生儿子说话吗？那就是一个发怒的非生身母亲面对一个过继来的儿子，一来二去所说的话。所以在生活的真实当中，林黛玉是和贾母血缘上最亲的一个人。

贾母为什么愿意让林黛玉嫁给贾宝玉？现在这个问题就更加清楚了。第一，她不会有那个血缘相近不宜结婚的心理障碍。因为从原型角度来说，实际上黛玉、宝玉这两个人血缘根本就不近，相对来说，宝钗和宝玉的血缘关系倒要近得多——一个是姐姐的儿子，一个是妹妹的女儿，如果他们俩结婚，是两个姨表兄妹结婚。过去对姨表亲婚配可以容忍，但我们今天从遗传学的观点来看，也是应该有所避忌的，现在的婚姻法也是不允许的。所以生活的真实折射到小说里面，人物虽然在艺术设计上变成了另一个样子，但是人物的心理状态还是生活当中的真实状态。贾宝玉是和薛宝钗结婚还是和林黛玉结婚，如果仅仅从血缘角度来说的话，贾母选择林黛玉而放弃薛宝钗是顺理成章的。

曹雪芹借助"真事隐"、"假语存"的写作方式，把生活中的真实映射在小说当中，以构成一个个独特的艺术形象。还有一个人物，曹雪芹把生活真实中的她加以变化写到了小说里，她就是金陵十二钗正册里的李纨。《红楼梦》八十回后会写到，贾府满门被抄，独有李纨母子幸免，没有被拘禁，后来还很发达。这是为什么？生活中的李纨究竟是什么人？探究李纨的生活原型，对于理解林黛玉的原型又有什么关系呢？

李纨这个角色身上有生活的真实当中李氏的亲儿子曹颙的媳妇马氏的影子。马氏是谁？就是在曹寅死去以后接任江宁织造的曹颙的正妻。马氏呢，很不幸，她的丈夫曹颙当江宁织造当得好好的，突然就一病不起，死掉了。于是曹家就剩下了两代孤孀，李氏是一个寡妇，马氏又是一个寡妇。李氏的问题皇帝给解决了，她有了一个过继的儿子，这个儿子继续当江宁织造，她继续享受荣华富贵。

但是马氏，你想，惨不惨啊，来了一个曹頫，带着一个妻子，两人大模大样地就成了李氏的儿子、儿媳妇了；曹𫖯就顶替了她丈夫的位置当了江宁织造了，二人就住进了江宁织造府的主建筑群了，她本人就得靠边了。曹𫖯对康熙皇帝感恩戴德，同时向康熙汇报了一个消息，说他的嫂子马氏已经有身孕了（就是说曹颙虽然死了，但是生前已经让马氏受孕了），倘若他的嫂子能够生一个儿子的话，那他的哥哥就等于有后代了。但是没有后续的档案来说明：究竟马氏生没生下孩子来？生下的孩子究竟是一个男孩儿还是一个女孩儿？生下的这个孩子养大了没有？因此关于曹雪芹究竟是谁的儿子，在曹雪芹家族史的研究者当中就有分歧：有的认为曹雪芹就是曹𫖯的儿子，有的认为曹雪芹就是曹颙的儿子，也就是马氏生下来的遗腹子。我个人认为，曹雪芹在"真事隐"以后，在"假语存"的过程当中，就把马氏降了一辈，设计成了李纨这个艺术形象。

为什么说李纨身上有马氏的影子呢？在第四十五回里面，因为王熙凤泼醋以后打了平儿，李纨看不过去，所以两个人话语之间就发生了一些冲撞，这个时候王熙凤说了一些揭李纨隐私的话。王熙凤怎么说的？她说："老太太、太太罢了，原是老封君。你一个月十两银子的月钱，比我们多两倍子，老太太、太太还是说你寡妇失业的，可怜不毂用，又有个小子，足的又添了十两，和老太太、太太平等。"也就是说在小说里面，李纨享有的月银数量是和王夫人平等的，是二十两银子。小说里为什么这么写？可见在生活当中有一个马氏。你想，马氏虽然失去了女主人的地位，但是江宁织造府供应她月银的时候，那个份额不可能给她降低，也没有道理降低，她的月银的数额应该是和曹𫖯的夫人均等的。这一点在小说第四十五回就有所逗漏，所以这个地方你要看得很细。我的研究方法一是原型研究；二是文本细读。这些地方有人拿眼睛一晃就过去了，细读就读出味儿来了，这些描写里面都有很多真实生活的投影。

按照上面的分析，如果李纨的身上有马氏的影子，那么，李纨的儿子贾兰的原型会不会是贾母原型的亲孙子呢？如果真是那样，贾母身边岂不是有比宝玉、黛玉血缘上都更亲的骨肉了吗？这是一个必须解答的问题。

有的"红迷"朋友跟我讨论得很细，说如果你认为马氏到了小说里面就是李纨的话，贾兰就应该是贾母的亲孙子，对不对？小说里面是把她降了一级，李纨成了贾母的孙子媳妇，她生了一个儿子，就是贾母的一个重孙子贾兰。在第二十二回里面有一笔写得是很有趣的，就是荣国府众人聚在一起过灯节，这是一个传统的节日，要讲究团圆的，在这种情况下，大家都很高兴，可忽然贾政发现贾兰不在座，有这个情节吧？贾政就问，怎么不见兰哥儿啊？贾政问这个话，当然需要由李纨来回答，因为李纨是他妈。李纨说因为老爷你没叫他，所以他就没有来。根据小说里面的人物设计，贾兰是贾母的重孙子，是贾政的亲孙子，全家团聚还用人叫吗？小说开始的时候贾兰虽然年龄比贾宝玉小，也读书认字了呀，他怎么能不去呢？在封建社会里有一个非常严格的规定，就是晚辈对长辈不但逢年过节必须到跟前去承欢，就是平日里，每天早上也必须到长辈跟前去晨省，晚上必须再去一次。可是小说里面把贾兰设计成了贾政的亲孙子、贾母的亲重孙子，在灯节的时候他却不去承欢，这是什么态度啊？没叫就不去？可见"真事隐"所隐去的真事是：在真实生活当中，这个人物和贾母、贾政的原型都没有直系血缘关系，只能这么解释。

有的"红迷"朋友可能要问，李纨为什么一定要来？因为李纨的身份是非常明确的，她是贾政、王夫人的一个亡故的儿子的媳妇，在小说里面，她始终是要到贾母、王夫人跟前来伺候的，两层长辈她都得伺候，所以她是必须要到的。但是贾兰很显然就可以不到。当然贾兰被请到了以后，贾政也表示很喜欢他，贾母就让他坐在旁边，抓果子给他吃，书里面有这样的描写。

从书里的描写来推敲，贾兰这个角色的原型，有可能是因为马氏到头来还是没有生下孩子或生下没能养大，在没有办法的情况下过继来的儿子，这个孩子只认他的妈为至亲。曹頫一家子团聚，他妈因为是李氏的儿媳妇，不能不去，他却可以认为那是叔叔家的聚会，没叫他去，他就不去。曹雪芹把他们母子二人降低了一辈来写，而对贾宝玉和林黛玉这两个人物，在从原型升华为艺术形象的过程中却基本上保持了原来的辈分，而且放手去写他们的爱情，写贾母对"木石姻缘"的支持。可是在高鹗续写的《红楼梦》后四十回当中出现了"调包计"的情节，写贾母喜钗厌黛。高鹗的这种写法，符合曹雪芹的原笔原意吗？

绕到李纨和贾兰的问题，还是为了回到林黛玉的问题上来。在生活的真实当中，当时的李氏一抬眼，满眼都是儿女，都在奉承她，但是哪一个真正是亲的？从血缘上，你替她想想，曹頫是亲的吗？曹頫的媳妇是亲媳妇吗？当然宝玉的原型从小捧凤凰似的长大，可以认作亲孙子，但是这个亲，那个亲，都不如林黛玉的原型亲，你想是不是这样的？高鹗却写贾母活着的时候就容忍"金玉姻缘"成功，就同意王熙凤的"调包计"，甚至于在"调包计"的实施过程当中对林黛玉非常绝情，听凭林黛玉悲惨地死去。

高鹗有续书的自由，他那样写也自有他的逻辑，但是我现在要很鲜明地表达我的个人观点，就是高鹗这样写是违背曹雪芹的原笔原意的，既违背曹雪芹所隐蔽的"真事"，也违背曹雪芹选择的"假语"，他这样写是不对的。

说到这儿，也可能有"红迷"朋友要这么来提醒我了：您说了半天，一个说了遗产问题，一个说了血缘问题，但是林黛玉是个艺术形象，您能不能加重对林黛玉这一艺术形象的艺术分析啊？我很愉快地接受您这个建议。对于一个人物的刻画，其中很重要的一点就是肖像描写，写她的外貌。林黛玉一出场曹雪芹就写到了她的眉毛和眼睛，那么林黛玉的眉、眼究竟是什么样子呢？下一讲将来讨论这一问题。

林黛玉眉眼之谜

在上一讲中，我通过文本细读，从原型研究入手，分别为大家解读了《红楼梦》中，可能与贾母、贾政、贾赦、李纨和贾兰这五个人物相对应的生活原型，从而揭示了林黛玉与贾宝玉在生活中的原型之间的非近亲关系。但林黛玉毕竟是一个文学艺术形象，她是一位与贾宝玉发生爱情故事的贵族小姐，一位沉鱼落雁的绝代佳人。在流传至今的众多版本的《红楼梦》中，关于林黛玉的肖像描写有着很大的差别，那么，究竟哪一种描写才最符合曹雪芹的本意呢？

在《红楼梦》里，曹雪芹对很多人物都有肖像描写。比如说林黛玉初进荣国府，首先就把府里面的三位小姐介绍给她，然后曹雪芹就通过林黛玉的眼光看过去，这实际上就是肖像描写。

首先是迎春，说她：肌肤微丰，合中身材，腮凝新荔，鼻腻鹅脂，温柔沉默，观之可亲。

然后写贾探春：削肩细腰，长挑身材，鸭蛋脸面，俊眼修眉，顾盼神飞，文彩精华，见之忘俗。这跟贾迎春就有很鲜明的区别。

那么，对贾惜春呢，写得比较简单，说她：身未长足，形容尚小。

王熙凤出场也有肖像描写，说她：一双丹凤三角眼，两湾柳叶掉梢眉，身材窈窕，体格风骚，粉面含春威不露，丹唇未启笑先闻。

贾宝玉出场也有肖像描写，说他：面若中秋之月，色如春晓之花，鬓若刀裁，眉如墨画，脸如桃瓣，睛若秋波。虽怒时而若笑，即

31

瞋视而有情。

对这些人物的肖像描写都是比较明确的，在各种古本上个别字眼可能略有出入，但是没有什么很大的分歧。

到了林黛玉，麻烦就来了。我的两位"红迷"朋友曾在我的书房就林黛玉的眉眼问题吵得不可开交，就是因为不同的古本对林黛玉眉眼的描写不一样，甚至很不一样。

比如说有一种通行本叫做《增评补图石头记》，现在有的出版社所出的《红楼梦》用的还是这样一个底本，它在第三回写到林黛玉的眉眼的时候就说她是"两弯似蹙非蹙笼烟眉，一双似喜非喜含情目"。这段文字之所以让人不太满意，就是因为那个时候林黛玉年龄还很小，怎么就会有一双含情目？再比如说"庚辰本"，这是一个保存的回目比较多的一个古本，这个本子有很多优点，可是在这一回写到林黛玉的眉眼的时候，文字是这样的："两弯半蹙鹅眉，一对多情杏眼。"也强调多情，杏眼则是一个没有创新的形容。这是一种很平庸的写法，甚至可以说有点恶俗。通行本里面的描写也不能让人满意。所以他们两个就争起来了。

因此，我们读《红楼梦》，还是要读曹雪芹的《红楼梦》，读古本《红楼梦》。我个人认为，周汝昌先生用十一个古本，一句一句加以对比以后，选出其中最符合曹雪芹的原笔原意的一句，然后加以连缀形成的"周汇本"，实是一个值得推荐的本子。当然还可以争论，但是总体而言，它是一个家族两代三人用了五十六年精校出来的一个本子，所以关于林黛玉的眉眼问题，我也建议大家看看这个本子，它应该是比较符合曹雪芹的原笔原意的。那么曹雪芹笔下的林黛玉的眉眼究竟是什么样子呢？

周汝昌先生认为，在俄罗斯圣彼得堡的那个藏本的文字应该是最接近曹雪芹的原笔原意的，我认同这个判断。它对林黛玉眉眼的描写是这样的：

两湾似蹙非蹙胃烟眉，一双似泣非泣含露目。

这样就把林黛玉在当时那个情况下的眉眼形容得入木三分了。罥烟眉，就是好像要皱起来，又没有彻底皱起来，眉毛在微微地颤动，似蹙非蹙。什么叫"罥烟"？就是挂在空中的烟缕。这个"罥烟"是有典故的。曹雪芹有两位皇室的朋友，是两兄弟，一个叫敦敏，一个叫敦诚。敦敏写诗，有一首诗叫《晓雨即事》，里面有一句是"遥看丝丝罥烟柳"，就是形容柳叶在春天的薄雾当中似有非有，好像挂在空中的烟雾一样。用"罥烟"，就把林黛玉那样一个没有完全发育成熟的小姑娘的那一对还可能继续生长的眉毛形容得非常到位。似蹙非蹙的罥烟眉，像飘在空中挂在空中的两弯柳叶。眼睛呢，是一双似泣非泣含露目，好像含着露水似的。这是符合曹雪芹的总体设计的。因为在第一回就讲了，林黛玉是天界的西方灵河岸三生石畔的绛珠仙草，修成女体以后，追随神瑛侍者下凡，要把一生的泪水还给下凡的神瑛侍者——贾宝玉。刚见到贾宝玉的时候她还不可能立刻对之产生感情，所以她不可能立刻就有一双多情的眼睛。"含情目"、"多情杏眼"，都是后人妄改妄填的词句。曹雪芹第三回写她的时候，她当时已经有一双水灵灵的眼睛，里面泪水的储存量应该是相当丰富的，所以说是一双含露目——那时候露水还没有变成泪水，她的眼泪是逐步流淌，最后干枯。这一点后来在小说里面有很多描写，而且在某一回还有很具体的交代，我在下面会讲到，她对宝玉的感情和还泪都是有一个渐进的过程的。

有关林黛玉的肖像描写，我认为，"罥烟眉"，"含露目"的笔法暗含着绛珠仙草向神瑛侍者还泪的艺术设计，比较符合曹雪芹的本意。在《红楼梦》中出场的人物不仅众多而且区别很大，肖像描写成为曹雪芹刻画人物的重要笔法。那么在对众多人物的描写中，是否对林黛玉的肖像描写就是最佳的呢？也不尽然。

曹雪芹写人物的肖像是非常下功夫的，给我们带来了很大的审美享受。前面提到的我的那两位"红迷"朋友，因为所看的版本不一样，在对林黛玉眉眼的写法这一问题上各持已见，虽然我跟他们介绍说"周汇本"从"俄藏本"里面所提炼出来的这样两句是最合适的，但是他们两个一时也很难认同，但是不要紧，我们彼此尊重，合而不同。

什么叫和谐社会？就是大家有不同的意见，但是还能够很愉快地相处。所以我们就各抒己见，回忆《红楼梦》里那些最打动自己的肖像描写。

我们三个人各有一个最深刻的印象。一位"红迷"朋友说，他对小说里面对鸳鸯的肖像描写印象最深，超过关于林黛玉的眉眼的描写，超过刚才我举的那些例子。在第四十六回，邢夫人要完成她那昏聩的丈夫交付的一个任务，就是去动员鸳鸯离开贾母去给贾赦当小老婆，当姨娘。这个时候，小说就通过邢夫人的眼睛来看鸳鸯，有一个关于鸳鸯的肖像描写。说她蜂腰削背，鸭蛋脸面，乌油头发——这个还无所谓，那位"红迷"朋友说给他留下最深印象的是下面两句——高高的鼻子，两边腮上微微几点雀斑。

他说，读了这几句，一下子就觉得眼前出现了这么一个特殊的女性，多生动啊！我们俩一听，说也是啊。所以进行文本细读的不止我一个人，人家读得也很细，在那么多的肖像描写里面，选出了关于鸳鸯的肖像描写。

我的另一位"红迷"朋友也有他的独特见解，他对关于司棋的一笔描写印象特别深刻。司棋是迎春房里的大丫头，这个人呢还有点浪漫的行为，小说里面有具体的描写，那么是被谁发现的呢？恰恰是被鸳鸯发现的。鸳鸯怎么会发现，怎么就知道是她呢？小说里面写到，鸳鸯到大观园里去传完话，天已经黑了，她在离开大观园回到贾母的院子时发现了司棋。

《红楼梦》里所描写的空间关系相当复杂，拿荣国府来说，荣国府的中轴线是好几层大园子，最后是荣禧堂，荣禧堂是中轴线上最重要的一个建筑物，是贾政、王夫人他们住的地方，当然荣禧堂后面还有其他的配房；在中轴线主建筑群的西边有一个大院子是贾母的院子；后来在府的东边、东北部又把宁国府原来的花园连起来，拆了一些下人的房屋，盖了一个大观园。当时在府里面走来走去也是很累的，因为通常距离不会很近，鸳鸯当时就遇到了一个很具体的问题，就是内急。小说里写这个情况写得很生动：要方便，回到贾母的院子又来不及，所以她就开始从花园的那个甬路往草里面走。这当然让我们有这样一个感慨：虽然荣国府那么富贵，大观园那么豪华，但是当时的卫生设施跟今天完全没法比。

且说鸳鸯当时要去方便一下，结果发现树底下山石边有身影晃动，这时候就通过鸳鸯的眼睛写了一笔司棋的形象。这个"红迷"朋友说这一形象给他的印象深刻极了，什么形象呢——穿红裙子，梳鬅头，高大丰壮身材。

这就是司棋。第一，她的身材跟别的丫头不一样，她特别高大、丰壮；另外她的发型很独特，梳鬅头。虽然我们对清朝妇女的头饰发型不是很熟悉，但是鬅头两个字还是能激发我们的很多想象。我这个"红迷"朋友就比划起来，我问他真见过鬅头吗，他说反正他觉得特生动：一个身材高大丰壮的丫头，她的头发自然是要蓬起来，梳得很高，才和她的身材相称，这说明司棋很会打扮，选择了很适合自己的身材比例的一个发型。所以你看，仁者见仁，智者见智，人家写了那么多贾宝玉的形象，虽然他觉得也不错，但是印象最深的，是司棋的形象。

他们两个当时就问我印象最深的肖像描写是关于谁的，没想到我突出奇兵——我不举其中主要人物的例子，而是只提到了一个很小的角色，只出现过短短的一小段的角色，而且还不是叙述文字里面的形象描写，而是别人的话语里对她的形容。这个角色是谁呢？就是秦显家的——荣国府里面有一个仆人叫秦显，他的媳妇就叫秦显家的。这个人物是怎么出现的啊？就是因为小说后来写到了大观园里面的内厨房，那里发生了权力斗争。

你别看那只是一个厨房，对有的人来说这个厨房也是一个"肥水衙门"，也需要去争夺对它的控制权。司棋不是一盏省油的灯，她就想把当时那个厨房头子柳家的给轰走，以掌控厨房——当然不是自己去做厨房头，而是找一个跟她好的人去掌控厨房，那以后她一切就都方便了。

经过一场恶斗之后，柳家媳妇（她本来是厨房的头儿）就因被认为和她的女儿一起偷东西遭到罢免。当时府里面的管家林之孝和林之孝家的管这件事，他们罢免了柳家的，派了一个秦显家的。林之孝家的在权力的更迭上这样安排以后，平儿有所质疑，说，这个秦显家的是谁啊？她怎么不认识啊？平儿是很拿事的，是作为凤姐的助手在荣国府里掌大权的，所有的男女仆人她应该都是比较熟悉的，让秦显家的这个她不了解的人去顶替柳家的，平儿就觉得不放心，于是林之孝家的就来介绍秦显家的，话中就有对秦显家的的肖像的一个描绘：高高孤拐，大大眼睛，最干净爽利的。孤拐，就是颧骨。

她这样介绍秦显家的，是希望唤起平儿对这个生命存在的一个印象，当然，平儿没有答应她，最后还是让柳家的主掌内厨房。我读《红楼梦》，没想到读到这儿以后，忽然觉得秦显家的的形象活跳于眼前。我跟两位"红迷"朋友说，我欣赏这几句：高高颧骨，大大眼睛，干净爽利——一个妇人的形象就出来了。所以你看，讨论曹雪芹的肖像描写真是乐趣横生，非常愉快。

鸳鸯、司棋和秦显家的这三个人物都不是《红楼梦》的主要角色，但是曹雪芹着墨不多的肖像描写却顿时让她们鲜活生动、跃然纸上，让读者过目难忘。在曹雪芹的笔下，"病如西子胜三分"的林黛玉具有堪比西施的病态之美，那么这种美是否只是贾宝玉的情人眼里出西施，并不被常人所赞赏呢？

曹雪芹写人物不是只有肖像描写，比如写林黛玉，他不但多次写到林黛玉的外在形象，还写到林黛玉的肢体语言。他善于通过人物的肢体语言来传达人物的感情，向读者展示人物的内心世界。

所以读《红楼梦》不能总是从一个概念出发，从框框出发。说林黛玉是反封建的，就翻着看哪点反封建，这点反封建，就看，这点没反封建，就一晃而过。林黛玉的思想境界里面确实有反封建的因素，值得我们在欣赏这个艺术形象的时候加以重视，但是读《红楼梦》我个人认为不能那样来读，要欣赏曹雪芹整个文笔的流动——他写林黛玉不仅有肖像描写，写了她的眉眼，还写了她的肢体语言。

第二十六回写贾宝玉信步进入潇湘馆，对潇湘馆的环境描写是最生动、最成功的。他写道，"凤尾森森，龙吟细细"，"湘帘垂地，悄无人声"。走到窗前只见一缕幽香从碧纱窗内暗暗地透出，宝玉这个时候就把脸贴到纱窗上往里面看，不但看到了林黛玉，还听到了林黛玉的声音，耳内忽听得细细地长叹了一声道："每日家情思睡昏昏！"这是《西厢记》里面的一句词，因为他们两个在大观园的桃树底下偷读过《会真记》，《会真记》就是《西厢记》，所以林黛玉就背熟了，情不自禁地睡完午觉后哼出了其中的一句。宝玉听后不觉得心内痒将起来，再看时，以下就有很多肢体语言。只见黛玉在床上伸懒腰——一个美女在闺房伸懒腰，这个肢体语言非常优美，当然宝玉就进去了。黛玉知道被宝玉在窗户外头偷看了，也偷听了，就难为情，就红了脸，于是又有肢体语言：拿袖子遮了脸，翻身向里装作睡着了。曹雪芹就这样刻画了一个贵族小姐当时的状态，很生动。那么黛玉表示自己睡着了，宝玉走了进去，伺候黛玉的那些仆人，那些奶娘、婆子什么的，就跟进来，说您是不是过一会儿再来，林姑娘睡觉了。这个时候黛玉就翻身坐了起来——她不愿意让宝玉走，笑道："谁睡觉呢？"于是坐在床上，一面抬手整理鬓发，一面笑向宝玉道，人家睡觉，你进来做什么啊？这都是对肢体语言的描写，再结合在特定情况下对她的肖像描写：宝玉见她星眼微饧，香腮带赤，不觉得神魂早荡，一歪身就坐在椅子上……多生动啊！所谓星眼微饧，"饧"这个字现在很少用，就是半张开的样子，好像有点让蜜糖给粘住了，是一个让人看了以后确实会神魂早荡的一种状态。

那两位"红迷"朋友也跟我讨论了这个问题，其中一个就说了，说这个林黛玉不管怎么说她有病，用今天的检测手段来检测，可能她就是有肺结核，所以呢，小说里面描写的她的美都是病态美，因此可以得出一个结论：贾宝玉爱她是情人眼里出西施。这就引出一个问题，就是林黛玉客观上美不美？这是一个值得探讨的问题。他们两个就此你一言我一语地争论起来了，一方说林黛玉就是病态美，也就是贾宝玉喜欢她，别人看见她就烦——她不光性格尖刻，那病病歪歪的身子，颤颤巍巍的走路姿势，怎么会吸引其他的男性呢？怎么会让他们觉得她是个美人呢？另外一位朋友就读得比较细，而且他往往都是读古本《红楼梦》，有一些在通行本中被删去的描写他能看见，所以他马上就正儿八百地提出了不同的意见。他说，在第二十五回，赵姨娘通过马道婆把王熙凤和宝玉都给魇了，王熙凤就跟疯了似的，拿着刀冲进院子，见鸡杀鸡、见狗杀狗，见人就要杀人，宝玉也变得接近死亡状态了，因此惊动了所有的亲友，像王子腾啊，王子腾的夫人啊，都来探视，薛家的人也来探视，当然也包括薛蟠，于是就有这样一段描写：别人慌张自不必讲，独有薛蟠更比诸人忙到十分去，又恐薛姨妈被人挤倒——他还有孝心，怕他妈给挤倒了；又恐薛宝钗被人瞧见——对他妹妹还算关心，当时闺中的女子不应该让外面进来的男子看见，可是在那种情况下已经很难免了，已经整个乱了；又恐香菱被人燥皮——怕香菱在这个情况下被有的色迷吃了豆腐，占了便宜。对他来说，有这样的想法都很自然，我们读来也不至于眼热，但是，随后就有一句：忽一眼瞥见了林黛玉风流婉转，早已酥倒在那里。

薛蟠虽然是林黛玉的亲戚，但是他没有什么机会见到林黛玉。男女有别，授受不亲嘛。但在那种情况下，因为一片混乱了，整个宅子乱了，亲友们也都乱了，这个时候就男女混杂了，他就一眼瞥见了林黛玉。薛蟠是一个非常俗气的人，他的审美观念是非常俗的，但是他也觉得林黛玉风流婉转，美死了，所以他就已经酥倒在那里。咱们吃过一种点心叫核桃酥，他的身子就变成核桃酥了。这一段描写在通行本里被删掉了，可能制作通行本的人觉得：哎呀，这段描写太过分了，写这干吗啊？其实，古本里面保留的这样的一些曹雪芹的文笔是很珍贵的，这能说明一个什么问题？说明林黛玉的外在美是雅俗共赏的，是连薛蟠这样的俗人也觉得好的。这反映了整个社会的一种审美共识。比如我们现在都知道的白毛女的故事，地主恶霸为什么要抢喜儿啊，因为喜儿漂亮，喜儿漂亮不漂亮在贫农看来和地主看来，结论是一样的。人们在审美的问题上是可以超越阶级的界限而达成共识的。当然达成共识以后，坏人可能要起坏心做坏事，好人就是另外一个情况，这得另说。因此这一笔我认为曹雪芹是有他的用意的，他是要通过这样一些文字平衡人们阅读《红楼梦》时产生的一些不平衡的心理。比如说那个朋友没读过那个本子，可能就觉得，林黛玉也就是贾宝玉看着美，别人看着就不行。不是这样的。薛蟠看见她后早已酥倒在那里，本来结实的身子，结果一段一段地膨化了，写得很有意思。

　　我认为，曹雪芹的这一笔描写，意在表示林黛玉不仅在知她、爱她的贾宝玉眼中是美的，她的美同样征服了薛蟠这样的凡夫俗子。在《红楼梦》中，贾宝玉和林黛玉的爱情是一种刻骨铭心的真正的爱情，但令人不解的是，曹雪芹在书中却安排贾宝玉与其他女性发生了或朦胧或暧昧的关系，曹雪芹为什么这样设计？对于这种看似矛盾的写法，应该怎么去分析呢？

　　曹雪芹的写作是非常下功夫的。比如说，他写贾宝玉在神游太虚幻境以后就开始有了性觉醒，然后就和袭人发生了那样的关系，对此我在之前的书中有所涉及，于是有些人就不理解了，说你讨论这么一个反封建斗士的形象，可是又说他有这种事情，偏把这件事拿出来讲，这不是流氓教唆吗？不是这样的，不能这样看问题。曹雪芹那样写贾宝玉，是生怕读者误会，因为有的读者确实产生了两个误会。

　　一个误会是认为贾宝玉在生理上还远没有成熟，因此他对青春女性的那种兴趣是非常混沌的，他与林黛玉之间的感情也谈不上是爱情。这个误会延伸下去还产生更严重的误会，就是有人过分强调贾宝玉和林黛玉的思想共鸣，好像他们纯粹是精神恋爱；贾宝玉究竟爱不爱林黛玉的身体，他的爱是不是从灵到肉的全方位的爱就成为一个问题。曹雪芹生怕你误会，所以很多地方他就写得很细，他就是要告诉你，这两个人的相爱是身心发育都达到了成熟阶段的这样一种从精神到肉体的全方位的爱。这对我们理解《红楼梦》里的这两个主要角色是非常重要的。

　　还有一个误会呢，就是因为书里面又写到贾宝玉跟秦钟好，跟柳湘莲很好，跟蒋玉菡也很好，就认为贾宝玉是一个同性恋者。宝玉把青春女性都当作玩伴，一块儿做游戏，一块儿做诗，一块儿逗趣，他在性别上似乎没有一个清醒的认知，如果说他有性别认知的话，就只能是一个同性恋者，他喜欢男性，喜欢聪明俊美的男性。曹雪芹通过贾宝玉初试云雨情，就很明确地指出贾宝玉不是这样的。第一，贾宝玉的身心发育已到了成熟阶段。当然那个时代人的寿命比较短，这本书一开始就有"半生潦倒"的字样，过去认为三十岁就是半生，六十岁就是全寿，七十岁就"古来稀"了，所以过去一个男的十四五岁结婚娶媳妇不稀奇，男性的身心发育到了十三四岁就已经开辟鸿蒙，有了性觉醒，成为一个在性别认知上有自我定位的成熟男人。你当然可以说贾宝玉有点早熟，但不能认为贾宝玉是一个身心发育滞后、不懂男女之事的人。曹雪芹很具体地写给你看，同时也告诉你，贾宝玉虽然和一些男性有着非常深厚的感情，但在性取向上，他不是同性恋者。有人说他是不是双性恋，双性恋的证据也不足。就算是双性恋，他主要的性的自我认知还是定位在自己是一个男人，要和一个自己爱的女人来结婚，这个女人不是别人，就是林黛玉。书里面把这一点写得很清楚。

还有一个细节大家记得吧，也是我以前提过的：贾元春颁赐端午节的节礼，他得到的那份和薛宝钗那份是完全一样的，里面有什么呢？有红麝串。林黛玉虽然也得到了数珠儿，却并不是红麝串。薛宝钗得到以后就立刻戴到腕上了，一次贾宝玉想请薛宝钗把它褪下来近看，这时他就看到了薛宝钗雪白的膀子，立刻就有心理上的反应，书里是怎么写的——这个膀子要是长在林妹妹身上，或者还得摸一摸——意思就是可惜现在是长在宝姐姐的身上了。这是很重要的一笔，说明贾宝玉不是一个滥情的人，虽然他是有点泛爱，对所有的青春女性他都情不自禁地喜欢，但是他真正想和谁过夫妻生活，想娶谁为正妻？除了林黛玉，没有第二人选。通过这些细节，我们应该能够领会曹雪芹的苦心。我个人认为，书里面写贾宝玉和秦钟、柳湘莲、蒋玉菡这些人那么好，主要是想表现贾宝玉对社会边缘人有一种特殊的情怀。而社会边缘人在那个时代是为主流社会和主流价值观所坚决排斥的，曹雪芹通过他的一支笔写出这样一些人物和故事，对这些边缘人物予以了赞美和肯定。他所写的贾宝玉这个贵族公子，一方面深爱林黛玉，要娶林黛玉为正妻，一方面对所有的青春女性都尊重，都呵护，都关爱，同时，他特别愿意和男性社会中的非主流的、和权力无关的边缘人交往，特别地喜欢他们。这就是曹雪芹笔下的贾宝玉和林黛玉。

人们一般认为《红楼梦》的主题就是反封建，贾宝玉和林黛玉这两个形象就代表了当时社会中的一种新人的形象，具有反封建的思想内涵。我的两个"红迷"朋友就是认同这一点的，我也认同这一点，《红楼梦》这部书确实有那样的主题，这两个人物形象也确实具备那样的特点。但是，《红楼梦》的内容是极其丰富的，它的主题不仅限于此，它的思考直达人生与社会的深层。

说到这儿呢，两位"红迷"朋友就跟我提出来，他们看的版本虽然不一样，而且经常地发生争执，但是在有一点上他们俩得出的结论是一样的，那就是林黛玉和薛宝钗两个人在书里面很早就和好了，就黛钗合一了，他们就问我对曹雪芹这样的艺术处理怎么看。这个书就拿八十回来说，怎么会只到四十几回就出现了主要矛盾的消弭？我在下一讲里面就要和大家一起讨论这样一个问题，即如何看待曹雪芹笔下的黛钗合一的问题。

黛、钗关系之谜

在《红楼梦》中，薛宝钗与林黛玉对于贾宝玉来说，一个是"金玉良缘"的宝姐姐，一个是"木石前盟"的林妹妹，她们本是天生的情敌，最后却冰释前嫌、握手言欢了，这究竟是怎么回事？

现在，我就根据自己对这部书的理解，跟大家一起来捋一捋宝、黛、钗三人的感情纠葛，看书里面是怎么写的。

三人第一次展示各自不同的性格特征应该是在第八回。曹雪芹写得很聪明，就把他们三个搁在一个空间里来写。那时薛姨妈他们已经住到荣国府的一个叫梨香院的院落里。一个下雪天，贾宝玉到那儿去看他的姨妈，就跟薛宝钗在一起，后来就喝酒、吃东西，在这个过程当中林黛玉也去了，这样呢，作者就在梨香院吃饭的那个地方，充分展开了对三个人不同性格特征的描写。应该说，在那一回里面，还很难说谁对谁产生了一种可称为爱情的情感，基本上还是小姑娘、小男孩之间那种天真活泼的、无拘无束的自然交往。但是曹雪芹写得非常好，通过这一回，我们就能对林黛玉性格中的优点和弱点都了如指掌了。

林黛玉在这一回里显示出对封建礼教的规范完全无所谓的态度，她由着自己的性子生活，把她的个性展现得非常充分，这在那个时代的闺中女子当中是非常少见的。曹雪芹的描写，使不少读者读了以后就很喜欢她，也使得有的读者读了以后就很不喜欢她——他只是塑造出一个活生生的人物，让读者自己去琢磨，自己去判断。当然他也展现出林黛玉性格当中明显的弱点和缺点：尖酸刻薄，无所顾忌，令人难堪。

那么薛宝钗呢，就显示出她性格上的一个优势：她虽然年纪上只稍微大一点点，基本上还是一个小姑娘，可是沉稳、含蓄、温柔、典雅，善于为人处世。在这一回里，薛宝钗是很可爱的。至于希望贾宝玉读书上进、走仕途经济的路子什么的，在这一回里面她没有展示，所以在这一回里薛宝钗基本上就把林黛玉给比下去了。这一回里作者展示这两个女性，是有意识地形成一种不平衡的局面，希望读者继续往下读。因为人是活人，艺术形象是根据生活当中的活人塑造的，加上作者高妙的艺术手法，就使得这两个人物留下了一些性格悬念，让读者去琢磨。读者会想：林黛玉这么尖酸刻薄，她在荣国府里能生活得很好吗？或者是，薛宝钗虽然温柔敦厚，很平和，但是贾宝玉究竟是喜欢林黛玉还是喜欢她呢？这样一想，就很有意思。

情节往下流动，到第十九回的时候，已经有了大观园。十七回、十八回就讲到了荣国府盖造大观园，元妃省亲，省亲以后就让荣国府的公子和小姐们住进了大观园，林黛玉住进了潇湘馆。但第十九回的故事空间还不是在潇湘馆，这一回涉及林黛玉的情节是"意绵绵静日玉生香"。这一回就展示了贾宝玉和林黛玉两个人亲密无间、两小无猜、美好相处的情节，但是你很难说两个人之间这时就已经产生了爱情。

两个人的爱情的苗头是在第二十三回展示出来的。二十三回写两个人在大观园的花园里面，在桃树下，共读《西厢记》，这个情节大家太熟悉了。那么通过这一回作者就展示了两个人之间的感情有了一个联系的渠道，就是在他们之前的中国传统文化当中的那些美好的、正面的东西，那些对封建的伦理道德、主流价值观念进行挑战的东西，他们两个都是接受的。

当然他们之间也有一些小矛盾、小冲突，但是实质上是两个人在这样一个过程中心心相印了，这一点书中写得很美，大家印象都很深。

那么到了第二十六回就有了"潇湘馆春困发幽情"的情节。在上一讲里面，我曾经讲到那个过程当中曹雪芹使用高妙的肖像描写和对人物肢体语言的描写来展示两个人物之间的深情厚谊。在那种情况下，他们两个的情谊就开始朝爱情的方向发展了。因为他们读了《西厢记》，受到了启发，一个自比张生，一个不同意对方把她比成崔莺莺，但是心里头实际上是接受这样一个定位的，于是他们就开始了美好的初恋。这种青春期的初恋，在那样一个时代，那样一个贵族的大宅院里面，它的发展是非常困难的，有很多的障碍。最大的一个障碍就是王夫人和薛姨妈她们散布了一个舆论——"金玉姻缘"。根据她们的说法，有个神秘的和尚老早就作了一个预言：薛宝钗这样一个美丽、聪慧的女子，因为带着一个金锁，所以一定要嫁给一个带玉的公子。好像这是一个上天已经定下来的、不可更改的玉律。这个舆论在大观园里，在荣国府，是很多人都知道的，这给了林黛玉很大的压力。再加上前面已经讲过的，林黛玉由于没有得到父亲死后属于她的那份遗产，所以无依无靠，成为一个经济上没有根基的、寄人篱下的女子。

而薛宝钗呢，虽然他们家的境况比她父亲健在的时候要差很多，可是她哥哥还领着宫里的银子，当皇家的买办，家里面有房有地，还有当铺，经济上就很强势。再加上薛宝钗本人虽然"人谓装愚，自云守拙"——就是她从来都不愿意把自己内心里的真实的东西直接流露出来，总是以一种掩饰的、含蓄的办法来应付和别人之间的关系。可是她对贾宝玉的爱意也还是不时地、以这样那样的方式流露出来，别人可能不太注意，但林黛玉会注意。因此，究竟薛宝钗和贾宝玉之间是一种什么样的情感关系，林黛玉就时时地有所猜忌。而贾宝玉本身呢，虽然很爱林黛玉，却对所有的青春女性都很感兴趣，愿意和每一个青春女性保持愉快的交往，不仅是对小姐们，就是对丫头们他也是这样一种态度，这也给林黛玉带来了一定的心理障碍。对别人她大体上无所谓，对薛宝钗，她总是在琢磨她和贾宝玉之间的关系。所以林黛玉在爱情自主方面面临着很多困难，不仅是封建礼教的禁锢，她觉得自己有情敌，怀疑薛宝钗藏奸，小说里在这方面有很多细腻的描写。

然后，情节发展到二十六回的时候，林黛玉和贾宝玉之间的感情，双方都比较明朗了，都向对方表达出了可以称为爱情的那种暗示或明示了。

　　情节再往下流动，到了二十七回，也是写大观园里面的情况，就是四月二十六日，芒种节，要饯别花神。这个时候呢，薛宝钗有一个非常著名的举动，就是扑蝶；林黛玉也有一个非常著名的举动，就是葬花。她一边葬花，一边吟诵葬花词，葬花词里反映出她对自己命运的悲剧性的预知和感叹。

　　再往下，到了第三十二回，宝、黛就共诉肺腑了，这个时候他们两个之间的情爱达到了一个顶峰，贾宝玉就把话说破了，林黛玉也就心里彻底明白了，他们之间的感情就不再是少男和少女之间的友情和朦胧的爱情，而完全是成熟的爱情了。贾宝玉就明确地表示，用今天的语言来说就是，我只爱你一个，而且我要和你结婚。在当时那种一夫多妻制的体系下，就是我要娶你为正妻；现在虽然我没有得到你，但是我白天黑夜想的都是你，为了想你我都得了病。表达的就是这样一种意思。林黛玉也就心中有数了。所以曹雪芹是一环一环地来写宝玉、黛玉两个人感情的发展的，从比较低级的阶段逐步地向高级阶段发展。

　　但是，爱情的道路毕竟是不平坦的。两个人的爱情在第二十九回前后，就是到清虚观打醮前后，就发生了大紊乱，产生了严重的冲突。为什么呢？

　　曹雪芹确实很会写。在清虚观打醮的情节流动中，他写了这样一个细节：清虚观的张道士把贾宝玉的通灵宝玉请出去，拿去给他的徒子徒孙看，这些徒子徒孙拜见了贾宝玉的通灵宝玉，很激动，很崇敬，就纷纷献出自己的宝贝，搁在托盘里面，所以张道士把托盘托回来的时候，里面不光有这个通灵宝玉，还有很多其他的、道士们献上的佩戴物，其中就有一只金麒麟。这只金麒麟，别人不感兴趣，贾宝玉一看就很喜欢，就把它抓起来，留下了。

　　书中后来交代，史湘云平时就戴着一个金麒麟。本来薛宝钗那个"金玉姻缘"就已经搞得林黛玉心烦意乱了，现在一"金"未除，又平添一"金"，使得林黛玉的思绪完全紊乱了。为此，林黛玉就和贾宝玉大闹，闹得沸反盈天，搞得最后贾母都被惊动了，贾母为这个事后来甚至都哭了。

曹雪芹这样写有多重含义，他并不是要告诉读者：贾宝玉那个时候已不爱林黛玉了，留下金麒麟是因为他把爱情转移到了史湘云身上了。

贾宝玉和史湘云确实非常亲密，他认为史湘云是他非常好的一个闺中朋友，他们两个在一起非常愉快。但是，他和史湘云之间在大的问题上是有分歧的。比如说在读书上进啊，他是否应该参与那个社会的男人的权力结构中那些交际啊之类的问题上，他们就发生了严重的冲突。史湘云劝他，说你别老在我们这些人里混，你也应该去见见那些为官做宰的人，学学仕途经济。那么贾宝玉就很生气，就当面让她下不来台。史湘云在社会价值的认知上是和薛宝钗接近的，贾宝玉在这点上是跟她划清界限的。所以从整体上来说，贾宝玉跟她相处得非常愉快，史湘云的性格、史湘云的才能，都让他觉得有审美的愉悦，可是他们的思想不能完全共鸣，他心中真正爱的，达到心心相印的程度的人，确实还是林黛玉。

可是宝玉为什么要把金麒麟留下来呢？如果我们是从探佚学的角度，探佚《红楼梦》八十回后的故事，就会知道，这个金麒麟是一个非常重要的伏线，是非常重要的一个道具。

脂砚斋的批语告诉我们，它至少将出现在八十回之后的某一回，那一回的内容是射圃。射圃就是在一个园地里面射箭，这应该是男子的活动的场合。射圃的人中就有一个贵族公子，叫卫若兰。卫若兰这个名字在前八十回只出现过一次，就是在为秦可卿办丧事时，说有什么什么人来参与这个丧事的时候开了名单，名单里面提到有一个王孙公子是卫若兰。但是前八十回里并没有写他的故事。大家可能没想到，出现这样的名字是"草蛇灰线，伏延千里"，到八十回后，卫若兰将是一个重要的角色。脂砚斋看到过曹雪芹写出的八十回后的一些文稿，就告诉我们，宝玉从清虚观得到的这个金麒麟将出现在射圃的那场戏里，卫若兰当时所佩戴的金麒麟就是从清虚观得到的这个金麒麟。那么，这究竟是怎么回事？我将在跟大家探讨史湘云的命运的时候再来揭秘，现在我们还是回过头来讲林黛玉、贾宝玉之间的情感。

贾宝玉当时留下这个金麒麟，主要就是觉得史湘云有一个，再送给她一个，岂不是很有趣吗？我想他主要就是出于这样一种顽皮心理。可林黛玉就不干了，心里就紊乱了。当然，在这一回前后，也就是清虚观打醮的前后，薛宝钗的状态也非常不佳，我在以后讲薛宝钗的时候会详细地剖析，为什么薛宝钗在清虚观打醮前后会那样烦躁不安？那样易于发怒？说起话来比林黛玉还要尖刻，甚至于不惜向一个叫靓儿的小丫头发火？

黛玉、宝钗两头都乱了，宝玉在这种情况下呢，就左右为难，陷于他个人在情感和人际关系上的最大的危机之中。所以二十九回前后，曹雪芹写得花团锦簇，把三个人之间的感情纠葛和性格摩擦，再加上别的人物、别的故事，搁在一起，构成了非常生动的一个文本。

到了小说的第三十六回，我个人认为，关于宝、黛、钗的爱情纠葛，曹雪芹就基本作了一个收束，就基本不在以后的章回里面过多地写他们三个人之间的感情摩擦和冲撞了。

第三十六回的前半回叫"绣鸳鸯梦兆绛芸轩"，写宝玉挨过父亲的狠打之后，伤已养好，在疗养期间过着很悠游的生活。有一天薛宝钗就去了。袭人本来坐在宝玉的那个卧榻边绣鸳鸯，后来临时出去了，薛宝钗就情不自禁地坐到了贾宝玉的卧榻边，一看袭人没绣完的鸳鸯戏水很漂亮，就忍不住自己拿针接着绣下去。那么在这个过程当中呢，贾宝玉是睡着了的，睡着了以后就说梦话，这个梦话惊心动魄，大家一想就都能想起来，说的是："和尚道士的话，如何信得！什么金玉姻缘，我偏说是木石姻缘！"

对这段情节，历来的读者分作两派。一派说贾宝玉其实没睡着，起码是没有彻底睡着，属于浅睡眠状态，周围的动静他都听得到。因为袭人说要出去一下，他是说给宝钗听的，宝钗坐在睡榻旁边，贾宝玉从各种角度，包括从嗅觉上，是能感觉到宝钗的。他那样说，是故意要让宝钗听到。我前面提到的两个"红迷"朋友中的其中一位就坚持这个观点。这是他个人读这一段情节的心得，我们也不好驳他，因为曹雪芹写的那个文字也没说死。另外一个"红迷"朋友则认为，贾宝玉不会那么荒唐，他何必要这样刺伤宝钗呢？因此那些话应该完全是梦话，他并不知道宝钗当时就在他身边。但是仔细一想，宝玉在梦里面都在琢磨这个问题，这就更恐怖了，是不是啊？所以从薛宝钗的角度看，如果宝玉是清醒的，说出这样的话固然令她难堪，但是宝玉如果真是在睡梦里这么喊，就更让她难以承受了。多亏宝钗是一个能自持的人，换作别的人，也许当时就会晕过去。

所以，实际上曹雪芹写到这个地方的时候，就已经告诉读者，贾宝玉的主意是不可能更改的了，不可能有变易的了。林黛玉通过后面跟他的一些接触，心里也明白了：贾宝玉确实爱的就是她，就要娶她做正妻，正妻只有一个。所以曹雪芹写到这个份儿上，就等于对宝、黛、钗三人的情爱关系作了一个收束，这是我的看法。

我们再往下看，在这之后，曹雪芹就公然写到了黛、钗二人的和解、和好，这时，曹雪芹的亲密合作者脂砚斋就在批语里面清楚地告诉我们：黛、钗合一。

对这种文本现象，我们没有办法否认，我们得承认确实是这样的。到了第四十二回，我记得我当年看这回的时候挺紧张，为什么呢？因为薛宝钗约林黛玉到她那儿去谈话，说要审她。

我当时想，一个是反封建的女斗士，一个是顺封建的遵守封建规范的负面人物，她们现在短兵相接，负面人物还先挑战，说要审对方，这还得了！一定有好戏。我就等着看这两个人怎么唇枪舌剑、怎样就是否应该遵守封建规范进行一番大辩论，那场面一定非常的火爆！结果却大出我的意料，我仔细一读，咦，不是这么回事，两个人和好了！当时由于头脑里面有一个僵化的主观概念，用那个套小说里面的情节和人物，结果就和小说文本传达的信息之间产生了不协调，不共振了。我们应该先抛去主观的、先验的条条框框，仔细来读《红楼梦》，读这个文本本身，然后再细细体会。后来我这样来读，就懂得了其中的道理，当然，我个人的体会不一定能准确地反映曹雪芹的写作用意，但是我愿意竭诚把自己的心得奉献给大家，咱们共同讨论。我觉得曹雪芹就是要写黛、钗两个人最后和好，为什么？因为他写出了薛宝钗人品当中非常美好的一面。

薛宝钗为什么要审林黛玉？因为在此之前，刘姥姥第二次到了荣国府，痛玩一番以后走掉了，但是在走之前和大家一起斗牙牌，那是第四十回，叫"金鸳鸯三宣牙牌令"，这里只说林黛玉参与斗牙牌的情况。她是一个争强好胜的人，一直不愿意输，在斗牌的过程当中需要说一些押韵的句子，还必须符合当时牙牌上的状况，林黛玉就又把《西厢记》里面的词拿出来说了。别人听了可能无所谓，但是薛宝钗呢，她读过那些东西，她耳朵尖，记了下来，于是事后就约林黛玉到她那儿去，跟林黛玉谈这个事儿。

有一点现在的年轻人可能很难理解，我虽然年纪大一些，可是离那个时代也很遥远，我一度也很难理解——你看这个小说里面的描写有一点很古怪，就是他们过生日啊，过节啊，举办什么大的活动的时候，都要安排戏子演戏，有时候让自己家里的戏子演，有时候从外面请人来演，《西厢记》的故事、《牡丹亭》的故事，都可以在舞台上演出来，这些小姐都坐在底下听，这不算问题；可如果找来《西厢记》《牡丹亭》的书来读，就是天大的问题，就是读了淫词艳曲，就是罪过！为什么当时会形成这样一个不成条文的文化禁忌，希望大家共同去探讨，这里不枝蔓，但是我想我对它的概括还是准确的，从书里看也是这样的。

薛宝钗认为，林黛玉说出这样的牙牌令，就说明她不仅是看了戏，而是一定是看了《西厢记》《牡丹亭》的书，看了这些淫词艳曲，记了下来，脱口而出了。薛宝钗很有把握，就审问林黛玉。一番情节流动之后，我们就发现，薛宝钗审问黛玉并不是挤对黛玉，而是为了保护她。因为在当时那样一个封建家庭，薛宝钗如果要对林黛玉不好，想搞垮林黛玉，她会有很多的办法，也不一定非得直接去告状，她可以在和贾母、王夫人等人相处的时候，通过嘻嘻哈哈地说笑话很自然地透露出来：这个林丫头，那天牙牌令你看她伶牙俐齿的一直没输，为什么啊？哎呀，真没想到，她读了《会真记》（《会真记》就是《西厢记》），还读了《牡丹亭》，她记性可真好，出口就能引用啊……以非告状的口气，她就可以把林黛玉私下里读这些淫词艳曲的情况透露给长辈。即便贾母对林黛玉非常的钟爱，肯定也会不愉快。王夫人本来就希望林黛玉出点问题，以便让贾宝玉娶她妹妹的女儿，结成"金玉姻缘"，使王家的势力得以在贾府里扩张，控制贾府里的财政和人事大权，所以肯定会如获至宝。薛宝钗没有这样做，而是当面跟林黛玉指出来：这很危险。薛宝钗非常坦诚，坦诚到这种地步——她跟林黛玉说，她小时候也读过这些书，而且读得比她还多、还早。那么，她解决得了林黛玉的价值取向问题吗？她没有解决，也解决不了，林黛玉也不容她去解决这个问题，但是林黛玉对她保护自己这一点非常明白，非常感激。于是她们和好了。当然，和好以后，两个人的价值取向还是不一样的。

第七十回吟柳絮词的时候，你看，两个人就各写了一首词，通过词意可以看出她们的价值取向完全不同，而且互相抵触。

黛、钗的和好，我后来细读时，还是有点惊讶，心想曹雪芹怎么这么写啊，但是我读到四十九回的时候，就发现曹雪芹他也表示惊讶，他通过贾宝玉表示惊讶，你注意到第四十九回里的一些描写了吗？

这一回中，大观园里面又增加了很多新人，薛宝钗的堂妹薛宝琴也到了荣国府，还有李纨的寡婶的两个女儿李纹和李绮，还有邢夫人的一个侄女儿邢岫烟，大观园里一时非常的热闹。人一多，就派生出了一个谁最受宠的问题，结果在当时的情况下出现了一个令读者吃惊的局面，就是最受宠的是薛宝琴，一个刚出场的人物。

贾母对薛宝琴一见就爱得不得了，逼着王夫人认她做干女儿，还把自己很久都不拿出来给别人穿的凫靥裘——一件华贵的披风，拿来给她穿了（她对林黛玉那么好，都没有拿出来给林黛玉穿）。而且当时其他刚来的人都被分别安排在大观园里别的人的住处来住，薛宝琴却享受最高待遇，留在贾母身边住了。

你如果仔细读这段文本就会发现，贾母如此宠爱薛宝琴，薛宝钗都扛不住，她吃醋了。原来大家以为林黛玉这个人是最容易吃醋的，最容易嫉妒人的，最容易说刻薄话的，是不是？但曹雪芹这次却以生花妙笔写一贯豁达的薛宝钗竟大吃起醋来——他写人性写得非常透彻，非常深刻——人是活的，复杂的，会反常的。

后来贾母派人到大观园通知大家，说了些宝琴还小呢，你们都得让着她之类的话。薛宝钗当时就说了很不满意的话："你也不知是那里来的这段福气，你到去罢，仔细我们委曲着你。我就不信，我那些儿不如你。"虽然是笑嘻嘻地来说的，但是其醋意不亚于在这一回之前的很多回里面的林黛玉。

可是书里却没有写林黛玉对此有吃醋的反应。和薛宝钗完全不一样，林黛玉见贾母那么喜欢薛宝琴，却十分的心平气和。她自己一见薛宝琴，也觉得挺好的，就当自己的妹妹对待，亲热得不得了，一点醋意都没有。不管贾母怎么喜欢薛宝琴，林黛玉都觉得很正常，她不在乎。这种情况被贾宝玉看在眼里，于是就有了一段很有趣的描写：宝玉看见她们三个人好作一团，就开始闷闷不乐，这是写出深邃人性的极高明的一笔——按说他不是应该高兴吗？原来就是因为有一个薛宝钗，有一个金锁，闹得他很烦恼，梦里都要喊出话来，林黛玉还是老不放心；现在呢，林黛玉跟薛宝钗和好了，甚至连薛宝钗的堂妹来了以后那么受贾母的宠爱她也不嫉妒，这不天下太平了吗？但是，恋爱中的青年男女就是这样，对方要是吃醋、猜忌、耍小脾气，他固然很着急；但要是忽然有一天对方心平气和，全无所谓了，你以为他就认为是好事啊？他偏会闷闷不乐！曹雪芹这样写道：宝玉"便心中闷闷不解，因想：'他两个素日不是这样的，如今看来竟更比他人好似十倍'……宝玉看着，只是暗暗的纳罕。"他觉得很奇怪，后来就逮了一个机会去问黛玉，用了一句《西厢记》的词儿："是几时孟光接了梁鸿案？"

梁鸿、孟光是汉朝的两个人，梁鸿是男的，孟光是一个女子，两人是夫妻。孟光嫁给梁鸿以后，有一个非常著名的肢体语言，就是每次做好饭以后把饭送到丈夫面前时都不敢平视丈夫，而是把饭高高地举起，与眉毛齐平，叫举案齐眉。

那么这个"案"呢，据有的学者考证，它就是"椀"，也就等同于饭碗的"碗"。本来在生活当中，是孟光举案、梁鸿来接，但是《西厢记》里面的这句话很俏皮，偏要反过来说。贾宝玉为什么引用这一句？就是因为情况很反常啊。是几时孟光接了梁鸿案呢？就是说太奇怪了，让人纳闷儿：你原来那么猜忌她，我怎么解释都不行，好嘛，现在你倒跟她和好了。贾宝玉有一句话说得特别生动："先时你只疑我，如今你也没得说了，我反落了单。"

恋爱中的青年男女最怕落单儿，有个人在旁边要点小别扭，生点小气，使点小手段，特高兴，或者自己也生个气赌个气，互相之间斗斗小气，是一大乐子。忽然，所有的都没有了，一切变得非常的平淡无奇，这个时候就感觉落单了。贾宝玉觉得林黛玉没有了情敌，自己也就格外地寂寞，生活当中就少了很多的复杂滋味，特别是品尝麻辣烫的乐趣。他这一问，黛玉就很认真地回答道："谁知他竟真是个好人，我素日只当他藏奸。"

林黛玉对薛宝钗的基本品质有了这样一个认知：咱俩的价值取向不一样，只能各走各的路，但是呢，我觉得你是一个好人，因为你不害人。你不但不害人，你还保护人，你在为人上不藏奸，我就跟你好。她们两个人就这样和好了。

黛、钗合一，是曹雪芹对全书的一个总体设计，稍微对文本熟悉一点就能体会得到。比如书里的第五回，在太虚幻境的金陵十二钗正册中，黛、钗合为一幅画、一首诗；在警幻仙姑请贾宝玉听曲的时候，黛、钗合为一曲；警幻仙姑后来在贾宝玉的梦里面对他进行性启蒙，介绍给他一个美女，然后就说这是她妹妹，那么这个美女呢，文本中的形容是这样的："鲜艳妩媚，有似乎宝钗；风流袅娜，则又如黛玉。""乳名兼美、字可卿者。"脂砚斋在另外的批语里面也一再地向读者指出："钗、玉名虽二个，人却一身，此幻笔也。请看黛玉逝后宝钗之文字，可知余言不谬也。"

她这样说是有根据的，她看了八十回以后的书稿，知道黛玉去世以后，宝钗对黛玉还有一个态度，通过这个态度，脂砚斋认为这两个人"名虽二个，人却一身，此幻笔也"。这句话很难理解，因为我们没有看到八十回以后的文字，而且脂砚斋在思想上和艺术追求上和曹雪芹还不能完全画等号，有些地方也可能看走眼，但她不可能故意去说一些怪话、错话，所以很值得参考。

我个人认为，其实问题很简单。首先，曹雪芹之所以这样来写黛、钗和好，乃至于脂砚斋提出了两个人实际上是一个人的看法，就是因为曹雪芹在第五回就已告诉我们，所有这些女子都是薄命司里面的，尽管林黛玉追求个性解放，由着自己的性子生活的结果是个悲剧，薛宝钗拼命地内敛自己，努力地去遵守封建的规范，但是到头来也逃脱不了悲剧命运。那个社会是罪恶的，它并不会因为这些闺中的女儿个人价值取向上的不同而分别给予她们不同的命运，它最后都给她们的人生以沉重的打击，她们的结局都很悲惨。曹雪芹不愿意让读者产生一个误解，以为这些闺中女儿由于情感价值取向、性格不同，有的人就会有好的命运。他要控诉那个社会残害年轻的闺中女子，这是他的一个基本立场。所以，他写来写去最后告诉我们，这两个人最后都没有逃过命运的恶掌，最后都是悲剧的结局。

这也说明，曹雪芹并不只是在写一部爱情小说，在收束了黛玉、宝钗、宝玉之间的感情纠葛的情节以后，他放手去写更广阔的人生。后面他连续用了好几回去写大观园里面复杂的人际冲突，写为了争夺那个内厨房所发生的种种事情，上场的人物非常之多，故事盘根错节；又腾出手去写"红楼二尤"的故事，等等。这就充分说明，把《红楼梦》简单地概括成一部青年男女争取恋爱婚姻自由的小说是不准确的。我在此前曾经比较多地讲了《红楼梦》的政治投影，有人就以为我的观点就是《红楼梦》是一部完全政治化的小说，其实我并不这样看。总而言之，我认为《红楼梦》是一部描绘许多不同的人物的不同命运、展示广阔的人生图景、探究人性深处奥秘的社会性的小说。

脂砚斋批语透露最后林黛玉是要死去的，那么林黛玉最后的结局究竟是什么样的？如果说林黛玉自己说她的命运是"风刀霜剑严相逼"，或者说她的处境险恶到了"螳螂捕蝉，黄雀在后"的程度——这当然是一个比喻——那么如果把她比作"蝉"，谁是"螳螂"？谁是"黄雀"？下一讲将解答这个问题。

林黛玉险境之谜

　　林黛玉在荣国府的生存状况，她自己形容是"风刀霜剑严相逼"。她当然有她的欢乐，有她甜蜜的时候，但是总体处境她觉得很不妙。她的生存险境，用一句俗谚来说，叫做"螳螂捕蝉，黄雀在后"。如果说我们把林黛玉比喻成一只蝉的话，定有螳螂要捕她。什么叫捕她？就是要排除她。率先想把她排除的人是谁？就是王夫人和薛姨妈。她们要成就"金玉姻缘"，就必须排除林黛玉。当然她们对林黛玉不会狠毒到要把她害死，应该不到那个程度，但是一定要把她不适合嫁给贾宝玉的理由充分地挖掘出来，展示在贾母的眼前。大家还记得王夫人在抄检大观园之前的态度吗？她回忆起有一次到大观园里面去，看见宝玉房里的一个大丫头在那里骂小丫头，她就说眉眼有些像林妹妹，然后就说那丫头非常轻狂，那种轻狂样子她看不上——她说的是晴雯，实际上也反映出她内心里对黛玉一万个看不上。王夫人看不上林黛玉，是由衷地看不上。不是说她心里觉得林黛玉好，只是由于要促成一个"金玉姻缘"，就压抑自己对林黛玉的好感，她就是看不上。

　　而通过清虚观打醮前后发生的事情，王夫人发现，贾母健在一天，就要维护林黛玉一天，所以心里就很不痛快，随时要找机会排除林黛玉。宝玉挨打之后，袭人去向她汇报，就说到自己老在担心，担心什么呢？大意就是说担心宝玉现在已经长大了，有两个姐妹老在他眼前，一个就是林妹妹，一个就是宝姐姐。按说应该把姐姐说在前头妹妹说在后头，才符合话语顺序，但是袭人深知王夫人心中喜欢谁，不喜欢谁——她不得不提到薛宝钗，但是她先说林黛玉。王夫人一听，觉得袭人怎么这么懂事啊，所以就立刻收为心腹，给她一个准姨娘的地位，从自己月银里面拨出二两银子一吊钱作为特殊津贴赏给袭人。

王夫人出生于贾、史、薛、王四大家族中的王家，从曹雪芹的描写中可以看出，王夫人喜欢清心寡欲、极爱素淡的宝钗式性格，而黛玉风流灵巧、锋芒毕露，与她的喜好格格不入。在王夫人看来，黛玉体弱多病，脾气也不好；她还多疑爱哭，而且喜欢招惹宝玉，三天刚好，两天又恼了，让宝玉为她神魂颠倒，这是王夫人最不能容忍的。

由此看来，王夫人排斥黛玉，尚有可理解之处；而对于宝、黛关系，王夫人的妹妹薛姨妈又究竟是什么心理呢？

有"红迷"朋友跟我讨论，说薛姨妈不是有一次还主动说最好把林妹妹配给宝玉吗？书里确实有这样一段描写，第五十七回，在林黛玉面前，当时还有薛宝钗，薛姨妈就说了这样的话："你宝兄弟，老太太那样疼他，他又生的那样，若要外头说去，老太太断不中意，不如竟把你林妹妹定与他，岂不四角俱全？"说"不如竟把你妹妹定与他"的时候，她的脸显然是朝着她的女儿薛宝钗的。这是很冒险的一个话语情境啊！她心中一直是揣着"金玉姻缘"的念头的，在场的有她的女儿——"金玉姻缘"应有的享受者，同时又有"金玉姻缘"最大的障碍林黛玉。可是薛姨妈这个时候突然就走出一招险棋，当着她的女儿和林黛玉说了这样的话。她究竟在干什么？她真的主张让贾宝玉娶林黛玉吗？当时曹雪芹立刻就写了一笔，你注意到没有——紫鹃听见了，就忙跑过来笑道："姨太太既有这个主意，为什么不和太太说去啊？"有的古本这个地方写成"为什么不和老太太说去啊"，我个人认为，在不同的写法当中符合曹雪芹原笔原意的应该是"为什么不和太太说去啊"。紫鹃是聪明人应该会这么说。因为老太太的态度不用讨论，薛姨妈的话里就已经把"老太太"重复了好几遍：你宝兄弟，老太太那样疼他，他又生的那样，若外头说去，老太太断不中意……你要注意，小说里面的人物关系设计得很准确，毕竟荣国府的女主人应

55

该是王夫人。贾母在宗族当中地位很崇高，但是她的丈夫已经去世了，她现在住在中轴线建筑群西边的一个大院落里面，虽然人人尊重，但贾宝玉毕竟是贾政和王夫人的儿子，对贾宝玉娶谁做妻子最有发言权的应该是贾政。从小说中的描写来看，贾政对这些事情不怎么管，这件事基本上是由王夫人做主。所以说紫鹃聪明，她知道这件婚事的障碍绝不在老太太那儿，而是在王夫人那儿。薛姨妈是王夫人的亲妹妹，她说别的话紫鹃不搭茬儿，在一旁做她的事，听到这句话立刻跑过来，点到穴位上："姨太太既有这个主意，为什么不和太太说去啊？"你说去啊！你跟太太一说，太太一表态，老太太一高兴，事儿不就了了吗？结果，从后面的描写大家可以看到，薛姨妈是高高举起、轻轻放下，意思说那是句玩笑话，说紫鹃你这个丫头可能是自己想找婆家了，你急什么啊？就把这个话给岔开了。紫鹃很扫兴，只好走掉了。薛姨妈她想干什么？是进行火力侦察！按道理薛姨妈这样做是很残酷的，因为林黛玉爱贾宝玉、贾宝玉爱林黛玉是人人皆知的，清虚观打醮那一回他们闹得沸反盈天，府里的所有人都知道，而且贾母说他们"不是冤家不聚头"，这句话传遍了全府，薛姨妈到了这个时候公然在黛玉面前故意这样说，是要看看黛玉的反应。

整部《红楼梦》，除了爱情故事以外，还写了一个贵族大家庭里面各种不同的利益集团为了争夺这个府邸的控制权（首先是财产的占有权和分割权）都在使劲儿的情况。王夫人和薛姨妈她们整天盼着缔就"金玉姻缘"。对王夫人来说，那是娶了一个好的儿媳妇，对薛姨妈来说，她女儿嫁了一个最满意的郎君。贾母一去世，天下就彻底是她们的了。所以她们一直做着这样的美梦，也就是黛玉背后的"螳螂"，一心一意在做排除她的事。

情节继续往下发展，因为朝廷里面薨了一个老太妃，贾母和王夫人她们都需要到朝中参与有关的祭奠活动，府里面需要加强安全保障，借着这个茬儿，薛姨妈就住进了潇湘馆。早在清代，就有一些评家作出了评议，说这个薛姨妈真是够厉害的，老奸巨猾——她住进了潇湘馆，就彻底控制了黛玉的一切活动，使得宝玉和黛玉的交往变得格外不方便。黛玉这个人，你可以说她小心眼、尖酸刻薄，但她的内心是非常单纯、善良的，就没有意识到这一点。她觉得自己孤苦伶仃的，有薛姨妈照顾很好，还干脆认薛姨妈做干妈。薛姨妈假惺惺地接受了，形成了一个很古怪的局面。这是黛玉生存险境的一个方面。

大家不要忘记，府里头的利益集团有好几个，对王夫人来说，有一个利益集团是一天到晚针对她的，其主帅不是别人，就是赵姨娘。

赵姨娘是贾政的妾，是探春和贾环的生身母亲。按理说，封建社会很讲究母以子贵，可是对于赵姨娘来说，贾府中所有的好事都没有她的份。在很多重要活动中，连稍微体面一点的丫头都上了台盘，可就是没有赵姨娘的份。

赵姨娘是有王牌的，她给贾政生了一个女儿、一个儿子。在当时那样的社会，那样的家庭，一个做妾的（一个姨娘），如果她有生育，她的发言权就提升了；如果她能生男孩，她的发言权就会进一步提升；如果那个男主人还喜欢她，不要别人伺候，专要她伺候，那她的发言权甚至会凌驾于女主人之上。赵姨娘是个很有心计的人，对她来说，最大的障碍就是贾宝玉。因为贾政统共有两个儿子（我们不算贾珠，因为故事一开始那个大儿子就死掉了，只剩下一个寡妇李纨），一个是贾宝玉，一个就是贾环。有贾宝玉在，贾环的地位就高不了。一是因为庶出，不是大老婆生的；二是因为年龄比贾宝玉小，论资排辈、长幼有序，哪点对他都不利。所以，赵姨娘、贾环这母子两个人一天到晚想害贾宝玉。有一回，王夫人让贾环抄经，就在王夫人的屋子里头，抄经的过程中，贾宝玉从私塾放学回来，滚在王夫人怀里，王夫人就跟他展现出深厚的母子之情：王夫人不断地摩挲宝玉，宝玉就扳着王夫人的脖子说长道短。贾环看在眼中恨在心里，就趁机下了毒手——宝玉躺在炕上，跟丫头说笑，离贾环抄经的炕桌不远，贾环就把油汪汪的一个蜡台一推，推到宝玉的脸上，想烫瞎宝玉的眼睛，幸亏没烫中，但烫得宝玉的脸上起了一溜燎泡。你看，贾环对他的哥哥就这么狠。

赵姨娘就更狠了，她利用马道婆把王熙凤和宝玉给魇了，使王熙凤和宝玉都濒临死亡的边缘，亏得后来从天界到人间活动的一僧一道进来想了个办法把他俩救活了，否则那次宝玉就死掉了。当时宝玉已经到了弥留状态，赵姨娘说了一些很难听的话，甚至于说，你们不要哭了，平常那么疼他，现在这种情况还不如让他早走了好，也许让他走了，他倒轻松了。当时贾母听了就气坏了，啐她，骂她。王夫人听了当然也非常生气。赵姨娘害宝玉、凤姐，为的就是争夺对荣国府的控制权。王夫人和赵姨娘构成两个对立的利益集团，所以叫做"螳螂捕蝉，黄雀在后"。如果把王夫人比喻为"螳螂"，"黄雀"就是赵姨娘。赵姨娘这个利益集团（通过第五十八回前后的情节，我们可以看出，荣国府里有一些婆子还是支持赵姨娘的，是她的"社会基础"）争夺利益的手段是非常粗鄙，非常毒辣的。如果说王夫人和薛姨妈对林黛玉只是不喜欢、讨厌、要排斥的话，我想她们还不至于要把她害死，从书里面的描写看不出她们有这个心思；但是从书里对赵姨娘的描写来看，她绝对是会对她认为是自己的障碍的事物采取果断措施的。黛玉的生存环境真是险恶之至。

那么，赵姨娘会对林黛玉施以什么手段呢？首先是紧盯。别以为只有薛姨妈在那儿进行火力侦察，赵姨娘也没闲着。她是一定要害林黛玉的，为什么？她和林黛玉之间虽然没有直接的利害冲突，但是她也绝对不能容忍贾宝玉去娶林黛玉，过上美满幸福的生活。而且她深知，贾宝玉爱林黛玉爱到那样的程度，如果林黛玉不在了，贾宝玉要么就死，要么就出家——贾宝玉自己也口无遮拦，经常当着人就对林黛玉说：你死了我当和尚去。赵姨娘利用马道婆没有把宝玉魇死，她不会罢休，她是巴不得让贾宝玉死掉或走掉的。怎么让贾宝玉死掉或走掉呢？其中有一招儿，就是让林黛玉死掉。

从小说里我们不难看出，赵姨娘这半个主子当得实在是窝囊：女儿探春对她不屑一顾，儿子贾环又常常不听她指挥，就连小丫头都敢对她推推搡搡……也许正是这种巨大的失落，使她更加疯狂地为夺取荣国府的控制权铤而走险。

那么，这个只有野心却缺少智慧的赵姨娘，究竟会怎样在宝、黛的情路上设置障碍呢？又是什么原因让她在贾府中有恃无恐？《红楼梦》的文本中有没有这方面的蛛丝马迹呢？

如果你进行文本细读的话，请不要放过第五十二回的一个细节。

在五十二回，宝、黛之间已经没有爱情上的猜忌和摩擦了，他们两人的关系应该说是复归于平静，互相关怀。有这样一个细节：其他的人都不在了，只剩宝玉和黛玉两个人在潇湘馆里面，宝玉就笑着对黛玉说有句紧要的话，这会子才想起来——而且他跟黛玉已经非常融洽了，所以一面说一面便挨过身子来——悄悄地道："我想宝姐姐送你的燕窝……"一语未了，只见赵姨娘走了进来，表示来瞧黛玉，问她这两天可好。这里曹雪芹下笔非常细腻，描写非常精确。走进潇湘馆，进入黛玉活动的那个内室空间，应该是要越过一些灰空间或是一些次要空间的，其中会有丫头和婆子，赵姨娘显然步伐非常急促，非常无礼，她没等这些丫头、婆子通报，自己就走进去了。走进去之前，她可能会刹住脚步往里看，等到宝玉把身子挨近黛玉的时候，突然就进去了。然后她就表示来问候黛玉。这是不怀好心的，其实就是在进行侦察，要获取林黛玉和贾宝玉之间有不轨行为的证据，要做见证人。她会把情况告诉谁？她不会去跟王夫人说，也不会跟贾母说，因为她知道贾母和王夫人两个人是讨厌她的，听不得她的话，即便她抓住了所谓的事实把柄，人家也不买她的账。但是，她实际上也用不着跟她们说，她有王牌，她可以直接跟贾政说。贾政可是这个宏大府邸的一把手，真正的、正经的府主。有"红迷"朋友会问，她一个姨娘，有那么大的话语权吗？其实，她的话语权在贾政面前非常大，书里面是写得很清楚的。比如说，第七十三回就写道："赵姨娘正和贾政说话，忽听外面一声响，不知何物，忙问时，原来是外间窗屉不曾扣好，塌了屈戌了，吊下来。赵姨娘骂了丫头两句，自己带领丫鬟上好，方进来打发贾政安歇了，不在话下。"不要把这些过渡性的语言轻易放过，贾政作为荣国府的老爷，每天晚上谁伺候他睡觉？并不是王夫人，也没有关于周姨娘的描写，就是赵姨娘。这种描写在书里面出现了不止一次。一次，赵姨娘还在贾政面前请求贾政批准把王夫人身边的一个丫头要来给贾环。这些都说明在贾政面前她是有话语权的，因为贾政喜欢她。尽管别人讨厌她，但府主喜欢她，一把手喜欢她，所以她有的时候就有恃无恐，很可怕。

接着往下看，你就会发现，这个赵姨娘的话语权甚至会引发大地震。你注意到七十三回里面的那些情节流动了吗？怡红院里本来没事，大家都准备睡觉了，忽然跑进来一个小丫头，叫小鹊，说刚才赵姨奶奶不知道在老爷面前说了什么，要贾宝玉小心，仔细明天老爷问！这个小鹊是赵姨娘的一个小丫头。赵姨娘打发贾政安歇时发生的什么窗户掉了需要去把它重新复原之类的事，可能都是小鹊这些人参与的。小鹊一定是听到了很严重的话，小说里写得很清楚，怡红院的人问她这么晚你跑到这儿干什么，很反常，小鹊就说她知道一些情况必须告诉他们，都没有坐下喝茶，说完立刻就走人了。这就引起了一系列的连锁反应：宝玉就没法睡了——这还怎么睡，明天他爸问他，问什么，想必是问功课，所谓功课就是四书五经，学着写八股文章，一想这些天根本离这些个东西就很远，只好立刻开始恶补，这就闹得整个怡红院都没法睡觉——他不睡觉，大丫头当然就带头不睡觉，小丫头有的在那儿坐着坐着就困了，头撞了墙，还被晴雯臭骂了一顿，搞得很紧张。然后呢，情节又往下流动，就在这个时候，芳官（芳官本来是唱戏的，后来戏班子解散了，就被分到怡红院当丫头）出去了一趟（书里多次写丫头出去了一趟，说白了就是方便去了），回来以后就说看到一个黑影从墙上跳下来。哎呀，晴雯如获至宝：本来找不着理由来阻挠第二天贾政问宝玉功课，这不就是理由吗？于是就说有贼啊，有人跳墙啊，然后就让那些守夜的都别睡了，灯笼火把地搜。哪儿有啊，搜了一夜也没结果。曹雪芹写晴雯这个人物写得真是非常生动，也让我们心里非常难过，因为晴雯万没想到是她把事情闹大的。晴雯当时就说了，不要以为这个事就完了，宝玉受惊了，她是要去告诉太太的，要问太太要安魂药的，难道就罢了不成？晴雯理直气壮，觉得自己跟王夫人是一头的，向那些守夜的发威。可那些人就是找不到贼啊，怎么办？没法交代啊。这个事滚雪球般越闹越大，最后就闹到贾母面前，贾母就发怒了，说她知道府里面的这些弊病，一定是晚上有人聚赌，于是就查赌。情节是这么流动的吧？雪球越滚越大。一查赌呢，不得了，迎春的奶妈就是带头赌博的庄家，牵扯到很多人，最后是黑压压跪了一院子人给贾母磕头——因为老祖宗平常不理事，她突然亲自来管这个事，大家当然都害怕了。再往下，又偏偏有一个傻大姐捡到一个绣春囊，交给了邢夫人，邢夫人和王夫人有矛盾，就封起来交给王夫人，意思是说你是荣国府的女主人，你管这一摊，您管得怎么样啊？您看看呀，连这种东西都出现在大观园里了！因为根据书里面的设计，贾赦是贾母的大儿子，邢夫人是大儿媳妇，可是呢，邢夫人却没有荣国府的管理权。邢夫人她也代表着一个利益集团，跟王夫人之间的矛盾激化了。王夫人觉得没脸，就气冲冲地去找凤姐——开头她认为那是凤姐的绣春囊，凤姐辩解说不是，而且确实不是。那么，绣春囊究竟是谁的呢？本来打算暗察，没想到邢夫人的陪房王善保家的又掺和进来，对晴雯下了谗言，事态就发展到了公开抄检大观园。抄检大观园的首个受害者是谁啊？就是那个非要强调有人跳了墙，别人说别查了，算了，她认为不能罢休，要报告太太，非要把事闹大的那个人——晴雯。所以曹雪芹铺排出的情节，流动得非常自然，也实在是惊心动魄。读了这些文字，能让我们想到人性的复杂、人的命运的诡谲、事物的必然性和偶然性的关系等等许多很深刻的东西。讲了这么多，追根溯源，风起于青蘋之末，抄检大观园就是由小鹊报信引发的，就是因为赵姨娘在贾政面前告了宝玉的状。可见赵姨娘的能量很大，是一种很具破坏性的邪恶力量。

细读《红楼梦》我们不难发现，曹雪芹基本不对书中的人物形象作简单化、脸谱化的处理。这是曹雪芹塑造人物形象时的重要美学原则。但对赵姨娘却是一个例外，在曹雪芹的笔下，赵姨娘生性糊涂、心术不正、行为猥琐，是一个比较平面的人物。

心狠手辣的赵姨娘想通过害死林黛玉来达到使贾宝玉崩溃的目的，那么，她究竟会如何对林黛玉下手呢？

这一点，在前八十回里面没有明文描写，但是也有线索可寻。什么线索？第三回写林黛玉进府，贾母他们一见林黛玉，就发现林黛玉"身体面庞虽怯弱不胜，却有一段自然风流体度，便知他有不足之症"——就是发育上有些先天不足，因问："常服何药，如何不急为疗治？"林黛玉就如实地跟她的外祖母汇报："我自来是如此，从会吃饭食时便吃药……如今还是吃人参养荣丸。"贾母就吩咐道："这正好，我这里正配丸药呢，叫他们多配一料就是了。"人参养荣丸对于贾府来说不算回事，这种药虽然很昂贵，但也无非是用人参这样的东西制作，原料并不难找。本来这似乎是闲闲的一笔，好像没多大意思，但是，脂砚斋在这个地方有两条批语值得注意，一条是"文字细如牛毛"，可见脂砚斋就主张要进行文本细读，不要放过一些细微处；然后就在贾母说"叫他们多配一料就是了"的地方，非常明确地写下一条批语："为后菖、菱伏脉。"就是说，这几句关于配药的对话是在为后面贾菖和贾菱两个人的故事埋下一个伏笔。曹雪芹经常是草蛇灰线、伏延千里，在第三回他就有这样一个草蛇，这样一条灰线，但八十回之内他都不呼应，八十回后他会讲到。贾菖、贾菱这两个人在后面的情节中是会出现的。

大家知道，贾氏这个宗族是很庞大的，宁国府、荣国府是两个封了贵族头衔的大府邸，是贾氏当中最光荣的两门，但是他们还有一些穷亲戚，有一些经济状况中等甚至低等的亲戚，有些这样的亲戚就会找到他们这儿来，让他们在经济上给予援助。有一些男性亲戚还希望在府里面揽一个事，挣一些钱。因为你在府里揽了事，府里就会拨给你银子，你拿银子做事的过程中就可以留下一部分，作为自己的收益。在小说里面，给大家印象最深的就是贾芸。这个贾芸，是宁、荣二府近支的一个后代，是个血缘亲。贾芸几次求职都没有成功，最后终于获得了一件差事，就是在大观园里面补种花草树木。那么，书里还有没有写到另外一些贾氏宗族的子弟参与府内的事务呢？有的。比如大观园在元妃省亲以后，就要正式做匾（原来元妃省亲时的匾额都是做的灯匾，因为元妃没有认可，你不能把它固定下来，元妃认可以后，有的经过了改动，你就要把它正式地固定下来，像石头上的就要刻，刻完弄成红颜色），参与这件事的，书里面交代得很清楚，除了贾蓉还有贾萍，也是草字头辈的。然后还很明确地交代，由于人手不够，贾珍又将贾菖、贾菱唤来监工。这一笔就告诉你两个信息，一个信息就是贾菖、贾菱他们本来在府里面有他们管的事务，现在由于这件事情很急，需要很多人手，因此就进行了人力资源的重新布局，贾珍就临时把他们两个也叫来帮忙。既然贾菖、贾菱这次是临时帮忙的话，那么平时他们在府里面负责什么呢？应该就是负责配药。第三回脂批已经讲了嘛，"为后菖、菱伏脉"嘛，所以曹雪芹下笔的确是细如牛毛，手法真是高妙无比。既然贾菖、贾菱手里有配药权，可想而知，赵姨娘就可以和他们拉关系——赵姨娘就曾经和马道婆拉过关系，而且通过拉关系她也得手了，只是最后功亏一篑。八十回后估计有这样的情节：赵姨娘，或者是贾环，说动了贾菖、贾菱，让他们在给林黛玉配药的时候，不一定直接下猛毒，但是可以让林黛玉慢性中毒，最后造成一个查不出来原因的死亡状态，这样贾宝玉就非得急死不可。第五十七回就写到"慧紫鹃情辞试忙玉"，大家记得吧？仅仅风闻黛玉要被林家的人接走，贾宝玉就急得要死，大病一场，几乎崩溃。如果林黛玉病死了又查不出原因，贾宝玉肯定要么死掉，要么出家。这就是赵姨娘所要达到的目的。她要去做的事，她将怎样做这件事，根据我的推测，和贾菖、贾菱有关。从世俗角度来说，林黛玉的具体死亡原因就是王夫人和薛姨妈为了争夺荣国府的控制权对她的排挤，和赵姨娘为了争夺荣国府的控制权所下的毒手。

那么林黛玉究竟是怎么死的呢？是不是像高鹗所写的那样，由于一个"调包计"，生贾宝玉的气，然后自己就焚稿断痴情，死掉了呢？我个人认为，曹雪芹的构思不是这样的，曹雪芹对林黛玉的死亡的描写应该是写她沉湖。我为什么得出这样一个结论，下一讲揭晓答案。

林黛玉沉湖之谜

红学界普遍认为，曹雪芹的《红楼梦》在完成之后，由于种种原因，除前八十回大体保存下来以外，后面的内容全部迷失，而我们现在所看到的后四十回，是在曹雪芹去世近三十年以后，由高鹗续写的。

高鹗对《红楼梦》的第一女主角林黛玉的最终死亡作了如下的安排：在贾家不断败落之后，为了给处于疯癫状态的贾宝玉冲喜，贾母弃林黛玉于不顾，采用王熙凤出的"调包计"，安排贾宝玉与薛宝钗成婚。林黛玉眼睁睁看着自己心爱的人迎娶了薛宝钗，于是"焚稿断痴情"，悲愤而死。

关于林黛玉的这样一个结局，由于通行本的广泛流传而深入人心。但是，我个人认为，尽管"焚稿断痴情"堪称高鹗续书中最成功的部分，但并不符合曹雪芹的原笔原意。

小说里面对宝玉和黛玉的身份是有一个特殊设定的。宝玉和黛玉原来都在天界。宝玉是天界赤瑕宫的神瑛侍者，黛玉原来是天上的一棵绛珠仙草，后来修炼成了一个女身。宝玉下凡以后，黛玉也跟着下凡。更准确地表述，就是神瑛侍者下凡以后，修成女身的绛珠仙草也随即下凡。书里面说得很清楚，天上的绛珠仙草下凡有一个很明确的目的：在天界时，赤瑕宫里面的神瑛侍者每天都出来给它灌溉甘露，才使得它能够健康地生长，后来修成了一个女体（可以叫做绛珠仙子）。所以，她下凡以后，成为林黛玉，就要把一生的眼泪还给神瑛侍者。因为这个神瑛侍者下凡以后是贾宝玉，林黛玉的眼泪就是还给贾宝玉的。这是作者在第一回里面就跟读者交代的一个带有神话色彩的人物关系的设计，是非常美丽的一个描述。

在书中后来的情节流动当中我们就有一个感觉，就是从天上下凡到人间的这二位，本身并不知道自己是从天界下凡的，只有做梦时才可能会隐隐约约地恢复在天界的感觉。总之，在人间，他们就和其他的俗人一样生活。

林黛玉每次和贾宝玉闹别扭都要流泪，根据第一回的假设，这都是在还灌溉之恩。书里面有没有一回写到林黛玉的眼泪还得差不多了呀？有的，这就是第四十九回。那个时候，林黛玉和薛宝钗之间的猜忌已经消除了，林黛玉对贾宝玉也放心了。在这种情况下，贾宝玉也表达了他对林黛玉和薛宝钗和好的不解，在林黛玉回答之后他也表示了理解。这个时候，黛玉就说了："近来我只觉心酸，眼泪却像比旧年少了些的。心里只管酸痛，眼泪却不多。"作为人间的一个女性存在，她本来爱哭，老有那么多的眼泪，现在她自己就意识到她的眼泪少了；但她没有意识到的是，她是天上的一个绛珠仙子，正在人间还泪。可是，读者读到这儿心里就明白，她的总泪量应该基本等于在天上时神瑛侍者灌溉她的那个总量。这个量不断减少，最后就接近于零，实际上也就预示了林黛玉的还泪之旅是有终点的。

宝玉也是仙人下凡，但他也并不清楚自己的真实身份，他所有的思维都是人间化的。听了黛玉这句话以后，宝玉怎么说啊？宝玉说："这是你哭惯了，心里疑的，岂有眼泪会少的？"他就不知道他们两个还有一种特殊关系，人家的眼泪就是会递减——把当年那个灌溉量偿还得差不多了之后，人家就没泪了。

在《红楼梦》中，作者曹雪芹对男一号贾宝玉与女一号林黛玉的前世今生的设计确实极为精妙，让这两个人物那跌宕起伏的悲剧故事充满了神秘色彩。而对有着仙界身份的林黛玉，如何安排她的最终结局，一定会是曹雪芹精心设计的内容。在前八十回《红楼梦》中，最能够体现林黛玉生活状态与精神气质的黛玉葬花，就给我们提供了一个深入分析曹雪芹创作意图的最好文本。那么，黛玉葬花，这个《红楼梦》里面最美丽的画面之一，究竟体现出了林黛玉怎样的生命特点？而这与她最终的死亡又有什么关系呢？

书里面描写的林黛玉，有一个突出的特点，就是诗意生存——她的生活是诗化的生活，是充分地艺术化的，黛玉葬花就是一次完整的行为艺术。

行为艺术这个概念，是近一百年来，乃至于近五十年来才在西方出现和热闹起来的，但是我们的老祖宗曹雪芹在二百多年前就在他的小说里面写了林黛玉的行为艺术。这绝不是夸张，你想，她葬花是不是行为艺术啊？

首先，她有道具。什么道具呀？有花锄。因为葬花要刨坑，所以要有花锄。林黛玉是一个弱不禁风的人，她扛的会是什么样的花锄？这个花锄如果不是一个艺术化的花锄，而是一个市卖的花锄，甭说扛了，她举都举不起来。这就说明她为自己制作了一个能够扛在肩上的花锄，这个花锄必须要特殊制作，这不是艺术行为是什么行为？而且这个花锄上还挂着一个花囊，这个花囊显然是精心地缝制和刺绣的。还不算完，另一只手还要拿一个花帚，因为花瓣需要扫在一起。这个花帚，你想一想，能是傻大姐用的那个大笤帚吗？肯定不是。它肯定是非常精致的，而且它的制作原料还不一定是竹子什么的，我们很难想象是什么做的，但是我们又可以想象它是完全艺术化的。服装更不消说了，她在那天肯定是自己精心设计自己的服饰。

她葬花有路线，在大观园里她早已事先踏勘好了的：从她的潇湘馆出来，沿着什么什么样的地方走，比如过了沁芳闸再怎么怎么样，最后到达一个角落——花冢。她有路线，有终点。

在这整个过程当中，她吟唱自己事先准备好的葬花词，她这个行为艺术是有声的行为艺术，还不是无声的。这就是林黛玉。你想，曹雪芹在那个时代能想象出这样一个场景，塑造这样一个人物，让她有这样的一个完整的艺术化的行为，这很了不起。

还有一次，写林黛玉离开潇湘馆，那个时候还跟宝玉生着气呢，但作为一个诗化的存在，她还是充满诗人气质，她的生活是完全艺术化的。

她一边走，一边嘱咐紫鹃，说："你把屋子收拾了，摆下一扇纱屉，看那大燕子回来，把帘子放下来，拿狮子倚住，烧了香，就把炉罩上。"什么生活呀？现在咱们讲和谐社会，讲人与自然的和谐，林黛玉老早就与自然和谐了，她的屋子是允许燕子来做窝的。她说"你把屋子收拾了，摆下一扇纱屉"，干吗呀？大燕子飞出去给它的小燕子觅食，就要飞回来喂食，要让大燕子觉得方便，所以潇湘馆那个纱窗里面会有一个灰空间，灰空间里面会有燕子窝，大燕子是会飞回来飞出去的。这就是林黛玉的生活。然后是把帘子放下来，拿狮子倚住，什么叫拿狮子倚住？狮子是一个工艺品，用来镇住帘子的底边，让它在空气流动当中不至于紊乱——她非常精致地安排自己的生活。然后，当然还要享受鼻息的快感，还要烧香。这个香不是搞封建迷信烧的那个香，是增加室内芳香程度的一种高级香料。这种香不能让它很猛地散发出来，因此，在香炉里面放了香以后你还要把炉罩上，放一个带花漏的炉盖。贵族小姐的生活都是很享受的，但是对林黛玉而言，这已经不是物质上的享受了，她把它变成了一种诗化的生活态度，这样生存。

　　还有一回，她命令丫头把鹦鹉站的那个架子摘下来。她养鹦鹉，不是笼养，是架养。她让丫头把架子摘下来以后，另挂在月洞窗外的钩子上。潇湘馆有月洞窗，窗子的形状是非常生动活泼的，不都是一个模式。然后，她就坐在屋内，隔着这个纱窗挑逗鹦鹉做戏，还教自己的鹦鹉念诗。这就是林黛玉。

　　所以，林黛玉的生存是诗意的生存，她一旦泪尽，要离开这个世界时，一定也会诗意地消逝。

　　我想，我的逻辑肯定成立。她是这样的一个生命，又是天上的仙女下凡，她离开人间时一定是充满诗意的。当然，那将是一首凄美哀艳的诗。

　　按理说，一部文学作品中的主人公的人生命运、情感纠葛，无非就是一种艺术创作，读者会由此产生出不同的阅读感受。尽管高鹗给林黛玉安排了"焚稿断痴情"这样一个悲剧性的结局，在最基本的思路上符合曹雪芹的构思，但在林黛玉的死亡时间、死亡原因、死亡方式等方面的处理上，都不符合曹雪芹的原有意图，从而使读者在理解《红楼梦》的创作意图和审美享受方面都产生了严重的偏差。既然如此，我会如何破解林黛玉的真实结局？我的依据又是什么呢？

大家现在看的《红楼梦》一般都是通行本。一百二十回通行本的后四十回是高鹗续的。高鹗的续书，有人很喜欢，特别是关于林黛玉结局的那段故事。

我也承认，这是高鹗的续书里面文笔最好的一段。问题是，我之前一再跟大家说过，高鹗和曹雪芹不是合作者，两个人不认识，无来往，生命轨迹没有重叠和交叉。高鹗续写八十回后的《红楼梦》，大体是在曹雪芹已经去世二十多年以后；而他的续写和被篡改过的前八十回合起来印刷成一百二十回的通行本的时候，曹雪芹去世已经将近三十年了。所以，你可以认为有一个人续书续得不错，但你却不可以认为这就是曹雪芹的《红楼梦》，这只是高鹗的后四十回《红楼梦》。曹雪芹的《红楼梦》是写完了的，而且也不是一百二十回，而是一百零八回。脂砚斋不是说了吗，全书到了三十八回，就已经三分之一有余了。他是写完了，只是八十回后的文稿迷失了。所以，我们可以做一些探佚工作，来探索后二十八回究竟是些什么样的内容，其中黛玉之死应该是怎么样的。我想这种探佚应该还是有意义的。

我个人认为，黛玉之死首先应该是在贾母死亡之后。

我前面已经费了老大力气来分析的一个观点，就是只要贾母活一天就要为林黛玉护航一天，而且贾母从一开始就愿意让宝玉和黛玉婚配，不可能突然来个一百八十度大转弯，同意"调包计"，甚至于不顾林黛玉的悲苦生死，拉下脸来绝情——这不符合曹雪芹前面对贾母和林黛玉关系的描写。所以，林黛玉离开人世首先应该是在贾母去世之后。在这个情况下，王夫人和薛姨妈她们促成"金玉姻缘"的最大的障碍就没有了，形势就明朗了。

而在上一讲，我又讲到，荣国府里面不仅只有一个利益集团，另一个利益集团，赵姨娘、贾环，他们也下了毒手，很可能就是通过贾菖和贾菱配药，使林黛玉作为一个世俗的生命存在死于慢性中毒。还有一点，我上一讲也跟大家说了，赵姨娘在谁面前最有发言权啊？贾政，荣国府这个府第法定的主人。

贾母死后，林黛玉没有了靠山，"金玉姻缘"又在紧锣密鼓地筹备；她自己又吃了赵姨娘通过贾菖、贾菱所配的药，慢性中毒；而赵姨娘又向贾政告发了她和宝玉之间所谓的不轨行为，所以说林黛玉的处境非常糟糕。你不能说赵姨娘是在完全造谣，我上一讲提过，第五十二回，她小步子捱进潇湘馆内室，腾就冲进去了，一下子就看见贾宝玉正挨近林黛玉的身子说话呢，因此，当她向贾政告这个状的时候，她甚至还心安理得——我是亲眼所见嘛！然后，她可以满世界夸张渲染，甚至于造谣诬蔑。

而最关键的问题还在于，林黛玉到人间来是为了还泪，而她的眼泪基本上已经哭干了。所以，到了她该回到天上的时候了。人间的黛玉在这种情况下会主动地结束自己的生命。

我认为，林黛玉的生活方式是一种诗意的存在，加上她兼具绛珠仙草这一仙界身份，因此，林黛玉的死亡方式一定是一种诗意的死亡方式。根据我的研究来判断，在曹雪芹笔下，八十回后林黛玉的死亡形式，应该是一次甚至比葬花更优美的行为艺术。

她所采取的方式，我个人认为，就是沉湖。

有一个"红迷"朋友听我说到这儿，他就开始急躁。他说他知道了，我的意思是说黛玉自杀了，跳湖了。这是对我的意思的误解。

第一，我没有说黛玉自杀。

黛玉是天上的仙女下凡，你说她自杀，我不能完全反对，因为你表述的意思大体正确。但是，我宁愿选择另外的语汇，因为林黛玉的死是很诗意地安排自己向人间告别的过程。她是诗意而来，诗意而去。所以我觉得，与其说她是自杀，不如说是仙去——她来自仙界，又复归仙界。

跳湖这个说法，我是坚决不赞成，因为这说明你对跳湖和沉湖之间艺术上的重大区别麻木不仁。跳湖，是从高处往下，一个抛物线，咕咚一声——当然，可能死得很痛快，但是毫无诗意。沉湖，是自己穿戴好了以后，从水域的浅处慢慢走向深处，很不一样啊！

不要觉得我说的这个话好像是怪话，在中国近代史上，有人就采取过这种艺术化的死亡方式以激励民众。

辛亥革命前有一个烈士叫陈天华，他怎么死的呀？有人就非要说是跳海而死。陈天华没有跳海，而是蹈海，这两者有很大的区别。陈天华当时觉得非常苦闷，为唤起中国民众结束清朝的统治，他写了《猛回头》等激昂的文字，首先剪掉了清朝规定男人必须留的那个辫子，所以现在留下的陈天华的照片上他是披肩发，然后就在日本蹈海。这个事件有相关文献可以证明。他留下遗言，在蹈海前一天写下了《绝命书》，使自己的行为具有一定的艺术性和震撼力。一九〇五年十二月八日，他从海边的浅处一步一步向大海深处走去，海水冲击到他的胸部，然后是颈部，最后淹过了他的头部。他觉得他完成了他的人生使命——告诉大家，应该改变清王朝统治中国的腐朽现实。陈天华作为一个激昂的革命者，他这样的行为你怎么评价是一回事，但是他没有跳海，他是蹈海。

现在我再强调一次，我所说的林黛玉的死亡方式，你不要概括成跳湖，她是沉湖。

一定会有"红迷"朋友来问我：关于林黛玉是沉湖而死的，你的依据究竟是什么？

还是要从曹雪芹的前八十回文本进行考察。因为曹雪芹的艺术手法就是总是有伏笔，在很多地方设下伏笔，在很久以后再去呼应、照应。上一讲我也说了，脂砚斋就说他"文笔细如牛毛"。《红楼梦》就是这样一个文本。有人说，这么读《红楼梦》累不累啊？不愿意累，是您的自由；我这样读，不仅不感到累，还感到很快活，获得了很大的审美乐趣。当然不是说所有的小说都得这么写，天下很大，人各有志，小说的写法和读法也有很多种，这是其中一种。

为什么我说林黛玉会沉湖？

在前八十回里有很多伏笔。现在，我不按顺序说，而是按我心目当中所认为的重要程度来排列——开头先说最重要的，最后再说一个最重要的，当中说一些其次的。

有一个根据，就在七十六回。

这一回就写到，在中秋之夜，黛玉和湘云两个人很寂寞地在湖畔联诗。联来联去，联到最后，联出两句，这两句惊心动魄，湘云那句是"寒塘渡鹤影"，林黛玉那句是"冷月葬花魂"。

有人会问了，不是"葬花魂"，是"葬诗魂"吧？"冷月葬诗魂"确实是很多通行本的写法，但在考察了各种古本之后，我认为，曹雪芹的原笔应该是"花魂"，而不是"诗魂"。为什么？"花魂"在《红楼梦》里面不是一个陡然出现的语汇，早在这一回之前就曾多次出现。比如说，第二十六回就有两句，叫做："花魂默默无情绪，鸟梦痴痴何处惊？"就有"花魂"这个字眼。在林黛玉的葬花词里面，"花魂"出现的次数也很多，比如"昨宵庭外悲歌发，知是花魂与鸟魂""花魂鸟魂总难留，鸟自无言花自羞"。你看，"花魂"是一个《红楼梦》里面固有的概念、固有的语汇。在七十六回这个地方，它就是林黛玉的象征，就和上一句的那个"鹤影"是史湘云的象征一样。

"冷月葬花魂"，就是说在一个凄清的中秋之夜，湖面上倒映着中秋的满月，湖波荡漾，花魂就默默地、一步一步地沉进去了，就埋葬在里面了。所以，这一句联诗就是对林黛玉沉湖的一个暗示，就是一个伏笔。

还有，早在第二十三回，林黛玉初进大观园住进潇湘馆，和贾宝玉偷读了《西厢记》，分手以后她一个人慢慢地走回潇湘馆，听见远远传来了学戏的那些小姑娘唱曲的声音，唱的就是《牡丹亭》里面的句子，这又勾她想起了很多古人的诗句。曹雪芹下笔的时候就反复地写了这样一些句子，比如"花落水流红""水流花谢两无情""流水落花春去也"。它们构成一个密集的意向，就是美如花朵的青春少女最后会在水中结束她的生存。我想，描写她听曲，曹雪芹可以摘引很多不同的句子，为什么她所听到的和所想到的来来回回都有这样的内容呢？根据曹雪芹的写作习惯，他不可能是随便一写，这就是一个伏笔。

书里写到，大观园里面成立了诗社，第三十七回就出现了海棠社。组织了海棠社以后，大家说以后写诗就别用哥哥妹妹这样的称呼了，咱们得想一个署名，大家当诗翁嘛，就都要有一个别号。林黛玉的别号就是"潇湘妃子"。

潇湘妃子是什么意思？远古传说时代的尧、舜、禹当中的那个舜，有两个妃子，一位叫做娥皇，一位叫做女英。舜是一个非常好的部族领袖，他经常外出巡查，后来不幸死于苍梧，没有回来。娥皇、女英就去寻找他，就很悲痛，她们的泪水洒到竹子上，使得竹子上面出现了斑痕，这就是所谓的斑竹、潇湘竹，"潇湘妃子"这个别号就来源于此。娥皇、女英最后怎么死的呀？"泪尽人水"。这是古书上有记载的。娥皇、女英找不到舜，她们的眼泪哭干了，最后死在了江湖之间。因此，潇湘妃子这个别号，实际上也在暗示林黛玉最后是沉湖而死。

到后来，诗社又由海棠社变化为桃花社——因林黛玉做了《桃花诗》，后来她们就把诗社的名字改成了桃花社。后来，由于史湘云偶然在春天拈了一片柳絮，就带头做柳絮词。我前面也讲到了，林黛玉和薛宝钗所作的柳絮词鲜明地体现出了两个人的不同的理念、不同的价值取向、不同的人生感受。林黛玉的那一首柳絮词的词牌是《唐多令》，第一句叫做"粉堕百花洲"。粉，表面说的是花粉，实际上也是在暗示一个女性。她的生命结束在哪儿了呢？百花洲。百花洲是水域的名称。这一句也是一个伏笔。

第四十四回凤姐过生日演戏，有一出戏是《荆钗记》，里面有一折叫《男祭》。这出戏的主人公叫王十朋，这折戏就表现王十朋跑到江边去祭奠一个人。

写这一笔干什么呢？因为这一回写得很巧妙，凤姐过生日是很重要的一件事，但是贾宝玉却不通知家里的人自己跑到外面去了，穿了一身素白的衣服，骑着马，只有一个小厮焙茗跟着他。他干吗去了呀？简而言之，读者都已忘记了金钏跳井的事了，因为这场风波到故事情节发展到这儿的时候，已经很远了。但是曹雪芹下笔很厉害，他通过这一笔告诉你，贾宝玉对金钏始终不忘，他知道自己的行为不当造成了金钏的死亡，所以他去祭奠金钏去了，因为这一天也是金钏的生日。贾宝玉去了以后还是赶回来了，他毕竟还得在凤姐的生日宴席、唱戏这种场合出现。

这个时候，曹雪芹就写得很厉害了：别人都不在意了，唯有林黛玉看到王十朋在江边祭奠的时候就发话了："这王十朋也不通的很，你不管在那里祭一祭罢了，必定跪到江边子上来作什么？俗语说，睹物思人，天下水总归一源，舀一碗看着哭去，也就尽情了。"

曹雪芹这一笔，可以说是一石三鸟：

第一，所有的人都猜不出来贾宝玉去哪儿了，只有林黛玉跟贾宝玉心心相印，最理解贾宝玉的行为，所以猜出他是去祭奠金钏去了。林黛玉这个话就是说，金钏不是投井死的吗，天下的水终归是一源，其实你要祭奠金钏从咱们荣国府、大观园都可以舀一碗水，对着那碗水去表达你的哀悼不就齐了吗？你非要跑出去干吗？她就知道，宝玉一定是跑到外面的某一处水边去了——宝玉确实是跑到一个庵里的水井边上去完成了祭奠——这就说明林黛玉和贾宝玉之间有心灵感应，林黛玉这个话就是说给贾宝玉听的。

第二，它也借此点明了林黛玉的结局。林黛玉的这样的话——一个人死于水域，另一个人要来祭奠她——叫谶语。"谶语"这个词在《红楼梦》里面多次出现，就是对今后命运的一种事先的暗示。这也就说明林黛玉最后的死亡和水域有关系。

第三层意思是，林黛玉死于水域之后，贾宝玉将祭奠她，很可能那次贾宝玉就是舀了一碗水（"天下水总归一源"），对着碗中水来祭奠她，很可能在后面会有这样的情节。

所以，像这些都是伏笔。

我们知道，《红楼梦》区别于其他小说的一个显著特点就是"草蛇灰线，伏延千里"的特殊写法。无论是黛玉、湘云的中秋联诗，还是林黛玉"潇湘妃子"别号的特殊寓意，以及宝玉祭奠金钏一石三鸟的暗示，都是这种伏笔写法的表现。

实际上，还有一个更重要的伏笔在第十八回，就是元妃省亲的时候点戏，点了四出戏。

哪四出戏呀？第一出是《一捧雪》中的《豪宴》，脂砚斋指出，《一捧雪》中"伏贾家之败"。贾府最后的败落，除了很多具体的原因之外，将纠缠在一件叫一捧雪的古玩上。

第二出叫《乞巧》，这是《长生殿》当中的一折，脂批说这是"伏元妃之死"。

第三出就是《仙缘》，《仙缘》是《邯郸记》当中的一折，脂砚斋指出是"伏甄宝玉送玉"。

现在我们关键是要分析第四出——《离魂》，这是《牡丹亭》当中的一折。脂砚斋在这个地方明明白白地有一个批语，说这是"伏黛玉之死"。

你现在去看《牡丹亭》里面的《离魂》，这一折在原始的剧本里面叫做《闹殇》，我不多说，把《闹殇》当中的一些唱词念一念，你就明白了。当中是怎么说的啊？说"人到中秋不自由"，你看，和中秋节有关系。"奴命不中孤月照"，和冷月有关系。"残生今夜雨中休"，和夜有关系。"恨匆匆，萍踪浪影，风剪了玉芙蓉"，含义就更丰富了。芙蓉花有两种，一种是木本的，长在旱地，一种是水生的，就是荷花。这里所说的"玉芙蓉"就是荷花，是水里面的花朵，就是在影射林黛玉最后会沉湖，死于水域。

书里面对林黛玉是芙蓉花这一点，不仅是暗示，也是明写呀！贾宝玉过生日时，"寿怡红群芳开夜宴"，抽那个花签，林黛玉抽的签就是芙蓉花，上面写着"风露清愁"，有一句诗叫"莫怨东风当自嗟"。怎么证明这个芙蓉花就是水芙蓉呢？贾宝玉痛心于他最心爱的身边人晴雯被撵出去之后死去，就写了《芙蓉女儿诔》，他这个《芙蓉女儿诔》的芙蓉指的是荷花。书里面有非常明确的描写：他问小丫头晴雯死的时候怎么说，小丫头当时不知怎么说好，就随口一编，说她上天当了花神了；宝玉就问她当的是总花神还是具体某种花的花神，当时荷花盛开，小丫头就说她当的是这个花的花神，是芙蓉花的花神。所以，这个芙蓉不是木芙蓉，而是水芙蓉，这一点是无可争议的。

脂砚斋说了，"所点之戏剧伏四事，乃通部之大过节大关键"。黛玉之死，当然是小说里面的一个大关键。

所以，黛玉应是沉湖而亡。而且，她一定会像葬花一样，精心地设计她的服装、她的道具、她的行动路线。她会不会有一首告别人世的诗呢？也可以去想象。当然，因为黛玉是一个天上的神仙下凡，她在人间的所谓的死亡，实际上是复归天界。

所以，我估计，曹雪芹关于这一段的描写会非常优美。而且最后她会跟普通人的死亡很不相同。黛玉沉湖后，不会有尸体的，只会有她的衣服和她的钗环存在，只会留下她的腰带或者她的披纱，她是仙逝。这是书里面说得很清楚的，她本来不是人间的一个凡人，她是一个绛珠仙子。

中编

古本《红楼梦》真貌揭秘

古本和通行本的故事

听过我在中央电视台《百家讲坛》演讲、看过我的《刘心武揭秘〈红楼梦〉》上卷的人士，会注意到我在表述自己的观点时，一再提到"古本《红楼梦》"，以提醒观众，我的研究，用的是"古本"而不是"通行本"。不断有人通过各种方式，直接、间接地向我提出这样的问题：

——什么是古本《红楼梦》？为什么应该读古本《红楼梦》？

——什么是"通行本"《红楼梦》？为什么说"通行本"有问题？

——既然应该读古本《红楼梦》，那么你能推荐一种好的版本吗？

这几个问题问得好。我在下面将详细回答这三个问题。

《红楼梦》究竟是谁写的？经过红学一百多年的发展，现在大多数人形成了共识：是曹雪芹写的。遗憾的是，直到现在，我们也没能找到他遗留下的亲笔手稿。曹雪芹去世前，他的书稿没有公开出版过，而只是以手抄的形式，从一本变成两本或更多本，在小范围内流传。这些手抄本，笔迹当然就已经不是他自己的了。最初，可能是跟他关系最密切的亲友来抄写，后来，辗转传抄，就更闹不清抄书的人是谁了。早期抄书的人，应该是出于对书稿的喜爱，从别人那里借到一部，读完觉得真好，就想，还书以前，自己为什么不留下一部来呢？于是耐心抄一遍。但到曹雪芹去世以后，这书的传播，就像一滴墨水落到宣纸上，逐渐浸润开来，流传的范围越来越大。这时候就开始有出于商业目的而传抄的人士了，他们可能采取了这样的办法：一个人拿着一个底本（比他们抄得早的一个流传本）念，其余几个人边听边写，这样传抄，生产量就变大了。抄那么多部干什么？拿到庙会上去卖。据说挺值钱的，一部书能卖出好几十两银子呢！到了曹雪芹已经去世差不多二十八年左右的时候，才出现了一种活字印刷的版本，印书的老板叫程伟元。这人在中国的出版史上应该大书一笔，正因为他把所得到的《红楼梦》手抄本变成了活字摆印本，才使得曹雪芹的这部书能够更广泛地流传。印刷本产量大，而成本大大降低，卖起来便宜，买去看的人当然就更多了。

所谓古本《红楼梦》，古不古，分界线就是程伟元活字摆印本的出现，那以前以手抄形式出现的，都可以算是古本《红楼梦》。程伟元通过活字摆印，大量印刷、廉价发行的《红楼梦》，就是"通行本"的发端。当然，因为那也已经是二百多年前的一个版本了，并且处在一个分界点上，所以，讨论《红楼梦》版本问题时，有时也把程伟元的印本，特别是他第一次印刷的那个版本（红学界称作"程甲本"），也算到"古本"的范畴，而那以后，特别是道光、咸丰年间开始盛行的《金玉缘》本，就都不能算古本了。

按说，程伟元把手抄的古本《红楼梦》变成了印刷的通行本，不是做了件大好事吗？怎么你现在总说通行本有问题呢？

有一个情况，是我要向读者特别强调的，那就是：根据周汝昌等红学家的研究，曹雪芹是把整部书大体写完了的，八十回以后，很可能还写出了二十八回，一共一百零八回，整个故事是完整的，把他的总体构思都比较充分地体现出来了，只是还缺一些部件，比如第七十五回里的中秋诗该补还没补；也有一些毛刺没有剔尽，比如究竟把王熙凤这个角色设计成有两个女儿（大姐儿和巧姐儿），还是一个女儿（大姐儿就是巧姐儿）？看得出最后他的决定是只有一个女儿巧姐儿，但他还没有来得及统稿，没把前后各回的文字完全划一，留下了一些诸如此类的痕迹。于是，程伟元的问题就出来了。他主持印刷出版《红楼梦》的时候，前八十回，大体是曹雪芹的古本《红楼梦》，但曹雪芹的古本《红楼梦》八十回后的内容，在他印刷出版的书里，完全没有了踪影，却又出现了后四十回的内容。据他自己说，八十回后的内容，是从挑着担子敲着小鼓的商贩的担子上，陆续找到补齐的。但后来的红学家们经过考证，形成了共识：程伟元是请到了一个叫高鹗的读书人，来续出八十回以后的内容的。高鹗这个人和曹雪芹一点儿关系都没有，不认识，没来往，年龄小很多。他替程伟元把书续出来、形成通行本那阵儿，在科举上还没有发达，"闲且惫矣"，但他是一个科举迷、官迷，后来也果然中举，当了官。他的思想境界、美学趣味，跟曹雪芹之间不仅是个差距问题，应该说，在许多根本点上，是相反的。所以，我现在要再次跟大家强调：高鹗当然可以续书，他续得好不好是另外一个问题，但他绝不是跟曹雪芹合作写书的人，把他续的后四十回和曹雪芹写的八十回捆绑在一起出版，是不合理的。

程伟元和高鹗合作出版一百二十回通行本《红楼梦》的时候，曹雪芹去世已经快三十年了。那个时代小说这种东西，当作"闲书"读还可以，当作正经文章去写，一般人是做不到的。即使写了，也很少愿意公开署名，甚至明明写了，别人问到，还会难为情，羞于承认。所以，就是高鹗续写后四十回这件事，也并不是程伟元和高鹗自己宣布的，而是后来的红学家们考证出来的。那个时代对小说这种"稗官野史"的著作权根本是不重视的，程伟元印书卖书，他显然只遵循三个原则：第一，有人爱看，爱买，能赚钱；第二，书的内容显得完整，特别是讲故事的书，必须有头有尾；第三，安全，别惹事。根据这三个原则，他选择了已经在社会上流传了二三十年的手抄本《红楼梦》来印刷推广，又找到高鹗来写八十回以后的故事，形成了这么一个一百二十回的通行本。高鹗的续书除了将故事写完整，使全书有头有尾外，对程伟元来说，最大的好处是避免了大悲剧的结局，到最后把悲剧转变为喜剧，这样就比较安全，不至于坠进当时相当严密的"文字狱"罗网里。他们在合作中，为了让前八十回将就后四十回，还对前八十回进行了大量的删改。上面提到的"程甲本"，是程伟元头一次的活字摆印本，对前八十回的文字改动得还少一些，第二年因为书卖得好，再加印，加印前又改了一次，那就更伤筋动骨了，许多地方的改动已经不是为了"前后一致"的技术性考虑，而是为了削弱前八十回的批判锋芒的政治性考虑。为了他们的"安全"，当然也就顾不得原作者的什么思想境界和审美追求了。这个第二次印刷的本子，后来被称作"程乙本"。这个"程乙本"从那以后一直到二十几年前，以各种形式在社会上广为流传，一般人对《红楼梦》的印象，也就是对这个通行本的印象。因此，从程伟元开端的一百二十回《红楼梦》通行本，就可以说亦功亦罪，功在于不管怎么说，将曹雪芹的前八十回流布开了；过呢，则在于使后来的许多读者简直不知道那后四十回根本与曹雪芹无关，而且还大大违背了曹雪芹的原笔原意！

那么，一定有人要问了：程伟元当年用来进行编辑、摆印的那部手抄本，究竟是一部只有大约八十回的古本呢，还是有八十回以后内容的古本呢？他究竟是真因为拿到手的只有大约八十回，觉得不完整，印出来不好卖，才找高鹗合作（有人认为后四十回续书其实是他跟高鹗一起策划、编写的，如果高鹗有署名权，他也该有）弄出一百二十回本子的呢，还是他得到的根本就是有八十回后内容的古本，由于政治性的考虑，才舍弃了八十回后的内容，另张罗出了不会惹事的后四十回来呢？这个问题很难求证。在周汝昌先生与兄长周祜昌、女儿周伦玲联合校订的《石头记会真》第十卷中，收有一篇周汝昌先生的长文《〈红楼梦〉全璧的背后》，通过详细论证，提出了他的独特见解，概括来说，一百二十回印本的推行是一个政治阴谋，是乾隆朝负责文化管制的权臣和珅亲自过问、安排的，是考虑到这本书既然已经在社会上流传，加以严禁已很困难，莫若将具有反叛性的前八十回加以改动，然后用"回归正统"的后四十回将其性质改变，这样再在社会上流传，就对统治者无大碍了。周先生的这个判断，值得参考。

说了这么多，我的意思无非是强调两点：

——一百二十回的通行本《红楼梦》不是曹雪芹的《红楼梦》；

——读曹雪芹的《红楼梦》要读古本《红楼梦》。

那么，现在我们还能看到的古本《红楼梦》，究竟有多少种呢？

大体而言，基本可信的古本《红楼梦》，有下列数种：

一、甲戌本。这个本子的全名是《脂砚斋重评石头记》。甲戌年指的是乾隆十九年（公历一七五四年），那一年曹雪芹还在世。这个本子正文里有"至脂砚斋甲戌抄阅再评"的句子。后来这个本子在社会上辗转流传，到晚清时候被一个叫刘诠福的官僚收藏。他很看重这个本子，但后来世事沧桑，他的藏书在旧书店出现，上世纪初被胡适买到，但那已经是个残缺的本子了，一共只有十六回（不是从第一回到第十六回，而是只存一至八、十二至十六、二十五至二十八各回）。尽管胡适一度认为《红楼梦》价值不高，但对这个残本还是非常珍视的。周汝昌还是不知名的小青年的时候，在报纸上发表了关于曹雪芹生卒年的看法的文章，胡适虽然不同意他的观点，但丝毫没有以权威自居，不是嗤之以"外行"，而是平等地与周汝昌讨论。后来周汝昌知道胡适手里有一部别人都看不到的古本，斗胆借看，没想到胡适竟慨然借予，那就是甲戌本。周汝昌真是喜出望外，于是不但精读，还跟哥哥周祜昌一起录了一个副本。后来解放军围住北京，周汝昌就主动把书还到胡适家，胡适家里人开门接过了书，没几天，胡适就被蒋介石派来的专机接到台湾去了。胡适上飞机的时候，只带了两部书，其中一部就是这个甲戌本。

胡适在历史的关键时刻没有选择留在大陆，而是去了台湾。到了上世纪五十年代，就从批判俞平伯的《红楼梦研究》开始，逐步把政治批判的靶心引到胡适这个大目标上。那时候周汝昌已经出版了《红楼梦新证》，从书名就可以看出来，他是在胡适的《红楼梦考证》的基础上发展出了自己的研究。有可靠的资料证明，胡适在境外看到《新证》后，非常赞赏，认为周汝昌算是自己的一个有成绩的弟子。当时印出来的《新证》上，有对胡适大不敬的言辞，比如称胡适为"妄人"，后来大陆报纸上又出现了周汝昌批判胡适、跟胡划清界限的文章，有人告诉胡适，胡适并不在意，他说他知道那是不得已的，仍然对周汝昌的研红寄予厚望。

又过了半个多世纪，有些年轻人不理解当时的社会政治情势，翻出旧书旧文章，觉得周汝昌先生怎么能那样对待恩师胡适呢？这就说明，即使是近几十年的事情，如果不"揭秘"，人们也会被表象所蒙蔽。好在当年负责《新证》出版的编辑文怀沙先生在我写这段文字时还健在，他在二〇〇六年已经九十六岁高龄了，竟还能坐越洋飞机到美国访问，我有幸在纽约跟他晤面，他对我细说端详：原来，《新证》

的书稿是寄给一家出版社被退稿后，辗转到了他手里的，他拿到看了后觉得非常值得出版，但那时候胡适是个政治上有问题的人物，书稿里却多次正面或中性地提到胡适，怎么办呢？他也来不及跟周汝昌商量，为出书不犯"政治错误"计，就大笔一挥，将"胡适先生"改为了"妄人胡适"。说到这儿他顽童般呵呵大笑，其实他选择"妄人"还是有他的心机的，因为在当时的政治罪名里，其实并没有"妄人"这样一个符码，他故意不改成"反动分子""反动文人"等字样，而以一个貌似大不恭其实玩笑般的"妄人"，来替周汝昌逃避"美化胡适"的指责。现在的年轻人看到这里，该多些对历史情势复杂诡谲的认知了吧？

周汝昌先生自来是个专心做学问的人。在日本占领天津时期，他不去就业，关在家里闭门读书、钻研，这应该是爱国的表现。后来日本投降，中国军队进城了，他非常兴奋地跑出家门，到街道上去迎接中国人的队伍，还写了文章，刊登在光复后的天津报纸上，里面有"箪食壶浆，以迎王师"的句子，于是后来也曾有人向他发难：你为什么去欢迎国民党的军队？因为那时候共产党的军队接收的是东北的城市，天津是国民党军队接收的。一个知识分子，在日据时期不去替日本人做事，在自己居住的城市光复以后去激动地迎接中国人的军队，他错在什么地方了呢？随着国共两党关系的日趋缓和与正常化发展，传媒也开始正面宣传国民党一九三七年至一九四五年的对日抗战，现在的年轻人，恐怕也就理解周汝昌先生当年"迎王师"的心情了吧？

但上面提到的那种情况，也确实说明，在中国，有一批周汝昌先生那样的知识分子，他们懂学问，却不谙政治，你要求他具有超前的"政治水平"，是否太苛求了呢？

一九五四年批判俞平伯《红楼梦研究》的政治运动刚开始的时候，周先生还不怎么紧张，因为他跟俞先生的观点自来不同。俞先生对《红楼梦》大体是当作纯美的东西来欣赏、品味，周先生大体来说注重揭示《红楼梦》的历史与家族背景。他的《新证》里篇幅最大、收罗资料最全的就是《史料稽年》。现在有充分的证据说明，《新证》一出，毛泽东看到后就是喜欢的，这部书成为他的"枕边书"之一。到了晚年，他更让把其中的《史料稽年》部分印成线装大字本，以便随时翻阅。周恩来总理肯定是知道这一点的。"文革"时中央系统的文化人全给送到湖北"五七干校"劳动，并宣布他们将永远在农村里落户，周汝昌先生当然也去了，却在仅仅去了一年以后，忽然由周恩来总理办公室一纸调令，独将他一人调回北京"备用"。这对周先生本人来说自然是个喜剧，对我们后人，特别是现在和以后的年轻人来说，应该是个启示：那个时代的中国知识分子，其个人命运完全是由政治因素来左右的。

把这些背景搞清楚了，也就不难理解，当批评俞平伯的事情发展成为批判和清算胡适的时候，周汝昌为什么会紧张了。现在某些年轻人查到报纸上有周汝昌署名的批判胡适的文章，就大惊小怪起来。现在和以后的年轻人应该懂得，在当时中国内地的政治情势下，如果认定你跟被批判的靶子观点相同，属于"一类货色"，那么，你就是想写文章"参加批判""划清界限"，也未必还让你发表出来。当时周汝昌为什么要写那类文章呢？原来，是毛泽东发了话，要保护周汝昌。怎么个保护法呢？一是派他当时的爱将（带头批判俞平伯的"两个小人物"之一）李希凡到医院看望正在住院的周汝昌，告诉他他们将发表一篇批评《新证》的文章，但跟批判俞平伯不一样，属于"同志式的批评"。"同志式"在当年是一粒政治救心丸，就是说没把你看成敌人或反动观点的代表。这个安排说明政治家的水平确实高。因为你批判俞平伯是"反动的胡适资产阶级唯心论的推行者"，但俞跟胡在交往上、学术观点上并无什么把柄；而周汝昌先生呢，尽人皆知，胡适连自己的甲戌本都借给他，两人的学术观点关联处很多，《红楼梦新证》就是从《红楼梦考证》发展来的嘛，怎么能绕过去呢？绕不过，那就来个区别于批判俞平伯的"同志式批评"。二是由《人民日报》总编辑邓拓出面，约周汝昌写篇既批判胡适也自我批判的"划界限"文章，保周"过关"。周写了，改来改去难以达到要求，最后由报社加工，终于刊出。这件事反映了当时一个不懂政治的知识分子的"幸运"与尴尬，更反映了那个时代政治压倒一切的社会特征，怎么能据此得出周"忘恩负义""投机"的结论呢？拿这些事去攻击这样一个知识分子的"人品"，显然，如果不是幼稚，就是别有用心。

你看，光是甲戌本这样一个古本，就引出来这么多的故事，真是书有书的命运，人有人的命运啊。

这个甲戌本，是不是曹雪芹亲笔写下的？或者，是不是脂砚斋亲笔抄录和写下批语的？不是。这仍然是一个"过录本"，就是根据最原始的本子再抄录过的本子。当然，它"过手"的次数似乎不太多，应该是很接近最原始的那个母本的。那个母本上可能有曹雪芹的亲笔字迹，也可能没有，但肯定是脂砚斋本人的笔迹。说它是甲戌本，是因为这个本子上自己写出了"甲戌抄阅再评"的字样，但脂砚斋的批语，却不完全是甲戌那一年所写的。在我们现在看到的这个过录本上，出现了甲戌年以后的年代的少量批语，有的研究者就判断这个本子是假的。其实这个现象是很容易解释的：甲戌年脂砚斋整理好这样一个本子以后，一直留着，到了若干年后，还会翻看，偶然有了想法，就又写在上面，并且写下时间。如果脂砚斋要造假，何必留下这样的破绽呢？而且，曹雪芹写书和脂砚斋批书都是寂寞之极的事情，毫无名、利可收，我们找不到任何造假的动机。

甲戌本虽然只存下了十六回，但它最接近原始的母本，最接近曹雪芹的原笔原意，弥足珍贵。但是，我们读古本《红楼梦》，不能单读甲戌本，它缺失的太多，又不连贯。

那么，有没有保留篇幅比较多的古本呢？有的。下面会讲到几种：

二、蒙古王府本。这个本子现存于北京图书馆。据说是从一家没落的蒙古王府收购来的，它叫《石头记》，有一百二十回，而且有程伟元的序，乍看似乎是个通行本。但通过研究发现，它八十回后的四十回是根据程甲本抄配的，序也是抄来的，它的前八十回里，又发现五十七回至六十二回也是从通行本里抄来补齐的，但其余的七十四回应该是从没出现通行本以前的一种在贵族家庭间流传的手抄本过录的，属于古本性质。

三、戚序本。这个本子很可贵，书名《石头记》，有完整的八十回。它在清末民初以石印的方式流行，有多种印本，其中有正书局的影响最大，书前有一位署名戚蓼生的人写的序。戚蓼生是个真实的名字，他是浙江德清人，跟他合作的书商叫狄楚青，他在书上印了"国初钞本"四个字，有跟已经流行开的通行本叫阵的意思。它所依据的过录本，经研究证明是一个保留了很多曹雪芹原笔原意的本子。

四、己卯本。它的全称是《乾隆己卯四阅评本脂砚斋重评石头记》。这个己卯是乾隆二十四年，公历一七五九年。甲戌本是脂砚斋的重评本，这个本子是四评本，可惜脂砚斋的初评本和三评本没有流传下来。

这个本子也不完整，但存下来的也不算很少，有完整的四十三回和两个半回。它现存于北京图书馆。本子里有"己卯冬月定本"的字样。它也是个过录本。有意思的是，研究者考证出它最早的收藏者是乾隆朝怡亲王府的允祥的儿子弘晈。我在《揭秘〈红楼梦〉》上卷(一)里讲到乾隆四年的"弘晳逆案"，弘晳是康熙朝废太子胤礽的儿子、弘晈的堂兄，允祥是康熙的第十三个儿子。康熙第一次给儿子们封爵位的时候，允祥还小，但第二次分封时，他已长大，那次连十四阿哥都得到了分封，他却仍未得到爵位，处境非常尴尬。康熙为什么不封他？我在《揭秘〈红楼梦〉》上卷(一)里提出过自己的解释。这个允祥在康熙朝后期一些兄弟为争夺皇位闹得不可开交的时候却很低调。他也只能低调，是不是？但是雍正夺得帝位后，立即封他为怡亲王，并且委以重任。曹雪芹的祖父和父辈在康熙朝深得信任宠爱，雍正上台后，在江宁织造任上的曹頫很快受到了训斥和追究，现在可以查到雍正二年皇帝在曹頫请安折上的一段颇长的朱批，全文如下："朕安。你是奉旨交与怡亲王传奏你的事的，诸事听王子教导而行。你若自己不为非，诸事王子照看得你来；你若作不法，凭谁不能与你作福。不要乱跑门路，瞎费心思力量买祸受。除怡亲王之外，竟不可用再求一人托(这个别字是雍正自己写的，正确写法应该是'拖')累自己。为什么不拣省事有益的做，做费事有害的事？因你们向来混帐风俗贯(雍正就这么写，没写成'惯')了，恐人指称朕意撞你，若不懂不解，错会朕意，故特谕你。若有人恐吓你，不妨你就求问怡亲王，况王子甚疼怜你，所以朕将你交与王子。主意要拿定，少乱一点，坏朕声名，朕就要重重处分，王子也救你不下了。特谕。"这个奏折上的雍正朱批几乎句句都是怪话、黑话，如不予以揭秘，实在不知究竟是怎么回事。这里且不去揭历史上这真实朱批里所包含的秘密，但我抄下它来，是要提醒读者们，曹雪芹他们家，和皇帝，以及许多的皇家人物，关系实在太不一般，而且，显然，怡亲王跟曹家的关系更不一般。特别值得注意的是，乾隆时期卷入"弘晳逆案"的，偏有怡亲王允祥的儿子、弘晈的哥哥弘昌。那些被雍正整治过的皇族成员，他们反对雍正和雍正选择的继承人乾隆倒也罢了，怎么深得雍正恩惠的怡亲王府里，竟也出了反叛？还是怡亲王的大儿子弘昌？这实在耐人寻味。更耐人寻味的是，过了二三十年，偏是怡亲王府里，流传下这么一个己卯本来，作者正是雍正二年雍正让怡亲王亲自看管的曹颙的儿子曹雪芹！（也有研究者认为曹雪芹是曹颙的遗腹子、曹頫的侄子。）

五、庚辰本。己卯年过去就是庚辰年，也就是乾隆二十五年，公历一七六〇年。这个"脂砚斋凡四阅评过"的《石头记》手抄本也是一个过录本。全本七十八回，缺六十四回和六十七回，现存北京大学图书馆。它里面有"庚辰秋月定本"字样。虽然和己卯本一样都是脂砚斋第四次写批语评论的本子，但又经过一些整理，跟己卯本还是有区别的。现存的这个过录本可能过录的时间离母本比较远，分头抄书的人也不是都那么认真。比如前十回没有批语只有正文，估计并不是原来的母本上没有批语，而是分工抄录这部分的人懒得连批语一起抄下来；而第十一回以后，抄书人比较认真，不但有批语，而且耐心地抄录了回前批、回后批、眉批、行间批、正文下面的双行小字批，有些批语母本是朱批，就也抄成朱批。这个本子有其优点也有明显的缺陷。

六、杨藏本。这个本子最早是由十九世纪一位叫杨继振的热爱文化的官僚私人收藏的，现在藏于中国社会科学院文学研究所。我们上面提到的古本，名字都叫《石头记》，这个本子叫《红楼梦稿本》，它是个一百二十回的手抄本，后四十回大体是抄自程甲本，前八十回所依据的过录本看来比较复杂，是用几种流传在社会上的手抄本拼合而成的。前八十回里，它又缺第四十一回到第五十回，杨氏得到它后，据程甲本补入。

七、俄藏本。原来是苏联的列宁格勒，现在是俄罗斯的圣彼得堡，那里的图书馆里藏有一部手抄本的《石头记》，是清道光十二年（公历一八三二年）由俄国传教士带回那里的。这个八十回的本子缺五、六两回。

这个本子流失海外一百五十二年以后的一九八四年，中国进入了改革开放的新时期，不再"以阶级斗争为纲"连续搞政治运动了，许多过去顾不得去做的事情终于可以去做了。在这种情势下，国家启动了古典图籍整理编印的文化积累工程，挂帅的是党内一位具有很高文化修养的老同志李一氓，他决定派人去苏联列宁格勒考察那部古本《石头记》，首先想到的，就是周汝昌先生。那年隆冬，有周先生在内的一个考察小组赴苏进行了考察，周先生对这个藏本给予了很高的评价。但那次考察前后，也出现了一些蹊跷的事情，周先生都写进了《万里访书兼忆李一氓先生》一文里，后来收进其《天·地·人·我》一书中，有兴趣的人士无妨找来一读。

八、舒序本。这个手抄古本书名题为《红楼梦》，应该是一个八十回的抄本，但现在只存前四十回。它的过录时间可以确定为乾隆五十四年（公历一七八九年）。因为前面有一位叫舒元炜的人写的序，所以被红学界称作"舒序本"。

九、梦觉本。这个手抄本书名也是《红楼梦》，八十回。它前面有署名梦觉主人的序，这个序写于乾隆甲辰年，也就是乾隆四十九年，公历一七八四年。

十、郑藏本。郑振铎是现代人，文学史专家。他曾任文化部副部长，不幸在一九五八年率领一个文化代表团出国访问时因飞机失事牺牲，享年六十岁。他爱藏书，从旧书店里找到两回（二十三、二十四回）古本《石头记》，虽然只有两回，但很有研究价值。这个最初由他收藏，后来捐给国家的古本被称作郑藏本。

十一、程甲本。上面已经解释了这个本子。这个本子的前八十回尽管经过改动，但仍然保持着程伟元、高鹗他们所掌握的从其他古本系列过录来的那个本子的许多特点，因此还可以把程甲本的前八十回视为一种可资参照的古本。

有一个问题肯定是大家都关心的，那就是现在在世界上，还会不会有古本《红楼梦》默默地存在着？我们还能不能把它们发掘出来？我在揭秘妙玉的时候，提到过一个靖应鹍藏本，这个藏本一度浮出，却又神秘消失，但仍留下了一张有"夕葵书屋"字样的《石头记》夹页。这个古本，现在是否仍然存在于人间尚无从知晓。希望民间热爱曹雪芹和《红楼梦》的人士，都能鼓舞起来，珍惜每一个线索，去寻觅类似靖藏本那样的私家古本。自己家里如有祖传的古本，实在不愿意捐出原物，影印出来供大家欣赏、研究也是好的。当然，还有一条线索，就是向海外搜寻。俄藏本就给了我们一个启示：当初中国和苏联同一阵营，所以苏方主动告诉中方他们那边有一个古本《红楼梦》，但是一直到了一九八四年底，中方才派出专家去考察，可见一些古本《红楼梦》失散在海外，长期被冷落以致不为人知的情况，还是可能出现第二例、第三例的。鸦片战争以后，有很多的西方传教士来到中国，还有军官、商人，他们或出于对中国文化的喜爱，或者当作"战利品"，可能在把其他一些中国东西带回西方的时候，也带过去了古本《红楼梦》，这种估计应该是不过分的。西方的一些博物馆、图书馆里的中文旧书，特别是线装书和手抄本，他们虽然早就收藏了，却因为缺乏懂中文，特别是懂中国文化的人才，长期没有整理编目，或者简单地归类编目了，却并不能正确衡量每一种书本的价值，也就可能埋没掉珍贵的古本《红楼梦》。外国的私人收藏也值得探寻，特别是日本和韩国，还有蒙古，那里的私人家里也还有可能寻觅出古本《红楼梦》来。我的想法是：不能灰心，寻觅古本《红楼梦》的事还是应该耐心去做，而且，希望在民间。

一九四九年以后，"四大名著"的提法深入人心。"四大名著"指的是四部古典长篇小说：《红楼梦》《水浒传》《三国演义》《西游记》。毛泽东主席就喜欢"四大名著"，尤其是《红楼梦》。他在一九五六年《论十大关系》的讲话里，把我们中国的优点概括为：地大物博，人口众多，历史悠久，以及在文学上有部《红楼梦》（一九七六年十二月二十六日《人民日报》正式发表了《论十大关系》）。半个多世纪以来，"四大名著"发行量都很大，相当普及。

"四大名著"普及本的出版，一直基本上由人民文学出版社承担。一九五三年，以作家出版社的名义，出了繁体字竖排本《红楼梦》。当时人民文学出版社的副牌是作家出版社，这个作家出版社不是现在中国作家协会的那个出版社，现在人民文学出版社也不再使用这个副牌。这个版本是用一九二一年上海亚东图书馆的铅字排印本作底本的，而这个底本是从程乙本演化来的一种晚清的通行本，且不说后四十回根本不是曹雪芹写的，前八十回也问题很多，是一个缺点很明显的本子。当时中华人民共和国建立不久，百废待兴，人民文学出版社能很快推出四大古典名著，对广大读者来说是做了一件大好事，当时版本意识不强，红学发展也没有后来那么深入，这个本子存在问题是可以理解的。

到了一九五七年十月，人民文学出版社以正牌名义再次推出了通行本《红楼梦》，不再用亚东本作底本，改用程乙本作底本，封面署曹雪芹、高鹗著，简体字横排，利于一般老百姓阅读。这个版本可真是大大地通行开来了，那以后的二三十年里，中国内地读者所读到的《红楼梦》，一般都是这个本子。这个本子对普及《红楼梦》起了决定性作用。像影响很大的越剧《红楼梦》，就是根据这个通行本改编的。这个本子也让一般老百姓在欣赏《红楼梦》的同时，形成了一种根深蒂固、至今难以消除的错误印象，那就是以为一百二十回的故事是一个叫曹雪芹的人和一个叫高鹗的人合作写出的。尽管在出版说明里也有高鹗是续书者的说明，但一般读者都是直接去读故事，很少细推敲前面的说明文字，况且封面上并没有准确地印成"曹雪芹著高鹗续"，而是"曹雪芹高鹗著"，因此，也就让一般读者以为一百二十回的《红楼梦》就是曹雪芹的《红楼梦》，《红楼梦》就是这样的一部书。

一九五八年，人民文学出版社出版了俞平伯先生用若干古本汇校的《红楼梦八十回校本》，也还印刷过两次。这是个把曹高分割开、努力去恢复曹雪芹原笔原意的本子，但遗憾的是，它当时并没有在一般老百姓当中流传开来。

到了一九八二年三月，人民文学出版社推出了一个新的通行本，就是中国艺术研究院红楼梦研究所的校注本,这可以说是一个国家投资的"官修本"。相对于一九五七年十月推出的那个本子,这个通行本有了很大进步。它的前八十回用庚辰本作底本,再参照其他古本进行校注,每回后有"校记",还加了不少很有必要的注释,方便一般读者的阅读。现在大家读的《红楼梦》,一般都是它。但它仍然存在着一个老问题,就是把曹雪芹的原作和高鹗的续书合在一起印行,而且封面依然是两个人的名字合署,使得一般读者仍然以为曹、高是合作者。这个本子原来分为上、中、下三册发行,各册容纳四十回,上、中是曹雪芹的,下是高续,这样印还比较合理。后来可能是出版社从印装方便的技术角度考虑,现在你去买它,全是上、下两册的装订发行方式,这样,就无形中更增大了曹、高不分的缺点。另外,这个本子对所用的底本庚辰本过分推崇,对其他古本里的异文的采纳持保守的态度,在断句和加标点符号上多有可商榷处,个别地方还根据主观判断"径改"庚辰本的原文,因此,建议它听取各方面意见,再加改进。

二〇〇三年,人民文学出版社将俞平伯点校本加以修订出版,收入教育部《普通高中语文课程标准》指定书目的《语文新课标必读丛书》里,面向全国高中生,每一印次的数量都很大,在青少年中流行开来。但是它也非要把高鹗的四十回续书收入连排,封面上印着"曹雪芹 高鹗著",使一般的高中生依然走不出"《红楼梦》是曹雪芹、高鹗合作的"这样一个历史误区。而且,以今天的眼光来看,俞先生的点校存在着局限性,这个版本还不能说是一个精校的善本。(最新资料:据《北京商报》二〇〇六年九月十八日引用人民文学出版社有关人员提供的数据,一九八二年版的红学所校注本累计印数为三百七十万册,《语文新课标必读丛书》版则已发行到四十五万册。)

说了这么多了,还要回到那个老问题:既然现在的通行本仍然不能让人满意,那么,你能不能推荐一个本子让大家来读呢?

有这样一个本子,它就是周汝昌先生根据十卷本的《石头记会真》简化成的一个汇校本,即前面提到过的周汇本。所谓汇校,就是把我上面开列出来的十一种古本,一句一句地加以比较——当然,因为各个古本保存的回数不一样，以及有的句子在有的古本那回里没有，因此有时候拿来比较的句子不足十一种——一旦发现不同之处，立刻停下来细细思考，最后选出是——或者说最接近——曹雪芹原笔原意的那一句，耐心连缀起来构成的一个善本。这个本子可以说是八十回的古本《石头记》，也可以说是八十回的古本《红楼梦》。

周汝昌先生在这个汇校本的《序言》里，交代了经历半个多世纪才终于成书的艰难历程。这可以说是一个饱含心血的"私修本"，它是一个家族两代数人前仆后继努力奋斗的一个结晶。我推荐这样一个本子，并且希望它能逐渐成为另一种通行本，毋庸讳言，其中一个主要的因素，就是我与周先生在对《红楼梦》的看法上，有重要的契合之处。我们的基本看法，说来也简单，那就是：

一、《红楼梦》是曹雪芹的作品，不是曹雪芹与高鹗合著的。这一点前面已经讲得很多了，道理不再重复。因此，不应该把这两个人写的文字印在一起，尤其不应该在书上联署两个人的名字。高鹗的续书应该单独印单独卖。要还曹雪芹和古本《红楼梦》一个清白。

二、曹雪芹不是没有写完《红楼梦》，不是只写了八十回，故事没完，需要别人来续他的书。曹雪芹是把《红楼梦》写完了的。完稿的《红楼梦》有完整的故事，体现出了他的总体构思，仅差最后的统稿润色。只是由于我们现在还不能完全确定的原因，他已经写出的八十回后的书稿，被"借阅者迷失"了，至今没有再浮出水面、呈现人间。因此，如果想知道曹雪芹的总体构思，想了解一个完整的曹雪芹的《红楼梦》故事，就不能去相信高鹗的续书。

三、曹雪芹的《红楼梦》虽然八十回以后的文字迷失了，但是红学当中有一个分支，叫探佚学，通过研究者的探佚，是能够把八十回后的一些情节、书中若干人物的最后结局，以及全书结束在《情榜》等等揭示出来的。探佚的根据，主要是古本《红楼梦》的原文，以及脂砚斋等当时批书人的大量批语。一百二十回的通行本的最大弊病，就是为了"前后统一"，让曹雪芹的前八十回去将就高鹗的后四十回。这个糟糕的"统稿"过程不仅是削足适履，简直是李代桃僵。因此，要品尝曹雪芹的《红楼梦》，就一定要读古本《红楼梦》。

我向大家郑重推荐周汇本《红楼梦》，它是周汝昌先生以毕生精力研红的一个结晶，算得是一个真本。细读这个本子，你就会发现它保留了不少看去与高鹗续书不合的文句语辞。我们都知道曹雪芹最善于用"草蛇灰线，伏延千里"的手法，通行本为将就高续，斩断了一些草蛇，抹去了若干灰线，不但令人遗憾，更可以说是佛头着粪、点金成铁。这个本子的与高续不合处，正说明它呈现的才是涤荡了高续污染的原生态，也说明曹的八十回后会是另外的写法。有的读者看过，对八十回后的想象，可能就会进入跟高鹗续书完全不同的思想与艺术境界，激发起参与探佚的热情来。

当然，周先生的观点，只是一家之言，我就连家也称不上，只算一个爱好者向大家公布自己的阅读和探究心得。我的目的，只是想为广大的《红楼梦》阅读者多增添出一种可供选择的本子而已。

下面，我说完凡例，再逐回跟大家介绍这个古本汇校《红楼梦》的特色。最后，我参考周先生的探佚成果，就八十回后曹雪芹会写些什么，公布自己的探佚心得，以供参考。希望我的文字能提起大家阅读真本《红楼梦》的兴致来！

不读凡例真遗憾

在周汇本的第一回之前，有单独的一段文字，称作凡例。

这是非常重要的！仅仅因为这个本子有这些文字，就显示出了它努力接近曹雪芹原笔原意的特色。所有的通行本都不收这段文字，或者只把其中部分文字嵌入到第一回里。

凡例是甲戌本独有的。正因独有，弥足珍贵。现在通行的人文社（即人民文学出版社，下同）红学所的本子，它就不收。你看它，翻开正文，立刻就是第一回，第一句话是"此开卷第一回也"。只是在回后的"校记"里有一个交代，说明它不得不把凡例第五条勉强嵌入的原因，因为勉强，在排印上，它以退两字的特殊格式处理。而甲戌本翻开以后，先是凡例。周汇本尊重这个格局。

凡例，就是整部书的写作所遵循的原则。曹雪芹在全书一开头，就向读者说明他所遵循的几条原则。他又把凡例题为"红楼梦旨义"。旨就是宗旨，与原则相通；义就是要义，就是说他把全书的主要精神加以概括。他首先告诉读者，这部书题名极多，在第一回里他具体写出了哪些人参与了题名，都题了哪些名，那么，在凡例里，他先交代这部书各个题名的道理。

他写下的第一句话，现在你看不完全。因为现在传世的甲戌本几经易主，或者是其中有的藏主保存不善，或者是在转卖流动的过程里不小心，这第一句里有五个字被磨损掉了，现在只好用□□□□□替代。被磨损掉的五个字应该是什么呢？这是"红迷"朋友读这个本子遇到的第一个需要探佚的问题。其实，通过对上下文的推敲，是不难猜出来的。读者们可以展开讨论，去形成共识。

我把自己的探佚心得告诉大家。先把这句话引在下面："是书题名极□□□□□梦，是总其全部之名也。"我是这样来猜的："极"字后应该是"多"字，"梦"字前必定是"红楼"（如果仔细看影印的甲戌本，这五个字里还有个字剩半个，就是"梦"字前的"楼"的一半），因此，需要动脑筋猜的，只剩当中两个字，这两个字，我说是"然曰"。连起来就是："是书题名极多，然曰红楼梦，是总其全部之名也。"

当然，曹雪芹那个时代还没有新式标点符号，读文章只使用断句的方法，如果在书上用笔断句，一般的做法就是在断开的句子右侧点一个墨点或画一个圆圈，有时候读的人特别喜欢某一句，时兴在那一句的每个字右侧全画上圆圈。我在一篇文章里说自己研究《红楼梦》，连一个标点符号也细抠，有读者就批评我："那时候根本没标点符号，你抠什么？"其实，我的意思是说，如何断句，需要细抠；加新式标点符号怎么加，也需要细抠。我的研究方法之一是文本细读，细读就要细到这样的程度。

现在我把甲戌本的"红楼梦旨义"的第一句，按自己的理解补足了字，并给加上了新式标点。不知读者诸君同意否？欢迎讨论。

这句话实在太重要了。甲戌本，以及众多的古本，都用《石头记》做书名。开头谈古本，我总觉得称《石头记》才正宗，称《红楼梦》似乎理不那么直气不那么壮，但是现在再细读周汇本的这开篇一句，就觉得我们应该理直气壮地把这部书称作《红楼梦》，因为作者一开头就宣布《红楼梦》在众多的题名里是"总其全部之名"。

凡例第一条说书名的事。

第二条说所写的空间。意思是避免东西南北的字样，但读者应该懂得，写的主要是京城里的事情。

第三条说所写的侧重点是"闺中"，就是以写家庭里的女性为主，此外的事情就写得比较简略。

第四条郑重宣布"此书不敢干涉朝廷"。我在《刘心武揭秘〈红楼梦〉》上卷（一）里，揭示出书里有康、雍、乾三朝政治权力斗争的投影，有的批评者就讥讽我把《红楼梦》讲成了"宫闱秘史"。我认为曹雪芹是以社会边缘人的身份，从事边缘写作。他的边缘生存，开头是因家族的败落而被动形成的，后来，则成为他主动自觉的选择。他从事边缘写作，完全离开了当时的官方文化和社会的主流文化。《红楼梦》里写到贾宝玉拒绝读书做官，也写到贾母破陈腐旧套，科举文章和庸俗的消遣文化全被他否定，他书写的是难以被当时官方所容忍，也难以被社会低俗文化消费者所理解的全新的边缘话语。他的书写是痛苦的，因为他的家族、他自己遭受到太多的政治冲击，他当然有自己的政治立场、政治倾向、政治情感，他把这种政治立场、倾向、情感渗透到自己的文字中是不可避免的。但曹雪芹没有停留在这个层面上，他把关于秦可卿的故事一再删改，就反映出他复杂的心理状态，他在寻求超越，最后，他超越了，确实做到了"不干涉朝廷"，也就是不去参与现实的权力斗争，而把自己的情怀提升到超政治的人类关怀的新高度。我在《刘心武揭秘〈红楼梦〉》上卷(二)里，就专门讲他如何通过贾宝玉以及金陵十二钗，来体现他的"不干涉朝廷"而"干预灵魂"的思想与艺术高度。因此，我觉得不应该把他的这一条写作原则狭隘地理解成"逃避文字狱"。

第五条，通行本当成第一回的开头嵌入。通行本把这一条的第一句话写成"此开卷第一回也"。周汇本告诉我们，这句话应该是"此书开卷第一回也"。少一个"书"字，就成了作者宣布全书开始；多一个"书"字，则就还是凡例即"红楼梦旨义"的口气，向读者解释他写第一回以及全书的用意。我接受周汇本对这一句的处理。"此书开卷第一回也……"更符合曹雪芹的原笔原意。

最可惜的是，通行本因为不取甲戌本的凡例，使得广大读者读不到曹雪芹的一首重要的诗。这首诗在周汇本里保留了：

浮生着甚苦奔忙？盛席华宴终散场。

悲喜千般同幻渺，古今一梦尽荒唐。

谩言红袖啼痕重，更有情痴抱恨长。

字字看来皆是血，十年辛苦不寻常！

有论者说，《红楼梦》缺乏哲学高度。可这首诗第一句，劈头就是"终极追问"：人生存的意义。一个人活在世界上，一天又一天地苦苦奔忙，图个什么呢？金钱？名声？地位？美色？长寿？……这是一个最根本的哲学命题，曹雪芹在全书开篇前，就通过这么一首诗，非常明确地提出来了。人应该为什么活着？显然，有比我上面开列出的那些更值得去实现的目的，其实，这应该就是《红楼梦》全书的主题。

此外，"红袖"和"情痴"相对应，提供了我们认知脂砚斋真实身份的重要线索。"红袖"和"情痴"他们联合著书，大体上用了十年的时间，书稿（包括批语）里浸透着他们的心血！"红袖"这样的符码令我们觉得脂砚斋是一个女性，而且是一位跟"情痴"（即作者）生活在一起的最亲密的女性。

女娲补天剩余石、通灵宝玉、贾宝玉是三位一体吗？

揭秘古本

第一回 甄士隐梦幻识通灵 贾雨村风尘怀闺秀

先来看一道测试题。请把左边的天界存在，和右边人间的人物或事物，用连线显示其相关性。换句话说，就是请您判断一下，天界的存在，下凡到人间后，分别变成了什么：

天界	人间
女娲补天剩余石	荣国府贾政的儿子贾宝玉
赤瑕宫的神瑛侍者	通灵宝玉
西方灵河岸三生石畔的绛珠仙草	扬州盐政林如海的女儿林黛玉
气骨不凡、丰神迥异的和尚	癞头跣足的和尚（癞头和尚）
气骨不凡、丰神迥异的道士	跛足蓬头的道士（跛足道人）
空空道人	茫茫大士
	渺渺真人

分歧最大的，可能就是第一项与第二项的连法。这牵扯到一个至关重要的问题：女娲炼出来无才补天被弃置在大荒山无稽崖青埂峰的那块石头，究竟是不是下凡后变成了贾宝玉？

如果参加测试的朋友看的是一九八二年以前的通行本，那么，他一定会对这个问题作出肯定的回答。从乾隆时期的程乙本一直到上世纪八十年代初的通行本，都给读者这样的印象。但这是完全违背曹雪芹的原笔原意的。一九八二年红学所的校注本，总算把甲戌本里独有的四百二十九个字补入，大体上纠正了那以前的通行本的一大错谬。周汝昌先生汇集各种古本的精校本，就把与其相关的文字梳理得更接近曹雪芹的原笔原意。

曹雪芹在第一回里，设置了笼罩全局的神话前提，这些神话内容大体可以分为三个部分：

一是女娲补天，炼出了三万六千五百零一块石头，补天后剩下了一块，这块石头被弃置在了大荒山无稽崖青埂峰下。这块石头很痛苦。但是有一天来了一僧一道，就坐在它旁边聊天。注意这一僧一道在天界的形象是气骨不凡、丰神迥异，后面写他们下凡到人间活动，就呈现出假象，一个变成癞头，一个变成跛足。一僧一道说到人间红尘中的荣华富贵，引动出了石头的凡心，就恳求他们将它带到人间去经历一番。为了使那么大的一块巨石方便夹带，那和尚就大展幻术，将它变成扇坠般大小——扇坠就是扇子（折扇或团扇）尾柄上用丝绦系在那里的穿了孔的坠子，一般用玉石、翡翠、珊瑚等制作，既是装饰品，也可以增加扇子底部的稳定性，便于扇风。巨石变小了，小得可以托于掌上。和尚说，为了让它下凡后让人见了知道是个奇妙的东西，还要在上面镌上字迹。后来写到甄士隐白日做梦，梦里遇到一僧一道，他有缘看到了那个即将下凡、被僧道二仙称为"蠢物"的东西："原来是块鲜明美玉，上面字迹分明，镌着'通灵宝玉'四字，后面还有几行小字。"看了古本里这些文字，我们就很清楚了，女娲补天剩余石，下凡后并不是贾宝玉，而是贾宝玉落生的时候衔在嘴里的那块"五彩晶莹的美玉"（第二回冷子兴告诉贾雨村）。到第八回，作者通过薛宝钗的眼光，把通灵宝玉描写得更加详细，形容它"大如雀卵"——麻雀蛋那么大的体积，衔在一个胖大婴儿嘴里，是说得通的——把那上面镌的字，也绘图交代得一清二楚。这块石头在人间经历了一番离合悲欢、炎凉世态之后，又回到了大荒山无稽崖青埂峰下，恢复成巨石。一位天界的空空道人（并非一僧一道里的那个道士，在前八十回里也没有在人间出现，上面的连线题左边虽然列出，却无法与右边任何一项勾连）发现它时，上面就已经写满了字，"字迹分明，编述历历"，于是，空空道人与石头对话一番后，就把那《石头记》

抄录下来，传播到人间。

　　过去的通行本把女娲补天剩余石、贾宝玉和通灵宝玉混为一谈，"三位一体"了。程伟元和高鹗弄一百二十回的通行本，他们续八十回后，何必改前八十回呢？改如果只是删，或调换一些字词，也还不算狠，问题的严重在于，他们还要往上妄加。第一回古本里说女娲补天石"灵性已通"，意味着他能够跟一僧一道对话，并能产生下凡的冲动，但他真要下凡，还得靠二仙帮助。他是在仙僧大展幻术的情况下，才变化为一个扇坠般大的通灵宝玉的，可是，程、高却在"灵性已通"后面妄加了"自去自来可大可小"八个字，又没有了现在我们从周汇本里可以看到的那些内容，细心的读者就会感到逻辑上的混乱：那石头自己可以变小又来去自由，它自己飞降人间不就结了，又何劳二仙帮忙呢？程、高真是大错。细读古本就可以理解，曹雪芹的设计，是把贾宝玉和通灵宝玉区别开的，而且让通灵宝玉作为人间风云浮沉的观察者、感受者，并且表示它回到天界恢复巨石形态后上面就出现了一部《石头记》。别的意义且不论，起码从叙述方略上，就可以一、二、三人称并用，全书大体上是第三人称的客观叙述，但有时候"石头"（通灵宝玉）自己会发出感叹，有时候又会以跟"列位看官"（读者）交谈的方式切入，使全书的语言呈现为"回环立体声"，比那种从头到尾单以一种人称叙述的文本，生动了不知多少倍。

　　神话设计的第二部分内容，就是营造了一个太虚幻境。主管太虚幻境的女神是警幻仙姑，这位仙姑在天界"司人间之风情月债，掌尘世之女怨男痴"（第五回正式交代），简单来说，就是一位爱情女神。第一回甄士隐在梦里遇见一僧一道，二位仙人正要去找警幻仙姑，找她做什么？通行本给读者的印象，是让警幻仙姑安排他们带去的石头下凡成为贾宝玉，而古本写得很清楚，不是这样的。他们去找警幻仙姑，是因为知道她又要安排一批"情种"落生人间，就是又要播撒一批生命的种子，有男有女，让他们去人间体验爱情的痛苦和甜蜜，所以要求警幻仙姑把变化为扇坠大小的石头"夹带"到人间去。注意，"夹带"两个字说得很清楚，而且后面也交代得很明白，贾宝玉落生时，嘴里就夹带了一样东西，跟他一起来到人间，那就是通灵宝玉，也就是天界的那块女娲补天剩余石。通灵宝玉来到人间的时刻既然与贾宝玉一样，那么，它暂别天界有多久，也就意味着贾宝玉到了多少岁。书里后面有这样的文字，到了那一回我会再提醒大家注意。另外，还请大家注意，一僧一道在天界的真面目很美好，到了人间却呈现出丑陋肮脏的幻象，而石头在天界是个被遗弃的蠢物，到了人间却呈现出莹洁美丽的幻象，我觉得作者这样设计，里面有深义可寻。您是否能跟同好者讨论一下，把心得在互联网上公布出来？

神话的第三部分内容，通过甄士隐梦遇僧道二仙听二位对话讲述了出来。除了大荒山无稽崖青埂峰以及太虚幻境，还有一处仙界，就是西方灵河岸三生石畔，有一棵美丽的绛珠仙草，那边还有一座赤瑕宫，里面住着一位神瑛侍者。神瑛侍者每天用甘露去灌溉绛珠仙草，使得仙草一直活着。神瑛侍者向往人间，到警幻仙姑那里报名备案，准备下凡；绛珠仙草听了，就也跟随下凡。她的想法，就是下凡后把一生的眼泪献给下凡后的神瑛侍者，还他的灌溉之恩。我们都知道，他们两位下凡后，就是贾宝玉和林黛玉。女娲补天是流传久远的神话，不算稀奇；天上有爱神，这也还不是很奇特的想象；但是仙草下凡还泪以报灌溉之恩的艺术想象，是非常具有独创性的，也是优美之至的。

在甲戌本独有的四百二十九个字里，有着非常重要的内容。特别是二位仙人的这几句话："那红尘中有却有些乐事，但不能永远依恃，况又有'美中不足、好事多魔'八字紧相连属，瞬息间则又乐极悲生，人非物换……"有的读者可能有疑问：应该是"好事多磨"吧？这不是印错了，也不是古本里写错了，是曹雪芹故意这样写的。这段话和十三回里秦可卿给王熙凤托梦当中的预言，是前后照应的，"所谓好事里头，往往潜伏着魔鬼"，这是作者想表达的一种政治社会观念。

第一回从第一句话到"按那石上书云"一句之前，实际是全书的楔子。楔子原指木匠的一种工具，在小说文本里就是叙述的切入点，在这段文字快结束前，脂砚斋在曹雪芹名字出现后有一条批语说："若云雪芹披阅增删，然后开卷至此，这一篇楔子又系谁撰？足见作者之笔，狡猾之甚。后文如此者不少。这正是作者用画家烟云模糊处，观者万不可被作者瞒弊（蔽）了去，方是巨眼。"这条批语至关重要，再次申明了《红楼梦》的著作权，也指点读者了解此书"烟云模糊"的文本特色，体味那"模糊近真"的高妙艺术。

从第一回起，曹雪芹就大量使用了谐音寓意（以假出真）的艺术手法，下面我列出这一回中具有这一特点的词语，请读者自己填写：

甄士隐（　）		甄英莲（　）	
贾雨村（　）		霍　启（　）	
娇　杏（　）		青埂峰（　）	
十里街（　）		仁清巷（　）	
胡　州（　）		大如州（　）	

填起来当然不难，但也有可以讨论的。贾雨村过去多解释为谐"假语村言"的意思，"村言"就是"村野之言"，说文点就是"边缘话语""非主流话语"，但我觉得还可以理解成"假语存"，跟"真事隐"连起来，就构成"真实的事情以假设的讲述保存了下来"。另外，"英莲"有的古本写成"英菊"，周汇本取英莲，不过我觉得"英菊"也说得通。看这一回的脂批就可以知道，这是一个照应全局的人物，也许曹雪芹在给她命名时，有过两种谐音的考虑。

青埂峰的"青埂"应该是谐"情根"。"情痴"、"情种"、"情根"、"情悟"……这一回里空空道人将《石头记》概括为"大旨谈情"，"情"是《石头记》即《红楼梦》的精髓。"因空见色，由色生情，传情入色，自色悟空"，乍看似乎不太新鲜，"空即是色，色即是空"，简略的说法就是"色空"。这是一般俗众都知道的佛教的一个观念，意思就是说，万事万物都是虚无的，我们所看到的有形态、有色彩的事物，其实都是幻象，因此，要把一切看穿才好。但是，细读曹雪芹写的这四句话，就感觉味道很不一般。他在"空"与"色"之间，强调了"情"，"由色生情，传情入色"，就是对尽管只具表象的"色"，也生发出一腔真情，并且将这一腔真情，灌注到"色"里去。这其实就已经不是在宣扬佛教的"色空"观念，而是在强调"情"的力量与魅力了。我在《揭秘〈红楼梦〉》上卷(二)最后，根据探佚，排出了情榜，贾宝玉排在九组十二钗前面，考语是"情不情"。这个考语是脂砚斋批语里透露的，第一个"情"字是动词，意思就是对无情的事物也能以真情相珍爱、相体贴、相呵护，"情不情"是与"由色生情、传情入色"相通的，是一种观念的两种表达方式。难怪清代就有人说《红楼梦》是在传播"情教"。这个"情"包括爱情却比爱情更宽广，也不仅是人类之爱，而是及于无机物，是宇宙之爱，有很深的哲学内涵。

值得特别注意的是，在这一回里，非常具体地交代了这部书的不同题名，所有的通行本，包括红学所的校注本，都没有把古本里面的题名收全，而周汇本收全了，这些题名是：

——空空道人改《石头记》为《情僧录》；

——至吴玉峰题曰《红楼梦》；

——东鲁孔梅溪则题曰《风月宝鉴》；

——后因曹雪芹于悼红轩中披阅十载，增删五次，纂成目录，分出章回，则题曰《金陵十二钗》；

——至脂砚斋甲戌抄阅再评，仍用《石头记》。

目前最通行的人文社印行的红学所的本子，少了第二、第五两个环节。周汇本根据甲戌本把从《石头记》改名到恢复《石头记》的书名的全过程记录了下来，这对我们"红迷"朋友来说，是非常重要的。

为什么"至吴玉峰题曰《红楼梦》"这句，在甲戌本后来的本子里，一律不再出现？不可能是各路抄书的人都把这句漏抄了，显然是有意删去的。那么，为什么删它？凡例里说了嘛，《红楼梦》是"总其全部之名也"，最不古怪，我们现在认可的也是这个题名，这三个字在当时也不犯忌，实在不必删掉，是吧？那么，删掉的原因，难道是吴玉峰这个名字？这应该是很普通的一个名字呀？比起空空道人、脂砚斋等符码，一点儿也不扎眼。你去查清朝的资料，也查不到这么个人，他究竟是谁呢？

上面说了，曹雪芹写这部书，从第一回起就大量使用谐音寓意的手法，实在不是我特别多心，吴玉峰很可能也是谐音寓意。那么，谐的什么音，寓的什么意呢？不琢磨无所谓，一琢磨吓一跳。吴玉峰，会不会是谐"无御封"呀？这个人本来应该得到皇帝的分封，却偏偏并没有得到分封，所以是"无御封"，也可以写成"无谕封"，读音含义完全一样。这应该是皇族里的一个人物，是一个对"当今"不满的人，一个皇族里的"既失利益者"。这个人竟是最先看到书稿的少数人之一，他看了还题名，认为《红楼梦》做书名最好。脂砚斋甲戌抄阅再评的时候，书稿上还有他，己卯、庚辰的四评，这段话里就没他了，看来，不是后来转抄转录的人删去了这一句，而很可能是脂砚斋删去的。脂砚斋这个人虽然和曹雪芹很亲近，但有时想法不一样，第十三回脂砚斋就建议曹雪芹大删大改，曹雪芹听从了她的建议，那么吴玉峰这一句，曹雪芹也可能忍痛割爱。我在《揭秘〈红楼梦〉》上卷（一）里说过，作家删改书稿，如果是出于艺术上的考虑，那么删掉改掉的就没什么可惜，但是，如果是出于非艺术考虑，就很可惜。吴玉峰这一句被删，估计就是出于非艺术考虑，怕惹祸，才删掉的。现在那惹祸的可能已经化为了零，周汇本将其保留，很有必要。何况甲戌本一直保留至今，白纸黑字，应当照录，以反映出曹雪芹的原笔原意。

周汇本的特色，在第一回里，就已经凸显了出来。在通行本里，石头上的那首偈语诗是：

> 无才可去补苍天，枉入红尘若许年。
> 此系身前身后事，倩谁记去作奇传？

而周汇本则是：

> 无材可与补苍天，枉入红尘若许年！
> 此系身前身后事，倩谁寄去作神传？

它的每一个字都有古本上的依据，确实体现出了其先比较每一句的相异处，然后择其最接近曹雪芹原笔原意的字、词、句的苦心。我们阅读欣赏《红楼梦》，多了这么一个本子，真是件幸事啊！

曹雪芹的《红楼梦》有回前诗

揭秘古本

第二回　贾夫人仙逝扬州城　冷子兴演说荣国府

　　《红楼梦》究竟有没有回前诗？翻翻古本《红楼梦》，分明是有回前诗的呀！第二回一开头就有：

　　　　一局输赢料不真，香销茶尽尚逡巡。
　　　　欲知目下兴衰兆，须问傍观冷眼人。

　　周汝昌先生认为早期手抄本第一句中的"赢"没有写成"贏"、第四句"傍"没有写成"旁"，恰恰是曹雪芹原稿的面貌，没有必要非把这类的写法强行"规范"。有人可能会这样想：这诗也许是脂砚斋作为批语写的吧？但甲戌本诗旁的脂砚斋批语写得明明白白："只此一诗便妙极！此等才情，自是雪芹平生所长。余自谓评书，非关评诗也。"这首诗的著作权属于曹雪芹，还有什么可怀疑的呢？它被写在一回的最前面，不是回前诗是什么？

　　这首回前诗不仅甲戌本有，己卯本、庚辰本、杨藏本、戚序本、舒序本、俄藏本、蒙古王府本全有，怎么能忽视呢？现在你看到的红学所校注的通行本，却偏不承认，不给印在正文里，只在"校记"里当作应该删除的文字交代了一下。红学所的校注是用庚辰本作底本，庚辰本明明有这首回前诗呀？为什么自己所推崇的本子里有，也不予承认呢？这是很奇怪的做法。庚辰本固然是一个珍贵的古本，但绝不能对它迷信。

第二回最重要的内容，就是作者安排冷子兴对荣国府和宁国府的人口组成作了口头介绍，给读者先铺垫出一个大的印象，到第三回以后那些人物陆续登场，再细致刻画出他们的生动形象。那么，冷子兴介绍到迎春的时候，庚辰本是怎么写的呢？它是这样写的："二小姐乃政老爹前妻所出，名迎春。"

看了后面所有关于迎春的情节，你不觉得这个交代存在很大的问题吗？贾政如果有前妻，那么王夫人就是续弦的了。迎春如果是贾政的亲生女儿，那么她跟贾赦和邢夫人就没什么大关系了，邢夫人也犯不上那么跟她说话了；她误嫁中山狼，责任就应该全在贾政、王夫人身上了，出嫁前更没有道理由贾赦、邢夫人那边接过去再过门了。庚辰本肯定是错了。但是，其他古本上的写法，区别也很大。甲戌本写的是：二小姐乃赦老爹前妻所出。俄藏本写的是：二小姐乃赦老爹之妻所生。己卯本写的是：二小姐乃赦老爹之女政老爷养为己女。戚序本写的是：二小姐乃赦老爹之妾所出。周汇本选取了甲戌本的写法，认为最接近曹雪芹的原笔原意。我也这样认为。简单来说，迎春首先肯定和探春不一样，从文本中看不出她有庶出的自卑心理，以及因为庶出而受歧视的迹象。戚序本的说法肯定不对。她也不可能是贾政的养女，文本中明确告诉我们，迎春是贾赦那边的人，只是并非邢夫人所生。那就只能有一种解释：迎春乃贾赦前妻所生。

回前诗头一句把故事里的荣国府和宁国府的处境，概括得非常精确，就是它们实际上已经被卷进了一个棋局里。什么棋局？权力斗争的棋局，"双悬日月照乾坤"的棋局。具体而言，就是以"义忠亲王老千岁"为旗帜的"月派"，和"忠顺王"所顺从的"当今"也就是"日"派，两个政治集团的博弈。这个博弈有一个曲折的过程，因此荣宁两府还可以在香销茶尽前为自己的利益周旋维护，但是他们必将由盛而衰。他们自己不觉悟，冷眼旁观的人却心知肚明。这首回前诗很重要，不可少，怎么能不让读者在回前看到呢？

家族史的投射

第三回　金陵城起复贾雨村　荣国府收养林黛玉

　　周汝昌先生的《万里访书兼忆李一氓先生》是篇很有意思的文章，讲述了他一九八四年赴当时苏联列宁格勒的图书馆，验看那里所藏的一部古本《石头记》的情况。文章里说，接待方拿出那个古本，他拿着放大镜，刚抽验了第一册的几页，就不禁惊喜交加——为什么呢？那是第三回里的两句文字落入了他的眼帘。

　　哪两句？是关于林黛玉肖像描写的两句："两湾似蹙非蹙胃烟眉，一双似泣非泣含露目。"我在"林黛玉眉眼之谜"那一讲提到过，这句话最恰切地形容出了林黛玉眼睛的特殊形态。周先生在考察俄藏本前，早对各古本里这个地方的词句有所研究，忽然看到俄藏本里有曹雪芹原笔原意的清爽句子，大喜过望也就不奇怪了。

　　第三回写林黛玉进荣国府，已经融汇进了太多曹雪芹家族史的因素。林黛玉所看到的"荣禧堂"金匾，由康熙亲笔御书写给南京曹寅织造府的"萱瑞堂"大匾演化而来，那副银联，则套用太子胤礽被废前常挥毫显示书法水平的唐刘禹锡的诗句，而且"黼黻"（贵族用的纺织品上的花纹）一词又影射曹家几代担任过江宁织造。书里虽然写贾赦是贾母的长子还袭了爵位（一等将军），却并不跟贾母住在一个院子里，林黛玉去拜望他须由邢夫人引领她出荣国府坐车另去别院，倒是并没有袭爵只担任员外郎的二儿子贾政和王夫人却住在府里中轴线的主建筑群里。这又把曹寅去世后，曹頫过继给曹寅遗孀的家庭秘密逗漏了出来。而贾母对黛玉这样介绍凤姐："他是我们这里有名的一个泼皮破落户儿，南省俗称谓作辣子……"又逗漏出曹家本来在南方生活，后来才到了北京。写黛玉到正院正房去，第一次描写到炕。炕是南省没有的东西，现在北京也罕见了，但那时候皇帝也使用炕来起坐。紫禁城里现在还有很多炕，去故宫博物院参观时可以仔细观察一番，以获得切实的概念。当然，《红楼梦》是小说，不是报告文学，实际上曹雪芹在第三回所写的贾家的生活状态，并不是曹家在雍正朝获罪被押解到北京以后的生活写照，就是在乾隆初期曹家一度回黄转绿，也没有达到书里所写的那么富贵的程度。曹雪芹当然对曹家生活的原生态加以了夸张，并且糅进了他对别的贵族家庭的观察体验，再加以艺术想象，才构成了这样的文本。不过，揭示出曹雪芹这部巨著的家族史、自传性、自叙性的特质，还是很有必要的。

这一回周汇本采纳的回目，跟通行本有很大的区别。这种情况还会出现在以后的许多回目中。周先生的取舍以最接近曹雪芹原笔原意为出发点，是为一家之言，有利于我们更准确地阅读与理解《红楼梦》。

四大家族惹人眼

第四回　薄命女偏逢薄命郎　葫芦僧乱判葫芦案

又有回前诗。

有的古本上的回前诗是这样的：

> 请君着眼护官符，把笔悲伤说世途。
> 作者泪痕同我泪，燕山仍旧窦公无。

它的位置在回目前，可周汇本不取，为什么？因为觉得这应该是批书人表达感慨的诗。

但取了以下这首。这首在回目后，并且先有"题曰"两个字：

> 捐躯报国恩，未报躯犹在。
> 眼底物多情，君恩或可待。

俄藏本和杨藏本都有这首诗。（按：为严格地将古本上的这两种诗区别开，在回目前由批书人写的诗，可另称为"回前诗批"；而在回目后，以"题曰"引领的作者写的回前诗，可另称为"回前标题诗"。我在本书中所提到的一回叙述文字开始前的诗，都指的是"回前标题诗"。）说明这不是批者的感慨而是作者的感慨。

很耐琢磨。四句诗没有涉及这一回的故事内容，也不像针对这回里的贾雨村等人物在进行针砭。

这一回毛泽东最看重。他认为这一回是《红楼梦》的总纲，有他的道理。

毛泽东不喜欢俞平伯的论红，是可以理解的。俞先生往往以一种闲适的心情，把《红楼梦》当作纯美的东西来把玩。这本来也应该是一种阅读与欣赏的方式，但作为革命家，就很难容忍。按我的理解，毛泽东是认为这个第四回通过"护官符"点出了四大家族，把封建社会统治阶级一方揭示出来，具有重大的认识价值。而且，这一回写"乱判"，政治社会性批判的力度非常之大，难能可贵。

"护官符"这一节，确实厉害。"这四家皆连络有亲，一损皆损，一荣俱荣，扶持遮饰，皆有照应的。"真点得透彻。过去的通行本上，写的是那门子把护官符递给贾雨村看，然后列出护官符的内容。但古本上却是这样写的："石头亦曾照样抄写一张，今据石上所抄云……"底下才是那四句谚俗口碑。这就照应了古本第一回里的写法，而且在叙述上更具有了客观冷静的调式。

各古本上四句顺口溜的排列顺序有差异。所有通行本包括红学所本的顺序都是贾、史、王、薛，但周汇本采甲戌本的排列写法，认为不悖亲不间疏、先不僭后之旨，乃宝玉处世哲学，亦作者文章法则，贯彻始终。后来有些抄本把王移到薛前，以为王是书中宝玉母家自应在前，这是不懂曹雪芹的文章法则的表现。

周汇本的逐句比较做出抉择，非常认真仔细。比如门子跟贾雨村对话，有一句各古本有差别，有的写成"老爷说的何尝不是大道"，有的则把"大道"添一字成"大道理"。红学所本以庚辰本为底本，庚辰本明明是"大道"，却不采用，而是添一"理"字。周汇本取"大道"，是因为那门子曾在葫芦庙里充沙弥，"大道"是佛家用语，曹雪芹是特意要这样写出角色的语言习惯。再如写薛蟠的恶霸心理，一般本子都写成"人命官司一事，他却视为儿戏，自为花上几个臭钱，没有不了的"。但俄藏本写的却是"自为花上几个臭铜"，周汇本取"臭铜"，认为更符合曹雪芹总不愿随俗造句的创作特性。

再回过头来说那首五言回前诗。书中的四大家族毕竟是曹雪芹自己家族及相关家族的一种艺术概括。生活中包括曹家在内的四大家族对康熙皇帝和险些成为皇帝的胤礽感恩戴德，但太子废掉了，康熙薨掉了，雍正对曹家很不好，雍正十多年后又死掉了，新皇帝乾隆究竟会不会善待曹家呢？倘若弘晳取乾隆而代之，那"君恩"是否就更值得期待呢？生活中如此，小说里的四大家族在"双悬日月照乾坤"的格局里，究竟能不能获得期待中的"君恩"呢？我以为可以这样来解读。但有这样内涵的回前标题诗是可能惹祸的，因此，后来就被删除了。

钟情大士？种情大士？

第五回　开生面梦演红楼梦　立新场情传幻境情

　　古本《红楼梦》的这一回又有回前标题诗。这首诗的第一句是"春睡葳蕤拥绣衾"。葳蕤这个词，凡是读过《唐诗三百首》的都不陌生，因为《唐诗三百首》开卷第一首里就有"兰叶春葳蕤"的句子，查词典，解释为枝叶繁茂的意思。那么，"春睡葳蕤"是什么意思呢？我的理解是，这一回写贾宝玉睡了就做梦，神游太虚境，他的这个梦内容非常丰富，所以用葳蕤形容。这一回的故事，发生在冬天。"因东边宁府中花园内梅花盛开，贾珍之妻尤氏乃治酒请贾母、邢夫人、王夫人等赏花"，贾母等应邀而去，贾宝玉跟去了，中午要睡午觉，最后选择了到秦可卿的卧室里去睡。那为什么诗里说是"春睡"呢？"春睡"在这里也就是"春梦"的意思，"春梦"在中国传统文化里是一个特定的概念，比喻转瞬即逝的好景。这一回里写梦境中的警幻仙姑，未见其形，先闻其歌，唱的第一句，就是"春梦随云散"，表达出对美好事物转瞬消失的无限惆怅。因此，任何季节所做的美梦，都可以说成"春梦"。当然，宝玉的美梦，在最后阶段变成了噩梦，正所谓"好事多魔"也。

　　但是，葳蕤这个词，也可以活用。本来基本上是个褒义词，却也可以在特定的语境里，转换成贬义。比如下面大家会看到，在第三十三回里，贾政责备宝玉："好端端的，你垂头丧气些什么？方才雨村来了要见你，叫你半天才出来，既出来了，全无一点慷慨挥洒谈吐，仍是葳葳蕤蕤……"把葳蕤变化为葳葳蕤蕤，成为一种贬义的形容。那么，什么是葳葳蕤蕤的神态呢？你能解释吗？不能用语言解释，能否在心中意会？

第二十六回里，袭人劝宝玉道："你出去了就好了，只管这么葳蕤，心里越觉烦腻了。"这里葳蕤的意思与慵懒相通。

拿葳蕤这么个词汇说这么多，我的目的何在？

我只不过想表达这么一个意思：我们的母语，我们的方块字，是非常富于表现力的符码系统，是我们中华大文化的基石；而曹雪芹，是用方块字写作的大师，《红楼梦》的文本，是方块字写就的经典，我们不但应当为之自豪，而且应该把我们的方块字文化继承下来，并发扬光大。

在这一回里，周汇本显示出了对方块字的最大尊重，也显示出了对曹雪芹使用方块字来写《红楼梦》的最高欣赏热情。因为各个古本在这一回里出现的文字差异不胜枚举，因此选择出最接近曹雪芹原笔原意的字、词、句的工作，也就格外吃重，而在这个选择过程中，也就格外能显示出周先生在中华传统文化方面的功力。

周汇本在这一回文字的取舍上，造成了哪些与你以前所看到的通行本不同的文本状态呢？通过细读与比较，你自己可以有所发现。周先生又写了若干脚注说明他那样从各古本里取舍的理由，希望你也不要略过。

我只就两处地方说说自己阅读周汇本的心得。

太虚幻境四仙姑，我曾著文分析，在《揭秘〈红楼梦〉》上卷(二)里也有比较充分的阐释。我指出这四位仙姑的命名，有深意在焉，实际是影射在贾宝玉一生中对他影响最大的四位女性。我认为痴梦仙姑是影射林黛玉，钟情大士是影射史湘云，引愁金女是影射薛宝钗，而度恨菩提是影射妙玉。对此周先生大加肯定，写信支持鼓励以外，还几次在文章里提及，在《我与胡适》一书里又论及我的这一观点并再加肯定。但是，对于第二个仙姑的名字，周先生不取钟情大士的写法，认为并不是曹雪芹的原笔原意，他认同舒元炜作序的古本里的写法：种情大士。大家可以看他写出的注解。我很佩服周先生的洞察力。

再说一处。这一回里的十二支曲里，《好事终》里面有两句，若干

114

古本和通行本都是"箕裘颓堕皆从敬，家事消亡首罪宁"，但是周先生认为应该是"箕裘颓堕皆荣玉，家事消亡首罪宁"，曹雪芹最早就是这么写的，后来脂砚斋不忍心，才改"荣玉"为别的。这有一定道理。前面册页里关于秦可卿的判词，也有相对应的两句话："漫言不肖皆荣出，造衅开端实在宁。"前句说荣府有过，后句说宁府有罪，因此，《好事终》曲也应该是先说一句荣府，后说一句宁府。

但是，根据我的思路，却还是觉得曲里的那句应该是"箕裘颓堕皆从敬"。箕裘在旧时代是家庭事务的代名词，"箕裘颓堕"就是指应该管理家庭事务的人放弃了管理责任。宝玉在荣国府不管家，况且还是个少年人，他对"箕裘"是没有责任的，箕裘颓堕了他跟着倒霉而已。而贾敬是宁国府的家长，他对府里的事务本来是应该负全责的，但故事一开始我们就知道，他把爵位让儿子贾珍袭了，自己跑到都城外面的道观里去跟道士们胡羼，贾珍把宁国府翻过来他也不闻不问，甚至府里给他过生日他也不回去。因此，说"箕裘颓堕皆从敬"是合理的。贾敬为什么放弃对宁国府的管理？我在《揭秘〈红楼梦〉》上卷（一）第十三讲中分析过，贾敬是因为不同意由宁国府收留秦可卿，但又无法阻拦，便索性撂了挑子。

我说这个，就是想告诉大家，我虽然跟周先生在对《红楼梦》的认知上大方向一致，但在若干具体问题上，还是各存己见的。我推介周汇本，是为了给广大的一般读者，增加一种在阅读版本上的选择。周先生自己也好，我也好，都没有觉得这个汇校本一字一句都绝对符合曹雪芹的原笔原意，这只是一次尽可能去还原曹雪芹原笔原意的努力，欢迎大家提出意见和建议，参与到完善一个曹雪芹的《红楼梦》的新版本的事业中来。

曹雪芹的《红楼梦》以三种人称灵活叙述

揭秘古本

第六回　贾宝玉初试云雨情　刘姥姥一进荣国府

又有回前标题诗。看来曹雪芹原来打算在每一回的回目后，用"题曰"两个字引出一首回前标题诗，或五言，或七言。现在各古本里，回前标题诗的面貌差别不小。不知道究竟是曹雪芹当年没有把回前标题诗全写出来，还是手抄本在辗转过录的流程里，抄手觉得这些诗可有可无，为省事而删去了。而周汇本将可信的回前标题诗保留了下来。

这回写宝玉初试云雨情比较简略，细写精描的是刘姥姥一进荣国府。在收拾了"初试"的情节后，书里有这样一段文字："按荣府一宅中，合算起来，人口虽不多，从上至下，也有三四百丁。事虽不多，一天也有一二十件，竟如乱麻一般，并没个头绪可作纲领。"叙述者忽然在读者与故事之间，设置了一个"中间区"，拉出了一定距离，并且用与读者商量的口吻，来琢磨着墨的角度，这是很高妙的笔法。西方到了二十世纪，才出现了"接受美学"，提出一部文学作品应该由书写者和阅读者一起来共同完成，阅读者（接受者）不应该是被动的，而应该是主动的，边阅读边想象，参与书写者的创作。我头一回读到上面几句话时，就曾一愣：是呀，这么大的一个贵族府邸，你写完这段，底下该把什么告诉我呀？三四百丁，一二十件事，哪个人哪件事能让我觉得新鲜有趣呢？快讲快讲！于是，跟着就看到作者这样的讲述："正寻思从那一件事、自那一个人写起方妙，恰好忽从千里之外，芥豆之微，小小一个人家，因与荣府略有些瓜葛，这日正往荣府中来。因此便就此一家说来，到还是个头绪。你道这一家姓甚名谁？又与荣府有甚瓜葛？"《红楼梦》不是悬念小说，它吸引我们读下去的主要不是悬念，而是一片生活，一派真情，精彩细节，诗情画意；但它里面也会时时出现一点儿小悬念，这个地方就设置了一个小悬念。

通行本上，都删去了紧接着的几句话。其实这几句话至关紧要，是万不该删的。周汇本完整地保留了——"诸公若嫌琐碎粗鄙呢，则快掷下此书，另觅好书去醒目；若谓聊可破闷时，待蠢物逐细言来。"

"蠢物"这个称谓，大家一定记得，在第一回的楔子里，"蠢物"指的就是青埂峰下那块女娲补天剩余石。它被谁施展幻术给变成扇坠般大小，它以什么方式来到人间，这里不再重复。曹雪芹在这个地方这样写，是跟楔子相呼应。这个句式把第一人称、第二人称和客观叙述的第三人称融为一炉，读来自然而又亲切。这样的写法再一次表明，我们看到的是《石头记》，是石头（蠢物）记录其在人间的所见所闻。其实，它一点儿也不蠢，它虽然化为通灵宝玉，时常只在贾宝玉身边，白天戴在宝玉脖颈上，夜晚会由袭人用手帕包起来，压在褥子下面以免丢失，早晨取出来时也不至于冰凉，但它却可以知道自己并不在现场的许多事情，比如刘姥姥一进荣国府的经历。当然，"石头记录"只是曹雪芹的一种艺术构思，一种叙述方略，关于楔子的一条脂砚斋批语说得很透，前面引过，如果误会为真有另一个作者是"蠢物"或"石兄"，那就是胶柱鼓瑟了。

下面，大家如有兴趣，可以把上面那段话语里凸现人称特点的词语，根据提示左右划线相连：

书上的词语　　　　　　　　　　　　**内含的人称因素**

正寻思从那一件事、那一个人写起方妙　　　第一人称

小小一个人家……这日正往荣府中来

你道这一家姓甚名谁？　　　　　　　　　第二人称

诸公若嫌琐碎粗鄙……

待蠢物逐细言来　　　　　　　　　　　　第三人称

读不懂第七回，莫读《红楼梦》

揭秘古本

第七回　送宫花周瑞叹英莲　谈肆业秦钟结宝玉

　　在汇校完第七回之后，周先生有这样的总结："第七回看似一派闲文，实则是耐心结撰，处处有用意，笔笔设伏线，全为后文铺下大小巨细脉络……读不懂这一回书，莫看《石头记》。"

　　一位亲戚对我说，她以前看《红楼梦》，总是跳跃着看，因为总觉得《红楼梦》无非是讲一个爱情故事，所以凡宝、黛、钗有爱情纠葛的地方，就停下来细看，如果匆匆拿眼睛一晃，觉得那些描写与三位主角的爱情纠葛无关，就翻过去绝不细读。她坦言，直到听了我《揭秘〈红楼梦〉》的电视讲座以后，才头一回读第七回。估计像我这位亲戚那样，不读、匆读、囫囵吞枣般读、读了不知其味的人士还有不少。现在我要跟周先生一起强调：这回书应当细读细品。

　　这一回的回前标题诗，我认为比前几回出现的回前标题诗更为重要：

> 十二花容色最新，不知谁是惜花人。
>
> 相逢若问名何氏，家住江南姓本秦。

　　这首诗非常明确地告诉读者，与宫花关系最密切的"惜花人"姓秦，实际上指的就是秦可卿。"家住江南"，所说的那个"家"，当然不是秦业的那个家，而是她真正的娘家，可能在八十回后，对此有所照应。小说里的秦可卿的娘家——"义忠亲王老千岁"及其子嗣，也就是"月派"的总后台，可能被设定为让"当今"（也就是"日"）贬谪到江南一隅。

通行本回前标题诗一概不收。这首不收，对于读者来说，损失尤大。

这一回的后半回因为有焦大醉骂的情节，比较惹人注意，因此前半回的重要性就更被遮蔽了。其实前半回更应细品。前半回基本上是以周瑞家的在荣国府里的游动轨迹，串糖葫芦一般把若干情节、伏线非常自然地展现了出来。

薛宝钗配制冷香丸，是非常重要的一笔。注意这里提到癞头和尚，说冷香丸的方子是这和尚提供的。第三回林黛玉也提到这位癞头和尚要化她出家，又说她若要病好除非永远不听哭声，除父母外，凡外姓亲友一概不见。这与第一回里僧、道二仙说要下世度脱几个是呼应的。

长大后的英莲出场。"到好个模样儿，竟有些像咱们东府里蓉大奶奶的品格。"周瑞家的这句话绝非赘文，是作者暗示英莲、可卿都属"有命无运、累及父母"的悲剧性角色，而且，她们的真实出身都被遮蔽了。

周瑞家的送花路线，把荣国府的院宇格局交代得更加清晰，而且，除了元春、湘云、妙玉，其余九钗基本上都扫描到了（凤姐是暗出，秦可卿是未出但明指）。

这一回里，出现了冷子兴，是暗出，由周瑞女儿道出。原来冷子兴是周瑞两口子的女婿，惹了官司又由凤姐（未必再知会贾琏）替其搞掂，这一笔非常重要，可谓一石数鸟：

——补充说明为什么冷子兴对荣、宁二府尤其是荣国府那么"门儿清"；

——冷子兴是古董商，贾府之败将由跟古董有关的事引发，可见八十回后冷某还会有戏；冷子兴又跟贾雨村是朋友，贾府事败后，贾雨村忘恩负义，狠踹了几脚，冷子兴呢？必也有某种表现；

——冷子兴被人告官面临被解递回乡的窘境，但周瑞家的听女儿说出此事后竟是这样的口吻："这有什么大不了的！""是了，小人家没经过什么事情，就急得你这个样子。"以此侧写出贾府当时的权势；

——"周瑞家的仗着主子的权势，把这些事也不放在心上，晚间只求求凤姐儿就完了。"说明凤姐常常并不通过贾琏就能命令心腹小厮以贾府名义去摆平一些事情，包括官司。这也就为八十回后诸如此类的"背后行为"接二连三暴露出来，使得贾琏发怒休掉凤姐，以及荣府被抄后凤姐因此被逮入狱等情节做出了铺垫。

周瑞家的最后到达贾母院宝、黛住处，黛玉对最后一枝花的反应，是第一次着墨刻画黛玉敏感多心的精彩细节。

那么，读得细致的朋友一定会注意到，宝玉支使丫头去给宝钗问安，于是有一个丫头去了，那个丫头是谁呀？在下一回里，她将面临无妄之灾。

前半回里还提到江南甄家每年会派船（顺大运河）到京城给皇帝"进鲜"，提到给临安伯老太太千秋送礼，显示出荣国府与其他贵族的网络般的紧密关系。另外，临安伯府在八十回后可能会再现于"一损俱损"的故事情节中。

白骨累累忘姓氏

揭秘古本

第八回　薛宝钗小恙梨香院　贾宝玉大醉绛芸轩

这一回前面以很大篇幅写宝玉、宝钗、黛玉之间微妙的三角关系，是所有《红楼梦》读者都不会忽略的。

这一回还特别把宝玉戴的通灵宝玉和宝钗戴的金锁加以绘图介绍，许多读者都能背诵出那上面镌的字迹。但周汇本对"后人曾有诗嘲云"一句后引出的那首关于通灵宝玉的诗，根据古本选字，与通行本有所不同。通行本第二句是"又向荒唐演大荒"，周汇本则是"又向荒唐说大唐"；通行本第四句是"幻来亲就臭皮囊"，周汇本则是"幻来亲就假皮囊"。一位亲戚听我跟他这样说，一时难以接受，他的反应是："干吗要改书上的诗啊！"可见以前的通行本威力之大，使得我这位亲戚以为周汇本是在"改诗"。我就耐心给他解释，周汇本没有擅改曹雪芹一个字，只不过是从诸多种古本中那一句诗的不同写法里，挑出来认为是更接近曹雪芹原笔原意的一种写法来罢了。当然，仁者见仁，智者见智，究竟各古本里的哪一种写法更符合曹雪芹的原笔原意，是可以讨论的。

这首诗的最后两句非常重要，各本一致，并无另样写法。但许多读者都不去体味。按说这首诗的第五、六句，已经把宝钗"运败金无彩"、宝玉"时乖玉不光"的结局交代出来了，接下去感叹一下他们的悲剧命运也就可以打住，但最后两句却由他们两位作出了一个惊人的"类推"，叫做"白骨如山忘姓氏，无非公子与红妆"！白骨，就是遭难死去的人，用"白骨累累"形容都还不到位，一定要说成是白骨堆成了山！遭难的不仅是公子，连"红妆"，就是闺中妇女，也成批地牵连陨灭！更令人错愕的是，这些被害死的人竟连姓氏也被抹掉了，以致你查官方档案、查家谱，竟然都毫无痕迹可寻了！

小说当然不能等同于家史，但曹雪芹是以"假语"（小说）来竭力隐藏一些真事（家族命运），这个创作动机和实际效果，是分明存在的。从曹雪芹往上算，到地位显赫、声名卓著的曹寅，只不过三代。曹寅留下的官方记载很多，他给康熙的奏折和康熙在奏折上的大量批语，现在仍保存在故宫档案馆里，私家著述里与他相关的文献资料也极其丰富。到曹寅的子侄，也就是曹雪芹的父辈，官方档案资料也还存留不少。我前面引用了雍正二年雍正皇帝在曹頫的请安折上的大段朱批，就是几年后雍正惩治曹頫的官方文档，也还保存至今。但是，到了乾隆初年，特别是乾隆四年的"弘晳逆案"以后，曹家似乎就从人间蒸发了，官方档案里不见只字，而且这样一个望族的家谱也突然中断，以致现在我们对曹雪芹本人也还必须借助于并不多的民间资料来考证他的身世。因此，"白骨如山忘姓氏，无非公子与红妆"尽管是小说里的话语，我们把它看作是曹雪芹对自己家族不仅被乾隆皇帝毁灭，而且事后相关档案也被销毁得干干净净所发出的沉痛而悲怆的控诉，应该是合理的。

这一回写贾宝玉从梨香院薛姨妈那里醉醺醺地回到贾母处，那时他和黛玉分住在从贾母正房分割出的空间里，他为自己所住的那部分写了个斗方，由晴雯爬高上梯贴在了门斗上，那三个字是什么呢？红学所校注本上是"绛云轩"，周汇本上是"绛芸轩"，当中一字取"云"或"芸"都有古本作依据。这个轩名有什么象征意义？可能曹雪芹在"绛云轩"和"绛芸轩"之间也犹豫不定，这是他尚未最后定准的一处地方，所以在不同时期的母本里留下了不同的痕迹。"绛"可能是指贾宝玉，他爱红，大观园建成后他入住怡红院，而且根据探佚可知，八十回后他会和史湘云遇合，因此用"绛云轩"来暗示这个情节也是可能的。但"绛"又让人想到绛珠仙草，那么，"绛珠"和"湘云"是宝玉一生中先后真爱过的女子，"绛云轩"也可能是隐含这样的寓意。不过，周先生指出，"绛"也可能指小红，芸则是贾芸，这两个

122

人在八十回后有救助宝玉的情节，因此，"绛芸轩"更可能是具有多重复合隐喻。不知"红迷"朋友们对此都有什么看法。这一回末尾，过去不少读者很不重视。一是写了"枫露茶事件"，导致丫头茜雪被撵。别以为这茜雪就此销声匿迹，脂砚斋批语告诉我们，在曹雪芹已写成后被借阅者"迷失"的八十回后的故事里，她将出现在狱神庙，安慰救助贾宝玉。

二是写了一段交代秦可卿出身的古怪文字。我的《揭秘〈红楼梦〉》就是从这里楔入的。有人总觉得奇怪：你怎么会对这段文字那么敏感？其实除了对文字本身觉得蹊跷以外，也还有一个私密的原因：我一九四二年落生在四川成都的育婴堂街，母亲在我长大后多次告诉我，育婴堂就是养生堂。我出生时正当抗日战争的相持阶段，家里经济上是困难的，所以才会在那么一条贫民聚居而且有养生堂的小街上，借住在亲戚家，由我的一位舅母在家里因陋就简地把我接生下来。我长大后读《红楼梦》，读到这第八回末尾，看到养生堂字样，心里总不免"咯噔"一声：呀，宁国府贾蓉的正妻，她怎么会是养生堂的不知来历的弃婴呀？我的这个阅读反应，说明阅读文学作品，阅读者个人的特殊视角有时候是能激发出特别的感悟的。

那段文字里，抱养她的小官僚，古本里写的是秦业，脂砚斋批语说得很清楚，这是谐"情孽"的音，但程乙本故意改成了"秦邦业"。按说这么一个人物的这么个名字，有什么好改的呢？看来程伟元和高鹗也有他们的敏感性。秦邦业的写法一直延续到护花主人评点的《增评补图石头记》一类的印本中，一九五七年人文社通行本改成了"秦邦业"，仍然破坏了"情孽"的谐音，一九八二年人文社通行本才恢复为秦业。"情孽"如果只是影射秦可卿跟贾珍之间的畸恋，也真没有什么好紧张的，但如果是影射贾府和"义忠亲王老千岁"那一派的深情厚谊导致了其毁灭，并且小说的"假语"里有"真事"隐存，那程、高的改秦业为"秦邦业"，就一点也不奇怪了。

周汇本连续很多回，结尾都以"正是"引出两个七言对句来，这大概也是曹雪芹对文本的一个设计，每回回目后是四句回前标题诗，回末则是两句感叹。可惜他似乎没有把这个体例完全补足划一。

细抠精选为求真

揭秘古本

第九回　恋风流情友入家塾　　起嫌疑顽童闹学堂

第十回　金寡妇贪利权受辱　　张太医论病细穷源

　　本着有话则长、无话则短的原则，对周汇本的介绍以及抒发我个人阅读思考心得的文字，或就一回充分展开，或几回合并在一起来写。希望读者诸君能习惯这种灵活自如的聊天式写法。

　　周汇本对这两回的文字抠得很细，也更见功力。比如第九回茗烟隔窗轻蔑地揭穿带头闹学房的金荣的"老底儿"："他是东边衕衕子里璜大奶奶的侄儿，那是什么硬正仗腰子，也来吓我们。璜大奶奶是他姑娘。你那姑妈只会打旋磨子，向我们琏二奶奶跪着借当头。我就看不起他那主子奶奶！"有的古本把"东边衕衕子里"竟错成了"东衙里"，估计参与抄录的是南方人，不知"衕衕"是什么意思，所以把"衕衕"乱改为一个"衙"字。"衙"是衙门的意思，如果金荣是东边衙门里的，那不成了"衙内"了吗？茗烟又怎么能小觑他呢？"衕衕"两个字现在简化为胡同，南方一般称这种空间为巷，这里点明金荣家住东边衕衕里，也就再一次点明这些故事情节都发生在北京。另外请注意对茗烟那几句话的写法：头两句是跟宝玉说，第三句是跟金荣说，第四句是自我宣称。曹雪芹写人物对话经常这样处理，不去仔细交代其话语对象的转换，却让读者完全理解，并且觉得如闻其声，如见其表情。还要说明的一点是，那时候一般人口语里，"姑娘"跟"姑妈"是相通的，但表达这个意思时，"娘"要读第一声，如果是称黛玉"林姑娘"，则"娘"为第四声而且轻读。

　　再如第十回有一句是"谁知他们昨儿学房里打了降"，古本里的杨藏本是这样写的，周汇本取这个"打降"的写法而不取另本"打架"的写法，因为那时候有"打降"一词，意与"打架"通，但"降"是本字。

第十回开始写秦可卿得怪病，而且来了个张太医给她看病。我的《揭秘〈红楼梦〉》上卷（一）对这段情节，特别是张友士的真实身份、他开出的药方、道出的黑话，有很详尽的分析，这里不再重复。但我要在这里跟大家讨论一下金荣、金寡妇和贾璜夫妇的问题。这是我在《揭秘〈红楼梦〉》上卷里都未来得及讨论的。

金荣名字出现，脂砚斋批语曰："妙名，盖云有金自荣，廉耻何在哉。"这个金荣原来跟薛蟠交好，后来薛蟠遗弃了他；宝玉、秦钟入学后，他又与宝、秦交恶，并直接发生冲突，甚至挥动毛竹大板打去秦钟头上一层油皮。那么，这个角色的设置，难道就只在第九回里闹闹学堂，第十回开头跟他寡母咕咕嘟嘟，以后再无戏份了吗？我想是不会的。八十回后，"四大家族""为官的，家业凋零；富贵的，金银散尽"，"转眼乞丐人皆谤"，在那种情势下，以金为荣的金荣，肯定幸灾乐祸。"冤冤相报实非轻"，秦钟早亡，但宝玉、薛蟠还在"活受罪"，他即使不去落井下石，在一旁看笑话奚落嘲谤，也够满足其报复心的。金荣在八十回后，一定会再次登场。

金寡妇，是金荣的母亲，在第十回里，戏份很少，倒是声言要去为她打抱不平的璜大奶奶，戏份颇多。她风风火火奔宁国府而去，去时是一盆旺火，进入大宅门，见到尤氏后，竟化为一盆温水。曹雪芹写得非常有趣，写出了阶层差异，更揭示了人性。但这一回的前半回目，不出璜大奶奶的名，却偏强调金寡妇，这是为什么呢？一位"红迷"朋友跟我讨论，他说这大概并无深意，就那么一写罢了。我却觉得恐怕还是伏笔。在回目里出名，统观我们所看到的八十回书，就会发现那不是件简单的事。比如第八回，不同的古本有不同的回目，在回目里亮出名字的角色差异很大：

甲戌本——薛宝钗小恙梨香院　贾宝玉大醉绛芸轩

己卯本、庚辰本、杨藏本——比通灵金莺微露意　探宝钗黛玉半含酸

戚序本——拦酒兴李奶母讨厌　掷茶杯贾公子生嗔

梦觉本、程甲本——贾宝玉奇缘识金锁　薛宝钗巧合认通灵

周汇本选的是甲戌本的写法，红学所校注本则选的是己、庚本的写法，我以为周汇本的选择更符合曹雪芹的原笔。这里且不讨论哪一种写法最好，举这个例子是为了说明，让哪一个角色上回目，作者是煞费苦心的，在不同时期的稿本里，来回改动，以求更加合适。那么第八回无论是宝、钗、黛，还是莺儿、李嬷嬷，确实都有上回目的资格，因为他们还都会在后面的情节里出现。由此类推，到了第十回，既然回目里上半突出金寡妇，下半强调张太医，那么绝对不会是"随便那么一写"，而且，大家请注意，各个古本在第十回回目的写法上，竟全然一致！（只有个别古本把"穷源"写作"穷原"，存在那么小小一点差异。）我的看法是，张友士在八十回后还有故事自不消说，这位金寡妇，也会再次登场，有与她相关的情节出现。当然，璜大奶奶也还会有戏。实际上前八十回里，提到贾璜的地方就不止一处。

从《风月宝鉴》中撷取改造？

揭秘古本

第十一回　庆寿辰宁府排家宴　见熙凤贾瑞起淫心

第十二回　王熙凤毒设相思局　贾天祥正照风月鉴

在第一回的楔子部分，开列此书的各个异名时，有一句是：东鲁孔梅溪则题曰《风月宝鉴》。这个题名的意思是"戒妄动风月之情"，具有训诫的意味，符合儒家的道德指向。东鲁孔梅溪我原来以为未必真有其人，很可能是杜撰出的一个名字。东鲁是界定这位孔氏的籍贯，说明他是春秋末期鲁国那个孔夫子的正牌后代，这样一位人士来给这本书题名，他着眼在儒家所提倡的"非礼勿动"，因此题曰《风月宝鉴》。我总隐约觉得这样写多少含有点调侃在里面。后来我注意到第十三回有一条批语，是针对秦可卿念出"三春去后诸芳尽，各自需寻各自门"偈语的眉批："不必看完，见此二句即欲堕泪。梅溪。"写这条批语的梅溪，应该就是题名《风月宝鉴》的孔梅溪，看来还真有这么个人。脂砚斋给这句话写了眉批："雪芹旧有风月宝鉴之书，乃其弟棠村序也。今棠村已逝，余睹新怀旧，故仍因之。"这句话里包含很大的信息量：

一、《红楼梦》并非曹雪芹的处女作。此前他起码还写过一部小说《风月宝鉴》。

二、曹雪芹有个弟弟叫棠村，兄弟二人感情很好。哥哥写了《风月宝鉴》的小说，弟弟就给写序。

三、曹棠村在曹雪芹写《红楼梦》的时候已经过世。

四、脂砚斋跟曹雪芹和曹棠村兄弟二人都很熟，关系不一般。脂砚斋批书的时候，看着这新写的小说，就不禁想起那部《风月宝鉴》

的旧稿来。

五、楔子里的这段话——交代这本书的各种题名——本来是不一定要提《风月宝鉴》的，但是因为想到棠村已逝，令人感伤怀念，于是就还因袭（保留）了这个书名，以作纪念。

六、不说是曹雪芹"故仍因之"，而说"余……故仍因之"，显示出脂砚斋对书稿有很大的处理权，在抄阅批评的过程里，常常提出主张，让曹雪芹采纳，有时甚至自己亲自动手，完成某些片段，甚至补足某些章回。

这第十一、十二两回，其中贾瑞"癞蛤蟆想吃天鹅肉"的故事，显然是曹雪芹从棠村作序的《风月宝鉴》旧稿里撷取出来，融入到《红楼梦》文本中的。这段故事里出现了跛足道士，把一面可以两面照看的镜子给了贾瑞，说是警幻仙子所制，必须只照背面勿照正面，但贾瑞偏爱照正面，结果纵欲泄精而亡。家里人用火烧那面镜子，镜子里哭道："谁叫你们瞧正面了！你们自己以假为真，何苦却来烧我？"而跛足道人也就适时地跑来，收回了那面风月宝鉴。其实在第五回里，作者已经写到警幻仙姑的一番话，把"皮肤滥淫"的性欲发泄和在体贴入微中欣赏女性获得欢悦加以严格区别，后面还有宝玉为平儿理妆、为香菱换裙等生动的故事情节，对男女情爱的描写已经升华到超"皮肤滥淫"的精神高度，似不必再写一段贾瑞的故事来"戒妄动风月"。可是，曹雪芹想来想去，还是觉得难以割舍他早期作品《风月宝鉴》里最生动的一段，就把它演化为了《红楼梦》的第十一、十二两回。

当然，曹雪芹把贾瑞的这段故事融汇进来，基本上做到了自然流畅。第十一回有些文字接续第十回，写秦可卿得怪病后情况越来越糟，写得十分细腻。如写凤姐去秦可卿卧房看望她，把贾蓉、宝玉支使走以后，跟秦氏"又低低说了多少衷肠的话儿"，按说双方都是主子，说话不必拘谨，而且无非是病人和看望者，能有什么秘密？却偏把那情景儿写得十分诡秘，可见另有病外隐情。

从第三回黛玉进府，到第十回大闹学堂，情节的流动从时间上说是连贯的，第八回说下雪珠儿了，第九回上学堂袭人给宝玉准备了大毛衣服和脚炉手炉，第十回张友士说秦可卿的病"今年一冬是不相干的"，都说明已经是冬天，而且很冷。第十一回的故事时间上是接着第十回往下写的，却说宁国府"满园子的菊花又盛开"，又有一阕小令表现从凤姐眼中看到的秋景："黄花满地，白柳横坡（有的古本竟写的是绿柳横坡）……石中清流激湍，篱落飘香；树头红叶翩翩，疏林如画……暖日当暄，又添蛩语……"从季节上说，这就不对头了。

第十二回前面的故事是紧接着第十一回往下写的，季节上还对榫，是冬至后腊月间的事，贾瑞中了凤姐毒设的相思局后，一病不起，列举出许多的症状，说他"不上一年，都添全了"，这在时间上就有跨度了。接下去交代"倏忽又腊尽春回"，似乎已经是凤姐毒设相思局以后的第二个年头了，按说早就应该回过头去写秦可卿的事情才对，张友士不是说"总是过了春分，就可望痊愈了"吗？那么，头年春天秦可卿究竟如何呢？竟不交代，只是一味地写贾瑞，一直写到他死去。这一回末尾，交代说"这年冬底，两淮林如海的书信寄来，却为身染重疾，写书特来接林黛玉回去"，于是贾母命贾琏送黛玉回南探望。这么一算，好像秦可卿病了好几年也没有死，而且春分对于她来说也并非是一个"鬼门关"。这些时间上的含混处和矛盾处，就更说明这两回里贾瑞的故事大体上是从旧稿《风月宝鉴》里取用的，尽管大体上是成功地糅合进去了，毕竟还没有最后修润，它打断了对秦可卿故事的叙述，风格上和前后各回也欠统一。

史湘云的原型：曹雪芹的一个李姓表妹——脂砚斋

揭秘古本

第十三回　秦可卿死封龙禁尉　　王熙凤协理宁国府

第十四回　林如海捐馆扬州城　　贾宝玉路谒北静王

第十五回　王凤姐弄权铁槛寺　　秦鲸卿得趣馒头庵

　　这三回重墨浓彩写秦可卿之死及其丧事。

　　第十三回关于秦可卿死讯的交代，通行本的文字是："彼时合家皆知，无不纳罕，都有些疑心。"周汇本则选择了蒙古王府本的写法："彼时合家皆知，无不赞叹，都有些疑心。"按一般人的理解，前面把秦可卿的病情说得那么严重，她死了，有什么可纳罕的？更谈不到去赞叹。"都有些疑心"，疑的什么心？也不好理解。

　　曹雪芹在全书一开始，就以甄士隐和贾雨村两个人物的名字，以谐音方式，宣示了他这部著作是"真实的事情在假设的话语里保存"，"假设的话语"就是小说的文本，《红楼梦》当然是小说，但这部小说不同于那些纯属虚构的小说，它的"假语"里是有隐秘的"真事"存在其中的。

　　秦可卿在第十回里就病得不轻，她得的是抑郁症。她为什么抑郁？是政治因素使然。她得的也可以说是政治病。所谓"一冬是不相干的，总是过了春分，就可望痊愈了"，第二十六回有关于冯紫英随父亲神武将军冯唐春天去猎场勘察的交代，书里的"月派"总想趁皇帝春狩时"举事"，因此身为"月派"首领"义忠亲王老千岁"女儿的秦可卿，总是春前精神焦虑，能不能见好，全取决于"过了春分"以后的政治形势。红学所的校注本在第十四回后有一条校记，认为秦氏死在春天，但是细读这三回的文字，没有春天的迹象，更像是深秋。凤姐梦见秦氏前，和平儿"拥炉倦绣，早命浓熏绣被"。宝玉听到丧音后，立刻要往宁国府去，贾母说"夜里风大，明早再去不迟"。到了铁槛寺，宝玉、秦钟随凤姐在那里过夜，第二天贾母、王夫人打发人来看望，"又命多穿两件衣服"。到第十六回开头，又交代说秦钟"在郊外受了些风霜"。我的看法与红学所校注者不同，我判定书里所写的秦可卿之死，从季节上来说，是在深秋。

在八十回之内，"月派"的春狩举事，始终没有能正式启动。八十回后，才会写到冯紫英、张友士他们终于孤注一掷。那么，秦可卿为什么死？因为贾元春向皇帝告了密，说出了她本是"义忠亲王老千岁"女儿的真相。皇帝褒奖了元春揭弊不避亲的忠诚（十六回就是暗写这件事），同时，严命秦可卿自尽，但又允许贾家大办丧事，也允许北静王等王公贵族去高规格参与祭奠。总之，皇帝希望这件皇家丑事到此结案，对外遮掩，只当贾家死了个养生堂抱养来的重孙媳妇。

因为曹雪芹把旧稿《风月宝鉴》当中一段故事嵌入进来，构成第十一回和第十二回，第十回秦可卿之病和第十三回秦可卿之死之间的时间逻辑，形成了混乱，所以一般读者乃至一些研究者，都弄不清秦可卿究竟死于什么季节。从文本上看，曹雪芹也确实有些故意地烟云模糊。

我认为如果把第十一回、第十二回取出，那么第十回接续十三回，时间上是可以连贯的。就是秦可卿熬过了那一冬，第二年春分也并没有死，她的家族所属的那个政治利益集团未能在春狩举事，但也暂时未让皇帝发觉。可是她熬过了春却难熬过秋。为什么曹雪芹把秦可卿之死设定在深秋？这就是因为"真事隐去在假语里存"。隐去的真事是什么？就是雍正的暴亡和乾隆的登基。什么时间？雍正十三年（公历一七三五年）阴历八月。继位的弘历没有马上宣布新的年号，直到差不多四个月后才宣布下一年是乾隆元年。那么新皇帝在忙些什么？他提出"亲亲睦族"的和解政策，抚平皇族内部的政治伤痕，也对几乎所有卷进前朝皇族内部斗争的一般官僚实行大赦。那么，在这种情况下，如果有一位身边受宠的女子向他告密，坦陈自己家曾藏匿了一个废太子的女儿，新皇帝是不会因此去打击那告密女子父母家的，但又一定会要那被藏匿的女子立刻自尽，并依照皇家丑事绝不能外扬的原则，允许用堂皇的丧事形态将此事向一般百姓遮掩起来。我认为《红楼梦》里的这一段故事，其事件原型、人物原型，就取材于真实生活里的曹家。皇帝八月登基，九、十月赐废太子女儿死，正是深秋，写进小说，用了"假语村言"，却也仍然保留了真事的痕迹。为什么秦可卿自尽"合家皆知，无不赞叹"？因为她是皇帝赐死，她肯死，皇帝就大赦贾家，贾家就解脱了。她毅然去死，贾母、贾政、王夫人等能不赞叹吗？

但是小说又写得很复杂诡谲。我们都知道第十三回回目原来有"秦可卿淫丧天香楼"字样，是脂砚斋建议曹雪芹改掉的，并且还让他删去了四五叶（相当于现在八到十个页码）的相关描写。秦可卿被皇帝赐死，她也肯死，她采取了上吊的方式，如果她是在安排宝玉午睡的那间卧室里上吊，就不算离奇，人们也没什么好疑心的，但如果她死前是跟贾珍生离死别，"淫丧天香楼"（有古本"淫丧"写作"淫上"），这就又出格了。因此曹雪芹就又写了一句"都有些疑心"，这句话没有被删掉，一直保留至今。由于第十一回、第十二回的故事是从《风月宝鉴》里移植过来的，使得关于林如海的生病和死亡时间，在文本里也形成了明显的紊乱。第十二回末尾说林如海是冬底得的病，第十四回跟随贾琏的照儿（通行本都写成昭儿，周汇本取照儿的写法，理由见周先生注解）回来跟凤姐汇报，说"林姑老爷是九月初三巳时没的"，办完丧事后"大约赶年底就回来了"，"叫把大毛衣服带几件去"，这不前后矛盾吗？但是，如果按我上面的思路，把贾瑞的故事抽出去，再梳理一番，那么，也就并不矛盾。第十二回末尾所说的"冬底"和第十四回所说的"年底"，不在一年里，而在两年里。简言之，故事是按这样的时间顺序往下发展的：

一年秋天，秦可卿得怪病——此年冬天，秦可卿病情加重——这年冬底，林如海染病——来年春天，秦可卿渡过难关，并没有死——又到秋天，且是深秋，秦可卿"淫丧天香楼"——这个秋天的九月初三，林如海病逝。

当然，这样在时间流程上没有矛盾了，但林黛玉探父理丧的时间似乎又太长了，差不多是整整去了一年，这也不是很合理。这些不够合榫的地方，如果天假以年，曹雪芹能从容地对全书统稿，是不难解决的。可惜他是那样的不幸，竟刚到四十岁就去世了，真令人怅然扼腕！

第十三回写各路贵族官僚纷纷来为秦可卿上祭，有一句是"又听喝道之声，原来是忠靖侯史鼎的夫人来了"。一般读者或者评家谁会注意这句？但脂砚斋却郑重地批道："史小姐湘云消息也。"（各古本句式不一但意思相同。）

不断有"红迷"朋友问我：你认为脂砚斋是谁？我的回答是：认同周汝昌先生的考证，要点如下：是女性，姓李，是曹雪芹祖母娘家（康熙朝苏州织造李煦家）跟他同辈的一个表妹；是《红楼梦》里史湘云的原型；经过一番离乱后，曹雪芹和她遇合；他们两人一起经营创作《石头记》（《红楼梦》）；一个是"情痴"，一个是"红袖"；一个撰写书稿，一个誊清（实际上是编辑）并加批语；"红袖"会提出大大小小的建议，曹雪芹多半采纳；"红袖"有时也会执笔撰写正文，八十回中某些缺文系她补全；曹雪芹去世后她还活了若干年；她早期写批语用脂砚斋的假名，晚期则用畸笏叟的假名；她当然了解曹雪芹所写的八十回后的内容，但由于"借阅者迷失"，她也无法恢复那些"迷失"了的内容，痛心疾首而又无可奈何；她跟曹雪芹心心相印，契合处甚多，但她毕竟另是一个独立个体，世界观、人生观、审美趣味跟曹雪芹不尽相同，她的批语是十分宝贵的文献资料，但不能把她的观点趣味跟曹雪芹完全画等号。

周汝昌先生关于脂砚斋的研究成果很多，《红楼梦新证》里有专章讨论。当然，关于脂砚斋究竟是谁，红学界争论也不小。对于周先生的论证，提出辩驳的理由里最重要的大体上是两条：一、尽管古本中的脂批有不少是女子口吻，但也有一些是男子才能有的口吻；二、脂砚斋和畸笏叟是两个人，称"叟"更不可能是女的。对这两条周先生都有强有力的回应。关于第一条，概言之，古本上的批语虽然基本上是脂砚斋写的，但从若干条前后互相批驳和纠正的批语可以看出，也掺有另外一些能读到母本的人士的零星批语，何况有的"另者"还署了名，如梅溪、立松轩等等；另外，脂砚斋既然并不想"现出真身"，偶尔以男子口气作评也是可能的。关于第二条，概言之，更是故意采取烟云模糊法来瞒蔽真实身份；另外，"笏"是砚的变形，两个署名之间还是有内在联系的。

"真事隐"后以"假语存"

第十六回　贾元春才选凤藻宫　秦鲸卿夭逝黄泉路

　　第十六回的故事与第十五回衔接。"一日正是贾政生日",各古本上这句的差异只是有的"生日"前多个"的"字。书里许多人物的生日都写明是几月几日。贾宝玉的生日虽然没有明写,但通过暗写也逗漏出是四月二十六日。既写贾政生日排宴,何必不把日子写出来呢?为什么使用了"一日"这样含混的写法呢?在分析上三回的时候,我已经点出,这段用"假语"深藏的"真事",大背景就是雍正暴亡、弘历匆忙登基,时间正是雍正十三年的八月。弘历登基以后,立刻推行了"亲亲睦族"的怀柔政策。于是,就在这个时间段上,大约是九十月的深秋,接续发生了一系列情况。

　　贾元春的原型向书里"当今"(皇帝)原型弘历告发了秦可卿原型的真实出身。皇帝答应贾元春原型的请求,不去责罚贾府原型曹家,只严厉下令让秦可卿原型自裁。这里要稍微多说几句。清朝皇族家庭无论生男生女,都应到一个叫宗人府的专门机构去登记,并被记载入册。隐匿不报是犯罪。如果废太子在二次被废的混乱中将一个女儿偷运出宫并藏匿在一直交好的内务府官员家庭里,被告发出来后一定不能赦免——死一儆百,防止类似事件再度发生,同时也为保持皇家血统的纯洁性。但这样的事情不能让社会上一般人知道,因为有损皇家的脸面。因此,一方面严命那女子自裁,一方面允许被宽免的相关官员家庭若无其事地大办丧事,遮人耳目,是非常必要的。皇帝甚至派出宫里大太监亲与上祭,这样就更能阻止对皇家不利的"谣言"流传。至于参与祭奠的某些皇亲国戚，如北静王原型等，就算他们对真相心知肚明，也不会声张出来，并且心里还会暗暗赞叹新皇帝的政治智慧。有的批评者对我揭秘秦可卿原型真实出身的研究的质疑是：你拿出当年宗人府档案资料来呀，能查到废太子生过那么一个女儿吗？这问题提得很怪，我立论的前提是废太子在被二次废黜前，故意不把这女儿让宗人府知道，将她藏匿到皇族外的家庭，为的是避免从小就一起被囚禁，既然前提如此，怎么能在宗人府的档案里查到呢？

在秦可卿原型确实自裁，表面风光的丧事也已办完，皇帝就通过晋封褒奖领会并积极推行他那怀柔政策的臣属。于是贾元春的原型在宫中地位得到提升。当然，"真事"隐到"假语"中保存嘛，那文字就有了夸张、渲染，也许"真事"不过是从"答应"提升到"常在"，"假语"却说成是"晋封为凤藻宫尚书，加封贤德妃"。清朝档案里"答应"、"常在"一般是没有份的，但如果死心眼的人非要到清朝妃嫔的档案里去找曹姓女子，找不到就不肯承认《红楼梦》文本的"真事隐"、"假语存"的独特性，或者用一个"小说就是小说"的空洞逻辑去否定一切对《红楼梦》独特性的揭示，我以为都是胶柱鼓瑟。"小说就是小说"，不错，就跟说"人就是人"一样正确，但人有千差万别，小说创作也是多元存在的。有的小说，完全没有原型，比如奥地利卡夫卡写《万里长城建造时》，他对中国万里长城完全没有感性体验，他那篇小说就是纯粹的奇思妙想。但是英国夏洛蒂·勃朗特的《简·爱》就确实有原型，具有自传性，因此一直有研究者在写有关这本书的原型研究的著作。原型研究有什么用？对于一般读者来说，能帮助他们更好地理解、欣赏这样的小说；对于打算从事或已经从事写作的人士来说，能够帮助他们写好把"真事"艺术化，构成好的"假语"文本的小说。

把《红楼梦》第十三回到第十六回的"真事"捋清楚了，对其"假语"也就能完全读通了。第十六回从"一日正是贾政生辰"到"个个面上皆有得意之色，言笑鼎沸不绝"的一段文字，是把"真事"中雍正暴亡、弘历（东宫）登基，以及贾元春原型告密、秦可卿原型自裁后贾元春原型因此地位得到提升这些发生在两三个月里的事情，浓缩起来写，也只能这样"假语村言"。因为除了艺术上的考虑外，还有非艺术性的考虑，就是一定要写却又一定不能惹事，烟云模糊，影影绰绰，点到为止，见"好"就收。正是因为这个原因，不能明写具体日期，只能含混行文："一日正是贾政生辰……"不知从旧档案里还能不能查到曹頫的生辰资料，倘若那也恰是皇家公布雍正薨逝的那一日，就更有意思了。历史上的"真事"是雍正并没有一个生病的过程——倘若众官员得知皇帝染病，那即使是自己到了生日也绝不敢大摆宴席的——他的薨逝是突然宣布的，因此如果那一刻正大摆生日宴席的官员突然被宣招入朝，惊惶失措是必然的。那么第十六回的"假语"写成那样，就完全不奇怪了。"假作真时真亦假"，信然！

周汇本对这一回的文本抠得也很细，值得注意。正文里有贾母、王夫人等"按品大粧"的描写。周先生加注说："某清皇室后人力辩绝无此等制度，纯出小说虚为点缀。但金寄水（睿王后裔）所著《王府生活实录》中确有此种情事。"我手头正好有金先生的这本书，中国青年出版社一九八八年十月第一版，其中第七十三页叙述当年王府里的辞岁状态："凡有品级者，无论男女或王府官员，均按其自身的品级穿戴。我家地位最高、身份最尊贵的是我祖母，她头戴'钿子'，其状如戏曲舞台上萧太后所戴一样。因系孀居，原有的二十四根'挑杆'只戴一半。内着蟒袍，外套八团四正四行的团龙补褂，胸挂朝珠，手握'十八子'，足穿'八分底'云头二色面棉履。伯母和母亲其穿戴与祖母相同，其差异除头戴全副'挑杆'外，补子也略有区别：伯母是亲王福晋，为两正龙八行龙；母亲乃一品夫人，补子为四爪蟒，其形似龙。着花盆底鞋。"这就是贵族老太太、太太"按品大粧"的实录。我在一九八〇年前后与金先生有来往，那时他住在一个大杂院里一间进身很小，大约只有十来平米的小房子里，他在那间小屋里挂了个自题的匾——"科头抱膝轩"，给我留下深刻的印象。他保留着老旗人礼数极其周到的特点，不论跟谁对话，总称对方为"您"。我们一起聊过《红楼梦》，他对《红楼梦》不仅熟悉喜爱，还出版过一本章回体的小说《司棋》，题赠给我，我至今珍藏，写得很有意思。

"秦人旧舍"越发过露——秦之孝如何演化为林之孝

揭秘古本

第十七回　会芳园试才题对额　贾宝玉机敏动诸宾

第十八回　林黛玉误剪香囊袋　贾元春归省庆元宵

这两回在有的古本里还没有分开，有的分开了，但分开的地方不一致，分开以后的回目更是各有千秋。比如：

——己卯本、庚辰本没有分开，标"第十七回至第十八回"，回目是"大观园试才题对额　荣国府归省庆元宵"；

——蒙古王府本、戚序本十七回回目是"大观园试才题对额　怡红院迷路探曲折（深幽）"，十八回是"庆元宵贾元春归省　助情人林黛玉传诗"；

——舒序本十七回回目是"大观园试才题对额　荣国府奉旨赐归宁"，第十八回是"隔珠帘父女勉忠勤　搦湘管姊弟裁题咏"；

——梦觉本、程甲本十七回回目用己卯本的，十八回是"皇恩重元妃省父母　天伦乐宝玉呈才藻"。

周汇本采取分为两回的格式，并从纷纭的回目中选取了现在你看到的这一种，是杨藏本上的，认为比较符合曹雪芹原意。这个回目不说大观园而说会芳园是最合理的，因为贾政带着一群人考察盖好的园子、命令宝玉题咏时，还没有大观园这个名字，更没有怡红院的称谓，那园子是利用府里原有的会芳园扩大改造而成的。

第十七回写试才题咏，到了一处水景，贾政道："诸公题以何名？"众清客有说"武陵源"的，有主张叫"秦人旧舍"的，这时候宝玉发话了："这越发过露了。'秦人旧舍'说避乱之意，如何使得？莫若'蓼汀花溆'四字。"这段文字我以为非常重要。会芳园原是宁国府的花园，天香楼就在附近，秦可卿曾在那个空间里避乱——避皇族内斗，避"义忠亲王老千岁""坏了事"之乱——此事在十六回后已经了结，哪能再由"秦人旧舍"这样的字样引出新麻烦来呢？故事里的清客们似乎是无意道出，而曹雪芹通过宝玉正色批驳，则是故意再传输给读者一个关于秦可卿真实身份的信息，细心的读者决不要轻易放过。

第十八回元妃看到宝玉试题的匾额，当即表态："花溆"二字便妥，何必"蓼汀"？元妃见不得"玉"字，我曾写专文分析过，虽然她弟弟和别的亲友里多有取名用"玉"字的，但在那由会芳园（秦人旧舍）改造而成的省亲别墅里巡幸时，她心头还是抹不去秦可卿的阴影。第七回有条脂砚斋批语："古诗云：未嫁先名玉，来时本姓秦。二语便是此书大纲目、大比托、大讽刺处。"可见秦可卿"未嫁先名玉"，元春是知道的，一见宝玉题额有"红香绿玉"字样，立刻产生不快联想，改成"怡红快绿"。这说明元春的政治敏锐性是非常强的。那么"蓼汀花溆"为什么也觉得扎眼呢？"蓼汀"可谐"了停"的音，"了停"就是"好事终"，"义忠亲王老千岁""坏了事"是"了停"，秦可卿"画梁春尽落香尘"也是"了停"，所以元春一见马上下令抹去。（附带说一下，"春尽"也是"好事终"的意思，不必因有"春"字就死板地理解成事情发生在春天。）

我这样细抠"秦"字及与其相关联的词语，有的人士或许会觉得多余。但在第十八回里，"秦"字又一次刺激了我的视神经。这一回交代省亲园子盖得了，各方面的准备工作紧张进行，戏班子小姑娘和小尼姑、小道姑都买齐了，于是有一个仆人来向王夫人汇报一件重要的事，让她决策。这个仆人，所有此前的通行本上，都写的是"林之孝家的"，但任何一种古本都没有"家的"两字，有五种古本写的是"林之孝"，四种古本写的是"秦之孝"。这不能不引起细心读者的思考。红学所校注本的回后校记也承认各本均无"家的"，"今按文意增补"，这种"增补"是不符合曹雪芹原笔的，也未必符合曹雪芹写作的原意。

看到后面，读者就会知道贾府里有个大管家叫林之孝，他的妻子则被称为林之孝家的。他们权力不小，但为人很低调，被认为一个天聋，一个地哑。他们有个女儿林红玉，简称小红，却"眼空心大，是个头等刁钻古怪的东西"（薛宝钗对她的定性）。林之孝夫妇并没有依仗自己的权势把小红安排到一个最好的位置上，元妃省亲之后，大观园一度空置，他们只把小红安排到怡红院看守空房。后来宝玉进驻怡红院，带来一群丫头，一、二等丫头就不下八九个，小红只是个负责浇花、喂鸟、拢茶炉子的三等丫头。有一回偶然给宝玉倒了杯茶，还遭到地位比她高的丫头的奚落嘲骂。这林之孝夫妇的生存状态，颇有些古怪，跟另一对大管家赖大夫妇相比，真是逊风骚、输文采。

那么，曹雪芹既然后面一再地写到林之孝夫妇，怎么会在十八回这里，却写有个仆人叫秦之孝呢？这个秦之孝如果另是一个角色，那怎么此后又再不出现呢？是笔误吗？是抄书人抄错了吗？各个古本的过录时间不一致，依据的母本不一样，参与过录的人士之间多半互不相干，那怎么会有至少四种古本都写着秦之孝？

另外，在贾府那样的贵族官僚府第里，一般情况下，男仆是不能直接到女主人跟前去汇报请示的，即使有的古本写成了林之孝，也绝无"家的"两个字，书中这样写分明是告诉读者，就是一个拿事的男仆在向王夫人当面汇报请示。这又怎么解释呢？周汇本尊重古本，绝无"按文意增补""径改"的孟浪做法，于是选择了秦之孝的写法，我以为难能可贵，是努力去复原曹雪芹原笔原意的慎重之举。

我对秦之孝这个名字出现的看法是这样的：曹雪芹最早的构思里，这个仆人就是秦之孝。他在小说里设计了一个秦姓系列。虽然秦可卿的姓秦有被秦业抱养的原因，跟她有关联的人不一定也姓秦，但"秦"谐"情"的音，贾府因为跟"义忠亲王老千岁"有"情"，所以在"义忠亲王老千岁""坏了事"以后，还因"情"而难以割舍，把相关的角色全设计成姓秦，也就顺理成章了。因此，在早期的文稿里，曹雪芹写出在"秦人旧舍"里"避乱"的，不仅有秦可卿，还有秦之孝一家。当然秦之孝不会是在"义忠亲王老千岁""坏了事"后才来到贾府的，这窝子仆人应该是在"义忠亲王老千岁"没坏事的时候，因为跟贾府交好，被当作礼品赠予贾府的，到贾府就当了大管家。在清朝，贵族家庭之间把仆人当作礼物互赠，是常有的事。那么，秦之孝夫妇带着儿女来到贾府不久，"义忠亲王老千岁"就"坏了事"，后来秦可卿又被皇帝赐死，他们的后台完全崩溃，自然只能低调生存。不过他们跟秦可卿不一样：秦可卿是藏匿性质，属于"私盐"，一旦被告密揭发，就没有活路；他们却属于"官盐"，"义忠亲王老千岁"坏事前将他们赠予贾府，是不犯法的。他们既然已经属于贾府，那么皇帝不惩治贾府，他们也不会因为"义忠亲王老千岁""坏了事"就被连坐。正因为秦之孝夫妇是这样的情况，为遮掩自己的"不洁来历"，就当着外人装聋作哑，秦之孝家的应该已经是个中年妇人，却偏认比她小很多的王熙凤当干妈，这也是为了进一步淡化别人对他们来历的记忆。而小红，在家里难免听到其实既不天聋也不地哑的父母谈往喟叹，因此独她有超出一般人的见识："俗话说的'千里搭长棚——没有个不散的筵席'，谁混一辈子呢？不过三年五载，各人干各人的去了，谁还认得谁呢？"她不但有见识，也大胆行动，先以伶牙俐齿取得凤姐欢心，攀上了高枝，然后早做出府自过的打算，大胆追求有发展前景的贾芸，终于闯出了自己的一条人生之路。

细心的读者会发觉，书里还有一对姓秦的，就是秦显夫妇。秦显家的只得到个在园子角门上夜的差事。第六十一回里，秦之孝家的已经改写成林之孝家的了，但内厨房主管柳家的犯事以后，林之孝家的派去接替她职务的，就是秦显家的，这秦显家的连平儿都不熟悉，林之孝家的偏派她，为什么？不值得深思吗？我认为，曹雪芹原来就是设计了上、中、下几个层次的秦姓人物，以增强"秦人旧舍"的总体氛围。

但是，在写作的过程里，曹雪芹不断调整自己的思路。他可能是逐渐意识到，应该超越政治层面，把自己的小说提升到更高的人类关怀的层面，既然前面已经把秦可卿的"真事"隐藏到"假语"里了，任务已基本完成，没必要再把秦姓系列的人物设计得那么复杂，于是到后面就把秦之孝全改成林之孝了，但相关的生存状态与人际关系，还保留着原来构思的鲜明痕迹。

第十八回写秦之孝跟王夫人汇报，内容极其重要，是关于请妙玉入府的事情。过去贵族府第里的女主人，在某些最重要最机密的事情上，也是会让有头脸的、信得过的男仆来当面汇报请示的。妙玉是金陵十二钗中的第六钗，在书中有着特别重要的地位。这段情节里又特别写出，王夫人做主写请帖把妙玉接进大观园，估计这个白纸黑字的帖子在八十回后贾府被抄时会被查抄出来，引出相关的情节。

有的红学专家声色俱厉地批判我，说写小说可以索隐，搞学术是不能索隐的。这话真奇怪。《红楼梦》不就是小说吗?《红楼梦》又不是学术论文。既然写小说可以索隐，那么曹雪芹写的小说《红楼梦》里有索隐的元素，读者、研究者对它索隐，是犯了什么学术王法呢? 当然研究《红楼梦》可以有完全不同甚至相反的角度和方法，你不取索隐的方法，却不能禁止别人使用这一方法。何况我的研究虽然从索隐和考证两种研究方法中汲取了营养，其基本方法却是两个：一个是原型研究，一个是文本细读。尤其是文本细读。比如我对第十八回秦之孝写法的诠释，就是文本细读的心得。红学所校注本没有任何古本作依据，只是根据他们的自我判断，就把秦之孝改成林之孝家的，他们的观点、做法难道就不许别人提出异议吗? 是他们"离开了文本"，还是我"离开了文本"? 动辄把"索隐派"当顶大帽子压人，这很不好。说到底某些人还是线性思维，总觉得红学的发展轨迹一定得是后面否定前面的线性发展模式，考证派否定了索隐派，思想性艺术性分析的文学评论派又否定了考证派，而"《红楼梦》是阶级斗争的教科书"的阐释又超越了文学评论派……其实，事物的发展未必是简单的线性模式，倒很可能是螺旋性向上的复杂模式，在新的语境下，索隐派的某些深层机制被激活，也是很正常的事，犯不上急赤白脸地来宣判人家"非学术"，必欲"批倒批臭"、加以禁绝而后快。"早被否定掉了"也是某些人士的口头禅。文学艺术领域内，学术评价上，"早被否定掉了"只能作为一种现象陈述，而不能作为一种"王法"。像沈从文、张爱玲，你翻翻上世纪五十年代到八十年代初的官方现代文学史以及大学中文系的教材，他们连被批判、作为"反面教员"的资格都没有，是完全被当作不存在的那么一种状态，"早被否定掉了"。但是现在怎么样呢？一提中国现当代文学，沈、张是"言必及"的对象，谁能绕过他们？当然，对他们的评价，特别是对张爱玲的评价，还是有争论的，但你喊一声"早被我们否定掉了"能解决问题吗？

不可不知的几条脂砚斋批语

揭秘古本

第十九回　　情切切良宵花解语　　意绵绵静日玉生香
第二十回　　王熙凤正言弹妒意　　林黛玉俏语谑娇音
第二十一回　　贤袭人娇嗔箴宝玉　　俏平儿软语救贾琏
第二十二回　　听曲文宝玉悟禅机　　制灯谜贾政悲谶语

大观园建成，元妃省亲使用过之后，闲置了一段时间，宝玉、黛玉还跟着贾母住，这四回写的就是宝玉等在元妃省亲之后、入住大观园之前的一些事情。

在第二十二回末尾，有条署名畸笏叟的批语："此回未成而芹逝矣，叹叹！"

仔细看这一回，所缺的其实主要是最后那段情节里黛、钗的灯谜诗。这回前面是写得很丰满的，脂砚斋的批语也非常多。这条批语传递了两个信息：

一、曹雪芹不是按顺序一回一回地往下写。他大概是先列出回目（更准确地说是列出提纲，因为回目也会随时调整，或想好大体内容而暂缺回目），再根据自己的灵感爆发方向，选取出最想写的那一回来写。

二、对一回文字的处理，他也往往是先把叙述文字铺排好，其中需要嵌入的诗词曲赋，暂且留白，以待另有兴致时再写好补入。

这种并不一回紧接一回的写法，好处是完全以灵感的爆发为前提，会流泻出非常自然精彩的文字，但同时也就对总体构思的细密度提升了难度，特别是在使用"草蛇灰线，伏延千里"这一手法时，如何把握前伏后延的对榫照应，需要超常的能力。尽管曹雪芹留给我们的大约八十回文字还有待剔除毛刺统一全稿，但他采用不按回序的写法，仍基本上达到了前呼后应，真不禁要赞他一句："天才！"

周汇本对这四回古本异文的对比选择，也显示出更多的独特之处。举一个小例子：书里写到宝玉有一个专门负责伺候他洗澡的丫头，多数古本都写为碧痕，通行本也全是碧痕，但仔细想一想，宝玉其他丫头的名字，两个字连起来都构成一个意思，有的还两两相对，比如麝月和檀云、晴雯和绮霰，那么，碧痕是个什么意思呢？很难解。但梦觉本里，碧痕写作碧浪，书里有这个丫头提水的场面，又通过晴雯讲出她伺候完宝玉洗澡，完了事水都汪到床脚，因此，周汇本就选了碧浪，认为是符合曹雪芹的原笔原意的。附带补充一点：前面探春的大丫头出场，一九八二年以前的通行本都写作侍书，二〇〇三年作为《语文新课标必读丛书》推出的俞平伯点校本也是侍书，探春是个书法家，身边丫头的名字按"侍候小姐挥洒书法"来命名，似乎也还贴切。但周汇本却判断待书才是曹雪芹的原笔，因为待书这个名字，是和惜春的大丫头入画相匹配的，一个表示"已经被画上了"，一个则表示"有待书写出来"，相映成趣。既然古本里有写待书的，那就选定无疑。

史湘云是大家都极其熟悉的角色，"红迷"朋友中"湘迷"尤多，周汝昌先生更是热爱这一艺术形象，并考证出她在八十回后有跟宝玉遇合的重要情节，其原型就是脂砚斋本人。当然脂砚斋是个假名字，她姓李无疑，身份是曹雪芹祖母的侄孙女，曹雪芹的远房表妹，名字呢，很可能叫李枕霞。但是，史湘云在第二十回的出场非常突兀，前无铺垫，后无说明：

　　且说宝玉正和宝钗顽笑，忽见人说："史大姑娘来了。"宝玉听了，抬身就走。宝钗笑道："等着，咱们两个一齐走，瞧瞧他去。"说着下了炕，同宝玉一齐来至贾母这边。只见史湘云大说大笑的，见他两个来了，忙问好厮见。

然后就行云流水般地写宝、钗、黛、湘的性格纠葛情绪碰撞，一派天籁，无限情趣。中国的一般读者在阅读《红楼梦》文本前，一般都已经通过戏曲、电影、电视剧、绘画、雕塑、小人书（连环画）及别人的讲述，早已有史湘云在胸，因此读到这里仿佛是熟人见面，不会有任何心理障碍。但我在英国遇到一位老外，他读的是英国大卫·霍克斯的译本《石头的故事》，读到这个地方就犯糊涂。因为小说里其他人物的身份，都会或者预先说明，或者紧跟着说明，比如李纨，她在第三回出场，已经由贾母说明其身份，到第四回开头，就再细致地交代一下她的出身背景和生存状态以及性格特点。史湘云呢，却仿佛是作者认为不必再加交代，"你当然应该知道"的那么一个特殊的角色，结果，在阅读《石头的故事》之前对《红楼梦》的故事、人物一无所知的这位老外，他就糊涂了：这位来了就大说大笑的姑娘，她跟周围那些人是怎样的血缘与人际关系呀？当然，往后面再读，读了再细想，也慢慢地能把史湘云的家族、血缘及与贾母和荣国府其他人物的人际关联弄个清楚。曹雪芹为什么要这样来写史湘云？这是否跟脂砚斋的建议有关？或者本来文本里也有一段如同介绍李纨那样的比较集中点透的文字，后来脂砚斋让曹雪芹删除——甚至是她删除而得到曹雪芹首肯——才形成了现在这样一种文本状态？这是一个值得探讨的问题。

古本里这四回有很多的批语，大部分应该是脂砚斋的，也有署名畸笏叟的。其中有几条很重要，值得向没有工夫直接去读带批语的古本的读者们介绍：

——第十九回写到宝玉私自跑到袭人家，袭人哥哥母亲等受宠若惊，摆出许多吃食来招待宝玉，"袭人见总无可吃之物"，于是有条批语："补明宝玉自幼何等娇贵，以此一句留与下部后数十回寒冬噎酸齑、雪夜围破毡等处对看，可为后生过分之戒，叹叹。"由此可知，曹雪芹此书分上下部，每部"数十回"，而且在批书人写此批时，上下部都已大体完成了，下部中有与此细节呼应的内容，连文字都引出来了。类似的批语又如第二十一回，透露出后文宝玉"得宝钗之妻，麝月之婢"，但他却仍能"悬崖撒手"为僧，说明"宝玉有情极之毒"、"一生偏僻处"。

——第二十一回里有贾母给薛宝钗过生日，凤姐点了一出谑笑科诨的《刘二当衣》，在这段文字上面，脂砚斋的眉批是："凤姐点戏脂

146

砚执笔，今知者寥寥。不怨夫。"说明凤姐点戏这个细节，根本就是她执笔写的。脂砚斋不仅是书稿的编辑和评书者，她还直接参与小说的创作。

——第十九回正文里几次提到茜雪被撵的事，当李嬷嬷说到"打量上次为茶撵茜雪的事，我不知道呢"时，批语是："照应前文，又用一撵字，屈杀宝玉，然在李妪心中口中毕肖。"可是现在我们看不到那个"前文"，茜雪被撵的那场戏，应该在第八回末尾，显然是后来出于某种考虑，删换了。我总觉得是删去了撵茜雪，补上了关于秦可卿出身的一段文字。但从这条批语也可以知道，所谓宝玉醉后因枫露茶撵逐茜雪的说法，其实是"屈杀"，不过具体情况如何我们已经很难猜测了。

——第二十回一条批语说："茜雪至狱神庙方呈正文，袭人正文标昌（标目），'花袭人有始有终'。余只见有一次誊清时与狱神庙慰宝玉等五六稿被借阅者迷失。叹叹。丁亥夏。畸笏叟。"这个丁亥应该是乾隆三十二年，公历一七六七年，那时候曹雪芹应该是已经去世四年多了。我在《揭秘〈红楼梦〉》上卷中详细分析过这段批语。茜雪不会被撵之后就没了下文，根据探佚，在八十回后曹雪芹会写到她去狱神庙安慰被拘押的宝玉。这部分稿子曹雪芹已经写好，脂砚斋曾看到过，可惜后来被借阅者迷失了。借阅者的身份，则十分可疑。

——第二十回与第二十一回之间，庚辰本上有一首诗，非常重要：

有客题红楼梦一律，失其姓氏，惟见其诗意骇警，故录于斯：
自制金戈又执矛，自相戕戮自张罗。
茜纱公子情无限，脂砚先生恨几多？
是幻是真空历遍，闲风闲月枉吟哦。
情机转得情天破，情不情兮奈我何！

这首诗和凡例最后那首诗，是两相对应的，尤其是"谩言红袖啼痕重，更有情痴抱恨长"和"茜纱公子情无限，脂砚先生恨几多"，意思完全一样，对我们理解这部作品的创作历程和思想内涵，有着重要的启示。这首诗很可能就是脂砚斋自己写的。她在另外的批语里透露，全书最后有《情榜》，上榜的人都有一个考语，贾宝玉的考语是"情不情"，就是这个人物进入了最高层次的精神境界，连无情物他也能去赋予体贴爱怜的感情。"情不情兮奈我何"，就是说我已经进入了这样的境界，你俗世的那一套又能把我怎么样呢？

——第二十一回里还有条颇长也颇怪的批语："赵香梗先生秋树根偶谭内，兖州少陵台有子美词（祠），为郡守毁为己词（祠）。先生叹子美生遭丧乱，奔走无家，孰料千百年后数椽片瓦，犹遭贪吏之毒手，甚矣，才人之厄也。固（因）改公茅屋为秋风所破歌数句，为少陆（陵）解嘲。少陵遗像太守欺无力，忍能对面为盗贼。公然折克非己祠，旁人有口呼不得，梦归来兮闻叹息，白日无光天地黑。安得旷宅千万间，太守取之不尽生钦（欢）颜，公祠免毁安如山。渎（读）之感慨悲愤，心常耿耿（梗梗）。"接下去又写道："壬午九月，因索书甚急，姑志只于此，非批《石头记》也。"我认为，绝不是因为脂砚斋要写下读另一本书的感想，找不到别的纸，就随便抻过她珍爱的《石头记》抄本，只当是"借来一用"，她是话里有话。贪官酷吏连被尊为"诗圣"的杜甫都能毁其祠占来私用，"才人之厄"，真令人痛感"白日无光天地黑"。她是借赵香梗这本笔记里的这个记载，来影射她自己所遇到的情况。什么情况？"索书甚急"。谁来索取？她隐去主语，肯定是有难言之隐。那索书的目的何在？恐怕跟那位郡守一样，是要把才人的祠堂毁掉变成他自己的祠堂，这当然是个比喻，实际上就是要毁掉曹雪芹的真稿，而换成符合"索书甚急"的那个主儿意志的假稿。这条脂批对我们了解曹雪芹八十回后真稿"迷失"及伪续出现的情况，提供了一个可以深思的线索。

各古本第二十二回末尾或者呈现出明显缺失，或显露出勉强收拾的痕迹。过去的通行本最后把"朝罢谁携两袖烟"那首灯谜诗（谜底更香）算作黛玉的，又多出一首结句为"恩爱夫妻不到冬"的灯谜诗（谜底竹夫人，过去夏天抱着睡觉取凉的有孔竹筒）算作宝钗的。这都不符合曹雪芹的原笔原意。更香那首应该是薛宝钗的，黛玉那首曹雪芹没来得及补入就不幸去世了。

莫忽略：得到与谋求差事的贾氏宗族子弟们

揭秘古本

第二十三回　　西厢记妙词通戏语　牡丹亭艳曲警芳心

　　从这一回起，书里大部分情节都发生在大观园里。

　　这一回回目点明的两大情节，是《红楼梦》中流传最广的内容之一。但是除了这两个情节主干以外，可注意、可体味的地方还有，也不可忽略。

　　荣、宁两府，穷亲戚不少。当然这些穷亲戚的经济状况也并不完全相同。有的相对小康，有的确实窘迫。外姓的且不说，单说姓贾的。贾雨村自称跟荣国府贾氏都是东汉贾复的后代，是同谱的，其实血缘上差得很远。他借住葫芦庙的时候是个穷儒，后来发迹，跟贾政、贾赦打得火热，这家伙得另说。真跟荣国府有血缘关系的同姓穷亲戚，第十回说到贾璜，但贾璜本人并没有出场，倒是他妻子璜大奶奶有场重头戏，看来贾璜经济上还过得去，但在荣国府仆人茗烟眼里，他媳妇也不过是"只会打旋磨子"去跟王熙凤跪着借当头的穷鬼。这些穷亲戚除了有时来求救济，更多的是希望能从荣国府那里弄到个差事，较长期较稳定地分到一杯羹。建造大观园、元妃省亲，以及事后元妃命令众姐妹和宝玉入住大观园，派生出许多的肥差，众穷亲戚于是纷纷来求职。二十三回写到几个同宗亲戚，都先后得到了差事。到家庙管理小沙弥小道士的肥差，被后街上住着的周氏的儿子（第二十四回贾芸舅舅卜世仁指出是"你们三房里的老四"）贾芹得到。西廊下五嫂子（按贾琏辈分算）的儿子贾芸，在这回里尽管还没谋到差事，但已经透露出来，凤姐日后会派他负责在大观园里补种树木花

149

草，那也还算个不错的差事。贾芸在八十回内戏份不少，八十回后也还有戏。贾芹在八十回里戏份不算太多，但八十回后也一定还会写到他。除他们两位，这回里点到了贾萍，他被派和贾蓉一起，负责在大观园里监督工匠磨石镌字——元妃省亲巡幸时，那些匾联及石上的字迹都是临时性的，元妃或认可或改定之后，才能将其转换为永久性的存在——这位贾萍，估计这样提到他，跟第十三回写秦可卿丧事时列在大名单里可不一样，应该是后来会有跟他相关的具体情节出现。这段交代里又说贾蔷要管戏班子的事，不大得便，无法参与监工，贾珍又将贾菖、贾菱唤来监工。有迹象显示，曹雪芹设计出菖、菱这两个人物，是要在情节发展当中派用场的。第三回黛玉初进荣国府，说到从小就吃药，如今还是吃人参养荣丸，于是贾母道："这正好，我这里正配丸药呢。"针对这句话，脂砚斋批道："为后菖菱伏脉。"菖菱不消说是贾菖贾菱的简缩，"伏脉"就是说这是一个伏笔，将在后面形成一个情节。那么，第二十三回特意提到菖、菱被贾珍临时调用，应该就不是闲文赘笔，而是一次必要的铺垫。估计菖、菱二位在荣国府里是长期负责配药的，而他们的"错配药"，将促进黛玉生命的结束。

宝玉和众姐妹以及李纨贾兰入住大观园，分别住进了哪个院落里呢？请填空：

宝玉住了（　　　）　黛玉住了（　　　）　宝钗住了（　　　　）
迎春住了（　　　）　探春住了（　　　）　惜春住了（　　　　）
李纨带着贾兰住了（　　　）

如果你是按一九五七年人文社的通行本，那么宝钗住的是蘅芜院，迎春住的是缀锦楼，探春住的是秋掩书斋，惜春住进的是蓼风轩。如果你按俞平伯点校本和红学所校注本填，则蘅芜院要改成蘅芜苑，秋掩书斋要改成秋爽斋。周汇本对古本上有差异的文字的选择，跟这几种本子差别更大。把上面的填空完成，再看看周汇本的相关注解，你有怎样的看法？

周先生认为，这一回里还包含着三个大暗示。第一个，是通过贾宝玉的四季即事诗，暗示了八十回后宝玉的悲惨处境。如第一首《春夜即事》中"隔巷蟆声听未真"，就暗示他后来锒铛入狱，充当狱中击柝的更夫，惨不堪言。第二个，是通过黛玉听曲，联想到"花落水流红"等诗句，暗示她最后是沉湖而亡。第三个，是忽然写到贾赦有病，宝玉必须去请安，暗示贾府之败从贾赦起始。

总之，《红楼梦》的内涵是极其丰富的，艺术手法是极其高妙的，仅仅把它的内容概括为"反封建，争取恋爱婚姻自由"是不够的，仅仅指出它"文笔优美"而不能意会其中微妙的意象、精巧的"伏脉"，也没有真正解味。

小红是贯穿全书的重要角色

揭秘古本

第二十四回　醉金刚轻财尚义侠　痴女儿遗帕染相思
第二十五回　魇魔法姊弟逢五鬼　红楼梦通灵遇双真
第二十六回　蘅芜院设言传蜜意　潇湘馆春困发幽情

　　这三回当中有一回（第二十五回）重点写荣国府内部的利益冲突。贾环先向宝玉下毒手，紧接着赵姨娘买通马道婆魇了凤姐和宝玉，同时让从天界来到人间活动的和尚道士二仙一齐登场，和尚把通灵宝玉擎在掌上，长叹一声道："青埂峰一别，展眼已过十三载矣！"点明故事发展到这个阶段，宝玉是十三岁（因为通灵宝玉是宝玉衔在嘴里一起落生的）。二仙解救了凤姐和宝玉，回目里点出红楼梦字样。

　　尽管这三回里穿插描写了很多的事情，但贯穿这三回的，却是贾芸和小红这两个角色。《红楼梦》里有很多个爱情故事，不少读者只去注意宝、黛、钗的三角恋爱，其实贾芸和小红的爱情故事曹雪芹也是很用力地来写的。第二十四回和第二十六回的回目里，芸、红各暗出一次，小红明出一次（痴女儿），四句话里三句属于他们，正文里关于他们在极其艰难的条件下，发挥主观能动性，互相传帕定情的描写所占篇幅不小，刻画得非常细腻、生动。曹雪芹写芸、红自由恋爱，连脂砚斋开头也不理解，特别是对小红这个角色，在还没有看到后面的时候，她曾写下过"奸邪婢岂是怡红应答者"的批语，后来她自己又在同一处写批语纠正："此系未见抄没后狱神庙诸事，故有是批。"前一条批语最后注明写在"己卯冬夜"，后一条批语末尾注明"丁亥夏，畸笏"。这个己卯应该是乾隆二十四年，公历一七五九年，那一年曹雪芹肯定还活着；这个丁亥则应是乾隆三十二年，公历一七六七年，曹雪芹已经去世三四年了(曹雪芹究竟是壬午年还是癸未年除夕去世的，红学界有争论，周汝昌先生考证出是癸未年除夕，则公历已在一七六四年）。己卯年冬天的时候脂砚斋在没看到后面写出的文字时对小红这个形象的塑造产生了错误理解，到丁亥年夏天她重翻曹雪芹遗稿，看到这里立刻在书眉（书页上方空白处）写下更正。这个现象说明了好几个问题：

一、曹雪芹对全书的总体构思，以及对人物形象的宏观把握，连跟他那么亲密的合作者，在只看到一部分书稿的情况下，也难以马上理解。估计对小红的总体构想，曹雪芹是故意不事先向脂砚斋讲明的，这一方面可能是曹雪芹自己也还有个来回调整思路的过程，另一方面也可能是为了让脂砚斋看到后面，享受恍然大悟的审美乐趣。如果什么都事先跟脂砚斋说个底儿透，脂砚斋写起批语来会少却许多兴致，必须让脂砚斋跟郑和驾船下西洋似的，能因为不断地发现"新大陆"而惊呼。

二、两条批语之间明显的前后呼应、更正的话语关系，说明脂砚斋和畸笏叟就是同一个人。查所有现存古本的批语，自壬午年畸笏叟的署名出现后，就再没有署名脂砚斋并注明那以后年代字样的批语了，这也就更说明畸笏叟就是年纪渐老（特别是心理年龄渐老）的脂砚斋的一个新署名。

三、"草蛇灰线，伏延千里"确实是曹雪芹创作《红楼梦》最重要的艺术手法，似乎无意随手，信笔拈来，实际上却都是呕心沥血的伏笔设计。贾芸认宝玉为干爹，凤姐要收小红为干女儿（在弄明白错了辈分后才作罢），这样的情节设计都是伏笔。在这三回以及整个八十回书里，宝玉何等尊贵，凤姐何等威风，但到了八十回后的狱神庙一回里，当年在他们面前那么卑微、那么屈从的芸、红，却以救助者的身份出现在他们面前，给他们以甘露般的慰藉。世道诡谲，人性深奥，通过这样具有穿透力的构思，定会表达得淋漓尽致。只可惜我们看不到那几回具有震撼性的文字了。

我一再强调，不应该把高鹗的续书跟曹雪芹的《红楼梦》混为一谈。现在还有人说"一百二十回的《红楼梦》是经典"，通行本的《红楼梦》还非要把高鹗的名字跟曹雪芹的名字并列，《语文新课标必读丛书》的《红楼梦》前八十回以俞平伯点校本为底本，俞本原来只有八十回，却也偏要把高鹗的四十回加上去，封面上也还是印"曹雪芹高鹗著"。现在且不说别的，高鹗把贾芸这个形象歪曲到什么程度了啊？真是骇人听闻！他竟把贾芸写成是迫害巧姐儿的"奸兄"！小红呢，一个前面两次上回目的重要角色，竟被他写丢了。倒也交代她嫁给了贾芸，但贾芸既然是"奸兄"，她也就成为"奸嫂"了！程高本如此荼毒芸、红，也就是亵渎曹雪芹和前八十回《红楼梦》，就算他们确实不是别有用心，只是根本不理解曹雪芹的构思，胡乱续写，那高续的四十回，怎么能跟曹雪芹的文字死粘在一起呢？怎么能称为经典呢？总有人说加上高鹗续书的一百二十回的《红楼梦》"完整"，我们试想一下，如果有人非要给那断臂的维纳斯雕像续全手臂，宣称只有那样的"完整"才好，才是"经典"，你会怎么想呢？那续上的手臂有资格跟那残缺的古雕一起称"经典"吗？

第二十四回醉金刚倪二上了回目。曹雪芹通过贾芸，把读者的视野引出了贵族府第之外，呈现了一派市井风情。这种辐射式的写法是非常高明的。曹雪芹写作《红楼梦》，是边缘生存中的边缘写作，而《红楼梦》从某种意义上来说，就是为边缘人树碑立传的。那是个封建时代，是个男权社会，妇女，特别是未出嫁的闺中少女，是整个处在社会边缘状态，谁会去肯定她们的生命价值？而《红楼梦》宣布她们是水作的骨肉，男人是泥作的骨肉，那些为官作宰的更是须眉浊物。在对青春女性的刻画中，曹雪芹对相对于太太小姐是边缘存在的丫头们，又给予了极大的关注，刻画出了许多令人珍惜的脆弱生命的光彩与尊严。对书中的男子也是一样，他的爱惜与尊重，总是往边缘人物上倾斜。实际上贾宝玉就是一个边缘人物，他虽然位居封建贵族家庭的中心，但他从思想上、立场上、情感上、行为上，自觉地"离心"。第十五回里写到在给秦可卿送殡的路途上，他随凤姐到一处农庄小憩，偶遇村姑二丫头，大开眼界，大觉新鲜，离开时坐在车上，看见二丫头抱着她的小兄弟，同着几个小女孩说笑而来，他是什么反应呢？曹雪芹写下了这样一句话："宝玉恨不得下车跟了他去。"（那时候还没有"她"字，"她"字是上世纪初提倡白话文的刘半农先生发明的，年轻的读者应该知道，在引用《红楼梦》原文时，即使指女性也不会有"她"字；那时候也没有"的""地""得"用法的规定，因此对引文请不要以今天的语法规范来衡量。）这是什么样的心理？就是不愿意留在主流社会、向往边缘社会的心理。当然，真要脱离那个时代那个社会的主流，贾宝玉是有那个心无那个力的，这个局限性，我们应该理解和谅解。

在第二十六回后面，脂砚斋有这样的回后批："前回倪二、紫英、湘莲、玉菡四样侠文，皆得传真写照之笔，惜卫若兰射圃文字，迷失无稿。叹叹！"倪二在第二十四回出现，在市井人物里，他那样的泼皮无赖是一种不规范的边缘人物，或者说是一种"社会填充物"；冯紫英在这一回里正面出场，我在《揭秘〈红楼梦〉》上卷(一)里详尽分析过，这是一个非政治主流、反政治主流的政治边缘人物；柳湘莲和蒋玉菡将在下面若干回才正式出场，一个是破落世家的飘零子弟，当然是边缘人，一个虽然是两个王爷争夺的处于社会中心的优伶，但他自觉地成为了躲避权势的边缘人。倪、紫、莲、菡明明是社会边缘人，曹雪芹对他们下笔却充溢着爱意，脂砚斋更干脆把他们归纳为"红楼四侠"，并且赞扬曹雪芹写得非常真实，非常生动。这里面请特别注意倪二。在八十回的故事里，倪二的生存空间离贾芸那样的小市民近，而与紫、莲、菡的活动空间完全不搭界，后三者毕竟还是属于上层社会圈子里的人。但脂砚斋却将倪与后三位并列，可见在八十回后的故事里，倪将与他们合流，这样一些原来差异不小甚至很大的社会边缘人，在共同的反主流意识下，整合为一股力量，去冲击主流政治，结果是失败了，并牵连到贾宝玉，构成一个大悲剧。但因为他们"尚义侠"，所以，关于他们的那部分故事不会是悲哀的气氛，而应该是表现出一种悲壮的气概。

为什么脂砚斋在这条批语里说完"红楼四侠"后，紧接着说到卫若兰呢？卫若兰这个名字此前只出现在第十四回来给秦可卿送殡的宾客名单末尾。没读到后头，谁会想到曹雪芹列那个名单也是一个伏笔呢？这个卫若兰在八十回后有重头戏，他要"射圃"，曹雪芹已经完成了那个章回，但后来被"借阅者迷失"。脂砚斋为什么在这个地方叹息这部分文稿的迷失？你仔细对比此前的通行本与周汇本，就会发现第二十六回写到冯紫英来到薛蟠书房讲起他随父亲去猎场打围，"三月二十八日去的，前日初六才回来"，接下去写宝玉的话，通行本上全印的是："怪道前初三、四儿，我在沈世家会席，没见你呢。"周汇本却印的是："怪道前初三、四儿，我在口口口口会席，没见你呢。"周汇本为什么这么印？有根据吗？有的。俄罗斯圣彼得堡藏本上，就分明留下了这么四个字的空当。可见它所依据的母本上就缺这四个字，也可推想"沈世兄家"四个字，是某位抄书的人觉得缺了字不好，在并没有根据的情况下给补上的，其他抄本又根据这个补笔来抄，就这么让一位"沈世兄"流传到了今天。我觉得俄藏本上不会无缘无故留下这四个字空当的。这四个缺失的字，很可能就是"卫若兰家"，可能是传抄过程里被磨损掉了，否则脂砚斋在这条批语里不会提到"卫若兰射圃"。

高鹗续书，一般人认为写得最好的部分，就是贾母抛弃林黛玉、凤姐设计"调包计"和林黛玉"焚稿断痴情"。高鹗有写续书的自由，但这并不等于说他续的书流传了这么久，我们就必须得承认他写的符合前八十回的故事逻辑。实际上，细读第二十五回前面的一段情节，就会发现高鹗写凤姐毒设"调包计"，是不符合曹雪芹的原意的。这段情节写的是黛玉到了怡红院，大家议论凤姐分送大家的暹逻国贡茶的味道，黛玉和凤姐言语间有一点小小的摩擦，凤姐笑着脱口而出："你既吃了我们家的茶，怎么还不给我们家作媳妇？"黛玉当然脸上搁不住，就说凤姐是"贫嘴贱舌讨人厌恶"，凤姐则干脆指着宝玉道："你瞧瞧是人物儿门第配不上？根基配不上？模样儿配不上？家私配不上？那一点儿还玷污了谁呢？"脂砚斋是把曹雪芹所写的关于宝玉、黛玉的那部分故事读完了的，她在这个地方写了条批语："二玉事在贾府上下诸人，即看书人、批书人皆信定一段好夫妻，书中常常每每道及，岂其不然。叹叹！"她的意思只是说二玉有情人竟成不了眷属，包括凤姐在内几乎所有的人都以为到头来他们会结为夫妻，但作者已经写出的结局却是相反的，因而为之叹息。如果那原因是凤姐后来搞了"调包计"，她在这个地方不会不针对凤姐作出评论。

六足龟·四月二十六·五月初三

第二十七回　滴翠亭杨妃戏彩蝶　埋香冢飞燕泣残红

第二十八回　蒋玉菡情赠茜香罗　薛宝钗羞笼红麝串

　　有细心的读者可能会问：在第二十三回里，周汇本从古本的异文里，对薛宝钗入住大观园的处所，取"蘅芜苑"的写法，那为什么第二十六回的回目，却是"蘅芜院设言传蜜意"呢？这是因为在所存的古本里，这回都是这样的写法。周汇本虽然对什么是曹雪芹的原笔原意有自己的辨析，但前提是尊重古本的现状，不去"径改"。那么，对第二十七回的回目，周汇本一方面照录，一方面把自己的看法告诉读者："'杨妃''飞燕'字样甚俗，不可无疑。'藤花榭本''飞燕'二字空白，必非无故，此等文笔，恐非出芹手。""藤花榭本"是清朝嘉庆、道光年间的一种刻本，它虽然把高鹗的续书一并刻印，是个一百二十回的本子，但刻印者见到第二十七回的回目，也能存疑。因为用"杨妃"形容宝钗，从正文里还能找到根据；用"飞燕"形容黛玉，正文里既无依据，而且黛玉除了体瘦身轻外，实在与以舞邀宠的"飞燕"（汉成帝的皇后）再没有任何契合点。

　　毕竟我们现在看到的古本，都不是曹雪芹的亲笔原稿，批语也不是脂砚斋的笔迹，全是经他人之手抄录的（红学界称之为"过录"），饱经时代沧桑、岁月磨洗，都有残缺，兼有描改。虽然弥足珍贵，却也不能不对某些地方存疑。

　　我曾在一次访谈里说，对于《红楼梦》，我采取文本细读的研究方式，有时候连一个标点符号都抠得很细。有人就指出，说古本《红楼梦》根本就没有标点符号，你怎么这样讲话？上世纪白话文推行以前，中国的文章是没有新式标点符号的，我们现在习用的标点符号，是随着白话文的推行，而逐渐演变成这个样子的。那以前读文章，因为文章上的字连成一片，读者是需要根据文意断句的。断句也就是一句涂一个墨点或画一个圆圈，很简单的办法。那以前的中国书都用繁体字，竖写，从右往左翻篇儿。现在中国香港、澳门、台湾地区，印的书虽然使用了新式标点符号，但也基本上是繁体字竖排，近几年来，才有虽然字是繁体却横排出版的做法。比如我的两本《揭秘〈红楼梦〉》，二〇〇六年在台湾出版，就是繁体字横排本。这些情况，是要特别对一些不大知道中国文字书写、印刷、出版流变的年轻人说明的。那么，我说对《红楼梦》的文本抠得很细，连一个标点符号也不放过，指的就是这样两层意思：一、对古本上原文的断句，如何断，要细抠；二、断了句，如何使用新式标点符号将其意思表达准确，更值得细抠。这关系到如何确定曹雪芹的原笔原意。要向广大普通读者提供一个通行的《红楼梦》版本，这项工作的意义更是格外重大。周汇本的优点在于，除了对古本的文字细抠外，对如何断句及如何加新式标点符号，也抠得很细。为了尽可能复原，或至少是接近曹雪芹的原笔原意，这样细抠是必要的。

第二十八回，贾宝玉向大家诌了一个丸药方子，配这副药要用什么东西，有这样一段文字进行开列：头胎紫河车人形带叶参三百六十两不足龟大何首乌千年松根茯苓胆

究竟说的是几样东西、什么东西呢？各通行本的断句（加标点符号）差别很大，还有文字上的出入：

——一九五七年十月第一版的人文社通行本上是五样东西：头胎紫河车，人形带叶参，三百六十两不足，龟，大何首乌，千年松根茯苓胆。

——俞平伯点校本（《语文新课标必读丛书》版）上则是四样东西：头胎紫河车，人形带叶参，三百六十两还不够。龟大的何首乌，千年松根茯苓胆。

——一九八二年红学所校注本上也是四样东西：头胎紫河车，人形带叶参——三百六十两不足——龟大何首乌，千年松根茯苓胆。

——我曾撰文探讨这一问题，我的断句是：头胎紫河车，人形带叶参，三百六十两不足龟，大何首乌，千年松根茯苓胆。

——周汇本则经过仔细研究后，选取了这样的断句：头胎紫河车，人形带叶参三百六十两，六足龟，大何首乌，千年松根茯苓胆。

落实为这五样东西。其实，前后两样东西，各本理解都一致，关键是当中"人形带叶参三百六十两不足龟大何首乌"如何断句。

现在我赞同周汇本的断句。"龟大何首乌"是说不通的。大家都知道龟的大小不一，小的只有指甲盖那么大，大的则比脸盆还大，"龟大"构不成一个量度，也构不成个形容词。周汇本指出，在大家熟悉的通行本里，"不足龟"的"不"，细查古本，是草书"六"的讹抄，更重要的是，在《大明会典》上有"暹逻国献六足龟"的明确记载。一般龟都是四足，六足龟是一种珍奇的东西，所以会成为贡品，而宝玉为了夸大配制那丸药的难度，说的应该就是六足龟。

如此"细抠标点符号"，难道是不必要的吗？为了准确理解我们民族经典的内容，我认为只能这样细抠。

这两回里，有两个日子特别值得注意。

第一个日子是四月二十六日。书里交代是芒种节，而且"尚古风俗，凡交芒种节的这日，都要设摆各色礼物，祭饯花神"。周汝昌先生指出，其实这个日子就是贾宝玉的生日。第二十七回里探春说到做鞋送给宝玉，那个时代那种家庭，妹妹给哥哥的最常见的寿礼就是自己亲手做的鞋；第二十八回冯紫英请宝玉赴宴，跟随宝玉的小厮里忽然出现双瑞、双寿，这两个小厮在前面和后面都再不出现，可见是暗示宝玉去赴寿宴。当然这两回里没有大写宝玉过生日，到六十三回才大写特写，但六十三回也没有明确写出他的生日是四月二十六日。统观八十回书，许多人物的生日都是写明日期的，不明确日期，像第十六回写贾政的生日，那可能是有所避忌（恰是宣布雍正突然薨逝、弘历匆忙继位的日子），但是，宝玉的这个生日，有什么好避忌的呢？

按周汝昌先生的观点，贾宝玉的原型就是曹雪芹，而经他考证，曹雪芹的生日就在雍正二年（公历一七二四年）闰四月的二十六日，那一天刚好是芒种节。曹雪芹从小就习惯把芒种节当作自己的生日。

但是，并不是每年的芒种节都碰上四月二十六日。曹雪芹十三岁的时候，正逢乾隆元年（公历一七三六年），那一年的四月二十六日，碰巧又是一个芒种节，他当然非常高兴。他写的《红楼梦》里，第二十七回的年代背景，就是乾隆元年。书里的贾宝玉，他也设计成那时十三岁（第二十五回癫头和尚说通灵宝玉下凡十三载可证）。但是，如果细究，他是生在闰四月，乾隆元年并没有闰四月，乾隆二年也没有，因此，他就没有在书里明写宝玉的生日。第二十七、二十八回没写，到第六十三回大写"寿怡红群芳开夜宴"也没点出日子，这既是使用烟云模糊法的艺术技巧，也可能是他觉得坐实来写（交代闰月）太费唇舌。

第二个日子，是五月初三。早在第二十六回，就点明薛蟠的生日是五月初三。第二十六回的故事在四月二十六日之前。薛蟠用谎话把宝玉骗出大观园，告诉他得到非常出色的四样东西：藕、瓜、鱼、猪，请他去品尝。宝玉就去了薛蟠书房。其实那天离薛蟠的生日还早。就在那个场合，忽然风风火火地来了冯紫英，提到跟他父亲神武将军去了潇海铁网山。这个地点跟"义忠亲王老千岁"有关系，我在《揭秘〈红楼梦〉》上卷（一）里告诉大家，这实际是写忠于"义忠亲王老千岁"的冯紫英父子及其"月"派政治势力，去预先踏勘针对"当今"的"举事"地点，有深意存焉。冯紫英说他很忙，坐都坐不住，站着喝的酒。那他为什么非来一趟？藕、瓜、鱼、猪，其实都是祭品，祭完了当然也可以吃掉一部分，那么，他们是在暗地里祭奠谁？第二十八回末尾，袭人向宝玉报告："昨儿贵妃差了夏太监出来，送了一百二十两银子，叫在清虚观初一到初三打三天平安醮……"端午节前的初一到初三，当然是五月的初一到初三。元妃为什么命令家人替她在这个日子里打醮？绝不是为了薛蟠的生日来做这件事的吧？我在《揭秘〈红楼梦〉》上卷（一）中关于贾元春之谜的部分，详细讨论了这个问题。说过的尽量不重复，简言之，我认为贾元春原型一度在康熙朝废太子身边，康熙的几十个儿子里，只有废太子一个人是五月初三落生的，废太子是"义忠亲王老千岁"的原型，元春命令在五月初一到初三到清虚观打三天"平安醮"，实际就是为了为"义忠亲王老千岁"的亡魂祈求在阴间能够"平安"，当然更是为了让她自己能够跨过心里的一个坎儿——毕竟是她告发了秦可卿，她希望通过这种方式也让自己能够不受报复，安享太平。那么，第二十六回里薛蟠提前以上好的藕、瓜、鱼、猪所祭奠的，也应该是跟他生于同一天的"义忠亲王老千岁"。为什么要提前？他总不能在自己生日的正日子那天做这件事吧？而忠于"义忠亲王老千岁"的冯紫英百忙中赶来，并说了那些话，也就一点儿不奇怪了。第二十九回写清虚观打醮的情况，有一笔特意写道："冯紫英家听见贾母在庙里打醮，连忙预备了猪羊香供茶食之类的东西送礼来。"为什么偏偏是冯紫英家带头来"凑热闹"？难道又是随便那么一写的废文赘笔吗？

四月二十六日是遮天大王圣诞

揭秘古本

第二十九回　享福人福深还祷福　痴情女情重愈斟情
第 三 十 回　宝钗借扇机带双敲　龄官画蔷痴及局外

　　第二十七回里强调了四月二十六日是个特殊的日子，第二十九回里，这个日子又被提了出来。贾母带着一大家子人去往清虚观打醮，清虚观的张道士见到贾母以后，有这样的话："前日四月二十六日，我这里做遮天大王圣诞，人也来的少，东西也狠干净，我说请哥儿来逛逛，怎么说不在家？"贾母替宝玉解释："果真不在家。"遮天大王？佛、道里都没有这么一个神仙，这个名目耐人寻味。这个遮天大王也是四月二十六日的生辰。这一笔我认为也不是随便那么一写，也是"真事隐去""假语中存"，实际上再次暗示宝玉的生辰正是四月二十六日。那天大观园里好热闹，他上午一直在姊妹群里，下午去了冯紫英家，实在分身乏术，不可能再往清虚观去。"遮天大王"应该是影射宝玉。第三回的两首《西江月》概括宝玉是"潦倒不通世务，愚顽怕读文章。行为偏僻性乖张，哪管世人诽谤""于国于家无望""古今不肖无双"。就是说他是一个不能"撑天"更不能"补天"的古怪存在。王夫人向黛玉介绍宝玉时则说宝玉是"孽根祸胎""混世魔王"，后面第七十三回，写宝玉听到贾政可能问他功课的消息，"便如孙大圣听了紧箍咒一般，登时四肢五内一齐皆不自在起来"，更直接把宝玉比喻为"美猴王"。这些文字，都在说明宝玉实际上是个"遮天"的角色。

　　第二十九回极为重要。这一回可能成文较早，展现的是贾府的清虚观打醮活动，是八十回书中的几次大场面之一。贾母率领荣国府女眷，浩浩荡荡，往清虚观而去。书里开列出了太太小姐以及跟随的丫头们的名字，这是一次我们熟悉荣国府丫头群的机会，请按书中的交代填空（最好先掩卷口述，如果是两人以上在一起议论，可互相补充纠正）：

贾母的丫头：（　　）（　　）（　　）（　　）

林黛玉的丫头：（　　）（　　）（　　）

宝钗的丫头：（　　）（　　）

迎春的丫头：（　　）（　　）

探春的丫头：（　　）（　　）

惜春的丫头：（　　）（　　）

薛姨妈的丫头：（　　）（　　）

香菱的丫头：（　　）

李氏的丫头：（　　）（　　）

凤姐的丫头：（　　）（　　）（　　）

王夫人的丫头：（　　）（　　）

有的读者可能会觉得，你让我们填这些空，意义何在呢？我的想法是：过去一般人对《红楼梦》的了解，多半就是个"宝黛悲剧"，不大注意曹雪芹对丫头族群的特别关注，就是谈及丫头，也无非是几个戏份最多的，如晴雯、袭人、紫鹃、莺儿等。其实，凡上面提到的丫头，都是值得读者记忆的，她们都是弱小的生命，都有自己的生死歌哭，我们的想象力，可以从作者写出的往未及写出的艺术空间里延伸，达到"情不情"的大关爱、大悲悯的人文境界。

值得特别注意的是，这样一桩"贵妃作好事，贾母亲去拈香"的大型宗教活动，王夫人竟然不去。她为什么不去？我在"林黛玉家产之谜"一讲中有详细的分析，这里不再多讲。简单来说，《红楼梦》里不但有大政治的投影，更有"家族政治"的内容在焉。贾母打击王夫人和薛姨妈，正是为了防止王氏姐妹二人夺取家族的大权。

我在《揭秘〈红楼梦〉》上卷（二）里分析说，这两回里写宝钗烦躁、失态，还不仅是因为元妃的指婚意向落空，实际上是暗写宝钗参加选秀受挫。那本书里说过的这里不重复。

前面提到过，贾母跟张道士说的那番话，我们千万不能误解，林黛玉和贾宝玉就误解了这句话，就在这一回末尾，写到二玉因误会又闹起来（他们二人谁也没听懂贾母的那段话），而且这一次闹得最厉害。（曹雪芹也就在他们闹气这一部分文字里，开中国白话小说心理描写之先河，把几个角色的内心活动极其贴切、细腻地刻画出来。横向地去跟外民族同时期的小说相比，就细腻的心理刻画这一点上来说，《红楼梦》应该是处于遥遥领先的位置。）曹雪芹特别写到贾母对二玉闹气的强烈反应："我这老冤家是那世里的业障，偏生遇见了这么两个不省事的小冤家，没有一天不叫我操心，真是俗话说的，不是冤家不聚头，几时我闭了眼，断了这口气，凭你两个闹上天去，我眼不见心不烦，也就罢了，偏生不咽这口气。"贾母说这番话时，"自己抱怨着也哭了"。面对这样明确的描写，我们还能相信高鹗续书里贾母赞同、支持凤姐搞"调包计"，冷酷抛弃林黛玉的那些情节吗？很显然，通过这回的情节发展，已经伏脉千里，就是贾母在生前一直为二玉的婚事保驾护航，后来她生命之烛熄灭，咽了气，王夫人、薛姨妈面前再无障碍，黛玉又亡故，二宝才得以成婚。

有一位年轻的读者来问我：你说贾母不同意二宝的婚事，又说贾母与王氏姐妹有矛盾，可是书里写了那么多贾母喜欢赞扬宝钗的细节，又有那么多贾母与王夫人薛姨妈说说笑笑的温馨场景，这又怎么解释呢？人因为年轻，往往不谙人情世故。莫说古代那披上"礼"字温柔面纱的社会家庭里，人们之间会明是一把火、暗是一盆冰，嘴上抹蜜，脚下使绊，时时开展着"微笑战斗"；就是已经昌明许多的今天，各个利益集团之间、有利害关系的个人之间，有时也会呈现出这样一种大面上过得去甚至相当友好，而骨子里却妒忌排拒、进行隐性竞争的复杂情状。而需要特别说明的是，鉴于人性的复杂，以及利益相左各方会在某些时段暂无冲突，因此互相所表现出的亲和，又往往确实是真诚的。《红楼梦》除了审美功能，还有认知功能，可以帮助我们去体味、理解复杂的人际关系和深邃的人性。

第二十九回里关于贾珍的描写，也常被一般读者所忽略。因为在关于秦可卿的故事里，特别是焦大醉骂喊出"爬灰的爬灰"，贾珍形象的负面效应相当强烈，以致一些读者总是简单化地给贾珍贴上"色狼""坏蛋"的标签。其实曹雪芹对贾珍的描写是立体化的，这不是一个扁的形象而是一个圆的形象。在这一回里，贾珍展现出作为族长在子侄辈前的威严，在张道士前的应变能力，以及在老祖宗面前的乖巧。他为清虚观打醮活动提供的后勤保障工作，是周密的，优质的，这说明他有组织能力和号令魄力。书里有段情节写到他在道观前庭以贾蓉作筏子，严明"军令"，吓得其他子侄纷纷到位效力，谁也不敢乘凉懈怠。那么，被他族长威严所震慑的都有哪些人呢？一九五七年版的通行本里说有贾琏，《语文新课标必读丛书》的《红楼梦》这一回里也说有贾琏，都是不符合曹雪芹原笔原意的。贾珍和贾琏之间关系是平等的，不存在领导与被领导的关系，而且在这次打醮活动里，贾琏是不必出现的，贾珍所号令的，只是一些子侄和平辈的穷亲戚。周汇本根据可信的古本，在贾珍喝令仆人教训贾蓉后，将文字选择为："那贾芸、贾芹、贾萍等听见了，不但他们慌了，亦且连贾瑞、贾璜、贾琼等也都忙带了帽子，一个个从墙根下慢慢的溜上来。"前三个是草字头辈的，芸、芹前面已经有所描写，贾萍名字也已经不是第一次出现了，估计他后面还会有戏；后三位是与贾珍平辈的穷亲戚，值得注意的是贾璜。第十回写到他的媳妇"璜大奶奶"跑到宁国府去，本想"理论"最后偃旗息鼓的故事。这个贾璜，以及他的媳妇，包括他媳妇的寡嫂金氏、金氏的儿子金荣，都可能会纠葛到八十回后的故事里。

第三十回，我在《揭秘〈红楼梦〉》上卷（二）里，辟专讲分析，认为是通过五场连贯的戏，将贾宝玉人格的五个层面凸现了出来，最集中最充分地显示出了曹雪芹的写作天赋。这里不再重复，只是要提醒读者两点：

一、"宝钗借扇机带双敲"那段情节里出现的丫头，以前的通行本全作靛儿，周汇本却判断"以靛取名，无此理义"，从而遵从杨藏本的写法，作靓儿。靛是蓝紫混合而成的深蓝色，靓是漂亮好看的意思。我个人的想法是，这个地方给这样一个无辜"垫背"的丫头取名，特意悖理用了靛字，以谐"垫"的音，也是可能的。在第二十七回里，宝钗使用"金蝉脱壳"的方法，使得小红误以为黛玉听去了她的私密，八十回后，估计会有小红因此与黛玉不和谐的情节；而这个被宝钗发怒指斥的靓儿，也很可能在八十回后不利于宝钗。曹雪芹写人，写人际关系，写人情、人性，用的都不是平面、单质的写法，他写出了人生的诡谲、人性的复杂，这是我们特别需要去仔细体味的。

　　二、王夫人歇中觉听见宝玉、金钏二人的调笑，突然翻身起来大怒，这段情节在洞悉了前面所述的那些王夫人和贾母之间的矛盾后，再来细读细思，就越发显得真实。金钏的轻佻，其实是一贯的，早在第二十三回，写贾政、王夫人召见宝玉及其他子女时，就有一笔描写。王夫人对她的轻佻，以往应该就有所察觉，但还能够容忍，但到了这一回所写的时段，就不行了。金钏在第三十回里胆敢那样跟宝玉轻佻，前提应该是她有服侍王夫人的经验，知道以往这个时候王夫人是会睡踏实的。她哪里知道，围绕着清虚观打醮发生的一系列事情，使老太太和太太之间发生了几乎接近表面化的矛盾，元妃给二宝指婚未成，薛姨妈从清虚观回来，把贾母那段话告诉了王夫人，王夫人能不心浮气躁吗？那几天里，她能睡得踏实吗？她翻身起来，打了金钏一个嘴巴子还骂道："下作小娼妇们，好好的爷们，都叫你们教坏了。"骂的固然是眼前的金钏，潜意识里未必不浮现出黛玉的影子。贾母针对二玉所说的"不是冤家不聚头"的"谶语"，传遍了贾府，她心里能不窝火吗？第三十二回写到，金钏被她撵逐后含耻投井，她为表示慈善，打算把为黛玉过生日做的新衣服拿去给金钏当装裹，这是什么样的心理？那个社会那种家庭，如果真心要赏赐丫头新衣，拿出银子连夜就能赶制出来，怎么会非往黛玉的生日衣服上去打主意？再联系到更后面所写，她撵逐晴雯，理由之一就是晴雯眉眼儿像黛玉——贾母那句"只要模样儿配得上"的话对她来说显然如刺扎心——而且"轻狂"，想到二宝婚姻受阻，而轻狂女子却有贾母保护，会成为宝玉的正室，她肯定是连日寝食不安。王夫人一怒逐金钏的人际矛盾背景和人物心理背景，经过这样的细读细品，我们应该更加地洞若观火了。

166

金麒麟的奥秘

揭秘古本

第三十一回　撕扇子作千金一笑　因麒麟伏白首双星

第三十二回　诉肺腑心迷活宝玉　含耻辱情烈死金钏

　　第三十一回前半回把晴雯这个艺术形象塑造得更加丰满生动，古本里这一回前面留下了一条重要的脂砚斋批语，其中前半句是针对头半回故事的："撕扇子是以不知情之物，供娇嗔不知情时之人一笑，所谓情不情。"关于"情不情"我已经诠释过多次，不再赘言。这前半回是好懂的。

　　第三十一回后半回，表面文字也不难懂，关键是诸多古本后半回的回目都是"因麒麟伏白首双星"，这就难懂了。回前的那条批语针对后半回说："金玉姻缘已定，又写一金麒麟，是间色法也，何颦儿为其所惑，故颦儿谓情情。"脂砚斋写这些批语时已经看到了八十回后的内容，她在另一处批语里告诉我们，全书最后有《情榜》，而且榜上的角色还都各有考语，"情不情"是宝玉的考语，黛玉的考语则是"情情"。这后半句批语的意思展开来细说就是：从总体情节设计上，金玉姻缘，就是宝玉和宝钗的婚姻，是已经安排好了的（就是说尽管宝玉、黛玉互爱，贾母是坚强后盾，但到头来，贾母咽气后，王夫人还是终于包办了二宝的婚姻），这本来已经是很出色的情节设计了，可是作者不畏难，像运用绘画上的"间色法"一样，偏又设计出了一个金麒麟来，让黛玉更加忧愁哀怨。宝钗的一个金锁已经令她耿耿于怀，忽然又出现了史湘云的金麒麟，而且宝玉偏又得到一个，成为一对金麒麟，难怪黛玉被"金"迷惑得失神落魄。黛玉的感情，只用在宝玉一个人身上，也就是说，她的感情只赋予相应的感情，因此在

《情榜》上，黛玉的考语是"情情"。

绘画上的"间色法"，简单来说，就是在一种颜色里，除了使用"正色"，还能并行地使用跟它同属一个范畴的"偏色"。比如已经有了黄金色，却还使用亮金色，这样运色，当然需要非常高的技巧才能让人不感到乱，而只觉得精妙。书里从第八回就告诉读者，有"金玉姻缘"之说，围绕着这个说法，已经展开了很多矛盾，到这第三十一回那矛盾并未得到解决，可是曹雪芹却又写出了另一个潜在的"金玉姻缘"，这就是文章上的"间色法"。

那么，曹雪芹为什么要这样写呢？两个"金玉姻缘"之间，究竟是怎样的关系呢？周汝昌先生提出了自己的看法："金玉姻缘有真假二局，湘为真，钗为假。此金玉实指金麒麟与通灵宝玉，已与宝钗之金锁无涉。金麒麟乃湘云自幼所佩，今复出一清虚观所得麒麟，故云'又写一金麒麟'，是指追加一麟，为金玉生新彩，是为间色之法。"按周先生的探佚，全书接近最后的部分，会写到宝、湘的遇合，那才是真正的"金玉姻缘"。八十回后不久二宝的婚姻，是强捏而成，双方都不能幸福，结果是宝玉出家当了和尚，宝钗等于守活寡，抑郁而逝。那个"金玉姻缘"是个假的，宝、湘的离乱后的遇合，才是真的。

但是，在第三十一回最后，又有一条批语说："后数十回，若兰在射圃所佩之麒麟，正此麒麟也，提纲伏于此回中。所谓草蛇灰线，在千里之外。"这一回最后，写到湘云和丫头翠缕论阴阳，忽然发现地上有个金麒麟，拾起来一看，文采辉煌，比湘云自己佩的那个还大，原来那就是清虚观张道士给宝玉的金麒麟，个子大，应该是个雄麒麟，而湘云那个小的，应该是个雌麒麟。第三十二回开头写湘云把那雄麒麟还给了宝玉。那么第三十一回回后的批语，就告诉我们这只雄麒麟在后数十回里，属于卫若兰，有一段情节写的是"射圃"，卫若兰射圃的时候所佩的，就是这只雄麒麟。显然，一定有段文字会写到宝玉手里的雄麒麟怎么会到了卫若兰那里。可惜这些已经写好的篇章都迷失了。

前面我已经引了不少脂砚斋等人的批语，根据那些批语，能够获得不少八十回后的情节信息。但是，在现在所能看到的这些古本里，从第二十九回到第三十一回，正文里面都没有批语，这使得我们的探佚少了很多线索。幸亏在第三十一回前后还能找到这样的两条批语，总算给了我们宝贵的启示。

启示终归只是启示，还不能算作答案。究竟第三十一回后半个回目——因麒麟伏白首双星——是什么意思，研究者也好，读者也好，至今众说纷纭。

从这一回回末的批语推测，最简易的答案是：既然史湘云佩戴雌的金麒麟，卫若兰佩戴雄的金麒麟，那么，就可以说他们俩"因麒麟"而埋伏下了一段姻缘，他们最后白头偕老。但这样的推测实际上又很难有更多的依据支撑。批语只说在"射圃"那个场面里，卫若兰佩戴了那只雄麒麟，没有透露更多，也许，他只是一度佩戴了一下，就像尤三姐只是一度拥有鸳鸯剑，并不一定埋伏着一个"白首双星"的结局。

周汝昌先生的观点，强调的是假金玉与真金玉的关系，就是说贾宝玉佩戴的通灵宝玉和史湘云佩戴的金麒麟相对应，是一个真实的"金玉姻缘"。全书结束前，宝湘一度在离乱后遇合，这是很有道理的。但如果把这一真金玉姻缘解释为"因麒麟伏白首双星"，则又派生出一个问题：如果宝、湘遇合后白头偕老，那么，小说岂不成了个喜剧的结局？八十回里正文中的暗示也好，脂砚斋许多批语的透露也好，都告诉我们最后宝玉要"悬崖撒手"，也就是说神瑛侍者会重回天界的赤瑕宫，而通灵宝玉要"石归山下"，人间则是个"落了片白茫茫大地真干净"的大悲剧。既然如此，真金玉姻缘也只能是一时的互相慰藉，不可能构成"白首双星"。这些逻辑上的矛盾，如何捋得平？

于是就有人浮想联翩，说张道士跟贾母的关系不一般。你看那些交代描写，张道士是贾母丈夫荣国公的替身，两个人见了面一对话，贾母就泪流满面，张道士捧出的献物里有金麒麟，这个金麒麟"伏白首双星"：贾母、张道士都是白发老人自不消说，他们年轻时暗恋过，说不定张道士之所以去清虚观当道士，就是因为不能娶上贾母而造成的。从书里对贾母的整个形象塑造来看，她年轻时浪漫，老了也还敢于"破陈腐旧套"。第四十四回写凤姐生日贾琏乱搞，事情闹大，一直闹到她跟前，她当着一屋子人是怎么说的？读者们都不会忘记她的话："什么要紧的事！小孩子们年轻，馋嘴猫似的，那里保的住不这么着。自从小儿世人都打这么过的……"有人这样去理解第三十一回回目后半句，我们也不必厉声阻止，因为似乎也有一定道理。但是问题在于，如果"白首双星"指的是张道士和贾母（不是指他们"白头偕老"，只是说两位白发人都成了"寿星"，一个金麒麟的出现暗伏了他们过去的一段恋情），那这个回目就应该挪到第二十九回去，第三十一回里已经完全没有张道士的事儿了呀？

第三十二回，是关于宝、黛爱情的描写的一个最高潮，从这回以后，黛玉对宝玉的猜疑，即"不放心"，基本上消除了，当然，对宝钗的防备，那弦儿绷得还是紧的，直到第四十五回以后，这根弦儿才松弛下来。

第三十一回，史湘云也是忽然一下就来了。这是她第二次到荣国府，当然这个第二次是按小说故事的叙述流程来算的。在第三十二回里，湘云见到袭人，袭人旧话重提，说十年前她们就在一起住过。那时候袭人是贾母身边的丫头，湘云来了，住在西暖阁里，袭人比她大，她就姐姐长姐姐短地哄着袭人给她梳头洗脸。而且，虽然那时候那么小（袭人大约七岁，湘云大约才三四岁），晚上她们俩说悄悄话，湘云还是跟袭人说过想起来应该害臊的话。大家想想，那该是怎样的话？显然，是还不懂事的小姑娘，看见大人有结婚的，就说想当新娘子那类天真稚气的玩笑话。

跟第二十回一样，关于湘云，还是没有一段文字来明确交代她父母双亡，以及她究竟由谁抚养。只是在第三十二回里，通过宝钗和袭人关于针线活的一段话，才让读者知道，湘云虽然生活在有侯爵封号的叔叔家里，但婶婶对她很苛刻，每天要做许多的针线活，活得很累，对于自己的命运，她一点儿作不得主。但这些坎坷都没有磨灭这个少女天真潇洒乐观旷达的天性，即便不使用集中交代的方式，通过点滴透露，读者最终也还是能够弄清这个可爱的姑娘的前史今况。而这种写法本身，更说明湘云是有原型的，对她的刻画，则近于按照真实存在进行白描，否则很难解释怎么会呈现为这样的一种文本。

谁是告密者·如何看袭人·贾母巧夸钗

揭秘古本

第三十三回　手足眈眈小动唇舌　不肖种种大承笞挞
第三十四回　情中情因情感妹妹　错里错以错劝哥哥
第三十五回　白玉钏亲尝莲叶羹　黄金莺俏结梅花络
第三十六回　绣鸳鸯梦兆绛芸轩　识分定情悟梨香院

　　周汝昌先生对《红楼梦》一书的大结构的研究，最后形成了一个总的看法，就是全书的情节发展以九为单位，每九回形成一个大环节，九九推进，共十二个环节，因此全书应该是十二乘以九等于一百零八回。这样的文本结构，跟以九组金陵十二钗构成总计一百零八钗的《情榜》的设计，是配套的。

　　周先生指出："自二十八回至此回，为全书之第四'九'，回回各有奇境，文思意致，精彩缤纷，使人应接不暇。是为《石头记》前半部中精华之凝聚。"第三十三回异峰突起，宝玉被贾政痛笞，仿佛巨石落水，溅起水柱，再形成激荡的波环；第三十四回至第三十六回，则波环渐渐平缓，化为圈圈涟漪；最后以宝玉"情悟梨香院"，在情节的"他者化"中，复归暂时的平静。

　　我始终主张文本细读。有人一直批评我是在搞"红外学"，似乎我的研究，是离开了《红楼梦》的文本，光去讲些《红楼梦》以外的事情。其实我自始至终坚持从细读文本出发，正因细读，才能从"假语存"中，揭秘出"真事隐"，这种揭秘是文本的必要的诠释与延伸。当然这只是无数种解读、研究《红楼梦》的方法中的一种，我从来不以为只有自己的这种研究方法才"正确"。"条条大路通罗马"，每个人都有天赋的思考权、研究权和话语权，都可以从自己独特的角度来讲述自己欣赏《红楼梦》的心得，怎么能将研究方法定为一尊，动辄斥责别人"是对社会文化的混乱"、"扰乱了文学艺术的研究方向"（此二顶吓人的帽子见于《红楼梦学刊》二〇〇五年第六辑中）呢？

那么，对这四回细读，我就有三个问题，提出来与诸位"红迷"朋友讨论。第一个问题：究竟是谁，向忠顺王府密告了宝玉与蒋玉菡的亲密接触？

第三十三回贾政痛打宝玉，从表面文章上看，是因为宝玉"在外游荡优娼，表赠私物，在家荒疏学业，淫辱母婢"，当然，贾环适时地火上浇油，使得贾政的怒火更呈几何级数暴涨。上世纪后半叶至今，不少论家对这一情节的诠释，大体而言，是把贾政定性为封建正统的代表人物，宝玉则是反封建的社会新人，贾政痛打宝玉，是封建反封建两种力量的必然冲突，贾政打宝玉的实质是封建正统对反封建新人的一次镇压。这种诠释是有一定道理的，但未必完全符合曹雪芹的原意。我在《揭秘〈红楼梦〉》上卷（一）里讲了，这场大风波的真正背景，是两位王爷在争夺一个戏子，一方是素与荣宁二府没有来往的忠顺王，另一方则是与荣宁二府世代密切交往的北静王。而他们所争夺的这个戏子，曹雪芹故意命名为蒋玉菡，艺名呢，古本里"琪官"、"棋官"两见。周汇本将两种写法都保留了，但通过注解，比较倾向于"棋官"是曹雪芹的原笔。因为古代的玉制围棋子，有雕成菡萏（莲花）形的，这就与"玉菡"的命名配套。这棋官本来是忠顺王豢养的戏子，却私下里去亲近北静王，北静王喜欢他，把一条茜香国女王的血点子似的大红汗巾赐给了他。他在冯紫英里遇见了宝玉，两人一见如故，宝玉给了他扇坠，他就将那条汗巾换给了宝玉。关于这条汗巾，在第二十八回里，各古本上有两种写法，一种说是茜香国女国王进贡来的，一种只说是茜香国女国王之物，周汇本取后一种，认为更接近曹雪芹原笔原意。也是，一个女国王给中国皇帝的贡品，怎么会是系在内裤上的腰带呢？即使她真用那腰带当贡品，中国皇家也会认为是大不敬，拒绝接受的呀？很可能是中国皇帝征服了那个茜香国，其女王一度被俘，她的汗巾子成为战利品，皇帝把它跟别的一些东西分赐给众王爷，北静王得到了，又赐给棋官，这就比较说得通了。

棋官不仅离开忠顺王府，去跟北静王亲近，还到"义忠亲王老千岁"那一派的铁杆人物冯紫英家里聚会，后来更干脆躲到东郊他购置的庄院，让忠顺王根本找不到他。那个地方是个什么地名呢？曹雪芹给取名为紫檀堡。我在《揭秘〈红楼梦〉》上卷（一）里讲过，这又是使用谐音法和寓意法，来暗示两个博弈王爷所争夺的"棋子"，从象征意义上说，实际就是"装在紫檀木匣子里的玉石刻章"，说得更直白一点就是"权力之印"，双方所争夺的，就是最高一级的政治权力。我通过文本细读得出感悟，书里实际上隐约存在着"日"派和"月"派两股政治力量，它们之间的明争暗斗，形成"双悬日月照乾坤"的诡谲局面，权力斗争的利剑高悬在荣宁二府头上。别看两府里的日常生活似乎仍如一条富贵河在温柔地流淌，那利剑可是随时可能坠落下来，致他们于死命。两府里政治上比较清醒的实际上仅贾政一人。秦可卿丧事里贾珍执意要用"坏了事"的"义忠亲王老千岁"预订过的，出自潢海铁网山的樯木来制作棺材，只有贾政一人劝阻："此物恐非常人可享者，拣上一等杉木也就是了。"贾政当时深知皇帝尽管允许宁国府收养"义忠亲王老千岁"女儿一事体面了结，这皇恩无比浩荡，但你宁国府又何必如此招摇？但贾珍哪里听得进这样的话？到头来还是非让秦可卿睡进那樯木制作的棺材里。正因为贾政有比较强的政治敏锐性，当忠顺王府派来长史官与他交涉时，他才会那样惊诧，那样震怒，才会说出宝玉"明日"会"弑父弑君"的话来。

宝玉对结交棋官一事，开始是抵赖，但忠顺王府的长史官说出了这样的话："现有据有证，何必还赖……既说此人不知为何如人，那红汗巾子怎么到了公子腰里？"有的读者不去细想，会以为当时宝玉腰系那条红汗巾，其实第二十八回里交代得清清楚楚，那汗巾第二天就被袭人掷到一个空箱子里了，宝玉怎会还系着它？何况那是系内裤的，穿上外面大衣服，也看不出来。所以书里下面的行文才会是：宝玉听了这话，不觉轰去魂魄，目瞪口呆，心下自想："这事他如何得知！他既然连这样机密事都知道了，大约别的也瞒他不过，不如打发他去了，免的再说出别的话来。"宝玉是头一回迎头撞到现实政治，政治的狰狞——无孔不入，无所不掌控——令他那样一个从不关心政治的边缘人大惊失色，立即感觉到个体生命在政治威严前的渺小脆弱。他招供了，当然，只是"供小护大"，供出了棋官的东郊隐匿地，而没有让对方再逼问出冯紫英父子去潢海铁网山打围之类的事。

那么，忠顺王府是如何知悉在冯紫英家宝玉、棋官互换汗巾的呢？谁告的密？二十八回所描写的那个聚会，在场有名有姓的仅仅五个人：主人冯紫英，主客宝玉，陪客薛蟠，助兴的一男一女，男是优伶棋官，女是娼妓云儿。其中值得怀疑的，只有蟠、云二位。但第三十四回，曹雪芹花了很大的力气，来为薛蟠辩诬（当然，即使是薛蟠道出，也不属于政治告密，而只能算无意泄密），回目就叫"错里错以错劝哥哥"嘛。那么，是云儿告密？这个在《红楼梦》前八十回出现的唯一的妓女，确实厉害，棋官不知道宝玉身边最贴近的大丫头叫袭人，她却"门儿清"。但对冯紫英那样一位富有政治警觉性的人物而言——在那个场合他仍然没有讲出所谓"大不幸之中又大幸"是怎么一回事——他既然叫了云儿来，就意味着他信得过这位风尘女子，他家的仆人，应该也都是被他精心挑选、考验过的。那么，还有什么人是可疑的呢？细心的读者翻回第二十八回，就会发现还有这样的交代：宝玉去了冯家，"只见那薛蟠早已在那里久候，还有许多唱曲儿的小厮……冯紫英先命唱曲儿的小厮过来让酒……"诸位"红迷"朋友作何判断呢？也许，那根本就不是告密，而是某个佯装唱曲小厮的特务向忠顺王的汇报？

不管各位对这个问题的答案是什么，我想不少"红迷"朋友会同意我的这个结论：曹雪芹通过忠顺王府长史官的这种表现，把那个时代主流政治的狰狞面，给点出来了。

第二个问题是：如何看待第三十四回，袭人被召见后在王夫人跟前说那番话的行为？

这几回里，二玉爱情的透明度与稳定性达到了一个新水平，特别点出了他们的爱情有着共同的反仕途经济的思想基础。特别是宝玉赠旧帕、黛玉题诗帕上，以及宝玉梦中喊出"和尚道士的话，如何信得！什么金玉姻缘，我偏说是木石姻缘"等情节都反映出二玉的爱情关系不可能再逆转。但宝钗对宝玉的爱意，在探望被答挞的宝玉时充分地流露了出来，使得宝玉、宝钗、黛玉的三角关系变得更加微妙。

就在这种情势下，袭人被王夫人召见，说了那么一篇话，其中最要害的是："如今二爷也大了，里头姑娘们多，况且林姑娘、宝姑娘又是两姨姑表姊妹……由不得叫人悬心……"袭人故意把黛玉说在前面，其实王夫人要防范的也正是黛玉，此语一出，正合心意，于是当面表扬、托付，事后又从自己的月银里拨出二两银子一吊钱，给予袭人特殊津贴。可想而知，成为王夫人的心腹之臣后，袭人从此必定时常汇报怡红院内外的情况。

袭人因向王夫人倾诉一腔"悬心"而获得准姨娘的地位，这件事该怎么评价？旧时代的评家，多有对此深恶痛绝者。流传很广的《增评补图石头记》，前面有几家评语，其中大某山民（"某"在繁体字里是"梅"的另种写法）说："花袭人者，为花贱人也。命名之意，在在有因。"护花主人则说："王安石奸，全在不近人情，嗟夫！奸而不近人情，此不难辨也，所难辨者，近人情耳。袭人者，奸之近人情者也。"就是说袭人好比裹着蜜糖的毒药。这些评家厌恶袭人，一是因为第六回已经写明，她跟宝玉发生了肉体关系，所谓"不才之事"，她先做了，倒在王夫人面前担心宝玉跟别人发生"不才之事"，坏了宝玉"一生的声名品行"，实在下贱！虚伪！二是他们不知道后四十回是高鹗续的，并不符合曹雪芹原意。续书里写宝玉出家后，袭人不能"守节"，"抱琵琶另上别船"，还做出委委屈屈的样子，这种不能"从一而终"的女子，当然更该视为下贱、虚伪。

上世纪五十年代中期以后，则把宝钗、袭人都划分到维护封建正统的阵营中，袭人在王夫人面前说那番话的行为，被视为一个忠于封建礼教的奴才，在封建主子面前告密邀宠。当然，也指出袭人的虚伪——因为恰是她，逾越封建礼教，在名不正的情况下与宝玉偷试云雨情。

旧时代的上述论家指出袭人言行上的自我矛盾，说她虚伪，还是有一定道理的，不过，用"从一而终"的封建礼教标准来指斥她，是我们现代人所不能认同的。上世纪五十年代后的那种居主流的分析评判，以意识形态为前提，有相当充分的道理。但我觉得，细读曹雪芹运笔，就会发现，他在这场戏之前，是有许多铺垫的。他所写的，其实是人性的深邃。袭人在第三十二回里受到过一次超强烈的刺激：宝玉在黛玉面前诉肺腑，达到物我两忘的程度，以至于黛玉已经离开，袭人来到他面前时，他还痴痴地以为黛玉仍在眼前，竟然拉住袭人说道："好妹妹，我的这心事，从来也不敢说，今儿我大胆说出来，死也甘心！我为你也弄了一身的病在这里，又不敢告诉人，只好挨着，只等你的病好了，只怕我的病才得好呢！睡里梦里也忘不了你！"袭人听了这话，唬得魂飞魄散，只叫神天菩萨，坑死人了！这段描写说明了什么呢？说明宝玉对黛玉的爱情，不光是精神上有共同的叛逆性，在性爱上，也是充分而强烈的。"睡里梦里也忘不了你"，意味着他即使在与袭人行"云雨"时，心里的性幻想对象还是黛玉，袭人在那种情况下竟成为了替代品！所以袭人听了魂飞魄散，发出"神天菩萨，坑死人了"的心灵喊叫。

一个女人，不能独享一个男子的情爱性爱，倒也罢了，尤其是那个时代那种社会那种贵族家庭里，袭人也不可能有独占宝玉的想法，她只是希望能稳定地跟将来宝玉的正室分享宝玉的情爱与性爱。但是，宝玉的这一番错认中的诉肺腑，让她发现了宝玉心中其实只有对黛玉的爱，跟她睡觉行云雨时竟然心里想的还是黛玉，那就超过她作为一个女人的心理承受度了。她原本就倾向宝钗排拒黛玉，经过这件事以后，她那阻拦二玉婚事的决心肯定如铜似铁，有了王夫人召见的绝好机会，她岂能放过？就她自己而言，无下贱之虞，亦无虚伪之感，更没有什么意识形态的前提，她无非是要捍卫自己已经得到的利益。至于王夫人因此对她厚爱，立竿见影地划拨给她特殊津贴，确定她准姨娘的地位，倒确实并非她主观上想谋求的。曹雪芹就是这样来写袭人人性深处的东西。

根据第五回金陵十二钗副册里图画和判词的暗示，以及来自蒋玉菡的血点子似的红汗巾一度系到了她的腰上等正文中的伏笔，还有脂砚斋对后数十回里"花袭人有始有终"等内容的透露，我们可以知道，高鹗续书对袭人的那种写法是违背曹雪芹原意的。曹雪芹已经写出了关于袭人的完整的故事。八十回后，忠顺王之子看上了袭人，派人向贾府索要。袭人知自己如果拒绝会牵连贾府，便不惜舍弃声名答应去忠顺王府。她临走前建议，倘若今后二宝只能有一个丫头服侍，那就"好歹留下麝月"。到忠顺王府后，经历一番曲折，袭人嫁给了蒋玉菡。那以后直到宝钗死去、贾府崩溃，蒋氏夫妇一直接济二宝。宝玉入狱后，袭人也还尽量地去救助他。这大体就是八十回后曹雪芹关于袭人这个角色所写下的内容，倘若八十回后的这些篇章没有迷失，本是不需要任何人来多余续写的。

曹雪芹塑造袭人这个艺术形象，我以为他没有"主题先行"的框架，更没有意识形态的大前提，他就是写一个鲜活的生命，这个生命一直沿着自我的心理逻辑在命运之途跋涉。如何评价这个生命？曹雪芹没有贴标签，没有品德鉴定，他把评价这项任务，开放性地留给了读者。不管历来的读者在对袭人的评价上有多么严重的分歧，有一点是所有读者都承认的，那就是：袭人是一个可信的生命存在。这又是曹雪芹高妙文笔的一大胜利。

第三个问题：第三十五回里，贾母当着薛姨妈夸赞宝钗，这怎么理解？

第二十九回里，元妃通过端午节颁赐，特意让二宝所得一样，含有指婚的意思，但贾母却不理这个茬儿，还在清虚观借着张道士提亲之机，当着薛姨妈说了一番话，含蓄地表明她所中意的孙媳，非钗而黛，甚至公开把二玉说成"不是冤家不聚头"。那么，她在第三十五回里，当着薛姨妈大赞宝钗确实令人费解。

这就更需要文本细读。贾母是一个智商很高的老太太，她夸赞宝钗的话，是在大家都到怡红院看望养棒伤的宝玉，被宝玉引逗夸赞黛玉时，顺口说出来的。她何必当着众人夸宝钗呢？那时元妃指婚一事已经过去，她和王夫人、薛姨妈之间的紧张关系已经大大缓和，因此她乐得送个顺水人情。她怎么说的呢？她造出的句子非常巧妙："提起姊妹来，不是我当着姨太太的面奉承，千真万真，从我们家四个女孩儿算起，都不如宝丫头。"宝玉已经非常具体地提出了黛玉，希望贾母夸赞，贾母却并不就黛玉论事，而是突出"我们家四个女孩儿"。哪四个女孩儿？元、迎、探、惜。尽管她说"从我们家四个女孩儿算起"，朦胧地把黛玉、湘云等囊括了进去，但是她故意把元春说进去，这顶高帽子，就让薛姨妈和宝钗都戴不起了，甚至不无讽刺的意味。我在《揭秘〈红楼梦〉》上卷（二）里详尽分析过，在这本书前面也概括说明了，实际上第二十九回前后所写的故事，隐含着宝钗参加皇家选秀落选的情况。薛姨妈和王夫人听了贾母如此这般地"夸钗"，心里觉得尴尬，嘴里也只能是勉强应付。搞家族政治，不要说王夫人、薛姨妈斗不过贾母，就是乖巧如猴的凤姐，水平也差一大截呢。贾母是一个内涵非常丰富的艺术形象，读者们应该多角度地加以审视欣赏。

枕霞阁十二钗

揭秘古本

第三十七回　秋爽斋偶结海棠社　蘅芜苑夜拟菊花题
第三十八回　林潇湘魁夺菊花诗　薛蘅芜讽和螃蟹韵

　　从第三十七回起，故事有了一个新的起点。大观园里成立诗社了，由探春召集。第一次活动是咏白海棠。这白海棠不是地栽的乔木海棠，而是盆栽的草本海棠，俗称秋海棠。秋海棠一般是红色的，白色是变种，比较少见，因此贾芸拿去孝敬宝玉。宝玉等人不及看花，只是听说，就诗兴大发，吟诵起来。

　　各古本从二十九回到三十一回，正文均无批语，三十二回到三十五回仅个别本子有少量批语，这对我们进行研究是个损失。究竟是母本里就没有批语，还是过录的过程中被抄手忽略，还不能确定。但从三十六回以后，批语又丰富起来。在第三十八回里，有几条批语尤其值得注意，现在介绍给大家。

　　贾母来到藕香榭，回忆起小时候他们史家花园里，有个类似的枕霞阁，她那时跟史家的姊妹天天去玩，有回淘气失脚从竹桥上掉到水里，差点儿淹死，被救上来又让木钉把头蹦破，至今鬓角上还留下指头顶大一块窝儿……凤姐借机献媚，说那窝儿是用来盛福寿的，把贾母和大家都逗笑了。这时脂砚斋批道："看他忽用贾母数语，闲闲又补出此书之前，似已有一部十二钗的一般，令人遥忆不能一见。余则将欲补出枕霞阁中十二钗来，定（岂）不又添一部新书。"这条批语传递出的信息，分解开来就是：

　　一、《红楼梦》的文本具有家族史的特点。书中的"现在时"故事，不仅可以往前延伸，也可以往后延伸。

二、脂砚斋与书中贾母原型，同属一个家族。"真事"隐去后，以史家的"假语"含存。实际上贾母的原型是康熙朝苏州织造李煦之妹，嫁给曹雪芹祖父曹寅为妻，而史湘云的原型则是李煦的孙女，曹雪芹的一位表妹，也就是李氏的侄孙女。换过来说，则李氏是史湘云原型的祖姑。书里所设定的贾母和湘云的关系，正与此吻合。第三十八回写贾母到了藕香榭，命人念出柱子上挂的黑漆嵌蚌的对子，曹雪芹特意写由湘云念出。由此也就再一次证明了，不但书中的史湘云原型是曹雪芹祖母家族的一位李姓表妹，写批语的脂砚斋也就是同一个人。

三、脂砚斋当然最有资格来写她自己家族的故事，也就是所谓"枕霞阁十二钗"的故事。这条批语显示出脂砚斋对自己的写作能力颇有信心。前面我们提到过"凤姐点戏，脂砚执笔"，她对《红楼梦》或者说《石头记》（她更钟情后一个书名）的写作，介入得很深。古本八十回书，周汝昌先生认为有四回都并非曹雪芹原笔，后面我会详说，那么这四回是谁补成的呢？不是高鹗，而很可能就是脂砚斋。

在写到大家准备咏菊花诗时，有一笔写到宝玉"命将那合欢花酿的酒烫一壶来"，按说这句话算得什么？小说嘛，虚构嘛，作者大笔一挥，想写什么就写什么，读的人有什么必要去仔细推敲？确实有那种纯虚构信笔挥洒的小说，但《红楼梦》不属于那种类型，因此，在这个地方，就出现了一条脂砚斋批语："伤哉！作者犹记矮頔舫前以合欢花酿酒乎？屈指二十年矣！"舫是船形的园林建筑，现在你到北京颐和园还可以看到很大的一个叫清宴舫的湖中石船。脂砚斋提到的这个舫名字很怪，当中那个字读音是"傲"，意思是头很大眼窝很深，可见那个舫造型非常特别。这样一个舫名不可能是临时虚构的。说明在现实生活中，确实有那么一个空间，在那个空间里面，批书人和著书人曾在一起用合欢花酿酒，也就是说，书中这么一句"闲笔"，其实也是有生活依据的，是有事件原型、细节原型的。批书的一见这句，由眼入心，就受触动，以至不由自主地发出喟叹："伤哉！"这意味着他们昔日的好时光已经一去不返，正所谓"春梦随云散，飞花逐水流"。"伤哉"，也是笼罩《红楼梦》全书的一个基调。这条批语最早出现在己卯本上，它可能更早就已经批出。那么，就按己卯年（公历一七五九年）往前推二十年吧，大约是乾隆三年到四年，那正是现实生活里曹家以及相关家族"一枯俱枯"的陨落期，而当时的曹雪芹、脂砚斋大约是十六七岁。"伤哉！"这哀怨是发自内心的，用合欢花酿酒是他们共同享受过的"最后的欢乐"。这样的批语再次说明，《红楼梦》具有家族史、自传性、自叙性的特点，它的文本特征就是以"假语"来存留"真事"。

周汇本在第三十七回里，有两处文字选择是值得特别跟大家提醒的。起了诗社，作为诗人，大家就要各取一个别号。请读者诸君将书中几位诗人的别号形成过程填入括号：

李纨自取（　　）

探春先自取（　　）

探春接受宝玉建议后再自取（　　）

黛玉刻薄探春后，探春给她取的，她默认（　　）

李纨替薛宝钗取的（　　）

探春替宝玉取的（　　）

李纨提醒宝玉小时候自己取过别号，是（　　）

宝钗又给宝玉取了个别号（　　）

宝玉最后采用的别号（　　）

史湘云来了后用的别号（　　）

迎春的别号（　　）

惜春的别号（　　）

其中李纨提醒宝玉曾有过一个别号，宝玉笑道："小时候干的营生，还提他作什么？"那个别号究竟是什么？一九五七年人文社的通行本印的是"绛洞花主"，这是延续了程乙本的错误。一九八二年推出的红学所校注本，却也印为"绛洞花主"，这真奇怪，因为红学所的这个本子是以庚辰本为底本的，庚辰本上清清楚楚写着"绛洞花王"，为什么要改"王"成"主"呢？更奇怪的是，这个红学所校注的通行本，每回后面有"校记"，如果他们认为庚辰本的写法不足信，换用别的古本的文句，按他们自定的体例，是应该在"校记"里加以说明的，可是这样重要的一处文字，他们撇开自己所用的底本，取"主"而否"王"，竟然在回后"校记"里也不予说明。周汇本的可贵，就在于正本清源。将通行本里讹误多年的"绛洞花主"订正为"绛洞花王"，又是鲜明的一例。和贾母提起娘家曾有枕霞阁一样，这里写到宝玉小时候曾给自己取过一个"绛洞花王"的别号，都属于小说文本中的延伸空间，使读者对作者笔下的"现在时"叙述，不仅可以有前瞻性的想象，也能够有回顾性的想象。换句话说，就是把角色的"前史"，通过这样的话语，逗漏给读者，令读者感到书中的人物更有立体感。

宝玉说取那样的别号，是他"小时候干的营生"，"小时候"是什么时候？他说这个话的时候是十三岁多没到十四岁，那个时代人们认为六十岁就算满寿，"人生七十古来稀"嘛，三十岁已是"半生"，十三岁则已接近成年了。因此，"小时候"应该指五六岁刚开始懂点事的时候。那时候荣国府没有大观园，宝玉跟贾母一起住，贾母院正房有很大的空间，宝玉在那个空间里淘气。五六岁的孩子不可能有"主"的概念，但"王"的概念肯定是有的，最现成的"榜样"就是"美猴王"孙悟空。宝玉从小爱红，爱跟花朵般的女孩子玩耍，贾母正房里的主色调是深红（绛）色，他就把自己想象成"红色山洞里的一个保护花儿的猴王"，于是有了"绛洞花王"的别号。这个小时候的别号把宝玉的性格特征凸显出来，而且这种特征在他成长的过程里只有增强没有衰减。"绛洞花王"这个别号，和第二十九回里出现的"遮天大王"的符码是相通的，都是对宝玉人格的隐喻，印本里千万不能错，读者则应该充分地重视。

第三十七回写迎春担任诗社副社长，她认真负责，当大家构思的时候，她命令丫鬟点了一支香。这支香的名字，此前所有通行本都印作"梦甜香"，周汇本则根据两种古本的写法，确定为"梦酣香"。我们都知道后面有关于史湘云醉卧芍药裀和抽到"香梦沉酣"花签的情节，周汝昌先生认为"甜"是"酣"的讹变，"梦酣香"是曹雪芹原笔。这也显示出周汇本的精校特色。

贾母论窗需细品·书至三十八回已过三分之一有余

揭秘古本

第三十九回　村老妪谎谈承色笑　痴情子实意觅踪迹
第 四 十 回　史太君两宴大观园　金鸳鸯三宣牙牌令
第四十一回　贾宝玉品茶栊翠庵　刘姥姥醉卧怡红院
第四十二回　蘅芜君兰言解疑语　潇湘子雅谑补余香

这四回围绕着刘姥姥二进荣国府，花团锦簇地展开情节。因为这些描写，"刘姥姥进大观园"已经成为一句广泛流传的俗谚，人们在表达从社会低层进入社会高层大开眼界大出洋相这类意思时，都可以使用这句谚语。比如："哎呀！我可真是刘姥姥进大观园啊！"一方面表示身临的空间场合十分高级，一方面在满足中又表达出谦虚。"哎呀！你可真是刘姥姥进大观园啊！"则有"你可真是土气啊"、"难怪你大惊小怪啊"一类的意思，多少有些调侃的意味。

刘姥姥一进荣国府在第六回，那时候还没盖起大观园。在曹雪芹的构思里，刘姥姥还应该有三进荣国府，估计那段情节在第九十五回左右，内容是贾府败落的危机时刻，她知恩报恩，参与搭救巧姐儿的事宜。

第三十九回的回目，周汇本取杨藏本的写法，与此前众通行本完全不同。这一回里写刘姥姥讲一个虚构的少女抽柴的故事，还没完全讲完，忽听外面人吵嚷起来，原来是南院里的马棚起火，贾母起身由人扶出至廊上去看，东南上火光犹亮。这一笔我以为具有多方面的内涵：

一、把荣国府的规模，进一步写出来了。第三回写黛玉初进荣国府，没进正门，进的是西南的角门，轿子抬进去，还走了一射之地，一射就是拉弓射箭那支箭所能飞越的距离，应该至少有三十米，从那里由府内小厮换下轿夫，再抬到垂花门，里面才是贾母住的院落。可见贾母院宇南面，还有相当大的空间。第三十二回说金钏投井的地点，是府里东南角，那里应该是她父母和别的仆人居住的空间，即所谓"下房"。这说明贾母院的垂花门，和贾政王夫人住的正房大院的仪门，应该是平齐的。而在通向这两个门的甬道的旁边，则有很大一个空间，这空间可以用墙围成几个区域，其中除了"下房"，还有马棚、轿房等必要的设施。贾母院正房的房基很高，因此站在廊下，能看到东南方向马棚余火的亮光。第六回写姥姥初闯荣国府，前边大门角门全进不去，后来找到府北边的后门，才终于进去见到了周瑞家的，可见府北也有很大的一片空间是供仆人居住的，可能像周瑞夫妇那样比较体面一点的陪房，都住在那个空间里。从那个空间往南，则能到达凤姐所住的那所小院落。小院落门前有粉油大影壁，转过那影壁，是贾母院与贾政王夫人院之间的高墙下的甬道。书里许多故事情节都发生在那个甬道里。比如贾芸为谋求一个差事而先求贾琏后求凤姐，就都是在那个空间发生的。那长长的甬道两侧有穿堂，尽头有倒座。把《红楼梦》的文本读细了，闭眼一想，读者们应该对荣国府的建筑格局形成一个至少是比较粗放的概念吧。

二、刘姥姥虽是信口开河（有的古本写作"信口开合"，也通），贾宝玉竟当了真，这是再一次写宝玉"情不情"的特殊人格。宝玉的心思，只有黛玉深谙，因此大家说下雪吟诗，她却说："还不如弄一捆柴火，咱们雪下抽柴，还更有趣儿呢。"其他人听完刘姥姥胡诌很快忘怀，独黛玉知道宝玉不仅不会忘，还要久存于心。宝玉岂止存于心，他还采取行动——命令茗烟去踏访那塑像成仙的美女祠，这就把宝玉的"情不情"推向了极致。

三、大家都知道，茗烟按刘姥姥所述的方向去寻美女祠，最后却只找到了一处破庙，里面供的是什么呢？"那是什么女孩儿，竟是一位青脸红发的瘟神爷！"我以为这是有象征意义的，也属于"草蛇灰线，伏延千里"的一例。雪中抽柴，以图御寒系命，这正是八十回后贾府将遇到的窘境，但到头来还是避免不了遭遇"瘟神爷"，在"接二连三，牵五挂四"（第一回中的句子）的政治大火里，归于毁灭。这一回写火起东南，贾母遥望，火光闪闪，暗示最先出事的，将是东南金陵的甄家。第七十五回一开头，就写到甄家被抄没治罪，王夫人不得不向贾母汇报。

第四十回，写贾母带着刘姥姥逛大观园，把前面没有详细描写的一些居室景象，补写得非常详尽。在探春居所秋爽斋，通过凤姐女儿大姐儿和板儿互换佛手和香橼，埋下八十回后他们结为夫妻的伏线。在宝钗居所，贾母严厉地批评了宝钗那把屋子弄得素净到极点的"装愚""守拙"做派，说："年轻的姑娘房里这样素净，也忌讳。我们这老婆子，越发该往马圈去了。"这可是一句袒露真心的话，请问：贾母怎么会容忍为宝玉娶这样一个媳妇呢？这些，我在《揭秘〈红楼梦〉》上卷（二）里都有详尽的分析，这里点到为止，不再展开。

《红楼梦》是集中华传统文化之大成的一部辉煌之作。通过《红楼梦》不但可以了解中国古代的历史、哲学、宗教、伦理秩序、神话传说、诗词歌赋、烹调艺术、养生方式、用具服饰、自然风光、民间风俗……还可以了解中华民族的园林艺术和建筑审美心理，而这些因素并不是生硬地杂陈出来的，而是完全融汇进了小说的人物塑造、情节流动与文字运用中。

第四十回书中，贾母带着刘姥姥逛大观园，到了林黛玉住的潇湘馆，发现窗户上的窗纱不对头。

"这个纱新糊上好看，过了后来就不翠了。这个院子里头又没个桃杏树，这竹子已是绿的，再拿这绿纱糊上反不配。我记得咱们先有四五样颜色糊窗户的纱呢。明儿给他把这窗户上的换了。"

凤姐听了，说家里还有银红的蝉翼纱，有各种折枝花样、流云卍福、百蝶穿花的。

贾母就指出，那不是蝉翼纱，而是更高级的软烟罗，有雨过天晴、秋香色、松绿、银红四种。这种织品又叫霞影纱，软厚轻密。

这个细节就让人知道，中国人对窗的认识，与西方人有所不同。西方人认为窗就是采光与透气的，尽管在窗的外部形态上也变化出许多花样。古代中国人却认为窗首先应该是一个画框，窗应该使外部的景物构成一幅优美的图画，因此在窗纱的选择上，也应该符合这一审美需求。外面既然是"凤尾森森"的竹丛，窗纱就该是银红的，与之成为一种对比，从而营造出如画如诗的效果。

后来贾母又带着刘姥姥到了探春住的秋爽斋，她再一次注意到窗户，"隔着纱窗往后院看了一回，因说：'这后廊檐下的梧桐也好了，就只细些。'正说话，忽一阵风过，隐隐听得鼓乐之声，贾母问道：'是谁家娶亲呢？这里临街到近。'王夫人等笑回道：'街上的那里听得见，这是咱们的那十几个女孩子们演习吹打呢。'贾母笑道：'既是他们演，何不叫他们进来演习……就铺排在藕香榭的水亭子上，借着水音更好听！'"贾母嫌窗外的梧桐细，就是因为她把那窗户框当作画框来看，窗户比较大，外面"画面"上的梧桐树也要比较粗才看上去和谐悦目。中国古典窗不大隔音，并不完全是因为工艺技术上在隔音方面还比较欠缺，而是有意让窗户起到一种"筛音"的作用，即使关闭了窗扇，也能让外面的自然音响和人为乐音渗透进来，以形成窗内和窗外的共鸣。所以她主张到水上亭榭里面，开窗欣赏贴着水面传过来的鼓乐之声。

林黛玉受家庭熏陶，也受贾母审美趣味的影响，非常懂得窗的妙处。潇湘馆有个月洞窗，第三十五回，林黛玉从外面回来，就让丫头把那只能吟她《葬花词》的鹦鹉连架子摘下来，另挂到月洞窗外的钩子上，自己则坐在屋子里，隔着纱窗调逗鹦鹉作戏，再教它一些自己写的诗词。那时候窗外竹影映入窗纱，满屋内阴阴翠翠，几簟生凉，窗外彩鸟窗内玉人，相映生辉，令人如痴如醉。

鹦鹉毕竟还是一种人为培育的宠物。第二十七回写到，林黛玉一边往外走一边跟丫头交代："把屋子收拾了，下一扇纱屉子，看那大燕子回来，把帘子卷起来，拿狮子倚住，烧了香，就把炉罩上。"可见那些糊上窗纱的窗户，是可以把窗屉子取下来，让窗外的自然和室内的人物完全畅通为一体的。而大燕子就是自然与人亲和的媒介，潇湘馆的屋子里，是有燕子窠的。燕子归来后，窗帘并不闭合，说拿"狮子"倚住，那"狮子"其实是一种金属或玉石的工艺美术制品，压住窗帘一角，使窗帘构成优美的曲线，使窗内与窗外形成一种既通透又遮蔽的暧昧关系，这里面实在是蕴涵着丰富的文化元素！

第七十回林黛玉写有一首《桃花行》，几乎从头至尾是在吟唱窗户内外人花的交相怜惜："……簾外桃花簾内人，人与桃花隔不远。东风有意揭簾栊，花欲窥人簾不卷。桃花簾外开仍旧，簾中人比黄花瘦。花解怜人花也愁，隔簾消息风吹透……一声杜宇春归尽，寂寞簾栊空月痕。"前面讲了，贾母也曾年轻过，曾在史家枕霞阁淘气，落进湖中险些淹死，虽然被及时救了上来，毕竟还是被木钉碰坏了额角，留下一点疤痕。她年轻时可能没有林黛玉那么伤感，但林黛玉对外祖母的审美情趣，可以说是继承了其衣钵，并有所发扬光大，她的一系列行为和她的诗句，都是对贾母论窗的艺术化诠释。

读第四十回，应该对贾母论窗留下印象，并加细品，否则，真成了"猪八戒吃人参果"，那么好的滋味，那么丰富的营养，全忽略、遗漏掉了，该多可惜！

第四十回后半回"金鸳鸯三宣牙牌令"，表面上似乎是"闲文"，实际上是把笼罩在贾家头上的"双悬日月照乾坤"的政治危机，巧妙地暗示了出来。第四十一回前半回可谓"妙玉正传"，仅仅一千三百多个字，就塑造出一个性格特异的艺术形象。第四十二回写"黛、钗合一"，论家对之的分析结论各不相同，但从这一回以后，黛、钗间确实不再冲突，这个文本现象总不能加以否认。这些内容都是非常重要的，因为我在《揭秘〈红楼梦〉》上卷(二)里有非常充分的论述，这里从略。

第四十二回前，有一条脂砚斋批语，其中说："今书至三十八回时，已过三分之一有余。"可见曹雪芹的《红楼梦》全书绝不是一百二十回，如果是一百二十回，三十八回还不够三分之一，怎么能说"已过三分之一"并且还"有余"呢？看来也不像是一百一十回，应该是一百零八回，一百零八回的三分之一是三十六回，三十八回当然就是"已过三分之一有余"。"一百二十回的经典《红楼梦》"的说法是不正确的，那不是曹雪芹的《红楼梦》，请所有热爱曹雪芹的《红楼梦》的人士一定要从以往通行本的迷雾里走出来，毅然地与高鹗的四十回续书一刀两断。即使仍觉得高续写得好或有长处，也再不要在概念上与曹雪芹的《红楼梦》混淆！

不可小觑尤氏·李纨也有尖刻时

揭秘古本

第四十三回　闲取乐偶攒金庆寿　不了情暂撮土为香
第四十四回　变生不测凤姐泼醋　喜出望外平儿理妆
第四十五回　金兰契互剖金兰语　风雨夕闷制风雨词

这三回书进入了一个新的情节链。贯穿性的事件是凤姐的生日风波。贾琏之俗，凤姐之威，平儿之屈，宝玉之慰，贾母之高论，读者们都会留下很深的印象。

但是，还应该注意到，第四十三回，其实是一篇"尤氏正传"。尤氏的生存是很不容易的。她是贾珍的续弦，贾蓉非她亲生，娘家的情况又每况愈下，父亲丧偶，续娶的妻子带来两个"拖油瓶"——尤二姐和尤三姐。她不但要操持宁府的家务，还经常被贾母叫过去办理一些事情，她要应付方方面面，其中棘手处不少。在曹雪芹笔下，尤氏是深明大义的人（这里说她深明大义，是以书中荣、宁两府的总体利益为坐标的），在关于秦可卿的那些情节里，这一点写得比较含蓄，但是依然可以让读者感觉到，她是把家族的总体利益，置于个人荣辱之上的。当家族把秦可卿作为隐性的政治资本储蓄起来，以求高利息的政治回报时，即使听到焦大那样的醉骂，她也能隐忍，直到这笔储蓄完全落空，而且秦可卿临自尽时"淫上天香楼"，她才以"胃痛旧疾"复发为借口，暂撂了一阵挑子，不去参与丧事的操办。事过境迁，她又恢复常态，理家办事。这一回写她接办贾母交代的凤姐生日喜庆，因为是采取了凑"分资"的形式，牵扯到府里上、中、下众多人的经济利益，有心里愿意出资的，有勉强出资的，更有心里抵触的，实际操办起来非常棘手，但尤氏精明处不让凤姐，宽厚之德却是凤姐望尘莫及的（第七十五回脂砚斋在一条批语中赞她"其心术慈厚宽顺"）。她办起事来绝不贪渎，最后把所有的集资全部投入使用，"园中人都打听得尤氏办得十分热闹，不但有戏，连耍百戏的并说书的男女先儿全有，因而都打点取乐玩耍"。

第四十四回写"喜出望外平儿理妆"，我在《揭秘〈红楼梦〉》上卷（二）里，论及贾宝玉的人格特征时，有详尽的分析。我在这里还要呼吁：请正确理解和使用曹雪芹创造的"意淫"一词。什么是"意淫"？这一回所写的宝玉体贴平儿，帮她理妆，特别是后来一个人歪在床上的一系列心理活动，乃至"尽力落了几点痛泪"，就是对"意淫"的最准确最充分的艺术诠释。"意淫"在曹雪芹笔下是个正面词汇，是与贾琏那种"皮肤滥淫"的负面心理与行为相对应的，我们绝对不应该误解乱用。现在常有人把"意淫"当作贬义词用，如说某某人"意淫"某女性，意思是其心术不正，属于"心理上的强奸"，这就完全冤枉了曹雪芹创造这个概念的苦心。当然，这个语汇十分特别，属于《红楼梦》中的专用语，不宜推广到我们的日常生活里。

第四十五回写到李纨性格的另一面，值得注意。当凤姐伤害到她的自尊心时，一贯"如槁木死灰一般"的她，竟怒火燃烧般说出了一大篇话，词锋犀利，直刺要害。凤姐是个聪明人，懂得"死木"一旦燃烧，那就比爆炭更不好惹，立刻缴械投降，谋求和解。曹雪芹把人性真是写透了。我从这一段情节出发，考证出李纨的原型是曹颙的遗孀马氏，而贾兰的原型则很可能是马氏的过继来的儿子，不过在《红楼梦》小说里，曹雪芹把他们母子二人降了一辈来写。有人说我的原型研究是把书里的角色和生活里的人物画等号，我何尝画了等号？我自己也写小说，我连把生活中的人物演化为艺术形象有多种变通方式这一点都不懂得吗？曹雪芹笔下的这些艺术形象，大多有原型，但也大多是使用了各类的变通技巧。比如我就指出，北静王这个角色，就有两个生活原型，一个是康熙的第二十一阿哥允禧，一个是乾隆的第六阿哥永瑢（他后来过继给允禧为孙），这是画等号吗？这当然不是画等号。对李纨母子原型的研究更不是画等号，生活中和小说里，辈分都不一样了，怎么个等法？我的这些研究，只是为了揭示从生活真实到艺术形象之间的创作秘密，我认为这样无论是对读通《红楼梦》，还是了解写实流派的小说写作技巧，都是有好处的。

宝玉祭奠金钏一段情节，实不可少。金钏之死，毕竟与他一时的调笑有关。人活着就不可能不犯错误，错了还不是最可怕的，最可怕的是错了以后不反思，不找补。宝玉的这个行动，体现出他具有忏悔意识和自我救赎的精神，这不仅在那个时代难能可贵，搁到今天，也是很高的精神境界。他回来参与凤姐寿宴看戏，演到《荆钗记》中《男祭》一折，黛玉说了几句话，显示出又唯独是她，猜中了宝玉究竟去做了什么事。这类玲珑剔透的笔触，曹雪芹最为擅长。

第四十五回，有两个地方值得读者特别注意。一是写到赖大家的情况。贾府的头等管家仆人，书里写到两对，一对是林之孝夫妇，前面讲了，他们很低调；再一对就是赖大夫妇。这赖大家不得了，赖大母亲赖嬷嬷是荣府老仆，可能伺候过贾母婆婆，脸面极大，到赖大这一代，他们家不但自立门户，而且也过起了大宅院里的豪华生活。赖大的儿子赖尚荣，按老规矩是应该也到荣国府来当差的，却从小就被赦免，捧凤凰般地养大，到故事发展到这一阶段，不仅捐了官，还选上了知县，要上任去了。赖大家因此连摆几天的宴席，赖嬷嬷就是来请贾母等去赏脸的。这既是为第四十七、四十八回的故事作铺垫，也埋伏下八十回后的伏笔——赖尚荣将在贾府败落的过程中扮演一个特殊的角色。这一段情节里，赖嬷嬷说了很多话，其中最沉痛的一句是："你那里知道那奴才两字是怎么写的！"赖大家经济上虽然已经强大，甚至在政治舞台上也开始小试身手，但到头来他们家的身份还是一窝子奴才！这实际上也是曹雪芹在为自己家族发出喟叹。有的年轻读者很难懂得曹雪芹祖辈、父辈的那种特殊的身世地位与生存状态。比如我分析出秦可卿原型的真实出身，有年轻的"红迷"朋友就来跟我讨论，说曹雪芹上几辈不过是当了个管理供应纺织品的官员，那地位能高到哪里去？他们能够得着皇帝和太子吗？但是，康熙皇帝六次南巡，到了南京却四次都住到曹雪芹祖父曹寅的织造府里，不是他们去够皇帝，倒是皇帝去够他们，难道不值得深思吗？我在这本书一开始的时候，引用了雍正在曹頫请安折上的很长很怪的朱批，你想想，曹頫那样一个小官，雍正为什么要把他交给新封爵的怡亲王看管？雍正的意思是让曹頫闭嘴，曹頫怎么会知道皇家的秘密，令雍正那么警惕？我们应该懂得，这就是皇家和世代包衣之间的微妙关系。曹雪芹祖上在关外被清军俘虏，很早就成为了清政权的高级包衣。包衣是满文"奴才"的译音，这种包衣跟着清军进发，最后入关，成为清政权最贴近的老奴才，一般都安排在内务府里，一窝一窝地往下传。因为有过早期共同战斗、同生共死的深厚情谊，所以皇家会给他们经济上政治上一定的发展空间。小说里赖大家的情况，正是现实生活里皇家善待曹家的一个缩影。但奴才终究是奴才，再往上不细说，曹寅、曹颙、曹頫虽然当了织造，可以富贵，可以炙手可热一时，却又永远不可能获得非奴才那样的官职和名分。皇家对他们，即使在善待中，也必定会时时使他意识到自己是"奴才秧子"。这心灵阴影在被善待时已经消不掉，那么，在皇帝像捻死蚂蚁一样毁灭他们家族的时候，侥幸活下来的遗族，心中又该有怎样的感慨呢？曹雪芹作为这样的包衣世家的孑遗，用力写下赖嬷嬷的这句话，我们应该理解他落笔时的悲怆心情。

另外，似乎在无意随手间，这一回又写到王夫人陪房周瑞有个儿子，在凤姐生日那天玩忽职守，凤姐要撵他出府，经赖嬷嬷说情，才改为打四十棍留下。周瑞本人出场很少，但周瑞家的在前八十回里戏份不少，大家一定记得她送宫花的情节，在那个情节里还提到冷子兴是她的女婿。那么，第四十五回里的这一笔，也绝非闲笔，也是"草蛇灰线，伏延千里"，周瑞的儿子、女儿、女婿，在八十回后都会再出现。"冤冤相报实非轻，分离聚合皆前定。"曹雪芹会写到他们根据自我的恩怨情仇，在贾府败落的过程里有相应的表现。

第四十五回后半回，宝、黛、钗的三角关系呈现出最为和谐的局面。但不管他们各自对社会现实采取了顺应还是叛逆的态度，到头来他们还是不能掌握自己的命运，他们都是悲剧性人物。这半回文字里，把大观园夜幕中人物提灯游动的景象描摹得十分精细、动人，又以黛玉的一首《秋窗风雨夕》，把凄美的意境营造得淋漓尽致。懂得欣赏凄美，也是读者应有的一种审美能力。

三个关于欲望的故事

揭秘古本

第四十六回　尴尬人难免尴尬事　鸳鸯女誓绝鸳鸯偶

第四十七回　獃霸王调情遭毒打　冷郎君惧祸走他乡

第四十八回　滥情人情误思游艺　慕雅女雅集苦吟诗

这三回展开了三个关于欲望的故事。

第四十六回，几乎所有《红楼梦》的读者都会把其内容概括为"鸳鸯抗婚"。《红楼梦》有的回里的故事并没有外在的戏剧性，甚至所有人物的肢体语言都很克制，即使特意使用肢体语言，也尽量使其不失优雅；人与人之间展开的是心理战，出语或绵里藏针，或如橡皮钢丝鞭，行文时常以某某"笑道"为引导，是"微笑战斗"。但这一回和第三十三回一样，富有外在的戏剧性，一波推进一波，最后达到一个水花喷溅的高潮：鸳鸯袖着一把剪子，冲到贾母面前，当着众人，一行哭一行说，高声喊出了许多惊心动魄的话，还回手打开头发，右手就铰。贾母听了，气得浑身乱战，在场的众人，能不目瞪口呆？

鸳鸯喊出的话里，有两句特别值得注意。一句是她宣布："我这一辈子别说是宝玉，便是宝金、宝银、宝天王、皇帝，横竖不嫁人就完了。"曹雪芹这样写，固然是以鸳鸯的脱口而出、毫无避忌，来刻画她刚烈的性格，但一个在乾隆朝写小说的人，挥笔写出"宝天王、皇帝"，而且是放在蔑视、排拒的语境里，确实不能不令人觉得是"别有用心"。因为弘历是雍正第四子，雍正暴薨前是和硕宝亲王，继位当皇帝后改元乾隆。捋一遍曹雪芹家族历史就可以知道，曹家对康熙是感恩戴德的，《红楼梦》里说皇帝之上还有太上皇，那个太上皇不是影射雍正而是影射康熙。古本里有不少写到"玄"字时故意少掉最后一笔的痕迹，因为康熙名玄烨，不写最后一笔是以"避讳"来表示尊

192

重。而书里的皇帝则是雍正、乾隆的混合体。曹家到雍正朝遭到打击，但还没有完全败落，乾隆元年到乾隆三年还一度回黄转绿，但乾隆四年却因卷入"弘晳逆案"而彻底陨灭。曹雪芹在政治情感上，是崇康熙、恶雍正、怨乾隆的，因此在行文里，就留下这样的情感刻痕。另一句是写鸳鸯就抗婚的决心发出恶誓："若说不是真心，暂且拿话支吾，日后再图别的，天地鬼神，日头月亮照着嗓子，从嗓子里头长疔，烂了出来，烂化成酱！"一般人赌咒发誓，说"日头照着"如何如何，是很正常的，曹雪芹却偏在这里通过鸳鸯之口，特意写成"日头月亮照着"。这与鸳鸯三宣牙牌令那段情节里所出现的"双悬日月照乾坤"的牌令，是相呼应的。曹雪芹就是还要点出笼罩在贾家头顶上的"日""月"两派政治力量恶斗的紧张形势。

鸳鸯抗婚的故事，从另一个角度说，也就是贾赦的欲望故事。这是一个欲壑难填的贵族老爷。他不仅有强烈的"皮肤滥淫"的欲望，还有霸占贵重艺术品的欲望。第四十八回穿插进平儿到宝钗处讨棒疮药丸的情节，通过平儿的嘴，讲述了贾赦通过贾雨村枉法迫害石呆子，掠取石呆子珍藏的古扇的恶行。后面还有一些关于贾赦的描写，像他那样的贵族老爷，属于总想"庄家通吃"的一类，是贵族家庭的自我掘墓者，八十回后贾家败落，他的恶行将率先被究，成为导火索。

鸳鸯后来的命运究竟如何？高鹗续书写得似是而非。在高鹗笔下，殉主意识充溢鸳鸯的灵魂，"鸳鸯女殉主归太虚"，她成了封建礼教的一个"忠仆楷模"，这不符合曹雪芹的原意。

第四十七回写了薛蟠的欲望。可他这回真是看错了人，这回遇上的不是金荣，不是香怜、玉爱，而是一个外美而内刚的侠客柳湘莲。值得注意的是，曹雪芹把柳湘莲和已经夭亡的秦钟勾连起来，使读者意识到，贾宝玉和若干这类的社会边缘人，组成了一个社交圈。表面上，宝玉和薛蟠似乎有同一癖好，专爱跟这样一些不伦不类的人士交往，但细一考察，就会发现他们的目的完全不同。薛蟠是"龙阳之兴"，追逐的仍是"皮肤滥淫"，而宝玉则是欣赏他们、体贴他们，从精神上沟通，在反主流的自觉的边缘意识中，获得共鸣与快感。

第四十八回则写了一个身世不幸的女子的精神欲望。香菱终于进了大观园。她向往诗，她要进入诗境，成为诗人。精诚所至，金石为开，在黛玉和其他人的指引下，她的咏月诗一首比一首好。我认为她的三首咏月诗和第四十回里的牙牌令一样，也有深意存焉，详见《刘心武揭秘〈红楼梦〉》上卷(二)，这里不再重复。周汇本在这一回的有关文字上，有一处与以往所有通行本有重大区别，值得提醒大家注意。那就是当香菱写出第二首诗后，有个人评价说："不像吟月了，月字底下添上一个色字，到还使得，你看句句是月色，这也罢了。原是诗从胡说上起，再迟几天就好了。"说这话的是谁呢？多数古本上都写着是"宝钗看了笑道"，以往的通行本也就都照此印行，但是周汇本却依从俄藏本上的写法，确定为是"宝玉看了笑道"。因为"原是诗从胡说上起"这样的话，从全书所设定的人物思想、性格和语言习惯来衡量，宝钗是说不出来的，而出自宝玉口中就很自然。"宝玉看了笑道"才是曹雪芹的原笔原意。

芦雪广不是芦雪庵·薛小妹灯谜诗大揭秘

揭秘古本

第四十九回　琉璃世界白雪红梅　脂粉香娃割腥啖膻

第 五 十 回　芦雪广争联即景诗　暖香坞创制春灯谜

第五十一回　薛小妹新编怀古诗　胡庸医乱用虎狼药

　　《红楼梦》写了许多美人美事，但最后将美的毁灭展示给读者，是典型的悲剧。第四十九回，大观园的美人美事不但有了量的增加，更有了质的提升。曹雪芹在这三回里，浓墨重彩刻画了一位美女薛宝琴，她的美是从外至里，从里至外的，是没有瑕疵的美。

　　薛宝琴的出现是个异数。她之所以没有被排入金陵十二钗正册，主要是因为还有一个比她更重要的人物——妙玉，以及曹雪芹对其他一些因素的综合考虑。第五十回出现了全书中最美丽的一个画面——雪后粉粧银砌的大观园里，薛宝琴披着凫靥裘站在山坡上，背后一个丫鬟抱着一瓶红梅——贾母为之赞叹后，向薛姨妈细问她年庚八字并家内的景况，薛姨妈度其意思，大约是要与宝玉求配，于是只好告诉贾母，宝琴已经许了梅翰林的儿子。薛姨妈猜中贾母的意思了吗？书里接着写，凤姐不等薛姨妈说完，便嗤声不止说："偏不巧，我正在要作个媒呢，又已经许了人家。"贾母笑道："你给谁说媒？"凤姐笑道："老祖宗别管，我心里看准了，他们两个却是一对，如今已许了人家，说也无益，不如不说罢了。"贾母已知凤姐之意，听见已有了人家，也就不提了。这样的叙述更让读者觉得，贾母、凤姐都是打算让宝琴嫁给宝玉的。我以前也一直这样判断。因为八十回后曹雪芹写成的文稿已经迷失，所以我们实在很难判断他后面究竟如何来写关于薛宝琴的故事。

　　在第二十九回，贾母给宝玉、黛玉定了性："不是冤家不聚头。"

又公开流泪宣布她将为他们护航到咽气为止。那是这一年端午节前夕的事。故事从那个地方如溪水般汩汩流淌到第五十回，时间到了这一年的冬天，在这大约半年的时间里，没有任何情节让我们感觉到贾母对二玉的关系定位有任何改变的迹象，一个富有社会人生经验，凡事以"老顽童"表象掩饰老谋深算本性的贾母，会一时冲动，放弃抵制元妃指婚所赢来的家族政治的成果吗？曹雪芹何必这样来写呢？现在我的思路是，贾母和凤姐都可能是想为甄宝玉做媒。

从第四十九回起，史湘云四进荣国府，而且一直延续到八十回都没有再离开。她第一次出现是在第二十回，第二十二回离去；第二次出现是在第三十一回，第三十六回末尾离去；但第三十七回她很快又来了，参与诗社的活动。那么，她又是什么时候离去的呢？书里没有明文交代，从第四十三回到第四十八回的故事看，没有了她的踪影，她应该是在第四十二回那些故事发生后离去，到第四十九回四度出现。她在第四十九回说"是真名士自风流"，到第六十三回又说"惟大英雄能本色"，构成一副很好的对子，如果加个横批，那么第五回关于她的判词里的"霁月光风"颇为贴切。

芦雪广，一九五七年人文社通行本作"芦雪庭"，《语文新课标必读丛书》版作"芦雪庵"，都不符合曹雪芹的原笔原意。这里的"广"不是一个简化字。我们现在使用的简化字是上世纪五十年代中期才在中国内地推行的。简化字的推行对于扫除文盲，以及儿童、少年学习汉语都有一定好处。简化字方案里有的繁体字的简化是成功的。比如身体、体育的"体"，繁体字写作"體"，有二十二笔之多，写起来费力费时，而简化的"体"只需七笔，字形上又含"人之本"的寓意，并且也不会引起歧义。但是有的简化字也派生出了问题。像"里"、"裏"（又可以写成"裡"），本来是简化前都有的、表达不同意思的字，"里"是"一里路二里路"的"里"，"裏（裡）"则是"裏（裡）外"的"裏（裡）"，把"裏（裡）"全合并到"里"以后，就形成了混乱——有的大陆人士印名片，地址是三里河，这个三里河的"里"就应该是"里"，但却将其繁印为"叁裏河"，令接到名片的人士啼笑皆非。而将繁体字的"廣"简化为"广"，应该说完全是个败笔。一位台湾同胞在黄河之滨跟我说："廣"这个字很传神，下面的"黄"字提醒我们黄帝是我们中华民族的祖先，黄河黄土养活了我们黄皮肤的中国人，而我们中国地大物博，所以有"廣"字，现在你去掉了"黄"字，岂不是弃掉了我们中华民族的"黄魂"?! 他的意见十分尖锐，我却觉得值得参考。那么，《红楼梦》第五十回回目里写到的"广"字，大家应该知道，绝非简化的"廣"字，曹雪芹那个时代哪有这样的简化字呢？在原有的汉字系统里，本来就有"广"这个字，读音为"掩"，意思是傍山建造的房屋。实际上曹雪芹在第四十九回里交代得很清楚："原来这芦雪广盖在傍山临水河滩之上，一带几间茅檐土壁，槿篱竹牖，推窗便可垂钓的。"这样一个建筑，怎么能叫做"庭"或"庵"呢？

关于简化字，在这里再多说两句。贾"蘭"的"蘭"，简化为"兰"以后，就看不出他的辈分来了。曹雪芹对贾家排行的设计是，贾代善那辈是代字辈，贾敬那辈是文字辈，贾珍那辈是玉字辈，贾蘭则与贾蓉、贾蔷、贾芸等都是草字头的一辈。将"蘭"简化为"兰"，却又不把蓝色的"蓝"和"篮球"的"篮"包括进去，以致现在中学生所面临的语文考试里，常出现以"兰"、"蓝"、"篮"的区别为答案的题目，为难学生，动辄就扣应考者的分数。试问，把"兰"、"蓝"、"篮"区分开有多大的意义？为什么不可以将这三个字划一为"兰"？你搞简化字就简化到底嘛，留下这么个"三区别"的尾巴，岂不是让人们更麻烦？

芦雪广争联即景诗，那首联成的诗，我以为是曹雪芹借机用来影射曹家的家史的，那七十句联诗，把曹家从沦为清兵俘虏、成为包衣奴隶、得到清皇赏识，到卷进皇室权力斗争、希望与危机并存、终于盛极而衰的全过程，几乎都涵括进去了。相关详细论证，请参见我的《红楼望月》一书中的相关篇章。

第二十二回有灯谜诗，到第五十回、五十一回又有灯谜诗，但第二十二回作者是把谜底在故事里交代出来的，而第五十回和第五十一回的灯谜诗，除了史湘云以小令形式写出的那首，都不向读者提供谜底。这样变化写法使文章不板，但历来的读者对这些诗的谜底所猜不一，难有共识，引发出巨大的兴致，也引出了不小的困惑。我在此前没有专门探讨这个问题，现在把自己最新的思考奉献出来，以期和"红迷"朋友们开展讨论。

第二十二回的灯谜诗，除了贾环那首令人喷饭的以外，我们都知道它们不但有谜底，也暗示着写诗人的命运。那么，第五十回最后的三首和第五十一回里的十首，应该也是这样，既有其谜底，也应该具有象征人物命运的寓意。

第五十回最后三首，第一首是宝钗写的，谜底应该是松果，或者叫松球，就是松树上结出的东西，它应该是宝钗自己"装愚""守拙"性格的象征。第二首是宝玉写的，谜底应该是风筝上的响哨。现在北京还有放风筝的人会把一种带响的哨子从风筝线上滑射到风筝底下，在夜晚，还会让这种玩意儿发光，叫做"风筝点灯"。第七十回最后写大观园众女儿和宝玉放风筝，提到的"送饭"，就是同类的事物，它应该是宝玉自己"情不情"人格的象征。第三首是黛玉写的，谜底应该是走马灯，这东西现在也还可以看到，它应该是象征黛玉自己永远围绕着一个中心消耗自己的生命，也就是"情情"的人格特征。究竟这样理解对不对，愿意得到"红迷"朋友们的指正。

第五十一回，前半回就叫"薛小妹新编怀古诗"，这是很重要的一段情节。但是，宝琴所写的这十首灯谜诗，两百多年来难坏了无数读者和研究者。解读它的难点是：

——这些诗的谜底究竟是什么？曹雪芹为什么故意不交代？总不能说他是瞎写，本无谜底可言吧？

——为什么要安排薛宝琴一口气写下这十首诗？如果说这就是单纯的灯谜，并没有影射书中人物命运的内涵，那曹雪芹铺排它们干什么？前面我已经分析得很多了，曹雪芹行文中连很小的地方都是在使用伏笔。有的伏笔很快有所接应。如第三十七回开头探春给宝玉的花笺上有感谢宝玉送她鲜荔枝的句子，这一回后面写怡红院的丫头们闲聊，就有由拿缠丝白玛瑙碟子给探春送鲜荔枝被留下而引发出的一些故事。有的伏笔，呼应却在"千里之外"。如第十三回在秦可卿丧事的来客名单里有卫若兰的名字，在第三十一回写湘云丫头翠缕发现地上有个金麒麟，捡到后还给了失主宝玉，然后前八十回里再没写卫若兰和金麒麟的故事，但脂砚斋却看到过曹雪芹在八十回后写好的文稿，那金麒麟在"射圃"那段故事里，正由卫若兰佩戴。那么，第五十回以那么大篇幅写出宝琴的十首怀古诗，难道仅仅是"内隐十物"而没有任何其他的寓意吗？

——为什么是十首？如果说是分别影射金陵十二钗的，那应该有十二首呀？现在，我就把自己最新的研究心得告诉大家。

这些诗的谜底虽然难猜，特别是其中有的东西在现代社会里已经非常罕见甚至绝迹了，但也不是根本无法破解。这些诗当然也都有谜底以外的寓意，应该是用来影射书中十个角色的命运的。那么，所影射的十个人物是谁呢？如果是影射金陵十二钗，那为什么只有十首呢？我的看法是这样的：第四十九回里明确交代了，"此时大观园中比先更热闹了多少，李纨为首，余者迎春、探春、惜春、宝钗、黛玉、湘云、李纹、李绮、宝琴、岫烟，再添上凤姐和宝玉，一共十二三个"，准确地计算是十三个，宝琴是跟这里面提到的除她以外的十二个人在一起活动的，因此，她的怀古灯谜诗，应该只与这个范围内的人物有关。我以前认为有的诗是影射秦可卿和贾元春的，现在我愿意放弃那样的思路。因为秦可卿已经死去，元春宝琴见不到，也跟她无甚关系，大观园里虽然有妙玉，宝琴也到庵里问她讨了红梅，但妙玉不合群，不算在上面开列的名单里（第六十三回宝玉说"他原不在这些人中算"），所以都应排除。宝玉是个少年，也可不必跟女儿们混在一起去影射。不过上面的名单里，去掉了宝玉也还有十二位呀，十首诗怎么涵括十二个人的命运呢？我的思路是，黛、钗合为一首，在第五回金陵十二钗正册的册页里，就是这样安排的；纹、绮合为一首，她们的身份和处境，乃至以后的命运，相同处多，合为一首是得宜的。那么这样一算，正好是十首诗，既切了"怀古"的题，又构成"隐物"的灯谜，还具有影射十二个女子命运的寓意。

现在一首一首来分析。先来看《赤壁怀古》："赤壁尘埋水不流，徒留名姓载空舟。喧阗一炬悲风冷，无限英魂在内游。"这首诗的谜底，应该是祠堂或寺庙等处的带顶子的长方形香炉，又称"法船"。

这种器物不仅用来烧香，也用来烧纸钱、锡纸锭子等迷信物品。它影射的是凤姐的命运。曹雪芹虽然刻画出了凤姐人格中的阴鸷面，但对她的总体评价却是"脂粉英雄"，对她的惨死无限惋怜。可参照第五回关于她的那首《聪明累》曲。

再来看《交趾怀古》："铜铸金镛振纪纲，声传海外播戎羌。马援自是功劳大，铁笛无须说子房。"这首诗的谜底应该是古代军队中催战的喇叭（或者说是唢呐）。影射的应该是探春的命运。第五十五回起写探春理家"振纪纲"，八十回后将写她远嫁"戎羌"。

接下来看《钟山怀古》："名利何曾伴汝身，无端被诏出凡尘。牵连大抵难休绝，莫怨他人嘲笑频。"这首诗的谜底跟第五十回里湘云的那个《点绛唇》一样：被卖艺者耍的猴儿。影射的是李纨的结局。我在《揭秘〈红楼梦〉》上卷里批驳了所谓"李纨完美"的观点，分析出八十回后家族败落后她和贾兰得以幸免，却又不愿向落难者伸出援手的表现。第五回关于她的判词也明确指出她"枉与他人作笑谈"，正与此诗末句相合。

看《淮阴怀古》："壮士须防恶犬欺，三齐位定盖棺时。寄言世俗休轻鄙，一饭之恩死也知。"这首诗的谜底应该是打狗棍。"恶犬"与"中山狼"意思相通，后两句反讽孙绍祖不懂得知恩必报。应该是影射迎春遇人不淑的悲惨命运。

看《广陵怀古》："蝉噪鸦栖转眼过，隋堤风景近如何。只缘占得风流号，惹出纷纷口舌多。"这首诗的谜底是随风飘舞的杨花的白絮。我觉得可能是影射李纹、李绮两姐妹。她们曾暂住大观园，那段时光很快流逝过去，等大观园成了"隋堤"（意味着亡败），她们受到牵连，惹出许多难以辩白的麻烦。第五十回李纹作过一首《赋得红梅花得梅字》，最后一句是"寄言蜂蝶谩疑猜"，正与"惹出纷纷口舌多"相合。

看《桃叶渡怀古》："衰草闲花映浅池，桃枝桃叶总分离。六朝梁栋多如许，小照空悬壁上题。"这首诗的谜底是灯前手影戏。上两句影射黛玉沉湖与宝玉生离；后两句影射宝钗后来虽然嫁给了宝玉但宝玉出走当了和尚，她只能空怀思念。

看《青冢怀古》："黑水茫茫咽不流，冰弦拨尽曲中愁。汉家制度谁堪嗓，樗栎应惭万古羞。"这首诗的谜底是过去木匠画线用的墨斗。应该是影射惜春身为侯门绣户女，后来却当了尼姑缁衣乞食的悲惨命运。

看《马嵬怀古》："寂寞脂痕渍汗光，温柔一旦付东洋。只因遗得风流迹，此时衣衾尚有香。"这首诗的谜底是过去装上香料熏衣服的熏盒，一般是扁圆形，用锡或银等制作，表面上有许多小孔。这首诗应该是说湘云的。请注意出现了"脂痕"字样。后两句可以理解为脂砚斋批书。

看《蒲东寺怀古》："小红骨贱最身轻，私掖偷携强撮成。虽被夫人常吊起，已经勾引彼同行。"这首诗的谜底是长柄的鞋拔子。"小红"和"春香""梅香"等词语一样，是那个时代对丫头的泛称，不要往林红玉身上去想。这首诗可能隐藏着一段与邢岫烟有关的故事。邢岫烟本身是个端庄贤淑的女子，她嫁给了薛蟠的堂弟、宝琴的亲兄薛蝌（周汝昌先生指出，曹雪芹原笔应是薛蚪，因为"蟠"和"蚪"都从"龙"来，是配套的，而"蝌蚪"是极卑小的动物，拿来命名不合理；错成"蝌"可能是前一位抄书人先把"蚪"错成虫字边一个"斗"，再去过录的人觉得没那么一个字，就附会为"蝌"）。岫烟自己行得正，但是从书里描写可以看出，她很懦弱，对丫头没有管束能力。书里交代她自己带来个丫头叫篆儿，音与"拽儿"接近，而鞋拔正是拽动鞋后部位的用物，用来影射篆儿是说得通的。这个篆儿"骨贱身轻"——第五十二回平儿就说，曾怀疑是篆儿偷了虾须镯，"跟邢姑娘的人本来又穷，只怕小孩子家没见过，拿了起来也是有的"。这篆儿后来被某小厮勾引私奔，岫烟也莫可奈何，这件事成为她人生中的一大困扰。当然，我得承认，对这十首诗的诠释，其中八首我都颇为自信是猜了个八九不离十，但《桃叶渡怀古》和这首《蒲东寺怀古》，实在太难猜了，我对自己猜出的答案不是很自信，提出来只为抛砖引玉。有人在《红楼梦》研究中一提到猜谜，就嗤之以鼻，不能容忍。研究《红楼梦》当然不能全搞成猜谜，但这十首诗明明是灯谜，你也不让猜，就很奇怪了，难道是认为曹雪芹挥笔写下了这么一大片废话吗？

看《梅花观怀古》："不在梅边在柳边，个中谁拾画婵娟。团圆莫忆春香到，一别西风又一年。"这首诗的谜底是团扇。说的是宝琴自己的命运。她虽然许配给了梅翰林，但最后的归宿却是嫁给了柳湘莲。而如此奇诡的遭际，与一位丫头有关，时间呢，是在一年以后。

第五十一回下半回把笔触移到怡红院，引入第五十二回的故事，再次浓墨重彩写晴雯。

不要忽略过场戏

揭秘古本

第五十二回　俏平儿情掩虾须镯　勇晴雯病补雀金裘
第五十三回　宁国府除夕祭宗祠　荣国府元宵开夜宴
第五十四回　史太君破陈腐旧套　王熙凤效戏彩斑衣

　　全书一百零八回，那么，五十四回恰好是一半。写到这里，贾氏的盛时光景达于顶点。第十三回秦可卿给凤姐托梦时说："万不可忘了那盛宴必散的俗语。"最后又念了一句偈语："三春去后诸芳尽，各自须寻各自门。"这都体现着曹雪芹的总体构思，高鹗的续书恰恰是在这最关键的地方，违背了曹雪芹的原意。我在《揭秘〈红楼梦〉》上卷（一）里用了不少篇幅，分析出书里故事的时间背景：从第十八回以后一直到第五十四回，都是写的乾隆元年的事情，"一春已去"；从第五十五回到第六十九回，则是乾隆二年的事情；"二春去后"，从第七十回往后进入"三春"；估计在八十五回左右，就会写到"三春去后"群芳流散的大悲剧。

　　五十一回后半部分到五十二回，又重点写晴雯。如果说前面第三十一回"晴雯撕扇"主要是突出晴雯"由着自己性子生活"的人格特点，那么，五十二回里"晴雯补裘"，则展示了她人格中的另一面，那就是在维护自己的人格尊严的前提下，又有急人所难、勇于承担的高贵品质。她为宝玉病补雀金裘，并不是一个女奴在效忠自己的奴隶主，她和宝玉之间有一种淳朴自然、平等互赏的友情关系，这在第八回第一次描写到她时，已经定下了基调：宝玉从梨香院醉酒而归，她埋怨宝玉哄她研了那么些墨却等了一日，又爬高上梯贴斗方弄得两手冰凉，宝玉听了忙给她焐手。第五十二回她挣扎着为宝玉补裘，是为知心互赏的朋友"两肋插刀"的义气侠行。

有意思的是，曹雪芹写晴雯，又是把她人格中的光辉面和混沌面糅合在一起来写的，这是最难的写法，而他竟写得那样的自然，那样的天衣无缝。听到坠儿有小窃的行为，她如一块爆炭，立刻发作，大施酷刑，不等袭人归来，甚至也不待征求宝玉意见，便自作主张将坠儿立马撵逐。晴雯嘴里时常喊出撵这个出去撵那个出去的话头，可她竟全然没有自我保护的忧患意识，懵懂地以为自己既然是贾母喜欢的，到宝玉身边又甚得宝玉欣赏，是绝无被撵逐的可能的。她不但常常以撵逐别人为口头禅，自己赌起气来，也常毫无所谓地让宝玉撵她。命运就是那么诡谲，到第七十四回以后，被盛怒的王夫人率先撵逐的，反而是她，宝玉也无法挽救。

坠儿这个角色，值得读者关注。不要简单地把她当作一个小偷看待。曹雪芹把这个角色设计成小红的密友。小红是大观园里难得的清醒者。坠儿应该深受小红影响，朦胧地意识到像她们那样的丫头，前途非常暗淡，一般来说，无非是三五年后，"好不好拉出去，配一个小子"（第二十回李嬷嬷语），因此，应该为自己早作打算。小红的办法是先攀高枝，然后再安全撤离，自主选择了贾芸为夫。坠儿呢，大家想想，她偷平儿那虾须镯自己戴？可能吗？立刻拿去变卖？她那样的小丫头的月钱数目上下都是清楚的，在园子里钱财都是由大丫头给她们保管的，她马上变卖了岂不等于自我暴露？何况也未必有通往外界变卖的渠道。那么可想而知，坠儿偷虾须镯，显然是打算密藏到该被"拉出去配小子"的关口，那时候她有这样一件值钱的珠宝，也就有了选择"小子"的本钱，总不至于被胡乱地配给丑陋酗酒的糟糕小厮。坠儿这个角色的塑造，我认为曹雪芹是有深意存焉。

在平儿悄悄向麝月透露坠儿的偷窃行为时，还提到宝玉身边还曾有个小丫头叫良儿，良儿偷玉败露被撵逐。我认为曹雪芹写出这个良儿，也并非是以废话赘文抻长篇幅，这又是一个伏笔，跟八十回后凤姐"扫雪拾玉"的情节相关联。

第五十三回和第五十四回里，又有关于贾珍的不少描写。贾珍接受庄头乌敬孝的田租银子和大量物品，那一情节在上世纪五十年代后被无数论家引用评述，以说明《红楼梦》里写到了地主阶级对农民阶级的残酷剥削，特别是贾珍对乌敬孝说："不和你们要，找谁去！"充分暴露出了剥削者凶恶的嘴脸。这样的分析评述我是认同的，以阶级斗争的视角解读《红楼梦》，是非常重要的一种研究方法，但曹雪芹在那个时代写这样一部书，他自己还不具备以阶级斗争的思维来写作的可能。他生活在十八世纪中期对外封闭的中国，马克思和恩格斯创立阶级斗争的学说是在十九世纪的欧洲。因此，我们可以说，因为曹雪芹的《红楼梦》基本上是写实的，作者忠于生活，他如实写出了这样一些那个社会的阶级对立的情况，无形中为我们提供了用阶级斗争视角分析作品的可能。这是他写实主义的胜利，但终究还不能说曹雪芹就是刻意要写阶级斗争。

　　我的看法是，曹雪芹写贾珍，他是全方位地来刻画一个贵族家族族长的形象。贾珍这个人物他没有像写赵姨娘那样来写。赵姨娘被写得一坏到底，比较平面化；贾珍他希望读者作面面观，写得相当圆活。第五十三回写接受乌庄头缴租时，针对乌庄头对皇家和贾府关系的幼稚想象，贾珍说了句歇后语："黄柏木作磬槌子——外头体面里头苦。"这是那个时代周旋在各派政治力量和家族各个利益集团之间的一个族长的发自内心的喟叹。接下去，写贾珍"负暄发放"——负暄就是晒太阳。"贾珍看着收拾完备供器，趿着鞋，披着猞猁狲大裘，命人在厅柱下石矶上太阳中铺了一个大狼皮褥子负暄，闲看各子弟们来领取年物"。这种年终发放年物的活动，对于大家族中的贫窘者来说是一项重要的福利，也是身为族长必须履行的一项凝聚宗族的重要工作。曹雪芹写得非常细致，也很生动。贾芹也跑来领取这项福利，被贾珍斥退。因为按宗族的"游戏规则"，这些东西是发放给那些大家族里没有谋到差事、无进益的小叔叔小兄弟们的，贾芹已经获得管理家庙的肥差，在家庙里作威作福，贾珍掌握情况，因此将他骂一顿撵走。在第五十三回后半部分和第五十四回里，有关贾珍的笔墨也不算少。他在荣国府宴席上的表现，可圈可点：一方面他具备为那样一个家族披上温情脉脉面纱的能力，敬完了长辈的酒，他还故意来一句："妹妹们怎么样呢？"另一方面他也是耐着性子敷衍，所以当贾母终于让他和贾琏"忙去罢"以后，大松一口气，哥儿俩一起去追欢买笑，不在话下。

　　贾氏祭宗祠的场面，曹雪芹偏通过薛宝琴的眼光写出。这一笔历代都有评家质疑：宝琴是外姓人，怎么那个骨节眼儿上跑到贾氏宗祠里去了？难以解释。我觉得这跟前面写她一人独做十首灯谜诗一样，曹雪芹是刻意把她作为一个贾氏家族盛极而衰的旁观者来设计的，当然，最后她自己也被牵连，但在这之前，她有足够的时间来冷眼掂掇。

　　第五十四回里贾母破陈腐旧套，提到曹寅编写的一出戏《续琵琶》，意义重大，更无可置疑地表明《红楼梦》具有家族史的因素，而且贾母的原型就是苏州织造李煦的那个嫁给了曹寅的妹妹。我在《揭秘〈红楼梦〉》上卷（一）里有所分析，这里从略。这几回里关于凤姐的描写，周汝昌先生指出，是接续上几回写她为了照顾宝玉和众小姐等，不怕麻烦，在大观园里单设厨房，以及体恤邢岫烟的贫窘，主动关怀救济，一路写到她对袭人回家探母的细致安排，都是在刻画她人格的另一面，就是她具有为他人提供方便、营造幸福的热心肠。曹雪芹写凤姐和写贾珍一样，都着力刻画出复杂的生命现象，把人性写得非常诡谲，完全跳出了写"好人"或"坏人"的窠臼。

　　读这几回，和读别的回一样，千万不要忽略一些"过场戏"。什么是"过场戏"？一般来说，在回目所强调的主要情节以外的那些场面，都可以算是"过场戏"。在第三十七回里，有一段"过场戏"，写怡红院的丫头们在一起闲聊，话头是从给小姐、太太、老太太们送东西引起的，其中话最多的是秋纹。秋纹这个角色常被一些读者忽略不计，其实曹雪芹对秋纹的刻画也是很值得玩味的。为过去通行本《增评补图石头记》作评的大某山民感叹道："一人有一人身份。秋纹诸事，每觉器小。""器小"还不能等同于"小器"。第三十七回写到秋纹因为得到贾母、王夫人的一点赏赐沾沾自喜，晴雯等告诉她王夫人赏她的衣裳其实是赏别人剩下的，她随口说，"哪怕给这屋里的狗剩下的，我只领太太的恩典"，结果逗得众人都笑道"可不是给了那西洋花点子哈巴儿了"。袭人生了气，她才明白真相，却又主动去跟袭人道歉，这就是她"器小"的具体表现。"器小"就是眼光短浅，卑微庸

206

俗,苟且偷安。到了第五十四回,曹雪芹真是忙中偷闲,在两个火暴的热闹场面之间,忽然嵌入一段宝玉回园没进屋又出园,中途忽然撩衣小解的"过场戏"。在这个段落里,又集中刻画了秋纹的形象,把她那仗着是宝玉房里的丫头,而宝玉又是贾母的宠孙,就在杂使婆子和小丫头们面前威风凛凛的嘴脸,凸现出来。但她其实是根本不入贾母眼的。这一回开头就写到,贾母不见袭人,嗔怪说:"他如今也有些拿大,单支使小女孩们出来。"贾母哪里知道她秋纹是何许人?只把她视为不中用的"小女孩儿"。秋纹自己也知道她在正经主子跟前微不足道,第三十七回她自己说过:"你们知道,老太太素日不大同我说话的,有些不入他老人家的眼。"这是个十足的欺软怕硬、仗势摆谱的角色,当然,她亦无大恶,并且总是知难息事、抱惭而退。在第五十五回里,曹雪芹将继续通过细节完成对这样一个生命的刻画。

"零碎杂角""无意随手"皆见功力

揭秘古本

第五十五回　辱亲女愚妾争闲气　欺幼主刁奴蓄险心

第五十六回　敏探春兴利除宿弊　识宝钗小惠全大体

第五十七回　慧紫鹃情辞试忙玉　慈姨妈爱语慰痴颦

　　"探春理家"的故事是《红楼梦》读者所熟悉的。曹雪芹采取了一种客观的、多视角的冷静写法。凤姐病休，李纨、探春奉王夫人之命理家，后来又特请宝钗协助。"他三人如此一理，更觉比凤姐当权时更谨慎了些，因此里外下人都暗中抱怨说：'刚刚的倒了一个巡海夜叉，又添了三个镇山太岁，越性连夜里偷着吃酒顽的工夫都没了。'"这样的叙述句子是难能可贵的。

　　上一段我分析第五十四回时，特别讲到秋纹。这一回又有秋纹出现。她大摇大摆来到议事厅前，外面的执事媳妇们告诉她里面摆饭，等撤下饭桌子来再去回话（那时候北方贵族家庭也往往是在炕上或矮板榻上放个小炕桌吃饭，吃完要把那小炕桌撤下）。秋纹满不在乎，笑道："我比不得你们，我那里等得。"说着就往里闯。平儿站起来及时叫住她，她还意态悠然，问平儿："你又在这里充什么外围的防护？"还一回身坐到平儿的坐褥上，完全是一副恃宠无畏的姿态（可惜所恃的只是主人宝玉的宠，本身是毫无仗恃的）。及至平儿把情况向她说明，得知即使是宝玉，探春现在也敢驳回，而且越是宝玉这样被老太太、太太宠着的，越要拿来驳两件，以镇压住众人的口声，便伸舌笑道："幸而平姐姐在这里，没的臊一鼻子灰，我趁早知会他们去。"说着便起身走了。曹雪芹真是细针密缝，精刺巧绣，在展示探春理家的故事，刻画探春、李纨、宝钗、赵姨娘、吴新登家的、平儿等构成"大戏"的主角时，还不忘得便就入地再描补一下"每觉器小"的秋纹这样一个"零碎杂角"。这是了不起的艺术功力。

在第五十三回里写到贾母在花厅上（这个花厅在黛玉初进荣国府的时候还没有，是在第四十四回凤姐生日宴之前才新盖起的）大摆家宴，极尽奢华之能事，对所使用的物件有细致的描写，根据程乙本印行的通行本，全删去了其中关于"慧纹"的一段文字，这是很不应该的。这段文字其实是很重要的。它介绍在各种物件里，有一种缨珞最名贵，是姑苏女子慧娘的作品，她刺绣出的作品"皆从雅本来，非一味浓艳匠工可比"，而且全然出自兴趣，并非为市卖而作；因为她的绣品实在太好了，所以已不能叫做"慧绣"而要称为"慧纹"。这段文字可以看作是曹雪芹的美学宣言，他的文字也真有"慧纹"的韵致。

第五十六回回目后半部分对宝钗的形容，一九五七年人文社通行本作"贤宝钗"，一九八二年红学所校注本作"时宝钗"，我过去觉得应该是"时宝钗"，周汇本根据三种古本作"识宝钗"，现在我认识到周汇本所择是符合曹雪芹原笔原意的。戚序本在这一回回后保留着一条脂批，说得很清楚："探春看得远，拿得定，说得出，办得来，是有才干者，故赠以'敏'字。宝钗认的真，用的当，责的专，待的厚，是善知人者，故赠以'识'字。'敏'与'识'合，何事不济？"

第五十五回最后写凤姐、平儿密议家事，值得读者特别注意。凤姐听了平儿对探春理家情况的汇报，先是赞"好好，好个三姑娘"，然后说到她庶出的弱点，最后说"将来不知那个没造化的挑庶正误了事呢！也不知那个有造化的不挑庶正得了去"，暗示探春后来的婚事与庶正无关。平儿提起："将来还有三四位姑娘，两三个小爷，一位老祖宗，这几件大事未完呢。"三四位姑娘，按说指的应该都是贾姓的：迎春、探春、惜春、巧姐；两三个小爷指的是宝玉、贾环、贾兰。凤姐就说："宝玉和林姑娘他两个，一娶一嫁，可以使不着官中的钱，老太太自有梯己拿出来。"她这样说，是把二玉的婚事当作同一桩事，可见贾母在二玉婚事上的态度，并没有因询问宝琴年庚和家庭景况而动摇，凤姐心里是清楚的。说到迎春，凤姐的话很怪："二姑娘是大老爷那边的，也不算。"后来又说："二姑娘更不中用，亦且不是这屋里的人。"似乎迎春的婚事，荣国府根本用不着花钱。可是她又接着说："四姑娘小呢，兰小子更小，环儿更是个燎毛的小冻猫子，只等有热灶火坑让他钻去吧！"四姑娘是宁国府的，按说不应该算进来，也更应该说"亦且不是这屋里的人"。可是凤姐说到惜春时毫不见外，在计算花费时把她算进"剩下两三个"里头，说"满破着每人得花上一万银子"，"环哥娶亲有限，花上三千银子，不拘那里省一抿子也就够了"。这真让人纳闷，书里不是设定荣国府贾母的大儿子是贾赦吗？贾赦的女儿迎春，是大房的女儿，计算荣国府嫁女的花费，头一个就应该算到她呀，怎么竟将她排除在外呢？惜春的出嫁，按说应该由宁国府出钱呀，她哥嫂应该管呀，怎么会由荣国府来为她花一万银子呢？这个地方，就逗漏出来，《红楼梦》在将"真事"隐到"假语"中保存时，对真实生活中的人物关系，有所忌讳，有所规避，因此有所挪移，有所合并。贾政的原型，应该是曹頫。曹頫是成年后才过继给曹寅遗孀李氏的，书里所写的荣国府，中轴线主建筑群由贾政王夫人居住，是按生活中曹頫过继后担任江宁织造的那种状况写的（不过地点移到了北京）。书里的贾赦的原型是曹頫的亲哥哥，他并没有一起过继到李氏跟前，小说只是为了叙述上的方便，就把他设定为贾母的大儿子，但在铺排故事时，又按照生活里各自真实的生活空间来安排人物居所，于是才形成了现在我们所看到的文本现象。迎春的原型既然是曹頫哥哥的女儿，那当然属于另门别屋的一位姑娘，她的婚事，曹頫家当然用不着花钱。

第五十六回，正面写到江南甄家。甄家那时还很兴旺，奉旨进京，甄夫人带了三姑娘随行。贾母自己说出，甄家的大姑娘和二姑娘都在京城，应该是嫁了贵婿，二姑娘跟贾府来往更加密切，因此，贾母应该是知道这几姐妹是有个宝贝弟弟的。在见到薛宝琴后，想起宝琴来自南京，又联想到南京有"老亲"甄家，并且粗知甄家也有位公子，起了为甄家公子做媒，让宝琴成为甄、贾两家世代情谊的新纽带的念头，也是合情合理的。而最能揣摩贾母心理的凤姐，也就动了这个心眼。薛姨妈以为贾母是要把宝琴配给宝玉——第五十七回她还这么说——她也只能是那样的见识，并且"心中固也遂意"。倘若宝琴没有跟梅翰林之子定亲，那么，宝钗虽然不能嫁宝玉，宝琴嫁宝玉也不错。因为宝琴父亲已辞世，母亲又病危，她等于就是薛蝌、宝琴两兄妹的监护人，宝琴嫁宝玉的好处，她能安享。但贾母偏没明说用意，这也是曹雪芹使用的"烟云模糊法"。这是我现在对第五十回里那段情节的诠释，提出来请"红迷"朋友们一起讨论。

第五十七回的内容很丰富，其中还有邢岫烟许配薛蝌，以及湘、黛不识当票等情节，但它着力来写的，应该是紫鹃这个角色。这一回无妨叫做"紫鹃正传"，最生动的一笔是当薛姨妈顺嘴说到不如把黛玉说给宝玉时，本不在近处的紫鹃听到后跑过去对薛姨妈说："姨太太既有这个主意，为什么不和老太太说去？"把紫鹃作为黛玉的知心朋友，满心希望黛玉幸福的那一份急切，表现得力透纸背。不过，这个地方我有一点跟周先生不同的看法。古本里，有六本对紫鹃那句话的后半句的写法是"为什么不和太太说去"，只有两本是"为什么不和老太太说去"，周先生取"老太太"的写法而不取"太太"的写法，固然有一定道理，因为薛姨妈是从贾母的话茬儿说及这话的。但是，我觉得紫鹃对贾母和王夫人对黛玉的不同态度（前者明朗后者暧昧）还是心中有数的。而且，根据那种家庭的"游戏规则"，宝玉的婚事，应该是贾政王夫人来决定，再请示贾母。贾母当然有否决权，但王夫人不主动提出，贾母也难越俎代庖。薛姨妈作为一个外姓亲戚，没有到贾母面前议论宝玉亲事的资格（这和薛蝌的婚事不一样，薛蝌没了父亲，母亲已不省人事，她就是薛蝌的监护人，而所想娶的是邢夫人的侄女儿，当然就可以通过凤姐去向贾母求得帮助），所以，紫鹃才跑过去跟薛姨妈说："为什么不和太太说去？"因为只有薛姨妈跟王夫人说，王夫人再跟贾母说，才合乎程序。紫鹃是将了薛姨妈一军，在她想来，似乎这也未必不是一个能让宝玉和黛玉"有情人终成眷属"的办法。

曹雪芹那"忙中偷闲"、无意随手地在"大戏"中穿插"小戏"的手法，在这几回里运用得格外娴熟。第五十七回，他非常自然地穿插进一段关于雪雁的故事：赵姨娘兄弟赵国基死了，和王夫人告了假，出去给她兄弟伴宿去坐夜，见雪雁去王夫人处取人参，就招手叫她。雪雁事后跟紫鹃说，原来第二天要送殡，跟赵姨娘的小丫头小吉祥儿没衣裳，要借她的月白缎子袄儿。"我想他们一般也有两件子的，往脏地方去，恐怕弄脏了，自己的舍不得穿，故此借别人的。借我的弄脏了也是小事，只是我想，他素日有什么好处到咱们跟前？所以我说了，我的衣裳、簪环都是姑娘叫紫鹃姐姐收着呢，如今先得去告诉他，还得回姑娘呢！姑娘又病着，竟废了大事，误了你老出门，不如再转借罢。"这就又把一个前面只出现个名字的模糊人物，一下子对焦特写，在读者面前鲜活起来。

刺绣复杂的人生图像

揭秘古本

第五十八回　杏子阴假凤泣虚凰　茜纱窗真情揆痴理

第五十九回　柳叶渚边嗔莺咤燕　绛芸轩里召将飞符

第 六 十 回　茉莉粉替去蔷薇硝　玫瑰露引出茯苓霜

第六十一回　投鼠忌器宝玉情赃　判冤决狱平儿情权

这四回书把笔触引向荣国府的底层。所谓《红楼梦》就是一部爱情悲剧的说法，之所以不正确，就是把曹雪芹如此苦心经营的篇章笔墨全给忽略不计了。细心的读者不难发现，从第四十二回以后，宝、黛的爱情随着黛、钗的和解，已经不再有心理上的冲突，后来的矛盾冲突，比如紫鹃试忙玉，全是误会，并不是"金玉姻缘"阴影造成的"三角冲撞"。曹雪芹从五十四回以后，更摆脱了宝、黛、钗纠葛为情节主线的写法，放开手把更多层次的生命存在呈现在读者眼前，显示出他刺绣复杂人生图像、揭示人性深处奥秘的超常才能。

第五十八回写到因朝廷里薨了老太妃，贾母、王夫人等全得去参与朝廷里的丧事，因皇家规定贵族家庭一年内不得筵宴音乐，元春当然也无法再省亲，就把贾蔷主管的梨香院的小女孩们组成的戏班子解散了，宣布愿意由其父母领回的可以离开，愿意留下的则分配到各处当使唤丫头。那么，请回忆一下下面这些女孩子们演戏时的行当以及她们分派给谁使唤：文官、芳官、蕊官、藕官、葵官、荳官、艾官、茄官。

这是八个愿意留下的。这十二个女孩子可以统称为"红楼十二官"，我在试拟的《情榜》中把她们列为一组，构成"金陵十二钗四副册"。那么，除了这八个，那四个离去的是谁呢？这一回里没有明确交代，但是我们可以根据前面所写的来推测。一个当然是龄官。龄官与贾蔷互恋，可想而知，她最后一定是到贾蔷身边了，八十回后他们

213

会再出场。还有两个应该是唱小生的宝官和唱正旦的玉官。第三十回，写到她们两个在怡红院里，跟丫头们堵上水沟，把一些水禽放在积水里玩耍；第三十六回宝玉去梨香院，龄官不愿理他，接待他的就是宝官和玉官。第四个是谁呢？看到下面，就会知道是荳官，不过她的离去是离开人世，不幸夭亡，藕官思念她，清明为她烧纸，惹出一场风波。

第五十八回曹雪芹着意刻画的是芳官。他在前面已经刻画了那么多的青春女性，按说各种不同的性格都已写到，再写新的角色，使其从那些女儿中活跳而出，真是难矣哉，但他偏能知难而进，再添新角。芳官的任性，跟晴雯很相近，要把对她的性格刻画跟晴雯区别开来，真是难上加难。但曹雪芹以一系列细节，写出芳官任性中又透着幼稚，跟晴雯任性中透着泼辣，别有异趣，加以对其肖像和肢体衣着特点的勾画，马上让读者感到这是两个并不雷同的艺术形象。

这回书里一些似乎是随便那么一写的文字，比如交代贾母等参与朝中大祭的"下处"（休息场所），实际上传递着非常重要的信息，可以使我们进一步认识到《红楼梦》一书的家族史内涵。而且连朝廷薨逝的老太妃也是有原型的，并且与北静王的原型又有关联。

第五十九回，我觉得读者无妨站在赵姨娘和众婆子的立场，替她们想一想。那是贵族府第中压抑已久的"蠢妇"阶层的一次大发泄。这些"蠢妇"年轻时，最好的前途也无非是像赵姨娘那样，被男主子纳为姨娘。但赵姨娘即使为贾政生下一对儿女，也依然无法摆脱身为奴才的阶层性质，探春根本不认她为母。她对探春说了句赵国基是"你舅舅"，探春竟气得脸白气噎，哭问道："谁是我舅舅？我舅舅年下才升了九省都点检，那里又跑出一个舅舅来了？"她是只认王夫人为母，以王夫人为坐标，认王夫人的兄弟王子腾为亲舅舅。我们替赵姨娘想想，这是多么窝心的话！贾环虽然被赵姨娘把在手里，大体上跟她想法相通，但一点儿"战斗力"也没有，丝毫不能为其生母挣脸争气，赵姨娘只好自己出马。曹雪芹写得非常真实，也很有趣。院子里的众婆子，都把赵姨娘视为自己这个阶层里"上了层楼"的角色，寄希望于她，只盼她趁贾母、王夫人不在家，凤姐又病休，找到似乎是丫头群里"软肋"的芳官做突破口，撕破脸大闹一场，起码能获得些阿Q式的"精神胜利"。谁曾想，赵姨娘出师不利，丑态可掬，铩羽而返，大观园仍是"二主子""副小姐"（即众体面丫头们）的欢乐世界！

读《红楼梦》，要弄懂一点，就是青春女性一旦成为头层主子屋里的一、二、三等丫头，那么生活质量就相当不错，吃的、住的、用的都远比府里一般仆佣好许多，每月还有月钱。因此府里有女儿的仆佣都盼着把自己的女儿设法送到那样的位置上，而那些女孩一旦得了那样的地位，也很少有愿意离开的，特别是害怕被撵出去。因为一旦被撵，不仅所有既得利益悉数丧失，还等于在脸上刻了耻辱印，可能就被草率地发卖掉，前途无比暗淡。但这只是一个方面。另一方面，当丫头是吃青春饭，一旦大了些，就要由府里进行再分配，特别是家生家养的奴仆的女儿，她们面临的就是"好不好拉出去配一个小子"，那哪里是什么正常的婚配，说得残酷点，就是奴隶主让奴隶配种，为他们再繁殖些小奴隶。比如府里女儿出嫁，就会拨出几窝这样的家养奴隶，跟到婆家去作为陪嫁，像周瑞夫妇，就是王夫人嫁到贾家来的陪房。因此，像小红那样的丫头，有了清醒的头脑，就会早作打算，以免临时被动。因此，宝玉就跟他屋里的丫头说，一旦她们大了，他就把她们"放出去"。这"放出去"跟"撵出去"可是完全相反的待遇——"放出去"是让她们"自便"，就是不再由府里主管部门实行强制性的"配小子"，而允许其父母将其领回，像良家女子一样，自行择偶，虽然仍免不了父母包办，总比连父母也作不得主，"好不好拉出去配一个小子"强太多了。

正是在这样的背景下，又有了第五十九回和第六十回的故事，而且又出现了一个被重笔描绘的角色：柳五儿。

第六十回写到的四样物品，是非常有意思的道具。谁能想到，曹雪芹把他笔下的那些美女写得那么迷人，可是，他却又非常写实地告诉读者，春天到了，这些美女会生杏癍癣。她们当然不使用廉价且会有副作用的银硝，而是配制一种高级的蔷薇硝来使用，这蔷薇硝到了丫头们手里，就又成了表达友情的馈赠品。蕊官托春燕带去赠给芳官，而芳官得到时，不巧贾环正来怡红院，就问她讨要，芳官不想给他新得的，去找旧用的发现已无积存，就拿了包茉莉粉去敷衍贾环。其实这茉莉粉也是上好的化妆品，过去认为可以消除面部粉刺，但这样一种"调包"行为，令赵姨娘觉得大受歧视侮辱，在众婆子鼓动下，去怡红院找芳官"算账"。没想到这群小戏子竟富有团队精神，藕官、蕊官、葵官、荳官齐来声援芳官，倒弄得赵姨娘进退失据。而玫瑰露，是很早就出现过的。第三十四回，宝玉大承笞挞之后，王夫人就给了他一瓶木樨清露、一瓶玫瑰清露，都是贴着鹅黄签子的，进贡给皇帝的东西。进贡给皇帝的东西怎么会到了贾家？请看书里对茯苓霜的交代：粤东官儿要拜见贾家主人，这样的府第也不是那么好进的，他带来三篓茯苓霜，两篓是进献贾家主人的礼品，那一篓呢，则送给值班传事的，由他们去分享。这是中国社交文化的惯例，直到今天也并未改变。由此可知，皇商替宫里采买的物品也好，内务府供给皇家的用品也好，地方、外邦送给皇帝的贡品也好，总有相当大的一部分，是由过手的皇商、官员乃至太监、豪奴等留下享用的，而提供那些物品的有关人士，也就不待他们提出，就会主动分出那个份额来，直接奉献给这些"当班者"。第七回薛姨妈让周瑞家的分送小姐们的宫花，也属于那类的截留物。曹雪芹一支笔好厉害，把中国传统社交文化中的这种难以改变的习俗，写得如此生动细腻。直到现在，我们在生活里，还常常会遇到很底层、很终端的小人物，拿出一些罕见的烟、酒一类东西，得意地向亲友展示，说是辗转来自高层、高级场所或高级活动现场；而庶民之间以这样的东西当作礼品馈赠，也被认为比花大把钱买来的东西更有面子。正如这第六十回里写的，柳家的把一些玫瑰露送往哥嫂家，其兄又将茯苓霜分赠给她，这是卑微中的自豪、庸俗中的甜蜜。我们这个民族，几时能从这样的社交文化风俗里走出？

第六十回和第六十一回，就把柳五儿的故事，放在以上四样物品所流通的社交网络里来编织。五月之柳，春梦正酣，柳五儿自己，以及她的父母，特别是她母亲柳嫂，拜托芳官力荐，竭力想谋取怡红院中因小红、坠儿离去留下的空缺。但好梦破碎，柳五儿受辱添病，柳家的险些失去内厨房厨头的位置，直到似乎已经跌下悬崖的最危机的时刻，才因宝玉的"情不情"品格，和平儿那富有人情味的开明行权方略，奇迹般地转危为安。

第六十一回的回目，一九五七年人文社通行本和一九八二年红学所校注本，以及《语文新课标必读丛书》版，都作"投鼠忌器宝玉瞒赃　判冤决狱平儿行权"，周汇本则从几种古本里选了"宝玉情赃"和"平儿情权"的写法，这应该才是曹雪芹的原笔原意。

平儿在贾母、王夫人外出，凤姐养病，而探春、李纨临时都不方便的权力真空状态下，施展了她在家族政治方面的才能。"平儿情权"，就是以人情为本，在家族各个利益集团和利益互相消长的个人之间，以柔性的措施，求得和谐平衡。当然她行权最后还是必须通过凤姐这一关。凤姐是所谓"法家"，开的是"钢铁公司"，善于以威猛震慑各方，去达到"恐怖平衡"；但这次平儿居然说服了凤姐，令凤姐暂时让步，由她去"平天下"。平儿在这前前后后，私下、公开多次表明了她的家族政治理念："得饶人处且饶人，得省事将就省些事也罢了。""得放手时须放手，什么大不了的，可乐得不施恩呢！""大事化为小事，小事化为没事，方是兴旺之家。若得不了一点子小事，便扬铃打鼓，乱折腾起来，不成道理。"平儿的这种"治国理家平天下"的理念，即使搁到今天，应该说也还是很值得参考的。

第六十一回里开始具体地写到大观园边缘地带——内厨房里外——发生的小人物之间的摩擦冲突。探春房里的小丫头蝉姐儿，迎春房里的小丫头小莲花儿，以及看角门的一个留枸子盖头的油嘴小厮都被刻画得活灵活现。那留枸子盖头的小厮说："单是你们有内纤，难道我们就没有内纤不成？我虽然在这里听哈，里头却也有两个姊妹成个体统的，什么事瞒了我们？"几句油嘴滑舌的话把世道人情写透，实际上这也还是我们今天现实生活里阶层间信息渗透的常情——最底层的小人物，有时也会为自己获知了比自己层次高的处所的秘密，而感觉到一份自豪与快意。本回关于秦显家的的一段情节很有意思。林之孝家的关于秦显家的的相貌形容，只有八个字——"高高孤拐，大大眼睛"，却把一个颧骨凸出的大眼妇人鲜明地呈现在了我们面前。

第四十六回写鸳鸯的长相——"鸭蛋脸面，乌油头发，高高的鼻子，两边腮上微微几点雀斑"，也令人过目不忘。我认为这是书里最成功的两处肖像描写。

从《红楼梦》中选出最美的四个场景，你选哪四个?

揭秘古本

第六十二回　憨湘云醉卧芍药裀　獃香菱情解柘榴裙

第六十三回　寿怡红群芳开夜宴　死金丹独艳理亲丧

　　宝钗扑蝶、黛玉葬花、宝琴立雪、湘云醉卧，这是《红楼梦》前八十回里最美丽动人的四个场景。相信绝大多数读者在这一点上都能够获得共识。当然，由于每个审美主体都有自己的审美个性，针对同一审美对象，即使都觉得美，但由其引发的审美愉悦在程度上也还是有差异的。有一天，几位"红迷"朋友跟我聚在一起谈红，其中有的就觉得，如果非要从《红楼梦》里选出四个最美的场景，那么上述中有的就应被别的场景取代，就算这四个全选上，排列顺序也还大有商量。综合那天我们提及的场景，竟有二十三个之多，现在按照在书中出现的顺序，开列在下面，请有兴趣的读者朋友根据自己的审美心得，在各场景后面按从一到二十三的名次填入括号。由于我们几个人的看法难免有局限性，因此，最后还留有几个空白，供读者自己补充：

　　　　太虚幻境警幻仙姑作歌而现　（　　）

　　　　宝玉为麝月对镜篦头　（　　）

　　　　二玉桃花底下共读《会真记》（　　）

　　　　黛玉离开潇湘馆嘱咐紫鹃收拾屋子　（　　）

　　　　宝玉隔着海棠花看见小红（脂砚斋认为是"隔花人近天涯远"的意境）（　　）

　　　　迎春独在花阴下拿花针穿茉莉花　（　　）

宝、黛等乘船在湖里残荷中穿行（　）

宝玉提灯暂别潇湘馆，蘅芜苑婆子打伞提灯送燕窝（　）

黛、湘联句："寒塘渡鹤影，冷月葬花魂"（　）

妙玉深夜庵中续诗（　）　　脂粉香娃割腥啖膻（　）

黛玉教鹦鹉吟诗（　）　　香菱抠土吟诗（　）

宝琴立雪小螺抱梅（　）　　莺儿采嫩柳编花篮（　）

黛玉葬花（　）　　宝钗扑蝶（　）

群芳夜宴（　）　　湘云醉卧（　）

晴雯撕扇（　）　　晴雯补裘（　）

龄官画蔷（　）　　大观园里放风筝（　）

　　按说，应该在八十回都讲完后，再来做这样的"结算"，但是，全书写到六十三回，所剩的美事美景已经不多，衰相迭现，败兴连连。上述二十三项美丽镜头里，六十三回后我们仅列出三项，其实放风筝已经是"春梦随云散"的悲兆，而黛、湘、妙联诗之美，已是不堪承受之凄美。

　　有人可能会问：所开列的，怎么没有"惜春作画"这一项？细读《红楼梦》前八十回原文，你会发现并没有一段文字正面描写惜春作画，没有那样的一个具体场景。惜春作画总是暗写，写宝玉总往她那边跑，去看她画得如何，也写到贾母亲临她住处暖香坞要看画，但惜春说天气冷了，胶性皆凝涩不润，恐画了不好看，收起来了。但是《红楼梦》的读者可以从作者的暗写里延伸出自己的想象，这就是"接受美学"所说的，读者与作者共同创造，去营造出一个艺术天地。早在清朝，就有许多画家画过惜春运笔作画的场景，天津著名的泥塑艺人"泥人张"，上世纪创作的泥塑《惜春作画》，不但有惜春执笔凝思的形象，还围绕画案把宝、黛、钗、湘、迎、探等都生动地呈现了出来，堪称《红楼梦》衍生出的艺术品中的精品。

　　第六十三回是荣国府，特别是大观园从盛而衰的一个大转捩点。这一回里群芳所抽到的花签全都暗示着她们的命运。值得注意的是，特别写到麝月抽到的花签，其他角色的命运前面都有过暗示，这回不过是再加描补，但麝月却是头一遭。她那根签上画着荼蘼花，题着"韶华胜极"四个字，其实这不仅是暗示她个人的命运（她是在宝玉身边留守到最后的一个丫头），更是告诉读者：这些青春生命的美好岁月都已经达于顶点。签上还有一句旧诗"开到荼蘼花事了"。荼蘼花是自然界春天最后开放的花朵（经人工培育的春后花卉，特别是暖棚里培育的四季可开的多种花卉另当别论），荼蘼花谢落，春天就结束了。春逝，是中国传统文学艺术里永恒的喟叹性主题，也是曹雪芹《红楼梦》全书的基调。他珍惜笔下这些春花般的美丽生命，写出春逝后美丽归于陨灭的人间悲剧。

　　《红楼梦》写得很美，但曹雪芹不是唯美主义作家。他在美的展示和美的毁灭里，富有写实的力度，更有虚构的技巧，并且熔铸进丰富的政治、社会、伦理、哲学的内涵。我在《揭秘〈红楼梦〉》上卷和这本书里，都努力地去揭示这部伟大作品的思想性。但是，我认为，即使有的读者就要从唯美的、趣味的角度来品味这本书，那也无妨。过去，有的研究者下功夫考证寿怡红群芳开夜宴宝玉和群芳的座位次序，一度被批判得体无完肤，这种批判是不利于构建和谐社会的。人家有那样研究的权利，那样的研究不仅可以提升阅读《红楼梦》的兴趣，从纯学术角度来说，也有一定意义——可以让我们知道，曹雪芹他是写实的，他下笔前，心中是有那个"往日甜蜜"的场景在胸的。俞平伯先生在这个群芳座次的研究上富有成果，近来更有研究者使用电脑来精确计算书里抽签情况和座次之间的关系，把那"韶华胜极"的温馨一夜里各人的座次，弄得更加清楚。

　　第六十三回，书里前面写到小燕（春燕）建议把宝姑娘、林姑娘等人请来，经过讨论，大家附议并作补充，这些建议包括补充的名单里，并没有史湘云，可是到抽签的时候，忽然又有她在座。这也成为一个研究的议题。为什么会写成这样？研究的结果是：曹雪芹就是根据生活里实际存在过的情况来写的，因为他脑海中有那天的全部记忆，所以写得很细；但也派生了另外的问题，就是有的细节他以为不交代也罢，忽略了读者细读时会产生小小的疑惑。那天湘云的情况就是如此——为什么用不着特别再去请她？因为她醉卧后被袭人请到怡红院休息，她本来就在那里。这样的研究，我认为也有它的必要。

"繁琐考证"，是过去批判上述研究的一句恶谥。我现在坚持自己的下述立场：《红楼梦》研究，也就是红学，这是一个公众共享的学术空间，特别是不使用国家经费，不因红学研究而获得行政级别、专家职称、工资待遇的业余研究者，他们完全可以从自己喜欢的角度对这部小说进行这样或那样的研究，包括唯美的研究、趣味性研究。如果他的研究由于"繁琐"而显得枯燥乏味，那不但市场会排拒他（也就是难以发表、出版），就是他的亲友也会懒于听他聒噪。但是，如果只是自居"正统""正确"的红学家斥责他"繁琐"，而他的研究心得自有人喜欢听取，甚至市场也容纳（至少可以让读者觉得情趣盎然），那么，我觉得他的研究也就一定具有某方面的意义，绝不应加以压制。

那么，我就再举一个"繁琐考证"的例子。晴雯补裘这段故事写在第五十二回里，发生在袭人因母丧而不能回怡红院的情况下。到了第六十二回，袭人和晴雯就有一段对话。袭人说："我烦你作个什么，把你懒的，横针不拈，竖线不动，一般也不是我的私活烦你，横竖都是他的，你就都不肯做。怎么我去了几天，你病的七死八活的，一夜连命也不顾，给他做了出来，这又是什么原故？你到底说话，别只佯憨，和我笑，也当不了什么。"这当然是进一步刻画晴雯的性格，说明她病补孔雀裘确实并非"履行丫头职责"，而是因内心里对宝玉有一腔爱意。但是我们"繁琐"一下，这样问：一般人说话，都会说"你病的死去活来"，怎么曹雪芹偏写成"你病的七死八活"？

这就需要稍微知道点曹雪芹的身世了。他祖上在关外铁岭地区被清军俘虏，编入正白旗，但身份跟满人不一样，属于汉人包衣。包衣就是奴才，不过曹家那样的包衣，跟着清军打进关内，主子认为他们有功，他曾祖母孙氏又被选为顺治皇帝儿子玄烨的保母（教养嬷嬷），祖父成为玄烨的侍读，所以玄烨成为康熙皇帝以后，曹家就极受宠幸，几代都担任江宁织造。康熙六次南巡，四次住到他家，太子胤礽被废前，跟他家关系也极为密切。但雍正当了皇帝以后，曹家就被治了罪，不过没有对他家斩尽杀绝，还留了些生存空间。雍正暴薨乾隆继位，立即推行怀柔政策，曹家受益，一度回黄转绿，又成了"中等人家"。可是乾隆四年发生了"弘皙逆案"（弘皙是胤礽的儿子，论起来是康熙的嫡长孙），曹家受牵连，彻底败落，败落到连家谱都中断的地步。经过后人艰苦考证（这方面周汝昌先生用功最力成就最丰），我们现在可以知道曹雪芹三十岁左右到了北京西山贫居著书。西山中有一片叫香山，香山一带有正白旗的驻地。满人在关外就以八旗的形式构成既是军事的也是社会的组织形态，八旗是：正黄旗、镶（厢）黄旗、正白旗、镶（厢）白旗、正红旗、镶（厢）红旗、正蓝旗、镶（厢）蓝旗。前三旗后来成为"上三旗"，就是指地位高于后五旗。所谓"镶"，就是在长三角形旗子边上镶上滚边，但是后来清朝官方文书时常把"镶"写成"厢"（再"繁琐"一下：《红楼梦》里许多该写成"镶"的地方都写成"厢"，正说明曹雪芹是正白旗中人，跟从了满族的这种书写习惯）。那么曹雪芹到了香山正白旗，也算"归旗"了，可以领些钱粮，维持生活。他可能在正白旗村住过。当然，他不会是一个安分守己的"旗人"，有研究者考证出，他后来有很长时间是居住到香山背后的白家疃去了。不管曹雪芹究竟住在哪处村庄，他对香山一带的风物，不消说，是非常熟悉的。现在在香山一带还有乾隆时期遗留下的团城演武厅，和一些供当年八旗兵练武用的碉楼。这些碉楼一共有十五座，七座是死膛的，八座是活心的（一说是一共八座，其中七座死膛，第八座活心）——活心就是可以进入内部，这样不同的碉楼在演练时可以分别安排不同的项目，有的只供演练往上攀攻，有的则可演练从外攻入和在内防守。因为长期利用这些碉楼演练，附近的居民都熟悉死膛和活心碉楼的数目，因此就形成了"七死八活"的地区性俗语，渐渐也就成了"死去活来"的同义语。那么，曹雪芹这样写，就证明他确实在那一带生活过。我对这类的"繁琐考证"是极感兴趣的，不知读者诸君看法如何。

"红楼二尤"的自救悲剧

揭秘古本

第六十四回　幽淑女悲题五美吟　　浪荡子情遗九龙珮

第六十五回　贾二舍偷娶尤二姨　　尤三姐思嫁柳二郎

第六十六回　情小妹耻情归地府　　冷二郎一冷入空门

第六十七回　馈土物颦卿思故里　　讯家童凤姐蓄阴谋

第六十八回　苦尤娘赚入大观园　　酸凤姐大闹宁国府

第六十九回　弄小巧用借剑杀人　　觉大限吞生金自逝

这六回是关于"红楼二尤"的故事。我觉得二尤的故事很可能也是曹雪芹从旧作《风月宝鉴》里取出融合到《红楼梦》里来的。他融合得相当成功。把二尤设计成尤氏的两个妹子，但却又并无血缘关系。又把尤三姐和柳湘莲勾连起来。曹雪芹在全书开篇就通过贾宝玉之口，提出了"女人是水作的骨肉，男人是泥作的骨肉"的惊人观念，又在第五十九回通过春燕引用了贾宝玉的著名论断："女孩儿未出家，是颗无价的宝珠；出了嫁，不知怎么变出许多的毛病来，虽是颗珠子，却没有光彩宝色，是颗死的了；再老老，更变的不是珠子，竟是鱼眼睛了。分明一个人，怎么变出三样来？"（注意周汇本跟以往通行本不同，第一句取"出家"的写法，后面又取"再老老"的写法，为何这样写，周先生在注释中都加了说明。）六十四回前面的故事里，他刻画了"水作骨肉"的青春女性系列，也通过对许多"蠢妇"的描写，使我们知道封建婚姻和礼教如何让宝珠成了死珠再变成鱼眼睛。但是到了这六回，他却塑造了尤二姐和尤三姐这两个出乎读者意料的女性形象，进一步拓展了全书的社会景观与思想内涵。

尤二姐和尤三姐刚出场时，都还未嫁。尤二姐虽然曾经指腹为婚，但婆家已经破落根本无力聘娶，后来拿去十两银子退婚，对方也就画押认可。按说，她们也该是如水之纯，是两颗宝珠。但曹雪芹写她们，一出场就轻浮浪荡，还跟读者交底，说她们跟贾珍、贾蓉"素有聚麀之诮"，这可不是一般的不洁净。麀这种动物据说是乱伦交配的，"聚麀"就是指父子两辈与同样的女子鬼混，而且珍、蓉父子这方面的秽行声播于外，被人私下里讥议嘲笑。二尤这样的女子，尽管未嫁，早已破身，虽可能有被胁迫的一面，却也是自己半推半就，她们算不得是"水作的骨肉""无价的宝珠"，勉强喻水，也只能是雨后泥洼中的脏水；勉强喻珠，也只能算半死的浑浊之珠。

但曹雪芹下笔写她们，虽然冷静地写出了她们的浮浪，却又透露出无限的惋惜与怜惜。他在这六回书里，实际上写的是两个尘世不洁净的女子，努力救赎，却终于还是不能修成正果，一个壮烈自刎，一个凄惨吞金，成为封建社会漫漫长夜里的两个牺牲品。

曹雪芹在第五十九回，通过春燕转述宝玉的话，实际上是说出了他自己的话，那段话的中心意思是，那个社会的婚姻会使本来纯洁的女子变质。闺中女儿一出家（走出家门嫁人），就被组织到了那个社会的权力结构中，成为利益集团维护既得利益、争夺更多利益的工具之一，丧失了原有的自然状态——而青春少女的原生态，是最纯净最美丽的。当然，他在使用这个论断时是具有变通性的。比如对凤姐，对李纨，对尤氏，这些女性已经出嫁，也确实各自都受到男权社会一定的污染——凤姐恋权贪财，尤氏顺从独夫，李纨在关键时刻自私而不能积阴骘——但他依然没把她们当成"死珠""鱼眼"，而是准确而细腻地刻画出她们尚存的天然善美——凤姐理家中的人情面，尤氏处世中的宽厚面，李纨对待弟妹的温馨面。

也许是曹雪芹刻意要把自己的女性观补充得更完整而避免片面，他写尤二姐和尤三姐的故事时，把这两个女性的救赎之途，恰恰定位于嫁人。他仿佛在扩展第五十九回中的那个论述，在"分明一个人，怎么变成三样来"之后，接着再这样说：也有另样情况，那就是，女儿在家时失了身，好比珠子被玷污，只要认认真真嫁人，痛改前非，好好过日子，那么，也还可以洗去污垢，返璞归真。这样，他就写出了生命状态的多样性，为受玷污的年轻女性指出了自我救赎的可能性。

尤二姐被贾琏私娶后，一直为自己早先的失足忏悔，一心一意地想回归贞静贤淑。尤三姐跟贾珍、贾琏破脸厮闹后，也终于决心自主择婿，从此一心一意地安分生活。在任何一种社会里，通过自主恋爱、自主择偶，使以往的荒唐成为深藏的记忆，在新的社会关系里救赎出一个新我，都不失为一种构建和谐稳定人生的良策。现在的社会环境中，这样的努力是有可能营造出喜剧效果的。但是，在《红楼梦》所描写的那个时代那样的社会环境里，大家都看到了，二尤全都没有达到预期的目的，她们成为全书中新一轮悲惨殒命的如花美眷。

尤二姐之死，其中最关键的因素当然是凤姐的借刀杀人。但读过这几回的故事后，我所接触到的"红迷"朋友里，很有些是并不痛恨凤姐的，因为是贾琏偷娶先损害了凤姐的利益，她是被迫进行"自卫反击"。有一位朋友更对我说，她觉得凤姐对贾琏的性控制，前提是她自己并非性冷感、性无能和性变态，书里有多次描写，说明她是能够满足贾琏的性需求的。因此，除了平儿以外，跟平儿陪嫁过来的三个，以及她过门前贾琏身边的两个，都被她一一排除，直到她计除尤二姐，又终于弄灰了秋桐，都属于无形中在推进一夫一妻的现代婚姻制度。所以，她的泼醋也好，"拔刺"也好，客观上都是具有进步意义的！不知大家对这位"红迷"朋友的观点，能够认同否？

尤三姐之死，关键因素竟是宝玉对柳湘莲说的那几句话。有"红迷"朋友喟叹：曹雪芹写得未免太冷酷了！他这样归纳："王夫人一掌死金钏，贾宝玉一语死三姐，傻大姐一笑死晴雯。"这里只说贾宝玉一语死三姐。柳湘莲向宝玉询问情况，宝玉怎么会用那样的口吻来回答呢？特别是最后那句："真真一对尤物，他又姓尤。"他但凡不那么说话，换个别的句子，也许就不至于立马惹出柳湘莲那么强烈的反感，而柳湘莲就算心存疑忌，熬到与尤三姐见面，也许就会冰释恶感，那么，事情也就不至于发展到"揉碎桃花红满地"的惨烈程度。曹雪芹为什么要这样写？我想，他大概是想写出人生与命运的诡谲。有的人，有的事，固然有其可寻绎的因果，却也往往更有诸多说不清道不明的玄机在里面。我们实在应该懂得，正因如此，任何人不可自称能解释一切，把握一切。

这六回书，其中两回，被诸多研究者指出并非曹雪芹原笔。周汝昌先生认为，第六十四回，可能还是根据曹雪芹残稿补缀的，多少还保留着些曹雪芹的文风；第六十七回，从行文风格上说，完全不及格，应该整个是别人后补的，但整理、补写这两回文字的，也并非曹雪芹去世二十几年后续书的高鹗，应该是跟曹雪芹比较接近的人，有可能是脂砚斋，或别的类似的人物。

第六十四回里，黛玉有《五美吟》，五首诗诗意淡薄，大不如前面的诸诗，但有条脂砚斋批语说："《五美吟》与后《十独吟》对照。"这就告诉我们，八十回后，也许仍是黛玉，也许是别的人——宝钗？湘云？——有写《十独吟》的情节。"十独"估计也是十个历史人物，但何谓"独"？指孤独者？是十位女性，还是男、女混合的十个被吟诵的对象？值得探究。

第六十七回，前半回的情节非常牵强，后半回的写法与第四十四回前半回太雷同，文字则完全没有了曹雪芹笔下的生猛灵动，尤其其中袭人去凤姐处，关于给巧姐儿做小兜肚的一段文字，敷衍成文，板涩不堪。曹雪芹的文字，特别是写人物说话，常常是一个人一种声口，也就是能铺排性格语言，即使是配角的语言，也如闻其声，连说话者的抑扬顿挫，都仿佛录了音般从纸上飞出。比如第六十五回和第六十六回，贾琏的小厮兴儿在二尤面前痛陈荣府各位主子的情况，就被他写得异常生动，完全符合兴儿那一层次人物的心理状态和语言习惯，读来令人忍俊不住。现在我把兴儿说及府里各人情况的话语抄在下面，其中的空白，请读者按周汇本正文补足，希望读者诸君能在这样的重温中，对曹雪芹的语言艺术再作深入体味：

——关于王熙凤：

提起我们奶奶来，告诉不得，奶奶＿＿＿＿，＿＿＿＿＿……恨不得把银子钱省下来，堆成山，好叫老太太、太太说他会过日子，殊不知苦了下人，他讨好儿。占着有好事，他就不等别人去说，他＿＿＿＿，或有了不好事，或他自己错了，他便＿＿＿＿，他还＿＿＿＿。如今连他正紧婆婆大太太都嫌了他，说他＿＿＿＿，＿＿＿＿，自家的事不管，倒替人家去瞎张罗……（针对尤二姐说"我还要找了你奶奶去呢"）奶奶

千万不要去。我告诉奶奶，一辈子别见他才好＿＿＿＿＿＿，

＿＿＿＿＿＿，＿＿＿＿＿＿，＿＿＿＿，＿＿＿＿＿，＿＿＿＿＿＿，都占全

了……他看见奶奶比她标致，又比他得人心，他怎肯干休善

罢？人家是＿＿＿＿＿＿，他是＿＿＿＿＿＿。凡丫头们二爷多看一眼，

他有本事当着爷＿＿＿＿＿＿……

——关于李纨和众小姐：

　　我们家的这位寡妇奶奶，他的浑名叫作＿＿＿＿＿＿，第

一个善德人……

　　二姑娘的浑名是＿＿＿＿＿＿，＿＿＿＿＿＿。

　　三姑娘的浑名是＿＿＿＿＿……＿＿＿＿＿＿，无人不爱的，

＿＿＿＿＿＿。也是一位神道，可惜不是太太养的，＿＿＿＿＿＿。

　　另外有两个姑娘，真是＿＿＿＿＿＿，＿＿＿＿＿＿。一个是我们姑太太

的女儿……一肚子文章，只是一身多病，这样的天，还穿夹的

出来，＿＿＿＿＿＿。我们这起没王法的嘴，都悄悄的叫他＿＿＿＿＿＿。还

有一位姨太太的女儿……竟是＿＿＿＿＿＿……我们……见了他们

两个，不敢出气儿……是怕这气大了，＿＿＿＿＿＿，＿＿＿＿＿＿。

这段话一直继续到第六十六回开头。值得注意的是，连兴儿这样
的荣府下层人物，也认定老太太给宝玉定的亲就是黛玉，再过三二
年，老太太一开言，就办喜事了。可见宝、黛的爱情悲剧，贾母在世
还不至于发生，贾母去世后，没了靠山，王夫人、薛姨妈那方面的家
族势力，才能达到排除黛玉安排宝钗，进而将贾家财产更牢靠地掌握
到王家手中的目的。

第六十六回写贾赦派贾琏去平安州——这个地名有反讽意味，因
为恰恰在这个州的管辖范围里，薛蟠的商队遭到强盗打劫——固然是
为了从情节发展上，为凤姐设计把尤二姐赚进大观园留下足够的时
间，同时，也是一个重要的伏笔：贾赦如此私自交结平安州节度使，
行一些诡秘的勾当，是有违王法的，贾府事败，贾赦的这种罪行构成
了"第一张多米诺骨牌"。

有人说，曹雪芹写女性，不是从头写到脚，总是头上、身上写得精细，而对脚却含混其辞。他这样写，也是"烟云模糊"的手法。目的呢，是为了回避一个敏感的问题：那些女性的脚究竟是天足，还是"三寸金莲"。现在有的年轻人可能不理解：这有什么敏感的呢？要知道，清代的满族妇女，是不缠足的，当时所谓妇女的旗装，一般的形式是梳"两把头"，穿宽袖高领旗袍，脚蹬花盆底鞋。但清代的汉族妇女，则仍和明朝一样，普遍缠足。曹雪芹祖上被清军俘房，编入正白旗，虽是汉族，却又不得不依照满族的生活方式来过日子，因此，后来家族里的小姐，就都保持天足，并不缠足。可以推想，《红楼梦》里女性原型的脚部情况，就比较复杂，尤其是丫头们，有的家生家养，依照满族妇女习俗不缠足，有的却是从社会上买来的汉族女子，那就是缠足的。如果写小说的时候把这种天足和"金莲"并存的情况明确描绘出来，就会把故事的时代背景写得过分凿实，这不仅不符合他那将"真事"隐藏在"假语"里保存的写作宗旨，也可能会仅仅因为对一些妇女足部的描写而被指斥为"干涉时世"，坠入"文字狱"的网罗中。不过曹雪芹虽然竭力回避这方面的描写，终究也还是免不了偶有逗漏。第六十五回描写到尤三姐为反抗贾珍、贾琏的调戏而佯狂的肢体语言，其中一句就是"一对金莲或敲或并，没半刻斯文"。第六十九回凤姐带尤二姐去见贾母，贾母看完肉皮和手，鸳鸯又揭起裙子来——就是让贾母看她的"金莲"缠得怎么样，如果是天足就用不着这么审查——贾母评价说"竟是个齐全孩子"，可见尤二姐和尤三姐，还有她们的生母尤老娘，都是汉族妇女。第七十八回宝玉祭晴雯的诔文里有"捉迷屏后，莲瓣无声"的句子，晴雯本是赖嬷嬷买来敬献给贾母的，可见她也是个汉族女子。书里丫头、婆子骂"小蹄子"，被骂的当然就是缠足的；又有用"那里就走大了脚"来责怪偷懒的话，当然针对的也是缠足的丫头。书里四大家族的小姐们，包括凤姐，应该全是天足，她们之间笑骂时也会说些粗话，但没有用"小蹄子"这个词汇。此外，李纨、尤氏是天足还是"金莲"，就很难猜测，林黛玉也难说，她母亲贾敏应该是天足，嫁给林如海，林家可能是汉族，那么，究竟她是根据林家的风俗缠足，还是跟随母亲保持天足，就不得而知了。第七十三回写到傻大姐，特别点明她是"两只大脚"，可见荣国府仆妇中天足者也大有人在。

书里的人物多有原型，那么，书里的院宇园林、街道坊巷，是不是也会有原型呢？回答是肯定的。周汝昌先生就考证出现在仍大体保持着规模的晚清的恭王府及其花园，是荣国府和大观园的原型。当然，曹雪芹在书里将其夸张、渲染了，又从别的真实素材里挪移、拆借了若干成分，再加以艺术想象，构成了小说里那些人物活动其中的故事空间。我曾在北京恭王府墙外生活了十几年，对那一带的地理环境十分熟悉，因此，当我读到《红楼梦》第六十四回这样的交代："贾琏……于宁荣街后二里远近小花枝巷内买定一所房子……"就备感亲切，因为在恭王府西北二里远近的地方，现在也还有条小胡同，一直叫花枝胡同。这不会是巧合。这再次说明曹雪芹书写的这个文本，不是纯虚构的，而是"真事隐"后以"假语存"。

或打、或杀、或卖——为什么把"或杀"搁在"或卖"前面？

第七十回　林黛玉重建桃花社　史湘云偶填柳絮词

秦可卿留下可怕的偈语："三春去后诸芳尽，各自须寻各自门。"我们掐指一算，从她道出那偈语，第十八回后半回到第五十四回，一春去；第五十五回到第六十九回，二春匆匆；那么，到第七十回，把二春简单结束后，就开始了三春，悲剧的阴影真是越逼越近，越来越浓酽，"诸芳"们在离散前，还有多少宝贵的光阴可以消磨？读者的心情，随着曹雪芹的行文，不免要沉重起来。

第七十回非常重要，又是一个关键的转折点。

这一回的内容也非常丰富。

首先，把二尤的故事作一个彻底的了结。贾母不许将尤二姐灵柩送往家庙铁槛寺，贾琏只好将她与尤三姐埋在一处。

然后，有很重要的一段文字，说林之孝开了一个人名单子来，共有八个二十五岁的单身小厮，应该娶妻成房的，等里面有该放的丫头们好求指配。前面几次讲过，那个时代那样的家庭，那样的一批单身小厮，是贵族主子的男奴隶，他们到了二十五岁，给他们指配也到了发落年龄的女奴隶为婚，并不是如今婚姻介绍所那样的人道行为，而是为了让这种婚配产生出新的小奴隶来，以扩大贵族家庭的"动产"。接着就写凤姐操办此事，她去请示贾母和王夫人，一起商议，结果发现那一年到岁数的女奴隶状况不佳，数量不到八个，质量也有问题。"第一个鸳鸯发誓不去"，鸳鸯是贾母时刻离不开的，因此可以例外。读者要注意这一笔交代。作者没像交代单身小厮那样，把主子发落她们的年龄明确，读者可以估计出来，应该是在十八到二十岁的那个年龄段上。第七十一回写"鸳鸯女无意遇鸳鸯"，鸳鸯有那样的反应，跟她已到结婚的年龄，是有关系的。"第二个琥珀，又有病，这次不能了。彩云因近日和贾环分崩，也染了无医之症。"琥珀、彩云都因病暂缓。这似乎很人道，但其实奴隶主所考虑的，还是自身的利益——把有病的丫头拿去婚配，或者根本达不到生产小奴隶的目的，或者会生育出不良品种，那怎么行？最后，"只有凤姐和李纨房中粗使的几个大丫头配出去了。其余年龄未足，令他们外头自娶去了"。这是对前面李嬷嬷说的"好不好拉出去配一个小子"的具体展现。

说到这里还不免要多解释几句。一位年轻的"红迷"朋友来跟我讨论，他说，中国那时候不是已经处在封建社会了吗？封建社会不是已经有别于奴隶社会了吗？封建社会里的被压迫者，固然跟封建主子有一定的人身依附关系，也存在卖儿卖女的事情，但是，应该不会有奴隶主完全控制奴隶生命的现象了呀？怎么会在封建社会里，还会有奴隶社会的景象呢？显然，他考虑问题，完全是从概念出发，是一种教条主义的思路。不错，从大的方面来说，清朝定鼎北京以后，承袭了明朝的社会结构，确实还是地主阶级和人身不完全受控的佃农，以及自耕农等属于大多数众生的存在状态；但是，满族自己，进关前和进关后，都有奴隶存在。曹雪芹家族，就是满族正白旗的包衣。包衣就是奴隶，尽管皇帝主子喜欢你的时候，可以让你做官享福，可是一旦治起罪来，那就比汉族犯官的命运更惨。汉族官员被治罪无非杀头或入狱，包衣被治罪，那就还可能被发配到边陲去给"披甲人"（守护边境的士兵）为奴。在康熙朝煊赫一时的苏州织造李煦（就是《红楼梦》书中贾母原型的亲哥哥）——光他留下的给康熙的奏折和康熙在那些奏折上的批示就构成颇厚的一本书，现在有铅印本，大家如有兴趣无妨找来看看——在康熙薨逝雍正继位后，立刻被抄家治罪，他的下场，就比杀头还惨。因为李家是世代包衣，这种生命主子是轻易不杀的，总要当作非人的奴隶耗尽其生命才觉得"合算"，雍正就把差不多已经七十岁的李煦发配到边陲去给"披甲人"（最基层的士兵，虽然地位卑贱，但毕竟是"人"）为奴，具体地点是打牲乌拉（现黑龙江布特拉旗），当时是极寒苦的地方。到了那里，脖子上还要拴上绳索，"狗蓄之"。曾在锦绣江南享受了几十年雅致生活，并曾几次接驾康熙，风光到不堪地步的李煦，老年竟是这样的下场！当然，他在那地方没多久也就一命呜呼了。因为李煦本身就是皇家的奴隶，因此他的所有家眷和奴仆也就都是奴隶，雍正把他抄家治罪后，将大部分他的家人奴仆赏给了去奉旨抄他家的官员，其余的押解到北京，在崇文门公开变卖。这就是在清朝那样一个大体是封建社会的政权下，依然保留着奴隶制度的复杂的社会景观。那么，在李煦，当然也包括曹寅，以及"真事隐"后，以"假语存"呈现在书中的四大家族那样的家庭的内部结构里，存在着奴隶主和人身完全没有自由的奴隶之间的阶级关系，我们也就可以理解了。第六十三回曾写道："贾府二宅皆有先人当年所获之囚赐为奴隶，只不过令其饲养马匹，皆不堪大用。"奴隶二字明写。后面第七十四回，写抄拣大观园后，惜春不能容忍入画，让尤氏赶紧带出去"或打、或杀、或卖"，她为什么把"被卖"说在"被杀"后头？因为"被杀"可能还是非奴隶的"罪人"的待遇，但"被卖"，那就惨痛无比，属于非人的待遇了！再引用一次第四十五回赖嬷嬷的那句话："你那里知道奴才两字是怎么写的！"这是具有清朝包衣世家身世的作者，才写得出的极沉痛极惨烈的喟叹。读《红楼梦》，一定要读懂这些地方，方解其中苦涩之味。

这一回很快把季节转到第三春的仲春时节，"争奈宝玉因冷遁了柳湘莲，剑刎了尤小妹，金逝了尤二姐，气病了柳五儿，连连接接，闲愁胡恨，一重不了一重添，弄的情色若痴，言语常乱，似染怔忡之疾"。怔忡之疾就是受惊后心脏跳动不正常，心理上抑郁，造成思维和语言障碍，这病可不那么容易治愈。袭人想出的办法很对，就是拼命让宝玉开心。于是就写到怡红院早起，晴雯、麝月、芳官抓痒玩闹，袭人故意叫宝玉去看，宝玉就去解救被抓的芳官，四个人闹作一处。这个地方有一句写晴雯穿着"红睡鞋"，满族的天足女子睡觉是不穿睡鞋的，只有"三寸金莲"的汉族缠足女子睡觉时才穿"睡鞋"，这很细微的笔触，再次证明晴雯是个汉族缠足的姑娘。接着写李纨处的丫头碧月来找东西，看见怡红院的热闹情景大表羡慕。

接下去才是这一回的正题。林黛玉的《桃花行》和她的《葬花词》一样，既是自我命运的喟叹，也是"群芳"共同的哀歌。最后两句："一声杜宇春归尽，寂寞帘栊空月痕。"一九五七年以后的通行本"帘栊"全印成"帘栊"，这又派生出关于汉字简化的问题。现代汉语把"帘"和"帘"合并为一个字，但是中国传统的遮窗物有的是细竹丝编的，叫做"帘"或"帘栊"，可以卷起和放落，晚上月光可以透过那帘栊的缝隙射进来，站得离那帘栊远点，还可能大体上望见月亮的形态，所以中国古诗词里有"一帘明月"的措辞，把我们引入非常幽静非常美丽的意境。而"帘"则是纺织品制作的，放下或闭拢后是不可能有帘栊那样的月光渗透效果的，当然，软帘可以取K形状态，构成优美曲线，也可以营造出诗情画意。但"帘"与"栊"却构不成一个概念，"帘栊"是说不通的。周汇本在这点上则非常注意，虽然大体上也采用简化字排印，但遇到这种牵扯到传统文化的特殊写法时，则一律避免"不合理简化"，该繁则繁。周汝昌先生有一个重要观点，就是他认为《红楼梦》应该被视为新国学的精髓，年轻人了解国学，了解大中华的传统文化，无妨从《红楼梦》入手，这样切入，既丰富，又有趣。那么了解"帘"与"帘"的区别，其实就是了解传统中国窗文化的一例。周汇本第七十回《桃花行》最后一句不印成"帘栊"而印成"帘栊"，仅此一词，也显示出了其可贵之处。

根据我个人的研究，还认为这最后一句，也是在暗示书中的"月"派势力，已是强弩之末。

在由桃花社过渡到柳絮词那段情节中间，曹雪芹又特意写到王子腾夫人到府、贾政寄来家书将于六七月回京等等事情，其中特别提到"王子腾之女许以保宁侯之子为妻"，可见四大家族之间，是尽量去互相婚配的。误读第二十九回贾母回绝张道士提亲时的那几句话，断定贾府在婚配上不论家业根基的看法，更可以打消了。

因为贾政即将回来，回来后免不了要查宝玉的功课，"书是第一件，字是第二件"，但是宝玉平日哪里把这些"正经事"放在心上，于是临时抱佛脚，临帖写字凑数。众姐妹也都帮忙，黛玉最积极，让紫鹃送去足足一卷。正当宝玉手忙脚乱瞎对付时，"可巧近海一带海啸，又糟蹋了几处生民。地方官题本奏闻，奉旨就着贾政顺路查看赈济回来"。这样贾政回家的时间又推到了冬底，宝玉自然喜出望外，"仍是照旧游荡"。于是，大观园里的诗歌活动，才又恢复起来。接下去就引出了众人写柳絮词的主要情节。

前面讲过，曹雪芹写《红楼梦》，不是按顺序一回一回往下写，而是跳着写，北京话叫"花插着"写。但是，他显然又有着极为精密的整体构思。不知道他是先写的第五回还是先写的第七十回，在第五回里，他写到太虚幻境里金陵十二钗正册的头一页上就有关于黛、钗的判词："可叹停机德，堪怜咏絮才，玉带林中挂，金簪雪里埋。"可见写大观园众女儿填柳絮词，是他通盘计划里不可或缺的一个重要环节，绝非即兴而为的文字。

曹雪芹这样安排咏絮的情节：第一首柳絮词《如梦令》是湘云偶成，这首小令词意比较浅显，但如果把秦可卿的偈语放在心上，那么"且住，且住，莫使春光别去"的结句，也就变得相当的沉重。是呀，这些如花美眷如此优游的春光，真是少一寸是一寸了啊！

曹雪芹总不愿写雷同的文字，这次他故意写探春不能完卷，宝玉自己做不成，替探春续完那阕《南柯子》。词意是暗示探春远嫁的命运。探春一去难返，所以她写到"一任东西南北，各分离"戛然而止。下半阕由宝玉续，最后两句是"纵是明春再见，隔年期"，只体现出宝玉等亲人的一种期盼，是并不能实现的，高鹗续书写探春远嫁后很快回来，完全不符合曹雪芹的写作意图。

然后就是黛玉的那阕《唐多令》。这阕词曹雪芹肯定是下功夫写的，实在太好了，浑然天成的程度，可以跟元妃省亲时她替宝玉做的那首《杏帘在望》媲美。"粉堕百花洲"，意味着她自己最后是以沉水的方式结束在尘世的生活，这和第六十四回《五美吟》第一首第一句"一代倾城逐浪花"一样，构成同样的象征。只是第六十四回的那五首诗可能是曹雪芹写过，但后来母稿破损或被浸渍了，字迹已经不全不清，由别人补缀的，因此艺术上不那么成功。

宝琴的《西江月》，被诗社认定为是落第之作，其实很好："汉苑零星有限，隋堤点缀无穷。三春事业付东风，明月梅花一梦。几处落红庭院？谁家香雪簾枕？江南江北一般同，偏是离人恨重！"其中关于八十回后情节的暗示不少。"三春事业付东风"，这句里的"三春"绝对无法与元、迎、探、惜里的三位挂钩，明白无误地是个时间概念。那么"三春事业"是什么事业呢？就是"月"派想取代"日"派的事业，而这事业在"三春去后""付东风"，也就是泡了汤，沐浴"明月"光辉成为梦想，宝琴嫁给梅翰林儿子的婚事也一并成为泡影。宝琴本自江南而来，估计八十回后还会再返江南，结果她发现"江南江北一般同"，四大家族南北受挫，往常欢聚的人们，全成了离乱的哀鸿。我们再把第五十一回她写的那首《梅花观怀古》拿来对照，那里面是"别西风"，这里面是"付东风"，看来还是"东风"压倒了"西风"，她嫁给梅家成为一梦，但却还有另一人娶她，"不在梅边在柳边"，她嫁给了柳湘莲。再回过头读第五十回她写的《吟红梅花得花字》："闲庭曲槛无余雪，流水空山有落霞"，也就好懂了，就是说到后来薛家的人除了她自己全都被灭绝了，但亏得她还有"流水"（湘）和"落霞"（霞色如莲）相依靠，以度残生。

宝钗的《临江仙》，过去论家都强调"好风频借力，送我上青云"的结句，揭示宝钗到头来还是希望能凭借正统的"风力"去"攀升"，但现在我要强调其中"万缕千丝终不改，任他随聚随分"这两句。这是暗示她嫁给宝玉后，聚而不久，宝玉就去当了和尚，与她分离，她爱"正统"（好风），而"正统"并不爱她，她最后也还是难免"随逝水""委芳尘"，魂归薄命司。

吟柳絮之后就是放风筝的情节。所出现的风筝，以及每个人放风筝的情况，写得生动活泼，也都具有寓意：

  落到潇湘馆竹丛上的风筝——大蝴蝶——大老爷那院里嫣红姑娘的

  潇湘馆小丫头们忙着拿出的风筝——美人

  翠墨取来探春的风筝——软翅子大凤凰

  宝玉让去取赖大娘送的风筝——大鱼——已被晴雯放走

  宝玉又让再拿一个——大螃蟹——归了贾环

袭人让小丫头拿来林大娘送的——做得十分精致的美人，宝玉放不起这个，又取一个来放——黛玉放的剪线远去后，宝玉说若落在荒郊野地无人烟处替他寂寞，把我这个放去，叫他两个作伴儿罢！于是也剪断自己的风筝线，照先放了

宝琴让人取来自己的——大红蝙蝠

宝钗取了一个来——一连七个大雁的

探春正要剪线放走自己的凤凰——天上也有一个凤凰，渐逼近来，和这凤凰绞在一处

又见一个门扇大的玲珑喜字儿带响鞭的风筝，在半天如钟鸣一般，也逼近来——与两个凤凰绞在一处——三下齐收乱顿，谁知线都断了，飘飘摇摇都去了

其中关于探春放风筝的描写的寓意最值得注意，我在《揭秘〈红楼梦〉》上卷（二）里详细解释过，这预示着探春的远嫁，虽然表面上还算风光，但其实是充当皇帝"和番"的一枚棋子，从此远徙异国他乡，再难返回，悲苦异常。

书中闲适美好的场景，随着这些风筝的远去消逝，也就差不多全写完了。这以后的文字，如阴霾闷雷，渐次向我们展开美人美事如何被撕裂毁灭的悲剧进程。

毛刺·膃油冻佛手·玻璃围屏·官中

揭秘古本

第七十一回　嫌隙人有心生嫌隙　鸳鸯女无意遇鸳鸯
第七十二回　王熙凤恃强羞说病　来旺妇倚势霸成亲

　　第七十回说贾政奉旨又去赈灾，要这年冬底才回来，但是第七十
一回却写他在八月以前就回家了。又说"今岁八月初二日，乃贾母
八旬之庆"，于是底下就在贾母八十华诞连续几天的庆典活动里展开
故事。

　　我说曹雪芹大体上完成了《红楼梦》全书，不仅有脂砚斋的大量
批语可以作为见证，也有曹雪芹去世不久后看过《红楼梦》的贵族人
士明义（字我斋）写的二十首《题红楼梦》诗（见其《绿烟琐窗集》钞
本，现存北京图书馆）等资料可作旁证。我又说曹雪芹还没来得及将
全书文稿加以修润，有些"毛刺"尚未剔净，指的是有些地方前后不
够一致或互相冲突，其实这类"毛刺"细心的读者都是能够发现的。
关于贾母年龄和生辰的交代，就是一例。

　　第三十九回，刘姥姥二进荣国府，才头一次被贾母接见，书里写
贾母问："老亲家，你今年多大年纪了？"刘姥姥忙立身答道："我今年
七十五了。"贾母向众人道："这么大年纪了，还这么健朗，比我大好
几岁呢……"按这样的交代，贾母那一年才七十出头，可是故事从第
三十九回往下发展，时序交代得非常清楚，不像第一回到第十五回那
样有含糊之处，到这第七十一回，应该只是从"一春"进入到"三
春"，贾母无论如何不可能一下子就从七十岁左右到了八十岁。这就
是一个"毛刺"。其实统稿时剔除很容易，只要把刘姥姥自报的七十
五岁改成八十五岁就顺溜了。

贾母的生辰，究竟是在什么时候？第六十二回探春有段话，各古本无差别，是这样说的："到有些意思，一年十二个月，月月有几个生日……大年初一也不白过，大姐姐占了去……又是太祖太爷的生日。过了灯节，就是老太太和宝姐姐，他们娘儿两个遇的巧，三月初一是太太的，初九是琏二哥哥，二月没人。"袭人道："二月十二是林姑娘，怎么没人？就只不是咱们家的人。"宝玉就指出袭人和黛玉同生日。第七十一回写贾母生日却是八月初二，与六十二回说的"灯节"（正月十五）以后差了半年多。这个前后不统一的"毛刺"，也应该剔除，办法是把第六十二回探春的话改一下。

　　第四十五回，林黛玉对薛宝钗说"我长了今年十五岁"，显然说多了，如果不是古本在抄录过程里，抄手把"十二"错成了"十五"，那么这也是曹雪芹还没来得及剔除的一个"毛刺"。第二十五回明明交代宝玉衔着通灵宝玉从天界来到人间已十三载，故事从那个地方往下流动，季节转换的时序井然，到第四十五回只不过从春天到了秋天，宝玉在十三岁与十四岁之间，如果他比黛玉小，那全书从头到尾宝玉称黛玉为妹妹怎么解释？

　　还有就是第二十九回写贾府女眷们上下出动，去清虚观打醮，六种古本都有一句是"奶子抱着大姐儿带着巧姐儿"，只有戚序本是"奶子抱着大姐儿带着丫头们"，但石印的戚序本比那六个手抄古本都晚，显然是石印前给改的。六种古本里的句子应是曹雪芹尚未剔除"毛刺"前的原笔。大概他原来的设计，就是凤姐生了两个女儿，生不下成活的男婴，这样的设计更有利于解释贾琏为什么偷娶尤二姐，以及贾母等为什么一开始都对此事持宽容态度。但巧姐儿的名字是第四十二回刘姥姥给取下才有的，清虚观打醮时即使有此女出动，也还不能写成巧姐儿。

　　第三十六回"绣鸳鸯梦兆绛芸轩"，写宝钗到怡红院，看到袭人给宝玉刺绣的一个"白绫红里的兜兜"，赞"好鲜亮的活计"，后来袭人出去，"因又见那活计实在可爱，不由的拿起针来，替他做起来"。早在清代就有评家指出，这个地方写得不对，因为已经上了里子的刺绣品，是不可以再在上面下针去刺绣的，这样写是一个疏忽。第四十八回黛玉教香菱做诗，说"什么难事，也值得去学？不过是起承转合，当中的承转是另副对子，平声的对仄声，虚的对实的，实的对虚的……"其中"虚的对实的，实的对虚的"应该是"虚的对虚的，实的对实的"，是一大笔误，当然更属于统稿时应该剔去的"毛刺"。

曹雪芹遗留文稿里出现这样一些"毛刺"，只不过是白璧微疵，并不影响我们对《红楼梦》的审美愉悦。

不过，第七十二回"来旺妇倚势霸成亲"的情节里，写到的那个来旺妇打算强要去嫁给他们家那不成器的小子的丫头，各古本都是彩霞，而且交代彩霞"与贾环有旧，尚未准"。但第六十一回里，写到跟贾环交好的，分明是彩云，形象活跳。第六十二回更有一段文字写贾环和彩云的感情纠葛，以及赵姨娘将彩云视为亲信的文字。第七十回开头又特别交代，"彩云因近日和贾环分崩，也染了无医之症"，因此暂不将其与已到年龄的小厮婚配。追溯到第三十回，金钏跟宝玉调笑，将宝玉一推道："凭我告诉你个巧宗儿，你往东小院子拿环哥儿和彩云去。"第二十九回往清虚观打醮，王夫人自己没去，但她的丫头跟着凤姐去的，写明是金钏和彩云。只是在第二十五回里，写宝玉、贾环同在王夫人屋里，出现了两个名字——彩霞和彩云，不过强调跟贾环好的，是彩云。那么，彩云和彩霞，究竟是一个角色被写成了两个名字，还是根本就是两个角色？也许，跟金钏和玉钏一样，也是两姐妹？第二十三回写贾政王夫人召见宝玉，宝玉去了，"金钏儿、彩云、彩霞、绣鸾、绣凤等众丫鬟，都在廊檐上站着呢"，云、霞并列，却又不见玉钏。第五十九回写为王夫人打点需用物品的丫头是"玉钏、彩云、彩霞"。但第七十二回里，又写那个彩霞有个妹子叫小霞，并没有她另有姊妹叫彩云的交代。到第七十七回，写王夫人命丫头找人参，又出现了彩云，按说第七十回已经交代彩云"染了无医之症"，即使她跟彩霞是两个人，也已经不能正常工作，就算她后来身体状况好转，她跟赵姨娘的亲近关系，王夫人不可能不知道，像医药一类的事情，怎能放心交她去办理？身边明明有比她可靠的玉钏，找人参之类的事情应该交给玉钏去办才是。

关于彩云、彩霞是一是二，红学界多年来探究者不少。我的意见是，即使真实的生活里确有这么两个人，曹雪芹开头也试着把她们全写进来，但从现在所呈现的文本来看，她们所构成的艺术形象，实在只有一个彩云是清晰的，彩霞的名字多余。彩云、彩霞到曹雪芹最后统稿时应该合并，统一为彩云，就像大姐儿和巧姐儿最后一定要合二为一一样。

在第七十一回以前，已经写到贾氏各房之间的矛盾摩擦，但都没有发展到不可开交的地步。那么，到了第七十一回，不仅矛盾渐次白热化，而且，各种矛盾开始交叉扭结，呈现出外头还没打进来，自己窝里先就狠斗起来的衰败之兆。

所谓"嫌隙人有心生嫌隙"，你细算算，有多少组矛盾搅和在一起：宁国府与荣国府的矛盾；奴才跟奴才的冲撞，奴才跟主子的冲撞；荣国府内部赵姨娘与王夫人的矛盾；贾赦那个院宇里的矛盾；邢夫人与王夫人的矛盾、与凤姐的矛盾；贾赦邢夫人因讨要鸳鸯失败与贾母的矛盾；南安太妃来了贾母不叫迎春出来见面使邢夫人对贾母更加不满；周瑞家的讨好尤氏的作为也令邢夫人那边的人不满，林之孝家的因此也嫌周瑞家的多事；被周瑞家的传话捆起来等候发落的婆子，其中一位又是邢夫人陪房费大娘的亲家母，这样又惹得费婆子对荣府周瑞家的一党极度不满，隔墙大骂……

第七十一回里有几处看似闲笔的地方，我认为值得注意，恐怕是闲笔不闲，又是曹雪芹他忙中偷闲，在为后面的情节设伏笔。一处是贾母喜欢来客中本族贾瑞之母带来的女儿喜鸾，还有贾琼之母带来的女儿四姐儿，特意把她俩留下多玩几天，还传话命令府里各色人等要把她们和家里的姑娘们一样对待，这两个女孩儿当然高兴非常，后来喜鸾还参与聊天，说了天真话。我估计这一回既然很郑重地写到这样两个姑娘，不会写了就扔，她们在八十回后的故事里，一定还会有戏。另一处是对寿礼一类礼品向来并不在乎的贾母，忽然把已经回到自己住处的凤姐叫回来，亲自过问："前儿这些人家送礼来的，共有几家有围屏？"凤姐汇报，共有十六家有围屏，十二架大的，四架小的炕屏，其中最好的两架，一架江南甄家送来的，十二扇，一面是大红缎子刻丝满床笏，另一面是泥金百寿图，属于头等佳品；另一架是粤海将军邬家的玻璃围屏，也不错。贾母听了，就说这两样别动，好生放着，她要给人的。在写到江南甄家送围屏处，脂砚斋批道："好。一提甄事。盖直（真）事欲显，假事将尽。"这是什么意思呢？整部《红楼梦》，不都是"真事隐""假语存"吗？我的理解是，脂砚斋是在向"看官"提示：从这个地方以后，书里虚构的成分会越来越少，而纪实的因素会越来越多。这样的文本当然也就势必会出现"碍语"，于是非同一般的"借阅者"就会"索书甚急"，终致八十回后"迷失无稿"！

甄家毕竟是早在书里第一回就设定的一个贾府的"老亲"，第五十六回直接写到甄家的人，末尾还写了甄、贾宝玉梦中会合。第七十五回一开头就写到甄家被皇帝抄家治罪，贾家替甄家藏匿罪产。读者对甄家在八十回后的故事不难延伸想象。但是，粤海将军邬家，此处一点，八十回后难道再也不提？想必有戏，但那是什么戏，想象起来就困难了。

贾母说要把那两架围屏留下送人，她要送谁？这两个道具在情节发展中将起到什么样的作用？值得推敲。

第十八回元妃省亲，点了四出戏，第一出《豪宴》，是《一捧雪》当中的一折，脂砚斋点出那是"伏贾家之败"。"一捧雪"是一件古玩玉器的名字，可见贾家后来的败落，所触的霉头，应该与古玩或高级工艺品有关。那么上述两架围屏，可能就是带来霉运的东西。

但第七十二回里，更有好几百字写到一件古玩。周汇本根据蒙古王府本印作"腾油冻的佛手"，一九五七年人文社通行本印作"腊油冻的佛手"。一九八二年红学所校注本则印作"蜡油冻的佛手"，依据是什么？回后校记（三）说："蜡油冻"，原作"腊油冻"，径改。就是说，他们没有依据，也不需要依据，明明他们所推崇的庚辰本写的是"腊油冻"，他们还是武断地认为错了，就"径改"为"蜡油冻"。这是多么粗暴的做法！能这样轻率地对待曹雪芹的文本吗？以这样的态度来改动古本里的文字，能使读者看到曹雪芹的原笔原意吗？

一九四四年五月二日重庆《新民报晚刊》刊登了署名"绪"的文章《红楼梦发微·蜡油佛手》，称"七十一回记贾府有一蜡油冻的佛手，系一外路和尚孝敬贾母者。现在看来，不过一蜡制模型，不算一回事。然在当时，却非同小可，价款既在古董账下开支，当作古董看待，贾琏又特地向鸳鸯追问下落……何等郑重其事！给现代人看了是不禁要发笑的。"其实，令人发笑的不是曹雪芹的文字，而是这位"绪"先生本人，因为他的见识太浅！

腊油冻的佛手，不能写成蜡油冻的佛手，更绝非"一蜡制模型"。腊油冻是一种罕见的名贵石料，它的成色就仿佛腊肉的肥肉部分，用它雕成的佛手当然是难得珍贵的古董。第七十二回曹雪芹用几百字写到它，显然是一大伏笔，是与第十八回写元妃省亲，点戏时点到《一捧雪》当中的一折《豪宴》，遥相呼应的。把腊油冻的佛手解释为"用黄色蜜蜡冻石雕刻成的佛手"也是不对头的。因为把"腊油冻"理解成了"黄色蜜蜡冻石"，转而把曹雪芹明白写下的"腊"字判定为错，"径改"为"蜡"，这就更加荒唐。周汇本选择了"腊"字的异体"臘"，既有古本上的根据，又避免了误"腊"为"蜡"，确是煞费苦心。

两架围屏，一个腊油冻佛手，在第七十一、第七十二回里接连出现，绝非赘文废笔，伏的都是贾家之败的致祸物。

第七十二回以很大篇幅写到贾琏和凤姐关于金钱财富的言谈，以及他们的经济活动。贾琏因为总账房已经亏空，府里几处房租、地租一时又收不上来，就向鸳鸯借当，"暂且把老太太用不着的金银家伙偷着运出一箱子来，暂押千数两银子，支腾过去。"鸳鸯去后，贾琏让凤姐晚上再找鸳鸯落实，凤姐就问他要回扣，贾琏不满，凤姐就发了一大篇议论，其中甚至有"把我王家的地缝子扫一扫，就够你们过一辈子了……现有对证，把太太和我的嫁妆细细看看，比一比你们的，那一样是配不上的"那样的丑话。接着又写到宫里夏太监派小太监来"暂借"银子，凤姐出面应付，总算敷衍走后，贾琏感叹："这会子再发个三二万两的财就好了。"有的古本"三二万"写成"三二百万"。那么，贾琏之前什么时候发过这样一笔大财呢？应该是在林如海死后，他侵吞了本应属于林黛玉的那笔遗产，我在《揭秘〈红楼梦〉》上卷（二）里有详细分析，这里不多说。

荣国府的经济管理模式，从前面看过来，到这一回，读者应该了然于心了。它有一个总账房，负责府里的银钱收入与开支，贾琏应该是参与这总账房的管理的。总账房每个月按定例向府里的人发放月钱，这些月钱是供领取者自己零花的。发放给老太太、太太、李纨、凤姐自己，以及赵姨娘、周姨娘，还有宝玉和众小姐，包括以上主子的丫头们的月钱，都是由凤姐总领，然后再往下分发。第四十五回凤姐一番话透露，贾母、王夫人每月是二十两银子，李纨待遇特殊，也是二十两（含贾兰的），凤姐是五两，宝玉以及黛玉、迎、探、惜等是二两。第三十六回透露出金钏那样的一号大丫头的月银是一两，晴雯那类的大丫头则是一吊钱，小丫头们则是五百钱。又写到王夫人问凤姐赵姨娘、周姨娘月钱是几两，凤姐回答是每人二两，赵姨娘又替贾环收二两，另外四串钱，王夫人说恍惚听见有人抱怨，说短了一吊钱，凤姐就解释，那是外头账房商议定下的，姨娘们每位丫头分例减半，所以加起来短了一吊。对于赵姨娘的抱怨，凤姐在离开王夫人屋子后，来到廊檐上，把袖子挽了几挽，跐着那角门的门槛子，恨恨地说了好些话。

　　书里多次出现"官中"这个词语，府里人把总账房的钱视为"官中"（或"公中"）的钱，那是不能随便挪用，更不能贪污的。第三十五回写宝玉挨打后养伤，王夫人问他想吃什么，他说想吃元妃省亲时做过的那种小荷叶儿、小莲蓬汤，贾母便一迭连声地叫做去，凤姐就吩咐厨房里立刻拿几只鸡，另外再添了东西，做出十来碗来。王夫人问要这些做什么，她就说不如借势儿弄些大家吃，连她也"上个俊"（意思是尝个新鲜），贾母听了就笑道："猴儿，把你乖的，拿着官中的钱你作人。"大家笑了，凤姐忙说："这不相干，这个小东道我还孝敬得起。"这就说明，那个时代，那样的贵族府第，在经济管理上也有一套严格的"游戏规则"，也有"官中"和"私房"的明确界限。第七十二回贾琏向鸳鸯询问腠油冻的佛手的下落，也说明"官中"对每样古董都有账目和档案，一旦有档无物，就会盘查到底。

　　但是，书里有一条贯穿始终的情节线索，就是凤姐每回从"官中"一打觑领来月例银子后，并不马上往下发放，而是拿到社会上去放贷取利，总要等到把前次的本利收回，才往下发放，也许对老太太、太太她还能大体按时，其他人的月例就都被她缓发。她这样做，开头连贾琏都瞒着，只有给她去具体操作的旺儿夫妇和心腹平儿知道。

第十六回写贾琏从江南参与料理林如海丧事回来，凤姐正在里屋给贾琏接风，忽听外间有人说话，凤姐就问是谁，平儿就进屋说是薛姨妈打发香菱来问她一句话。后来贾琏被贾政叫走，凤姐问平儿薛姨妈巴巴地打发香菱来做什么，平儿才如实相告："那里来的香菱，是我借他暂撒了个谎。奶奶说说，旺儿嫂子越发连个承算也没了……奶奶那利钱银子，迟不送来，早不送来，这会子二爷在家，他且送这个来了……"曹雪芹不是刻板地向读者交代凤姐用月例银子放贷取利的行为，而是在非常生活化的精彩细节里，一石数鸟地传递信息。这样的描写，不仅交代了凤姐放贷取利的行为，也把几个人物之间的关系勾勒出来，同时也就刻画出各人的性格。

第三十九回的主要内容是写刘姥姥二进荣国府，但曹雪芹非常自然地插进一段，写袭人问平儿："这个月的月钱，连老太太、太太的还没放呢，是为什么？"平儿悄悄告诉袭人："你快别问，横竖再迟两天就放了……这个月的月钱，我们奶奶早已支了，放给人使呢，等利钱收齐了才放呢。你可不许告诉一个人去。"袭人笑道："他难道还缺钱使？何苦还操这心！"平儿道："何曾不是呢！他这几年拿这一项银子，翻出有几百来了。他的公费月例又使不着，十两八两零碎攒了，又放出去，只他这梯己利钱，一年不到，上千的银子呢。"袭人笑道："拿着我们的钱，你们主子奴才赚利钱，哄的我们欻等。"连最不愿意得罪人的袭人，也忍不住脱口而出，发出了抱怨。

第三十九回接下去还写到，小厮们缠着平儿告假，平儿准许了一个，说："你这一去，带个信儿给旺儿，就说奶奶的话，问着他那剩的利钱，明儿若不交了来，奶奶也不要了，就越性送他使罢。"把凤姐放贷取利一事描补得更加清晰。

第五十五回写凤姐和平儿说私房话，凤姐为自己的行为这样辩护："你知道我这几年生了多少省俭的法子，一家子大约也没有不背地里恨我的。我如今也是骑上老虎了，虽然看破些，无奈一时也难宽放，二则家里出去的多，进来的少，凡百大小事，仍是照着老祖宗手里的规矩，却一年进的产业又不及先时多，省俭了，外人又笑话，老太太、太太又受委屈，家下人也抱怨刻薄，若不趁早料理省俭之计，再几年就都赔尽了。"那么，她把一打趸领来的月例银子拿去放贷，造成各处月银总不能按时领到，那些赚来的利银，究竟是不是都用在了贴补府里用项上了呢？是否属于"省俭之计"中的一招呢？

到第七十二回，凤姐放贷秘事所依赖的旺儿媳妇来要求把彩霞（应为彩云）配给她的儿子，凤姐那放贷的事，也就爽性公开化了。凤姐当着贾琏命令旺儿媳妇："说给你男人，外头所有的账，一概都赶今年年底下收了进来，少一个钱，我也不依！我的名声不好，再放一年，都要生吃了我呢！"接着又说："我也是一场痴心白使了。我真个的还等钱作什么，不过为的是日用，出的多，进的少。这屋里有的没的，我合你姑爷一月的钱，再连上四个丫头的月钱，通共一二十两银子，还不勾三五天的使用呢。若不是我千凑万挪的，早不知过到什么破窑里去了。如今到落了一个放账破落户的名儿……"凤姐把自己用月银放贷取利一事，解释为一片利他的好心、苦心。她也可能会把一部分获利用来支应家庭开支的缺口，但她用以增肥私房的部分，所占比例应该最大。

问题是，在当时那个社会里，那样的贵族家庭，"老祖宗手里的规矩"毕竟是"官中"的"王法"，凤姐的行为，就属于违法取利。一个社会，一个家族，其成员把违法当作了"家常便饭"，既不是改革更不是革命，是在一方面维持"老祖宗手里的规矩"的虚面子，一方面掏空那"规矩"的权威性与约束性，那么，就只能说是十足的腐败。曹雪芹通过贯穿全书的凤姐违法取利的情节，既刻画了凤姐复杂的人格构成，更揭示了那样的宗族、社会必将烂掉的深层原因。

八十回后，将写到凤姐违法放贷取利，以及多次背着贾琏以贾琏的名义去威吓、贿赂官府以谋私利或"摆平"官司（其中包括为周瑞家的女婿冷子兴平息事端），终于引发贾琏对她的休弃，将她和平儿的地位"换一个过儿"（第四十五回李纨语）；到皇帝抄拣贾家的时候，凤姐"弄权铁槛寺"酿成两条人命等更严重的违法行为暴露，她就被拘押入狱了，最后"机关算尽太聪明，反误了卿卿性命"。曹雪芹对这个角色，是爱恨交织、臧否交融的，他使我们相信，在那个时空中，曾经有过这样一个泼辣的生命，她的生与死，可以引出我们很多的思索，能够使我们更深刻地意识到人性的复杂与命运的诡谲。

第七十一回后半部分和第七十二回开头，写了"鸳鸯女无意遇鸳鸯"的故事。鸳鸯在月色中，"见准一个穿红裙子梳鬅头高大丰壮身材的，是迎春房里的司棋"，这一句关于司棋剪影的描写，和关于鸳鸯、秦显家的二位的肖像描写一样，令人过目难忘。我现在要问，司棋会在大观园山石下有浪漫行为，前面有没有伏笔？答案是：有的。第二十七回，在大观园里一处山坡，小红攀上凤姐的高枝，替凤姐出园取东西传话，办完事回来，凤姐已经离开那个山坡，"因见司棋从小洞里出来，站着系裙子，便赶上去问道：'姐姐，不知道二奶奶往那里去了？'司棋道：'没理论。'"司棋是到"小洞"——即小山洞——里面方便去了？她有自己的心思，很可能就是在寻觅一处日后可以把表兄潘又安偷约进来，趁夜幕掩盖能够行欢的地方，因此小红问她，她答"没理会"。显然，在写第二十七回这一笔时，不管曹雪芹那时是已经写了第七十一回，还是仅只是构思好尚未落笔，他自己都很清楚，为什么要在小红办事的过程里嵌入这一笔。每当我揭示曹雪芹写作的这一奥秘时，总有人讥讽："曹雪芹能是那么样写吗？那样写多累呀！犯得上吗？"人类各语种都有小说创作，各种写法都有，中外古今都有不去那么精密地设伏笔的粗犷写法的小说，也有作者本人就宣布他写得很轻松的小说，但中外古今也都有精设伏笔，充满奥秘、玄机，具有多重象征，作者宣布是呕心沥血、燃烧生命的小说。比如爱尔兰的乔依斯（一八八二至一九四一）的《尤利西斯》就属于这类作品，曹雪芹的《红楼梦》更是这样的作品，但曹雪芹的《红楼梦》比《尤利西斯》早出一百多年。倘若你认为人类应该尊重乔依斯的《尤利西斯》，那么，作为一个中国人，我想不出你怎么能轻蔑地说出"什么曹雪芹的《红楼梦》啊，那不就是一本小说吗"那样的话。

是的，《红楼梦》是一本小说，但它凝聚着它以前直到它那个时代几乎全部中华传统文化中的精华，而且，它在承继传统精华的同时，还有突破，还有超越。我确实非常赞同毛泽东那将我们中华民族最值得自豪的因素概括为四的说法：一是我们地大物博，二是我们人口众多，三是我们历史悠久，四是在文学上有部《红楼梦》。

风起于青蘋之末——小鹊报信

揭秘古本

第七十三回　痴丫头误拾绣春囊　懦小姐不问累金凤
第七十四回　惑奸谗抄拣大观园　矢孤介杜绝宁国府

如果说前两回是"山雨欲来风满楼"，那么，这两回倾盆大雨就扑身而来了。

曹雪芹他就是要写悲剧，要破终究还是大团圆的陈腐旧套，要开创中国传统"说部""传奇"新的悲剧格局。他的书以九回为一个单元，到第七十二回恰是第八个单元的结束，底下还剩四个单元，也就是还剩三分之一的篇幅，他要在那剩下的三分之一的篇幅里写什么？仅仅是写爱情悲剧？写贾府虽经打击仍然"沐皇恩""延世泽"的喜剧？会安排一个贾宝玉先去参加科举考试，给家族挣下"脸面"，然后披着华丽的大红猩猩毡斗篷去出家，并且不忘跑去给他父亲一个跪拜的甜腻结局？回答都应该是否定的。高鹗的续书有人喜欢，他们有喜欢那种文本的自由，但我要在这里再一次强调：

——曹雪芹是把《红楼梦》写完了的，不是只写了八十回，等着别人去续完；

——曹雪芹的《红楼梦》是一百零八回，而不是一百二十回；

——爱情故事只是《红楼梦》内容的一部分，《红楼梦》的丰富内容不能以"宝黛争取恋爱婚姻自由不得的悲剧"来概括；

——《红楼梦》的悲剧性绝不仅仅体现在爱情故事里，《红楼梦》写的是包括爱情在内的政治悲剧、家族悲剧、性格悲剧、有辜者与无辜者共同毁灭的人类悲剧；

——《红楼梦》的主题不能仅仅定位于"反封建"，《红楼梦》对人性和人类命运进行了开创性探索，不但在中国是空前的，置之世界文化之林，其所达到的哲学高度，在同一时代里也是领先的；

——《红楼梦》八十回后迷失无稿的那部分内容，是可以探佚的，百年来红学探佚的成果颇丰，是可以推广开来，并吸引更多人士来参与探佚的；

——必须将曹雪芹的《红楼梦》，与一个跟他了无关系的高鹗在他死后二十多年写下的四十回续书，切割开来；

——还必须把被高鹗（以及书商程伟元）篡改的前八十回文字，恢复到曹雪芹的原笔原意。

脑海里巩固了这样一些基本概念，以此为前提，再来品读第七十三回和第七十四回，就能比较深入地咀嚼出曹雪芹文本里的丰富内涵。

第七十二回末尾和第七十三回开头，关于赵姨娘的一段文字，可以使我们知道，尽管在荣国府里除了一些"蠢婆子"以外，几乎是人见人嫌的赵姨娘，却是贾政的爱妾，贾政在家，晚上是跟她一起睡觉的。这种似乎漫不经心的描写，实际上把那个时代许多贵族家庭的男主人将政治、伦常、性事区分开的生活方式，勾勒了出来，具有典型性。我曾写有《话说赵姨娘》一文，进行了详尽分析，此文收入我《红楼三钗之谜》一书，可参考。

第七十三回和第七十四回越演越烈的大观园摧花悲剧，近半个世纪许多论家用了大量笔墨，分析出事件的本质是封建家庭主子内部矛盾的激化导致奴隶主对女奴的压迫表面化、严酷化，而这种家族乱象，也就导致了外部打击力量的趁虚而入。这应该确实是曹雪芹想表达的意蕴。但是，细读文本，我们就会发现，曹雪芹绝不从概念出发，也就是不以"本质"去带动情节，他向我们展现的是"非本质"的毛刺丛生的原生态的生活流动。也就是说，他想让我们去琢磨的，绝不仅仅是那些社会性的"本质"，他超越那个层面，让我们意识到人的性格和人的命运之间的诡谲关系，使我们不由得往人性深处去探究。

到第七十三回，使无数读者着迷的活泼生命晴雯，已经被死神逼近。从"本质"上论，王夫人除掉晴雯只在早晚之间，但将自己的死期提前的，却偏偏是晴雯本人。这是曹雪芹构思和着笔的最惊心动魄之处，不是大文豪大手笔，绝对写不到这个程度！

我们来看看第七十三回、第七十四回这两回的情节链：

赵姨娘打发贾政安歇之前跟贾政说了不少话。——怡红院里大家正在玩笑（天下本无事），赵姨娘的丫头小鹊（实际上哪里是喜鹊分明是乌鸦，应该叫小鸦才是，小鹊之名具反讽意味）跑来报告坏消息："方才我们奶奶这般如此，在老爷前说了，你仔细明儿老爷问你话。"——宝玉听了小鹊报信，"便如孙大圣听见了紧箍咒一般"（这让我们对前面"绛洞花王""遮天大王"等符码的来源有了更明确的了解），临时抱佛脚，披衣夜读，带累得一房丫头们皆不能睡。——晴雯完全不知道事态发展将加速她自己的灭亡，骂小丫头，还扬言谁打瞌睡"我拿针戳你们两下子"！——金星玻璃从后房门跑进来，喊道："不好了，一个人从墙上跳下来了。"（金星玻璃即芳官，这一笔一点不勉强，读者应该知道她是出屋方便去了，第五十一回写麝月出屋"走走回来"，也是去方便，那是夜里丫头们常有的行为。）——晴雯借机让宝玉装病，"只说唬着了"。——传起上夜人打着灯笼各处搜寻，并无踪影。——晴雯偏执意把事闹大，"如今宝玉唬的颜色都变了，满身发热，我如今还要上房里取安魂药去，太太问起来是要回明的，难道依你们说就罢了不成"？——果然惊动了王夫人，"园内灯笼火把，直闹了一夜"，并且导致第二天贾母亲自过问。（读者回思，前面什么时候贾母亲自过问府内管理事务了？晴雯这回可是"惊动最高层"了。）——贾母援引自己积累的家族政治经验后，亲自命令："即刻拿赌家来，有人出首者赏，隐情不告者治罪。"林之孝家的等见贾母动怒，谁敢徇私。（贾母原来只是府中精神领袖，事态发展到"精神领袖"要充当"实践领袖"，这对家族来说绝非福音，而是衰败之象。）——虽不免大家赖一回，终不免水落石出，查得大头家三人，小头家八人，聚赌者通共二十多人，都带来见贾母，跪在院内磕响头求饶。贾母下了"政治猛药"：为首的每人四十大板，撵出，总不许再入。从者每人二十大板，革去三月月钱，拨入围厕行内。（真是"一石

251

激起千层浪"，牵扯到这么大一群人，他们又各自有其家族成员，这些人岂甘就此倒霉，荣国府、大观园从此陷入各个利益集团的大激荡，再无表面宁静矣!)——晴雯以"有人跳墙宝玉被唬"闹出大事，有其突发性，接下去写傻大姐拣到绣春囊"笑嘻嘻"撞见邢夫人，更具偶然性，但偶然是必然的呈现方式。曹雪芹没有马上写邢夫人就绣春囊采取具体措施，而是写她"且不形于声色，且来至迎春室中"。——贾母震怒查赌，查出的三个大头家，一个是大管家林之孝两姨亲家，一个是内厨房主管柳家媳妇之妹，一个便是迎春乳母。第七十三回下半回完全用来写迎春，可谓"迎春正传"，把她的懦弱写到入木三分的地步。——到第七十四回，穿插了邢夫人向贾琏要银，平儿说鸳鸯把贾母的金银家伙拿给贾琏当去换银，其实是回过贾母，贾母只装不知道等等，然后就写王夫人突然亲临凤姐住处。——底下，读者都记忆犹新，我就不环环开列了。我只是要问：抛开"实质"不论，这生活原生态的琐细事项的丛生流动，是不是完全出乎书中晴雯的意料，也出乎读者的意料，竟然以很快的速度，把死神调动到了晴雯这任性而脆弱的小生命跟前!

第七十四回，有几处值得注意：

王夫人命令凤姐把管事的几家陪房叫来，"一时周瑞家的与吴兴家的，郑华家的，来旺家的，来喜家的现在五家陪房进来，余者皆在南方各有执事"，这个地方脂砚斋批了四个字："又伏一笔。"她已经看到八十回后的文字，所以这样指出。我们可以想见，以后的文字会进一步地按"真事欲显，假事将尽"的原则处理，"江南江北一般同"（第七十回宝琴填词中句），甄、贾二府相继毁灭，王熙凤最后"哭向金陵事更哀"。这些内容曹雪芹都已经写成，在脂砚斋写批语的时候，本用不着别人去续。

勾起王夫人对晴雯恶劣印象的，是王善保家的下的谗言。王夫人猛然触动往事，便问凤姐道："上次我们跟了老太太进园逛去，有一个水蛇腰，削肩膀，眉眼又有些像你林妹妹的，正在那里骂小丫头。我的心里狠看不上那个轻狂样子，因同老太太走，我不曾说得，后来要问是谁，又偏忘了，今日对了槛儿，这丫头想就是他了。"凤姐却不愿痛快证实。脂砚斋在王夫人话语间有双行批语："妙，妙，好腰。""妙，妙，好肩。""凡写美人，偏用俗笔反笔，与他书不同也。"针对"眉眼又有些像你林妹妹"，则批道："更好，刑（形）容尽矣。"这样的文字，又是一石数鸟，更说明曹雪芹绝不从概念出发进行写作。如从概念出发，贾母、王夫人同为封建家庭主子，她们应具有完全相同的封建礼教意识，对晴雯这样的丫头会是同一眼光同样观感，可是，在这个地方，以及后面第七十八回开头，曹雪芹就写出了贾母和王夫人具有不同的眼光和心思。晴雯是赖嬷嬷送给贾母的玩物，贾母具有"破陈腐旧套"的审美趣味，因此对晴雯的聪明灵巧乃至尖嘴利舌，都能当作活泼的生命力呈现加以包容，晴雯的任性确实与黛玉的袒露个性相似，贾母对她们都不反感。王夫人那天看见晴雯那副"轻狂样子"，贾母当然也看见了，贾母如果厌恶，马上可以表露，更可以立即采取措施以达到"眼不见为净"，但贾母却并无所谓，王夫人在贾母面前也只好隐忍。这样，曹雪芹就再一次让读者意识到，即使贾母、王夫人有其作为主子的共性，然而她们之间的个性差异更大。这段文字也再次表露出王夫人对贾母认定宝玉、黛玉"不是冤家不聚头"，甚至对元春对二宝的指婚意向也置若罔闻，心中积存的大愤懑，特别是对黛玉，王夫人实际上已经是当作"狐媚子"视之。凤姐虽然是王家的人，但在贾母依然是贾府最高决策者的现实面前，她犯不上完全站在王夫人一边，因此，王夫人要她坐实晴雯的"轻狂"，她采取了暧昧的态度。在整个抄拣大观园的过程里，凤姐都只是消极配合，直到从司棋那里抄出硬赃，而司棋恰是王善保家的外孙女，凤姐亲自展读潘又安那封情书时，她才来了精神。不过，那只是对邢夫人借绣春囊发动对王夫人和她的进攻，闹到最后"搬起石头砸了自己脚"所迸发出来的一股子幸灾乐祸的邪劲儿。

探春对抄拣大观园的反应，其实也正是作者内心对这一事件的评定。探春说："你们今日早起不曾议论甄家，自己家里好好的抄家，果然真抄了！"——其实在这之前，并没有早起贾府的人议论甄家事情的交代，这是一种巧妙的"不写之写"，或者叫"巧妙的补笔"。最怪的是，这种大家族会自己先在窝里搞抄家，谁料"螳螂捕蝉，黄雀在后"，到头来皇帝派人来抄这种"世代簪缨之族"的家，"忽喇喇如大厦倾"，"家亡人散各奔腾"。脂砚斋在这个地方有条批语："奇极，此曰甄家事。"值得推敲。我在《揭秘〈红楼梦〉》上卷（一）里分析过，所谓"甄家事"，其事件原型，就是乾隆三年发生的曹家的姻亲傅鼐家、福彭家被皇帝处置的事。是"真的家族事故"，而小说中，被安到了虚拟的甄家头上，脂砚斋看到书上这一笔，不禁感慨系之。

探春痛捆王善保家的耳光，王善保家的被凤姐喝退到窗外后，居然还唠叨："罢了，罢了！这也是头一遭挨打，我明儿回了太太，仍回老娘家去罢。"有的年轻读者可能一时不大懂得这话，"老娘家"是谁家呢？须知王善保家的是邢夫人嫁给贾赦时，从娘家带过来的活嫁妆——陪房，当然是一家子人，所谓"仍回老娘家去罢"，意思是再回到邢夫人娘家去伺候邢夫人的母亲（老娘）。探春喝命待书等去斥责她，待书就说："你果然到老娘家去，到是我们的造化了，只怕你舍不得去。"此话正刺王善保家的私心，作为邢夫人的陪房，她作威作福的空间很大，真回到已经衰落的邢夫人娘家，哪里还会有好果子吃？

司棋被抄出罪证后，"凤姐见司棋低头不语，也并无畏惧之心，到觉可异"。在曹雪芹笔下，司棋也是一个复杂的生命存在。她那自主恋爱、大胆求欢的叛逆性表现，被许多论者以新时代的标准大加肯定，但这其实是一个在各方面都想充分膨胀自己欲望的强悍生命。她曾在争夺大观园内厨房主导权的事件里亲自出马，大闹厨房，很有发动、领导打、砸、抢的魄力，并且一举取得成果，让跟她一派的秦显家的取代了柳家的，只是由于平儿实行了对她不利的政策，才功亏一篑。

第七十四回后半部分是"惜春正传"。通过第七十三回后半部分的"迎春正传"和第七十四回的"惜春正传"，我们应该更加熟悉曹雪芹的章法——除了一组贯穿始终的角色外，对其余的角色，他会经常使其只处于陪衬地位，甚至仅只是提到一下，但在某一回里，他却会把聚光灯射到这个角色身上，使其在那一回里成为主角，而宝玉、凤姐、黛、钗、湘、探等却都一时化为了配角甚至"大龙套"。

写惜春"矢孤介杜绝宁国府",也真是写得冰冷入骨。哀莫大于心死,惜春"将那三春看破",决心踽踽独行于险恶的人生途程,令读者遍体清凉。入画被查出问题,惜春敦促尤氏"快带了他去,或打,或杀,或卖"。为什么把"杀"放在"卖"前面来说,我在前面有所分析,在《揭秘〈红楼梦〉》上卷(二)里更引用了较多史料,希望读者们能穿越历史的遮蔽物,去领会曹雪芹下笔时的沉痛。

此前所有的通行本,第七十四回回目中都印的是"抄检大观园",周汇本却印作"抄拣大观园",这是为什么?因为大多数古本都写的是"抄拣"而非"抄检",只有梦觉主人序本和程乙本是"抄检",梦觉本和程乙本有一点最接近,就是喜欢去"规范"所过录的母本上的词语,结果往往把曹雪芹原笔的意趣都消弭了。曹雪芹那个时代,写白话小说,往往不能从文言文里取现成的字来用,只好借音,甚至造字,来生动地还原生活中"白话"的原声原音、原汁原味。适当地保留曹雪芹行文的这些痕迹,可以使我们知道他那时候为开创一种新的文本,筚路蓝缕,别开生面,有过什么样的尝试。

缺中秋诗俟雪芹·玉田胭脂米

揭秘古本

第七十五回　开夜宴异兆发悲音　宴中秋新词得佳谶

第七十六回　凸碧堂品笛感凄清　凹晶馆联诗悲寂寞

晴雯、司棋她们究竟怎么样了？记得我少年时代读完第七十三回和第七十四回以后，忍不住匆匆往后翻，对这第七十五回和第七十六回，很难产生兴趣。后来，自己在人生途程中经历得多些了，才懂得一个人也好，一个家族也好，甚至一个种族也好，其命运，是一个过程。只关注那最后的结局，不能忍耐那通往终点站的过程，是缺乏对生命的尊重的表现。

在狂风暴雨般地抄拣大观园后，曹雪芹刻意嵌入了这阴灵长叹、笛音凄苦的两回慢节奏文字，来营造出"更大的风暴还在后面"的悲剧氛围，这是文本的又一跌宕，并且埋下了更多的伏线。

第七十五回和第二十二回一样，脂砚斋明确指出，曹雪芹未能最后完成。第二十二回最后部分文字错乱不全，缺几首灯谜诗；第七十五回则"缺中秋诗俟雪芹"——缺少的内容需要等待曹雪芹抽工夫来补上——这不是评点的口吻，而是编辑记录工作进程的语气。事实上脂砚斋首先是曹雪芹撰写《红楼梦》的编辑，她在第七十五回前面的那句"俟雪芹"前头，有更确凿的编辑手记："乾隆二十一年五月初七日对清。"

乾隆二十一年是丙子年，公历一七五六年，那一年曹雪芹大约三十二三岁。他写完了第七十五回，脂砚斋根据原稿进行誊抄——曹雪芹的原稿可能勾改得很乱，而且是用行草书写，一般不熟悉他字迹的人难以辨认——誊抄后再跟原稿核对，那么她就在那一年五月初七日，把这一回的文字核对完了，叙述性部分已经非常完整，只缺其中宝玉、贾兰、贾环的三首中秋诗。脂砚斋习惯于边誊抄边写批语，多数情况下，由于她已经编辑过后面的章回，因此会把眼下的情节跟后面的故事联系起来发议论，她当时并没有故意向"看官"透露什么、逗漏什么的心理，只不过是想到什么就说点什么；但有时候，她也会因为还没有编辑到曹雪芹往下所写的文字，对眼前的人物表现和情节发展产生误会，写下一些并不符合曹雪芹意图的错误评语。不过，她几年里面不断编辑着曹雪芹的新稿，也就不断更新着自己的评语，她勇于把原先不恰当的批语保留下来，然后再以新的批语纠正，比如对林红玉（小红）的几条批语就是这样，一直流传到今天，进入我们眼中。

现在我们能看到的最早的脂砚斋抄阅批评《红楼梦》的本子，是乾隆十九年（公历一七五四年）的"甲戌本"。当然脂砚斋她更喜欢《石头记》这个书名，曹雪芹也尊重她的意见，并在书里以正文形式记录下这一事实。"甲戌本"题作"脂砚斋重评《石头记》"，可见在那之前还应该有"初评"，可惜直到现在我们仍未找到那个本子。

我们现在还能看到的"己卯本""庚辰本"，分别是乾隆二十四年、二十五年（公历一七五九年、一七六〇年）的本子（注意，跟"甲戌本"一样，是"过录本"），"庚辰本"上有脂砚斋"四评秋月定本"字样，可见她从己卯冬到庚辰秋是第四次编辑评点《石头记》。

那么，很显然，介于甲戌和己卯、庚辰之间的丙子年间，脂砚斋有过一次三评，只是没有流传下来，仅仅剩下现在我们所看到的，第七十五回前的这样一点痕迹。

虽然只是一点痕迹，但是对我们了解曹雪芹的写作习惯很有好处。我们从中不难发现，曹雪芹写作时，常常先把叙述性文字写出来，其中如某角色写诗，那诗就先空着——当然，那角色该写什么样的诗，那诗会具有怎样的寓意，他是胸中有数的——等有了兴致，再回过头来把那诗补上。想必脂砚斋就经常提醒他：你该把这诗写出来啦！他写出来了，脂砚斋就补抄上，然后把"俟雪芹"一类的编辑记录抹去。

曹雪芹又往往先写后面的章回，前面的反而是后写补进。那么，第七十五回，我个人认为，应该是在前面很多回根本没写时，就提前写出来的，只是他始终来不及将缺诗补上。

　　这一回开头就写到甄家出事了，而且还派人到荣国府寄顿财物。其实甄家不仅找了荣国府，也找了宁国府，只是写得比较含蓄——写到中秋前一天吃早饭时，尤氏问贾珍的妾佩凤："今日外头有谁？"佩凤道："听见说，外头有两个南京来的，到不知是谁。"——荣、宁二府如此接纳罪家来人并代为藏匿罪产，也加速了自己被皇帝治罪的进程，但甄、贾本是手心手背，剥离不开的，他们只能按那样的规律去做事。

　　王夫人不得不硬着头皮向贾母汇报甄家被抄家治罪的事情，贾母听不进去，说别管人家的事，且商量自家中秋赏月是正经。贾母并不昏聩，她是一个思想具有深刻性的角色。这一回里有一段一百四十多字的描写，被程伟元、高鹗删去了。那段文字写的是贾母留尤氏吃饭，尤氏告坐，然后"探春、宝琴二人也起来了，笑道：'失陪，失陪！'尤氏笑道：'剩我一个人，大排桌不惯。'贾母笑道：'鸳鸯、琥珀来，趁势也吃些，又作了陪客。'尤氏笑道：'好，好，好，我正要说呢。'贾母笑道：'多多的人吃饭，最有趣的。'又指银蝶道：'这孩子也好，也来同你主子一块来吃，等你们离了我，再立规矩去。'尤氏道：'快过来，不必粧假。'贾母负手看着取乐。因见伺候添饭的手内捧着一碗下人的米饭"，接下去程高本才是："尤氏吃的仍是白梗米饭"，贾母问为什么不给尤氏盛前面提到的红稻米粥，仆人回答说是因为把探春留下吃饭，红稻米粥没有了，鸳鸯进一步解释说："如今都是可着头做帽子了，要一点富余也不能的。"王夫人又汇报："这二年旱潦不定，田上的米都不能按数交的。这几样细米就更艰难了。"贾母只好以"这正是巧媳妇做不出无米的粥来"解嘲。程高本删去的那段文字里，最核心的一句是贾母说"多多的人吃饭，最有趣的"——有两种古本这句话写作"看着多多的人吃饭，最有趣的"，我认为加上"看着"更传神——这是写贾母在听到甄家被抄家治罪以后，内心里最微妙的情愫。对于她那样的封建贵族家庭的老祖宗来说，家族人丁的兴旺，上下都有饭吃，是最吉祥的景象。其实在前面的描写中，有多少贾府大摆宴筵的华丽场面呀，贾母难道还没看够吗？但是故事发展到这里，江南甄家已经倾覆，荣国府里难再欢乐，就像落水的人想抓住一根稻草似的，贾母在那一天喝"最后的红稻米粥"时，忽然有一种迫切的心理需求，就是立刻组织起一道"多多的人吃饭"的风景，来欣赏，来自慰。平时，探春、尤氏是并不跟贾母一起吃饭的，贾母不但留下了她们，还让按规矩不能与主子同桌吃饭的丫头们，也破例地到大排桌边坐下陪吃，以达到入眼多多的效果。这是非常精妙的一笔。程伟元、高鹗炮制一百二十回本子时，偏将其删去，也许，他们是敏感了，因为这样一笔描写，有反讽那时世道不能令"多多的人吃饭"之嫌。

红稻米粥，是用胭脂米熬的粥。第五十三回写黑山村庄头来给宁国府送年租，里面就包括"玉田胭脂米二石"。周汝昌先生《红楼梦新证》一九五三年第一版里，有关于玉田胭脂米的考证。毛泽东在世时喜欢翻阅《红楼梦新证》，晚年还让专给他印了大字本来看。据说一九七二年他会见美国总统尼克松时，还曾提到胭脂米，并且后来周恩来总理安排招待尼克松夫妇的国宴，果然找到胭脂米煮成粥招待他们（另一种说法则是用胭脂米招待了日本首相田中角荣）。这种胭脂米只出产在河北玉田，现在的河北丰润县古时与玉田同属一县，曹雪芹的《红楼梦》文本里不止一处明提暗写玉田。如第三十七回史湘云咏白海棠诗有"神仙昨日降都门，种得蓝田玉一盆"的句子，用的是古时候阳伯雍用仙人给的石头种到地下，收获玉石的故事，据说玉田这个地名就跟这个传说有关。周汝昌先生研究曹雪芹的祖籍，认为是在今天的丰润。曹雪芹这样来写玉田，或许有其怀祖的心理动机。这个思路，可供读者参考。

第七十五回里，还有好几个地方值得注意。

写贾珍，在这一回书里，就写到他好几个侧面，进一步使这个艺术形象立体化而不是卡通化。贾珍在宁国府天香楼箭道下立了鹄子，组织一群公子哥儿习射，这是为了散闷，也未必不是为了搞具有政治意味的串联——请注意是在"画梁春尽落香尘"的天香楼下，那正是

259

他所挚爱的秦可卿"不得不死"的地方——前面讲到过，八十回后会有卫若兰参与"射圃"的情节，那段情节应该与这段情节有某种连带关系。贾珍渐渐把这一习射活动发展成聚饮的赌局，当然很荒唐，但后面又写到由他的爱妾佩凤出面，表达他诚心诚意要请尤氏一起宴饮赏月的要求，而那又未必是一种敷衍（在府内他还需要敷衍谁呢？他就是把宁国府翻过来，谁又制止得了他呢？），表现出他对尤氏还是有一定的感情的，赏月时佩凤吹箫、文花唱曲，倒也呈现出一种府内的和谐景象。可是，墙根下忽然发出怪异的长叹，贾珍厉声叱咤，连问："谁在那里？"后来一阵风过，隔壁宗祠里发出槅扇开合之声，众妇女都觉毛发倒竖，贾珍酒醒一半，倒还撑持得住些——怪叹异响当然都是对他那样的不肖子孙必将败掉祖宗家业的报警，但这寥寥几笔，也写出贾珍在贾氏家族里，总还算是有些阳刚之气的男子。

贾珍带领妻子姬妾中秋赏月的地点，是在会芳园中丛绿堂上。可是第十六回交代了，为建造大观园，已经把会芳园拆了。这前后两回稍有矛盾。

这一回里还写了尤氏回到宁国府，去偷听偷看贾珍和一群狐朋狗友聚赌胡闹的情节，其中写到邢夫人胞弟邢大舅的丑态丑话，尤氏听得十分真切，乃悄向银蝶笑道："你听见了？这是北院里大太太的兄弟抱怨他呢。"北院？各古本在这里都这样写。可是根据第三回以及后来许多回里的交代，贾赦、邢夫人是住在荣国府东边用界墙隔断的一个黑油大门的院宇里，宁国府则在它的更东边，尤氏提及邢夫人，应该说"西院里大太太"才对榫，为什么要说"北院大太太"？也许，真实的生活里，贾赦、邢夫人的原型的住处，就是在宁国府原型的北边？或者宁国府虽在荣国府和黑油大门院宇的东边，但其大门连同整个府第的位置却要偏东南一些？

最耐人寻味的是，这一回写到贾赦、贾政听见贾珍带头演习箭术，认为"这才是正理，文既误矣，武事当亦该习，况在武荫之属。两处遂也命贾环、贾琮、宝玉、贾兰等四人饭后过来，跟着贾珍习射一回，方许回去"。各古本写法基本上没有差别。按"两处"下命令的文字逻辑，贾环和贾琮应该属于贾赦处，宝玉和贾兰则属于贾政处。贾环属于贾赦处？是一时笔误吗？往下看，似乎又并非笔误。因为底下写贾母领着族人在凸碧堂中秋团聚，贾环继宝玉、贾兰之后也赋诗一首，贾赦看了大加褒奖，一般的夸奖话倒也罢了，说到最后，竟然拍着贾环的头笑道："已后就这样做去，方是咱们的口气，将来这世袭的前程，定跑不了你袭呢。"按当时贵族袭爵的"游戏规则"，父辈的爵位在其死后，应由其长子来袭（贾代善死后，贾赦作为长子袭了一等将军，贾政无爵位，只被赐了个官儿当），就算长子死去或有过失不能袭，也不可以让侄子来袭，唯一合理的解释，就是在这一回里，贾环被设定为了贾赦的儿子。

更奇怪的是，这一回里写到，一家人围着大圆桌团聚，上面居中贾母坐下，左垂手贾赦、贾珍、贾琏、贾蓉，右垂手贾政、宝玉、贾环、贾兰，团团围坐。只坐了桌的半壁，下面还有半壁余空。贾母就感叹人少，于是就去把迎、探、惜叫过来坐到一处。不是还有一个贾琮吗？习射有他的份儿，怎么中秋团聚吃月饼就没他的份儿了呢？贾琮在第二十四回就正式出场，还被邢夫人斥责："那里找活猴儿去，你那奶妈子死绝了！也不收拾收拾你，弄的黑眉乌嘴，那里像大家子念书的孩子！"贾琮分明是贾赦的一个亲儿子，当然也就是贾母的一个亲孙子，中秋大团聚，怎么会被排除在外呢？

从上面这些迹象看，第七十五回应该是写得比较早的一回文字，但是因为就整个故事而言，它又处在相当靠后的位置，因此，曹雪芹一直没有腾出手来让它的叙述文字跟前面各回一一对榫，更没来得及把其中的三首诗补上。回目说"新词得佳谶"，"佳谶"就是好的预言，那当然是反讽。甄家大厦已倒，贾家已经风雨飘摇，围坐在大圆桌旁的这些人，无论善恶贤愚，都将不免进入"白骨如山忘姓氏"的范畴。

第七十五回的三首诗曹雪芹未及填入，固然是我们阅读上的一大损失，但我们要感谢他把第七十六回写完全了。第七十六回整体上是一首诗。关于这一回，我在《揭秘〈红楼梦〉》上卷里都有详尽的分析，这里不再重复。只是还要强调一下，林黛玉所写出的，与史湘云"寒塘渡鹤影"相呼应的，应该是"冷月葬花魂"，而非红学所校订本

所主张的"冷月葬诗魂"。"花魂"是《红楼梦》文本里一个多次出现的
语汇。"鹤影"句预示着八十回后史湘云历尽艰难困苦终于与飘零的宝
玉遇合,"花魂"句则预示黛玉自沉于湖心月影已为时不远矣。

不稀罕那功名，不为世人观阅称赞

揭秘古本

第七十七回　俏丫鬟抱屈夭风流　美优伶斩情归水月
第七十八回　老学士闲征姽婳词　痴公子杜撰芙蓉诔

　　青年时期读红，我最不忍读的是第七十七回，最不爱读的是第七十八回。

　　不忍读第七十七回，是因为内心的情感太与书中的宝玉共鸣了。其实，那是曹雪芹高超文笔的胜利。他经过反复的精雕细刻，从第八回宝玉酒醉回到绛芸轩，晴雯迎上去埋怨他，他把晴雯冰冷的小手焐在自己温暖的手里那个细节开始，迤迤逦逦，以撕扇、补裘等重场戏，以及摔帘取钱偷听宝玉麝月私语、爆炭般发作用一丈青乱戳坠儿的手等等琐细的穿插，把一个由着自己性子生活的真率而诚挚的生命，鲜活地塑造了出来，使我们觉得恍惚跟这个人生活过一段。这样一个生命的抱屈陨灭，怎能不令人肠断心碎？

　　晴雯的生存态度，是有违封建礼教的。王夫人剿灭晴雯，是一次给宝玉"扫荡外围"，促其归顺礼教的"严肃整顿"。这确实是事件的本质。但往深里探究，就会发现，那其实也是一个惊天动地的性格悲剧。性格即命运。从贾母屋里的绛芸轩，到怡红院里的绛芸轩，在没有家长、大管家等外部势力进入监管时，里面的生态环境，读者都是非常熟悉的。由于宝玉的纵容，或者说是带头，那里面充溢着自由浪漫的气息，以第六十三回群芳开夜宴为例，哪里是只有晴雯、芳官恣意狂欢，就连袭人，不也喝酒唱曲，礼数出位了吗？

　　晴雯被撵后，宝玉哭道："我究竟不知晴雯犯了何等滔天大罪！"袭人道："太太只嫌他生的太好了，未免轻挑些。在太太是深知这样美人似的人必不安静，所以很嫌他，像我们这粗粗笨笨的到好。"袭人的话不完全是敷衍，她在一定程度上说出了真相——晴雯毁在美丽与聪明皆外露，构成了那个时代那种社会环境中的性格劣势，而袭人却具有所谓温柔和顺的性格优势，更何况她相貌上平平，也不会让封建主子一眼看去就惹上"狐媚子"的嫌疑。

我曾写过一篇随笔，题曰《性格何时无悲剧？》，现在引在下面：

　　"性格悲剧"曾是文学评论家笔下常见的话语，更有"性格即命运"一说。

　　最近读到一些文章，发现"性格悲剧"的慨叹不是用在了虚构的艺术形象上，而是针对了真实的人物。比如一篇文章大意是说，胡风对曾拜在他门下，后来主动揭发批判他，却又跑到他家希图板凳两边坐的某人，一点面子也不给，当场下了逐客令，这就促使某人更"及时"地把胡风等人的私信上交构罪，促成一场"肃清胡风反革命集团"乃至全面的"肃反"运动在全国迅即烈火熊熊……这些涉及不同悲剧人物的文章，又几乎都用"书生气"来概括他们的性格弱点。"书生气"严格来说还不能算是一种性格，因为性格是指个体生命与生俱来的独特秉性，这种秉性在后天通过社会影响、学校教育、家庭熏陶与个人努力，可能会有所萎缩、抑制、掩饰、修正，可是却很难说能够彻底改变。

　　就性格而言，无论是总结中外古今文学艺术中的人物形象，还是分析历史与现实中活生生的个案，有一些类型的性格，显然是属于易生悲剧的。如过于内向或过于外露，心太软，多愁善感，优柔寡断，刚愎自用，或意气用事，易于冲动，喜欢即兴发挥，能伸不能屈，不在沉默中爆发便在沉默中死亡等等。如果世界上只是自己一个人活着，那么无论是什么性格，也都无所谓性格悲剧；但无论在什么时代，什么社会体制下，个体生命总不能不遇到一个与他人，与群体，发生交往、碰撞、摩擦乃至冲突的问题，在这个体与他人与群体的复杂关系中，性格冲突是一大因素。这也是个体生命烦恼和痛苦的一大根源，我们读伟人的著述与传记，也能从中发现出自性格深处的东西，并且会深感震撼。

在过去以阶级斗争为纲的日子里，因性格而纠葛为政治悲剧的例子不少。现在社会转轨到市场经济，市场使每一个体生命有了更活泛的人际选择，不会在性格完全不合的情况下，也硬是挪不出某个社会组织板块，从而使性格冲突激化所派生的悲剧得以减少。但市场的选择也有其冰冷、犬儒的一面，在激烈的效益、收益竞争中，某些类型的性格也会感到更多的压力，面临更尴尬的性格困境，因此性格悲剧仍会源源不断地显现。这对文学艺术或许是福(可取材者多多)，对世道而言，却依然令人不能满意，因之对理想境界的追求，也便会伴随着对现实缺憾的批判而渐强渐进。

如果说人是生而平等的，那么，不同的性格也应是平等的，和不能有种族、肤色、性别、长幼、相貌、体态等方面的歧视一样，人与人相处时也不该有性格歧视。即使是与一般大多数人性格相差甚多，以至可称为有性格缺陷的生命个体，我们也应该像对待生理上有缺陷的残障人、智障人一样，平等待之。人类社会真达到了这一境界，所谓性格悲剧，也就不复存在了吧?

这篇文章虽然没提《红楼梦》，没举晴雯为例，但促使我写成它的因素，当然有《红楼梦》的熏陶，有《红楼梦》里黛玉、妙玉、晴雯等形象的启迪储存于胸臆。

我自己经历过很多世事后，回思所遭遇到的人生坎坷，多与自己的个性相关。我现在深切地意识到，无论在什么时代，什么社会，什么体制，什么具体的小环境里，个体生命的悲苦都在于：他（或她）一方面必须维护自己的人格尊严，而人格尊严的很大一部分就是其独特的性格；另一方面又有必要与他人，与群体，去协调，去磨合，这协调与磨合，在很大程度上，其实也就是抑制，甚至是打磨掉自己个性棱角的痛苦历程。人应该就是自己，人却又不能不因将就他人和社会而丧失掉一部分自我。这里面有超政治的，哲学性的思考。曹雪芹，他以《红楼梦》，引领我们进入了这个哲思的层面。站在这个层面上，我们就应该更加理解，曹雪芹为什么通过贾宝玉宣布女儿是水做的骨肉，为什么又说未出嫁的女儿是颗宝珠。他这是从社会群体中先把受污染最轻，较易保持本真性格的闺中一族，摘出来加以评价。

我们也就更加可以理解，为什么脂砚斋不止一次说黛、钗其实是一个人，最后合二为一了。曹雪芹确实有那样的用意，就是通过这两个角色，去反映人生的两面——黛玉体现着凸显个性维护个体生命尊严的一面，宝钗体现着以吞吃"冷香丸"压抑浪漫天性以求符合社会主流意识形态的"贞静"规范的一面，但她们同属"红颜薄命"，因为无论是率性还是归顺，那个时代那个社会那种主流意识形态，都不能够给予她们一个能够幸福的生活空间。

我们也就更加可以理解，曹雪芹为什么要塑造出一个把个性尊严推至极端的妙玉，并对她极为珍爱，要把她安排进金陵十二钗正册，让她排名第六。又通过对太虚幻境四仙姑的命名，告诉读者，她是宝玉生命历程中最重要的四个女性之一，并在八十回后写她如何以舍弃自己的清白解救宝、湘，在自我人格挥洒上达到惊天地泣鬼神的程度。

我们也就更加可以理解，曹雪芹为什么在行文上并不将王夫人和晴雯的矛盾完全归结为礼教冲突。第七十四回他是这样写的："王夫人原是天真烂漫之人，喜怒出于心臆，不比那些饰词掩意之人……"他写出了王夫人与晴雯之间的性格冲突，说到头，晴雯在王夫人眼里，是犯了"讨厌罪"。在人与人相处时，其实最厉害的排拒因素还未必是政治上的"反动"、道德上的"败坏"、能力上的"愚笨"、行为上的"糟糕"，而是不需要很多理性在内发酵的天然的"讨厌"。单向或双向的"讨厌"如果发生在社会地位平等的人士之间，那还不至于直接酿成人生悲剧，但王夫人是封建主子，晴雯是女奴（她既不是府里家生家养的，也不是府里买来的，是府里老仆妇赖嬷嬷家买来后，带进荣国府，贾母见了喜欢，赖嬷嬷就把她当作一件小玩意儿白送给贾母的，属于荣国府女奴中出身最最卑贱的一类），社会地位如此不对等，双方又都"天真烂漫，喜怒出于心臆"，因此，一旦双方都觉得对方"讨厌"，那弱势的一方当然就只能遭罪。晴雯带着勾引宝玉和得了"女儿痨"的冤名，被粗暴撵出，正如宝玉的形容："就如同一盆才抽出嫩箭来的兰花，送到猪窝里去一般。"

《红楼梦》的深刻，就在于写出了"讨厌罪"对无辜生命的摧残。王夫人亲自处了晴雯后，又接连撵逐了几个令她"讨厌"的。一个是四儿，四儿还算被她逮住一句"同日生日就是夫妻"的"戏言"，但王夫人主要还是觉得她"讨厌"："细看了一看，虽比不上晴雯一半，却也有几分水色，视其行止，聪明皆露于外面，且也打扮得不同。"就算没那句"戏言"，光是"讨厌罪"，也该撵出。

芳官在王夫人眼里当然更具有"讨厌罪"。关于王夫人撵芳官的那段文字，有一点值得注意：王夫人怒斥她"调唆着宝玉无所不为"，她辩道："并不敢调唆什么来。"有的古本写的是"芳官笑辩道"，有的则写的是"哭辩道"，周汇本取"哭"不取"笑"。在这一点上，我的想法跟周先生有所不同。我觉得"笑辩道"也许更接近曹雪芹的原笔原意。因为芳官毕竟是个戏子，她有其"游戏人生"的一面，面对王夫人的指斥，她敢于还嘴，就说明那一刻她"豁出去"的劲头大于畏惧，如果她哭哭啼啼，先就软了，哪里还敢自辩——现在的年轻人一定要懂得，在那个时代那个社会那种贵族府第里，王夫人作为居住在府第中轴线主建筑群中的第一夫人，不要说小丫头绝不可以在她训斥时跟她顶撞抗辩，就是宝玉、探春等公子小姐，无论心里如何反感，也只有垂手侍立低头听喝的份儿。在那个场合那样抗辩，是一种了不得的叛逆举动，既敢抗辩，何妨冷笑？所以我觉得写成"芳官笑辩道"是对的。这里提出来，供广大"红迷"朋友们参考、讨论。

王夫人后来又亲自查看撵逐了贾兰的一个新来的奶子，理由是"也十分妖乔，我也不喜欢他"，又是一个"讨厌罪"。在专制体制下，许多生命就这样以"讨厌罪"被撵逐到社会边缘，甚至因此身陷囹圄，以致命丧黄泉。即使在现今的民主体制下，如何防止"讨厌"的因素渗进检控和司法程序，以"莫须有"带动出"有所罪"，而造成冤屈，仍是人类需要慎重解决的一大问题。

有意思的是，恰恰是被搜出了"真赃"的司棋，王夫人并没有亲自过目，似往日也无甚印象，听了凤姐汇报，"虽惊且怒，却又作难"。她来不及去"讨厌"司棋，所思所想，只是司棋乃邢夫人那边的人，该如何处置才能达到"这边"和"那边"的利益平衡。

　　晴雯的被撵，书里写明是王善保家的先下谗言，触动王夫人的回忆，使其讨厌晴雯的心理发酵生怒。四儿的被撵呢，则是被人告了密，揭发了她私下的"戏言"。那么，历代的读者就都有所讨论：那告密者，是不是袭人？认为肯定是袭人的，可以引王夫人的话为证："打量我隔的远，都不知道呢！可知我身子虽不大来，我的心耳神意，时时都在这里。难道我一个宝玉，就白放心凭你们勾引坏了不成！"那"心耳神意"不是袭人是谁呢？"西洋花点子哈巴狗"每月领二两银子一吊钱的"特殊津贴"谁不知道？那"特殊津贴"岂是可以白领的？所以历来都有读者想及此就对袭人咬牙切齿，不能原谅。特别是袭人自己老早就跟宝玉发生了"不才之事"，根据封建社会的礼教规范，最应被撵逐的应该是她，可是她却在王夫人面前成了个最干净的"耳报神"，她连对黛玉都敢点名表达其"忧虑"，那么，不要说四儿，那宝玉在怡红院"心上第一等人"的晴雯，她有什么不能下谗言的？有的读者、评者，甚至用"贱人""蛇蝎"来指斥袭人。但历来为袭人辩解的也很不少，认为上述评议让袭人"蒙冤"，他们也可以从《红楼梦》的文本里找到依据。第七十七回里有这样的明文："原来王夫人自那日着恼之后，王善保家的去趁势告倒了晴雯，本处有人和园中不睦的，随也就随机趁便，下了些话，王夫人皆记在心。"四儿的"戏言"，显然就是那些话里的一句。后来又明写宝玉质问袭人："咱们私自顽话怎么也知道了？又没有外人走风，这可奇怪！"袭人道："你有甚忌讳的？一时高兴了，你就不管有人无人了。我也曾使过眼色，也曾递过暗号，被那人已知道了，你反不觉。"前面写到，连王熙凤居住的那个相对要严肃也严谨百倍的空间里，鸳鸯悄将贾母的一箱金银家伙交给贾琏去抵押当银的最机密的事情，到头来也还是让邢夫人知道了，平儿等想来想去，那天也只不过来过一位傻大姐她妈（此妇人是管浆洗的，来取送衣服），并无其他闲杂人等，而小丫头们被盘查时，又一个个吓得跪下发誓，凤姐究竟还是查不出泄密的原因。可见在荣国府里，任何事情都是难以保密到底的，四儿的"戏言"确实不见得是袭人去跟王夫人告的密。宝玉说到院子里的海棠花死了半边，是晴雯遭难的预兆，还引了许多典故，袭人听了作出强烈反应："真真的这话越发说上我的气来了。那晴雯是个什么东西，就费这样心思，比出这些正经人来！还有一说，他总好，也越不过我的次序去。便是这海棠，也该先来比我，也还轮不到他……"曹雪芹写得真好，他写出了人性深处的东西。后面有交代，自袭人领取"特殊津贴"之后，她就自我尊重，每晚不再睡在宝玉外床，而让晴雯睡在那里，操夜晚服侍诸事。在袭人内心深处，晴雯已不成其为她坐头把姨娘交椅的威胁，四儿应该更不值得她去"一般见识"。袭人在王夫人跟前，说的应该都是些站得高、看得远的"战略性"话语——她所关心的是宝玉将来所娶的究竟是黛还是钗，她会以种种柔性的言辞，来增进娶钗弃黛的可能。

袭人在曹雪芹笔下，也是个血肉丰满的艺术形象。她是自私的，从她的自我利益出发，宝玉若娶黛玉为正妻，她与黛玉的性格是难免要发生龃龉的，她将生活得不痛快；若是宝玉娶宝钗为正妻，那么，她就不会有不痛快之处。替她想想，也确实如此。她又是无私的，这体现在她对宝玉无微不至的照顾上，而且她对宝玉有真感情，宝玉的全部物质生活和中、低级的精神生活，全对她存在依赖性。脂砚斋批语透露出，对于宝玉，她"有始有终"，她甘愿为宝玉牺牲——甚至牺牲掉在那个时代那种社会被一般人最为看重的"名节"。高鹗续书，就以嘲讽的笔调把她嫁给蒋玉菡，写成"抱琵琶另上别船"式的虚伪与背弃，令后来一些评家一再加以讥刺抨击，但曹雪芹八十回后写她，却着眼在她的利他精神。

第七十七回的叙述语调，基本上是沉郁的。但曹雪芹着笔时，还是尽量保持着一份冷静，拉开和笔下人物、事件的距离。芳官等三个戏子最后不甘由干娘摆布嫁人，闹着要出家，正巧水月庵的智通与地藏庵的圆信在王夫人处，就"爬不得又拐两个女孩子去作活使唤"，便花言巧语一番，曹雪芹这样来写王夫人的反应："今听了这两个拐子的话，大近情理……"于是让她们带走了芳官等女孩。这是一种软幽默的文笔。

在第七十七回里，王夫人斥责芳官时还说："我且问你，前年我们往皇陵上去，是谁调唆宝玉要柳家的丫头五儿了？幸而那丫头短命死了，不然进来了，你们又连伙聚党，遭害这园子呢……"周汇本保留了"幸而那丫头短命死了"这句，但也注意到，在杨藏本里，这个地方的这句话先写上，后来又抹去。柳五儿究竟死了没有？曹雪芹的构思究竟如何？在八十回后会不会再写到她？（那时会交代关于她短命是王夫人误听了传言。）都值得探究。

第七十七回写宝玉探视晴雯，二人生离死别的一段文字，是最令人心生不忍的。如果你原来读的是程高本系统的通行本，那么你应该知道，那些文字多有靠不住之处。现在请你细读周汇本，文字简洁清爽多了，而悲剧的气氛，却更加浓酽。

我年轻时读红，之所以不耐烦读第七十八回，一是实在不理解为什么会来一段关于姽婳将军的情节，二是虽然理解《芙蓉女儿诔》的出现，但那诔文实在太古奥，好多字不会发音，好多词语不知何解，读起来发闷，自然就常常草草翻过，不去咀嚼。现在再读第七十八回，就意识到，那是全书中的又一个转折点。

所谓姽婳将军林四娘，尽管贾政所言含糊其辞，似乎是一个对抗农民起义的为封建统治者卖命的女流，但细一考量，清代皇帝对儿子（阿哥）分封后，都留在京城安排府第居住，并没有派往外省封一片食邑让其在那里称王的做法，倒是明朝，一直有那样的政治传统，因此，所谓青州恒王帐下的姽婳将军林四娘捐躯疆场，就并不是清朝的事情而是明朝的故事。这样写就相当犯忌了。明朝的覆灭，李自成、张献忠等农民起义军的冲击固然是一个方面，但更重要的是清军后来的长驱直入，林四娘所抵挡的，就说不清究竟是哪一方，青州的陷落，也就道不明是落于谁之手。那么，曹雪芹借贾宝玉之名写成的长篇歌行，也就不能说是歌颂了镇压农民起义的反动女流。

我的看法是，曹雪芹在这一回里写出了贾政的另一面，那就是他非正统、非规范的一面。在这一回里，贾政也难得地肯定了宝玉的非正道的一面。前面已经写到，与贾家血肉相连的江南甄家已经被皇帝抄家治罪，贾家不但接待了甄家的人，还接收了甄家运来的罪产加以藏匿。虽然在前面相关的文字里没有提到贾政，但那不可能是王夫人等背着他做的事。在笼罩全书的"双悬日月照乾坤"的政治格局中，贾政终于不得不作出鲜明的政治抉择——站到以"义忠亲王老千岁"为精神领袖的"月"派政治力量一边。贾政之所以对姽婳将军林四娘一唱三叹，就是看重林四娘的"义忠"，也就是"士为知己者死"的牺牲精神。贾政的这个政治抉择，当然也就决定了此后贾府的命运。所以我说这一回又是一个转折。

就宝玉而言，吟诗赞颂林四娘，是被动的，而写《芙蓉女儿诔》，是调动出生命中的全部激情，以血泪写成的。这篇古奥的诔文，借助字典、词典、注释，其实一般读者都能达到琅琅上口地诵读，和默默品味而心领神会的程度。这不仅是宝玉对晴雯一个人的悼念与怀思，也是宝玉对群芳和包括他自己在内的青春生命所处的生存环境的沉痛概括，以及对挣脱桎梏追求个性解放的高亢呼喊。这是宝玉生活和思想的一个大转折。从此以后，他将面对更多也更沉重的挫折，他的终于"悬崖撒手"，也就埋下了精神种子。宝玉撰《芙蓉女儿诔》之前，从空落落的蘅芜苑出来，"又见门外的一条翠樾埭上，也半日无人来往，不是当日各处房中丫鬟，不约而来者络绎不绝。又俯身看那埭下之水，仍是溶溶脉脉的流将过去，心下因想：天地间竟有这样无情的事情！"这是"春梦随云散，飞花逐水流"的再一次变奏。又写到宝玉在构思诔文时立下这样的出发点："我又不稀罕那功名，我又不为世人观阅称赞"，他发誓用血泪来写出心语。其实，这不也就是曹雪芹的美学宣言吗？

现在再读第七十八回，我不仅有了耐心，更常读常新。尤其要感谢曹雪芹，"不稀罕那功名，不为世人观阅称赞"，这是他给我立下的写作圭臬，成为我写作的座右铭。所谓"不为世人观阅称赞"，意思是能够忍耐一般世人的长期误解，不追求轰动效应，更没有商业上的追求。也就是说，能有越来越多的世人接受自己的文字，能有一些赞扬和肯定，能够流布，名随利至，固然也是可能发生的情况，但那绝不是为文的目的，目的只能是"我为的是我的心"。

这两回是否是曹雪芹原笔？如系补作，作者当非高鹗

揭秘古本

第七十九回　薛文龙悔娶河东狮　贾迎春误嫁中山狼
第 八 十 回　懦弱迎春肠回九曲　姣怯香菱病入膏肓

　　按周汝昌先生的观点，古本《红楼梦》(《石头记》)可信的只有七十六回，第六十四回勉强还接近曹雪芹的原意，如果对它"从宽"，则不可信的是第六十七回、第七十九回、第八十回。周汇本的汇校、精择工作，也就没有涉及到第六十七回、第七十九回和第八十回。

　　对于一般的《红楼梦》读者来说，如此深入细致地从版本上讨论其文字是否符合曹雪芹的原笔原意，未免吃力了一点。我的想法是，当务之急，还是首先要从版本上，把高鹗的四十回续书与大体上是曹雪芹的八十回《红楼梦》切割开来。

　　我说"大体上是曹雪芹的八十回"，含有两层意思。一层是：我基本上认同周汝昌先生的观点，就是现在我们所看到的古本中的第六十四回、第六十七回、第七十九回和第八十回，并非曹雪芹的原笔，以严格的标准来衡量，我们今天能看到的曹雪芹的《红楼梦》，只有七十六回；另一层是：我们现在所看到的第六十四回、第六十七回、第七十九回和第八十回，它们虽然不是曹雪芹的原笔，是由别的人补成的，但那补写的人士，从身份到动机，都跟高鹗有重大的区别。从身份上说，高鹗跟曹雪芹了无关系，两个人不仅不认识、无交往，人生轨迹无交叉，生活阅历也大不相同；但是补上面提到的四回书的人，却应该是很接近曹雪芹的人士，在一定程度上是了解曹雪芹对整部书的基本构想的，其中一位补写者，很可能就是脂砚斋。从动机上说，补写这四回书的人，是努力去接近曹雪芹的原意，而高鹗却是想

"匡正"曹雪芹前面所写的"走向"，把他自己那跟曹雪芹不相同，甚至背道而驰的意图，贯穿在了续书之中，还对前八十回进行了相应的篡改。因此，我认为高鹗的四十回续书，不应该再跟曹雪芹的文字合在一起印行，他的续书可以单独出版，谁愿意看，可以拿去看，却不能再让那些文字跟曹雪芹挂钩，所谓"《红楼梦》曹雪芹　高鹗　著"的印法，必须改变。《红楼梦》出版史上的这场革命，必须进行！

尽管我们现在看到的古本《红楼梦》八十回里，有三至四回不像曹雪芹的原笔，但意思大体上还是对头的，为了说起话来方便，把这大体上是曹雪芹写的八十回文字，统称为"曹雪芹的八十回《红楼梦》"，还是恰宜的。

周先生因为不满意我们现在所看到的这第七十九回和第八十回，他自己另起炉灶，另写了这两回，作为对曹雪芹迷失无稿部分的一种探佚成果的展示。他给第七十九回拟的回目是"清虚观灵玉消冤疾　水仙庵双峯报芳情"，安排了贾母责备王夫人撵逐晴雯致死、宝玉往清虚观去为晴雯申冤等情节。还写到赖尚荣家又来请贾府的人到他家赴宴：

赖家酒席丰富，戏文新鲜，自不必细表；只说男宾女客，分设外内两处院子，到撤了酒席将次看戏时，方将内眷女客请到戏台前，拦上帏幔，一处看戏。这男宾中，有荣府交契，也有赖尚荣在官场应酬，结识了忠顺王府的哥儿，这日也来赏光助庆。偏巧戏文中间停锣止乐时，宝玉正在好友冯紫英、卫若兰、陈也俊等公子一起讲论戏文的音韵，贾母惦记他要服一丸药了，便令袭人出座找亲随小厮与宝玉送去。这时恰好忠顺王公子起座与随侍人说话，却不防一回头与袭人打个照面。袭人见有生客，即回避回座去。谁知道那王子便问小厮：你们是谁家的，那日内眷来的是何人。用钱赏了小厮，小厮便说了出来——方才那是我们宝二爷的丫鬟，名叫袭人。

那王子记在心。

第七十九回就结束在这里。第八十回，回目则是"赖尚荣官园重设宴　贾雨村王府再求荣"。写贾雨村为了讨好炙手可热的忠顺王及其王子，不惜对给予过他多方帮助的贾府施加压力，助纣为虐：

　　话说那王子，本是忠顺王之幼子，因此宠爱娇纵，是京师闻名的花花公子，声色犬马，无所不为。这日忽一眼瞥见了袭人，便觉自己府里二三百名的丫鬟侍女，一概不中用了。见了母妃，硬逼着叫想法子去把这个袭人讨来……母妃无奈，只得和王爷说了此事……那王爷虽也知此事名声攸关，不敢轻动……正在无聊之际，人报兵部贾雨村大人来拜。王爷心中一动，忙说快请。

　　原来，雨村自升了大司马，越发权威日盛，渐次向各王府里走动，心知忠顺府是当朝天潢首贵，可以左右内廷大势，便时常来献勤讨宠。这日又来……入座寒暄后，王爷装作无意闲谈，问道：近日可还常到荣府去？他家那哥儿怎么样了？

　　雨村尚不明就里，随口答道：学生与那贾宝玉，倒也不时常会的，因他文采过人，诗词作得好，京城里识文赏字之人无不赞美。近日又作了一首奇诗，题作《姽婳词》，正抄来一份在此。……那忠顺王原想借雨村口才，去向贾政说话，讨了丫头，可免动文动事，闹事担名。此时雨村去后，就打开诗从头细读。忽然惊叫道：这是"反诗"！……话说这一清客罕然厉色向众人说道：这诗的要害，并不在那一两句可以为解的诗人讽语，却在这林四娘其人原本就是逆党下流之人，她是山东违抗圣朝的天兵。你看："明年流寇走山东"，这是什么话！还待愚者道破，方能醒悟吗？

　　王爷与众客一闻此言，一齐又惊又喜——喜的是，这可抓住了问罪兴师的真由头。那忠顺王也不是浅薄粗鲁之辈，他便吩咐长史官，明日专唤贾大人。到府议事。

274

于是贾雨村就去荣国府，对贾政晓以利害，逼迫贾府献出袭人，以避"文字狱"，贾政无奈，只好去跟王夫人先说。

> 话犹未了，只听外面人报：王府长史官来拜。贾政一闻此言，目瞪口呆，连说罢了罢了，长叹一声，慌忙迎接出去。究竟袭人如何离开荣府，辞别宝玉，且看下回。
>
> 冤疾才消祸便随，名园金谷是耶非。
>
> 坠楼自是忠贞绝，难保石郎更可悲。

周汝昌先生这样写，想来是对我们现在看到的第七十九回和第八十回深为不满，估计他对第八十回尤其不满。第八十回以往的通行本都以"美香菱屈受贪夫棒　王道士胡诌妒妇方"为回目，周汇本坚决不取，估计周先生特别不相信关于王道士的那段情节。确实也是，前面有一位现成的张道士，提供了极其丰富的情节发展的线索，有什么必要再出现这么一个王道士？"妒妇汤"只不过供读者一笑，缺乏曹雪芹文笔一贯的内涵力度。他从第七十八回往下续，那样铺排情节，是因为根据他的理解，贾府的内外危机，应该是一步紧逼一步，前面的伏线，到这两回应该"收线"，有所照应了。

周汝昌先生对第七十九回和第八十回的改写，可供参考。

我个人的看法是，第七十九回和第八十回，写迎春误嫁中山狼和薛蟠娶来个河东狮，写夏金桂的家庭背景、性格特点，写因此对香菱命运的影响，应该大体上都还符合曹雪芹的基本构思，对于一般读者来说，是无妨当作曹雪芹的文字接受下来的。

下编

遗失了的后二十八回：次第检索

你一定要知道：曹雪芹是写完了《红楼梦》的

　　虽然我在本书前面已经一再讲到这一点，在讲完古本《红楼梦》的八十回后，仍然觉得应该辟专节再次强调。一百二十回的《红楼梦》，影响确实很大，以致到了今天，很多读者还以为那就是曹雪芹的《红楼梦》。"调包计""黛玉焚稿""宝玉哭灵"等等与曹雪芹了无关系的情节，借助戏曲、电影、曲艺等的改编流传，使许多人深信那就是曹雪芹的原意。有的红学研究者还断言，一百二十回的《红楼梦》是必须尊重的"经典"，似乎谁离开了高鹗的四十回续书，谁就犯了错误似的。

　　二〇〇六年底，人民出版社推出了八十回的周汇本《红楼梦》，这个汇聚现存的十一个古本，一句句加以比较，选出其中肯定是或最接近曹雪芹原笔原意的字句，再连缀起来精校求真的本子，使我们大开眼界，相信会有越来越多的读者，特别是入迷已久的"红迷"朋友，能够认同这个真本、善本、美本，从审美意识里，把曹雪芹的《红楼梦》和高鹗的四十回续书严格地区分、切割开来。

　　曹雪芹的《红楼梦》，流传到今天，却不完整，这当然是天大的遗憾。但是，有一个误会，一定要破除，那就是不少人以为，曹雪芹没有把《红楼梦》写完，他只写了大约八十回，没来得及往下写，就搁笔了，就去世了。这个误会，我得再花大力气，来加以破除。曹雪芹是把整部《红楼梦》写完了的，不过全书不是一百二十回，根据周汝昌先生的研究，概而言之，《红楼梦》通部的结构，是以九回为一个单元，又以十二为总揽人物和情节的组合数，因此，全书应该是九乘以十二等于一百零八回。

这一百零八回的《红楼梦》，曹雪芹已经大体完成了，有完整的回目，每回的叙述文字基本上都已写好，只剩一些诗词等"部件"有待嵌入，当然，也还需要再统稿，打磨掉一些前后矛盾或笔误性的"毛刺"。总之，剩下的工作已经不是很多，应该说全书已经呈白璧微瑕、大放光彩的状态。那么，他既然已经把全书大体完成，怎么会后面大约三十回书，我们现在就看不到了呢？

曹雪芹是在极为艰苦的写作条件下，来写这部书的。后面三十回左右文稿的散佚，大体有这样一些原因：

一、物理性损失。比如房屋漏雨造成的浸泡，长期翻阅造成的磨损，鼠灾、虫蛀等等，都会使宝贵的原稿或抄阅评点稿蒙难。

二、非恶性动机的人为损失。比如亲朋好友迫不及待地把刚写成的文稿借走阅读，或许是因为喜欢就留下未还，或许是欣赏不来就未加珍惜，或许是因为遇到困难想还也没有办法。

三、多余的善意造成的流失。有的借阅者借去后，阅读中觉得多有"碍语"，觉得自己保留那样的文稿会惹来麻烦，而且觉得曹雪芹再那样写下去不安全，所以看过就将其销毁了。

四、恶意干预，形同查抄。这当然是"有来头"的人士，"索书甚急"，你不给他文稿不行，拿走后，即使不再来追究，也实行"检扣"，满纸璀璨明珠，就此投入黑暗深井。

五、有预谋地加以扼杀。周汝昌先生撰有一篇题目为《〈红楼梦〉全璧的背后》的长文，可资参考。

周老首先全文引用了乾隆三十七年（公历一七七二年，距曹雪芹辞世约八年后）正月初四皇帝的一道谕旨，谕旨的大意是下令采购群书，意图是加以检查，然后将其中一批禁毁，这当然是非常严酷的文化专制措施。据资料显示，当时被禁毁的书达三千多种，六七万部以上。但是，乾隆皇帝毕竟是个大政治家，他深知不能只是一味地禁毁，与其将有"碍语"的书籍一律斩尽杀绝，莫若将其中的一部分加以"改造"，使其从"有害"变成"无害"。于是，乾隆三十八年（公历一七七三年），就降旨开始了编修《四库全书》的浩大工程，这是从"正面"来实施文化专制。在整理、保存现有书籍的前提下，既形成文化积累，又能显示他这皇帝不仅武功赫赫，文治也煌煌。这项工程持续多年，乾隆四十五年，和珅当上了编修《四库全书》的正总裁。乾隆四十七年（公历一七八二年），《四库全书》宣告完工。

周老的论文，还引用了一位叫吴云的人士的一段话。吴某写那段话的时候已经是嘉庆二十四年了，他是这样说的："《红楼梦》一书，稗史之妖也，不知所自起，当《四库全书》告成时，稍稍流布；率皆抄写，无完帙。已而高兰墅偕陈（程）某足成之，间多点窜原文，不免续貂之诮……本事出曹使军家……"后来又引了一位署名"讷山人"的一段话："《红楼梦》一书，不知作自何人，或曰曹雪芹之手笔也……久而久之，直曰情书而已。夫情书，何书也？有大人先生许其流传至今耶……"

周老的论文考证得非常详尽，引了很多史料，形成了严密的逻辑链，这里不能全引。简言之，结论是：曹雪芹的《红楼梦》没有被全部禁毁，而是经过和珅这位"大人先生"安排的"改造"——找写手对前八十回"点窜原文"，对八十回后全盘重写，把它变成一部单纯的"情书"，也就是一部"无碍"的"爱情小说"——然后，允许活字摆印，广为流传。

据清人赵烈文《能静斋笔记》引宋翔凤的话："曹雪芹《红楼梦》，高庙末年，和珅以呈上，然不知所指。高庙阅而然之，曰：此盖为明珠家作也。后遂以此书为珠遗事。"说明被"改造"过的《红楼梦》得到了乾隆皇帝（高庙是对他的尊称）的首肯，乾隆皇帝开红学"索隐"之先河，说它写的是康熙朝大臣明珠家的故事，这样，就彻底把人们对其文本中隐含的关于废太子及其子弘皙的内容的关注，引开到对"当朝"毫无关系的想象空间里去了。

和珅出重金、延文士"改造"曹雪芹的《红楼梦》，找到高鹗（兰墅是他的字）的直接证据，目前尚未发现，但并非没有蛛丝马迹可寻。周先生把最可能将他引荐到和珅处的人士，搜寻了出来。高鹗于乾隆五十三年（公历一七八八年）虽然考中举人，但以后连续几年去考进士都落第，而在他"改造"完《红楼梦》，并于乾隆五十六年（公历一七九一年）排印出来以后，于乾隆六十年（公历一七九五年）顺利地被录取为进士，而那一年和珅恰恰是读卷官，这也确实耐人寻味。

"改造"过的《红楼梦》，不仅由书商程伟元活字摆印出版，还由皇家的出版机构"武英殿"正式印刷流布。因此，程高本的《红楼梦》，其实也就是"御制《红楼梦》"。一七九四年俄罗斯传教团团长卡缅斯基（他也是位汉学家）来北京，购置了一部这样的《红楼梦》，后来带回莫斯科，现在还保存在当地。他在书上写道："此刊本是由宫廷印制的。"这部《红楼梦》和保存在圣彼得堡的那部八十回的古本《石头记》的版本价值，相差何止十万八千里。

周老当面跟我说过，他对《红楼梦》的研究，一生所追求的，就是反伪归真。他把高鹗的续书称为"伪续"。人民出版社出版的周汇本《红楼梦》，最后将周汝昌先生《红楼梦新证》一书中有关八十回后探佚成果的文字收入，就是为了强化读者应有的这一认知：曹雪芹是写完了《红楼梦》的，不幸的是，前八十回文字遭到篡改，八十回后的原文被禁毁，而高鹗的续书不仅伪劣，更是当时官方推行文化专制政策的一项措施。周老还另有专著《红楼梦的真故事》，以很大的篇幅，将他自己对曹雪芹《红楼梦》全貌的探佚成果，生动、通俗地集中展示出来。

我希望广大读者不要因为将曹雪芹的《红楼梦》与高鹗的伪续切割开而感到失落。假的就是假的，伪装应当剥去。抛开高鹗的四十回，再把被他和程伟元在"大人先生"指使下所篡改的前八十回拨乱反正，我们所得到的是满斛珍珠，失去的则是沙砾鱼眼。

既然曹雪芹已经写完了《红楼梦》，那么对八十回后的探佚就是必要的，而且根据遗留下来的种种线索，这种探佚也是完全可行的。下一章我将把自己的探佚心得呈现出来，供"红迷"朋友们参考、讨论。我的呈现方式，首先是把设想的回目公布出来，然后在回目下简要地说明我认为曹雪芹会写到什么。

要说明的是：我以前曾写过一些探佚文章，并曾将探佚心得以三部中篇小说《秦可卿之死》《贾元春之死》《妙玉之死》体现出来。现在写下的是最新的探佚结果，在原有基础上有所调整，凡与以前所写有出入的地方，都表示我已以新的思路替代了以前的构想。

探佚《红楼梦》第八十一回至一百零八回

第八十一回　中山狼吞噬薄命女　河东狮吼断无运魂

迎春"金闺花柳质，一载赴黄粱"（第五回判词）。古本中有"黄粱""黄粱"两种写法。如是"黄粱"则是用唐朝沈既济《枕中记》"黄粱一梦"的典故，如是"黄粱"则指悬梁自尽。周汇本取"黄粱"。迎春不堪中山狼蹂躏，曹雪芹写她最后悬梁自尽是可能的。香菱这个"有命无运"（第一回癞头和尚语）的女子，"自从两地生孤木（隐含一个夏金桂的"桂"字），致使香魂返故乡"（第五回判词）。金桂到，香菱亡，是曹雪芹非常清楚的构思，高鹗写金桂死香菱扶正是绝大的歪曲。这些事都发生在从第十八回后半部分那年算起第三个年头的夏末。

第八十二回　谣诼四起官中大乱　封园闭户胆战心惊

"官中"，又作"公中"，前八十回里多次出现这个说法，指的是荣国府的一个集中管理财务及其他府第事务的机构。第八回写宝玉去梨香院，在府内夹道上遇见了七八个管事的头目，其中有：库房总领吴新登（过去称量银子的器物叫戥子，称量时需拨准戥星，此人名字谐"无星戥"的音，可知其"理财水平"）、仓上的头目戴良（谐音寓意是"大斗往外量"）、买办钱华（谐音寓意是"花钱如开花"）。这是一群狗仗人势，并且随势变化的宵小。这一回写到，江南甄家被皇帝抄家治罪，往荣国府藏匿罪产一事，使府内谣诼四起，官中先大乱起来。有怕牵连卷逃的，有借势加大贪污力度的，凤姐已支不出府内女眷、小爷们和丫头仆妇们的月钱，整个府第内各种矛盾更加激化，赵姨娘、贾环也给王夫人、宝玉制造了更多麻烦。王夫人命令宝玉、黛玉、探春、惜春搬出大观园居住，园里只有稻香村和拢翠庵（古本中有"拢翠庵""枕翠庵"两种写法，此处取前者）两处，还分别由李纨（带着贾兰）、妙玉住着。史湘云也从李纨处撤出，准备回到叔叔家去。薛宝琴早被薛姨妈接去住了。大观园基本上是一幅封园闭户的萧索景象。忽然又传来贾母娘家——史家——惹怒龙颜的消息，保龄侯史鼐、忠靖侯史鼎全被削爵，贾母闻之中风，生命垂危。

第八十三回　史太君无奈大厦倾　金鸳鸯有志宁玉碎

贾母没撑到八十一岁生日，就溘然而逝。因为贾母突然中风后就不能说话了，因此没有留下明确的遗嘱，这就使得府内几拨利益集团之间对家族权力，特别是对财产的争夺战白热化。而外部更频频传来不利消息，贾家已是风雨飘摇，大厦将倾，贾母死时不能瞑目，还是由宝玉将祖母眼帘闭合的。贾赦已被人参劾，越加醉生梦死，贾母既死，便威逼鸳鸯，鸳鸯怀揣利剪，刚烈刺喉，为捍卫自身尊严玉碎。

第八十四回　平安州事发不平安　洒泪亭鹤唳难洒泪

贾赦有违王法私自交结京外官员——第六十八回特别点明，他派贾琏去平安州与平安节度使勾结——终被参倒，龙颜震怒，将其削爵治罪。贾琏暂时蒙混过关。由于元春的乞求，皇帝没有将贾赦的罪名连坐到贾政头上。贾政护送贾母灵柩回南京，宝玉等送至运河边洒泪亭，偏又传来于元妃不利的消息，一时也无法求证，众人皆惶惶不安。

第八十五回　暖画破碎藕榭削发　冷月荡漾绛珠归天

　　宁国府贾珍与冯唐、冯紫英父子，以及韩奇、卫若兰、陈也俊等"月"派人物混在一起，天香楼下的习射发展为赌局后，又渐次成为政治密谋活动。惜春迁出大观园，本应回宁府，但她"矢孤介杜绝宁国府"的意志毫无改变；贾母死后，她在荣国府更显尴尬，尤氏再次来动员她回宁国府，她将完成一半的大观园行乐图用刀划破，又剪发立誓，决计出家，甚至拒绝了家庭对她出家庵院的安排，"缁衣顿改昔年妆"，冲出府第，沿街乞食，后终于觅到一处荒废的庵院，每晚"独卧青灯古佛旁"（第五回判词）。惜春临行前已"将那三春看破"（第五回《虚花悟》曲），还像秦可卿那样留下可怕的谶语："勘破三春景不长"（第五回判词）——她离府是在从第十八回后半部分算起的第三个年头的秋日，离那家族彻底毁灭的"四春"已经很近了。

　　贾母死后，黛玉没了靠山。虽然宝玉对她一如既往，他们之间的爱情也不再因误会而烦恼，但黛玉寄人篱下的悲戚感更加强烈。一次凤姐让小红送茶叶来，她道谢后随便问了几句，小红对她表现出冷淡和戒备，令敏感的她更加痛苦（第二十七回埋下小红误会她的伏线）。府里负责管理药房司配药诸事的贾蔷、贾菱，早被赵姨娘买通，给她配制药剂时，下了对她不利的成分，为的是促成她的死亡而又不留痕迹（参考第三回一条脂批）。黛玉泪尽，又到中秋，她为自己设计了诗意的告别人世的方式：从塘边慢慢走向水中央，消失在冷月的倒影之中。花魂沉落，复归天界。

第八十六回　勉为其难二宝成婚　似曾相识枕霞出阁

　　黛玉在沉湖的最后阶段，被寻找她的紫鹃和雪雁发现。她们惊呼起来，守夜的婆子也看到些迹象，王夫人、宝玉、宝钗、湘云等赶到水边，尚有月影晃动的余波，赶忙找人来捞救，但直到清晨，只捞取到黛玉的衣裳，并无尸体，大家甚为惊讶。宝玉、宝钗先悟，告诉大家黛玉乃仙遁而去。湘云想起头年与黛玉一起联诗二人念出的最后两句，不禁悲从中来。黛玉去后，宝玉精神恍惚，宝钗激他大哭，以得宣泄，但直到多日以后，宝玉重读黛玉留下的诗篇，才终于大哭一场。

过了一阵，王夫人和薛姨妈安排了宝玉、宝钗的婚事。说是虽在祖母孝期，但家族已有流散征兆，简朴完成"金玉姻缘"，应是对贾母亡灵的最大安慰云云。但对宝玉来说，"纵然是举案齐眉，到底意难平"（第五回《终身误》曲）。对宝钗来说，又何尝是实现了"好风频借力，送我上青云"（第七十回《临江仙》词）的鸿鹄之志呢？两个人并无幸福可言。湘云的两个叔叔家都被削爵，虽未完全垮掉，也已丧了元气。她本已定了人家（第三十一回王夫人、第三十二回袭人都提及），在王夫人帮助下，叔婶把她嫁了过去，原来夫君是卫若兰，见了面，倒颇投契。宝玉将从张道士那里得来，并一度丢失被翠缕、湘云拾到归还的那只金麒麟，作为贺礼之一，给了卫若兰。

第八十七回　椿灵抗旨远走高飞　司棋殉情殃及池鱼

元妃本已怀孕，"榴花开处照宫闱"（第五回判词），但皇帝对贾家亲戚的打击，使她非常惶恐。祖母死讯传来，她悲痛过度，形成流产，渐渐失宠。为挽回皇帝的宠爱，她用尽心思。皇帝当时喜欢在宫廷里观戏，太监夏守忠提醒她，当年省亲时戏班子里最好的戏子龄官演出的《相约》《相骂》实在精彩，何不宣进宫来，供整日不开心的皇帝一笑解忧？于是元妃下旨，调取龄官入宫唱戏。谁知王夫人回禀，所有戏班里的女孩均已打发，龄官更早被贾蔷接出。元妃再下旨寻找贾蔷、龄官，贾珍、贾蓉及时透信，贾蔷和已经改名椿灵的龄官连夜远遁（有四种古本第三十回回目后半句是"椿灵画蔷痴及局外"）。

司棋被撵出大观园，先押往邢夫人处，后被邢夫人撵回其父母家。司棋恨潘又安胆小无男子汉气概，逃走后竟杳无音信。其父母逼她嫁给不良男子钱槐。这钱槐是荣国府买办的儿子，又是赵姨娘的内侄，派跟贾环上学。他原来是看上了柳五儿，为柳家的和柳五儿所不齿（见第六十回末尾的交代），柳五儿病死后，又求娶司棋。司棋坚决不从，父母一再威逼，司棋愤而仰药自尽。钱槐指使秦显家的来参与丧事，诬指司棋所服毒药系柳家的当作茯苓霜所给，称司棋吞药是为治病，司棋之死乃柳家的预谋陷害，怂恿其父母告到官府。王夫人、凤姐任官府来拘查柳家的，贾府内仆人间的利益冲突进一步激化。

王善保家的跟邢夫人说，应给司棋家发丧银以免其阴魂报复，那时贾赦已被枷号，邢夫人哪来闲银？不得已只好找到邢岫烟，邢岫烟因丫头篆儿恰在那时被宝玉小厮扫红勾引潜逃（参考我在本书中对第五十一回薛宝琴灯谜诗《蒲东寺怀古》的分析），心烦意乱；因薛蝌正忙于为薛蟠新惹的官司——薛蟠在一次夏金桂撒泼时与其冲突，失手将其打死，夏家到官府告薛蟠故意杀妻——跑动贿赂，也无法帮助，邢夫人只得悻悻而返。夜深人静时，生怕司棋等鬼魂来袭，方对彼时那样处置绣春囊导致的一连串变故有所懊悔。

第八十八回　薛宝钗借词含讽谏　王熙凤知命强英雄

这个回目是曹雪芹的原笔原意，只是不知道究竟是给哪一回定下的。在第二十一回前面，有条脂砚斋批语明明白白地告诉我们："按此回之文固妙，然未见后之三十回犹不见此之妙，此回'娇嗔箴宝玉，软语救贾琏'，后回'薛宝钗借词含讽谏　王熙凤知命强英雄'，今只从二婢说起，后则直指其主。"

黛玉仙去后，宝玉"空对着，山中高士晶莹雪；终不忘，世外仙姝寂寞林"。深秋，他潜入大观园潇湘馆，只见"落叶萧萧，寒烟漠漠"。（第二十六回写到宝玉进入潇湘馆"只见凤尾森森，龙吟细细"时，脂砚斋批道："与后文'落叶萧萧，寒烟漠漠'一对，可伤可叹。")回家后，宝钗深知他所思所感，就"借词含讽谏"，最后仍归结到劝他"读书上进"，苦口婆心，确有"停机之德"，但宝玉不为所动。

荣国府官中大乱后，王熙凤违法贷银取利的事大败露，邢、王二夫人都很生气，外界又来追究她假借贾琏名义摆平官司等违法行为。公公已然成了罪犯，丈夫也正被查勘，她的劣迹的暴露，更加重了贾府的危机。贾琏一来确实对她失却了恩爱，二来也觉得必须采取措施让各方知道责任全在凤姐一人身上，并且从家族角度来说也算对凤姐作了处理，就让族长贾珍出面，当众写下休书，取消了凤姐的正妻资格，更把她和平儿"换一个过儿"（第四十五回李纨语），平儿成了琏二奶奶，她成了通房大丫头。凤姐在如此尴尬狼狈的处境下，一方面只好认命，一方面仍无法改变往昔的性格，"知命强英雄"。贾琏由此完成了与凤姐的关系"一从二令三人木"（第五回凤姐判词）的三个阶段。那时候秋桐早被驱赶，丰儿也离去配了小子，小红自赎后嫁给了贾芸，凤姐倒成了丫头，好在平儿尚能善待她。周瑞家的因为曾求凤姐摆平官司，使其女婿冷子兴不被遣送原籍（见第七回），现在凤姐事发，也被撺出，冷子兴夫妇对贾府反生怨怼。旺儿夫妇亦因凤姐事败被撺。原在凤姐手下办事的小童彩明则与赵姨娘处的丫头小鹊私奔。

第八十九回　贪高位雨村昧良知　顾大局袭人舍声名

赖尚荣官运亨通，又升了，在赖家花园大摆宴席庆贺。贾府王夫人等应邀赴席——彼时贾府对赖家已呈巴结之态。宝玉、宝钗也由袭人、莺儿陪着去了。贾雨村亦在座。赖尚荣邀到忠顺王之子赴宴。忠顺王之子在花园巧遇袭人，即欲霸占。当时贾雨村因强夺石獃子古扇事，正被贾赦案牵连，苦思如何得以解脱，忽有此事，宴后即向忠顺王之子献下毒计。

那时已入冬，贾政从南京甫归来，即有忠顺王府来人点名索要袭人，并施以威胁。众人皆以为袭人必以死抗争，没想到袭人深知贾府根基已朽，再经不住此一打击，她若不去，贾府危在旦夕，竟挺身而出，愿去忠顺王府。袭人此举，府内大哗，多有讥讽斥责者。贾政、王夫人对袭人感之不尽。

袭人临行前对二宝说：此后日子恐怕更加难过，伺候他们的人不得不一再减少，但"好歹留着麝月"。（第二十回正文里有宝玉发现麝月"公然又是一个袭人"的句子；同回脂砚斋批语说："上一段儿女口舌，却写麝月一人，有袭人出嫁之后，宝玉、宝钗身边还有一人，虽不及袭人周到，亦可免微嫌小弊等患，方不负宝玉之为人也，故袭人出嫁后云'好歹留着麝月'一语，宝玉便依从此话，可见袭人虽去，实未去也……"）

第九十回　蒋玉菡偏虎头蛇尾　花袭人确有始有终

蒋玉菡自从被忠顺王从东郊紫檀堡搜寻回来后，就再也无法私自出府活动。那时"双悬日月照乾坤"的形势更加明显也更加严峻。"义忠亲王老千岁"一派和忠顺王一派的明争暗斗也愈加激烈，双方都想摸对方的底。一日，忠顺王生辰大摆宴筵，"月"派（也就是"义"派）人物自然他不会请，请也不会来，但光请"日"派（也就是"忠"派）也达不到政治侦察的目的，因此不惜把北静王请来。北静王貌似"中立"，其实内心是倾向"月"（"义"）的，因此可以通过他摸一摸"月"（"义"）的动向，好向"当今"密报。忠顺王请他来的表面理由，也有"再不必为一区区戏子伤和气"这一条。北静王大度赴宴，忠顺王命蒋玉菡献演。蒋玉菡见北静王在座，演出格外认真，光彩四射。但北静王中途以身体不支告退后，蒋玉菡却敷衍潦草将戏唱完。忠顺王大为不快，蒋玉菡却推托是中间后台休息时，世子（忠顺王之子，就是霸占袭人的那一个）赏他一份茶点，食后造成倒仓（嗓音失亮）所致。

忠顺王那个儿子将袭人霸占来后，还没来得及享受，就被忠顺王本人垂涎，因一时不好与儿子争夺这样一个女子，就强令其子将袭人献出去伺候他的母亲（其子祖母）。

不久那老妇人瘫痪，一次忠顺王想对袭人不轨被其子撞见，冲突一场，忠顺王一怒之下将袭人赏给了蒋玉菡，因又觉得蒋玉菡色艺渐衰，遂准其离府生活。

蒋、袭正式结婚，婚后发现当年蒋的那条大红血点子汗巾，正在袭人一只箱子最底下。（第二十八回正文有伏笔，同回脂砚斋批语指出："茜香罗暗系于袭人腰中，系伏线之文。"）他们从此坚持接济经济上越来越困窘的宝玉和宝钗。那时秋纹、碧痕（或作碧浪）、佳蕙等大小丫头都先后离去，二宝身边只剩麝月一人。（"花袭人有始有终"见于第二十回一条脂砚斋批注的引用。第二十八回回前总批里说："盖琪官虽系优人，后回与袭人供奉玉兄宝卿得同终始者，非泛泛之文也。"）

第九十一回　霰宝玉晨往五台山　雪宝钗夜成十独吟

二宝虽然有夫妻的名分，可是并没有性生活。这既是因为贾政和王夫人坚持要他们在贾母孝期满后再"圆房"，也是因为宝玉念念不忘黛玉，以及宝钗本身的矜持。（生于乾隆初年的富察明义在其《绿烟琐窗集》里收录了他写的《题红楼梦》诗共二十首。他在序里说"曹子雪芹，出所撰《红楼梦》一部，备记风月繁华之盛"，明确了曹雪芹对《红楼梦》的著作权。从他二十首诗的内容来看，他看到的应该是一个大体完全的本子。其中第十七首有两句是："锦衣公子拙兰芽，红粉佳人未破瓜。"可见二宝婚后并未享受性爱。）

没有性爱的夫妻，也很难维系精神上的沟通。宝玉在一次双方的"冷战"后，尝试"悬崖撒手"，也就是第一次出家。（宝玉在书中两次出家，第三十一回，黛玉将两个指头一伸，对发誓的宝玉抿嘴笑道："做了两个和尚了。我从今已后，都记着你做和尚的遭数儿。"这就是曹雪芹又一"草蛇灰线"的伏笔。）他在一个初冬下霰的早晨，留下一首告别诗，往五台山而去。（第二十一回脂砚斋有这样的批语："宝玉看（有）此世人莫忍为之毒，故后文方能'悬崖撒手'一回，若他人得宝钗之妻，麝月之婢，岂能弃而成僧哉。玉一生偏僻处。"）

那晚，极度痛苦的薛宝钗，在寒夜里以十首《十独吟》来排解内心的烦忧，镇定自己的心臆。十首诗应该都是吟的古代鳏寡孤独的人物。（第六十四回有黛玉写的五首《五美吟》，脂砚斋批道："《五美吟》与后《十独吟》对照。"）

第九十二回　甄宝玉送回贾宝玉　甄士隐默退贾雨村

五台山那时已是大雪封山，宝玉走不进去。在途中遇到一个和自己相貌完全相同的人，若对镜，似梦中。原来是甄宝玉。甄家被皇帝抄家治罪后，甄宝玉因还差一年才算成年，没有判罪，一个人上了五台山。甄宝玉觉得自己的遭遇正所谓"黄粱一梦"。甄宝玉告诉贾宝玉，真正的超脱并不在形式上的皈依佛门，他在五台山依然能看到人们之间的明争暗斗。他启发贾宝玉，还要从内心深处去寻求真正的顿悟。甄宝玉遂送贾宝玉回家。（第十七、十八回写元妃省亲时点了四出戏，其中第三出是《仙缘》，是根据唐代沈既济的《枕中记》改编的戏曲《邯郸记》中的一折。脂砚斋批道："伏甄宝玉送玉。"）

贾雨村攀附上忠顺王后，因贾赦案的牵连大事化小、小事化了，并被皇帝派了外差。贾雨村在赴任途中为避风雪投一破败道观而去。下属告诉他，附近俗众传言，此道观虽废，但其庭院中的古柏能测人之祸福，极灵。贾雨村进道观后见古柏下一苍老道士闭目独坐，仔细打量，竟是多年前的恩人甄士隐。贾雨村一再招呼，并垂询古柏测祸福之法，甄士隐始终闭目不睬不答。天已昏暗，贾雨村只得悻悻然离去。

第九十三回　卫若兰射圃惜麒麟　柳湘莲拭剑赏梅瓶

　　"月"派一党已有秘密山寨，作为举事基地。聚义此处的，有冯紫英、卫若兰、陈也俊、柳湘莲等人。他们在京城与上、中、下三种阶层的人均建立了秘密联系。上层里除冯的父亲神武将军冯唐、锦乡伯公子韩奇外，还有临安伯父子、梅翰林父子、杨侍郎等；中层人物则包括贾珍、贾蓉父子等；底层的，像戏子蒋玉菡、市井泼皮倪二，也都是他们物色到的"有用之人"。而代表"义忠亲王老千岁"那"月"派最高权力中心来跟他们联络的，则是其另立宫廷中的"太医"张友士。

　　卫若兰离京入住山寨，并未告知史湘云真相，只说和朋友一起赴远方云游。他一直佩戴着那只宝玉赠他的个头儿较大的金麒麟，就连在山寨中演练箭术的"射圃"活动中也不摘下。（第二十六回回后批语说："前回写倪二、紫英、湘莲、玉菡四样侠文，皆得传真写照之笔，惜卫若兰射圃文字迷失无稿，叹叹！"）

　　皇帝得到一些密报，对"月"派政治势力进行侦察。梅翰林家首先败露，梅翰林之子拒捕时身亡。王子腾又出了事。原来王夫人和薛姨妈借着娘家势力还能支撑一时，王子腾败落使她们的处境更是雪上加霜。薛蝌送宝琴回南京，在香雪海遇到柳湘莲。柳是下山搜集情报的，宝琴令柳动心。那时宝琴母亲也已过世，薛蝌作为宝琴家长，为湘莲、宝琴订婚。湘莲不好再以鸳鸯剑为定物，就拿一条玉带为定。薛蝌则把宝琴随身所带的一个常常用来插梅的瓷瓶交给柳湘莲，意思是你必须像对待细瓷瓶那样维系这桩婚事，绝不可使其破碎。柳将梅瓶带回山寨，拭剑时对瓶发誓：待到圆月腾升时，定当与绝色才女宝琴完婚。（此段情节想象，根据是第五十回薛宝琴的梅花诗、第五十一回灯谜诗《梅花观怀古》和第七十回《西江月》的词意。）

第九十四回　蘅芜君化蝶遗冷香　枕霞友望川留余憾

薛宝钗在家族败落和婚姻失败的双重焦虑中，染病而亡。（明义《题红楼梦》组诗第十九首有句："莫问金姻与玉缘，聚如春梦散如烟。"）宝玉以庄子风格写成悼亡文。

"月"派人物与"日"派人物有一次短兵相接，冯紫英打死了仇都尉的儿子，卫若兰在搏斗中身负重伤，被救回山寨后不幸牺牲。临终前他将金麒麟托付给冯紫英，请他得便时还给贾宝玉，那时他已知宝玉成了鳏夫，希望宝玉和湘云能够因麒麟结为夫妇并白头偕老。

史湘云婚后对卫若兰已经产生了感情。噩耗传来，夕阳斜晖中，她到以前送别卫若兰的运河码头大哭一场。（第五回关于她的判词和《乐中悲》曲含有此意。）

第九十五回　玻璃大围屏酿和番　膃油冻佛手埋奇祸

皇帝派粤海邬将军平定海患、处理边务。那时茜香国女国王已立其子为皇储，皇储向女王献言：与其不断劫掠大国海疆，不如与其修好，以本国特产换取固定的大宗年赏。女王于是通过粤海邬将军向中国皇帝为其王储求婚，皇帝也愿以"和番"方式求得海疆平安。但对方求配的是公主，皇帝自己舍不得将公主嫁到此等小国，便令忠顺王安排一王府级郡主以充公主。忠顺王建言：似此等小国，就以邬将军家女儿充公主去"和番"也就罢了。皇帝召见邬将军，邬将军以实相告：微臣儿子倒成人了，但女儿尚小，恐难充数。皇帝命其寻觅一合适女子担纲，限期完成任务。邬将军回到家中，告之夫人，夫人想起，曾与他一起去荣国府贺史太君八十寿辰，当时送去一架玻璃大围屏作为寿礼，是由她亲自带领仆妇，面交王熙凤和探春的，当时对探春印象极其深刻，觉得不仅美丽，而且大方爽利；在史太君过世前，也曾通过官媒婆去向探春求过亲，只是官媒婆来告之探春乃庶出，就放弃了她。邢夫人建言：现在贾家大势将尽，何不将此女推荐出去，既满足了茜香国要求，又效忠皇帝为国家做了件好事，同时也让贾家借此缓颓败之势？邢将军于是禀奏皇帝，皇帝闻知探春系元春之妹，也就应允。茜香国王储亲来进贡相亲，被探春的美貌风度打动，当即表示愿附庸为王，纳探春为王妃。探春由此远嫁茜香国，出发那天正是清明节，祭奠完祖母，就匆匆从运河登舟，将由河入江，穿江赴海，去往茜香岛国。贾政、王夫人及宝玉、贾环等送至江边洒泪亭。赵姨娘本来大喜过望，谁知探春依然不理睬她，只命贾环随贾政、王夫人前往码头送别，不免又恨恨有声。（根据是，第十六回凤姐说："那时我爷爷单管各国进贡朝贺的事，凡有外国人来，都是我们家养活，粤、闽、滇、浙所有的洋船货物，都是我们家的。"可见四大家族与海事、外事关系密切，与粤海将军邢家应是世交。第七十一回邢将军送来贵重的玻璃大围屏，实非偶然——那个时代玻璃是极其昂贵的东西，贾母丫头以珍珠、琥珀、翡翠、玻璃命名，可见玻璃在人们心中与珍珠、琥珀、翡翠等价——第七十一回特写贾母问到围屏，凤姐提及邢家所送玻璃大围屏，是伏笔；官媒婆来求说探春事见第七十七回末尾；第六十三回探春抽到的花签、第七十回末尾写探春放风筝的情况，都是伏笔；更有第五回的判词和《分骨肉》曲早已暗示了探春的命运结局。）

第十七、十八回写元妃省亲时点戏，第一出《豪宴》，是清初李玉的传奇《一捧雪》中的一折，脂砚斋指出："《一捧雪》中伏贾家之败。""一捧雪"是一件名贵的玉器的名字，可见贾家之败与一件古玩有重要联系，这件古玩，应该就是第七十二回里写到的膳油冻佛手。王夫人在一次进宫时，将这件古玩带去给了元春，意在求神佛之手保佑娘娘。此古玩被夏太监看到，原也无事，但后来元妃流产，渐失宠爱，夏太监以语试探，希望元妃将膳油冻佛手赐他，好拿去换银挥霍。元妃明知其意，实难割舍，佯作不解。夏太监生怨，就寻隙向皇帝密告，说贾家私带东西进宫，元妃明知私相授受有违王法，竟大胆昧下。皇帝听了龙颜不悦，但因贾家刚献出元春之妹探春和番，皇帝暂且不究，但从此更增加了对贾家的恶感。

第九十六回　潢海铁网山虎兕搏　橧林智通寺香魂断

　　清明过后——那已是从元妃省亲算起来的第四个春天了——皇帝进行"春狝"（春季狩猎），浩荡人马往潢海铁网山而去。那时"月"派已在彼处埋伏，打算趁机将皇帝刺死，夺取皇位。元妃随皇帝而行。那时皇帝在苦闷中，喜怒无常，忽念及旧情，对元妃又有所宠幸。元妃随身带有腾油冻佛手，时时摩挲，以求福佑，皇帝问及，元妃实告来历。皇帝驻跸时，将腾油冻佛手挂在弓上（第五回元春判词旁的图画是"只见画着一张弓，弓上挂一香橼"，弓谐"宫"音，说明元春居宫中——皇帝外出打猎所暂住的"帐殿"也是"宫"；而佛手正是香橼的一个变种），也有祈"佛手保佑"的意思。元妃在驻跸处还有月夜"乞巧"（将针放入水中占卜）之举。[第十七、十八回省亲时，点的第二出戏就是《乞巧》，乃清初洪昇所撰传奇（戏曲）《长生殿》中的一折，脂砚斋指出"《长生殿》中伏元妃死"。]

　　皇帝此来，表面上是循例的常规狩猎，实际上是对"月"派山寨已经侦察清楚，准备调重兵围剿，一举歼灭。因天气状况十分恶劣，未能按计划到达预定地点，临时决定驻跸在橧木林中的智通寺（第二回写贾雨村进入此寺，见到"身后有余忘缩手，眼前无路想回头"的对联）。因护驾的粤海邬将军等有所大意，反被冯紫英、张友士等偷袭，虎兕相搏，惊心动魄。"月"派军事力量毕竟单薄，不能速战速决，皇帝（"日"）为待大批援军到达，也只能施缓兵之计。双方谈判的结果，是"月"派要求皇帝献出元妃，以解他们的心头之恨——因"月"派总领袖是"义忠亲王老千岁"之长子，而秦可卿正是其亲妹，秦可卿藏匿宁国府达二十年之久都没有暴露，却被元春在皇帝登基后告密，"画梁春尽落香尘"。皇帝让太监夏守忠将元春拉出去交"月"派处置，元妃哭问自己何罪，夏太监竟代答说，她随时带着那腾油冻佛手，是打算寻找机会用那东西将熟睡的皇帝砸死。元妃被推出后，张友士等立即将她缢死在"望家乡，路远山高"的檀木林中。

第九十七回　宁国府旧账成首罪　荣国府新咎遭抄拣

　　苦心经营的"月"派虽然缢死了元春解了心头之恨，但皇帝的援兵赶到，终究还是寡不敌众，山寨被攻破，冯紫英、张友士及大批义士阵亡，只柳湘莲、陈也俊等少数人逃脱。

　　皇帝回到京城，表面上若无其事，并不公开"逆案"，对一贯忠于自己的一派，如忠顺王等，并不褒奖，倒是对似乎一贯中立的北静王，大表亲切，多有赏赐。但皇帝心中，对贾家格外痛恨。本来在他登基后，实行怀柔政策，像藏匿"坏了事"的"义忠亲王老千岁"未在宗人府登记的女儿一事，他采取大事化小、维护皇家和贾家双重体面的方式，大施洪恩，没想到现在彻底查明，宁国府贾珍、贾蓉父子，均是逆党骨干，忘恩负义到此等地步，实在令他气愤，立即新账旧账一起算，彻底查抄宁国府，将贾珍、贾蓉审问后，分别流放到打牲乌拉和宁古塔边陲之地，给披甲人为奴。宁府女眷如尤氏、蓉妻许氏及偕鸳、佩凤、文花等，还有所有的丫头仆妇、管家男仆小厮等计二百余口，一部分赏给负责抄家的忠顺王，其余均公开发卖。宁国府则暂加封锁以待重新分配给赐爵之人。

　　对于荣国府一支，虽然早已将贾赦治罪，但也只是枷号收监，并没有斩尽杀绝；现在再加严究，发现罪行更多，着实可恶，便也和对待宁国府一样，将贾赦、贾琏流往边陲，只不过尚允许邢夫人、平儿分别随赦、琏赴边，其余人等亦一部分赏给负责查抄其居所的仇都尉，一部分公开发卖，居所亦封存备用。

　　对贾政，皇帝原来一方面对元妃旧情未泯，一方面也看在贾政本人一贯清廉勤谨，有可用之处，虽有参劾其为甄家藏匿罪产的奏折上达，他也留中不复，当然也还有念其祖上参与开国战事，功勋卓著的因素——太上皇时时会提起，他不能不考虑到这一点，宁国公一支已灭，再灭荣国公一支是否得宜——但现在元妃已死，吸取原来实施怀柔政策过分宽厚的教训，他决定毫不手软，亦将贾政治罪，不但藏匿甄家罪产是一大罪名，将腾油冻佛手作为"凶器"私递宫中更成新咎，于是查抄荣国府。查抄仍由忠顺王执行。北静王出面为贾政说话，意思是政较赦罪轻，可否稍为宽宥。皇帝下旨暂将贾政收监，王夫人宝玉等则且就地拘押，其余人等亦集中看管待彻查后发落。大观园中，李纨因北静王奏报其青年守寡，不理家事，与贾政罪行无关，获准与其子贾兰仍暂居稻香村；另拢翠庵查出当年贾府聘帖一张，妙玉究竟与荣府罪行有否牵扯待查，也可暂留庵中居住。

宁、荣两府皆大厦轰塌，贾氏宗族成员有的如贾芹、贾萍等因在贾珍麾下任事被连坐；贾芸因早在贾母去世前就已不在荣国府任事，且将小红赎出独立生活，幸免连坐；严查中又牵出贾雨村、赖尚荣等，亦连坐收监。（第一回《好了歌注》"因嫌纱帽小，致使枷锁扛"一句旁有脂砚斋批语："贾赦、雨村一干人。"）

第九十八回　月落乌啼寒霜满天　食尽乌泣奔腾流散

"月"派彻底失败，继"义忠亲王老千岁"坏了事后，其长子——欲向皇帝争夺皇位的"月"也终于坠落。但皇帝并没有将其公开处治，只是把他和与其有牵连的一些王公贵族分别秘密囚禁起来。"义忠亲王老千岁"之长子被囚禁在清虚观偏院中。清虚观成了一座铁桶般的高级监狱。张道士仍准许在观内居住，但不允许他和其徒子徒孙与被囚者接触，亦不允许社会上的人士再来观中打醮。一日，正是五月初三，北静王经皇帝特许，到观中打平安醮。打醮的声响传进偏院囚室，惹得被囚者痛哭失声，因为那日正是"义忠亲王老千岁"的冥寿。

故事发展到这里，四大家族已经全部陨灭。贾家不消说了。史家史湘云的两个叔叔也都被进一步查究，发往边陲寒苦之地。薛家薛蟠被定了死罪，等待秋天被处决；宝钗已死，薛姨妈投到薛蝌、邢岫烟处，惨淡苟活；宝琴在南方与柳湘莲遇合，她最后确实是"不在梅边在柳边"，但柳是被通缉的逆案要犯，他们只能隐姓埋名，浪迹危山险水之间。王家王子腾罢官后亦被进一步查究，案未结就死去，其余族人各顾自己，鸟兽般散尽。

三个春天过去后，第四个春天也已结束。金陵十二钗正册中各钗，黛玉沉湖；宝钗抑郁而亡；元春惨死他乡；迎春被搓揉而死；秦可卿早被勒令自裁；剩下的七钗，探春远嫁茜香国，听到家族被治罪的噩耗，只能望洋哀叹，再无回国省亲的可能，就此在那遥远的异域终老；惜春缁衣乞食，为避牵连，离京远走，遇破庵则暂且藏身，越走越远，竟不知所终；凤姐因已非贾琏之妻，只算是荣府一丫头，被暂时与其他丫头仆妇们拘禁在荣府下房，等待着她的将是更沉重的打击；巧姐儿算是贾赦那院的"罪属"，因年龄尚小，准由近亲领去，凤姐之兄王仁以亲舅名义将其领出，正准备将其卖到妓馆锦香院去；李纨和妙玉暂时平稳，但以后的命运虽然大不相同，却同样令人嗟叹……

贾府的毁灭，使曾在府中居留过的喜鸾和四姐儿受到追查；李纨的寡婶及两个堂妹李纹和李绮虽然早已离去，也惹来是非口舌。

第九十九回　良儿误窃真相大白　凤姐扫雪痛心疾首

邢岫烟被准许在邢夫人随贾赦流边前见上一面，她将那年平儿以凤姐名义给她的大红羽纱半旧的褃子（见第五十一回）拿到当铺，换些银子，正要给邢夫人送去，邢大舅跑来，说是邢夫人一贯把持着邢家的钱财（邢大舅之怨见七十五回），现在被抄家，连邢家的财产亦连带被抄走，应该去仇都尉处告求，将邢家的那一份发还给邢家，他是来约薛蝌代邢岫烟一起去争还这部分财产的。当时薛蝌不在家（薛姨妈已死去），邢岫烟劝阻不成，只好把当衣的银子给了他些，邢大舅得了银子且去嫖赌。

邢岫烟去送别邢夫人，遇到坠儿和柳家媳妇，她们是特来送别平儿的——原来坠儿被撵后，配给了柳家媳妇的外甥（此外甥在第六十

298

回末尾正式出过场）；柳家媳妇的哥哥一家在荣府事败前已离开，柳家媳妇继女儿柳五儿病死后，又死了丈夫，因被秦显家的等陷害，还被收监，后因证据不足放出，只好依附哥哥度日，因此与坠儿同去送别平儿。柳家媳妇去是因为平儿判冤决狱，解救过她和女儿；坠儿去则因为对偷过平儿的虾须镯深感愧疚。邢夫人见到邢岫烟，平儿见到坠儿和柳家媳妇，啼哭难止。看管人员管制严厉，双方也不能多言。

贾赦一家结案流边后，贾政一支仍难结案。皇帝又有许多政务忙于处理，一时顾不得过问贾政一案，忠顺王想获得荣国府和大观园，也想等皇帝情绪好时再奏报处理方案——那时皇帝一句话，就可以把宏大府第和精美园林全赐给他——于是也拖延待机。半年过去，已经入冬飘雪，荣国府里的主仆人等，仍被就地拘押，等候发落。

赵姨娘向看管人员告发凤姐，说她原是府里拿事的，藏匿了许多财物。凤姐几次被罚跪在磁瓦子（瓷器碎片）上，被逼交代埋财物的地点（以跪磁瓦子方式刑逼嫌犯本是凤姐的主张，见第六十一回末尾）。忠顺王派人把府里、大观园里凡认为是埋财之处的地方大加挖掘。

凤姐每日还被罚打扫府里的穿堂甬路。一日，她在扫雪时忽然拾到一块玉。当年宝玉丫头里有个叫良儿的，曾因怀疑她偷了玉，被罚跪磁瓦子逼迫承认，良儿竟不认，终被撵出。当时认为那是一桩泼天大事——怀疑良儿本是要偷通灵宝玉的，误窃了此玉——凤姐拾到此玉，方知当年良儿蒙冤，痛心疾首，无限感慨。（第八回写到袭人用手帕包起通灵宝玉塞到褥下时，脂砚斋批语说："塞玉一段又为'误窃'一回伏线。"第二十三回写宝玉"刚至穿堂门下"，脂砚斋批道："妙。这便是凤姐扫雪拾玉之处。"良儿偷玉事第五十二回提到，但形成一回文字——是倒叙——则在此回。

第一百回　狱神庙茜雪慰宝玉　栊翠庵贾芸感诗仙

这年冬天，贾政一支终于结案。贾政竟以妄图通过私递腽肭佛手，借元春之手谋逆弑君之罪判处绞刑。王夫人、赵姨娘、周姨娘等均被勒令自尽。凤姐又被查出铁槛寺受贿酿成两条人命，以及谋害张华未遂等重罪，被逮系狱，等候最后宣判。宝玉被认为已成年，亦应对荣府罪行承担责任，亦收监。贾环以未成年得宽免，准由贾氏宗族无罪人士领走，竟无人认领，遂被送往养生堂服侍堂主。

皇帝并未将荣国府和大观园赏给忠顺王，只任忠顺王挑选荣府羁押人员而已，其余交有关衙门公开发售。那时荣府众人中多有在羁押中病饿而死的。大管家赖大被处死。大管家林之孝被查出原叫秦之孝（见第十七、十八回古本《红楼梦》原文），系"义忠亲王老千岁"过去送给荣国公的，已在处治宁国府时归案处死。忠顺王只在男仆小厮中选取了二十个留下已用。成年仆妇一概不要，丫头里凡相貌平平、身体不好的也一律不要。那时宝玉只剩麝月一个丫头，因相貌平平拿去发卖。黛玉仙逝前，已为紫鹃、雪雁、春纤预留嫁资，收拾其遗物时，才得发现，紫鹃后与宝玉小厮锄药结婚，雪雁和春纤也都早已嫁出府去。宝钗死后，莺儿随薛姨妈去了，薛蟠被处死后，薛姨妈带着她投靠薛蝌，家计艰难，就让莺儿嫁人离去。迎春的丫头绣橘等随她嫁到孙绍祖家，虽免于荣府之难，但被孙绍祖强淫，处境凄惨。探春的丫头待书等随她远嫁。惜春的丫头入画等在宁国府被治罪时被收官发卖。元春的丫头抱琴在元春死后被勒令自尽。贾府剩余丫头里被忠顺王掠走的有琥珀、玉钏、彩云、绣鸳、绣凤等。至于当年那些围随贾政的清客相公，如詹光、单聘仁、卜固修等，又都投靠到忠顺王府为忠顺王插科打诨，古董商程日兴、冷子兴（因周瑞家的早被撵出，贾府倾覆时他蒙混过关）等亦去帮助忠顺王清理、登记掠来之古玩。

李纨被皇帝当作施行仁政、旌表守节的象征，不仅免罪，还可以继续在没找到合适居处时，仍带着贾兰暂住稻香村，其丫头素云、碧月等也因此免祸。妙玉没查出什么问题，虽然忠顺王得悉她拥有不少名贵瓷器和古玩，且见其貌美，垂涎三尺，极想占有，但北静王出面作证，说老王爷在世时与妙玉父母有交往，那些东西都系妙玉家传，忠顺王一时也无可奈何，便限妙玉冬后迁出拢翠庵另觅庵寺栖身。（第七十六回妙玉续中秋联诗中有"钟鸣拢翠寺，鸡唱稻香村"两句，正指此种情状。）

凤姐、宝玉被收监后，狱卒王短腿在当马贩子时（关于马贩子王短腿的伏笔见第二十四回）娶了因"枫露茶事件"（见第八回）被撵出的丫头茜雪，正好看管他们。茜雪得知，不念当年宝玉醉怒摔茶的旧恶，到狱神庙（监狱里专设的供奉"狱神"，准许犯人去"狱神"前膜拜乞求的小庙）里去看望、安慰宝玉，使宝玉对人生、人情、人性有了更深刻的领悟。那时宝玉被安排每晚沿监狱高墙击柝（打更）。

小红早在凤姐被休前，早已嫁给了西廊下的贾芸，并从此隐姓埋名，一般人都不知道她原叫林红玉，更不知道她父亲原来姓秦。小红父亲林（秦）之孝被逮处决，其母惊恐而亡，使她对"当今"心存不满。贾芸交好的醉金刚倪二又是"月"派政治力量在市井中的潜伏人物，他们对现状的看法当然相近。倪二在"月"派失败后成为"漏网之鱼"，和王短腿依然是酒友。贾芸和小红不忘当年凤姐提拔之恩，通过王短腿安排在狱神庙中与凤姐见面，给她带去治疗棒疮的药。凤姐非常感动，并请求他们打听巧姐儿的下落，说必要时可以去求李纨帮助。

探监后，贾芸和小红得知巧姐儿已被狠舅王仁卖入妓馆锦香院，多亏那里的妓女云儿（第二十八回正面出场）尚能照顾她，还未受虐待。为筹赎银，贾芸买通荣国府、大观园彼时的守门人，晚上潜入破败荒芜的大观园，找到稻香村里的李纨和贾兰，希望他们能提供解救巧姐儿的银两。万没想到李纨反应非常冷淡，强调贾家已垮，自己多年积蓄还要用来搬出去安家度日、培养贾兰参加科举，实在已经顾不到许多；贾芸苦苦哀求，贾兰不耐烦，就拿出一张假银票给他，第二天贾芸兑换不成，才知贾兰分明是巧姐儿的一个"奸兄"。

此回交代后事：李纨带贾兰迁出荣府旧家，购房自住，数年后贾菌（第九回中出过场）中了文科状元，贾兰中了武科状元（第一回《好了歌》中"昨怜破袄冷，今嫌紫蟒长"句侧有脂砚斋批："贾兰、贾菌一干人"），李纨得封诰命夫人，但就在穿戴诰命夫人那珠冠凤袄时，却突然倒地，喜极而亡——由此惹出人们的讥讽笑谈。那晚因求助李纨、贾兰不顺，贾芸见拢翠庵仍有光亮，就仗义探庵——去庵里寻求妙玉帮助，敲门无应，竟越墙而入。妙玉、丫头及嬷嬷都已入睡，但贾芸在禅堂佛像长明灯下，见妙玉留下偈语诗，并有一包银子，方知妙玉能演先天神数（第十八回交代她师傅"极精演先天神数"），乃一诗仙，似已预知会有人急难中到此处求助。贾芸取走银子，第二天方能将巧姐儿赎出。

此回内容的依据很多，除上面提到的以外，重要的如第二十回有署名畸笏叟的批语说"茜雪至狱神庙方呈正文"，第二十六回又有署名畸笏叟的批语："'狱神庙'回有茜雪、红玉一大回文字，惜迷失无稿，叹叹！"曾经浮出水面后又迷失的南京靖藏本《石头记》里，第二十四回里有一条其他古本里都没有的批语："醉金刚一回文字，伏芸哥仗义探庵。"关于李纨，第五回的判词说她到头来"枉与他人作话谈"（过去通行本均印成"作笑谈"，周汇本取"作话谈"），《晚韶华》曲责备她"虽说是，人生莫受老来贫，也须要阴骘积儿孙"，"只这带珠冠，披凤袄，也抵不了无常性命"等等。

第一百零一回　巧姐儿遭骗临绝地　刘姥姥报恩如涌泉

王仁从云儿处知道贾芸等正筹银打算赎出巧姐儿，就勾结邢大舅，让邢大舅出面将巧姐儿骗出锦香院，打算再转卖他处捞取银两。

刘姥姥得知贾府事败后，一直关注事态发展，多次设法救助凤姐、巧姐儿，都不得机会。这时听说荣府结案，再次进城，贿赂守门人，三进荣国府，进入大观园，在稻香村外遇到素云，才知凤姐已系狱，而巧姐儿竟被卖给妓馆；本想去见李纨，被素云以李纨有病不能再惹悲伤为由劝阻，于是刘姥姥赶紧往锦香院去救巧姐儿。谁知到达时，邢大舅、王仁刚把巧姐儿带走，刘姥姥和板儿要去追赶寻找，妓院鸨母反诬他们是协同拐走巧姐儿的人，要告官拘捕他们，幸好贾芸赶到，带来赎银，鸨母才准许他们去追寻巧姐儿。

巧姐儿总算被他们解救出来。刘姥姥将巧姐儿带回家中。那年刘姥姥喝了妙玉那只成窑杯里的剩茶，妙玉嫌脏不要那杯，宝玉要来转交给了刘姥姥，刘姥姥带回家去，才知道竟是件稀世珍宝，王狗儿托冷子兴卖出高价，置地盖房已经小康。巧姐儿从此留在刘姥姥家中，后与板儿成婚。（第五回关于巧姐儿的判词、《留余庆》曲，第六回脂砚斋指出："此回……伏二进三进及巧姐儿之归着。"第四十一回写到板儿和巧姐儿互换佛手柚子时脂砚斋批语："以小儿之戏，暗透通部脉络……"）

第一百零二回　傅秋芳妙计赚令牌　红衣女巧言阻金荣

　　第三十五回写到傅秋芳待字闺中，二十一岁还没有出阁。傅秋芳的哥哥傅试是个趋炎附势之人，原来巴结贾府，后来趋附忠顺王，竟在傅秋芳二十四岁时，将她嫁给了忠顺王之子——就是曾企图霸占袭人的那位，傅秋芳周旋于忠顺王父子之间，非常痛苦。傅秋芳曾从他们家婆子那里，听到过关于贾宝玉的事情（傅家婆子话宝玉见于第三十五回），深为赞叹。宝玉入狱多时，并无具体罪行可追究，最后被判驱回原籍居住。第九回、第十回写到的闹学堂的金荣，以及他的母亲金寡妇，在贾家败落后，自身处境却好了起来。尽管金荣姑妈是贾璜之妻，即璜大奶奶，宁、荣两府事败，贾璜也被连累倒了霉，但金寡妇后来又嫁了仇都尉手下的一个小武官，那家伙偏又参与查抄处置贾赦处事宜，后来又调去担任了宝玉所在监狱的主管。于是金荣觉得报复宝玉的时机已经成熟，宝玉在狱中罚做击柝之役，金荣的谗言就起了作用。现在闻知宝玉只判驱回原籍，就觉得是便宜了宝玉，因此通过其母，再到继父耳边下蛆，告宝玉与逆犯柳湘莲早就过从甚密，宝玉参与谋逆一事应再严查，且宝玉当年的密友——死去的秦钟——就是秦可卿的弟弟云云。此监狱主管将此情报上报忠顺王，忠顺王便扣住驱赶宝玉回原籍的令牌不发。在危急关头，傅秋芳在忠顺王醉后妙计赚出令牌，及时发下，使宝玉得以火速出狱南下。
　　金荣得知宝玉出狱，追至渡口。那时第十九回宝玉在袭人家看到的红衣女子——袭人的两姨妹子，恰嫁给了管码头的小官，自己则是码头边旅舍饭店的老板，已配合蒋玉菡（他与"月"派的政治关系未被查出）、袭人，以及贾芸、小红，还有茜雪等，将宝玉妥善安排，让其乘航船前往金陵。（那时已到元妃省亲后的"五春"，即第五个年头的春天，运河已开冻）。金荣赶来欲当面报复，红衣女巧语将金荣绊住，使其不得其逞。

第一百零三回　靓儿弃前嫌护灵柩　卍儿释新怨守绝密

　　薛宝钗死后灵柩一直暂厝馒头庵，后来薛蟠、薛姨妈的灵柩也都归到一处，薛蝌费了很大力气才勉强凑出银两，拖延到这年清明才得以安排运灵柩回金陵原籍安埋，同时把香菱的灵柩一并送回。邢岫烟随薛蝌前往操办此事。那时薛蝌已无男仆，岫烟亦无丫头，两人要运送四副灵柩归南，实难支应。多亏近邻一对开纸扎香扇铺的夫妇，看到他们为难，决意陪他们前往金陵，同时也为的是端午节前从那边带些纸扎香扇过来发售（第四十八回开头写到端午节前从江南贩纸扎、香扇回京，"除去关税花消，亦可以剩得几倍利息"）。细说起来，原来那老板娘就是原来荣国府贾母房里的丫头靓儿（有的古本又写作"靛儿"），早在贾母去世前就被放出，嫁了如今这开店铺的小子。第三十回写到"宝钗借扇机带双敲"，那无辜被宝钗抢白一番的正是靓儿。如今世道大变，宝钗竟已作古，靓儿伤感不止，而薛蝌与岫烟亦为靓儿不计前嫌，自愿帮助他们护送宝钗一家灵柩的行为大为感动。四人租了四只船，两只载灵柩，两只载人，结伴往金陵而去。

　　宝玉小厮茗烟，早在宝玉婚前就被宝玉放出获得自由身，宝玉又从宁国府贾珍那里给他要出卍儿，帮他们成婚，又帮补了些银子，二人在关厢开茶馆度日。贾府事败前后，茗烟一直对宝玉明保暗护，宝玉入狱后，亦与贾芸等多有慰助。这日卍儿晨起，忽然发现茗烟无踪，问及伙计，均告未见，候至午后亦不见回还，不免讶怪焦躁起来，深怨茗烟荒唐薄幸。正欲四处去寻找，小红忽至，密告她宝玉已速离京归南，茗烟赶去护送他了，要等在金陵安顿妥帖后方返回。之所以事先不使卍儿知道，是怕阻拦。卍儿想起当年宝玉发现她和茗烟幽会，她含羞跑掉，宝玉在她身后叫道"你别怕，我是不告诉人的"（第十九回开头的情节），以及宝玉后来成全她和茗烟婚事等恩典，遂顿释怨怼，并答应严守秘密，决不泄露。

第一百零四回　哭向金陵凤姐命断　疾走江南宝玉神昏

忠顺王奉命到金陵把贾、史、薛、王四大家族及甄家的老根彻底刨尽，于是带着浩荡船队向江南进发。因为凤姐被指对已往四大家族的种种底细最清，遂被从狱中提出押行，以备到金陵后当作活口逼问。凤姐本是四大家族"脂粉队里的英雄"（第十三回秦可卿语），现在却被强迫去做四大家族的掘根人，其状极惨，其心寸碎，"哭向金陵事更哀"，中途船队夜泊，她趁看守疏忽，投江自尽。

忠顺王此行，还为了追回宝玉，因为投奔到他处的，当年贾政的清客幕宾，将当年宝玉写下的《姽婳将军词》呈上，他看出那分明是大逆不道之文字，拟将宝玉逮住后立即奏报皇帝，再邀一功。

茗烟护送宝玉到达长江边的瓜州渡，宝玉身心不支，昏死于江边。茗烟没有办法，只好将他抱至旅舍，请来医生看视，待宝玉养好身体后再往南寻找藏身之地。忠顺王船队亦抵达瓜州，张贴图影通缉宝玉，第三天就有人密告宝玉踪影，按线索搜索，果然将宝玉抓到。

第一百零五回　瓜州渡口妙玉现身　金山寺下悍王殒命

下属将抓到的宝玉带至忠顺王前，那宝玉喊冤，说自己是甄宝玉而不是贾宝玉，众人愕然。忠顺王前些时候也曾提审过贾宝玉，细观，则此宝玉与那宝玉形同孪生，但确实又不像那宝玉般黑瘦憔悴。遂将此宝玉羁押，再搜那宝玉。

宝玉被逮的消息不胫而走，茗烟得知后告诉贾宝玉，要给他化装，趁月黑夜再往更偏僻处藏匿（自画影图形在市集出现，他们已经离开旅舍，躲到苇丛中）。贾宝玉心中已有主意，只不对茗烟说出，含混答应了茗烟。茗烟去集市再探消息并购买必要物品，宝玉遂前往忠顺王处自首，并要求忠顺王释放无辜的甄宝玉。忠顺王经辨认后，放了甄宝玉。茗烟到苇丛寻不到贾宝玉，四处寻找，不久就听到贾宝玉自首换出甄宝玉的消息，不禁顿足长叹，只好再思别法以救宝玉。

而就在这关口上，一个尼姑风尘仆仆来到了瓜州渡口，她不是别人，就是妙玉。她已将跟随她多年的丫头、嬷嬷安顿好，违背其师父圆寂前告诉她"不宜还乡"的叮嘱，为的是来解救贾宝玉。

妙玉雇了一只大船，驶到此处。她随身带来了几箱名瓷古玩，包括第四十一回里写到的那几样。在瓜州渡口，妙玉发现了史湘云。史湘云丈夫卫若兰是"逆案"要员，虽在"逮拿归案"前就死去，但她亦属于"逆属"，史家也整个覆灭，她被当作女奴发售，几经辗转，最后被卖入娼门，被带到瓜州充当"花船"上的乐妓。妙玉将她赎出。

忠顺王的船队转移停泊在镇江金山寺山脚下。忽有女尼妙玉求见，忠顺王听下属报告，说乃一绝色尼姑，遂接见。他以前曾见到过妙玉，并知妙玉有珍藏的财宝。妙玉说明来意是要与他进行交换，赎出宝玉。忠顺王开始说宝玉乃"逆诗"要犯，他岂能徇情放走。后来听妙玉说愿将家传的几箱名瓷古玩作为赎金，动了心。但忠顺王更想占有妙玉本身，就提出了最苛刻的条件，要她连人带物一起作为交换条件。妙玉竟然应允。妙玉要求忠顺王当着她的面放走宝玉，并要允许宝玉和史湘云一起远遁，还不许派人追赶。枯骨般的忠顺王终于应允，搂过妙玉，"可怜金玉质，落陷污泥中"，"好一似，无瑕美玉遭泥陷，又何须，王孙公子叹无缘"（第五回判词及《世难容》曲）。但妙玉总算亲眼看到宝玉和湘云遇合离去。忠顺王要抱妙玉上床求欢，妙玉说先把那几箱珍宝打开，忠顺王答应了，当他贴近观看时，妙玉拉动箱外预设的机关，里面早装好的炸药顿时爆炸，二人同归于尽。

这一回里还会交代，妙玉少女时代跟陈也俊产生过恋情。"叹无缘"的王孙公子并非贾宝玉而是陈也俊。陈也俊在"月"派山寨被破逃亡后，一直隐居，妙玉舍身救赎宝玉的情况传到他耳中后，他悲痛中撰《叹无缘》曲表达敬意。

第一百零六回　空茫大地中秋诗否　白首双星能聚几时

　　这年夏末，忠顺王之子袭爵没多久，喜怒无常的皇帝就抄了他的家，将他流往边陲。傅秋芳在抄家前夕纵火自焚。宝玉和湘云又从南方来到京城，乞讨为生。"金满箱，银满箱，展眼乞丐人皆谤。"宁国府和荣国府，都成了皇帝新封下爵位的暴发户的府第。贾赦居住过的黑油大门院宇已合并到原荣国府中。大观园也改了名字，听说里面的轩馆都按新主人的趣味改造过。宝玉、湘云唱着《莲花落》从两府门前乞讨而过，被看门人轰赶，眼看簇簇轿马来两府造访，真是"乱烘烘，你方唱罢我登场"。

　　又到中秋，在城门外废墟中，宝玉、湘云苦中作乐，回忆当年诗社盛况。他们虽然才入青年期，却已被惨痛的遭际摧残得头上白发披拂。他们试着联句，终于在伤感喟叹中不能继续。（第一回贾雨村中秋诗后，有脂砚斋批语说"用中秋诗起，用中秋诗收"，此处的中秋诗应是全书最后一首诗。）

第一百零七回　饥怡红寒冬噎酸齑　病枕霞雪夜围破毡

　　寒冬来临，宝玉、湘云难以挨过。他们的生活状况是"寒冬噎酸齑，雪夜围破毡"。（第十九回写到宝玉由茗烟带到袭人家，袭人家热情招待，拿出许多果品，但"袭人见总无可食之物"，脂砚斋批道："补明宝玉自幼何等娇贵。以此一句留与后数十回'寒冬噎酸齑，雪夜围破毡'等处对看，可为后生过分之戒，叹叹！"）

　　蒋玉菡、袭人那时感觉在京城住着不踏实，已经迁往东郊紫檀堡常住。茗烟、卍儿躲往外省去开茶馆。贾芸、小红却开创出自己的新生活，并无畏惧之心、萎缩之态。一次宝玉、湘云在街上乞讨，看到贾芸和小红从骡车上下来，要进绸缎庄买绸缎，双方离得很近，宝玉认得出他们，而他们已经完全认不出宝、湘。芸、红舍钱离去，宝玉不禁生"咫尺天涯"之叹。（第二十五回写到宝玉清晨隔着海棠树看不清小红时，脂砚斋批道："试问观者，此非'隔花人远天涯近乎'？"）

第一百零八回　神瑛顿悟悬崖撒手　石归山下情榜俨然

宝玉、湘云虽然穷困已极，但他们一直在破衣掩盖下，各自珍藏着一只金麒麟。宝玉的金麒麟是冯紫英最后一次上山寨前，拿去交给他的，并告诉他卫若兰的遗言。宝玉的通灵宝玉，因世人皆知随落生而来，分明天赐，出于迷信，害怕神谴遭祸，也始终没有将其没收。

大雪纷飞，又到年关。他们相依相携，离开不堪回首的都城，支撑着往郊外而去。白茫茫大地真干净。

在一处庄院外，湘云终于不支，倒在雪野。宝玉高声呼救，许久，终于有人听见，循声找到他们，将他们救入一户农家。一对青年农民夫妻，帮宝玉把湘云安置到热炕上，又去熬棒楂粥，端来窝头、咸菜。宝玉环顾四周，看到纺车，再细看那农妇，似曾相识，如在梦中，忽听那丈夫直呼妻子"二丫头"，不禁憬然。（第十四回写宝玉试用纺车遭遇二丫头，有脂砚斋批语："处处点睛，又伏下一段后文。"）宝玉感激他们搭救，取下金麒麟相予，他们坚决不收，说："我们难道图的是这个？"宝玉方知世上最纯之人，本在乡野中。

湘云终于不救，在那农户家的炕头溘然而逝。湘云弥留前对宝玉说，就将她葬在这屋外海棠树下——她被抬进屋前，虽在半昏迷中，竟仅凭直觉，认定那屋外是棵海棠树。二丫头和其丈夫，跟宝玉一起，连夜掘开冻土，将湘云掩埋，因为怕天亮后惹来麻烦。宝玉又泣请他们明年春天，一定还要在那海棠树周围，种上芍药花，二丫头和丈夫应允。埋葬湘云时，宝玉将那对金麒麟放在了湘云身边。

二丫头和丈夫让宝玉睡东边屋的热炕，两口子现烧西边屋的炕，去那边休息。宝玉难以入眠，双手摩挲与他共生的通灵宝玉，那通灵玉忽然发出光芒，还发出声音："宝玉，是你真的悬崖撒手之时了！"又道是："仙僧来接，我先走一步，回大荒山、无稽崖、青埂峰去也！"声消后，宝玉忽觉已不再有通灵宝玉，于是顿觉大彻大悟充满胸臆。蒙眬中，只觉仙僧仙道现身，宝玉随他们而去，这是宝玉第二次出家，也是真的做到了悬崖撒手——升华到太虚幻境，重见警幻仙姑……

第二天二丫头和丈夫天大亮才醒来，去那边屋请宝玉吃早饭，却不见宝玉踪影，也没留下脚印等痕迹，大为诧异，出门去看，田野皆白，他们家门外丝毫没有埋葬过人的痕迹，可那株海棠树，却在严冬里绽出一树粉红的花蕾，沁出阵阵缥缈的香气。他们俩面面相觑，用眼神互问：这是真的，还是假的？

宝玉回到天界，恢复神瑛侍者身份，重住赤瑕宫中。通灵宝玉回到天界青埂峰下，恢复女娲补天剩余石的巨大形状，但与它下凡前不同的是，上面写满了字，即《石头记》，最后则是"情榜"：宝玉作为绛洞花王单列，并有"情不情"的考语，以下是九组"金陵十二钗"，从正册、副册到八副，共列一百零八位女性。

下　卷

刘心武揭秘《红楼梦》(四)

宝钗湘云之谜暨红楼心语

目录

上编　薛宝钗之谜

薛宝钗选秀之谜 /317

薛宝钗红麝串之谜 /329

薛宝钗情爱之谜 /341

薛宝钗雪洞之谜 /354

薛宝钗审黛之谜 /368

薛宝钗结局大揭秘/381

中编　史湘云之谜

史湘云出场之谜 /399

史湘云寄养之谜 /412

史湘云定亲之谜 /426

史湘云金麒麟之谜 /438

史湘云结局大揭秘 /450

史湘云脂砚斋之谜 /463

下编 红楼心语

观花修竹能几时？/479

独在花阴下穿茉莉花 /496

夹缝里的人生 /511

五月之柳梦正酣 /526

得了玉的益似的 /543

秋纹器小究可哀 /557

原是天真烂漫之人 /572

惜春懒画大观图 /584

附录：刘心武创作大事记/599

上编

薛宝钗之谜

薛宝钗选秀之谜

不知道大家注意到没有，在《红楼梦》第二十九回前后，薛宝钗的表现很反常。二十九回讲的是清虚观打醮的事。这段故事之前，薛宝钗这个人物的性格早就定型了。作者在第五回对她的性格就有很明确的交代，说她行为豁达、随分从时，不比黛玉孤高自许、目下无尘，说她大得下人之心，便是那些小丫头们，也多喜欢与她去玩笑。用今天的话说，就是她有性格优势，人际关系特别好。最难得的是，不仅从贾母到王夫人，府里面的主子们喜欢她，同一辈的也都喜欢她，甚至于小丫头们也都喜欢她。她是全方位地有人缘。在第五回开头，用评语式的语言给薛宝钗性格定位以后，作者又通过后面许多的情节流动，大量的细节，把她的这种性格生动地展现出来。

但是到了二十九回清虚观打醮这段情节前后，曹雪芹却刻意写出了薛宝钗的反常。她表现得很烦躁，很郁闷，很不高兴，觉得很没有意思，而且动不动就发火，出语伤人，恶语相向，尖刻度之令人难堪，比黛玉更胜一筹。这怎么回事啊？你琢磨过没有呢？

她为什么这样，这还得从根儿上捣起。请问，薛宝钗她从南京到北京，有什么目的？有人会说，嗨，那不是她哥哥惹事了吗？她哥哥薛蟠，是一个很糟糕的人，在金陵地面上为了争夺一个拐子拐来的女孩子——后来我们知道这个女孩子就是甄士隐的女儿——把对方冯渊给活活打死了，惹上人命官司了，所以有人就觉得，她是因为哥哥惹了人命官司，当地不好混了，是哥哥带着她跟她母亲畏罪潜逃了。是这么回事吗？不是的。读《红楼梦》要读得仔细，不能够大概齐一翻，只留一个模糊印象，那样不利于理解曹雪芹的苦心。

其实作者在第四回交代得很清楚，确实是薛蟠为了争夺这样一个小姑娘，让底下的人把冯渊打死，惹了官司，当时审这官司的人就是贾雨村嘛，是有这么回事。但是薛蟠他在乎吗？他对人命官司视为儿戏，认为花上几个臭钱，没有了不了的事儿。他带着他的母亲和妹妹到京城，是既定的计划，并不是畏罪潜逃，他留下几个家人应付官司，自己大摇大摆带着他的母亲和妹妹往京城而去。

薛蟠带着他的母亲和妹妹到京城，都有什么目的呢？书里面也是有交代的。他有三个目的。第一个目的是什么呀？有人说，第一个目的应该是，作为皇商，就是从宫里面领出银子，然后去替宫里面采买，把采买的货物交给宫里面以后，报销，报销完了以后，领新的银子，然后再继续采买。薛蟠的父亲就是干这个的，父亲死了以后他子承父业，也干这个，他们薛家世代干这个事儿。这似乎应该是他从南京到京城去的第一目的。但书里面把这个目的排第一了吗？你仔细看，不是。书里把他这样一个目的排在第三位。第二位的目的是到京城探望亲友，薛蟠和薛宝钗的母亲的哥哥王子腾在京城当着很大的官，姐姐嫁给了荣国府的贾政，都有权有势，他们要进京望亲。那么排第一位的目的是什么啊？是送他妹妹进京待选。

待选，就是准备参加宫廷的选秀。

虽然《红楼梦》在第一回里说，整个故事地舆邦国、朝代年纪失落无考，但这是一种烟云模糊的艺术手法，你细读以后就感觉到，实际上曹雪芹他很写实，他写的基本就是清朝的康熙、雍正、乾隆三朝背景下的故事，故事的发生地点当然转换了很多，开始是在南方，在苏州啊，在维扬啊，在南京啊，后来呢，故事的空间基本上集中在京城，就是北京。

在清朝，有一个选秀女的制度。选秀女什么意思啊？就是皇帝他需要有后宫，过去古代动不动就是后宫三千，皇帝要进行这方面的享受，要从民间采集女子。清朝呢，它和明朝不太一样，因为清朝统治者是满族，他们的人数比较少。满族最早是以八旗兵的方式，在军事组织里面来共同生活，后来他们打进山海关，统一全中国，还保留了八旗制度。顺治是清朝打进北京以后第一个皇帝，坐镇北京以后，从顺治到晚清有十个皇帝，都要选秀女，选秀女的游戏规则在这个过程中有一些变化，但是有一个恒定不变的原则，就是必须主要在满洲八旗的范畴之内来采集。为什么要这样？就是因为考虑到满族自己是一个少数民族，满族皇帝固然可以跟他喜欢的任何女子发生关系，但发生关系后就可能要衍生后代，而后代在血统上不能太乱，要保持血统的纯正。虽然后来清朝的皇帝有的也挺喜欢汉族的女子，或者喜欢回族女子，把她们采集到皇宫里，跟她们发生关系，但即使这些女子有所生育，生了儿子，分封到的地位也都比较低，甚至不予分封；这样的女子的人数，在比例上也严格控制，一定要使满族的最多，其次是蒙古族的——满族和蒙古族关系比较密切，过去有所谓"满蒙不分家"一说。清朝采集秀女，设定范围就是在八旗里面来选，首先是满洲八旗，然后是蒙古八旗。

那么在早期，满族在关外进行军事活动和政治夺权的过程当中，俘虏了一些汉人，也有一些汉人主动投靠他们，这些人，最早的就被编入满洲八旗，称做包衣，包衣在满语里就是奴隶的意思。他们虽然是奴隶，因为跟满族主子一起为夺取政权冲锋陷阵，立有一定的战功，当满族入主中原以后，他们大都被划归到内务府，就是一个专门为满族皇帝及其皇族提供服务的机构。有的在内务府里就得到犒赏提拔，安排一些官职，比如当织造、盐政，曹雪芹的曾祖父、祖父、伯伯、父亲作为内务府包衣，就都当过江宁织造，还时常兼管盐政。表面上官并不大，却绝对是肥缺，虽然在皇帝面前是奴才，在普通老百姓和一般官吏眼里却是"通天"的权贵。后来被俘虏和收编的汉人越来越多，满族就组织了汉军旗，但是曹雪芹祖上却不是汉军旗的，他们被编进满洲八旗里的正白旗，属于地位尊贵的"上三旗"之一，虽然在正白旗里他们是汉人，是包衣奴才，但政治地位比汉军旗里的汉人高，其标志之一，就是他们的女儿有参加选秀的资格。

《红楼梦》是一部具有家族史内涵的小说，尽管曹雪芹他"真事隐"，却并不是一隐到底，他偏还要"假语存"，在小说文本里留存下家族的秘密。书里的四大家族，贾家的原型就是曹家，史家的原型就是曾担任过苏州织造的李煦家，其余两家的原型，应该也都是包衣性质。弄明白了这一点，书里写薛蟠带着他的妹妹到京城来，第一个目的是让他妹妹待选，也就是准备参加选秀女，就一点也不会觉得突兀了。

清朝选秀女，一个是限定在满洲八旗的范畴内，另外，家庭也需要在一定的级别以上。哪家的女孩到了十四岁，就要把名字和生辰八字等基本资料上报到户部，报上去以后，在十六岁以前，随时等候通知。后来因为八旗衍生的女子很多，所以不是每一个报上去的都通知你到北京来候选。如果得到通知，就要集中，集中以后，由户部的官员领着她们排着队，从哪儿走进紫禁城呢？从故宫的后门——神武门，从那儿进宫，宫里面就有管事的大太监以及其他的人员接应，然后就开始面试。一般要经过两轮来决定去留，选上的就留下来，淘汰的就回家去，被淘汰的，和那些十六岁以后也没被通知集中的，就可以另外去嫁人了。但是选上的，也不是都能留在紫禁城里，能马上见到皇帝。皇帝活动空间很大，他后宫很大，东宫、西宫都是后宫，他要养很多女子，另外皇帝有时候会游幸到一些地方，紫禁城外他有很多行宫，这些地方也要安排一些女子，以便他到了那里随时可以享受，比如说圆明园、承德避暑山庄等等。一个皇帝可以享受很多的女性，但是选进去的女子却并不是都能得到皇帝的取用，机会是很难得的。如果皇帝一眼看见了某个女子觉得还可以，叫过来，给我倒杯茶，这就可能得到一个封号，叫答应。答应在那时是一个正式的封号，一个家族如果听说自己那个女儿选进秀女成为答应了，全家会高兴得不得了。成为答应，机会就多了，皇帝再一喜欢，觉得你别走了，这就又升一级，叫常在，常在皇帝身边了。皇帝再喜欢，可能就会发生关系了，封成贵人，再进一步封成嫔，封成妃。

在《红楼梦》里，写到一个女子进宫后步步高升，就是贾元春。在第二回，通过冷子兴演说荣国府，交代她选入宫中做女史，女史在宫里是一种低级女官，但是到第十六回，贾元春就升腾了，她才选凤藻宫，加封贤德妃。后来写元春回家省亲，那部分描写是书里虚构成分最浓的，非常夸张。

贾元春是薛宝钗的榜样。你看元妃省亲的时候，她对那穿黄袍的大表姐是那么露骨地艳羡。薛宝钗当然也愿意到皇帝身边去。薛姨妈鼓吹"金玉姻缘"，其实那"玉"的首选是皇帝的玉玺，还有王爷的佩玉，实在得不到，才去瞄准通灵宝玉。但是以生活的真实而言，四大家族的原型都并非正经的满洲贵族，是包衣出身，因此，这样家族的女孩即使选进宫去，在位置的竞争力上也会弱一些，他们很可能并不能马上去到皇帝活动的空间里，更大的可能性是被分配到皇帝的儿子身边去，在他们的活动空间里去伺候他们，还有一些会被分配到皇帝的公主身边，去伺候公主。她们陪公主读书，陪王子读书。我在前面几讲里面曾经提到清朝皇帝的儿子可以称为王子，有人就跟我争论，说皇帝的儿子是皇子啊，怎么能称王子呢？清朝皇帝的儿子，比如在康熙朝，一般叫阿哥，但是平时说话，俗称也可以叫做王子，我在本卷（三）里面，引用了雍正在曹頫的奏章上的大段批语，雍正警告他不要乱说乱动，一定要只听怡亲王的话。怡亲王是康熙的第十三个儿子，十三阿哥，雍正在批奏折的时候一再地把怡亲王称为王子。这说明在当时俗语当中，可以把皇帝的儿子叫做王子。那有人会问：王爷的儿子怎么叫呢？王爷的儿子有专称，叫世子；王爷的女儿，则叫郡主。薛宝钗那样出身的女子，如果不能选到皇帝身边，能分配到王子、世子乃至公主、郡主身边也很不错。第四回交代薛家送薛宝钗进京待选那段文字，你仔细推敲就可以发现，薛家知道自己的根基还不够硬，因此把选为郡主的陪侍作为了底线。

《红楼梦》第二十五回，写贾宝玉和王熙凤被魔了，几乎死掉，亏得一僧一道及时跑来解救，和尚拿着通灵宝玉持诵，说了一句话，意思是跟通灵宝玉一别十三载了，通灵宝玉是由贾宝玉衔在嘴里，一起落生到人间的，于是我们就可以知道在那一年，贾宝玉是十三岁，宝玉管薛宝钗叫宝姐姐，可见薛宝钗那时已经差不多十四岁了，达到选秀女的年龄了，按说，在以后的故事里，应该会写到薛宝钗参加选秀的情况。

有的"红迷"朋友会问，林黛玉有没有资格参加选秀？当然在故事的那个阶段，林黛玉还小，十三岁的宝玉叫她林妹妹嘛，但讨论一下这个问题也还是有必要的。林黛玉的母亲贾敏是四大家族的成员，有入选的资格，但贾敏情况不明，或者是没有选上，或者是根本没让她去参选，所以嫁人了，嫁给林如海。这个林如海，从小说文字上推敲，我倾向于他是一个汉族官员，刚才说了，清朝为了保持满族血统的纯正，在选秀的时候，汉族人做再大的官，你的女儿也不在被选之列。所以，林黛玉大概是没有参选资格的。

在康熙朝，因为康熙是一个性欲旺盛的皇帝，他又喜欢汉族的美女，选秀的体制不能满足他的这一欲望，他就通过李煦、曹寅那样的既有汉族血统又有满洲八旗身份的包衣，在江南披着织造的官位外衣，给他当"特务"，其中一项秘密任务，就是为他采集汉族美女。有的汉族美女来到他身边后，很得他的宠幸，为他生儿育女，但康熙有政治头脑，宠幸归宠幸，他却坚持不给这些汉族女子高的封位。康熙的这种获取汉族美女的渠道，是一条秘密通道，与公开选秀女是两回事。

薛宝钗有资格参加选秀女，年龄也到了，她进京的目的就是为了待选。于是曹雪芹前面郑重其事地交代了薛宝钗进京待选。可是，有的人就疑惑了：不说后面的续书，前八十回里，哪儿有选秀女的情节呢？是不是曹雪芹写到后面，就忘了他在第四回里的那一笔交代了？

我通过文本细读，形成了自己的心得。我认为曹雪芹没有忘记他在第四回写下的交代，那是他设定的非常重要的人物命运的线索，他都不把薛家进京的其他目的写在前头，而强调薛宝钗进京待选是第一目的，他在后面能不加以呼应吗？

但是，宫廷选秀，在他那个时代，实在是极其敏感的内容，在小说里直接铺排写出，实在危险。于是，我认为，他就没有采取明写的方法，而使用了暗写的方法。

薛宝钗参加选秀这件事情，曹雪芹是如何暗写的呢？在二十九回前后，端午节前，清虚观打醮那段故事前后，他写到了薛宝钗的反常。这种反常，就是暗写薛宝钗去参加了选秀，却意外失利，因为落选，以及落选以后的一连串事态，使她终于严重失控。

我们来捋一捋那一连串的情节流动。

清虚观打醮，本来应该是从五月初一到初三连续进行三天，后来因为出现一个金麒麟，林黛玉和贾宝玉闹起来了，闹得贾母心情也很不好，去了一天就再没去了。

书里交代，恰巧五月初三薛蟠过生日。过生日，当然在家里面大摆宴席，请戏子演戏。哥哥过生日，家里演戏，薛宝钗不在那儿待着，却跑到荣国府来，跑到贾母的住处，在场的当然有贾宝玉，有林黛玉，还有其他一些人。这个本来也很正常，这是她常来的地方。贾宝玉跟林黛玉大闹一场，刚刚和好，有点无所适从，所以见了她就没话找话。宝玉、黛玉闹别扭，她见得多了，往常她都采取一种装愚守拙的态度，任凭那二位怎么闹，她只当没看见，尽量回避，避不开，就柔和地化解。宝玉跟她没话找话也好，黛玉对她旁敲侧击也好，她都应付裕如，或温婉回答，或一笑了之。可是，曹雪芹就特意写出，这回她一反常态。

宝玉问了她一句，说你哥哥过生日，那边唱戏，你怎么不看戏呀？她说太热，没意思，我看两出就过来了。贾宝玉一听她说热，随口就说了一句："怪不得他们拿姐姐当杨妃，原也体丰怯热。"——杨妃就是杨玉环，杨贵妃，唐朝唐玄宗所宠爱的妃子。唐朝的审美趣味和我们今天可完全不同，唐朝认为女子以丰满为美，甚至以胖为美。胖女人在唐朝是有福的，什么骨感美人，要是生在唐朝就很难办了，唐朝不吃那一套，要求丰满，杨贵妃就是以胖美而闻名于世的。——书里明文写到宝钗脸若银盆，肌肤丰泽，跟杨贵妃确实属于同一美女谱系，这样说她，并没有讽刺的意味，就算不甚得体，以薛宝钗一贯的修养和应变能力，笑一笑也就撂过去了。没想到，薛宝钗听了这几句话不由得大怒，而且她就按捺不住这个怒火，就出语伤人，就说了很怪的话。有的"红迷"朋友就读不懂了，说她是怎么回事呀？薛宝钗说："我到像杨妃，只没有一个好哥哥好兄弟可以作得杨国忠的！"这话太怪了，就算贾宝玉说你胖，你怎么就气成这样呢？怎么就扯到什么杨国忠了呢？

我认为，这就是暗写薛宝钗选秀失利。她去参加了选秀，给刷下来了。以她那样的容貌，那样的修养，更别说她的文化造诣，本该入选，却竟然落选。宝玉的话，无意中戳到了她的痛处。关键倒并不在体胖怯热的话头，关键是提到了贵妃。选秀失利，当然也就无缘成为贵妃，甚至连去当郡主的陪侍都泡了汤。那几天薛宝钗正陷于选秀失利的大苦闷之中，怎么经受得了这样的话语刺激？当时的选秀女，表面上有一些标准，但实际上多半是暗箱操作，谁朝中有人，谁就能入选，谁后台不硬，任凭你美貌聪慧，也还是会被淘汰。薛宝钗对此心知肚明，满腹怨愤，因此受到"贵妃"字样的刺激后，终于按捺不住，就冷笑着把心里的怨愤发泄了出来——她如果有一个好哥哥好兄弟做得了杨国忠，朝中有人，她不至于选不上！

杨国忠是谁？就是杨玉环的兄弟，那个时候唐玄宗喜欢杨玉环到了爱屋及乌的地步，杨玉环的姐妹他也一块儿宠爱，杨玉环的堂兄弟杨国忠成了宰相，当时杨家炙手可热，可以翻手为云、覆手为雨。可是薛宝钗的哥哥薛蟠很不争气，光有财而无权，交的要么是些酒肉朋友，要么就是冯紫英那样的政治上的危险人物，至于像当时权势最旺的忠顺王，不仅攀附不上，薛蟠跟人家还根本属于两个对立的利益集团，其他比如宫里面的大太监戴权，还有夏守忠，薛蟠跟他们可能有些来往，关系却不铁，因此虽然薛蟠把宝钗带到京城来参加选秀，却活动能力有限，不能给她铺路，弄得她铩羽而归！

薛宝钗的怪话，这么仔细一想，其实不怪。曹雪芹这么写，是有用意的。

曹雪芹似乎估计到，一些读者会忽略他这样写的苦心，因此，他写了薛宝钗的这个失态后，紧接着，再重笔粗描，意在提醒我们，应该琢磨薛宝钗为什么频频失态。她直接针对宝玉动怒，倒还多少可以理解，他们毕竟是地位平等的主子。根据前面第五回曹雪芹给她定下的性格基调，她是最行为豁达、随分从时的，就是小丫头们，也都喜欢找她玩，她怎么会跟小丫头一般见识呢？那似乎是绝不会出现的情况。但曹雪芹在第三十回，紧接着她因"杨贵妃"的话茬动怒，就写了她跟小丫头过不去、大为光火的一个情节。

这天有个小丫头找她来玩儿来了，这个小丫头在古本里面有两种写法，一种写法是靛儿，靛是蓝紫色的意思；还有一种写法是靓儿，靓是漂亮的意思。红学专家们对究竟哪一个写法更符合曹雪芹的原笔原意是有争议的，有的人认为靓儿合理，因为取名儿哪有用一种很难看的颜色来取名字的，靛那个颜色是寿衣的颜色啊，所以应该说靓儿；但是我个人看法，我就觉得曹雪芹的原笔可能就是靛儿，为什么？他使用谐音借义的手法，这是《红楼梦》文本里一再出现的手法，"靛"谐"垫"的音，这个靛儿成了垫背的了。

这个靛儿实在很无辜。当时天气很热，她的扇子忽然找不着了，她知道薛宝钗一贯行为豁达，对任何人都很温柔，特别能体贴人，帮助人，所以她就跑过去问宝钗，就说，必是宝姑娘藏了我的，好姑娘，赏我吧！——注意，在《红楼梦》文本里，"姑娘"有不同的意思，像王夫人说宝姑娘、林姑娘，是长辈称呼晚辈女儿的意思，有时候仆人、丫头向王夫人等主子汇报，提到薛宝钗和林黛玉，比如说"林姑娘来啦"，这话语里的"姑娘"是小姐的意思；但是像靛儿面对薛宝钗称她为"好姑娘"，这个"姑娘"却是"姑妈"、"孃孃"（姨妈）的意思，书里的小丫头都是把自己设定为低于小姐们和大丫头们的侄女儿一辈。——靛儿这话实在算不上冒犯，这应该是小事一桩，淡话一句。如果在以往，薛宝钗一定和颜悦色，告诉靛儿她没藏扇子，说不定还把自己用的扇子赏给靛儿。但是，请你注意曹雪芹是怎么往下写的——薛宝钗的回应竟是金刚怒目、口吐霹雳！薛宝钗太反常了！她厉声厉色来了一句："你要仔细！"读到这一句，我心里蹦蹦乱跳。都说林黛玉小心眼儿，说她尖酸刻薄，出语伤人，我们仔细想想，林黛玉在前八十回书里，何尝有过如此这般的恶声恶语？人家靛儿不过是去问宝钗要个扇子，她突然一声"你要仔细"，在那个时代，在那样一个贵族家庭里，在贾母居住的上房那样一个空间，一个主子对一个小丫头发出如此的叱责，是非同小可的。这不是愠怒而是大怒，是勃然大怒。紧接着，薛宝钗就说：我和你顽过？你在意我！和你素日嬉皮笑脸的那些姑娘们，你该问她们去！这就不仅是在向靛儿发作，是针对宝玉和黛玉了。这可不是随便一写的文字，这个情节是上了回目的，叫做"宝钗借扇机带双敲"。

宝钗反常，失态，失控。这就是暗写她选秀失利，否则不好解释。宝玉对青春女性被选入宫是不以为然的，他的价值观和那个社会的主流价值观分道扬镳。第十六回写到他姐姐才选凤藻宫、加封贤德妃，举家欢欣，唯独他"皆视有若无，毫不曾介意"，因此他对宝钗参与选秀也一定是麻木不仁，当时他满脑子心思只是如何能跟因金麒麟惹出冲突的林黛玉和好如初，绝对没有故意去触动薛宝钗心灵创伤的意图。薛宝钗先是怀疑他以"杨贵妃"来影射选秀，后来又以斥退靓儿为由说他"我和你顽过？你在意我"！又把黛玉和他闹别扭与和好说成"嬉皮笑脸"，后来更与黛玉、宝玉围绕"负荆请罪"，把烦躁与怨愤的火气发泄得淋漓尽致，这些文笔，我以为曹雪芹都在暗写薛宝钗参与选秀却被意外淘汰。

薛宝钗是很有志向的一个人。要知道，开初薛宝钗并不认为和尚所预言的"金玉姻缘"就一定是嫁给贾宝玉——有玉的男人不止一个啊，皇帝有玉玺，王子、世子都有玉，对不对？元妃省亲的时候，她对宝玉说，那上面穿黄袍子的才是你姐姐呢。言为心声，她就想穿黄袍。到第七十回，她咏柳絮词，还发出"好风频借力，送我上青云"的誓愿。在那个时代，一个待选、参选的女子，她有这样的想法是很正常的，属于在当时的游戏规则下一种正常的竞争心理。所以要知道，她的第一志愿是进宫，至少是进入王子、世子、公主、郡主的空间，嫁给贾宝玉绝不是她原来的第一目标，更不是最高目标。这点我们要读懂。

薛宝钗选秀失利，贾元春应该最先得到消息。于是在第二十六回末尾，我们看到一个意味深长的情节，就是贾元春给贾府的人颁赐端午节的节礼，她做出了一个特殊的安排，她把宝玉和宝钗的那两份，安排得一模一样，规格高，品种多，有上等宫扇两柄，红麝香珠二串，凤尾罗二端，还有芙蓉簟一领。而林黛玉呢，却只和迎春、探春、惜春一样，待遇低许多。

袭人把这样一种节礼安排汇报给宝玉，宝玉非常惊诧——按那个社会的伦理逻辑，黛玉是姑表妹，宝钗是姨表妹，如无特殊前提，要么给她们的节礼一样，要么，只能是姑表亲的多于高于姨表亲的。宝玉倒没往别处去想，但是家长们都清楚，贾元春那样给宝玉、宝钗颁赐节礼，明显有指婚的意思，就是她主张她的弟弟宝玉娶宝钗为妻。她为什么早不指婚晚不指婚，偏偏这个时候指婚？这是因为她最先得到表妹宝钗选秀失利的消息。元春作为贵妃，她不能干预朝政，宫里选秀，她无法插手，宝钗落选，她一方面以这样的方式加以安慰，另一方面，则表示既然进不了宫，嫁给我弟弟也很不错。

王夫人和薛姨妈对元春的指婚表示当然是高兴的。薛宝钗自己呢？书里是这样写的："薛宝钗因往日母亲同王夫人等曾提过金锁是个和尚给的，等日后有玉的方可结为婚姻等语，所以总远着宝玉。昨日见了元春所赐的东西独他与宝玉一样，心里越发没意思起来。"这段话非常值得玩味。选秀入宫固然是家长对宝钗的最高期望，但身为包衣世家的金陵四大家族的女子，在皇族中发展的竞争力毕竟有限，所以王夫人薛姨妈把安排她嫁给宝玉视为最切实可行的方案；不过薛宝钗自己对选秀入宫心气一度是高昂的，刚刚落选，元春就来指婚，在那个特定情境下，她却不能像母亲和姨妈那样兴奋，她"心里越发没意思起来"，这是非常准确的揭示。

元春的指婚没有能够实现，是由于贾母的阻拦。贾母装糊涂：你元春既然没有直接下谕旨，只是一种暗示，那么，对不起，我就没感觉，就只当没这回事。贾母还宣称宝玉和黛玉"不是冤家不聚头"，在那个时代，"冤家"就含有夫妻的意思。在究竟宝玉应该娶黛玉还是宝钗这个问题上，贾母内心里是倾向黛玉的。这是前八十回里一个非常重要的内容，是荣国府家庭政治中的一个大关键。

如果你仔细阅读，就会发现，在这些情节以前，书里写了黛玉对宝玉的爱情，却几乎看不出宝钗对宝玉的爱意。但是这些事情过去以后，选秀失利的心灵伤痕平复以后，宝钗就渐渐流露出了对宝玉的爱恋。虽然那以后还有宝玉、黛玉、宝钗之间三角关系的若干情感冲撞戏，但是那以后任凭宝玉、黛玉的话语、行为如何富于刺激性，宝钗都能隐忍，再没有端午节前后那样的失态表现。到第四十二回，宝钗甚至主动向黛玉示好，使黛玉彻底消弭了对她藏奸的疑虑，她们竟"合二为一"了。

这样再来反观清虚观打醮前后宝钗的严重失常、失衡、失控，我就越发坚信，那是在暗写她选秀失利，是对第四回关于她进京待选的伏笔的一个呼应和收束。

　　薛宝钗挟带着自己人性中的全部因素，在命运的浪涛中浮沉。曹雪芹通过性格反常的高明笔法，写出了个体生命的悲苦，人生命运的诡谲，以及人性的复杂。无论是从阅读欣赏的角度，还是创作借鉴的角度，《红楼梦》中有关薛宝钗反常的这些笔墨，都值得我们一再品味，反复揣摩。

　　为什么说薛宝钗选秀失利后，贾元春颁赐端午节节礼，就是在表达对宝玉、宝钗指婚的意向？贾元春让宝玉、宝钗得到均等的四样东西里，有一种是红香麝串，红香麝串是种什么东西？难道在这红香麝串里，隐藏着什么奥秘吗？请听我下一讲。

薛宝钗红麝串之谜

　　上一讲讲到，贾元春颁赐端午节的节礼，有意识地让贾宝玉和薛宝钗所得的完全一样，林黛玉呢，就放在和迎春、探春、惜春的一个水平线上，少很多。颁赐的东西，袭人向贾宝玉汇报了，四样：第一样，上等宫扇两柄；第二样，叫做红麝香串二串；第三样，凤尾罗二端——罗是一种非常薄，但是又非常高级的纺织品；然后是芙蓉簟——有人听到后脱口而出说：二领。不对，是一领。簟是用竹丝编的一种凉席，高级凉席，上面有芙蓉花的图案，为什么是一领？因为是双人所用，这里面有没有含义呢？是有含义的。而这几种节礼中最富有含义的就是红麝香串，又可以简称红麝串，这是作者特设的一个很重要的道具。

　　麝是一种鹿科动物，但是无论是雄麝还是雌麝，头上都不长犄角，有的地方又把这种动物叫做香獐子，为什么呢？雄麝它的后腹部有一个腺体，分泌一种东西，这种东西叫麝香。

　　麝这种动物越来越珍贵，因为它越来越稀少，主要生活在西藏以及和西藏临界的云、贵、川等藏族聚居区。后来像甘肃乃至内蒙古等一些地方也有这种动物存在。过去对麝香的取用是很残酷的，先是要猎杀雄麝，杀了以后从它腹部把这个香囊挖出来，从中取得麝香。你想，一个麝长到成年，它只有一个香囊，只有一份麝香，所以这个麝香最后的价值就比金子还贵。后来试着对麝进行人工饲养，并且改进了取麝香的方法，让雄麝能够在第一次取完以后，继续分泌，再产生

329

麝香，再去取，比过去那个方法就好一点，但后来取出的麝香，质量一般都比不了第一次取出来的。现在科学研究已经完全搞清楚了麝香的化学成分，所以就有人造麝香出现，用人工合成方法制造出跟它化学成分相同或者相似的那种东西。麝香很稀罕，同时它还有两个特点，一个是非常之香，它有浓香、奇香；第二，它有药用价值，香气可以开窍，用麝香入药可以治很多种病。所以，麝香是一种非常珍贵的东西。

用麝香再混合一些其他的材料，特别是配上红颜色的染料，做成红麝串，就成为了非常昂贵、非常奇特的一种数珠。什么叫数珠？它是一种珠串，一般用十八颗珠子构成。信佛的人平时把它戴在腕上，念佛时把它拿在手上，念一声"阿弥陀佛"，捻一个珠子，循环捻，捻也就等于数数，积累出一个很大的数目，以此表示对神佛的虔诚，所以叫做数珠。数珠这个词在《红楼梦》里是正式出现过的，在第二十八回末尾，袭人向贾宝玉汇报，她就说："你同宝姑娘的一样的。林姑娘同二姑娘、三姑娘、四姑娘只单有扇子同数珠儿，别的都没了。"

也有"红迷"朋友跟我讨论，说林黛玉她们少两样，没有那个凤尾罗，没有芙蓉簟，但是不是林黛玉也得到了红麝串呢？因为她不是有数珠吗？但是从书里面的描写来看不像，因为袭人跟贾宝玉汇报，就说黛玉和迎、探、惜三位得到数珠，而且数珠贾母也得了，王夫人、贾政、薛姨妈全得了。数珠是对腕上佩戴物的一种统称，制作数珠的材料很多，玉、翡翠、玛瑙、珍珠以及檀香木等等都可以做成数珠，但红麝香串是非常特殊的数珠。一位搞古董收藏的朋友跟我说，他看到过很多清代的数珠，但从未见到过红麝香串的数珠，他认为，这可能是仅存在于曹雪芹艺术想象中的虚拟之物。

从书里面的描写来看，红麝串应该是只有薛宝钗和贾宝玉有。因为第二十八回后半回的回目就叫做"薛宝钗羞笼红麝串"，如果人人都有红麝串就不稀奇了，所以它突出是薛宝钗有。她有了以后呢，没有把它搁在一边不去戴——贾宝玉就没戴，贾宝玉有，但贾宝玉不戴，贾宝玉甚至在拥有以后，都没拿起来仔细地看看——薛宝钗把它戴上了，戴上，心里又不是很舒服，她"羞笼"。作为文本细读，这些地方都耐人寻味，值得琢磨。

过去对青年男女婚配有一个说法，就是说有月下老人给两个人拴红丝线，于是这一对就成夫妇了。红麝香串近似红丝线，有相同的喻意，有以此为媒、成全好事的意思，所以贾元春她通过颁赐端午节礼，表达了一个既鲜明也含蓄的意思，就是为贾宝玉和薛宝钗指婚。说鲜明，红麝串明摆着有上面指出的喻意；说含蓄，因为她毕竟没有明确地下谕旨，她是想"点到为止"，让家族里的长辈去完成她的意愿。

贾元春当时在宫里面，显然是没有能参与选秀这个事务，皇帝没有指定你去参与选秀，你就不能够擅自插手，去干预朝政，所以对薛宝钗是否能够入选，她只能在一边干着急。但是有关选秀结果的消息她应该得到的很快，比如说从夏守忠太监那里，就能得到准确的消息，说你这个表妹落选了，没门了，既然没门了，也就算了。何况她在回荣国府省亲的时候，跟祖母、母亲等哭着说过，皇宫是个"不得见人的去处"，又对父亲说："田舍之家，虽虀盐布帛，终能叙天伦之乐；今虽富贵已极，骨肉各方，然终无意趣！"所以她就觉得通过这次的颁赐端午节节礼，要给薛宝钗一个安慰，同时她向薛宝钗本人和整个家族传递一个信息，就是这个表妹这么好，既然选秀没有选上，那不要紧，她还可以嫁给我的爱弟宝玉做妻子，而且，这样的结果，也许比选进宫里更能获得"意趣"。所以在她的颁赐里面，就特别安排了红麝串，以强化她指婚的意向。

在荣国府里，家族政治当中最核心的问题，就是贾宝玉的婚姻。尽管贾元春的用意不言而喻，王夫人、薛姨妈对"金玉姻缘"也欣然接受，但是贾母是什么态度呢？贾母究竟是支持"金玉姻缘"，还是维持"木石姻缘"呢？这是贾府面临的一个非常尖锐的问题。《红楼梦》第二十九回前半回，曹雪芹写的是"享福人福深还祷福"，但是如果我们细读《红楼梦》时，就会发现，清虚观打醮的发起人其实并不是贾母，其目的也不是为享福人进一步祈祷幸福。那么，"享福人福深还祷福"究竟说明了什么呢？

贾元春关于清虚观打醮的指示很明确，贾元春颁赐节礼这个意向也很明确，可是府里面有一个人就装傻充愣，谁啊？就是贾母。你可别小看贾母这个人，她年纪虽大，却能耐很强，十个王熙凤绑在一起也顶不过她一个，在搞家族政治方面，贾母的水平绝对一流。有人会说，政治里头还有家族政治呀？政治，说到头，就是权力和利益的分配，国家、社会有这个问题，家族里面也有这个问题。荣国府的权力、财富将来属于谁？宝玉是贾政的第一继承人，这不消说，如果宝玉娶宝钗做正妻，那么，王氏姐妹就比较容易控制住荣国府，她们姐妹乃至王氏家族在荣国府里就能获得利益的最大值；但是如果宝玉娶黛玉为正妻，那局面就会大不一样了。那么，贾母打的是什么主意呢？你看贾母在第二十九回有很奇怪的表现，首先对贾元春到清虚观打醮的指示，她就进行了一次彻底的颠覆。贾元春为打醮一事特别提供了资金，她让夏太监送来一百二十两银子，专款专用，用于清虚观打醮。请注意，钱是人家元妃娘娘出的，不是荣国府更不是贾母出的。打醮的主题是什么啊？元妃有很明确的指示，是打平安醮，平安醮是一种以祈求死去的人、亡灵在阴间能够太平，不要跑到阳间来妨碍活人为目的的一种宗教仪式。而贾母呢，虽然她接过了打醮这件事务，却改变了它的主题，把为死人亡灵祈求太平，改为了针对活人的"享福人福深还祷福"。元春对参与打醮的人士也有专门的指示，是要贾珍带着两府里的爷们儿去烧香跪佛，可贾母她不管那一套，她号召荣国府女眷倾巢而出，把这件事变成了以她自己为中心的一个嘉年华会。本来这次打醮应该以贾珍为主体，是众爷们儿的一次大型活动，结果呢，贾珍成了一个外围搞后勤保障的人物，除了宝玉，爷们儿全靠边了。你说这个贾母厉害不厉害？

　　而且我在前面已经讲过，打醮的重点是哪天啊？是五月初三，初三那天贾母去没去啊？她不在乎那个日子，贾母五月初一去了一天，后来就不去了。因为宝玉、黛玉闹别扭，她关心这档子事儿，她关心这二位的情绪，她说这叫"不是冤家不聚头"，除非她咽了这口气，她看不见，没法管，否则只要她活着，她就要管到底。她忙着处理这件事。贾母她懂得，只有让贾宝玉娶了林黛玉，在她有生之年，贾府的控制权才在她和她信得过的人手里，因为我在前面的讲述里面已经告诉了你，从原型角度看，林黛玉的血缘和贾母是最亲近的，而宝玉呢，从理论上不消说是她心肝宝贝的亲孙子，但实际上，贾政是过继过来的，所以宝玉和黛玉结婚，连近亲结婚可能生傻孩子的弊病都没有，这样一结合，她眼前全是自己最信得过的人，是一桩完美婚姻；而且她早就看出王家两姐妹在表面对她的奉承和温顺下隐藏着祸心，总想得到贾府更长远的控制权。所以她们之间，你看，在那儿吃吃喝喝，说闲话，书里经常写谁谁"因笑道"——《红楼梦》里这三个连起来的字出现得太多太多——那个笑，你细琢磨，往往都不是好笑，是贵族家庭里，那温情脉脉的面纱下头，互相勾心斗角的一种表现。

书里写清虚观打醮，有一笔写得特别重要，你千万注意，就是在清虚观打醮前夕，王夫人告假，说身上不舒服，不去。曹雪芹从小说一开始就写王夫人在贾母面前是百依百顺，在当时那样一个社会，媳妇伺候婆婆是绝对不能推卸的一个责任，有病也得强撑着，书里有很多这种描写，包括写秦可卿，病得那么重了，她每天还要去到贾珍、尤氏那儿晨昏定省，虽然后来尤氏说了，你有病，你可以别来了，她还是尽量挣扎着去遵守履行那种媳妇对婆婆的礼数。小说里面也写到，王夫人只有等贾母歇下了，自己才敢抽空歇歇，还不忘嘱咐让丫头随时打听贾母睡午觉醒没醒，一听说醒了，赶紧过去尽礼数。但是，这次这么重要的一个清虚观打醮的活动，王夫人却告假，不去。说什么一来身上不舒服，二来还等着宫里面元妃那儿可能要派人来，得接待。这是很出格的，跟薛宝钗的失态一样的反常。

可是贾母不放过她，请注意贾母是怎么吩咐的。你王夫人不是告假了吗？第二十九回有这样一句交代：贾母跟薛宝钗说，薛姨妈一定得去，又打发人去专门请了薛姨妈，"顺路告诉王夫人，要带了他们姊妹去逛"。这是什么意思？就是再给王夫人一个最后的机会。当然王夫人还是不去。你不去？好，你妹妹去了就好。

在关于林黛玉的讲座里面，我跟大家已经分析了，到了清虚观，贾母给张道士的一番话其实就是说给薛姨妈听的，就是让薛姨妈回到荣国府以后去告诉王夫人的。这番话表明，在贾宝玉婚姻这件事情上，谁也别插手，贾元春也不例外，而在她内心里，虽然她并不是不喜欢薛宝钗，但在贾宝玉娶谁为正妻这件事情上，她却不支持"金玉姻缘"，她的天平是绝对朝"木石姻缘"倾斜的，对"木石姻缘"，她只要还剩一口气，就要保驾护航到底。

所以，现在你应该就更懂得薛宝钗为什么心情郁闷了吧。按说穿黄袍的这位宫里面的妃子，已经这么明确地表达了一个意向，就是促成"金玉姻缘"，她妈妈和王夫人肯定心花怒放，但是老祖宗贾母还活着，她却不动声色。你元妃毕竟只是意向，你只是通过颁赐节礼，以份额一样，又特别用红麝香串，来表达一个意愿，但你没有明说，你要是真下一个谕旨，那我贾母也没办法，但你既然没下谕旨，我就只当你没这个含义。这写得多有意思啊，所以读《红楼梦》，你读不出这些味道来可不行。

对于薛宝钗那样一个聪明的女子来说，元妃颁赐的红麝串里的特殊含义，她当然心知肚明，那是"金玉姻缘"的缩合物，也是在选秀失利后她最大的安慰与未来幸福的最大保证。但是，她虽然把那红麝串戴到了手腕上，却是一种"羞笼"的意态，她为什么"羞"？

书里面就写到，薛宝钗心里闷闷的——选秀落榜使她非常失落，虽有元春的安慰与指婚，她情绪也不可能立刻转换过来。但是薛宝钗呢，咱们都知道，她是一个崇拜元妃的人，一个按封建礼教的基本规范来指导自己行为的人，贾元春颁赐节礼既然赐给了红麝串，红麝串是用来戴在腕上的，所以她想来想去，不戴不敬，就还是戴上了，虽然戴上，她心里头又并不愉快，所以她是"羞笼"。什么叫"羞笼"？就是戴在腕上以后，手里又捏着一部分，半遮半掩这么个戴法。这时候她看见贾宝玉跟林黛玉在一起，心里很不是滋味，书里有一笔写道："薛宝钗因往日母亲同王夫人等曾提过金锁是个和尚给的，等日后有玉的方可结为婚姻等语，所以总远着宝玉。"

原来她心很高，是要进宫进府，到皇族人士身边，她觉得没必要追求宝玉，由着黛玉去跟宝玉缠绵好了；但现在进宫无望，连公主、郡主的陪侍也当不成，在这个节骨眼儿上，元妃表达了把她指配给宝玉的意愿，这应该是除了选秀中榜以外最好的一个人生落点，按说她应该非常欣慰。可是宝钗毕竟是一个端庄矜持的人，选秀失利，对她自尊心是非常大的挫伤，所以书里有一句话，叫做她就"心里越发没意思起来"。什么叫"越发"？就是说原本已经觉得没意思，再来一个没意思，叫越发没意思。第一个没意思就是说，她本来觉得戴玉的也可能是皇帝，至少是王爷，自己条件这么好，参加选秀往那儿一站，应该是光彩照人，艳冠群芳，结果偏偏落选，有意思没意思啊？没意思！那么这个时候元春来表达指婚意向，虽然的确是给予安慰，对她来说却成了被人怜悯，等于说是元春在给她找补，就是说既然这样，你就嫁给我弟弟吧。当年宝玉到梨香院去看望她，两个人交换着看佩带物——宝玉是通灵宝玉，她是金锁——对比了玉上和锁上錾的字，一旁的莺儿就忍不住说他们是"一对儿"，又说有癞头和尚的预言，当时她就截断莺儿话茬，让她别说了。她那时并不是害羞，她表面温柔谦和，其实骨子里还是心高气傲的，她那时候还完全没有"不得已求其次"的想法，更没有爱上宝玉，只是后来跟宝玉亲密接触多了，感情当然也就不一般了，但她看出来宝玉爱恋黛玉，也就并没有夺人之爱的想法和做法。没想到，她选秀刚一失利，元春马上就来指婚，她妈和她姨妈就把她推到了风口浪尖上，不仅使她有夺黛玉之爱的嫌疑，更使她必须逾越老祖宗贾母这个庞大的障碍，所以这种情况下，她就觉得越发的没意思起来。这也就是她羞笼红麝串时复杂的心理状态。

薛宝钗虽然"羞笼"，贾宝玉却眼尖，碰上她，一眼就看见，于是构成了第二十八回后半回那一段重要的情节。

其实，贾宝玉他自己是得到了红麝串的啊，按说得到红麝串以后，他应该很高兴，就算不想戴，总可以拿起来仔细看一看、闻一闻吧？他却连这样的事儿都没做，听到袭人跟他汇报，说从贾母屋里拿回了给他的那份包括红麝串的颁赐礼，他当时满腹什么心思啊？他急着问袭人，林妹妹得的是什么啊？听说林妹妹得到的节礼比他少，他立刻就让丫头把所有他得的东西，包括红麝串，都抱到潇湘馆去，让林妹妹挑。林妹妹那性格，你可想而知，全给退回来，说我也得了，不要。大家就可以回忆起来，在林妹妹从苏州办完父亲丧事，回到京城以后见到他，他把一个珠串献给了林黛玉，就是鹡鸰珠串，这鹡鸰珠串和红麝香串一样，在关于古董的资料中很难查到，很可能都是曹雪芹的艺术想象，是为了刻画人物、深化作品内涵的巧妙杜撰。那一次林黛玉就根本不以为然，他说：这可是从皇帝那儿来的！林黛玉却轻蔑地表示："什么臭男人戴过的！"掷而不取。她真是视皇家为粪土，"臭男人"戴过的她都不要，"臭女人"戴过的，她能要吗？这就是林黛玉。丫头只好把所有拿去的东西再拿回怡红院，拿回来以后，宝玉恐怕瞥都不瞥一眼，当时他满腹心思就为这个事儿，他不高兴——怎么林妹妹得的跟我不一样，倒是宝姐姐得的跟我一样呢？

正因为这样，宝玉他明明有这个红麝串，他就没拿起来看过，偶然看见薛宝钗戴了以后，毕竟他还是一个从少年向青年过渡的男子，面对青春丽姝手笼红麝串，他难以抑制爱美之心，他就想看，特别是宝钗当时采取的"羞笼"姿势，半遮半掩，更让他好奇，他就让宝姐姐从手腕上褪下来给他看。薛宝钗这时候倒是要勉强褪下来给他看，但是她身材比较丰满，不是骨感美人，红麝串用十八颗珠子做成，又是初戴，一定比较紧，所以不容易褪下来。

这时候呢，曹雪芹就写贾宝玉的性心理，宝玉觉得薛宝钗雪白的酥臂非常诱人，就动了心思："这个膀子若长在林妹妹身上，或者还得摸一摸，偏生长在他身上。"

这个写得非常合理，既表明贾宝玉他是一个健康的男性，他有正常的性心理，有形而下的这种性爱需求，但是他对自己又有道德控制，说明他确实只爱林黛玉，他有自我约束的一个东西存在。薛宝钗一看，我已经褪下来，你怎么不接，你发什么愣啊？就把珠串也丢了。所以在小说里面，林黛玉和薛宝钗各扔过一次珠串，林黛玉掷的是鹡鸰珠串，薛宝钗丢的是红香麝串，两个珠串写活了两个人物，真是很有意思。

接下来，就写到正好林黛玉过来了，三个人之间有很多心理上的冲撞和摩擦，我就不细说了。总之，薛宝钗在端午节前那一段时间里面，真是很受煎熬。林黛玉说"风刀霜剑严相逼"，其实薛宝钗这样的女子，她也并不能够真正自己左右自己的命运，她也有很悲苦的一面，你替她想一想，在当时那个情况下，多少种不愉快汇聚在她的眼前心头啊？

薛宝钗在这样一个情况下，必须得梳理自己的思绪，她怎么办？大家也应该替她想一想，她怎么办？选秀失利了，元妃表达指婚意向了，但贾母不接元妃指婚这个球，她的母亲肯定很着急，王夫人也暗中着急，事态发展到这个份儿上，她怎么办？

曹雪芹他写得很聪明，他在大的波澜发生之后，又让这个波澜逐步逐步平静，因为一张一弛，文武之道，写小说也是一样，一个高潮之后，你要有所跌宕，你要有异峰突起，然后你又要有一个波谷，再去推向另外一组情节，形成新的高潮。曹雪芹非常娴熟地驾驭着他笔下的情节流动，他明写着一些东西，同时又暗写了不少东西。

在这个地方必须要跟大家点出，他写宝玉、黛玉、宝钗三个的感情纠葛，用了很多笔墨，但是不能够简单地认为《红楼梦》就是一部爱情小说，更不能简单地认为《红楼梦》就是写宝、黛、钗三个人的爱情故事。因为你要说爱情的话，它里面在第二十几回就写到了小红和贾芸的爱情，而且都上了回目。贾宝玉和林黛玉在桃花树下共读《西厢》固然是非常动人的，也是非常大胆的爱情行为，至于"痴女儿遗帕惹相思"，那就水平更高了。他写小红在接近贾芸时，下死眼把贾芸盯了两眼，你想想，什么叫"下死眼"？那是黛玉不可能有的看人的方式，更何况是看一个异性！所以说，《红楼梦》里写了很多爱情故事，不止一种爱情故事。更何况呢，它不仅是写爱情，它还写了家族政治，写了众多的人生景象，甚至写了"双悬日月照乾坤"的政治上的故事，所以要全面理解《红楼梦》。我说这些什么意思呢？我是希望你把薛宝钗和贾宝玉、林黛玉之间这样的感情纠葛，放在一个宏大的背景下面来观察，这样观察就比较到位，就比较得趣，就比较得体。

根据脂砚斋的一条批语，我们可以判断出，到了第三十六回，正好是全书的三分之一，到了第三十八回就过了三分之一还有余了。如果你仔细翻一下就会发现，其中写宝、黛、钗三人的感情纠葛，其实主要集中在第十九回到第四十回左右，当然，曹雪芹在这前后还写了很多其他的事情，写法是错综的、复杂的，刺绣出的图案不是简单的，而是花团锦簇的。

所以我们读的时候，就要懂得读出它的显文本下面的潜文本，或者叫做读懂它明写后面的暗写。他写了薛宝钗的失态以后，又逐步逐步地暗写薛宝钗的自我调适，对这样一些文字我们应该加以注意。

首先，薛宝钗更深切地意识到，在贾府里面，家族内部事务，说到底，是贾母说了算，所以必须继续笼络贾母。她很早就懂得讨贾母喜欢，小说开始不久就写了她第一次在荣国府过生日，贾母出资二十两说要给她过生日。有的读者就误会了，说贾母一定是看上薛宝钗了，没听说林黛玉过生日贾母出资啊！但曹雪芹深怕你误会，他就写了王熙凤逗趣的话，王熙凤怎么说的？"巴巴的找出这霉烂的二十两银子来作东道，……这个够酒的，是够戏的？"其实贾母无非是客气，因为那个时候薛姨妈带着薛宝钗她们住到荣国府来，时间不久，是关系很密切的亲戚，宝钗这个闺女呢，长得好，性格也好，她第一次在姨妈家过生日，老祖宗捐资二十两银子意思意思。曹雪芹就通过王熙凤打趣告诉我们，二十两是一个很小的意思，是够酒？还是够戏？明白了吧？所以不能认为书中有这样一些情节，就证明贾母好像对薛宝钗有高于林黛玉的一种估价和看法，不足以说明，不能说明。

薛宝钗本人很乖巧。贾母问她想吃什么啊？想听什么戏？她就知道像贾母这样的老年人吃东西爱吃甜烂之物，看戏喜欢听热闹戏文，所以她就依着贾母所喜欢的说了一遍。贾母一听，太懂事了，很喜欢，很高兴。但是通过后来清虚观打醮这件事情，薛宝钗就懂得了，贾母不好对付，姜是老的辣，就觉得光是一般的讨好不行，必须采取更多而且更巧妙的手段。

第三十七和第三十八回，书里就暗写了薛宝钗的一个换取贾母好感的办法。什么办法？就是大观园成立诗社了，开头是海棠社，吟完海棠花以后，正好是秋天，就要赏菊了，这个时候正好史湘云又回到荣国府来了，住进蘅芜苑，和薛宝钗住在一起。史湘云就想做东搞一次活动，赏菊花，作菊花诗。但是史湘云的经济状况怎么样呢？书里面有没有描写？书里面有一些既不是明写，也不能算暗写的文字，应该叫做侧写，点出史湘云的处境，她其实有很困难的一面。

虽然史家当时还是比较有势力的，史家的两兄弟都封了爵位，一个是忠靖侯，一个是保龄侯，但是这两个侯爷都不是她父亲，她自己父母双亡了，这俩都是她叔叔。这两家她轮流住，这两家也不能说对她不好，自己的亲侄女儿嘛；但毕竟不是亲生女儿，她的婶婶们对她就比较苛刻，这两处的婶婶过日子都非常的苛啬，为了省钱，家里的刺绣活全由家里女孩子来做，给她定了很高份额的针线活，她经常一做做到很晚，觉也睡不好，脖子也酸。这是史湘云很悲苦的一面。

当然，在那样的府邸里面生活，她有小姐的身份，府里也会给她一些零花钱。大家看《红楼梦》里面的描写，荣国府里的小姐，一直到小丫头，每个月都有份钱的，有的份钱还比较高，比如小姐们是二两银子，贾母的大丫头是一两银子，少的也有五百钱。史湘云当然也会有一些零花钱，可是你想想她的处境，她能有很多的钱吗？她没有的。

但她兴致一起，就说起赏菊花作菊花诗什么的，要当东道主。这时候曹雪芹就写薛宝钗绝顶聪明，他没有明写薛宝钗想怎么笼络贾母，但是暗写了，薛宝钗给史湘云出主意，说"还是由你做东，还是算你请客，然后咱们吃螃蟹，赏菊花"，说府里头她知道，"从老太太起一直到底下，多一半人喜欢吃螃蟹"。而对于薛宝钗来说，螃蟹不用拿钱去买，她的父亲虽然去世了，哥哥又是一个质量很差的那么一个存在，但是薛家还有庄田，还开着当铺，还有伙计，还是相当富有的。他们当铺有个伙计，家就在农庄里面，稻田里就养了很多的螃蟹，又大又肥，她通过哥哥，就可以拉几篓来，又可以准备一些果碟什么的来下酒，这样不就齐了吗？对于薛宝钗来说，跟她哥哥说句话，她哥哥把这些东西备齐了，事情就办成了；她只怕她哥哥忘了，因为她哥哥是一个混球儿，容易忘事儿，只要没忘，这都是现成的，不用专门再去花钱，也不要史湘云出银子。这样一请，从贾母到整个府里面其他人，都会非常高兴，后面就有许多大家非常高兴的描写。你看薛宝钗她真是很有心计，表面上，这是史湘云做东道，大家应该感谢史湘云，但是史湘云手头拮据在荣国府里面不是什么"经济秘密"，上下都知道，连袭人都说过嘛，她在家里如何如何；她从家里到了荣国府，给丫头们都带一些戒指，那都是比较便宜的绛纹石戒指，礼物虽轻，情意很重，丫头们都知道这一点。所以到头来，贾母一定会知道，其实是薛宝钗组织了这次秋日的食蟹赏菊盛会，在心里，对她就一定有加分。而事实上贾母那天确实也非常高兴。所以，薛宝钗首先巧妙地调整自己和贾母的关系。

薛宝钗懂得，最后决定她婚姻的，并不是牵扯到这个婚恋当中的平辈角色，决定权既不在宝玉手里，也不在黛玉手里，只取决于家长。所以在小说情节往下流动的过程中，她就很快地克服了失常、失态，复归到她固有的性格当中，展示出她的温柔、婉雅、谦和。"你要仔细！"这种声色俱厉的表现当然也就完全没有了。她确定了在荣国府实现"金玉姻缘"的目标以后，通过积极而巧妙地调节人际关系，重点讨好贾母，就坐等收获了。曹雪芹就这样写出了一个活生生的，封建社会里面一个既想遵守礼教规范，但本性当中也有一些难以完全压抑的人性元素，比如失落感、自尊心、争强好胜之心等等的那样一个大家闺秀。

这就是我们可以从红麝串辐射出去，悟出来的一些内容。

有人就会问这样一个问题了：你说了半天，还是从理性方面分析薛宝钗比较多，就是说，这是一个很有心计的，通过智慧、通过自我修养和通过调节人际关系，去争取个人幸福的女子，但是，她对贾宝玉，究竟有没有出自人性深处的、纯粹属于情感、属于超越理性层面的灵魂颤动呢？说白了，抛开功利不说，她爱不爱贾宝玉？如果说她爱贾宝玉，请问在曹雪芹的八十回书里面有几次突出的表现？我个人认为有两次，你认为有几次？至于是哪两次呢？咱们下一讲一块儿讨论。

薛宝钗情爱之谜

我通过文本细读，发现第二十九回清虚观打醮那段情节前后，曹雪芹写到薛宝钗情绪低落、表现失常，是暗写她参加宫廷选秀失利，也正是因为获悉她选秀失利，贾元春才在颁赐端午节节礼的时候，特意将给她的那份礼物安排得跟贾宝玉一模一样，其实就是表达出指婚的意向。那么，在经历选秀失败、元春指婚之后，薛宝钗也就逐渐接受了由薛姨妈、王夫人和元春为她指明的道路，就是去争取赢得贾宝玉的爱情，获得自己的个人幸福，也保障家族的利益。

但是，薛宝钗和贾宝玉，他们两个之间首先存在着思想意识、价值取向方面的分歧，这是薛宝钗要获得贾宝玉爱情的最大障碍。对于这一点，曹雪芹在书里是写到的。

我们读《红楼梦》要会读，要懂得作者的笔法。曹雪芹写一个事情或者是表达一个意思，经常运用多种多样的笔法，比如说有正写，有侧写，有明写，有暗写。

我们先考察一下，关于薛宝钗和贾宝玉的思想冲突，他有没有正写？

什么叫正写？正写就是设置一个场景，让人物出场，然后展开一段情节，当中还会有一些细节，来表现人物之间的矛盾冲突。那在第一回到第八十回有没有这样一个场景，贾宝玉、薛宝钗都在，然后薛宝钗劝他读书上进，贾宝玉不接受，两个人发生冲突？有没有啊？应该是没有的。曹雪芹在前八十回里避免这样去正写。八十回后呢，脂砚斋有一条批语，透露出其中有一回的回目是《薛宝钗借词含讽谏　王熙凤知命强英雄》，可见在八十回后的某一回，他是要正写薛宝钗和贾宝玉之间的思想观念冲突的。在这里我要再顺便强调一下，曹雪芹是大体完成了《红楼梦》全书的写作的，不是只写了八十回，后面没有写，因为脂砚斋在批语里有许多次提到八十回后的内容，包括上面所引用的完整的回目。而且脂砚斋还有一条批语明确地告诉我们："书至三十八回，已过三分之一有余。"可见曹雪芹的《红楼梦》全书不是一百二十回，应该是到三十六回即达三分之一，总回数是一百零八回，只可惜八十回后的文稿都迷失了，现在仍未浮出水面。根据曹雪芹的总体构思，他把薛宝钗和贾宝玉在人生追求、价值观念上冲突的正写，安排在了八十回后，那时贾母已经去世，黛玉也已仙逝，二人在家长包办下成婚，之后，薛宝钗她逮住一个机会——可能是贾宝玉说了个什么词语——她就"借词含讽谏"，规劝贾宝玉"走正路"。

　　在前八十回里，曹雪芹没有对薛宝钗、贾宝玉思想冲突的正写，那么，有没有侧写呢？侧写是有的。什么叫侧写？就是设置一个场景，也出现一些人物，人物之间有对话，也发生一些冲突，但是，侧面地写出来了不在场的另外一个人物，和在场当中一个人物之间的矛盾冲突。前八十回里，他写薛宝钗和贾宝玉之间的冲突，使用了侧写。一个很重要的侧写，是在第三十二回。

　　这段情节的场景是怡红院，大热天的，忽然家人来传话，贾雨村又到荣国府做客来了。贾雨村是一个十分虚伪、野心很重的人，他无非就是姓贾，他自己说往祖上溯源，跟宁国府、荣国府的贾氏同宗，实际上血缘离得非常之远，不着边的；他又由于乱判了葫芦案，包庇了薛蟠，而薛蟠的母亲和王夫人是亲姐妹，贾政是薛蟠的姨父，这样，他就很轻易地获得了贾政他们的好感。所以，他进京以后，就经常到宁国府、荣国府和贾赦家里这几个地方鬼混，拉关系。他每次到了荣国府，除了见贾政以外，他还觉得不满足，老提出来要见贾宝玉。他什么心思啊？他是放长线，钓大鱼。因为荣国府目前的主人、府主是贾政，以后呢，实际上只有一个像样的继承人，就是贾宝玉。贾政虽然还有另外一个儿子，但是呢，第一，那个儿子是庶出，不是嫡出；第二，都知道贾环那个儿子质量太差。所以，作为一个很有心机的封建官僚，贾雨村每次到了荣国府，他除了见贾政以外，总要提出来见贾宝玉。贾宝玉对这一点是烦死了。所以，那一天，在怡红院，传信说贾雨村又来拜访了，要见他，袭人就开始给他打扮。因为在那个时代，在那种家庭，在当时那种礼仪规范下，虽然很热的天，见客也得穿戴得很整齐，要穿靴子什么的。贾宝玉就很不耐烦，一边穿衣服，一边拉那个靴子，一边在那儿不高兴。

这个时候，在场的并没有薛宝钗，这时候在场的有史湘云。史湘云是一个心地非常单纯、豁朗、口无遮拦的女性。因为平常史湘云跟薛宝钗的关系很密切，薛宝钗那一套价值观念她耳濡目染，也知道了一些，她就在那儿学舌。其实，你通读全书就会发现，史湘云这个人没有什么政治观点，没有什么意识形态的东西，她是凭借自己生命的本能来过日子的。但是，她学舌，她看见贾宝玉不耐烦，就劝贾宝玉。大意就是说，你就是不愿意读书，不愿意去学八股文，不愿意去考举人、进士，你也应该接触一些这种人物，有点正经朋友，今后你到社会上去，也有一个根基，你成天在我们队里混算怎么回事？她其实只是随便一说，没想到贾宝玉竟然会失态。

贾宝玉跟史湘云感情非常深厚，从小说里面的一些细节，我们可以知道，在故事开始之前，史湘云还很小的时候，就父母双亡了，因此，除了有两个叔叔轮流来抚养她以外，还经常到荣国府来。因为她是史家的后代，跟贾母有着血缘关系，是她的侄孙女儿，所以，贾母就经常把她接来，住在贾母的主建筑群的正房里面。贾宝玉在搬进大观园以前，一直跟贾母住，他们就等于是经常在同一空间——贾母住的院落的那个大北房的正房里面——亲密地生活。所以，史湘云和贾宝玉从小感情就很深厚。贾宝玉见到林黛玉之前，应该很早就和史湘云作为一对儿时的玩伴，非常之熟悉，所以他们俩关系一直是很和谐的，没想到这时因为触及到了一个根本性的问题，就是理念的问题，价值取向的问题，贾宝玉一下很反常，很烦躁，居然就说出了很难听的话："姑娘请别的姐妹屋里坐坐去，我这里仔细脏了你知经济学问的！"这当然就让史湘云非常难堪。

但是，史湘云的性格决定了她的反应。她是个没心没肺的人，她不像薛宝钗，薛宝钗是真有一套观念，有一套想法在那儿搁着，和贾宝玉之间的冲突是正儿八经的，史湘云其实是有口无心地那么一说，她本身，你想想，哪儿是像薛宝钗那样遵守封建规范哪？书里面有一些交代，说她经常女扮男装，冬天下雪的时候，她还玩儿一种什么游戏啊？扑雪人。对《红楼梦》原文不特别熟悉的人，可能会疑惑：是堆雪人吧？不对，你去仔细看书上的写法。什么叫扑雪人？雪积得很厚以后，裹上大红猩猩毡子，用汗巾扎住腰，整个身子"啪"地往上一扑，再一起来，留下一个完整的人形。这种游戏说老实话，就是小男孩玩儿，都够悬乎的，都是性格比较开放、比较淘气的男孩才玩儿的，贾宝玉都不一定那么玩过。哎，史湘云是扑过雪人的，她就是这么一个女孩子。所以她的性格决定了，虽然贾宝玉很反常，说了那么难听的话，等于对她下了逐客令，她却并没有走，她还在那儿。

　　这个时候，袭人就赶紧来打圆场，袭人就说了，大意是哎呀你别见怪，我们这爷就这样，上次宝姑娘来也是说了一些这样的话，结果他咳了一声，拿起脚就走了——那次贾宝玉倒没有轰薛宝钗，他是自己转身就走了——给了薛宝钗一个大败兴，大难堪。结果，薛宝钗怎么样呢？虽然薛宝钗很堵心，但当时也没有马上走，不知道该怎么办了，当时就羞得脸通红，再往下说吧不能够，不说也不是。袭人，以她那个水平，她就是琢磨着怎么让贾宝玉能娶一个对她有利的正妻，她怎么能够稳稳地当贾宝玉除了正妻以外的第一号小老婆，真提高到意识形态方面、价值取向方面，她的见识就很肤浅，她闹不太清薛宝钗、林黛玉、贾宝玉他们之间在高层次问题上是一些什么分歧，所以，就根据她自己的心理逻辑，就说，亏得当时是宝姑娘，要是林姑娘遇见贾宝玉这么着对待她，早不知道闹成什么样了。这个时候，是由贾宝玉来提醒袭人，宝玉道："林姑娘从来说过这些混账话不曾？若他也说这些混账话，我早和他生分了。"生分了就是疏远了，本来很亲密，但是因为某一个事态出现以后就疏远了。当然，史湘云和袭人她们都不理解贾宝玉的那种厌恶、抵制仕途经济的思想，就都说，难道这是混账话吗？

这一段描写，表面上看起来是写在怡红院这样一个空间里面，贾宝玉和史湘云、袭人之间的一些心理的、言语的冲突。但是，我认为是写薛宝钗，是巧妙的侧写。实际上，这段故事主要想传递给读者的是关于贾宝玉和薛宝钗之间存在着严重的思想分歧并难以调和这样一个信息。

写小说，特别是长篇小说，除了正写、侧写以外，还有明写、暗写。

什么叫明写？明写就是作为作者，我甚至不安排一段故事，不设置一个场景，不出现一组人物，不是通过场景中的人物冲撞构成一段故事，而是直截了当地把话挑明了说，明明白白地写出来。关于贾宝玉和薛宝钗之间的思想分歧、价值取向的严重冲突，曹雪芹他有一段明写，是在第三十六回。

第三十六回那时候，贾宝玉不但挨完他父亲的暴打，而且已经养好了棒创。贾母疼爱他到了一个很荒唐的地步，就派人去跟贾政说，以后不要再让贾宝玉去见你了，不要再让他到你跟前去汇报功课了，也别让他见客人了，上次打重了，他受惊了，现在要静养。这样，贾宝玉就非常高兴，就完全解脱了，完全自由了，不受他父亲那一套的束缚了。但是，这个时候就有一段明写，这段文字还不短，说："或如宝钗辈，有时见机导劝，反生起气来，只说好好的一个清净洁白的女儿，也学的钓名沽誉，入了国贼禄鬼之流，这总是前人无故生事，立言谏词，原为导后世的须眉浊物，不想闺阁中亦有此风也，真真有负天地毓秀钟灵之德。因此祸延古人，除四书外，竟将别的书焚了。"

大家想一想，这段明写为什么出现在这个地方？可以回忆一下我上两讲给你说的，薛宝钗当然原来就是这样一种思想，可是她和宝玉之间的矛盾冲突原来没有这么严重，为什么？她跟着哥哥和母亲，从南京到北京，目的很明确，她是候选来了，她希望通过参与宫廷选秀，能到皇帝的身边；即使到不了皇帝身边，还可以到王爷府，王子身边；再不济，起码可以到公主、郡主身边。总之，要进入一个更高的社会层次，到那儿去发展。虽然有和尚说了，她戴金锁，今后会嫁给一个有玉的男子，但是这个有玉的，最早她的内心目标还不一定是贾宝玉。因为从皇帝起到那些王爷都有玉，不一定是通灵宝玉，也不一定成天戴在脖子上头，但是，从某种角度来说这些人都是玉之拥有者，她的心是很高的。

在上两讲，我就跟你分析出来了，得出我个人的一个结论，就是她参加选秀失利了，她被淘汰了，没选上。在没选上的情况下，贾元春就采取了一个补救的措施，在颁赐端午节节礼的时候，有一个特殊的安排，让她和贾宝玉所得的份额完全一样，而且其中还有存在明显指婚意向的红麝串。当时因为她参加选秀刚刚被淘汰，挺心灰意冷的，面对这样带有指婚含义的颁赐，她越发觉得没意思起来。可是冷静之后一想，她今后的指望就是贾宝玉，就是这个戴玉的公子。何况她的母亲、姨妈也一再营造一个舆论，那就是命定的"金玉姻缘"。

但是，薛宝钗又是一个很有思想的人，贾宝玉作为一个贵族公子，模样不消说了，家庭根基不消说了，但是贾宝玉却不知读书上进，不懂仕途经济。薛宝钗觉得，我今后既然是指着贾宝玉了，贾宝玉别的方面都很好，就是这方面不行，所以，在贾宝玉养好棒创之后，甚至于都用不着再去见贾政了，贾政都没有教训他的机会了，她却要站出来劝导贾宝玉。曹雪芹在这儿干脆就明写，这俩人在生活目标的价值取向上，严重冲突，没有调和的余地。

那么，关于这一点，曹雪芹除了明写以外，有没有暗写呢？当然有。第三十四回，贾宝玉被父亲暴打之后，在怡红院养伤，薛宝钗来看望贾宝玉。她当时怎么说的呀？叹道："早听人一句话，也不至今日……"

这个"人"就指的她自己，就是说，你看我老劝你，你早听我一句的话，你何至于有这么个下场呢？究竟薛宝钗她那"一句话"是什么话，作者点到为止，没有接着写薛宝钗说出什么话，或者回顾她原来说过什么什么话，而是让你自己去展开想象，这就是一个暗写，使读者意识到，薛宝钗跟贾宝玉之间存在一种劝导和反劝导的很麻烦的关系。

薛宝钗对贾宝玉是这样一个态度，她希望贾宝玉读书上进，重视仕途经济，日后在社会上也能够为官做宰，能够富贵发达，这样，她的生存当然就有保证了。但是，贾宝玉非常直白地反驳她，乃至于干脆无声地抗议，咳一声扭身就走。这些我们都看清楚了。那么，有一个问题我们也必须把它弄明白，就是薛宝钗和贾宝玉之间，有没有一种相互的吸引力？特别是从薛宝钗的角度，说白了，抛开这一切，她爱不爱贾宝玉？就是说，即便贾宝玉这些都改不了，她爱不爱这个人？对于这一点，作者也是很用心地来写的。

我读《红楼梦》，我的心得是，薛宝钗是真爱贾宝玉的。她爱，即便贾宝玉有这些她认为很荒唐的表现，即便她的劝导无效——她自己认为是种瓜种豆，收获的却是蒺藜——她还是爱贾宝玉。在前八十回里，起码有两个情节，突出地表现她对贾宝玉这种超出意识形态、超出思想分歧、超出价值取向、男女之间的真实的情爱。

第一次，她流露出对贾宝玉的爱就是在贾宝玉挨打以后，她去探视贾宝玉。这个地方写得非常好。你要注意曹雪芹如何描写她的肢体语言。她到怡红院看望贾宝玉，当时是一个什么样的姿态呢？她手里托着一丸药。见了贾宝玉以后，薛宝钗一共只说了短短的几句话，这几句话曹雪芹写得非常好，是第一个层次、第二个层次、第三个层次，发展着来写的。

第一个层次，还是一个意识形态的、观念的层次，就是刚才我引用的："早听人一句话，也不至今日……"就在说这半句话的几秒钟里，占据她思维主导的，还是一个思想上的分歧，就是你看你，去结交戏子蒋玉菡，去做这些荒唐的事情，结果，因为你自己不务正业，所以导致这样一个不好的结果。

但是，很快地，她的心理和她的情感就转化到另外一个层次，这个层次就超出了意识形态，超出了道德批判，超出了价值取向。她就说："别说老太太、太太心疼，便是我们看着心里也……"

她又说不下去了。这是一个什么层次啊？这就是抛开了政治、经济、意识形态那些东西，人与人作为朴素的生命存在之间的一种情感层次。她先引用了老太太、太太她们的心疼，然后意思就是说我们看着也心疼。当然这个话说得太急了，因为以她那样一个遵守封建道德规范的女子，她不应该把自己和老太太、太太并列，从封建伦常秩序来说她算老几啊？一个是人家的祖母，一个是人家的母亲，您呢？您是媳妇？您是姐姐？虽然叫你姐姐，其实只是一个表姐。所以，这样的话她说到一半，就说不下去了，她觉得有点害臊了。

然后，就到了第三个层次，完全是爱情层次。情感层次当中最重要的一个层次，就是爱情，就是一个青年女子对一个青年公子的百分之百的情爱，这个时候就尽在不言中了。她没有用语言来表达，而是用她的肢体动作来表达。是一个什么动作呢？书里写得很明确，她自己觉得自己说话太急，有点后悔，就红了脸低了头，就咽着没有继续往下说，于是她就低头只管弄裙带。那个社会的那种小姐，裙子是有很长的裙带的，系上以后还会飘拂下很长的一截儿，薛宝钗在那个时候就低下头红了脸弄裙带，这个肢体语言所表达的就是爱情。

贾宝玉当时就意识到了。贾宝玉虽然在思想上跟她有分歧，在封建伦常秩序上也没有把她看作是一个重要的角色，没有娶她为正妻的想法——贾宝玉心目中未来的正妻非林黛玉莫属——但是："宝玉听得这话如此亲切稠密，竟大有深意，忽见他又咽住，不往下说，红了脸，低头只管弄裙带，那一种娇羞怯怯，非可形容得出者，不觉心中大畅，将疼痛早已丢在九霄云外。"

书中通过这样一个场景，写了薛宝钗对贾宝玉的情爱，在那一刹那，她忘记了跟贾宝玉的思想分歧，她也不顾只是一个表姐这种身份了，她就在他的卧榻边，站住，低了头，红了脸，默默地去弄那个裙带。曹雪芹写得非常的生动，非常的优美，这是非常美丽的一个情爱画面。

在前八十回里，还有没有正写薛宝钗爱贾宝玉的场面呢？有的，写得比这一场要更细腻。

那是在三十六回。这个时候，贾宝玉棒创也养得差不多了，基本上已经康复了。那天中午，本来是在王夫人的屋子里头大家聚会，薛宝钗在，林黛玉在，王熙凤在，一些主要人物都在，大家吃西瓜。接近中午吃完西瓜，大家就应该歇午觉了。可是，薛宝钗就觉得她有一种生命的原始推动力在驱使她，本来这是一个生活起居最规矩的女子，可是那天中午她就不想睡午觉。于是，出了王夫人的院子以后，她就约着林黛玉说咱们干脆到藕香榭去。藕香榭是谁住的地方啊？是惜春住的地方。惜春这个人有什么特长啊？会画画。到藕香榭可以去看看惜春的画。宝钗就试探地问黛玉，要不咱们到藕香榭啊？结果林黛玉怎么着？林黛玉她很娇气，她说要洗澡，薛宝钗就请林黛玉自便，她就单独活动，往哪儿走呢？她没有回蘅芜苑，她就往怡红院去，到怡红院去干吗呀？她说想找贾宝玉聊一聊，以消午倦，双方都可以不必午睡了，在欢声笑语当中度过一个非常美好的中午。她就这么样去了怡红院。

有人可能不太赞同我的叙述，说这个跟爱情有什么关系？她不老到怡红院去吗？她去的次数还少吗？但是你想一想，大中午的，午睡时间，她去了。去了以后怎么样呢？整个怡红院都是一幅午睡的场景，曹雪芹写得很妙，怡红院有海棠树，还有芭蕉，芭蕉下面的仙鹤都在那儿睡觉，仙鹤睡觉什么姿势啊？仙鹤会把它长长的喙弯过来插在翅膀里面。怡红院的主建筑群，它的那个正房也是很大的，薛宝钗走进去以后，很多丫头在外屋那儿横七竖八地歇午睡，她越过这个空间，直逼最里面的最私密的那个卧室，她就走进去了。一看，贾宝玉在卧榻上午睡，睡着了，脸朝里。旁边坐着谁呢？坐着袭人。袭人当时因为讨好了王夫人，身份已经得到了一定的提升，成了准姨娘了，成了候补的姨太太了。王夫人已经从自己的月银里拨出二两银子一吊钱，作为犒赏她的特殊津贴，从此她对宝玉也就伺候得更加周到，正所谓"小心伺候，色色精细"。

当时，袭人在那儿做两件事。一件什么事啊？她给宝玉绣一个肚兜儿，已经基本上完成了，可能只要稍微再加几针，整个就大功告成了。这个肚兜儿是白绫子底，上面绣的是鸳鸯戏水的图案，红莲绿叶，五色鸳鸯，绣得非常精致，非常华美。还有一件事，她拿了一个拂尘，又叫蝇帚，就是轰苍蝇蚊子的，拿这么一个东西来保护宝玉不受叮咬。

这个时候，薛宝钗就走进去了。你想想薛宝钗是一个非常遵守封建伦理道德规范的女子，这可是公子的一个私密的卧室，这个时候，他在午睡，她也看明白了，她却并不转身离开，她还往前去，什么东西在推动她？她爱这个人啊。哪怕多一分钟，多一秒钟，能和这个人亲近，对她来说，都是生命当中最大的快乐。

当然，袭人就发现她了，袭人吓了一跳。袭人吓一跳有两个原因：一个原因，因为薛宝钗她是蹑手蹑脚走进去的，她的行动向来都不是粗放的，她是一个很娴雅的人，缓缓走进去，袭人没有听见；另外一个，就是一看进来的是她，说句老实话，如果是林黛玉，袭人都不会惊讶，因为她知道林黛玉这个人性格异常，举动经常出格，但是，宝钗这个人是一个非常遵守封建伦理道德规范的人，居然是她！当然，她们两个无形中有一些思想共鸣，所以双方见到以后就都很亲热。这个时候，薛宝钗就问了一句话，说你在绣什么呢？袭人就说是肚兜儿。

大家知道，当时贾宝玉已经比较大了，从十三岁奔十四岁去了。在当时那个社会，人的寿命是有限的，当时有怎样的说法呀？三十岁就是半生了，六十岁就是满寿，七十就是人生七十古来稀了，所以十三四岁就是一个成年男子了，成年男子哪儿还有戴肚兜儿的呀？现在读初一的学生吃饭有戴围嘴的吗？没有。一个年龄段有与一个年龄段配套的用品。这个地方，曹雪芹写得很巧妙，他就生怕读者误会，以为薛宝钗和贾宝玉之间还是两小无猜，青梅竹马，还是儿童状态，不是，薛宝钗她当然知道贾宝玉已经是一个成熟的男子了，她也是把他当成成熟的男子来爱的，所以一看肚兜就觉得奇怪。袭人就解释了，说原来他也不戴，贾宝玉他当然不愿意戴，我多大了，你给我戴这个？但是，袭人就说——袭人她的法术就是一条：温柔和顺地哄，最后哄得你没有办法——她的办法是把那个肚兜绣得非常之精美，让宝玉看了爱不释手，最后就戴上了。所以，袭人就说，你觉得这个绣得特别好，其实他身上那个更好，开头他不愿意戴，后来因为觉得特别好，一劝就戴上了；这样，晚上睡觉，掀了被子就不着凉了。这也表现出袭人对宝玉确实是忠心耿耿，服侍得细致周到。

两人说了说话以后，袭人就说，哎呀，我绣了半天，脖子也酸了，身体也倦怠了，说宝姑娘我去去就回来。这个地方有的读者不太懂，有年轻的"红迷"朋友跟我来讨论，说袭人好好的，干吗非得出去？说这不就是作者故意要让薛宝钗一个人留下来吗？你就是设置情节流动，你想让薛宝钗单独留下来，你也犯不上用这样一个办法呀！我就跟他说，你回忆一下《红楼梦》里面，不止一次写丫头什么的出屋子去，比如麝月、芳官夜里都从屋子里出去过，它是很含蓄的写法——人除了情感需求以外，还有生理需求，袭人她是方便去了。这在那段情节的规定情境下，一点也不牵强。

这个时候，作者就有一个很细腻的描写。袭人走了，按说你薛宝钗也就够了，你也该走，人家在睡觉啊！可是薛宝钗她爱这个人，哪怕是看着脸朝里的一个背影，她也舍不得走。她不经意地一歪身，她坐哪儿了啊？就坐在袭人刚才坐的那个地方。

也许有人会皱眉头，说这算什么呀？她坐哪儿不行啊？可是你得想想，当时是什么社会啊？那个社会的礼教是怎么规定的呀？一个青年公子的卧房，卧榻旁边那是丫头，或者不是丫头，也是姨娘、小老婆坐的地方，那是一个伺候人的位置。在那个位置上，伺候人的人刚才在做两件事，一件事就是绣肚兜，给男主人绣肚兜；一件事是给他轰虫子。你薛宝钗，你是一个大家闺秀，大中午的，你跑到这卧榻旁边，你不经意就一屁股坐在了伺候他的这个仆人的位置上，你是不是太忘情了呀？是的，薛宝钗她就完全忘情了。而且，她就把袭人的那两件事都代办了，她就绣那个肚兜了，而且她还居然就拿起那个拂尘来轰虫子。

前面有一段对话，宝钗说这么好的屋子难道会有苍蝇蚊子吗？——曹雪芹写得这样细，我想他也是怕读者误会，就通过袭人之口说，并不是苍蝇蚊子，而是有一种很小很小的虫子，能够穿过纱窗的纱眼飞到里面来。薛宝钗是一个非常博学的人，她立刻就解释，说外头有水，而且好多花，这种虫子是长在花心里面的，见香就扑，见你们这屋子里头比外头还香，所以就往里扑，这种小虫子叮了人以后跟蚂蚁咬了一样，也挺疼的，确实需要拿一个蝇帚不断地在那儿驱赶。按说以宝钗的身份，无论如何也不该替代袭人，但袭人离去以后，她就情不自禁地也做了这件事。

宝钗做这件事的时候，被人看见了，被谁看见了呀？林黛玉这天

351

中午洗澡洗得也比较快，洗完了她也不午睡。你说你爱贾宝玉，还有更爱的呢。林黛玉就跟史湘云也到怡红院来了，当然她们有一个题目，就是因为她们都知道袭人获得了特殊津贴，被暗定为贾宝玉的姨娘了，所以，她们有一个冠冕堂皇的到怡红院来的理由，就是给袭人道喜。结果，到了以后，史湘云就到厢房去找袭人，林黛玉就隔了窗户往里一看——薛宝钗平常是一个眼观鼻、鼻观心，处处好像都符合礼教规范的模范姐姐，此刻居然忘情失态到了这种地步，坐在仆人坐的位置上去给贾宝玉轰虫子。所以，林黛玉心里什么滋味啊？作者没有细写，我想读者可以自己根据前面的内容去衍生自己的想象。

当然，史湘云没找着袭人，就折回来了。于是，林黛玉就招手让她看，史湘云一看，也很吃惊，因为这确实很不得体。但是，史湘云一想，宝姐姐平常对她特别好，不应该因为这样一个场景就去奚落人家。林黛玉当然也懂得史湘云的心情，所以，史湘云一劝，两人就走了。

这一段情节，实际上是以非常细腻的笔触，来正面描写薛宝钗作为一个青春女性，她如何爱恋一个青年公子。这段情节里面的爱情，没有什么意识形态的成分，没有什么价值取向的东西，没有道德说教，没有什么有关的劝阻，薛宝钗她就是爱那个背对她睡觉的人。这一段无论从阅读审美的角度，还是写作借鉴的角度，都值得细品。

那么，薛宝钗如此地爱贾宝玉，她最后能不能够嫁给贾宝玉，成为贾宝玉的正妻呢？薛宝钗她很清楚，那个社会就是一切要听从家长的，所以她当然就把她的希望寄托在了家长的安排上。而通过前面一些情节，特别是清虚观打醮前后的一些遭遇，她就知道，在贾母健在的情况下，在所有的家长里面，关键人物是贾母，而贾母对元春通过颁赐端午节礼所传递的指婚意向，竟然佯装不懂。贾元春虽然贵为皇妃，辈分却低，只能以颁赐节礼的方式暗示，你既然是暗示，不是直接下谕旨，那么对不起，贾母她就置若罔闻，仿佛没那么一回事儿。所以，薛宝钗很清楚，她今后生活的一个很重要的任务，就是能够使贾母最后在选择谁做贾宝玉的正妻这个问题上，天平朝她倾斜。贾母跟她之间，究竟有没有矛盾冲突？贾母在选择贾宝玉正妻这个问题上，就算她心里的天平开头是朝林黛玉倾斜的，难道通过薛宝钗的一再努力，她就不能有所改变吗？在讨论薛宝钗的时候，需要再从这个角度，进行一番细细梳理。咱们下一讲见。

薛宝钗雪洞之谜

什么是雪洞？这一讲，我要跟大家讨论的，是薛宝钗跟贾母的关系，最后会集中在雪洞上。但是，恳请您随我曲径通幽，一环环地往下推演。

在上一讲里，我指出薛宝钗虽然与贾宝玉在价值观念和人生追求上存在着严重的分歧，但是她对贾宝玉有着一种发自内心的真爱。在《红楼梦》第三十六回之中，她探望正在午睡的贾宝玉，就充分证明了这一点。

肯定有些人会问了，说你讲得很细啊，但是怎么有一个最重要的细节，你略而不讲呢？当然我是有意的，现在就要再把这个细节找补上。

薛宝钗坐在贾宝玉的睡榻旁边，坐在袭人坐过的位置上绣鸳鸯，她补针。过去有一些论家就认为这是曹雪芹写作上的一个瑕疵，说已经上了里子的绣品不能够再去刺图案，但实际上曹雪芹也可能是故意要这样写，因为当时薛宝钗忘情了，她为什么要在鸳鸯的图案上补针呢？你想一想她什么心理啊？她是想嫁给这个人，她觉得"金玉姻缘"早晚还是要圆满实现的。她戴金，这位公子戴玉，她又这么爱他，虽然这个公子有毛病，但她相信自己能够把他调理好，她沉浸在这样一种感觉当中。可是这个时候，就是我上一讲故意留下来到这一讲开头要告诉你的，也是你立刻能够回忆起来的，她在那儿坐得好好的，忽然贾宝玉说梦话了。

贾宝玉这个梦话可不得了，怎么说的？——"和尚道士的话，如何信得？什么金玉姻缘，我偏说是木石姻缘！"

　　哎哟！你想，薛宝钗一步一步一步发展到坐在那个位置上，都去补针绣鸳鸯了，"哗"一下突然从宝玉嘴里出现这种声音，可想而知，薛宝钗受到多么大的打击，多么大的刺激！当然在这一个细节上，有些"红迷"朋友跟我之间是有争论的，有一个年轻的"红迷"朋友就坚持认为，贾宝玉不是说梦话，贾宝玉那时候已经醒了，而且他意识到他旁边坐着薛宝钗。我说怎么意识到？他说你忘了贾宝玉的床榻旁边是有大玻璃镜的，对此书里在别处有明确描写，所以，他说宝玉从镜子里看到了薛宝钗，而且坐下不走，所以他故意地喊出这个话来，给她一个警告，就是说你不要痴心妄想，就是您呐，没门儿！

　　我不赞同这个"红迷"朋友的分析，但是觉得也挺有意思。读《红楼梦》，针对同一段情节，不同读者有不同理解，这正说明《红楼梦》的文本有特殊的魅力。而持有不同看法的读者，大家平等交流，"多歧为贵，不取苟同"，也是一种进入现代文明的精神享受。我觉得，贾宝玉确实是在说梦话，他梦里头也忘不了林黛玉；他也会梦到家族里一些长辈强调什么和尚预言了"金玉姻缘"，所以他出自内心地表达了拒绝与抗议。不管他是真梦话还是假梦话，终归他喊出来了，对薛宝钗来说，这是一个非同小可的打击。

　　但是，请你注意，情节往前流动的时候，薛宝钗始终不改变她对贾宝玉的爱心。在这段情节之前也好，受到打击以后也好，她还是爱贾宝玉。薛宝钗比林黛玉明智，她知己知彼，能够沉着应对，以稳扎稳打的方式，去争取个人幸福。林黛玉完全是一个天然、率真的状态，随心所欲，由着自己的性格生活，想怎么说怎么说，想怎么来怎么来，今后怎么样，不去多想，虽然她爱贾宝玉，也愿意以后成为他的正妻，但她没有任何谋略，到哪步算哪步。薛宝钗呢，下棋提前看三步五步。所以，她就觉得，虽然你贾宝玉这么样地不爱我，给我一个这么大的刺激，但是，决定我们婚姻的，并不是我们本人。在这点上她比林黛玉清醒。在那个时代，那个社会，那样的家庭，决定他们婚配的，到头来一定是家长。

如果就事论事，贾宝玉的家长是贾政，贾宝玉娶什么媳妇，应该由贾政来定盘子。但是，书里面写贾政也写得很具体，使我们意识到，这是一个把政治、家务和个人的性生活严格区分开来的一个官僚，在那个时代，在那个社会阶层，这样的"须眉浊物"是最常见的。

你看贾政，他是每天要上班的一个人。整个贾氏宗族，当时的男主子除了贾政，要么游手好闲，要么忙自己的私事。贾赦袭了一等将军的爵位，那是一个空头的名称，并不需要去上班办事，更不需要领兵打仗。贾敬不着家，跑到城外道观里去跟道士们胡羼，醉心于炼丹。贾敬本来可以袭爵，但他把那爵位让给了儿子贾珍，袭了个三等威烈将军，也是一个空头名称。贾珍当着贾氏宗族的族长，我们看到他只是有时忙些族务，大量时间都在寻欢作乐，他比贾赦晚一辈，年轻许多，也并不需要去率领军队冲锋陷阵。贾琏、贾蓉等就更没有朝廷的公务了。当然，这些没有具体官职公务的男主子，他们有时候也会按规定去参加一些朝廷里面的活动，但是他们没有具体的工作任务。整个贾氏宗族在当时要去上班、要去履行工作职责的就是贾政一个人。贾政是忠心耿耿地为皇帝去服务，皇帝还经常派他去处理一些本职以外的临时事务，有时候派他学差，就是去主持地方一级的科举考试，去阅卷什么的；有时候海边发生海啸，或者有些地方发生一些其他自然灾害，就让他去赈灾。贾政做这些事很认真，很尽力，但是回到家里边，他不谈这些事情。他把自己参与的朝廷的政治活动，和这个家庭的事务严格地区别开来。

那么对家庭事务他采取一个什么态度呢？他不闻不问，全交给他妻子、第一夫人王夫人。王夫人呢？也省事，王夫人又找来了她的内侄女王熙凤——名义上当然是找来了贾琏，但是最后这个权柄更多地落在王熙凤手里。整个府邸的事务，实际上是由王熙凤、贾琏这两口子控制，一般情况下，王夫人也不怎么太过问。但是，这并不等于说王夫人在荣国府的实际地位高过了贾政。贾政放权，并不是弃权。一旦他觉得必须亲自过问，他的任何一个决定都相当于圣旨。就如同王夫人对王熙凤的放权不等于弃权一样，你看绣春囊事件发作后，她怒气冲冲亲到王熙凤住处问责问罪，使得王熙凤不得不挨着炕沿双膝跪下，你就应该懂得，封建社会的伦理秩序，到头来还是森严而坚硬的。

在讲薛宝钗的时候，为什么要旁及贾政呢？因为贾宝玉娶哪个女子做正妻，贾政是有全权来决定的。只不过在前八十回故事情节流动的那段时间里，他一直觉得宝玉还小，不仅还不到娶正妻的时候，就是先纳一妾，也为时尚早。另外，他对家务事权力下放，起码是暂时放权，他"主外"，让王夫人去"主内"。了解一下贾政这样一个官僚的生存状态，对于我们理解宝玉在婚姻问题上的处境，理解薛宝钗如何理性地去争取成为宝玉的正妻，是必要的。

在曹雪芹笔下，贾政不是一个概念化的形象，他身上有那个时代那类官僚的某些共性，但他又是具体的"这一个"，是个性鲜明的。他把公事和私事区分得很清楚，把家庭伦理秩序和个人性生活也区分得很清楚。在整部书故事开始以后，看不出他和王夫人之间还有性生活，他的性生活的首选是赵姨娘，书里几次写到是赵姨娘伺候他睡觉。王夫人当年应该也是一个美丽的小姐，而且出身名门，他们四大家族互相婚配嘛，王家的小姐嫁给贾家的公子这是很正常的。但是，在故事开始以后你会感觉到，王夫人年纪已经比较大了，她的女儿元春都已经成了皇帝的妃子了嘛，她给贾政生儿育女已经好几个了，而且有的已经都去世了。所以，王夫人应该已经是一个中年妇女了。在那个一夫多妻制的社会，作为这种家庭的男主人，他可以维持这个正妻崇高的地位，但是他自己的性满足，则要寻找另外的女性，贾政找的是赵姨娘——历来有不少读者觉得纳闷，那么一个蝎蝎蜇蜇，言语、举止不雅的女子，怎么会得到他的宠幸？贾政是否有"嗜痂之癖"？但这也许恰恰说明，贾政是一个很特别的生命存在，他在性取向上可能有某种深深的隐私。

细心的读者会发现，书里多次写到赵姨娘和贾环的丑态，有时候他们出丑时薛宝钗就在现场，但她总是采取善待的姿态，事后也绝无闲言碎语。林黛玉当然也没有恶待赵姨娘和贾环，但起码是背后向贾宝玉说过一次闲话——说赵姨娘到潇湘馆来问声好，其实是从探春那里出来以后的一个顺路人情。这就说明薛宝钗比黛玉有心眼，她心里还是明白的，得罪赵姨娘，那就可能导致赵姨娘在伺候贾政睡觉的时候，在贾政耳边"下蛆"，而到头来贾政是荣国府无可争议的法定主人，纵使王夫人一心一意要缔结"金玉姻缘"，一般情况下贾政也不会成为障碍，但倘若因为得罪赵姨娘而导致贾政的不快，那就"小不忍乱大谋"了。

薛宝钗在荣国府待久了以后，她看得很清楚，在贾宝玉的婚姻问题上，如无意外，姨父贾政会放权给姨妈王夫人，王夫人向贾政汇报，贾政听了以后觉得没有什么不妥，会说"知道了，可以"，就等于给奏事折子盖上了表示批准的大红印章。姨父贾政不是实现"金玉姻缘"的阻力，姨妈王夫人又是动力，更不用她再做什么工作了，她所面临的障碍，就是贾母。她必须在贾母身上下功夫。前面讲过，她在背后支撑史湘云搞起食蟹、赏菊的盛会，就是暗写她要在贾母心目中增加得分。

荣国府的情况很特别。我在前面一再指出，这部书它是"真事隐，假语存"，曹雪芹笔下出现的这个文本，具有家族史的因素。通过原型研究，我们可以知道，在真实的生活里，贾政的原型曹頫并不是贾母原型李氏的亲儿子，王夫人原型也并不是贾母原型李氏的亲儿媳妇，这个儿子是成年以后才过继来的。《红楼梦》虽然是"假语"，是小说，但曹雪芹却有意地把一组角色之间的关系，按照"真事"中的过继状态来加以描绘。

一般来说，在当时那样的社会，那样的家庭，如果儿子是亲生的，儿媳妇是自己挑选娶过来的，作为一个寡母，儿子、儿媳妇虽然必须按照宗法道德约束来孝顺她，但也不必对她敬畏到言听计从的地步。但是，在真实的生活中曹家的情况很特别，曹寅和他的亲儿子曹颙在江宁织造任上相继亡故后，康熙皇帝就问苏州织造李煦：曹寅的哪一个侄子可以过继到曹寅未亡人跟前，继续担任江宁织造？在回复皇帝以前，李煦肯定问过曹寅未亡人——那其实不是别人，就是他的亲妹妹。因此，最后李煦跟康熙报告，曹頫这个侄子最合适。于是康熙批准以后，曹頫和他妻子就到了李氏跟前，他们当然懂得，这个继母非同小可，他们能过上锦衣玉食的生活，与其说是皇帝通过李煦恩赐的，不如说是李氏挑选的。因此，折射到小说里，以这一组生活原型演变的艺术形象，就具有许多微妙的地方。我们从许多情节和细节里可以感觉到，贾母和贾政夫妇之间，只有礼数，没多少感情，但贾母的威严超过常态，虽然平时贾母似乎只是吃喝玩乐、颐养天年，但家庭里的一些重大事务，尤其是宝玉何时娶谁为正妻这件事，贾母如果不宣布放权，他们是绝对不敢擅作主张的，纵使王夫人满心满意要落实"金玉姻缘"，她首先不可逾越贾政，纵使贾政平时不问家事，王夫人跟他提出娶宝钗为宝玉正妻，贾政自己没什么意见，乐得同意，但贾政必须得自己或者通过王夫人再去请示贾母，而只要贾母不同意，甚至不表态，贾政就一定不敢忤逆，王夫人也就只能偃旗息鼓。

对于我所分析出的这个形势，薛宝钗她是吃透了的。

薛宝钗她心里透亮，尽管她受了宝玉梦话的强刺激，但是薛宝钗有一个性格优势，就是她温婉而并不脆弱，她是一个拿定主意以后就不轻易退让的人。在选秀失利、元妃表达指婚意向无效、清虚观打醮贾母"敲山震虎"这些事情过去之后，她情绪稳定下来，打定主意，要争取实现跟贾宝玉的"金玉姻缘"。这关系到她一生的幸福，她爱宝玉，也有信心在嫁给宝玉后通过讽谏劝诫使宝玉"改邪归正"。但要使好事成真，关键不在别处，就是贾母，她必须要多多争取贾母的好感。

如果说背后组织食蟹赏菊盛会，是暗写薛宝钗笼络人心、讨好贾母，那么，在第三十五回，就有一个很具体的明写，写得特别巧妙。当时大家在怡红院那儿聊天，说着说着，薛宝钗就蹦出一句话，说："我来了这几年，留神看起来，凤姐姐凭这么巧，巧不过老太太去。"

这个讨巧就高一个层次了。她最早来到荣国府的时候，她的讨巧还是比较低的层次，贾母说你爱吃什么呀？她就想贾母老年人爱吃甜烂之物，她就说些那种吃的让贾母听；贾母说你爱听什么戏文啊？她想贾母喜欢热闹戏文，所以她就拣一些《大闹天宫》一类的剧目来讨贾母欢心，这是低层次。她现在知道这么讨好贾母不行了，就是讨好也得提高档次，所以她就说凤姐姐这么巧，我在旁边看着巧不过咱们老太太。她来这一套。

没想到，这话一出来以后，老太太并没有马上表示高兴，而是说了些别的，贾宝玉又把贾母的话接过来，结果整个话语的内容就紊乱了。

贾宝玉的意思大意就是说凤姐姐嘴巧，所以老太太喜欢，但是有的人比如像大嫂子李纨，木头似的，嘴不巧，不是老太太也喜欢吗？后来，又绕来绕去，说要是论会说话，那不光是凤姐姐嘴巧啊，林妹妹嘴也巧啊！贾宝玉在当时根本就没在意薛宝钗在干什么，他当时满心思要干吗呀？他要引诱贾母去当众夸林妹妹。作者写得真是很有意思。

你想，贾母在那个场合能直接去夸林妹妹吗？贾母可不傻，再喜欢林妹妹，也不能够掉这个坑里。贾母先含混地应了几句，比如说到不大说话的，有的也招人喜欢什么的，又对着宝钗说，"你姨娘可怜见的，不大说话，和木头似的，在公婆跟前就不大显好儿。"这个地方，她指的是王夫人，尽管王夫人当时也在场，她不怕明点出来，她对王夫人不太欣赏。这话很厉害，就是家族政治、微笑战斗。宝玉绕来绕去绕到林妹妹身上，希望贾母接茬儿，没想到贾母一看周围，这边是王夫人，那边是薛姨妈，二位等着听什么呢？等着听夸薛宝钗呢！贾母就夸了。贾母这个人可真不得了，微笑战斗当中那是绝对冠军。她怎么说的？她说："提起姊妹来，不是我当着姨太太的面奉承，千真万真，"——怎么个千真万真呢？——"从我们家四个女孩儿算起，都不如宝丫头。"

有的人可能会说，这一夸，算是夸到头了，贾母对宝钗的印象怎么这么好啊？但是，听话听声，锣鼓听音，你细琢磨，就会觉得她很恶毒。贾母心里想，你们不是非得让我夸宝钗吗？行啊，咱们夸。提起姊妹来啊，还不是我当着你姨太太奉承，千真万真，怎么算呢？从我们家四个女孩算起——贾家四个女孩是哪四位啊？元、迎、探、惜。贾母她很聪明，她想我这时候要回避林黛玉。当然，从四个女孩算起，笼统地也可以把林黛玉、史湘云全算上。但是咱们现在不说那个，我虽然姓史，嫁到贾家来了，在贾家已经多年了，我们贾家现在这一辈有四个女孩，咱们比，四个女孩都比不了你这个薛宝钗啊！她故意把贾元春包括在内。你说她恶毒不恶毒？她是真夸还是假夸呀？她是让人高兴还是让人堵心啊？这就是贾母，她智商很高。

你听明白了吗？当时薛姨妈听了以后，就知道不是味。您就说我们这姑娘比黛玉，比迎、探、惜好，不得了吗？"从我们家四个女孩儿算起"，要从元春算起，这个话说了跟没说一样，能跟元春去比吗？你选秀你都失利了嘛，贾母这不是揭人疮疤吗？贾母很厉害。所以，薛姨妈只好讪讪地说，老太太这话说偏了。王夫人也只好打圆场，说老太太时常背地里和我说宝丫头好，这倒不是假话。王夫人这个话本身你听着就很酸，她其实已经意识到贾母的话是假话，但是她希望她妹妹别在意，这次可以不算，背地还跟我说过——但这证明是没有用的。所以，大家一定要读懂这些地方。

有些读者糊涂，看到这儿，就去得出一个错误的结论，说到头来贾宝玉让贾母去夸林黛玉，贾母就不夸，贾母夸的是薛宝钗，可见贾母觉得薛宝钗符合封建道德规范，因此贾母给贾宝玉选择正妻就会选择薛宝钗，不会选择林黛玉。我的结论跟这完全相反，当然我这个看法也是仅供参考，不是说我的看法就一定是对的。可是我觉得我这么读它，能读出味来，而且我觉得这个味应该还是曹雪芹的正味。

如果说这一段情节还不足以说明贾母看不上薛宝钗，那么底下一个很重要的情节，我觉得就没有作别的解释的可能了，这就是至关重要的第四十回。这一回写到刘姥姥二进荣国府。

刘姥姥一进荣国府的时候，还没有元妃省亲的事，当时还没有大观园。等她第二次来的时候，省亲活动已经举行完了，大观园封闭一段以后开放了，让贾宝玉和一些小姐，包括李纨带着贾兰都住进去了。因此，贾母留下刘姥姥以后，就带着刘姥姥逛大观园。逛大观园里面就有很多情节了，当中还有吃饭什么的。这个过程中，贾母带着她参观了几处小姐的居室。

第一处是潇湘馆。进去后，贾母就发现潇湘馆糊的那个窗纱不对头，为什么呀？潇湘馆的庭院里面是什么啊？是凤尾森森，龙吟细细，"凤尾"形容的是茂密的竹丛，"龙吟"形容的是竹丛底下蜿蜒的小溪。竹子是翠绿的,你糊的这个纱也是碧绿的,这个在审美上来说就是失败了,颜色太靠了。所以,在这个场合,贾母就有一大段话,说咱们家还有一种叫软烟罗的纺织品,选一种银红色的给林姑娘换上。

因为前面对潇湘馆的描写很多,所以在这一回里面描写得比较概括,贾母跟刘姥姥说,你看,这是我外孙女的房子。刘姥姥一看,又有笔砚又有书籍,就觉得是个公子的书房呢。这说明林黛玉的生活环境布置得非常雅致,有书香气息,很符合林黛玉的性格,也让贾母感到满意。窗纱靠色的问题,不是林黛玉自己造成的,凤姐有给予置换的责任,后来当然全部换掉。

第二处,是秋爽斋,探春住的地方。探春的屋子里布置得很华美,今后讲探春咱们再细说,这里从略。贾母这个时候就有一个评论,说都好,只是这个梧桐树细了一点。贾母为什么这么说?梧桐树难道粗了就好看吗?就是因为她在秋爽斋,她观察窗户的时候,把它当作了一幅画,根据窗户的长宽尺寸比例,外面那个梧桐树显得细了,作为一幅画构图不太好,这就是贾母的眼光。所以,贾母这个人,看你怎么说她了,你厌恶她——封建大家庭宝塔尖上享乐至上的老妖精;你客观一点——封建社会里审美趣味很高的一个老太太。贾母还说,怎么听见有鼓乐声音?是不是街上有人结婚呐?王夫人她们就笑了,因为大观园很大,荣国府也很大,离街很远,怎么可能有街上结婚的鼓乐声传进来呢?就跟她解释说,是他们家戏班子,芳官她们那些小戏子在那儿演练呢!这个也说明,贾母她认为窗户除了当画框看,还有一个功能,就是要透音。西方人一般是怕窗户透音的,窗户要弄得严严实实的,而中国人就希望窗户外面的声音能传进来,比如"虫声新透绿窗纱",构成优美的诗境,这跟中国传统文化中天人合一的哲思有关系,要求一个生命和他生存的外部事物之间要有一定的联系,一定的沟通,一定的感应,达到和谐。曹雪芹在书里这些地方,是把贾母作为当时社会中超出她所置身的那个阶层的一般见识,既能把传统文化中的精华加以弘扬,又能"破陈腐旧套"的一个形象来塑造的。

我说了这么多,可能有人有意见了,说你不是在讨论薛宝钗吗?

你现在把潇湘馆、秋爽斋说这么多干什么？我认为曹雪芹在这一段这样来写，是有意识地先进行铺垫，以便下面一下子出现一个情况以后，形成一个鲜明的对比，同时也就给贾母会有那样强烈的反应，提供了充足的心理背景。

然后，贾母带着刘姥姥到了蘅芜苑，就是薛宝钗住的地方。这个时候，就写了蘅芜苑里面的室内状况。贾母是第一次进入蘅芜苑，进入其内室。结果一看，"雪洞一般"，四白落地，没有装饰，"一色玩器全无"。

林黛玉住的潇湘馆，她是摆了很多东西的，在这一回没写，前面怎么写的你记得吗？她嘱咐紫鹃，你把窗屉子卸下来，让大燕子回来，把帘子拿狮子倚住，烧了香你就罩上……林黛玉又隔着月洞窗逗架养的鹦鹉。林黛玉内室有装饰品，充满了生活乐趣，说明她和贾母有共同点，就是都很会享受生活；探春那儿也是一样，它有很多具体描写。但是薛宝钗这儿，"一色玩器全无"。

贾母细看，"案上只一个土定瓶"，土定瓶属于瓷器当中低档次的东西，比较粗糙，瓶里面供着数枝菊花，还有两部书，然后就是她的茶奁、茶杯而已。再一看床，"床上只吊着青纱帐幔"，这个帐子上一点图案都没有，就是青纱的，非常素净，"衾褥也十分朴素"。

前面写秋爽斋，写到探春她的拔步床的床帐，当时刘姥姥不是带着板儿去的吗？板儿跑进去指点说这是蝈蝈，那是蚂蚱，上面绣着很多精致的草虫图案。可见探春虽是一个庶出的贵族家庭小姐，她那个帐子却非常的讲究。薛宝钗呢？她是薛姨妈的嫡出独女，她父亲虽然没了，可哥哥还做着皇商，家里非常的富有。虽然是借住在荣国府，借住在大观园，借住在蘅芜苑，那也不至于说你这个床帐子就是什么图案、什么装饰都没有的一个青纱帐幔啊！

读到这个地方的时候，我的年轻的"红迷"朋友也跟我进行了讨论。他说蘅芜苑之所以布置成这个样子，是薛宝钗成心的。他说薛宝钗原来可能也比较朴素，但是应该没达到这个地步。但是，她预计贾母可能会来，因为前面见刘姥姥时候她就发现贾母兴致非常之高，而且贾母说进园子去看，也是预定的计划。所以，她就临时费了一番心思，怎么讨贾母喜欢，她心想我得把林黛玉比下去。林黛玉由着性子生活，不伦不类，小姐就是小姐，公子就是公子，你一个小姐的屋子怎么能像公子的书房呢？探春跟她并非竞争者，姑且不论。宝钗心想，我现在就一定要博一个大彩，让贾母强烈地感受到，我是一个崇尚俭朴的女子，绝不追求奢华，屋里素淡到极点，我最符合封建礼教的规范，难道老太太您还不欣赏、不赞叹吗？哪儿找这么一个孙子媳妇去啊！今后一块儿过日子，这勤俭持家、遵守妇道，还会有问题吗？结果，她万没想到，这次和贾母短兵相接，竟发生了激烈冲突，这是始料未及的。

对青年"红迷"朋友这个分析，我基本同意，只是不同意一点——我说薛宝钗不是在这一天故意再撤掉一些东西，比如说本来这帐子上还有点简单的花纹，就把那个也撤了。我认为薛宝钗不至于做作到这个地步，因为薛宝钗本身她一贯是这样的。前面不就写了嘛，周瑞家的问她吃什么药，她就说吃一种冷香丸。那冷香丸所需要的原料，你可以去翻书去，没法背，非常复杂，要求非常苛刻。这个冷香丸是什么含义啊？就是说薛宝钗她本身也是青春勃发的女子，她内心里时时会有对情爱的热望旋转生发，上一讲我讲到绣鸳鸯，就透露出了她那青春女性内心的秘密，她也可以暂时抛开意识形态、礼教规范，来爱一个活生生的青年男子。但是，她拼命压抑自己这种本原的青春热情，她要吞冷香丸，一年三百六十五日，她不断地要吞食，把自己内心的本来是正常的青春热情冷却下去。因此，她在自己房间的布置上，就追求这样一种风格，就是我压抑自己的欲望，我要一冷再冷，我要超标地达到你们那些封建道德的规定，纵使内心里的情爱欲望会涟漪难平，起码从外部形态上，让任何人都会觉得屋如其人、人如其屋——分明是一个心如古井水的"冷美人"。

薛宝钗本来应该是很自信的，估计贾母进了她屋子以后，会表扬她的俭朴素淡，所有人都在等待贾母的反应，薛宝钗当然更有特别的期待。但结果怎么样呢？万万没想到的是，贾母一看以后，竟然非常不高兴，贾母先说："这孩子太老实了，你没有陈设，何妨和你姨娘要些，我也不理论。也没想到，你们的东西自然在家里没带了来。"贾母表示：我可以给你一些啊！贾母是一个非常有审美品位的贵族老太太，当时她就命令鸳鸯去取一些古玩来。你不是喜欢那个素雅风格的吗，我给你取素雅风格的呀！在审美上是有不同流派的，有华贵派，比如说秦可卿的那个卧室，这个人虽然已经死了很久，在故事里已经消失了，但是我们回忆以前的描写，她的卧室布置得很夸张，那是一种风格；林黛玉又是一种风格；每个人可以有不同的风格。你可以钟情另一种——我就是要素淡，我爱白、灰、青的色调，可以，但那你也得讲究啊！所以，贾母让鸳鸯取些什么来呢？"你把那石头盆景儿和那架纱桌屏，还有个墨烟冻石鼎，这三样摆在这案上……再把那水墨字画、白绫帐子拿来，把这帐子也换了。"贾母一开头嗔怪凤姐，说你也不送一些摆设给你的妹妹。凤姐解释，说给过，她退回来了。薛姨妈当时就没摸清贾母究竟是一个什么想法，就在旁边赔笑，说她在家里不大弄这个东西——娘儿俩以为雪洞般的屋子绝对能胜出，这不就把其他小姐比下去了吗，尤其把林黛玉就比下去了，这多勤俭，多朴素，多贞静，多老实啊！没有想到，贾母这个时候会发这么大的火。

你看小说，它几回都写到人物的反常。薛宝钗反常过；宝玉也曾经反常——打小跟史湘云那么好，结果拉靴子准备去见贾雨村时，史湘云说了几句话，他就翻脸了。

贾母在这个情境中也按捺不住心里面的那个怒火，这个一贯蔼然慈祥，一贯在家族政治当中以微笑战斗取胜的人，这个时候不微笑了——贾母这个时候肯定没有微笑，你听她的话，她摆头，这个肢体语言可不得了——说："使不得，虽然省事，倘或来一个亲戚看着不像。"什么叫"看着不像"？就是你这个做派，根据礼教规范，也都太过头了，贵族家庭之间来往时，倘若有人来了看到这个雪洞，会觉得不伦不类，不成体统。这话还其次。底下，贾母越说心里怒火就越往上蹿——这个时候，贾母的表情你可以想象一下，你可以自己对着镜子模仿贾母这时候的表情——她说："二则年轻的姑娘屋里这样素净，也忌讳。我们这老婆子，越发该住马圈去了。"哎呀，这是真心话，但这也很反常，如果不是觉得受到了强刺激，贾母按说不至于把心底里的看法当众说出来，还这么声色俱厉。

贾母当时真动了怒。你年轻姑娘，你就立这么一个标准，说女人应该这样生活，这样生活才符合道德，才高尚，才正常，这太忌讳，你让我来看你这雪洞是什么意思啊？"样板间"吗？"我们这老婆子"，她其实主要说她本人，"越发该住马圈去了"。这话很厉害啊！你琢磨琢磨。比薛宝钗对着靛儿说"你要仔细"还要厉害。薛宝钗弄巧成拙，她以为她吞冷香丸，她压抑，她超标达到了一个最俭朴的状态，贾母必得夸赞，万没想到却恰恰迎头撞到了贾母的忌讳上，触怒了贾母。

贾母不是一般的封建老太太，像王夫人跟薛姨妈，审美趣味充其量也就达到当时贵族妇女的平均水平，没有什么自己独特的东西，贾母这个人她是破陈腐旧套的，她要过精致生活，过极乐生活，她"福深还祷福"，是这么一个人。所以，她见不得宝钗居然是给她这么一个雪洞般的屋子来看。你看，宝钗这个雪洞，最后就成了把她自己埋葬的一个雪窟窿了。

说句老实话，贾母如果没有去蘅芜苑还好，去了蘅芜苑以后，贾母就更不可能再给宝玉选择正妻的时候去选薛宝钗了。你想啊，贾母她是一个希望自己长寿，也相信自己能够长寿的人，她会眼看着她的孙子娶孙子媳妇。结果，娶来一个孙子媳妇，住雪洞一样的屋子，这不就等于给她一大哄吗！对贾母的院子屋子，第三回林黛玉进府就有细致描写，书里后来有一笔，说又加盖了一个花厅，专用来摆宴演戏，这说明贾母的屋子与薛宝钗的"雪洞"有着天壤之别。由此可见，贾母跟薛宝钗的冲突不可调和。这看起来是一个审美趣味的冲突，实际上是一个关系到人生态度的根本性的冲突。贾母从此以后，不可能再产生把薛宝钗娶来作为爱孙宝玉的正妻的打算，除非她忽然想自动搬到马圈里去住。

因此，我们再想一想高鹗所续写的那些内容，他写王熙凤设置调包计，让贾宝玉娶薛宝钗，贾母居然支持，而那个时候，林黛玉苦苦哀求贾母给她一点怜悯，贾母竟然毫不留情地让人把林黛玉轰走，致使林黛玉悲惨死去。高鹗笔下的贾母，还是曹雪芹笔下的这个贾母吗？当然，高鹗他有续书的自由，可是，我要告诉你我的个人看法：他这样去续，太不符合曹雪芹的原笔原意了。曹雪芹原来明明是这么写的，写得清清楚楚的，贾母是不可能在宝玉的婚配上去选择宝钗的，她内定的就是黛玉。经过这次带刘姥姥逛大观园进入了蘅芜苑，看到一个雪洞般的屋子受刺激之后，她就更坚定了弃宝钗而娶黛玉的信心和决心。

当然，如果我们要是全面来理解薛宝钗的话，还有一个问题就浮出来了，就是薛宝钗她住在一个雪洞般的屋子里，她床上的纱帐连一点装饰的花纹都没有，但是怎么好多宝玉和黛玉都不知道、按她那个年龄身份也应该不知道的杂七杂八的事情，她偏知道呢？下一讲，咱们一起来讨论。

薛宝钗审黛之谜

　　根据我前面几讲的分析，薛宝钗爱贾宝玉，她想嫁给贾宝玉做正妻，特别是在她选秀失利以后，她惟一的希望就是实现自己这样一个人生目标。但是她面临的障碍很多，第一个障碍就是贾宝玉本身跟她的思想不合拍。两个人的价值观念不一样，这确实让她也感到很烦恼。但是薛宝钗经过一番自我调理以后，她形成这样一个想法，就是时不时可以劝导一下贾宝玉，即便贾宝玉对她的劝导非常反感，甚至于跟她冲突，她想，这个问题也可以留待在她嫁给贾宝玉以后再去彻底解决。

　　薛宝钗懂得，要实现跟贾宝玉的"金玉姻缘"，关键是要讨好贾母，让贾母意识到她是宝玉正妻最理想的人选。尽管她在这方面的努力遭遇到挫折，但是，她并不灰心。何况贾母毕竟年事已高，总有失去思维能力甚至仙去的一天，那时，"金玉姻缘"也就水到渠成了。

　　当然，她还有另外一个障碍，那就是林黛玉。黛玉跟宝玉缠缠绵绵，两人相爱露于行迹，荣国府里上下皆知，根本不是什么秘密。黛玉是明爱宝玉，她是暗恋宝玉，她们两个人的关系里，有情敌的因素。固然实现"金玉姻缘"的关键在家长，但如果她跟黛玉的关系紧张起来，酿成事端，那也可能坏事。所以怎么去对待黛玉，她也有一番琢磨，她得想出妥善的办法。

　　一种办法就是正面冲突，跟黛玉公开去争夺宝玉，但这既不符合她本人的性格，也会对黛玉造成伤害，毕竟她还是一个心地温良的人。我不直接说她和黛玉是情敌，而只说她们关系里有情敌的因素，就是通过文本细读，你会感觉到钗、黛都是复杂的生命存在，她们的内心和她们的关系都绝不是单一的，而是糅合了很多种复杂的情感，她们之间也有情同手足的一面，宝钗有时真的是欣赏黛玉的才华横溢，黛玉有时也真的是钦佩宝钗的博学多识，她们在诗社的活动中有许多亲密相处的愉快时光。

正面去冲突的方法，宝钗断然不取。侧面冲突呢？在她参加选秀刚刚失利后，她失态了，"借扇机带双敲"，有过一点侧面冲突，但她没多久也就复归原态。黛玉倒总是时不时对她侧面刺激一下，她发挥固有的性格优势，装愚守拙，使得"一个巴掌拍不响"，黛玉也奈何她不得。

最后，她想出了一个绝大多数读者——我避免把话说绝，不说所有读者——都意想不到的方法，解决了问题。这是书中非常精彩的一笔。

这就是第四十二回"蘅芜君兰言解疑语"那一段情节。（这一回回目古本上有"解疑语""解疑癖"两种写法，这里采取周汝昌汇校本的选择。本讲文字凡我引用的《红楼梦》中令一些读者"眼生"的字眼，都采用自周汇本。）

在上一讲最后，我提出的问题是：怎么宝玉、黛玉都不知道，以宝钗那样的年龄身份按说也不该知道的杂七杂八的事情，她偏知道呢？这一段情节里，就由她自己给予了回答。

细读完这段情节，掩卷默思，我就感觉到，其实在这段情节之前，宝钗她就应该一直在寻找机会，跟黛玉就"我是谁"这个问题摊牌，并以这种超常的坦诚与善意，来卸除黛玉对她的猜忌与防范，从而排除掉她眼前最大的情障。

这个机会她终于逮着了。

刘姥姥二进荣国府，贾母带着刘姥姥在荣国府里面足逛足玩，其中一个娱乐项目是斗牙牌，由鸳鸯当宣读牙牌令的人。在"金鸳鸯三宣牙牌令"的过程中，轮到了林黛玉。牙牌令说错了，或者说慢了，就要罚酒，林黛玉不愿意输掉。鸳鸯宣出了上半句，你得立刻接上下半句，林黛玉情急之中，就脱口而出说了两句，按说是不该在那个场合说的。一句是"良辰美景奈何天"，她话一出口，书里就写薛宝钗看着她。因为这一句是汤显祖《牡丹亭》本子里面的词，《牡丹亭》在那个时代，那个社会，那种贵族家庭，被认为是"淫词艳曲"，闺中女子是不能够去读的，你脱口而出，可见你就偷读了。别人都没在意，因为当时大家都各有心思，但是薛宝钗她心很细，她就看着林黛玉，林黛玉顾不得与她理论。

　　说这一句还不够，底下鸳鸯又让黛玉说，她又说了一句就更糟糕了，叫做"纱窗也没有红娘报"，这是王实甫《西厢记》本子里面的，这句词仅从字面来看的话，也更不符合封建道德规范。什么叫做"纱窗也没有红娘报"啊？就是《西厢记》里面写崔莺莺和张生，他们违反封建家长的意志去偷情，当中帮助他们撮合的就是红娘，红娘会隔着纱窗给两位瞒着家长的恋人报告消息。这样的一句词黛玉在那样的场合就脱口而出了。当时也就混过去了，因为后来别人又说了其他一些话，最后刘姥姥更说出了"花儿落了结个大倭瓜"，逗得大伙儿哄堂大笑，大家就把这事儿忘了。别人忘了，宝钗没忘，宝钗觉得这是一个机会，这是一个协调和林黛玉关系的很好的机会。所以刘姥姥走了之后，有一天吃过早饭，又往贾母处问过安——晚辈每天早、晚必须都要去向家长请安，叫晨省、晚省，有时中午也要去——之后，公子小姐们就散了，钗、黛等散了之后就回大观园，因为蘅芜苑、潇湘馆并不在一个方向，所以钗、黛就要分路，这个时候，黛玉正要回自己的潇湘馆，宝钗便叫黛玉道："颦儿跟我来，有一句话问你。"

　　黛玉也没觉得有什么，因为她们俩关系还是挺密切的，就跟着她去了。去了蘅芜苑以后，没想到宝钗就来了一个下马威，笑道："你跪下，我要审你！"黛玉不解何故，因笑道："你们瞧这宝丫头疯了，你审我什么？"宝钗冷笑道："好个不出闺门的女孩儿，好个千金小姐，满嘴里说的都是些什么！"就把"三宣牙牌令"的时候，黛玉说走嘴的事情点出来了。一点出来，黛玉很慌，因为在当时封建礼教的束缚下，一个封建大家庭的闺秀，是不可以在那样的场合张口说出那种词语的，她这个把柄，就被薛宝钗捏住了。

薛宝钗这样做，大家想一想，她的目的是什么？她第一个目的还是要震慑住黛玉。就是说咱们俩还是有区别的，我呢，是比较符合封建规范的，我是比较守规矩的。你呢，是很危险的，你当着家长说出这种"淫词艳曲"当中的句子，你是有毛病的。你的毛病我现在看得是一清二楚，你跑不了。她还是有这一面的。

　　黛玉表面上看起来是一个尖酸刻薄的女子，实际上这个人心地还是很纯洁、很善良的，她那个尖酸刻薄都是随机而发的，一般并没有什么预定的目的。很有心计去算计一个人，她没有过；很细心地去保护自己，她也还不能做到。宝钗这回可谓突出奇兵，确实一下子把她震慑住了。黛玉当时就搂着她恳求："好姐姐，原是我不知道，随口说的。你教给我，我再不说了。"

　　这个时候薛宝钗就厉害在哪儿呢？按一般人的想法，既然这是一个情敌，你又抓住她的"把柄"了，就应该板着脸跟她提条件了，就是说你跟她的关系不可能是朝和解、友好的方向发展，而应该朝着一个你拿捏着她，以后你控制她这个方向发展。但曹雪芹笔下的薛宝钗是一个很睿智、很高明的女子，她采取了一般读者意料不到的办法，什么办法呢？就是在拿住你把柄，你也害怕的情况下，我跟你将心比心，我跟你交底，我把我的把柄也交到你手中，咱们俩从此以后就做好朋友。这招真厉害。曹雪芹真不是一般的作家，这样来写，绝对大手笔。

　　薛宝钗说什么呢？她说："你当我是谁？"这话乍听好奇怪，从书里头贾府从上到下，一直到书外头众多的读者，开头都觉得薛宝钗是一个从根儿上就遵守封建道德规范的模范闺秀，谁会怀疑她的纯洁性、正统性呢？黛玉也并不曾往那方面去质疑过。没想到薛宝钗把自己底儿一抖搂，咱们吓一跳。她说："我也是个淘气的，从小七八岁上也够个人缠的。"她就说起自己家里以往的情况了——她祖父没了以后，留下了丰富的藏书，除了四书五经这种正统书籍以外，各种闲书，乃至于所谓"淫词艳曲"的书都有。除了《牡丹亭》《西厢记》，薛宝钗提到了《琵琶记》，以至《元人百种》，这是一部将元代杂剧"一网打尽"的类书，其中也包括少量明初的戏曲剧本，啊呀，不得了，整整一百部"邪书"呀！当时薛家人丁也比较旺盛，她还有一些兄弟，当然她说的这个兄弟可能包括堂兄弟，都偷着读这些家长不让读的书，男孩子背着女孩子读，她也背着男孩子读，所以要真论读《西厢记》，读《牡丹亭》这些东西，薛宝钗读得比林黛玉早得多，哪里要等到住进大观园才通过贾宝玉开辟鸿蒙、大惊小怪。

其实书里面有些地方老早就透露出来，薛宝钗不仅知道这类书上的东西，还加以引用。在第二十二回，贾母捐资二十两，带头给她过生日，过生日当中演戏，贾母就让她也点一出，她就点了一个《鲁智深大闹五台山》。当时最怕热闹的贾宝玉还说她，你点这个戏干吗？她说这是好戏。其实她之所以点热闹戏，是为了讨好贾母。"鲁智深醉打山门"这出情节既热闹又有趣，贾母看着也许会呵呵发笑。但她自己也确实喜欢这出戏，她说，这出戏里有一段唱词特别好，有一套《北点绛唇》，里面有一支曲《寄生草》填得特别好，她就把那个戏词完整地背诵给贾宝玉、林黛玉他们听。

你想，如果她没有读过那个脚本，她怎么能够那么熟练地把那个唱词说出来呢？可见实际上在读杂书方面，她不仅比贾宝玉、林黛玉读得早，而且读得多，还不是一般的多，她知道很多按说她那个年龄那个身份不该知道的杂七杂八的东西。所以我们一定要懂得，曹雪芹笔下的薛宝钗是一个复杂的女性，表面上中规中矩，骨子里却是很古怪的。

说到这儿，有的"红迷"朋友可能会皱眉头了，说他们府里面经常演戏，什么《西厢记》《牡丹亭》都在演嘛，她们作为小姐不是坐在底下看吗？怎么看这个戏没事儿，读那剧本就成了问题呢？这就需要懂得当时社会的一个"游戏规则"。怪了，当时就有那么一个不成律文的规矩，就是这封建家庭的女眷，包括小姐丫头，跟着男人一起看戏，或者单是女眷们看戏，什么戏你都可以看，但是跟这个戏有关的那些文字，你却绝对不能读，青年公子都不允许读，闺中女儿更绝对不能沾。

作为一个当代人，我原来也不懂当时社会的这个规矩，仔细读《红楼梦》，发现书里第五十一回，"薛小妹新编怀古诗"，它解释了这个

372

现象。当然，这是在"蘅芜君兰言解疑语"后面的情节了。那个时候大观园又增添了一些美丽的女性，其中有薛宝琴。薛宝琴这个人很厉害，她一口气做出十首怀古诗，都是灯谜诗，每首诗既有一个谜底，同时，作者又通过这首诗隐喻书里面某一个或两个人的命运。最后两首，一首是《蒲东寺怀古》，一首是《梅花观怀古》，蒲东寺就是《西厢记》写到的那个庙宇，梅花观就是《牡丹亭》里面写到的一个道观。所以薛宝琴把她的诗拿出来以后呢，她的堂姐薛宝钗就装傻充愣，说前面八首都是史籍上可考的，我都明白，这后两首史籍上无考，意思这就恐怕是杂书上说的东西，因此，咱们做这种诗、听这种诗不合适，是不是把它删了重做啊？薛宝钗她说这样的话，是因为这次不是她跟黛玉在私室里两个人密谈，而是处在"公众场合"，她必须表明自己清白而且规矩，同时委婉地对薛宝琴提出批评——你薛宝琴拿这两出戏的素材做了两首诗，可见你一个贵族小姐，居然读过这两出戏的本子，这就等于跟林黛玉"三宣牙牌令"时说走嘴一样，穿帮了，露出马脚了。

这时候林黛玉出来打圆场，她这时候懂得自我保护，也意在保护薛宝琴，她说咱们虽然没读过这些东西，难道没看过这两出戏吗？探春表示支持，说戏上都有，咱们都熟悉这个故事。结果李纨出来作结论——李纨青春守寡，她的妇道德行是无可挑剔的，这个人具有立贞节牌坊的资格，所以她出来一作结论，大家就没话说了。李纨的意思是，咱们又没有读那些邪书，这些都是戏上有的，不但戏上有，说书的也讲这些故事，连求签的时候那签上的批注，有时候都说这些东西，所以这个没关系，不是问题，保留了不要再重新做了。

这段情节的安排，就是为了告诉读者，在当时社会里面有一个我们现代人看起来很奇怪的规矩，就是闺中的女子看这类戏不算问题，但是你读那个书，就大错特错了。

回到第四十二回，薛宝钗审黛玉那个情节，大家想想，林黛玉听到薛宝钗跟她交底，七八岁的时候就背着家长兄弟读《元人百种》，她会有多么震惊。书里写得明明白白，直到第二十三回，林黛玉住进了大观园潇湘馆，由于贾宝玉拿着一本《西厢记》在读，被她发现要来，坐在桃花树下阅读，她才知道世界上有这么一本书，里面有那么多令她心醉的文句。那一回末尾，贾宝玉跟她分手了，她自己慢慢地走回潇湘馆，忽然听到梨香院小戏子练唱的声音，才头一次听清楚了《牡丹亭》里面的词句，心动神驰。而那时候，她都已经是一个十多岁的闺中小姐了。

薛宝钗居然就跟林黛玉交底，"你当我是谁？"——我读"邪书"不但比你早，而且比你多，所以在你说牙牌令说走嘴的时候，我一听一个准，全知道。林黛玉在震惊之余，应该开始产生感动。不要说在那样的社会，那样的家庭，那样的人际关系中，如此坦诚地公布自己"不洁的前科"是罕见的，就是在今天，人与人之间能如此敞开心扉，自曝隐私，也非同小可。这说明对方确实对你解除了一切武装，把自己并未露出痕迹的把柄，主动交到你的手中，只求今后跟你做一个知心密友，这时候纵使你原来心眼再小，猜忌再多，心理上的防线也必定自动倒塌，两颗原来离得远并且有隔阂的心，就会仿佛产生磁力般地贴近在一起了。

取得了初步效果以后，薛宝钗才开始讲所谓的道理。大意就是说在那个社会里面，男人应该读正经书求上进，不要读这些杂书，男人读书明理以后才能对社会作出贡献，有的男人读了书也不明理，还不如不读书。作为咱们女子就应该以针黹为主，就是做针线，这个做针线是一个象征，意思是女子无才便是德，今后嫁人做一个好妻子，贤妻良母，现在就应该杜绝接触外界那些乱七八糟的杂书，否则如果被这些杂书移了性情，那就不可救了。因为宝钗她先把自己的底儿揭开，然后再讲这番话，所以林黛玉听了以后就无话可说。

这个时候林黛玉心里是什么反应呢？在古本里面有两种写法，一种写法是"心中暗服"，这个"服"就是服气的服；另一种写法是"心中暗伏"，就是让别人占上风，自己占下风，我伏了。"服"与"伏"在含义上是有重大区别的。如果黛玉是"暗服"，就是宝姐姐你说的这一套我完全接受，你那是真理，我承认我自己是谬误，嘴里不肯认错，心里头缴械投降。如果是"暗伏"，则是我没办法，我也是个明白人，咱们生活在这么一个环境里面，你告诫我那有多么危险，我甘拜下风，我以后会注意。不管是"服"还是"伏"，她都是只存在心里。黛玉她毕竟是一个倔强的人，她当时嘴里没有直接说出听了一番教诲以后，究竟接受不接受。

我个人认为，在两种写法里面，"暗伏"应该是更符合曹雪芹的原笔原意。因为从书里后面描写来看，黛玉和宝钗的关系达到了融洽、和谐，她再也不跟宝钗闹别扭了，甚至她和贾宝玉也不再闹别扭了，也再没有在公众场合说走嘴。但是她本身性格的棱角，并没有磨掉，她并没有因此改变自己，她没有失去自我。尤其是在根本的人生理念上，她丝毫没有动摇。

"审黛"这场戏，以短兵相接的紧张气氛开场，最后却化兵戈为玉帛，钗、黛两个人最后成为知心姐妹了。

贾宝玉后来发现她们俩尽弃前嫌，亲密无间，都觉得奇怪，甚至于偷偷地问黛玉："是几时孟光接了梁鸿案？"这是引用《西厢记》里面一句词，意思就是说什么时候你们俩的关系变得如此和谐？林黛玉就把那天薛宝钗把她找到蘅芜院去审她的情况讲了。贾宝玉说，哦，原来是从"小孩儿家口没遮拦"引起的——"小孩儿家口没遮拦"也是《西厢记》里的词，说明《西厢记》对宝、黛的影响确实太深了。

薛宝钗就这样在她的人生道路上跋涉。我希望大家一定要跳出过去那种"以阶级斗争为纲"的僵硬分析模式，不要把薛宝钗定位为一个自觉遵守封建道德规范，迎合封建家长腐朽意识的负面形象，把"审黛"看成是她以封建道德规范去打击黛玉。她也并不是一个在恋爱婚姻上只听凭父母之命、媒妁之言的闺秀，更不是一个损人利己夺人之爱的阴谋家。过去不少论家多乐于把"主动争取恋爱婚姻自由"的赞词献给黛玉，其实，宝钗又何尝没有在追求自己恋爱婚姻幸福前景方面，暗暗做出努力呢？你看她绣鸳鸯的时候，默默地坐在袭人坐过的位置上去伺候宝玉，她也有一颗少女的芳心，有她涌动于心臆的青春情爱啊。而且她追求自己个人婚姻的幸福也是无可厚非的，选秀失利以后，静下心来，你替她想一想，在她周围的环境里面，抛开什么和尚预言，抛开金锁和通灵宝玉，贾宝玉是一个多么理想的丈夫啊，以今天的标准衡量，她有权利去追求贾宝玉。

但是她这个追求的过程真是一波三折，也备极辛苦，她遇到的障碍太多，她万没想到，她跟林黛玉和好以后，又出现了一个障碍，这个障碍就比较可怕了。是什么啊？

　　就是这一年冬天，大观园里面又来了一些青春女性，其中都有谁啊？有李纨寡婶的两个女儿，就是李纨的两个堂妹，李纹、李绮，这还无所谓。还有邢夫人那边一个侄女邢岫烟，这也无所谓。还有一位是谁啊？薛宝琴，薛宝钗的堂妹。薛宝琴一来以后不得了，贾母就喜欢得要命，喜欢到令人目瞪口呆的地步。贾母有一个用野鸭子头上的毛做的、雪天穿的大披风，一直收在箱子里，连贾宝玉都没给，林黛玉来了在贾母身边住，也没给，书里交代史湘云从很小起就经常到贾母这儿来住，更没给，可是一见薛宝琴，嘿，传家宝拿出来了，给了薛宝琴，就喜欢到这个地步。

　　当时不消说已经有大观园了，居住的空间非常富裕，按说把薛宝琴安排进大观园住不就行了吗？但是薛宝琴是什么待遇啊？贾母说，薛宝琴哪儿都别去住，跟我住，跟当年宝玉、黛玉、湘云的那个待遇一样！甚至逼着王夫人收她为干女儿。薛宝钗她们在大观园里面玩儿的时候，突然丫头就来传话了："老太太说了，叫宝姑娘别管紧了琴姑娘，说他还小呢，让他爱怎么着就由他怎么着……"

　　这个时候大家注意到了吗？书里写得很巧妙，吃醋的，说尖酸刻薄的那种弯弯绕的话的，并不是林黛玉，而是薛宝钗。薛宝钗听丫头琥珀传老太太的话以后，"忙站起身来答应了，又推宝琴笑道：'你也不知道是那里来的这段福气，你到去罢，仔细我们委曲着你。我就不信，我那些儿不如你。'"

　　而且更有一个情节值得玩味，很多读者没有读懂，我个人也是一读再读，变换过几次理解，今天我把我的最新心得告诉大家。就是贾母喜欢薛宝琴发展到什么地步呢？有一天下大雪以后，薛宝琴从栊翠庵讨来了梅花，出现在山坡上，身后她的丫头小螺抱着一个瓶子，里面插着红梅，贾母一看就觉得太美了，问旁边的人：你们说说，这比画上人怎么样？贾母屋子里挂了一幅很大的明代画家仇十洲的《艳雪图》，贾母就说，眼前这个情景比画上还漂亮。所以后来逮着一个机会，贾母就开始问薛姨妈：薛宝琴的生辰八字是什么？家内景况如何？贾母是一个你必须要佩服的人，过去有种简单的理解说，她是封建社会宝塔尖上的一个昏聩的老太太，每天就知道吃喝玩乐。不是这样的，我在前几讲里面已经一再地告诉你，贾母在家庭政治的较量当中总是占上风的。

书里是这么写的：薛姨妈一听，就觉得贾母的用意是想把薛宝琴要来嫁给贾宝玉。薛姨妈当然还是高兴的啊，我亲女儿宝钗实在嫁不了宝玉，宝琴能嫁也不错啊。当时宝琴的父亲已经过世，母亲得了痰症——在那个时代痰症就是不治之症，随时就能背过去。你想，薛宝琴如果父母双亡之后，谁是她的监护人呢？就是薛姨妈。而薛姨妈之所以要把女儿也好，她自己的侄女儿也好，嫁给贾宝玉，她更多的不是从这个女孩子本身的爱情、幸福上去着想，她更多的是从怎么使薛家振兴上考虑。因为贾家当时状况比薛家要强，从书里描写大家也看到了，就拿不动产来说，单是荣国府，多大的一个府邸啊，就从王熙凤、贾琏两个人管这个府里的事务过手的银子来说，多大的数目啊，所以如果要是薛家的女儿嫁给了贾宝玉，贾宝玉是荣国府的几乎无可争议的继承人，更何况亲家母便是自己的亲姐姐，你想，这是多么大的一个胜利果实啊！虽然心里愿意，可是薛姨妈又不得不跟贾母说实话，说薛宝琴已经有了人家了，订了婚了。在过去那个时代，已经订了婚了，双方履行了比如说互相交换庚帖什么的，这个就在法律上、道德上都站住了，如果你去把他拆散，或者破坏的话，既有违法律规定，更有违道德规范。所以薛姨妈就只好半吞半吐跟贾母说，宝琴已经许给梅翰林家了。

说到这儿以后，书里写得很巧妙——贾母并没有接着说什么，王熙凤却突然插一嘴："偏不巧，我正要作个媒呢，又已经许了人家。"贾母笑道："你给谁说媒？"王熙凤就说："老祖宗别管，我心里看准了，他们两个却是一对。如今已许了人家，说也无益，不如不说罢了。"而贾母已知凤姐之意，也就不提了。

话说到这儿不说了，曹雪芹他就让读者去猜。所以为什么说《红楼梦》需要揭秘呢？不是我自己突然来了兴致，想揭秘就揭秘，而是曹雪芹他在文本里就使用了这种笔法，烟云模糊，话里有话，一波三折，一石数鸟，他经常故意不说透，点到为止，留下余地，让你去琢磨。

于是这段情节就流过去了。历代的读者多数都认为，贾母就是打算把薛宝琴说给贾宝玉。但是你看我自己讲了那么多讲，我的逻辑链发展到今天，我个人就认为贾母不可能改变她原来对贾宝玉婚事的基本态度，仅仅因为来了一个薛宝琴很可爱，在山坡上站着，后面小螺抱着一个梅瓶十分地美丽，她就决定既不要黛玉，也不要宝钗了，而把这样一个宝琴去嫁给贾宝玉？我觉得不是这样的。

那么，究竟贾母当时是一个什么心思呢？王熙凤当时所说的"他们两个却是一对"，那个可以成为薛宝琴丈夫的男子究竟是谁呢？为什么贾母能听出王熙凤所指呢？我个人认为，这一笔也绝不是曹雪芹随便那么一写，在八十回后，他应该有所交代。我估计，贾母和王熙凤她们当时心中想到的，是甄宝玉。甄宝玉这个角色虽然没有在前八十回正面出场，但是在贾宝玉的梦境当中是出过场的。大家记得吗？第五十六回，甄夫人带着她家的三姑娘到京城来的时候，是派了四个女人先到贾府来请安的，女人们转达甄家对贾家照看他们在京的大姑娘、二姑娘的谢意，贾母当时就说："什么照看，原是世交，又是老亲，原应当的。你们二姑娘又更好，竟不自尊自贵，所以我们才走的亲密。"而且贾母也老早知道，甄家有一个青年公子年龄和宝玉相仿，所以从四大家族历来联络有亲的角度来看的话，虽然甄家没有列在四大家族之内，但它是贾氏的一个影子，所以我个人认为，贾母和王熙凤当时想到的是，把薛宝琴许给甄宝玉多好啊。当然这也仅是我的一己之见，仅供参考。

现在我要回到薛宝钗的问题上。你想，当时大家都以为贾母要把才到没几天的薛宝琴要来配给贾宝玉，在这个情况下，薛宝钗的心情是不是就更复杂了？你想想，为了实现"金玉姻缘"，求取她的个人幸福，她要逾越的障碍真是太多了，万没想到把林黛玉算是给稳住了，林黛玉不闹了，突然又来了一个堂妹，这个堂妹就越过她去了。你看后来在大观园里面坐席，你注意到曹雪芹他那个写法吗？宝琴就跟贾母、宝玉一桌了，宝钗呢，就跟迎春、探春、惜春一桌了。我就觉得，贾母是故意的。

贾母通过去问薛宝琴的年庚八字和家内景况，她是在传递一个信息，传递一个模糊信息。什么信息最可怕？准确的信息未必可怕，模糊信息最具有杀伤力。好比接到一个电话，说某亲人在医院，问怎么了？你来吧，来了就知道了——这样的信息太恐怖了！然而，模糊信息有时候却又极具诱惑性，可以让人顿生奇想。比如也是大老晚的接到一个熟人电话，说你怎么那么大的喜事还瞒着大家啊？说完就断线，怎么也打不过去了，于是你可能一夜难眠，等着天亮后去坐实那个喜事。贾母她就搞这个。她问薛姨妈，好像要给薛宝琴定一个丈夫，许一个人家，凤姐说了话以后，她又反问凤姐，你给谁说媒？她这样搞，有扰乱薛姨妈思绪的一面，也有能够稳住薛姨妈的一面。因为薛姨妈和王夫人在清虚观打醮前后，就不断在那儿跟她明争暗斗，此时她就用一个模糊信息震住薛姨妈，使薛姨妈一会儿觉得贾母对"金玉姻缘"更加蔑视，一会儿又觉得贾母未必是要把黛玉配给宝玉，对他们薛家的女孩儿，还是很有兴趣的。所以贾母真是一个很会智斗的贵族老太太。

因此说，薛宝钗真的是要越过千山万水，才能够达到嫁给贾宝玉的目的，从这个角度来说，她的命运也是很令人嗟叹的。所以你的同情心完全给予林黛玉，我也不反对，但是我现在希望，你跟我一起讨论薛宝钗以后，也能够把你的同情心分一部分给这个美丽的女子。生活在那个时代，主流意识形态是那样，主流的价值取向是那样，她去受那个东西影响，行为举止要符合这个东西，这个责任不在她，而在当时的主流政治和主流意识形态本身。她只是一个十几岁的女孩子，更何况她的灵魂当中，善美的人性并没有泯灭，她对宝玉的爱，有超越意识形态，超越主流政治，超越价值取向的一面。她针对自己的前途采取的各种手段，也都谈不到卑鄙无耻。比如她讨好贾母时说，哎呀，都说凤姐姐嘴巧，我看来嘴巧巧不过我们老太太啊，这当然是一个奉承，但这样的奉承有多么恶劣呢？也谈不到。

更何况她"审黛"这一招，她握着黛玉的把柄了，但是她高高举起，轻轻放下，她采取跟黛玉交底、交心、和好的办法，脂砚斋说钗、黛由此合一了，这些都说明，确实不能够简单地把她加以否定，认为她是一个顺从封建规范的负面形象。薛宝钗是一个复杂的形象，她身上有正面东西，有负面东西，也有说不清道不明的东西，是这样一个活生生的存在。

那么，这样一个女性，最后她嫁给贾宝玉了吗，她跟贾宝玉生儿子了吗？她后来一直活着，还是死去了呢？如果她死了，是怎么死去的呢？这些都应该是在八十回后，在曹雪芹的生花妙笔下一一展现。在下一讲里面，我就会把我自己对八十回后，关于薛宝钗命运的探佚心得向大家作一个汇报。

薛宝钗结局大揭秘

薛宝钗的结局，和《红楼梦》中其他角色的结局一样，是可以通过探佚的方式明白个七八分的。

当然，我讲述这个问题的前提，是先否定掉程伟元、高鹗他们弄出的那个一百二十回的本子。一百二十回通行本，前八十回，经过程、高的改篡，已经有若干不符合甚至背离曹雪芹原笔原意的地方，后四十回呢，则整个儿违背了曹雪芹的原笔原意。

一百二十回的通行本，后四十回究竟是不是高鹗续写的，红学界有争论。这里不去进行枝蔓性讨论。周汝昌先生坚持认为，那绝不是曹雪芹的文笔，也不是根据一些曹雪芹的残稿，补缀起来的东西。我认同周老的这一重要判断。

附带在这里说明，我的"揭秘"系列，在《百家讲坛》录制的节目也好，整理成书也好，都引用、引申、发挥了周汝昌先生研红成果中的一些基本观点，我有弘扬周老研红成果的用意，我对周老研红观点的引用，都是取得他的同意的。实际上，我这些年来的研红，也是在周老的鼎力支持和耐心指导下进行的。当然，我有自己独家的东西，比如关于秦可卿原型的诠释，对太虚幻境四仙姑命名用意的揭示，对李纨形象中有真实生活中曹頫遗孀马氏影子的判断，认为林黛玉的葬花和沉湖实际上都具有行为艺术色彩等等。在一些问题上，我跟周老的见解不同，较大的，如我们对林黛玉、史湘云与贾宝玉的情感关系上的看法；次大的，如关于妙玉"无瑕美玉遭泥陷"这一结局的具体推测；较小的，如问薛宝钗是否藏了扇子的那个丫头，古本上有"靓儿""靓儿"两种写法，周老取前而我择后等等。

通行本里，薛宝钗的结局是：贾母支持王熙凤搞"掉包计"，实现了"金玉姻缘"，贾家虽被抄家，但不久就沐皇恩、延世泽，宝钗在宝玉出家后生下了儿子贾桂，贾兰与贾桂先后中举，贾氏"兰桂齐芳"。我认为这样一些内容，是违背曹雪芹原笔原意的。

要知道曹雪芹的原笔原意，我们应该而且必须进行探佚。

什么叫探佚？佚就是丢掉的东西，探佚就是把那个丢掉的东西尽可能地找回来。这就牵扯到一个根本性的问题，就是曹雪芹究竟写没写完《红楼梦》？那么我再一次告诉你，曹雪芹是把《红楼梦》写完了的，不是写到八十回，曹雪芹就去世了，就停笔了，后面就没有了。曹雪芹对《红楼梦》不但有一个完整的构思，也大体上完成了全书的书稿，只是还来不及进行最后的统稿，一些前后矛盾的地方还没有加以统一，一些毛刺还有待剔除而已。可惜曹雪芹写成的八十回后的文稿，很蹊跷地全部被"借阅者迷失"，至今未能浮出水面。

我们进行探佚，起码有三方面的资源可以利用。首先是古本《红楼梦》前八十回（严格来说，不足八十回，大概是七十六回或七十八回的样子）中的伏笔。其次，是数量不少的脂砚斋批语。批书的人最初并没有意识到，八十回后会"迷失无稿"，所以，只是在前八十回的批语里，兴之所至，提及一些八十回后的人物命运、情节发展、场景细节，指出是"草蛇灰线，伏延千里"，偶尔还引用回目、文句，发出一些感慨。尽管这些批语没有系统地透露八十回后的内容，有时涉及到的话语也过分简约，却是相当可靠的探佚线索。此外，《红楼梦》文本、批语以外的一些文献，特别是与曹雪芹生活时空有所重叠的某些人士留下的诗文，也成为我们探佚的珍贵资源。

在乾隆时期，有一位满族人富察明义，也算得是贵族血统，但他一生职务不高，就是在上驷院——皇帝的御马苑——做一个给御马执鞭的小官。这个人喜欢读书，也喜欢作诗，他留下一部诗集《绿烟琐窗集》，手稿现在还保存在北京图书馆里。《绿烟琐窗集》里面有二十首《题红楼梦》，很珍贵。这二十首就诗论诗，艺术水平不高。但是，它却是研究曹雪芹和《红楼梦》的宝贵资料。

这二十首《题红楼梦》诗前面，有一个小序，太重要了！因为它一开头就说："曹子雪芹出所撰红楼梦一部，备记风月繁华之盛。"面对这个句子，关于曹雪芹究竟是不是《红楼梦》的作者，我觉得争议可以止息了。明义大约生活在乾隆初年到乾隆中期，他年龄虽然比曹雪芹小一些，但生命存在的时间，和曹雪芹有相当一段是重叠的。他们也都长期生活在北京这个空间里。他这二十首《题红楼梦》写在曹雪芹去世几年之后。他这个话是可信的。"曹子雪芹"，说明曹雪芹是一个男子，明义对他非常尊重。"出所撰红楼梦一部"，这个"撰"没有别的解释，就是著，就是独创，也就是著作权属于曹雪芹。那么，"出所撰红楼梦一部"，"出"是"拿出"的意思，是谁拿出那书稿给明义看的呢？如果不是曹雪芹本人，也应该是跟曹雪芹很亲近的人。因为明义接下去说："惜其书未传，世鲜知者。""未传"，就是还没有流行于世，没有被广泛地抄写、印刷，只在很小的圈子里被人看到，"世鲜知者"。一般社会上的人士简直就不知道有这么一部书。明义说："余见其钞本焉。"他看到的虽然不是曹雪芹的原稿，是一个抄本，但应该不是隔了好几道手的、抄出来打算拿到庙会里去售卖的那种有商业意图的抄本，很可能是脂砚斋的抄阅加评本。我们现在都知道曹雪芹最好的朋友敦敏、敦诚兄弟，也是满洲贵胄的后代，在乾隆时地位也不高，跟明琳、明义兄弟一样，相对于炙手可热的权贵圈子，属于较为边缘的一种社会存在。敦敏的《懋斋诗抄》里有一首诗题目非常之长：《芹圃曹君霑别来已一载余矣，偶过明君琳养石轩，隔院闻高谈声，疑是曹君，急就相访，惊喜意外，因呼酒话旧事，感成长句》，这里不引他的诗，只提醒大家注意：曹雪芹和明琳交往很深，而这位明琳，是明义的堂兄弟，既然曹雪芹可以在明琳家高谈阔论到声播墙外的程度，那么，曹雪芹跟明义有直接交往的可能性很大，明义看到的那部《红楼梦》如非曹雪芹亲予，也该来自明琳养石轩，其珍贵性，也就不言而喻了。特别值得注意的是，现在传世的古本，书名多叫《石头记》，而明义却把他看到的那部书稿叫做《红楼梦》。

通过细读明义的二十首《题红楼梦》诗，我感觉到，他所看到的抄本，应该是一个不止八十回的本子。

比如第十九首，是这样写的："莫问金姻与玉缘，聚如春梦散如烟。石归山下无灵气，总使能言也枉然。"这就说明他看到全书的结尾了。"莫问金姻与玉缘"，就说明"金玉姻缘"即便已经完成了，最后也是个悲剧，不堪回首。"聚如春梦"，就是贾宝玉和薛宝钗后来果然聚在一起成为夫妻了，但也不过是一场春梦，"散如烟"，最后像烟一样湮灭消散。更何况他写到"石归山下无灵气"，这分明是全书的结尾。因为书的一开头就告诉你了，一僧一道在天界看见一块大石头是女娲补天剩余石，后来，就由仙僧大施幻术，把这个大石头变成了一个通灵宝玉，最后在贾宝玉——贾宝玉原来在天界是神瑛侍者——降落到人间的时候，就把通灵宝玉衔在他嘴里，夹带到了人间。第一回中交代，"不知又过了几世几劫"——故意用了一个模糊的时间概念——最后这个石头又出现在天界，又出现在大荒山无稽崖青埂峰下，就来了一个空空道人，发现这个石头上写满了字，空空道人跟石头还有一番对话，最后抄录下来，就是《石头记》，空空道人把它改名为《情僧录》。可见，到了全书结尾时候，就要写到通灵宝玉又怎么回到天界，明义的诗就已经写到这个地步了——"石归山下无灵气"：女娲补天剩余石到了人间，它是一个通灵宝玉；回到了仙界，就成为一块不再挪窝的大石头，没有灵气了。虽然它上面写满了《石头记》的文字，但是富察明义发出咏叹，"总使能言也枉然"。就是你把这些事情历历叙述下来，但是，最后让人觉得还是很无奈。富察明义对《红楼梦》的理解水平、欣赏水平不是很高，《红楼梦》当中的那种深邃的意蕴他可能还不是完全理解，但是他所看到的就是一个有最后大收束的全本。这第十九首，你说能有别的解释吗？

第二十首也使你感觉到他看到的是全本。他说："馔玉炊金未几春，王孙瘦损骨嶙峋。青娥红粉归何处？惭愧当年石季伦。"石季伦，就是石崇，这是一个西晋人，他名崇，字季伦。关于他的记载里，最有名的就是那一段——他是个大富豪，在洛阳建造了一个很大的园林叫金谷园。他经常跟别人斗富。在当时的权力斗争当中，他被赵王司马伦杀了。他的爱姬叫绿珠，听说他被杀，不堪被他的政治对手掠去，就跳楼自杀了。"绿珠坠楼"成为一个感恩报主的典故。很显然，富察明义所看到的是一个全本的《红楼梦》，他看到了"馔玉炊金未几春"，这个"馔玉炊金"指的"风月繁华之盛"，当然它也隐含"金玉姻缘"的意蕴在里边，如果他看到的只有八十回，只有"馔玉炊金"的情节，他不会有"未几春"的感叹，可见他已经看到了八十回后"三春去后诸芳尽，各自须寻各自门"的败象。"王孙瘦损骨嶙峋"，八十回里还没写到这个程度嘛，虽然抄捡大观园已经使贾宝玉精神上受到重创，但从生理上他还并没有"瘦损骨嶙峋"，第七十八回还特别有一笔写到宝玉的形象，是借丫头秋纹之口道出的："这裤子配着松花色袄儿、石青靴子，越显出这靛青的头、雪白的脸来了。"这里所说的裤子是红色的，是晴雯的针线，而晴雯那时已经夭亡，宝玉痛不欲生，外貌却依然还丰满秀丽。富察明义一定是看到了八十回以后，看见贾宝玉沦落到"寒冬噎酸齑，雪夜围破毡"的描写，那时候冻饿成皮包骨头，自然要用"骨嶙峋"来形容了。而"青娥红粉归何处"，这和书里第八回那首诗里所说的"白骨累累忘姓氏，无非公子与红妆"是相呼应的，是一个绝大的悲剧结局。这些诗句都不可能是看了一百二十回那个本子得出的结论。更何况你一查时间，在程、高印制一百二十回本通行本之前，这些诗早就存在了。所以明义看到的就是曹雪芹的那个全本，一直看到大结局。至于什么叫做"惭愧当年石季伦"？红学界对这一句诗的理解是有争议的。我个人看法是这样的，意思就是说，《红楼梦》的结局太悲惨了，比历史上那个石崇被杀、绿珠坠楼的事情还要悲惨。当时，石崇被杀，还总归有绿珠通过坠楼进行了一次抗议，表达了一种另外的声音。但是，《红楼梦》里面呢，贾府"忽喇喇如大厦倾"，"家亡人散各奔腾"，却连绿珠坠楼式的抗议也没出现，最后"落了片白茫茫大地真干净"。所以，倘若石崇阴灵知道，他会感到惭愧——我算老几啊！我一贯炫富争霸，德行有限，临到被政敌扳倒、死于非命，倒有一个绿珠替我跳楼，再一看《红楼梦》里的这些人物，比我好得太多，"树倒猢狲散"以后，却没有一个感恩的奴仆以刚烈赴死来表达忠诚和抗议。富察明义写出这样一句诗，内心应该是非常悲凉的。

值得注意的是，《红楼梦》第六十四回黛玉"悲题五美吟"，所吟的第四个历史上的美人，就是绿珠。

曹雪芹在八十回后，还写了二十八回。在后二十八回里，薛宝钗是一个什么样的结局呢？她嫁给贾宝玉了吗？答案是肯定的。虽然高鹗也写薛宝钗嫁给了贾宝玉，但他是把这件事写成在贾母和林黛玉都还活着的情况下发生的，他写贾母同意王熙凤设计的"调包计"，对黛玉拉下脸绝情，而黛玉在绝望中就"焚稿断痴情，魂归离恨天"。虽然那是高鹗续书中文笔最好的部分，但我还是要郑重指出：高鹗所写完全不符合曹雪芹的原笔原意。

对曹雪芹的前八十回进行文本细读，我已经跟大家分析过，在宝玉婚配问题上，贾母持有的基本立场是为二玉这一对"冤家"的"木石姻缘"保驾护航。在前面我还告诉大家，经过在蘅芜苑发生的"雪洞事件"后，贾母就更不可能改变一贯的主意，去让二宝结成"金玉姻缘"了。

根据我的探佚，在后二十八回里面，会首先写到贾母的去世。贾母的去世，才为薛宝钗嫁给贾宝玉解除了一个最大的障碍。

贾母死后，黛玉没了靠山，她不仅一直被王夫人暗中嫌厌排斥，更一直被赵姨娘算计——通过贿赂，唆使贾菖、贾菱配制慢性毒药，使得她病情加重难以支撑——而最关键的是，绛珠仙草为神瑛侍者的还泪之旅抵达终点，黛玉泪尽，就沉湖仙遁了。黛玉自动消失，也就为家长包办"金玉姻缘"除去了一个麻烦。

贾母死了，贾政、王夫人上面就没有另外的家长了，贾政又不太管事儿，王夫人和薛姨妈的话语权就放大了。黛玉也去了，薛宝钗心理上的情障也消除了。"金玉姻缘"可谓水到渠成。当然，因为是在祖母的丧期，这桩婚事也不能办得太急。王夫人会择时向贾政进言，提出一些冠冕堂皇的理由，比如家事日衰，夜长梦多，早些给宝玉完婚，也可告慰老太太在天之灵什么的。贾政点头，宣示一切从俭，一桩包办婚姻也便告成。

那么，二宝成婚以后，曹雪芹笔下会有些什么情节呢？脂砚斋在前八十回的批语里——那条批语，具体来说，在第二十一回前面——

明确地告诉我们，八十回后有一回的回目是"薛宝钗借词含讽谏　王熙凤知命强英雄"，前半回将写到宝钗嫁给宝玉以后，对宝玉实行讽谏。这个回目为程伟元、高鹗所不取，他们弄出的那个本子里也没有相关的情节。究竟是他们没见到过脂评本还是见到过故意背离呢？值得探究。

我在前面几讲说了，关于薛宝钗劝贾宝玉读书上进，在前八十回里，曹雪芹有侧写，有明写，有暗写，但是并没有什么正写。讲座结束以后，就有一个听众朋友来找我问，说怎么可能呢？曹雪芹他写这部大书，宝玉和宝钗在人生观上的这一重大冲突，非常重要啊，他怎么能不正写呢？我劝她把前八十回再细读一下，不管是哪种版本，确实没有那么一段正写的文字。曹雪芹他很聪明，他什么时候正写啊？他搁在后二十八回里面去写。薛宝钗已经嫁给贾宝玉了，她具有正妻身份了，她把自己和家族的一切希望都寄托在这个丈夫身上了，她就要毫无顾忌地正面来规劝贾宝玉了，曹雪芹也就把她规劝贾宝玉，作为一个很重要的情节、场面给写出来了。

前面，在第二十一回，他写了"贤袭人娇嗔箴宝玉"，他还写了平儿，贾琏与多姑娘儿乱搞之后留下了一缕青丝，被平儿发现，平儿对他进行掩护，躲过了凤姐的盘查，叫做"俏平儿软语救贾琏"。针对这一回的回目，脂砚斋就有一个批语，她说，"此回'娇嗔箴宝玉，软语救贾琏'"，"后回'薛宝钗借词含讽谏，王熙凤知命强英雄'"，"今从二婢说起，后则直指其主"。可见，她把全书都看了。从第一回到第八十回，有一个回目叫做"薛宝钗借词含讽谏，王熙凤知命强英雄"吗？是没有的。可见，"后直指其主"的那个"后"，是指八十回之后。脂砚斋当时没有估计到曹雪芹所写的后面的文稿会"迷失无稿"，所以她可以说是很轻松地进行了这么一个透露，意思就是说你看这一回是写两个仆人，她们跟主子的关系；到了后面，就直接地写相关的主子跟主子之间的矛盾了。她是在赞叹曹雪芹全书布局之巧妙，认为在结构安排上，前后照应，冲突递进，真是大手笔。如果脂砚斋能预知曹雪芹书稿的命运是前八十回能始终传布、后二十八回会神秘"迷失"，她可能会在前八十回批语里有更多关于后二十八回的透露、引用，那该多好啊！

虽然"薛宝钗借词含讽谏　王熙凤知命强英雄"这一回的具体文字迷失了，但对于那前半回的内容，我们今天还不难想象。一定是宝玉说了句什么话，话里有个什么敏感的词，被宝钗逮住不放，就"借词"敲打他，而且采取的是讽刺的口吻，目的呢，当然是劝谏他"毋荒唐、走正路"。那么，宝玉究竟说的什么话，哪个词让宝钗敏感难忍呢？我以为，应该是一句关于黛玉的话。第二十回有条批语说，"凡宝玉、宝钗正闲相遇时，非黛玉来，即湘云来……若不如此，则宝玉久坐忘情，必被宝钗见弃，杜绝后文成其夫妇时无可谈旧之情，有何趣味哉？"宝玉婚后"空对着，山中高士晶莹雪；终不忘，世外仙姝寂寞林"，尽管他会尊重宝钗，除了人生价值取向方面无法对话以外，也还不是毫无共同语言，特别是"谈旧"，应该构成他们的一个话题，昔日大观园内外，诗社雅集也好，长辈跟前的团聚也好，有多少值得咀嚼回味的赏心乐事呀！宝玉可能是在"谈旧"正处于"得趣"状态时，忽然就被宝钗抓住了他的"走嘴"，于是语含讥讽，对他痛下针砭。那时贾家风雨飘摇，凭借"祖德"享受"皇恩"的机会已经丧失殆尽，唯一的出路，就是通过科举考试去获取功名，宝钗为此一定焦虑不堪，为保障整个家族，其中也包括她本人的利益，她一定会跟宝玉正面冲突，尽管宝玉冥顽不化，她还是要做最后的努力。

可想而知，宝钗"借词"也好，不"借词"也好，"含讽谏"也好，"含慰勉"也好，不管她好说歹说，宝玉一概听不进去，并且会进行反抗。那么，宝玉会反抗到什么程度呢？这也是可以探佚出来的。

第二十一回的一条脂砚斋批语，又透露了后二十八回里面的一些重要情节。这条批语说："宝玉有此世人莫忍为之毒，故后文方能'悬崖撒手'一回，若他人得宝钗之妻，麝月之婢，岂能弃而成僧哉？玉一生偏僻处。"这什么意思呢？就是说后来贾家越来越败落，在那个情况下，最后，贾宝玉身边的丫头纷纷流散，其中袭人的命运就更奇特——忠顺王府来点名强索，袭人为了保全贾府，就牺牲自己，去了；去了以后，经过一番曲折，成为了忠顺王府的戏子蒋玉菡的妻子。蒋玉菡、袭人两口子后来在贾家经济拮据的情况下，救济了贾宝玉和薛宝钗——袭人临走的时候留下一句话，这也是脂砚斋批语透露的，叫做"好歹留着麝月"。当时贾府全面衰败，贾宝玉这一房，到最后只能留一个丫头，留哪一个？当时虽然晴雯死了，还有一些别的丫头在，袭人就预嘱"好歹留着麝月"。所以，最后贾宝玉身边是一妻一婢。

脂砚斋批语告诉我们说，要是一般的男人，妻子是薛宝钗，大美人，又那么有道德，而身边的唯一的丫头，甚至可以成为自己的妾的，又是一个麝月，麝月虽然长相可能平平，但是，麝月的表现怎么样呢？书里前面有一段描写，宝玉屋里别的丫头都出去玩了，贾宝玉发现麝月独自在屋，就问她怎么不出去玩儿啊？麝月就说这么多灯火，不能都去，得有人照看着啊！这个时候，宝玉就有一个心理反应——公然又是一个袭人，因为袭人对宝玉的照顾叫做小心伺候、色色精细，其他那些丫头就难说了。好比晴雯，平常她是横针不拿，竖线不取，很任性，很懒惰，只是在宝玉雀金裘烧了一个洞以后，才出于对贾宝玉的一种爱，带病挣扎着勇补雀金裘。其他一些丫头也都有这样那样的毛病，都不周到，唯独麝月，等于是袭人的替身。所以，袭人走的时候才对宝玉说，别人都可以不留，如果留一个的话，你好歹留着麝月。在八十回以后，果然是把麝月留下来了。在那一段情节里，虽然贾府的政治地位摇摇欲坠，经济状况濒于崩溃，但是宝玉身边毕竟有宝钗这样一个妻子，有麝月这样一个侍妾，应该很满足。可是，宝玉却悬崖撒手。什么叫悬崖撒手？说俗了，就是离家出走，当和尚去。所以，脂砚斋就说，宝玉有所谓世人莫为之的一种"情极之毒"，宝玉的行为实在太偏僻，太罕见，性格真是太古怪了。

贾宝玉一共出过几次家呢？在前八十回里面是有伏线的，曹雪芹的笔法就是这样。有人老不信，说那样写小说多累得慌啊？曹雪芹这部小说他就是写得很累，他自己说了，"十年辛苦不寻常"，"字字看来皆是血"，他是呕心沥血地写。有些作者写作很轻松，有不呕心沥血的作品，天下之大，各种各样的东西都有。不是所有小说都得这么去分析，但是曹雪芹的《红楼梦》，他就是这么写的，它大量、细密地使用伏线。

第三十一回，林黛玉到了贾宝玉那儿，宝玉、袭人、晴雯，他们在那儿斗嘴，话来话去，袭人赌气说死了倒也罢了，黛玉顺口说你死了我会哭死，宝玉跟着说，你死了我当和尚去。这个时候，黛玉就把两个指头一伸，抿嘴笑道："做了两个和尚了。我从今已后，都记着你作和尚的遭数儿。"这就是伏笔，就说明后来宝玉两次出家。第一次就应该是在薛宝钗"借词含讽谏"之后，因为这个冲突太大了，你虽然是我的妻子，你也挺贤慧的，举案齐眉，但是到底"意难平"——要说爱，宝玉心里仍是只爱黛玉一个，宝玉所向往的婚姻，就是娶黛玉为正妻，他对黛玉的永恒之爱和对其他女性作为妻子的排拒，达到"毒"的地步——你宝钗虽然有所谓"停机之德"，我除了叹息，还是排拒。什么叫"停机之德"啊？古代有个乐羊子，他跟妻子情爱甚笃，出外求学，因为想念妻子，就半途回家了。一进门，妻子正在那儿织布，妻子看他忽然回来，非常生气。妻子认为他应该坚持去读书上进，争取为官做宰，怎么可以半途而废，回到家里来呢？这个乐羊子妻当时就拿出刀，做出把布彻底划开的样子，仿佛断帛。什么意思？就是我跟你一刀两断。据古籍记载，乐羊子当时就很感动，赶紧接着外出读书，后来，果然当了官。薛宝钗就具有乐羊子妻的"停机之德"，可是，宝玉最厌恶的就是这种封建正统的东西，就跟她冲突，离家出走，应该是往五台山那边走，这是宝玉第一次"悬崖撒手"。

宝玉这次悬崖撒手以后，没多久又回到荣国府了。这样说有没有根据呢？是有的。在前八十回里面，十八回写到了元妃省亲。元妃省亲时点了四出戏，其中有一出是《仙缘》，针对《仙缘》这出戏，脂砚斋有一个批语，说"伏甄宝玉送玉"，她说得非常简约。后代的研究者对这一句话有不同的解释。有的说可能是贾宝玉把通灵宝玉丢了，甄宝玉发现了通灵宝玉，就把通灵宝玉给贾宝玉送回来了，这也不失为一种合理的猜测。我个人的看法是：贾宝玉第一次悬崖撒手去当和尚，在这过程当中，他碰到了甄宝玉。甄宝玉此时已经历过了一番风雨飘摇、命运打击。甄家受打击比贾家早，第七十五回一开头就写到，尤氏在荣国府帮着办事，说要到王夫人上房去，跟从的人就说你别去。为什么别去？说甄家来了几个女人，气色不成气色，说还带了一些东西来。尤氏说贾珍看到邸报，甄家被皇帝查抄的事已经公布出来了，甄家显然是派人到荣国府来寄顿财物，这是有违王法的，荣国府也已经卷进是非里去了。甄家被查抄书里是直截了当写出来的，王夫人她再不好张口也得跟贾母汇报，贾母不爱听，最后贾母意思就是说咱不管别人事，咱们该怎么乐怎么乐。甄宝玉家庭破落在前，颠沛流离也应该是在贾宝玉之前。结果，宝玉在去往五台山出家的路上，就碰见了甄宝玉。甄宝玉告诉他，真正的大彻大悟不在形式上，不在离家出走去当一个形式上的和尚，因此"甄宝玉送玉"，送的"玉"就是贾宝玉，就是把宝玉又送回了京城，送回到了荣国府。

在前八十回里，甄宝玉只是在第二回贾雨村跟冷子兴乡村酒店聊天时被提到过，还有就是在第五十六回被提到，并且在贾宝玉梦境里出现，有的人就觉得那不过是作者设置的一个贾宝玉的影子，并不是一个具体的艺术形象。但是脂砚斋她看到了八十回后，她清楚一切，在第二回她就告诉我们"甄家之宝玉乃上半部不写者"，可见下半部里写了。甄、贾宝玉的人物设置固然有互为表里影像的用意，但是判定甄宝玉始终只是一个"影子"，却并不符合曹雪芹的构思，甄宝玉在八十回后肯定正式登场，而关于他的核心情节，就是"送玉"。

贾宝玉心里只有"木石姻缘"，排拒"金玉姻缘"，但毕竟黛玉已然沉湖仙遁，宝钗已经成为他的妻子，那么，一个很重要的问题就出现了，他们两个生孩子了吗？高鹗的续书说，宝玉虽然出家不归，但宝钗在他失踪前已经怀孕，后来生了一个儿子叫贾桂，这个贾桂长大后参加科举，像贾兰一样考中了，尽管贾兰、贾桂年龄差很多，但他们都是荣国府贾政的孙子，贾家荣国府这一支就"兰桂齐芳"了。高鹗这个写法显然是荒唐的，因为从《红楼梦》的总体设计来说，它是非常有条理的，那就是贾家的老一辈宁、荣国公之后是代字辈，贾代化、贾代善；他们衍生的儿子是文字辈，荣国府是贾赦、贾政，宁国府是贾敬，还有一个死去的贾敷，甚至他们的女儿也按文字辈取名，黛玉的母亲就叫贾敏；文字辈再生儿子是玉字辈，贾宝玉因为他直接用了玉，就无所谓玉字边了，其他都是一个玉字边——现在有人习惯把它说成王字边，因为那一点省略了，也说得通——贾珍、贾琏、贾环、贾琮和死去的贾珠是直系的，旁系的如贾瑞、贾璜、贾琼等等；再往下一辈就是草字头辈，那就很多了，首先是贾蓉和贾兰（注意："兰"是繁体字"蘭"的简化），其次贾蔷、贾菖、贾菱、贾萍……可以列出一大串来。因此，按贾氏宗族立下的规矩，如果宝玉和宝钗生出一个儿子的话，也应该是取一个草字头的名字。就算宝玉出家割断俗缘不闻不问，那么，你想想，薛宝钗她可是一个最遵守封建道德规范的人，她怎么能够嫁给贾家以后，去把贾家这个族谱上的规定破坏掉，不给儿子取草字头名字，而去取个木字边的名字呢？高鹗写得真是太荒唐了，他为了去符合"兰桂齐芳"这个意味着家族后代俱得富贵的典故，就公然置曹雪芹前面一直贯穿着的贾氏宗族排行规则而不顾。

其实，宝玉、宝钗由家长包办成婚后，他们两个人究竟有没有正常的性生活，是更加值得探佚的一个问题。如果曹雪芹的后二十八回里，根本就写的是他们属于无性婚姻，那高鹗捏造出一个"遗腹子"贾桂，就更属无稽了。

我前面提到的富察明义，他那二十首《题红楼梦》诗里，其中第十七首是这样写的："锦衣公子茁兰芽，红粉佳人未破瓜。少小不妨同室榻，梦魂多个帐儿纱。"对这首诗的内容的解释，历来争议很大。一种解释是，"兰芽"形容青年男子身材外貌美好，"茁兰芽"就是那样一个公子在茁壮成长；"破瓜"呢，是指女孩子越过了十六岁，"未破瓜"就是还没有到十六岁（这样解释的前提，是"瓜"字由"十"、"六"两个字组成）；跟后两句合起来呢，是在形容第十九回里，宝玉到黛玉屋里去，两个人躺在卧榻上说话，"意绵绵静日玉生香"。但是，十九回那段情节发生时，黛玉还很小，应该连十二岁都未到，何必用"未破瓜"来形容她呢？像那样一个还很稚幼的小姑娘，根本没有"开脸"（过去时代女子出嫁前要用细线绞去脸上汗毛），又怎么能说成是"红粉佳人"呢？"红粉佳人"应该是对新娘子的一种变称。这样的解释，我不认同。现在我提出个人的看法供大家参考。"锦衣公子茁兰芽"，我认为"兰芽"就是男性生殖器的雅称，"茁兰芽"就表示性器官已经成熟了，"锦衣公子"说的当然就是贾宝玉，宝玉他结婚了，他的性能力不存在问题，可是，他们夫妻之间怎么样呢？他们没有过正常的夫妻生活，使得"红粉佳人未破瓜"。"红粉佳人"是指当了新娘子、新媳妇的薛宝钗，"未破瓜"就是她还是个处女。"破瓜"在过去有这样的含义。"兰芽""破瓜"用在性事上是一种婉词，当然有些人可能还是觉得粗鄙，认为写诗怎么能取这种词汇入句呢？但过去文人写诗，以这样的词语入诗的例子并不鲜见。那么后两句的意思跟着也就清楚了，就是说这对小夫妻他们达成默契，虽然无性，却也无妨同床共枕，他们还是相敬如宾的，当然，他们又难免同床异梦，他们以前也往往做梦，但是如今却关在同一个帐子里，梦魂也被帐子网住了。我认为富察明义是看了后二十八回以后，在这首诗里概括出二宝婚后的状况。他等于在告诉你，宝玉最后虽然娶了如此美貌的佳人，但是他却没有那方面的欲望；宝钗虽然实现了自己的愿望，嫁给自己所爱的男人，但是也只能忍受活寡般的处境。当然，你也可以理解成当时还处在贾母的丧期，根据封建道德规范，他们可成就婚事，但是暂不圆房。二宝之间既然并无性生活，哪里会生出孩子来呢？

再往细里琢磨，"梦魂多个帐儿纱"，也可能是形容宝玉虽然跟宝钗睡在一个帐子里，但他梦牵魂绕的还是潇湘馆里的林妹妹，他在梦中经常回到潇湘馆，多出一个里面有林妹妹合目安睡的"帐儿纱"来。

在后二十八回里，宝玉不仅梦萦潇湘馆，他也身体力行地回到潇湘馆去缅怀黛玉，这也是可以找到根据的。第二十六回，曹雪芹通过宝玉的眼光，用了八个字来形容潇湘馆："凤尾森森，龙吟细细。"在这个地方，脂砚斋就有一个批语，她说"与后文'落叶萧萧，寒烟漠漠'一对"——前后各八个字，构成一个对子——"可伤可叹"。"落叶萧萧，寒烟漠漠"应该就是后二十八回里贾宝玉再到荒废的潇湘馆时目击到的惨状。那应该构成一段凄楚的情节。

薛宝钗嫁给了贾宝玉，却没有正常的夫妻生活，更不要说宝玉心里总怀念着黛玉。宝钗在许多方面都算得一个达观的人，没有性生活，也罢，今后可以过继一个儿子好好抚养；宝玉思念黛玉，理解——其实她对黛玉何尝没有思念之情呢？她可以舍弃很多，但有一条万万不可舍弃，那就是效法乐羊子妻，发扬"停机之德"，劝贾宝玉读书上进，为家族，为她，去通过科举考试谋求到功名。但是，她"借词含讽谏"，宝玉竟一蹉脚，出家去了。虽然被甄宝玉劝解，送回来了，两个人依然貌合神离。那么，薛宝钗最后究竟怎么样了呢？她应该是在绝望中，抑郁中，悲惨地死去。她死去后贾府彻底崩溃，宝玉被逮入狱，又经过许多曲折的经历，终于第二次悬崖撒手，真正在心灵里达到了出世的顿悟。

对于宝钗的这个结局，我不知道你是什么样的心情，我想起来心里还是很难过的。你不要去责备她，说她一生忠于封建规范。大家知道贾宝玉有一次过生日，那是第六十三回，"寿怡红群芳开夜宴"，大家玩抽签的游戏，薛宝钗抽了一支什么签呢？"任是无情也动人"，说她艳冠群芳，是一朵牡丹花。她确实称得上是牡丹花啊，华美、富丽；她无情，是被那个社会压抑成的，因为那个社会的主流意识形态、主流价值观念，要求闺中女子只能够去做针线活，不能读"邪书"，要听家长的指示，不能够感情外露，她吞食冷香丸，拼命熄灭灵魂深处本原的爱欲热情。她那牡丹之美，宝玉并不是无动于衷，看到她面若银盘、眼如水杏，是动过心的；看到她娇羞怯怯摆弄衣带，也是动过心的；见到她雪白的酥臂，更是动过心的。这样一个美艳的女子，她努力追求幸福，她克服了很多的障碍，终于嫁给了宝玉这个公子，完成了"金玉姻缘"，但是她最后什么都没有得到，没有得到宝玉的心，更丧失了宝玉的身。

在贾府大崩溃前，薛宝钗抑郁而亡，这在第五回的判词里面是有明确交代的。金陵十二钗正册的那个册页第一页上，林黛玉怎么画的我们不去说了，现在咱们讲的是薛宝钗，"金簪雪里埋"。有的"红迷"朋友跟我讨论过，说为什么不写"金钗雪里埋"呢？簪跟钗有什么区别呢？簪跟钗是同一种东西，都是过去古代妇女用来别头发的装饰品。单股的叫簪，双股称钗。金簪就是用一根金子做成的针状或者条状的簪子；把两根金子、两根金针或者两根金条并列在一起，或者把它们麻花一般地拧在一起，作为头上的插饰，叫做钗。所以，这个地方曹雪芹他是故意要这样写的。什么叫做"金簪雪里埋"？多悲惨啊！

她一生希望自己能够成就"金玉姻缘",可是她最后是孤零零死去的。钗还是两股,簪却只是一根,她应该是死在一个大雪纷飞的日子。贾宝玉显然并不在她身边。请记住,在册页里面,曹雪芹故意要写成"金簪雪里埋"。这朵牡丹花就如此凄惨地告别了人世。

我曾在前面亮明一个观点,就是贾宝玉一生当中有四个女子对他是最重要的。我已经讲过了其中的妙玉,讲过了林黛玉,又讲完了薛宝钗,还剩一位是谁呢?就是史湘云。下面,我会给大家讲到史湘云。我将从哪里讲起呢?我现在就提出一个问题:《红楼梦》里面对林黛玉的出场,它是有很多铺垫,很多交代的;对薛宝钗的出场,也是这样做的;妙玉的出场,虽然是暗出,是通过一个仆人向王夫人介绍她的情况说出来的,但是交代得也很详细。那么,史湘云的出场是怎么写的呢?关于她,有些什么交代呢?下一讲,咱们就从这个问题开始讨论。

中编

史湘云之谜

史湘云出场之谜

　　《红楼梦》里金陵十二钗正册第五钗史湘云，是一个给所有读者留下鲜明印象的角色，但是细读《红楼梦》文本，你会有一个发现，就是金陵十二钗正册其他十一钗，出场前后都有对这一钗的家庭背景、来龙去脉乃至于性格特征的一段具体交代。但是，你想一想，书里写史湘云，是不是也有这样的交代呢？

　　应该也有吧！——一位跟我讨论的朋友表示，他一时想不起来，急着让我告诉他是在哪一回哪一段，我就说，别急，咱们先回顾一下，书里对其他十一钗，有过哪些具体的交代。

　　林黛玉，读者在第二回就得到了她的信息，那个时候虽然没有出现她的名字，但是贾雨村跟冷子兴在乡村酒店里喝酒聊天，贾雨村就提到，他在丢官赋闲的时候，到扬州盐政林如海家里去当了西宾，就是家庭教师。他的任务很轻松，学生就是一个女孩儿，林如海的独女，后来我们知道那就是林黛玉。林黛玉在第二回里就被提到，而且贾雨村还用一个例子来说明黛玉的早慧——他说这女学生把"敏"字故意读成"密"，写"敏"时又故意少一两笔。这是怎么回事啊？因为在那个时代，要避讳，就是人们在读书写字的时候碰到皇帝的名字或者自己父母的名字，祖先的名字，不能直接读出那个音，写的时候一定要省去一两笔，特别是最后一笔，一定不能写。这个例子就说明林如海这个女儿年龄虽小，却非常懂事，对她的母亲非常尊重，因为她母亲叫贾敏。那么贾敏是谁的女儿呢？就是荣国府贾母的亲生女儿，这样就全面地交代出了林黛玉的血缘。到第三回林黛玉正式登场，就有更多交代，她的长相啊，她的性格啊，都涉及到了。薛宝钗出场前后，相关的交代也很多，第四回就交代了她的家庭背景，以及跟着哥哥薛蟠进京准备参加选秀；第五回一开头，就概括她的性格与人际关系，还拿她跟黛玉作了比照；第七回她正式亮相，有很大一段文字交代这个女孩子天生胎里带来一股热毒，因此每天要吃一种特殊的药叫冷香丸；薛宝钗在第八回更是光彩照人地呈现，通过她和贾宝玉交换佩戴物仔细观看，又透露出有个和尚预言了"金玉姻缘"。林、薛是金陵十二钗正册中并列于卷首的两位，对她们有这些交代当然是十分必要的。

贾府的四位小姐元、迎、探、惜，第二回冷子兴演说荣国府的时候，就都有所交代，元春已经选到宫中做女史了，迎春是贾赦前妻所生，探春是贾政的妾所生，惜春是宁国府贾珍的胞妹。冷子兴演说时，还特别介绍了王熙凤，明确其出身地位，说她"模样又极标致，言谈又爽利，心机又极深细，竟是男人万不及一的"，到第三回王熙凤人未到声先到风风火火登场，果然应验了冷子兴的评价。交代了王熙凤，等于也交代了巧姐。李纨呢，在林黛玉进府的时候就已经有所交代，第四回开头又特别写了一段文字，对她的出身背景、现实处境和性格特点一一道明。秦可卿，关于她我前面讲得很多，她第五回绚丽登场，然后在第八回末尾又有关于她出身的一个打补丁式的说明。妙玉正式出场要等到第四十一回，但是在第十七回，通过一个仆人向王夫人汇报，已经对她有了一个非常详尽的介绍，除了她的真实姓名没有提及，她各个方面的情况可以说都给读者留下了清晰的印象。

这样算来，金陵十二钗正册中上面提到的十一钗，无一例外，都是在其出场前后，有一段甚至数段文字来交代她们的家庭身世、外貌性格的。

那么史湘云她出场是在哪一回呢？在那前后，是不是也像写其他各钗一样，有一段文字集中交代：她是谁的女儿？她和贾府究竟是一个什么样的关系？她究竟是怎么样一个生存状态？她的性格特点是什么？有没有这样的交代啊？你仔细回忆一下，有没有？那位跟我讨论的朋友，他说想必是有的，因为曹雪芹写别的十一钗都是那么一个方法嘛，怎么能把史湘云例外呢？

但是，"想必"是不行的，必须面对《红楼梦》的文本实况，你去细读，你就会发现，确实奇怪，对史湘云这么一个重要的人物，书里就是竟然并没有一段文字来交代上面那些最基本的问题。

难道，在曹雪芹最初的构思里，他那金陵十二钗正册的人物设置，会没有史湘云吗？

为探究这个问题，我们来讨论一下第七回。

曹雪芹写《红楼梦》这部书，并不是一气呵成的，他的构思在不断进行调整，回目来回变动，列在前面的某些回，可能较晚才写，而列在后面的某些回，却可能先期完成。第七回就可能是写在第五回前头。

第七回很重要。第七回前半回写的是周瑞家的送宫花。早在清代就有论家指出，这一回写送宫花，实际是对金陵十二钗正册中诸钗的一次大扫描。

薛家是皇家的买办，宫里面用的花都是由他们家给采买的。这种买办，往往是买来给宫里送去时，留下一部分自己享受，所以薛姨妈就拿出一匣子宫花，送给贾府的小姐们以及王熙凤去佩戴。当时王夫人正跟薛姨妈在一起，王夫人客气，说好好的花留给宝姑娘戴吧，薛姨妈就说我们这宝姑娘不爱这些花儿粉儿的。虽然薛宝钗不要自己家的宫花，但这一笔，就扫描到她了。

然后周瑞家的就拿着个花匣子在荣国府里面走动，这段描写非常重要，对荣国府的建筑结构、房屋布局做了一个非常自然而详尽的交代。周瑞家的从哪儿出发呢？从整个荣国府东北角的梨香院，薛姨妈他们来了以后一开始居住的那个空间出发，走出来以后呢，就路过了荣国府的中轴线主建筑群的正房后面，当时迎春、探春、惜春她们都被安排在王夫人正房后面的三间抱厦里居住，薛姨妈说给她们一人两枝花，周瑞家的到了那儿，先碰见了迎春和探春在下棋，各给了两枝，后来又找到了惜春，给了惜春两枝。这样，就把三个贾府的小姐扫描到了。

然后呢，请注意，曹雪芹的文笔真是非常细腻，叫做细如牛毛——他写周瑞家的捧着花匣子继续往西走，就路过了李纨住的那间屋子的窗户底下。薛姨妈为什么没嘱咐给李纨送花？因为李纨是一个寡妇，在那个时代，寡妇是不能够戴花的。但是曹雪芹写周瑞家的送宫花，有意识地点到李纨，有一种古本上写着，周瑞家的捧着花匣子路过李纨住的房时，隔着窗户看见李纨歪在炕上睡觉。李纨住在那儿，是为了就近照顾迎、探、惜三姐妹。

　　周瑞家的捧着花匣子继续往西走，过了穿堂过了过道，见着一个粉油的影壁，后面是一个院子，这个小院子谁住呢？王熙凤住。这段描写很精彩，他使用了一种特殊的笔法，叫做"柳藏鹦鹉语方知"——猛看是一株大柳树，就是翠绿的柳枝柳叶，忽然听见有声音，哦，原来树冠深处藏了一只鹦鹉——周瑞家的拿着花匣子进院以后，直奔王熙凤的正房，因为她要给王熙凤送花，而且薛姨妈当时还有一个特别的嘱咐，给王熙凤的花特别多，要给她四枝，所以她就往正房走，结果看正房门槛上坐着谁呢？坐着王熙凤的丫头丰儿，朝她摆手，周瑞家的是王夫人的陪房，在荣国府混了特别懂事，立刻蹑手蹑脚改往东房去——注意这一笔非常要紧——东房里奶妈子哄着一个小姑娘在睡觉呢，叫大姐，就是巧姐，那个时候还没起名字呢，巧姐这个名字是刘姥姥第二次到荣国府快离开的时候，王熙凤求她给起的，巧姐可是金陵十二钗正册当中的一钗啊，所以在送宫花的过程中，特别要扫描到她。看见大姐在午睡，周瑞家的又出来了，这时候看见平儿从正房里拿了一个大盆出来，让丰儿去舀水，在这过程当中听到屋子里面有笑的声音，还不是一个人笑，其中还有贾琏的声音，就说明这两口子干吗呢？大中午的，我就不点破了——柳藏鹦鹉语方知——而且他们还很讲究这方面的卫生，所以事儿完以后要拿大盆来舀水以备清洗。这个时候周瑞家的就跟平儿汇报了，说姨奶奶让我把四枝花给二奶奶。平儿把花送进去，过一会儿出来了，传达王熙凤的命令，匀出两枝，让给东府的小蓉大奶奶送去。小蓉大奶奶是谁啊？就是秦可卿。这一笔也不是很无所谓地写上去的，曹雪芹是在对金陵十二钗正册当中各钗进行扫描。平儿使唤谁给送过去啊？是让彩明给送去。有的读者一直以为彩明是凤姐的一个小丫头，不对，彩明是一个未成年的男孩，他读书认字，会算账、记账，是王熙凤手下的一个秘书，王熙凤身边不能用成年的男仆，但是用这种未弱冠的小童是可以的。平儿让彩明把两枝花给东府的小蓉大奶奶送去，为什么要加个"小"字？因为贾蓉的媳妇秦可卿辈分比王熙凤低，所以要称之为"小"。可是在宁国府呢，贾蓉是贾珍的大儿子，有人说贾珍不就这么一个儿子吗？但是贾珍还很强壮啊，当时年纪也不是很大，而且除了尤氏以外他还有好几个小老婆，所以如果贾珍再有儿子的话，一定是老二，老大就是这个贾蓉，所以贾蓉媳妇就是大奶奶。这些写法都是很符合当时社会风俗的，也很符合小说里面人物关系的设计。

周瑞家的出了凤姐住的院子，继续往西走，就到了贾母那个院落，贾母所居住的院落在整个荣国府的最西边，这一点请大家一定要记清楚，周瑞家的不是故意要怠慢跟贾母一起住的林黛玉，她不敢有这个心，也没有必要那样做，但是从梨香院要把花送给林黛玉，必须先路过其他那些人的住处，最后才能到达贾母这个院子。当时宝玉和黛玉跟着贾母一块儿住，俩人在那儿一块儿玩儿，周瑞家的就把最后两枝花给了林黛玉，林黛玉很不高兴。那么你再算一算，扫描到多少钗了？从薛宝钗他们家开始，宝钗、迎春、探春、惜春、李纨、大姐（就是巧姐）、王熙凤，又提到秦可卿，然后又有林黛玉，九钗了。早在清代就有人指出，实际上呢，他通过宫花这个"宫"字，也就影射到了元春，又通过送宫花遇到惜春的时候，惜春跟水月庵的智能儿在一块儿玩儿呢，出现了小尼姑，因此认为也影射到了妙玉，这种说法不算太牵强。那么你看，这就把金陵十二钗正册当中的十一钗，要么正式扫描到，要么影射到了。唯独没有谁啊？唯独没有史湘云！哎，这算怎么回事啊？这就是一种文本现象。

你听我的讲座看我的书多了，就知道我的论证其实都分为三个阶段，第一阶段我先进行文本细读，读得很仔细，然后我把一个文本的现象给你描述一遍，说书里是这样写的；第二阶段我就提出问题了，怎么会写成这个样子呢？第三阶段我进行分析，提出我个人的看法供你参考，进行揭秘、解谜。现在讨论史湘云，我也是分三个阶段。

第七回通过送宫花对金陵十二钗正册中的各钗进行扫描和影射，唯独没有涉及到史湘云，那会不会是因为曹雪芹写第七回的时候，他还没拿定主意，究竟把哪十二个女子确定为金陵十二钗正册里的人物呢？

还有一个文本现象更值得注意，就是元妃省亲那么大的一桩家族盛事，却没有史湘云出现。如果曹雪芹安心要安排史湘云出场，应该很容易找出理由，史湘云打小就经常住到荣国府贾母屋里，她和林黛玉、薛宝钗一样，也是贾元春的表妹，或者写成她在省亲以前就住进了荣国府，或者写成贾母特为此家族盛事将她接来，都绝不牵强。何况，元妃省亲当中的一个重要情节，就是赋诗记盛，连李纨、迎春、惜春都写了诗，湘云诗才横溢，把她写进去不仅可以使场面增彩，也可以让她的形象更加活跳。在第十七回至十八回中，当写到仆人向王熙凤汇报妙玉的情况时，脂砚斋先写下了一条颇长的批语，细算十二钗究竟都包括谁，后来又补充说："前处引十二钗总未的确，皆系漫拟也。至末回警幻《情榜》，方知正、副、再副及三、四副芳讳。"补充的这一条虽然署名为"畸笏叟"，但我认同周汝昌先生的考证判断，畸笏叟就是脂砚斋后来换用的署名，从补充的口气上，也看得出是同一个人在调整自己的表述。这两条相连的批语，告诉我们曹雪芹关于金陵十二钗的设计有一个从"总未的确"到列榜明示的发展过程。那么，是不是曹雪芹原来并没有把史湘云的原型写进书里的计划，经过一番考虑，最后才不仅将其写出，还使她成为了一个能和黛、钗争奇斗艳的艺术形象呢？

史湘云直到第二十回才正式出场。她出场得很突然。"且说宝玉正和宝钗顽笑，忽见人说：'史大姑娘来了。'"——这史大姑娘是谁啊？你往这前头看，没有一段话集中地介绍一下史大姑娘，你再往后看，看到第八十回，也没有一段话找补告诉你史大姑娘是谁。但是听说史大姑娘来了以后，宝玉、宝钗反应怎么样呢？宝玉听了抬身就走。宝钗呢？笑道：等着，咱们两个一起走，瞧瞧她去。可见宝玉跟史大姑娘关系很不一般，而宝钗对她也很熟悉——"说着下了炕，同宝玉一同来至贾母这边。只见史湘云大说大笑的，见他两个来了，忙问好厮见。"史湘云在第二十回就这么样很突兀地出场了。那么想一想其他十一钗，出场前后都有交代的呀！这实在让人纳闷儿——怎么写到史湘云出场，会写成这个样子？怎么这之前这之后，都没有一段文字来把她究竟是谁家的姑娘、跟荣国府是怎么个关系，向读者交代一下呀？

有的"红迷"朋友可能会说：书里没有一段文字来概括地介绍史湘云，可是我们对她非常清楚呀！仿佛我们在读这本书以前，就认识她了，既是熟人，不用再介绍也罢！

许多人之所以对史湘云"自来熟"，往往并不是因为精读了《红楼梦》的文本，而是比如看过电视连续剧，看过电影，看过舞台演出，看过小人书，听别人讲述过她的故事，看过一些单幅的图画，比如史湘云醉卧芍药裀什么的，所以呢，就觉得不用再有什么介绍了。但是一个人完全没有过那样的熏陶，他直接来读《红楼梦》，读到第二十回，他就可能纳闷儿——这史大姑娘是谁啊？二〇〇〇年，我曾经应邀到英国，讲过两次《红楼梦》，其中一次是在伦敦大学小范围里讲，我不能用英语讲《红楼梦》，用中文讲，不设口译，听的人必须得懂中文，是在伦敦大学东亚语言文学系，跟那些汉学家，教汉语的教授、副教授、讲师，还有研究生、博士生，跟他们讲我自己研究《红楼梦》的心得。讲完又有个别交谈，就有一位洋教授告诉我，他最早读的《红楼梦》是大卫·霍克斯英译的八十回的本子，英文名字取的是《石头记》，他先通过这个译本来熟悉《红楼梦》，后来因为他汉语学得很好，会说中国话，能读中国书，后来就读中文的《红楼梦》。他说无论是读译本还是读中文本，读到第二十回"史大姑娘来了"这儿，心里就很纳闷，因为前面那些人物出场前后都有个"他（或她）是谁"的交代，怎么"史大姑娘"这么重要一个人物来了，惊动了宝玉跟宝钗，都急着要去看，而且她在贾母面前居然就无拘无束，大说大笑，她是谁呀？连刘姥姥那么个人物，都有很具体的交代，让他知道为什么会出现在荣国府里，这个"史大姑娘"却让他"丈二和尚摸不着头脑"。他问我：会不会是原本上，在这前后脱漏了一段文字呢？当时我来不及深思，无法回答他。回国以后，我就对这个问题进行了专门的研究，现在向大家汇报的就是我研究的心得。

可能有人要跟我叫阵了，他会说："我看的本子上，史湘云二十回之前就出过场的呀，在第十三回啊！"有的通行本上，确实是那么印的——第十三回写秦可卿死了，很多人来奔丧，其中有这样的描写："接着又听喝道之声，原来是忠靖侯史鼎的夫人来了。"来了一个侯爵夫人，很有气派，写其他人来，都没有喝道的描写。什么叫喝道？就是轿子或者车马没过来之前，先有前导，大声吆喝，或者是大声宣布谁谁谁谁驾到，或者高声命令闲散人等回避。那么底下一句呢，就说史湘云、王夫人、邢夫人、凤姐等迎了上去。现在我要告诉大家，这个地方史湘云的名字，是通行本愣给添上去的，在所有的古本里，迎接忠靖侯史鼎夫人的几个人里，都没有史湘云的名字，也不可能有。你想，是谁家办丧事啊？贾家办丧事，宁国府办丧事，贾珍的夫人尤氏声称胃疼旧疾发作，卧床不起，撂挑子不管了，那么荣国府一房的夫人们，王夫人、邢夫人、王熙凤，她们理应来帮着照应，听到喝道之声，侯爵夫人来了，当然会迎上去尽到礼数。按那个时代的礼数，荣国府因为是王夫人住着，邢夫人虽然是贾母的大儿媳妇，但她不是荣国府的第一夫人，所以，当需要荣国府的夫人们代替宁国府出面迎接女客时，邢夫人就谦让一步，王夫人就打了头，王熙凤即便年轻能干、步履矫捷，但她辈分低，绝不能越过王、邢二夫人的秩序，跑到最前面去，因此我们退一万步想，就算当时史湘云也在宁国府里，她也去迎接史鼎夫人，在叙述上，怎么能把她排第一位呢？她再天真活泼，又怎么能不懂规矩到那样荒唐的地步，跑在王夫人前头去呢？显然，通行本里硬加上她，是因为史鼎夫人是史湘云的婶婶——但这一层关系，需要通过前后许多分散的文字推敲出来，实际上尽管有的通行本在第十三回这里硬添上一个史湘云的名字，对于事先不熟悉《红楼梦》内容的读者来说，还是莫名其妙。

那么还有细心的"红迷"朋友跟我说，史湘云在第二十回之前没有出现，但是提到过她。这个说法对不对啊？这个说法非常准确，我非常佩服这位"红迷"朋友。第十九回写到袭人和宝玉两个人说私房话，袭人有一段话就涉及到了史湘云，她说，其实我也不过是个最平常的人，比我强的有而且多。先服侍了史大姑娘几年，服侍得好是分内应当的。所有古本里面都有这句话，出现了"史大姑娘"，只不过因为这个人物没有正式出现，好多人忽略了。这个文本现象就更奇怪了。作者写这么一个人物，好像所有人天生知道她，不必像其他人物一样加以说明。袭人在第十九回突然提到这么回事，读者要读到后面，而且要读得很仔细，才能弄明白——袭人原来是贾母身边的丫头，贾母曾经把史湘云接到荣国府来住，就住在她身边的一处空间里，贾母拨出一个丫头来伺候史湘云，就是袭人，但当时被叫做珍珠，袭人这个名字是又被分派去服侍宝玉的时候，宝玉给她取的。

曹雪芹在八十回里对史湘云并没有一次集中的、明晰的交代，这么重要一个人物，他不设那样一段文字，却又零零星星地布下一些或明或晦的信息，这确实令人怪讶。清代有的读者就很苦闷，从一些晚清评点本里就能看到，有的人非常喜欢史湘云这个角色，他最不理解的是为什么元妃省亲居然把史湘云排除在外。元妃省亲是《红楼梦》当中最夸张的一段，离真实生活距离最远的一段，也就是说是虚构成分最多的一段，在清代真实的生活当中并不曾有过只是一个妃子就可以如此这般地回到父母家去。当然，早有红学家指出，曹雪芹写元妃省亲，实际上是对康熙朝曹家在江南四次接驾南巡的康熙皇帝那一段盛事加以了艺术升华。不管怎么样，那是一段虚构成分最浓的情节，既然是抡圆了胳膊虚构，史湘云又是你那么钟爱的一个角色，你把她写进去不就完了吗？元妃省亲当中很重要一个环节是做诗，史湘云思维敏捷，才华横溢，怎么不写她参与做诗呢？省亲盛事，此人缺席，怎么解释？

当然，有一种很粗糙的解释，他会说，哎，曹雪芹写的是小说嘛，他就是随手那么一写，你跟这儿讲文本细读，老觉得他有人物原型，有一个完整的计划，情节上有一系列预设，有许许多多的伏线，写成这样或那样都能探究出一个道理，其实人家就是兴之所至，写到二十回，忽然觉得，哎哟，何不添个角色呢？于是大笔一挥，突然有人宣布史大姑娘来了，立刻贾宝玉、薛宝钗就往贾母那儿去，出现一个大说大笑的人……这有什么好研究的？人家就这么写！这种解释我也很尊重，对各种不同意见我都很尊重，因为阅读一个文学作品属于审美范畴的事情，这跟研究自然科学很不一样，审美感受上的分歧很难说谁对谁错，就是各自表述，互相参考，激发出对民族经典文本的欣赏热情，带动更多的人来阅读它们，能产生这样的效应就挺好。

我一再表明了自己的看法，曹雪芹写《红楼梦》可不是随便那么一写，他笔下的人物大多有原型，对全书的结构有严密的设计，对人物的设置更有通盘的考虑，对情节的推进、细节的安排非常精心，他特别善于设置伏笔，看似无意随手，到头来都有勾联照应。

如果说他先写了第七回，在那时候还没有完全排定金陵十二钗正册中的全部金钗，等到第五回写成，他的整体构思显然就已经非常成熟。我说他对史湘云没有设一段文字来对她的来历、身世进行具体交代，指的是叙述文字，如果不算叙述文字的话，那么，在第五回里面他已经通过册页判词和曲词对史湘云的身世、性格、品质、命运有所交代，很明确地给她定了位。贾宝玉在太虚幻境薄命司中看了金陵十二钗的册页，副册、又副册没看全，正册可是翻遍了，其中第五钗说的就是史湘云，又有画又有诗，那个诗又叫判词。后来又听《红楼梦》套曲，说十二支曲，其实加上头尾是十四支。我个人有一个独特的观点，认为《枉凝眉》曲里面有一部分是说史湘云的，引出很大争议，有些"红迷"朋友坚决不同意，他坚决不同意，我坚决支持他不同意，因为各人理解不同，不必统一见解。这里抛开《枉凝眉》不去说它，那么，《乐中悲》曲说的是史湘云，这个咱们没争议吧？而且，我早就指出，第五回写到太虚幻境四仙姑，她们的名字痴梦仙姑、种情大士、引愁金女、度恨菩提，分别影射着贾宝玉一生中最重要的四个女性——林黛玉、史湘云、薛宝钗和妙玉。（古本中"种情大士"又有写成"钟情大士"的，我认同周汝昌先生的判断："种情"更符合曹雪芹原笔原意。）第五回可能写在第七回之后，并且可能经过一再调整、润色，才形成定稿。脂砚斋说曹雪芹没把第二十二回写完就溘然而逝，他为什么到最后才去写第二十二回？这个问题我们以后再讨论。现在我要说的是，第五回他不可能写得很晚，因为第五回给金陵十二钗正册各钗定了盘子，不仅确定了究竟是哪十二个女子，也给她们排定了座次，史湘云排在第五位，通过第二十回以后对她的大量描写，仔细想想，她的位置排在第五都有点委屈，实在不能再往后挪了。

按说，通过第五回的定稿，史湘云已经稳在金陵十二钗第五位了，那么，在以后的写作中，无论在哪一回，给史湘云补上一段如同介绍其他十一钗以及介绍其余许多人物一样的文字，不是轻而易举的事情吗？那为什么通读八十回，还是没有呢？这究竟应该如何解释呢？

我认为，最大的可能，就是这个人物从原型到艺术形象，其间几乎没有什么距离，也就是这个人物的真实性超过了其他所有人物，作者对她非常之熟悉，非常之珍爱，因此在写她的时候不愿意为她虚构任何情节，就是秉笔直书，写出自己最熟悉的这样一个女性形象。如果说林黛玉、薛宝钗，从原型升华为艺术形象的过程里，都有所夸张渲染，有不少虚构成分的话，那么史湘云这个角色，他就根据原型白描。除了姓氏名字有所变通，这个人物简直就是摄像般地嵌入到了书里。既然是这样来写一个生活中的真实人物，那么，凡是纯虚构的情节里面，我就都不让她出现，比如说元春省亲，生活中本来并无其事，其他生活中有的人，作为原型，我都可以把他们彻底地艺术化，想象他们如果真的遇上贵妃省亲这样的事，会是怎么样，去虚拟出他们在那种场合里的心理反应和行为状态，但史湘云这个角色，我写她就只写生活里真有的，生活里的她天然浑成就是一个艺术形象，我无需再去舍真虚拟。曹雪芹写第七回周瑞家的送宫花，肯定有生活依据，但是那样地铺排，显然是将生活的原生态，根据他要扫描金陵十二钗的主观用意，加以重组了。写送宫花和元妃省亲那两段故事时，因为虚拟的内容较多，他就不想把真实的史湘云掺和进去。为了保持关于史湘云的一切情节全是原生态的描摹，凡会派生出使得史湘云也必须加以虚构性处理的段落，他就宁愿让史湘云缺席。而伴随着这样一种写作心理，他也就觉得无需再去专门设置一段文字，来交代这个人物来历，因为任何一种这类的交代，其实都含有将生活原型加以转化、掩饰、虚拟的因素。这是我对关于史湘云的特殊文本现象的一个解释。

当然，这样一个解释，还不足以来说明这个蹊跷的文本现象。那么可能就有第二个原因，就是他试着交代过，他不满意，他没定稿；或者呢，就像第七十五回缺中秋诗一样，他先空着，待补，后来始终没能补上；甚至于是写了，而被他的合作者脂砚斋删去了，脂砚斋怎么会要删这个东西呢？这个问题我们要放在下几讲里面来探究。一位"红迷"朋友说，其实，通过前后很多人物对话以及零碎透露、逗漏，我们都能大体上替曹雪芹写出一个关于史湘云的叙述性的交代。我们都可以写出来，他为什么偏不写？我认为，曹雪芹可能有某种心理上的障碍。有时候，对你最亲近的人、最挚爱的人，反而觉得不好下笔，尤其概括性地来叙述，点明她的背景，公开她的隐痛，实在不忍、不愿。这又是一个解释。

还有一个解释，就是因为我们现在所看到的古本《红楼梦》只有八十回，八十回以后没有了，八十回后还有多少回？有人说有三十回，有人说是二十八回，其实说三十回和二十八回没有多大差别，因为有些人认为现存的《红楼梦》的前八十回的后两回（七十九回和八十回）也不是曹雪芹写的，那么从第七十八回往后算，说"后三十回"不也很对吗？我们现在看见的是一个不完整的文本，前面没有关于史湘云的概括性交代，并不等于说后面也一定没有。曹雪芹写人物，有时候会在很晚的时候再交代这个人究竟是怎么回事，比如说晴雯，晴雯出场很早啊，第八回一亮相就活跳出来，性格鲜明，娇憨可爱，后面她戏份极多，但是她究竟是怎么个来历，直到第七十八回她已经被撵逐夭亡后，曹雪芹才补充交代——她原是贾府大管家赖大的母亲赖嬷嬷花钱买来的小丫头，这个赖嬷嬷因为服侍过贾府老一辈的主子，所以很有脸面，经常带着小丫头进府来请安、游玩，一次来玩儿的时候，贾母一看见她带来的那个小丫头标致伶俐，就很喜欢，赖嬷嬷为了讨好贾母，当即就把这个小生命当作一个小玩物，奉送给贾母了。前面曹雪芹交代了不少丫头的来历，有的如鸳鸯，是所谓家生家养的，上一辈乃至好几辈都是贾家的奴仆；有的是花钱买来的，如袭人就是当年家里穷，把她卖给了贾府。晴雯的出身比她们更卑贱。不读到第七十八回，我们不会知道晴雯原来是这样的一种来历。这使得我们对晴雯这样一个刚烈而又脆弱的生命所遭受的摧残戕害，产生出更强烈的悲悯与义愤。

附带我要澄清一个问题。讲到这里我提到了赖嬷嬷，我把嬷嬷读成"妈妈"，我在前面还讲到李嬷嬷、赵嬷嬷，也都是把嬷嬷读成"妈妈"，有的人提出批评，认为读得不对，他们认为嬷嬷应该读成"摸摸"，根据是看了一些翻译成中文的西方小说，特别是一些外国电影电视剧，修道院里的资深修女，不都写成嬷嬷而读作"摸摸"吗？借用"嬷嬷"两个字，发"摸摸"的音，以称呼修女，那是上世纪"五四"运动前后新文化运动带来的一种新的表达方式。在过去汉语里，嬷嬷这两个字是老年妇女的意思，读音只有一个，就读成"妈妈"，现在我们使用的字典、词典里，也都还这样规定。但是这种复杂的文字现象确实值得注意，在白话文发展过程当中，翻译西方一些作品时，会借用一些字形成一些新的音，还有一个最明显的例子就是"茜"这个字，《红楼梦》里面有个丫头叫茜雪，发音一定要读作"欠雪"。但是有一部许多人都很熟悉的外国电影《茜茜公主》，人们都约定俗成地读成"西西公主"，一些翻译过来的西方小说里，女性名称印成"丽茜"也读作"丽西"，不过你去查字典词典，它只承认"茜"读作"欠"。也许把"嬷嬷"读成"摸摸"、把"茜"读成"西"，经过长久的约定俗成，会终于被字典、词典承认，但现在我还是必须要根据《现代汉语词典》的规范来发音。

那么，虽然我们现在还无法确切地知道，究竟曹雪芹他为什么在金陵十二钗正册各钗的描写当中，起码在前八十回里，唯独对史湘云不留下一段明确的叙述性介绍，可是，我们通过书里有关史湘云的文字，还是可以对史湘云形成一个非常清晰的印象。首先我们知道史湘云是一个父母双亡的孤女，她由两个叔叔家轮流来抚养，一个叔叔是忠靖侯史鼎，另一个叔叔是保龄侯史鼐。于是我就提出一个问题：这两个叔叔，哪个是哥哥？哪个是弟弟？这可是一个关系到史湘云原型究竟是谁的问题，下一讲我们就将从这个问题讨论起。

史湘云寄养之谜

　　我们已经知道，史湘云是由她的两个叔叔轮流来抚养的。书里面出现了她两个叔叔，一个是忠靖侯史鼎，在第十三回，这位侯爵本人没有出现，他的夫人出现了，排场很大，先有喝道之声，然后驾到。到第四十九回又有一笔——关于史湘云，在前八十回里始终没有整段的明确交代，都是顺手给出一些十分零碎的信息——"谁知保龄侯史鼐又迁委了外任大员，不日要带了家眷去上任。贾母因舍不得湘云，便留下他了，接到家中。"那么可见，史湘云那一段时间里，主要住在她另外一个叔叔保龄侯史鼐家里。那个时代，封了爵位不一定有具体的官位，但是有时候皇帝也会给他一个具体的官职，让他到外地比较长久地驻扎下来，去管理某个方面的事务，叫做外迁。外迁一般要带着自己全部家眷去走马上任。史湘云既然寄养在保龄侯家，保龄侯待她应当跟亲生的女儿一样，一块儿把她带到任上。可是呢，书里说贾母舍不得史湘云，放话把她留下。按当时家族伦理规范，贾母只是保龄侯史鼐的一位姑妈、史湘云的祖姑，嫁到贾家已经属于外姓，应该称她为贾史氏，她留下史湘云，史鼐是轻易不能答应的，因为作为叔叔，他有抚养史湘云的责任，用今天的概念来说，就是史鼐是史湘云的监护人，既然举家外迁，就应该把史湘云一起带走，或者至少跟忠靖侯史鼎商量一下，再把史湘云转移到史鼎家去。但是这个史鼐居然一听贾母来挽留史湘云，他就算了，就同意让史湘云暂留在贾母身边去过了。

那么史湘云的这两位叔叔，一位忠靖侯史鼎——他的名字在书中出现于前，一位保龄侯史鼐，哪位是哥哥，哪位是弟弟呢？是不是先提到的就是哥哥，后说起的就是弟弟呢？不是的。在第四回，写到"护官符"的时候，在古本《石头记》里面，对四大家族的每一个家族，除了用一句俗谚概括，还分别附有一个小注，这小注不应该视为批语，它是曹雪芹写下来的，属于正文的一部分，但是后来的各种通行本里，都把每句俗谚旁关于所涉及到的那个家族的小注，给删去了。周汇本也没有保留，是个缺憾。"护官符"里涉及到史家的那句俗谚是："阿房宫，三百里，住不下金陵一个史。"所附小注是："保龄侯尚书令史公之后，房分共十八。都中现住者十房。原籍现居八房。"如果你看到这个小注并且稍一琢磨，史鼎、史鼐谁是哥哥、谁是弟弟的问题，应该迎刃而解。为什么呢？在封建社会，特别是在清朝，皇帝如果给一个人封了一个爵位，而且允许他这个爵位世袭，往下传递，那么第一代既然封的是保龄侯，往下传一定要传给长房长子，既然是史鼐得袭了保龄侯，他一定是史家长房长子，是哥哥，忠靖侯史鼎一定是他的弟弟。当然这个史鼎弟弟也很神气，一定是为皇帝立了新功，所以皇帝给史家锦上添花，又另外给史鼎封了一个忠靖侯。

　　说到这里，可能又有人不耐烦了，会说：讨论这个问题有什么必要呀？史鼎、史鼐，在书里只不过偶尔提到一下，根本没有构成一个具体的艺术形象，难道他们也有原型？难道这对理解史湘云也有帮助？鼎呀，鼐呀，曹雪芹不过随便那么一写罢了，您文本细读，连名字叫鼎、鼐的两个人谁大谁小都去细抠，是不是太繁琐、太无聊了呀？

　　我一再强调，《红楼梦》虽然是小说，但其文本里含有家族史的因素，曹雪芹采取的是"真事隐"而又"假语存"的非常特殊的写法。我多次讲到，书中的贾母（史太君）这个形象，其原型，就是康熙朝苏州织造李煦的一个妹妹，她嫁给了曹寅，曹寅是当时的江宁织造，是曹雪芹的祖父，嫁给曹寅的李氏，就是曹雪芹的祖母。那么从生活真实升华为艺术形象，曹雪芹就给他的祖母这家的姓氏，由李变成了史，于是以他祖母家族为原型的小说里的四大家族之一，他就写成保龄侯尚书令史公之后的金陵史家，这个家族系统中的所有角色他都虚构为姓史，书里除了贾母（史太君）以外，更重要的史家形象就是史湘云，可见史湘云的原型应该姓李。现在我要郑重地告诉你，在真实的历史档案当中你可以查到，康熙朝苏州织造李煦的儿子，老大就叫李鼐，老二就叫李鼎。书里把史鼐设定为哥哥、史鼎设定为弟弟，完全是依照真实生活中的伦常秩序。如果曹雪芹是完全虚构，"鼎"这个字眼，应该给哥哥命名，"鼎"字上头添加个"乃"，应该是弟弟，把保龄侯写成史鼎不就结了吗？但他偏写成鼐兄鼎弟，这说明曹雪芹虽然在写小说，但真实的生活一直横亘在他的胸中，即使是这么两个背景人物，改了姓氏却坚决不改名字并尊重原有的排序。

一位"红迷"朋友跟我讨论，他说，既然说史鼐、史鼎都是史湘云的叔叔，可见史湘云的父亲比鼐、鼎都大，那袭保龄侯的，不就应该是她的父亲吗？第四回"护官符"里关于史家的小注说得很清楚，这个家族一共有十八房之多，光在京城的就有十房，史湘云的父亲，应该只是鼐、鼎的堂兄，而且史湘云还在襁褓中的时候，她父母就双双死掉了。其实《红楼梦》里另外一个角色在这一点上跟她类似，就是贾蔷。贾蔷辈分当然比她低了一级，书里交代，贾蔷从血缘上说，"亦系宁府中之正派玄孙，父母亡之后，从小儿跟着贾珍过活"。这种情形在那个时代那种社会里，是常有的，就是家族鼎盛时期分支很多，却未必每一房人丁都一直旺盛，有的房最后可能就只剩下孤身一男或一女，只能由其他房来抚养照顾，而且首先负有责任的是长房，如书里的保龄侯史鼐对史湘云、威烈将军贾珍对贾蔷，就必须承担起抚养、监护的责任来。

通过对史鼎、史鼐谁是哥哥谁是弟弟的探讨，进一步证明了我在上一讲里得出的结论：史湘云这个角色从原型到艺术形象之间的距离最小，她的逼真性，可能超过了金陵十二钗正册中的其他各钗，作者就是如实地写出他生活当中这样一位表妹的种种情况。

在现存的曹雪芹古本《红楼梦》里，尽管没有一段集中的叙述性文字来交代史湘云的来龙去脉，但是经过我上面的一番探究，其实完全可以作出一个明确的概括：从原型角度来说，就是康熙朝苏州织造李煦，他一个妹妹嫁给了江宁织造曹寅；李煦有两个儿子都很成材，大儿子叫李鼐，二儿子叫李鼎；李家有很多房，李煦一辈的兄弟也不止一个，其中一个兄弟生下一个儿子，儿子娶了妻子，生下了一个女儿，但女孩还在襁褓中的时候，李煦的这个侄子和他的妻子就双双亡故了，于是那个女孩就由李鼐、李鼎两家轮流抚养，而李鼐负主要的责任。李煦在世时，当然也会亲自过问这个女孩的事情，曹寅、李煦相继故去后，曹寅的遗孀，也就是李鼐、李鼎的姑妈，那个襁褓中父母双亡的女孩的祖姑，对这个女孩很疼爱，经常把她接到曹家来住上一段。这一组人物关系，转化到小说里，就是金陵四大家族里的史家，祖上被皇帝封为了保龄侯。保龄侯这个封号，有"保护孩子年龄增长"的含义，当然是曹雪芹的杜撰，清代并无这样一个爵位名称，但之所以这样虚构，也并非没有生活依据，那依据就是：真实生活中的李家和曹家，李煦的母亲和曹寅的母亲，都在康熙皇帝小时候当过他的保母（不是现代意义上的保姆，是一种"代替母亲"的重要角色，又称"教养嬷嬷"）。在《红楼梦》第五十三回写到贾府宗祠里的对联："肝脑涂地，兆姓赖保育之恩；功名贯天，百代仰蒸尝之盛"其中上联的写法，就比"保龄侯"更明确地点出了小说中贾家的原型，就是出过"保育"皇帝的"教养嬷嬷"的曹家。当然曹雪芹将真事隐于假语中时，使用了夸张的艺术手法，小说里的贾家封了公爵——宁国公和荣国公，史家封了侯爵，虽然侯爵比公爵低一级，但是贾家第一代的那个公爵头衔并不能世袭，后辈的贵族头衔在不断降级，宁国公一支传到贾敬，贾敬让给儿子贾珍去袭，只是一个三等威烈将军的头衔，荣国公传到贾赦，也只不过是一等将军，而史家的那个侯爵封号，却是可以"世袭罔替"的，传到史鼐那一辈，没有降格，仍是保龄侯。更有趣的是，曹雪芹还把史鼎也写成一个侯爵，杜撰出一个"忠靖侯"的封号，"忠"不用多说了，"靖"有平定动乱的意思，清代皇帝不断地去平定各处的反叛反抗，于是就有奴才去为他们忠心耿耿地平靖叛乱，小说里的史鼎因为有那样的战功，皇帝就又给他们史家封了一个忠靖侯。"吃老本"的保龄侯史鼐和"立新功"的忠靖侯史鼎，轮流抚养他们的一个孤堂侄女，而他们的姑妈史太君，也就是这个孤女的祖姑，还常把这个叫史湘云的女孩接到荣国府去居住。史湘云身体里，流淌着史家的血脉，贾母对这个娘家的孤女非常爱怜。不过跟林黛玉比较起来，林黛玉是贾母亲生女儿的亲生女儿，而史湘云只是贾母堂兄弟的儿子的一个女儿，血缘上要远几层。

史湘云一出场，就被称为"史大姑娘"，林黛玉没被称为"林大姑娘"，薛宝钗没被称为"薛大姑娘"，这应该也是由于史湘云的原型，她在其家族中被习惯地称为"李大姑娘"，那可能是由于她的父亲虽然并非李家那一代的长房长子，但结婚、生育比李鼐早，这位李家小姐是那一辈里年龄最大的一个。曹雪芹写《红楼梦》，尽管他以"假语"来写，人物的身份往往与生活中的身份有了某些变化，但他却不愿意放弃家族中对那个人物的习惯性称呼，最明显的例子是他把王熙凤设定为荣国府长房长子的媳妇，却又让书里其他人物称她为"二奶奶"，可见这个人物的原型是家族里的"二奶奶"，他是按照真实生活里的实际称呼来写这个人物的。上一讲我分析过"小蓉大奶奶"的叫法，现在再告诉你"史大姑娘"的叫法，也有文本背后的依据。

小说里的史家，发展到故事的那个阶段，社会地位比贾家还高，拥有两个侯爷，他们都是史湘云的叔叔，史湘云从小寄养在侯爷府里，按说应该是很幸福的。小说里尽管没有对她的寄养状况作总体性的交代，但有若干零碎的笔触，透露、逗漏出了史湘云处境中很不如意的一面。

史湘云在这两个侯爷府里，不可能经常见到她的叔叔，就像林黛玉在荣国府里一样。大家回想一下，书里林黛玉和贾政直接见面的时候多不多？即使在同一个家族聚会中能够见到，彼此也极少有话语交流，甚至互相是否有目光的对视，都很难说。林黛玉一天到晚，除了外祖母，见到最多的长辈，是舅母王夫人。史湘云也是一样，所谓寄养在她叔叔家里面，说穿了，其实就是寄养在她婶婶家里面，她一天到晚接触最多的，是婶婶。那么，两位婶婶对她怎么样呢？竟是非常地苛刻。在第三十二回，通过薛宝钗跟袭人对话，从薛宝钗嘴里透露——实际上也就是曹雪芹通过薛宝钗这个人物向读者透露——"我近来看着云丫头的神情，再风里言风里语的听起来，那云丫头在家里竟是一点儿作不得主。他们家嫌费用大，竟不用那些针线上的，差不多的东西，都是他们娘儿们动手。为什么这几次他来了，他和我说话儿，见没人在跟前，他就说家里累的狠。我再问他两句家常过日子的话，他就连眼圈都红了，口里含含糊糊，待说不说的。想其形景来，自然从小儿没爹娘的苦。我看着他，也不觉伤起心来。"有的"红迷"朋友可能有些纳闷，那可是侯爵府里啊，想想史鼎夫人到宁国府参与秦可卿丧事的气派，人未到，先有喝道之声，这样的婶婶，难道还会嫌家里费用大，供不起做针线活计的丫头婆子以及裁缝，竟都是"娘儿们动手"，吝啬到那样的地步吗？那是完全可能的，有的富贵人家就是那样，财富越多越抠门儿。另外，你要看懂这个话，所谓"娘儿们动手"，并不是侯爵夫人自己也做针线活计，贾府里的王夫人就没见她自己做针线活计，但赵姨娘是要做针线活计的，书里有相关描写。赵姨娘就属于"娘儿们"，可想而知，史湘云的婶婶，是把史湘云跟她丈夫的那些姨娘放到一起，派定针线活计，而且是有定额，并且限时完成的，而婶婶却未必也让自己的亲生女儿那么样地做针线活计，所以薛宝钗说起来，感叹史湘云"从小儿没爹娘的苦"。

书里写薛宝钗在家里做针线活，也写到林黛玉做香袋、裁衣服什么的，还写到探春做了一双鞋，送给哥哥宝玉，但她们并没有被规定数额，需要牺牲休息去赶工。史湘云在两个侯爵夫人的婶婶家里，却是超负荷地忙于针线活计，这连最主张女子以针黹为正业的薛宝钗知道了也于心不忍。所以史湘云总是盼望贾母接她到荣国府去住，起码在贾母身边用不着熬夜做针线活计了。书里写她一出场，就在贾母面前大说大笑，那真有脱出樊笼获得解放的味道。有位年轻的朋友问我：既然贾母那么疼爱她，就干脆借史鼐外迁的机会，把对她的抚养权明确地接收过来，让她永远留在自己身边，过上舒心的日子，问题不就解决了吗？贾母就算有那个心，也不能那样做，当时社会的伦理规范横亘在那里，史湘云是史家的姑娘，父母双亡后只能在史家寄养，除非她跟林黛玉一样，父亲一死就没有亲支嫡派的本家伯父叔叔了，可以由外祖母收养，史湘云偏有两个有权有势的富贵叔叔，他们纵使满心觉得这个大侄女儿是个累赘，也只能是收来抚养，没有把她完全丢给姑妈去抚养的道理。就是保龄侯委了外迁阖家赴任，贾母将史湘云留在身边一段，也只意味着史湘云到亲戚家暂住一时而已，史鼐夫妇仍是她的监护人。

史湘云的婶婶对她骨子里很克啬，但表面却维系着富贵家族的排场风光，书里面有不少这方面的描写，比如第三十一回，写她又来到荣国府，说有人回："史大姑娘来了！"一时果然见到史湘云带领众多丫头、媳妇走进院来。她的婶婶就是要给亲戚们留下一个深刻印象：谁说史大姑娘寄养在我们家受委屈啊？你看我们待她怎样？丫头、媳妇围随着来串亲戚，不俨然是一位侯门小姐吗？接着有一个细节，说天气热起来了，史湘云还穿着好几层衣服，看上去当然体面，实际上很不舒服，贾母让她赶紧把外头大衣服脱了，连王夫人都说："也没见你穿上这些作什么！"史湘云就说是二婶婶要求她那样穿的，她自己可不愿意穿那么些，可见她二婶婶所关心的并不是史湘云自身舒服与否，而是亲戚们的"观瞻"——二婶婶是希望人们通过史湘云去做客的排场与行头，来显示她对大侄女的照顾是多么地周到细致。来时要求表面堂皇，回去的时候呢？第三十六回末尾写道，宝玉、黛玉等"忽见史湘云穿的齐齐整整走来辞说，家里打发人来接他"，那"齐齐整整"显然是奉婶婶严命，必须得有的面貌，其实她会感觉很不畅快。"那史湘云只是眼泪汪汪的，见有他家人在眼前，又不敢十分委曲。少时宝钗赶来，愈觉缱绻难舍。还是宝钗心内明白，他家人若回去告诉了他婶娘们，待他家去，又恐他受气，因此到催他走了。众人送至二门前，宝玉还往外送，到是史湘云拦住了，一时回身又叫宝玉到跟前，悄悄嘱咐道：'老太太想不起我来，你时常提着些，打发人接我去。'"一些读者读《红楼梦》读得比较粗，往往只记得史湘云醉卧芍药裀、脂粉香娃割腥啖膻、偶填柳絮词，只觉得她是个无忧无虑的活泼女郎，其实她还有非常悲苦的一面，她寄养在叔叔婶婶家的生活，借用贾珍说过的一句话，叫做"黄柏木作磬槌子——外头体面里头苦"。只是她命运中的这一面，曹雪芹点到为止，写得相对含蓄些罢了。

史湘云在叔叔家里，每月应该领到一定数额的零用钱，究竟是多少，书里没有很明确的交代，但通过她和薛宝钗讨论怎么在大观园的诗社做东，读者就知道她手头其实十分拮据，薛宝钗就对她说，你家里你又作不得主，一个月统共那几吊钱，你还不够盘缠，你要在这儿的诗社做东，你哪来钱啊？难道去问叔叔家要吗？你婶娘们听见了，越发抱怨你了。书里交代，荣国府的小姐们，包括林黛玉，一个月的月例是二两银子，连鸳鸯那样的大丫头一个月也能领一两银子，而史湘云在叔叔家一个月却只有几吊钱。清代到了道光时期，一两银子略等于一吊钱，但是在曹雪芹所处的乾隆时代，你看他笔下的写法，他说王夫人给袭人的特殊津贴，是二两银子一吊钱，可见那时候一两银子比一吊钱大许多，否则就写成三两银子不是更明快吗？那时候，一两银子约等于两吊钱，钱是指中间方孔、外缘浑圆的铜板，又叫制钱，调侃的说法是"孔方兄"，一千个铜板用绳子穿过中间方孔扎好叫做一吊。史湘云每月的零花钱估计是三吊，比起林黛玉等贾府的小姐，少了约四分之一。

史湘云，那么一个纯真、聪慧、娇憨的姑娘，喷溢着生命中最美好的原创力，呈现出生命奇葩的光艳芬芳，但是，她寄养到叔婶家的生活，却非常暗淡。正如《乐中悲》曲所说："襁褓中，父母叹双亡。纵居那绮罗丛，谁知娇养？"

在叔婶家的拘束、艰辛与无味，与被祖姑贾母接去后的放松、享受、任性，形成鲜明的对比。在荣国府、大观园，在贾母身边，在宝玉和众姐妹，加上凤姐、李纨这些人组成的亲族圈里，史湘云身心获得大解放，她得到了很多温暖，也充分地把自己天性当中最美好的一面呈现出来，温暖别人。她跟荣国府的大丫头们相处得也很好，视为自己的朋友，第三十一回写她又来做客，她特地带来一些绛纹石的戒指，分赠给熟悉的大丫头。

书里面有许多斑点式的文笔，写到她的过去，读者应该注意。她很小的时候，就被贾母接到荣国府来住着玩过，贾母当时派丫头珍珠来服侍她，这个珍珠就是后来的袭人，她跟珍珠相处得很好，珍珠年龄应该比她略大一点，两个小女孩有时会在一起说悄悄话，这些隐秘构成她们美好的回忆，在第三十二回就透露出来。那时候史湘云又到了荣国府，袭人问起她订亲的事，她红了脸，吃茶不答，袭人就提起往事，说你还记得十年前咱们在西边暖阁住着，晚上你同我说的话吗？那会子不害臊，这会子怎么又害臊呢？书里没有接着写袭人把那晚上史湘云说过的话明挑出来，留下一个空间，让读者自己去想象。你能想象出来吗？依我想来，那时候她们说的悄悄话，跟结婚有关。十年前，史湘云大概只有四岁多，四岁多的小姑娘怎么会说起结婚的事？那样小的孩子当然不会懂得什么叫结婚，但看到了结婚的场面，会觉得非常有意思，于是年幼的小姑娘，也可能生出一个想法，想当穿戴得很漂亮的新娘子，而且悄悄地跟另一个小姑娘说出来。我坦率承认，我在小的时候，就跟胡同里面的小男孩、小女孩玩儿过结婚游戏，我扮过新郎，邻居家小姑娘扮新娘，一群孩子围着我们起哄，非常高兴。那种儿童游戏里完全没有色情因素，参与的孩子都绝没有邪念，是对成人生活里那些美好表象的一种羡慕与模仿，一派天籁，无限欢悦。那时候当然不懂得害臊，长大一提这事，哟，你不能提，我已娶妻生子，当年扮新娘的也早已名花有主，但小时候玩过的那种游戏，或者仅仅是说过想当新郎或新娘的悄悄话，回想起来，还是甜蜜而有趣的。书里这类斑点式透露角色"前史"的文字，细心的读者应该不要忽略，值得慢品。

在叔婶家里，史湘云必须按刻板的规范生活，包括穿衣打扮。到了荣国府，她可以非常随便，由着性子去塑造自己，她经常女扮男装，这在她叔婶家是绝对不可能的，但是祖姑贾母是一个很开通的人，又很溺爱她，就由着她玩闹。有一回她女扮男装，离贾母比较远，贾母老眼昏花看不清，以为是宝玉——因为她穿的正是宝玉的衣服——就说"宝玉你过来，仔细头上挂的那灯穗子，招下灰来迷了眼"。这句话非常生动，如果是一部纯虚构的小说，我认为不太可能出现这样的句子，就是因为作者在那样的家庭生活过，所以他写富贵家庭的景象，写得很真实，如果光凭想象，会把富贵家庭写成四面光，亮堂堂，灯穗子一律洁净鲜丽，怎么会不经意地就写出灯穗子上有灰呢？这和曹雪芹写王夫人屋里面椅子上的靠垫是半旧的一样，肯定都源于真实的生活素材。这样的生活状态并不是不富贵，再富贵的家庭，东西也得用，用到一定程度以后才能够更新，都会在一段时间里呈现出一种半新不旧的状态。那么灯穗子上也可能积灰，这灰可能会在某个节庆之前进行打扫，可是没打扫的时候上面就有灰，而且灯穗子很长，女扮男装之后呢，头上还有冠，不慎碰到灯穗子，就可能招下灰来迷了眼——别小看这些文句，这些细微处也证明着曹雪芹写实的功力。当然后来贾母知道是认错了，灯穗子下不是宝玉而是史大姑娘，贾母绝无责备，大家都很开心。

第四十九回，史湘云又有一个出格的打扮，这个时候林黛玉就笑对大家说："你们瞧瞧，孙行者来了。他一般的也拿着雪褂子，故意粧出一个小骚达子来。""达子"又写作"鞑子"，是过去汉人对满人的一种戏称，当然含有不尊重的意味，上世纪初一些主张把《红楼梦》主旨诠释为"反清复明"的人士，会把这个地方黛玉的这句话，也当成一个证据，黛玉不光使用了"鞑子"这个语汇，还说成"骚鞑子"，似乎更具侮辱性，但我认为这里写黛玉这个话，"小骚鞑子"并不具有否定性，更没有污蔑性，只是私下调侃，甚至还含有赞叹的意思。有些满族人士不太愿意听到外族人使用"鞑子"这个语汇，可是满族人互相之间说说没事儿，我们非满族人在生活里使用这个语汇时应该特别小心。总之，史湘云在荣国府不仅是一般性地女扮男装，她有时候是扮成儒雅的汉族男子，有时候是扮成剽悍的满族男子，真是尽性撒欢。下雪天，她还把贾母又长又大的大红猩猩的斗篷裹在身上，腰里系一条汗巾子，和丫头们到后院里面扑雪人——注意一定是在雪下得很厚的时候才能扑，薄的时候可别扑。

我讲到的这些，在书里往往都是一带而过的文字，曹雪芹对这些内容仿佛完全用不着刻意去想象去虚构，他随手拈来，皆成趣文，想必都是湘云原型李大姑娘的实有之事，他记忆里库藏极其丰富，写来比刻画其他角色更得心应手。

史湘云在贾母身边享受到了那么多温暖和乐趣，但是，前八十回正文里，并没有一句话明点贾母是她祖姑，只在第三十八回，曹雪芹暗写了贾母跟她之间有不寻常的血缘关系。当时贾母也到大观园里面去玩儿，到了藕香榭，藕香榭有竹桥，榭中有竹案，贾母看见榭内柱子上挂着黑漆嵌蚌的对子，让人念给她听，可以给她念对子的人很多，但曹雪芹特意写出是湘云来念："芙蓉影破归兰桨，菱藕香深写竹桥。"（有的古本里"写"又写作"泻"）有的人可能会问，由湘云来念对子，难道也有什么深意吗？曹雪芹也许是随便那么一写吧，这跟写由黛玉、宝钗来念，又有什么区别呢？是有区别的。贾母看到眼前景象，有所回忆，大意说我们史家当年的老宅子里，也有这么一个类似的园林景点，叫枕霞阁，当年她跟眼前这些小姐们差不多大的时候，在枕霞阁玩耍，一不小心掉到水里面，被救上来的时候碰到了木钉子，结果鬓角这儿碰出一个窝，现在还留下指头大这么一个凹槽。曹雪芹这样写，他也是有真实生活依据的，史家的原型是李家，李家在康熙朝在苏州有园林，园林里就有竹桥，贾母原型的哥哥李煦受父辈影响，特别爱竹，他取了个别号就叫竹村，因此，转化到小说里，贾母到了以竹为材的藕香榭，过了竹桥，就特别兴奋，就怀旧，就感叹，而跟她有血缘关系的史湘云，就来念藕香榭的对联。我觉得，枕霞阁这个名称，可能跟第五十四回，贾母提到的《续琵琶》的戏名一样，是生活里真有的，《续琵琶》的作者就是曹寅，而枕霞阁就存在于李家的老宅之中。

书里有不少史湘云的重头戏，仿佛大幅工笔细绘的中国画，或西方写实派的油画，历来的论家多有涉及，我这里反而从略，我强调的是那些分散在各处的斑点式笔触，也借用一个绘画方面的比喻，就如同西方绘画史里早期印象派中的点彩派，那样一种手法。点彩派的画，你近看觉得一片模糊，离远一点，斑斑点点使你产生很多联想，于是在你心中，就可能产生出一种超越真实的特殊美感。对史湘云这个角色，曹雪芹就使用了"点彩"技法，对于她的身份来历，乃至性格外貌，没有一个完整的叙述性交代，但是他通过斑斑点点分散笔触，最后使我们整合出一个异常鲜明的人物形象，有不少《红楼梦》的读者表示，如要他们选出书里一个最喜爱的角色，那非史湘云莫属。这是曹雪芹对她采取"点彩派"描绘手法的伟大胜利。

曹雪芹在书里并没有直接写到过史湘云的相貌。他很具体地写到过林黛玉的眉毛和眼睛，多次描写薛宝钗的容貌，但是对史湘云，他始终没有肖像描写，对史湘云的身材，在第四十九回有过一笔很抽象的形容，说她经过一番特殊的打扮后，"越显得蜂腰猿背，鹤势螂形"。他倒是写到过史湘云的睡相，在第二十一回，他是对比着写的，说林黛玉是严严密密裹着一幅杏子红绫被，安稳合目而睡，史湘云呢，"却一把青丝拖于枕畔，被只半胸，一湾雪白的膀子掠于被外"，写到了头发，还是没有写出面容。但他对史湘云这种点到为止、语不及脸的写法，并没有使读者觉得她的形象比黛、钗逊色。一位"红迷"朋友跟我说，他读过《红楼梦》总感觉把握不住黛玉的面容身形，但是对湘云，就觉得仿佛邻家姑娘，"闭着眼也能把她画出来"。

恶俗的写家写美人，总是尽量地完美化，一点缺点不能有，曹雪芹却精确地把握分寸，当然他有艺术升华，但首先是尊重生活的真实，写史湘云，尤其如此。正如我前面所说，史湘云这个艺术形象，和生活当中的原型之间的距离，是最小的，几乎就是生活当中的真实人物的白描。他写到史湘云大舌头，咬字不清，黛玉就讥笑过湘云，说连个二哥哥也叫不来，只是"爱哥哥""爱哥哥"的，回来赶围棋，又该你闹着么爱三四五了。他写史湘云话多，多到有时候让人腻烦，贾迎春沉默寡言，尤其不喜欢褒贬人，可是在第三十一回，迎春就忍不住说湘云："淘气也罢了，我就嫌他爱说话，也没见睡在被里还咭咭呱呱，笑一阵，说一阵，也不知道那里来的那些谎话。"这里的"谎话"不是说她故意撒谎，是指她说些天真烂漫、没边没沿的憨话，对贾迎春那样一个安静守矩的小姐来说，史湘云的那些话都是一些没必要的瞎说。

曹雪芹写的是真美人、活美人，而不是概念美人、灯笼美人，于是在第五十九回，就有更出人意表的妙笔，说早上起来，下过点微雨，这个时候史湘云怎么样啊？她两腮作痒，"恐又犯了杏癍癣"。《红楼梦》里的美女是生癣的！一般的俗手敢这么写吗？但是曹雪芹他就这么写，读来非常真实。当时即使是贵族家庭的小姐，也长杏癍癣，首先史湘云觉得两腮犯痒，发作了，然后她就问宝钗要蔷薇硝——一种具有治癣功能的高级化妆品——宝钗就说，她配的给了宝琴她们，听说黛玉那儿配了很多，让湘云到黛玉那儿拿去，可见这些美女脸上全有癣。曹雪芹写得很有意思。尽管他明写这些姑娘脸上会长杏癍癣，可是我们想起她们来，一个个还是觉得很美。真实是美的本质，你写得越真实，读者就越觉得美，曹雪芹他深谙这个美学原则。

史湘云是一个寄养在叔婶家的孤女，那种寄养生活对她来说是一种囚禁，令她窒息。唯有来到荣国府祖姑家做客，才使她如获大赦，神采飞扬，才华四溢。但这种任性快乐的日子，终究有限。我们需要总结一下，在前八十回书里面，她究竟到过荣国府几次？第一次是在第二十回，忽然有人报告说史大姑娘来了，她就在贾母跟前大说大笑的。那她什么时候离开的呢？没有明确交代，但是你如果进行文本细读，会发现第二十二回她还在荣国府，但到第二十三回就没她的事了。到第三十一回，她又突然出现，第三十六回末尾说叔婶家来人把她接走了，这是故事里她第二次到荣国府。第三十七回，大观园里成立了海棠诗社，恰巧袭人派了一个宋妈，送一些鲜果点心给史湘云，史湘云顺便一问，他们干吗呢？宋妈也不懂，说他们好像起什么诗社，做诗呢，史湘云一听就急了，做诗怎么把她忘了呢？宋妈妈回来这么一说，贾宝玉立刻催着贾母，说把她再接来，贾母说天太晚了，因为两个侯爵府邸可能离荣国府都比较远，书里没交代当时史湘云是住在忠靖侯家还是住在保龄侯家，总之一定都比较远，所以等到第二天才把她接来，这就是她第三次来到荣国府，一直到第四十二回都有她的身影出现，但是她什么时候又离开了没有再说。到了第四十九回，则有一个很明确的交代，就是保龄侯史鼐外迁了，应该把全家都带到外地去，贾母舍不得史湘云，就把她留下来了，这是故事里她第四次到荣国府，一直到第八十回她都在荣国府，当然也只是作为一个长客，早晚还是要送回到她叔婶家的，因为所谓寄养，对于她那样一个女孩子来说，长大了，叔婶把她嫁出去，才算完成了任务。

那么通过上一讲和这一讲，我得出这样一个结论供大家参考：就是如果史湘云是一个纯虚构人物，是不可能采取这种写法的，也写不成这个样子。因为我自己写过长篇小说，我写一个人物，必须设计他的家庭、他的来龙、他的去脉，如果那是一个生活依据比较少、接近完全虚构的角色，我就得特别提起精神，小心翼翼地下笔，以使前后照应不留漏洞，尽量去让这个角色活起来。只有把我最熟悉的真实生命写进去时，才可以放松，因为大量的场景、细节、语言都是现成的，随手拈来，皆成文章，反而不必去殚精竭虑、细针密缝。当然我自知绝不能跟大师相比，但写实性质的长篇小说，其写作规律大体相通，就像苔花和牡丹的开放，都有相同的过程，最后把花冠张圆一样。根据我自己的写作经验和我的阅读经验，我坚持认为：史湘云这个角色，相对于书里其他角色，艺术形象和原型之间的距离最短，所以曹雪芹不给她设置一些偏于理性的、叙述性的文字，而采用了一种斑点式的和摄像实录般的写法，如元妃省亲这场大虚构的戏里，曹雪芹对她不愿有任何假设性想象，就不写她，一有她出现，必是真有其人、真有其事、真有其景、真有其语。

史湘云的寄养生活，会结束在出嫁之时。第五回里的《乐中悲》曲透露，她"厮配得才貌仙郎，博得个地久天长，准折得幼年时坎坷形状"，就是说她后来嫁了一个很不错的丈夫，是一个"才貌仙郎"，而且她和这个丈夫关系非常好，他们要争取白头偕老，博得个地久天长，一这样就能把她早年的坎坷全给抵消了，也就是把她襁褓中父母双亡以后寄养在两个叔叔家里面的不快乐、不幸福全都弥补了。当然现在我们能看到的曹雪芹的八十回书里，还没有相关的情节出现，但八十回后肯定会写到。于是新的问题就逼近到我们面前：史湘云嫁给的这个"才貌仙郎"是谁呢？有的人可能会笑：这还有什么可讨论的，不就是贾宝玉吗？您别急，下一讲咱们一块儿细讨论。

史湘云定亲之谜

上一讲最后，我提出一个问题，就是第五回的《乐中悲》曲预言，史湘云她"厮配得才貌仙郎"，这个才貌仙郎究竟是谁呢？是贾宝玉吗？需要探讨。

第三十一回，史湘云第二次到荣国府，王夫人见了她，有这样的话："只怕如今好了。前日有人家来相看，眼见就有婆婆家了。"这句话里"有人家来"，"人家"不构成一个词汇，是"有人——到家里——来"的意思，就是说王夫人她们都知道，有人到了史湘云叔叔家，来为她相亲，而且相亲有了结果，她"眼见就有婆婆家了"。第三十二回袭人见了她，更明确地说："大姑娘，我听见前儿你大喜了。"她红了脸，吃茶不答。可见史湘云真是定亲了。袭人小时候服侍过她，跟她无话不说，但也不能乱开玩笑，只有小姐真的定亲了，丫头才可以公开道喜。

有位"红迷"朋友曾经跟我提过这样的问题：史湘云那时候究竟多大？如果拿贾宝玉做一个标准，我们都知道，薛宝钗比他大，"宝姐姐"这个称呼深入人心；林黛玉比贾宝玉小，"林妹妹"成了她的代号。史湘云叫宝玉叫什么？爱（二）哥哥，宝玉叫她呢？云妹妹，可见宝玉比她大。那么到小说故事发展到三十一回、三十二回的时候，你仔细想想，大观园诗社里的小姐们，别人都没定亲，宝钗比史湘云大，没有定亲，迎春应该更大，也还没有定亲，探春、黛玉跟她差不多大，没定亲，惜春小些，当然更没有定亲，可是一个被宝玉叫做云妹妹的姑娘，她却定亲了，这是不是早点？但是通过上一讲，大家应该明白，史湘云她在襁褓中就父母双亡，虽然寄养在侯门之家，居住在"绮罗丛"中，但叔叔婶婶们"谁知娇养"？她婶婶一天到晚让她做针线活计，仿佛是要从她的劳作中捞回些抚养她的费用。所以叔叔婶婶早点给她定亲，早点把她打发出去，是可以理解的。当然她叔叔婶婶也不能做得太过分，像这样侯门的小姐，十二三岁以前就送给人家去当童养媳，那是说不过去的，但是到了十三四岁，就立刻为其定亲，各方面也没闲话可说。

跟我讨论的那位"红迷"朋友很困惑，他说"云妹妹"这个称谓没有深入人心，现在一般读者提起这个角色，就是叫史湘云，不像林黛玉，书里书外人都叫她林妹妹。他非要我精确地说出史湘云在故事那个阶段是多少岁。我提醒他，曹雪芹在第四十九回，特别写下了一段话，告诉读者：对书里那些哥哥、弟弟、姐姐、妹妹的称呼你别太较真。第四十九回是最热闹的一回，那时候大观园达到了美女云集的一个状态。除了原有的美女以外，又增加了四个，有薛宝钗的堂妹薛宝琴，邢夫人的一个侄女儿邢岫烟，还有李纨寡婶带来她两个堂妹李纹、李绮，连眼光非常挑剔的晴雯看到了都说"到像一把子四根水葱儿"。曹雪芹的那段话是这样的："此时大观园中比先更热闹了多少。李纨为首，余者迎春、探春、惜春、宝钗、黛玉、湘云、李纹、李绮、宝琴、岫烟，再添上凤姐合宝玉，一共十二三个。叙起年庚，除李纨年纪最长，这十二个皆不过是十五六七岁，或有这三个同年，或有那五个共岁，或有这两个同月同日，或有那两个同刻同时，所差者大半是时刻月分而已，连他们自己也不能记清谁长谁幼了。一并贾母、王夫人及家中丫鬟也不能细细分别。不过是姊妹弟兄四个字随便乱叫。"第二十九回，癞头和尚说跟通灵宝玉青埂峰一别十三载，也就是说贾宝玉衔着通灵宝玉落生十三年了，按我们现在的算法就是贾宝玉十三周岁了，但以往说人的岁数，习惯说虚岁，通灵宝玉没有虚岁，贾宝玉得论虚岁，他虚岁得说十四了。故事从那个地方往下流动，虽然还在一年里头，可是四十九回已经是冬天了，快过年了，论虚岁宝玉也就差不多十五了，所以这段话概括这群人"皆不过十五六七岁"，当然凤姐应该不止十七岁，大约二十出头了。这段话给我们的启发就是，这些人物即使有的比有的大一点，大得也有限，小的其实也未必真小了多少，而且，过去和现在都有这种现象，就是如果一男一女年龄差不多的话，一般来说，总是女方叫男方哥哥，男方叫女方妹妹，没人硬去查他们的年庚。上一讲已经揭示了，在书里面没有一段叙述性文字，对史湘云作明确的介绍，所以她的年龄尤其模糊，她应该和宝玉相差无几，或者只小一点点，甚至于她不一定比宝玉小，她叫爱（二）哥哥，宝玉叫她云妹妹，不过是像曹雪芹在第四十九回所说的那样，为了亲热，随便那么一叫而已。

那位"红迷"朋友特别喜欢史湘云，而且他从书里也看到，史湘云和贾母有着血缘关系，贾母也很疼爱史湘云，于是他又提出一个问题：史湘云叔叔婶婶对她不好，贾母不可能完全不知道；她叔叔婶婶急着给她定亲的信息，贾母更应该率先得悉；那贾母为什么不把史湘云要来嫁给宝玉呢？

我的看法是：第一，前面讲林黛玉的时候我已经论证了，贾母是一心一意想让宝玉和黛玉结为夫妻的，她公开宣布宝、黛"不是冤家不聚头"，只要她还有一口气，就要为二玉的婚配保驾护航。在这个前提下，贾母虽然疼爱湘云，却不会有将她要来配给宝玉的想法。那个时代那个社会虽然是一夫多妻制，但是像黛、钗、湘这样的贵族小姐，她们定亲出嫁，应该都是成为正妻，而正妻只能有一个，贾母既然为宝玉确定了娶黛玉做正妻，那么钗、湘当然都不会再加考虑。第二，按当时封建伦理的处世规则，贾母是不能去干预湘云婚事的，虽然姓史，但是她已经嫁到贾家了，"嫁出去的姑娘泼出去的水"，史家的事情她就没有决定权了。再加上无论是史鼐也好，史鼎也好，跟她的血缘也不是最贴近的，不是她的儿子，只是侄子，所以对湘云的婚事她可以关注，却不仅不能包办，也不便于插嘴。即便贾母真想让湘云嫁给宝玉，她也难以开口，因为荣国府当时的地位已经不高了，府主贾政并没有爵位，只是一个员外郎，宝玉只不过是员外郎的儿子，人家保龄侯、忠靖侯可都是侯爵，史湘云虽然是寄养的，身份毕竟是侯爵家的小姐，人家叔婶如果考虑门当户对，给湘云选婆家，起码得是有爵位的家庭，你眼前的这个宝玉，你认为是金凤凰，人家可能还觉得不够格。更何况那时候，像湘云叔婶那样的人，尽管平时对她并不好，却会在给她找婆家时，希望能攀附上更有地位财富的家庭，比如说把她嫁给一个公爵的公子，那他们岂不是多了一个往上发展的台阶？所以贾母无论从哪个角度，都不会去跟她那两个位居侯爵的侄子或侄媳妇提出来，让湘云嫁给宝玉。当然这两个理由，第一个是决定性的，贾母就是认定了二玉的结合。贾母疼湘云，但女大当婚，父母没了，她叔婶就相当于父母，两处叔婶做事，大面上一直是过得去的，上一讲我提到，史湘云到荣国府来串亲戚，衣服穿得整整齐齐，一群丫头婆子围随，侯府小姐的气派还是给足了的，那么叔婶给她定亲，大路子也肯定不会错到哪里去，贾母听其自然，是可以理解的。

史湘云定亲，是通过人物对话让读者知道的，没有一段叙述性交代告诉读者她究竟是怎么定的亲，定的究竟是哪门子亲。这确实是个谜。

为了把这个谜解开，我们可以先捋一遍，看《红楼梦》里都写到了哪几种贵族家庭的婚配模式，也许，通过比照，我们能够分析出史湘云定亲属于其中哪一种。

《红楼梦》里面写到了很多跟婚姻有关的事情，把那个时代一般富裕家庭直到贵族家庭的小姐定亲出嫁的方式，通过不同的人物，进行了多种多样的展示。当然书里也写到了丫头的婚配，最常见的情况就是"好不好，拉出去配一个小子"，但丫头的婚配咱们这次不作讨论，咱们讨论的范畴只在有小姐身份的人物之内，当然，有的小姐是富豪千金，有的家境差一些。

贵族家庭的小姐，如果有参与选秀的资格，被选中了，而且被皇帝、王爷，再或被王子、世子看中，加以接纳，给予封号，即使不能成为正妻，按那个时代那种社会的价值标准，无论是对其本人还是对其家族，当然都是一种幸运与荣耀。荣国府的贾元春就先被选入宫中做女史，后来得到皇帝宠幸，才选凤藻宫，加封贤德妃。这是最高级的一种婚配模式。

还有一种，就是由皇家指婚。书里写到元春通过端午节颁赐节礼，表达了她对宝玉和宝钗的一种指婚的意向，当然，由于意向还不等于正式的谕旨，贾母就装糊涂，进行巧妙的抵制，使这个指婚没有能够化为现实，但这种指婚在当时社会里面，确实是一种婚姻模式，也是很多贵族家庭和贵族小姐自己所企盼的事情。如果是皇帝亲自指婚，那是天大的荣耀，康熙朝江宁织造曹寅的一个女儿，也就是曹雪芹的一个姑妈，就由康熙皇帝指婚，到京城嫁给平郡王儿子为福晋（又可以写成"福金"，满语正妻的意思）。她的丈夫后来接袭了平郡王，她也就成了王妃，而且还给小平郡王生下世子，取名福彭，后来成为乾隆皇帝小时候的伴读，乾隆继位后一度得到重用，成为曹家的一大骄傲。那时候即便不是由皇帝本人指婚，比如说由重要的妃嫔给指婚，也是无上光荣的。书里的贾母居然抵制元春的指婚，对于王夫人和薛姨妈来说是沉重的打击，对于薛宝钗来说，也使得她内心波澜迭起，饱受煎熬。

第三种模式，就是贵族家庭之间互相婚配，这应该是最常态的一种模式。第四回讲到"护官符"的时候，就告诉读者贾、史、薛、王四大家族皆联络有亲，从书里人物关系来看，贾母由史家嫁到贾家，王夫人和王熙凤都由王家嫁到贾家，王夫人的妹妹又由王家嫁到了薛家，到了第七十回，似乎不经意，其实却很有意味，曹雪芹写下这样一句话："偏生近日王子腾之女许与保宁侯之子为妻，择日于五月初十日过门，凤姐又忙着张罗，常三五日不在家。"从"偏生"起句的口气，这个地方"保宁侯"应该就是保龄侯，那么"四大家族"又一次进行婚配。即使"保宁侯"是另外的一个侯爷，也同样说明贵族家庭之间，"门当户对"的婚配是最普遍的。

紧跟着上面"偏生近日"那句话，后面就又写到，这日王子腾夫人又来接凤姐，一并请甥男甥女闲乐一日，于是贾母和王夫人就命宝玉、探春、黛玉、宝钗四人同凤姐去。那么在第七十回，故事的那个阶段，史湘云在不在贾府啊？她在，七十回情节的重点是填柳絮词，柳絮词怎么填起来的？谁填的第一首？史湘云啊。可是这个往王家赴会的名单里没有史湘云。有的读者就很纳闷，为什么不让史湘云一起去呢？如果说史湘云跟王子腾家血缘离得远，可是黛玉离得难道近吗？当然，也可以理解为王家不知道她正好在荣国府，没有特别提出来请她去，可即便王家没请，贾母、王夫人也可以命她一起去啊，按亲戚算她也是甥女辈之一啊。难道又是曹雪芹随便那么一写，忘了把她名字列上？一位"红迷"朋友跟我说，他觉得史湘云最应该去了，因为王子腾的一个女儿要嫁给谁呢？嫁给保宁（龄）侯的儿子是不是？保宁（龄）侯儿子是谁呢？就是史湘云的堂兄啊！这个王子腾之女，就是史湘云未来的堂嫂啊，她们关系很近呀！我把我的意见告诉他：可见古本里这个地方的"保宁侯"就是保龄侯史鼎，曹雪芹写的时候，他的文笔非常细腻，他为什么这样写呢？道理很简单，就是无论是宝钗还是黛玉，当然包括迎春、探春，都还没有定亲，没有定亲的小姐在这种社交活动当中行为比较自由，可是史湘云却已经定亲了，一个定亲的堂妹和另一个定亲的堂兄之间就不能够再见面了，就不方便了。如果她也去王子腾家，王子腾的女儿即将成为她的堂嫂，按当时封建伦理规范，就不方便了。可见曹雪芹不仅写得很细，也写得很准确。这里插进来讲这么一段，意在提醒大家，《红楼梦》既是一部小说，也是一部关于中国封建社会的百科全书，从中我们可以对一些封建伦理道德规范有所了解。

第四种模式呢，就是父母包办。当然上面讲的那种模式也往往属于父母包办，不过前提是"护官符"上豪族之间的"门当户对"，公子小姐到了适婚年龄，族长就会首先从一贯联络有亲的家族里进行扫描，如果正好有现成的一对，就可以"偏生"又缔结出一桩姻缘，当年王夫人嫁贾政、贾琏娶王熙凤，应该都是那么一回事。在那种情况下，豪族间既然有默契，父母出面表态只是个形式。这里说的第四种模式指的是纯粹由父母意志形成的婚姻，门未必当户未必对，但父母执意要把女儿嫁给某人，女儿只能认命。书里最典型的例子就是迎春。所谓父母包办，其实就是父亲包办，邢夫人在贾赦跟前是一个很软弱的存在，贾赦在邢夫人面前是绝对权威，没有什么夫妻共同商量的余地，贾赦做主把迎春许给了孙绍祖，就是第五回提到的"中山狼"，迎春最后就被这匹色狼蹂躏吞噬了。孙家和贾家并不门当户对，虽然当时孙绍祖也比较发达了，但是从根儿上说，没法和贾家相比。

那为什么贾赦非要把迎春许给孙绍祖啊？孙绍祖后来打骂迎春，意思就是说你等于是我用五千两银子买来的丫头，怎么回事啊？就是贾赦曾经问他们家挪用过五千两银子，到那时候还没还，等于把闺女给了人家去抵债了。迎春大不幸。但这是当时一种也并不少见的婚姻模式：并非门当户对，而且其中还有某种隐情，父母就把女儿硬给嫁出去了。

那么还有一种情况，就是由世交或者朋友做媒提亲，这在当时社会里面也是一种婚配模式。比如在清虚观打醮的时候，张道士就为贾宝玉提亲，他是世交，更进一步说他是荣国公的替身——这是一个非常重要的身份，所以他有资格在贾母面前为宝玉提亲，不想被贾母拒绝了。书里还写到贾琏作为柳湘莲的朋友，把自己的小姨子尤三姐介绍给柳湘莲，柳湘莲一开始还挺高兴，把珍藏的鸳鸯剑拿来作为信物，让贾琏带给尤三姐。当然最后是一个悲剧，如果成功的话，那就是当时社会中也很正常的一种婚配。书里写贾母作保，凤姐为媒，撮合成薛蝌与邢岫烟的婚事，有点第三种模式的味道，但邢家不属于"四大家族"，邢夫人虽然是贾赦正妻，娘家却已经衰落，因此，也可以把蝌、岫的这桩婚事，划归亲朋提亲促成这一模式。

还有一种形式你要注意，就是当时有官媒婆，媒婆不都是私家的，官府本身有一个媒婆组织，其中有很多官养媒婆，她们专门为达到一定社会地位的家庭里的公子小姐做媒，到这些家庭里去走动。多数情况下是带着男方的意思——某一个家庭的公子到了年龄需要择偶，但是没有现成的线索，就委托官媒婆到相应的家庭里面去，找年龄相当、八字相合的小姐来说媒，只要家长同意，通过官媒婆的撮合，也能形成一桩婚姻。这在清代是很流行的一种做法。《红楼梦》里有没有这方面的描写？展开的描写不多，但是有这方面笔墨。比如第七十二回，就说有官媒婆朱大娘，天天弄个帖子来到荣国府，为孙大人家里求亲，这个孙大人家看来不像是孙绍祖家，可能是另外姓孙的，比较有钱有势的家庭。第七十七回，那个时候王夫人抄检了大观园，又处置了一些丫头，在繁乱当中，有一笔写到，王夫人为官媒婆来为探春说媒，心绪甚繁。孙大人家来求亲，没说盯准了哪位小姐，但第七十七回来的那个官媒婆，就是冲着贾探春来的，可能查阅了有关的户籍，知道这个女孩子到年龄了，而且可能生辰八字也符合男方要求，于是就来活动了。王夫人当然得管这事——现在的年轻人一定要懂得，探春虽然是赵姨娘生的，但按封建伦理，她母亲是王夫人，她的婚事是由父亲贾政和母亲王夫人来决定来操办的。官媒婆来，首先要见的是王夫人，王夫人如果有了主意，再跟贾政汇报、商量，贾政点头通过，就可以进入具体的定婚程序，贾政如果不点头，那王夫人自己愿意也没用。至于赵姨娘，她不仅没有任何决定权，连正式的发言权也没有，书里写探春只认王夫人是母亲，对生母就叫姨娘，认为属于奴仆一类，或者仅比奴仆略高一点，是符合那个时代那种社会的封建伦理秩序的。当然故事发展到第七十七回的时候，王夫人处置丫头，心绪甚繁——注意曹雪芹写的不是"烦"字而是"繁"字，就是说王夫人要处理很多事情，线头很多，忙不过来。她作为府邸的第一夫人，本来很多事情都委托给王熙凤去管，现在她亲自出马，心里头盘算的事情非常繁杂，但是她并不一定感觉烦恼，她反倒觉得经过她亲自出马，一番整顿清理，荣国府、大观园都更"纯净"了。官媒婆偏这个时候跑来为探春说媒，她一时难以应付，所以探春直到第八十回也还没有定亲。曹雪芹这样写，当然也是为八十回后探春的远嫁留下余地。尽管书里没有通过官媒结成婚姻的正面情节，但穿插点染出官媒婆的活动，也就让我们知道，这是当时贵族家庭小姐出嫁的又一种模式。

还有一种，《红楼梦》里也写到了，就是攀附求亲。两家本来门不当户不对，互相之间原来也没关系，但是有一家现在有点发达，就想攀附到一个世代簪缨之族、钟鸣鼎食之家，通过联姻，进一步带动自己的发达。书里写到一个叫傅试的人——这名字不消说谐音喻意，点明是个趋炎附势的小人——他的官职是通判，不大不小，当然他希望能够变得更大。他有一个妹子叫傅秋芳，他把傅秋芳当作自己进一步发达的一个砝码，到处去攀附，看哪家有钱有势，他就挨家去试，看能不能把妹子嫁给那家的公子。但是傅试拿他妹子攀附豪门的计划总未落实，把他妹妹耽误到二十四岁还没有嫁出去。二十四岁呀，即使在今天，二十四岁的女子也可以谈婚论嫁了，在那个社会，绝对是一个奇怪的高龄小姐。你想想史湘云，才十三四岁，都已经定亲了。傅秋芳二十四岁还待字闺中，可想而知，她这哥哥"人心不足蛇吞象"，抱定非豪门之家绝不将她嫁出去的主意。傅秋芳应该是父母双亡了，那么"长兄如父"，她的婚姻只能由哥哥做主，自己是完全处于无奈的状态。可能傅试最早都还没考虑到员外郎的公子贾宝玉，现在妹子这么老大了，也就只能退而求其次，何况贾宝玉从他祖父上算，也还称得上是"王孙公子"，于是他就竭力想把他妹妹推销给荣国府，嫁给贾宝玉，哪怕贾宝玉比他妹子小十来岁也无所谓，他就总打发一些婆子到荣国府去请安，每次去了还提出来要见贾宝玉。荣国府里的任何一位家长对傅秋芳都不可能感兴趣，只是不好驳傅家的面子，勉强接待，宝玉呢，本来是最厌恶那些蠢妇的，只因傅秋芳"也是个琼闺秀玉，常闻人传说才貌双全，虽未亲睹，然遐思遥爱之心十分敬诚"，于是破例接见了从傅家来的婆子。贾宝玉的"遥爱之心"里的那个"爱"当然并非爱情，更不是想娶傅秋芳为妻，贾宝玉认为闺中女子都是水做的骨肉，都尊重爱惜，他的这一表现，再次体现出他"情不情"的性格特征。根据我的探佚，傅秋芳这个人物在八十回后会正式出场，那时候她已经嫁了出去，给忠顺王当了填房。她哥哥傅试当然会非常满意，因为终于通过妹子达到了攀附权贵的目的。傅秋芳在贾府崩溃、贾宝玉落难后，对贾宝玉有所救助。攀附求亲构成婚事也是当时社会的一种婚姻现象，当然不是所有期望攀附的人最后都能如愿以偿，但成功的例子也不少，只是攀附式的婚配，女方往往都是去给男子填房，像邢家把邢小姐嫁给贾赦填房、尤家把尤小姐嫁给贾珍填房，都属于这一类婚配模式。

还有一种，就是指腹为婚。一般大富大贵的公侯之家，不会采取这种方式，但是从贫寒百姓到小康之家，有时候都会把指腹为婚作为一种婚姻形式。什么叫指腹为婚？就是两对夫妻，妻子都怀孕了，还没生下来呢，那么双方的父母——其实主要是父亲——就有一个约定，如果都生男孩子，就让他们结拜为兄弟，如果都生女孩子，就让她们结拜为姊妹，如果正好一男一女，就让他们结为夫妻。那时候父母双方会很认真地履行这个诺言。书里面就写到尤二姐跟张华是指腹为婚。尤氏她家看来是越来越走下坡路，她父亲死了妻子，娶来一个寡妇填房，就是书里的尤老娘，这尤老娘把跟前夫生的两个姑娘带到尤家来，就是尤二姐和尤三姐——旧社会把这种随母亲改嫁的孩子叫"拖油瓶"。尤老娘前夫在世的时候，应该是她怀着尤二姐那阵子，她丈夫跟一位姓张的朋友就指腹为婚，后来两家果然生下一男一女，张家的男孩就是张华。那个时代那个社会指腹为婚是具有法律效力的，不可随意改弦更张，退婚需要双方同意，并履行一定的手续。后来张家衰落得更快，张华无力迎娶尤二姐，虽然尤老娘死了丈夫带着两个闺女改嫁到尤家，但从法律上说，尤二姐还要算张华的人，这就在尤二姐后来的命运中埋下了一个"地雷"，成为她悲剧人生中的"爆破点"。

还有一种模式，就是女孩子去给男家当童养媳。一般富贵家庭很少这样做，但也并非完全没有。小说里面的巧姐，她在贾府败落之后被刘姥姥解救，解救出来时年龄还很小，刘姥姥把她带回家，后来成为了刘姥姥外孙子板儿的媳妇，那么在她和板儿正式成婚之前，就是一个童养媳。巧姐的命运在第五回金陵十二钗正册中的判词，以及《留余庆》曲里，都有预言，在第四十一回里，曹雪芹还特意埋下一个伏笔：刘姥姥二进大观园，带着外孙子板儿，板儿当时拿着一个佛手，这个佛手是从探春那屋里要来的，结果大姐儿——那时候刘姥姥还没有给她取出巧姐的名字——看见板儿的佛手就想要，板儿开始不愿意给，后来经过大人劝说，佛手就归了大姐儿，大姐儿原来抱着一个香橼，就是大柚子，这个大柚子后来归了板儿，板儿觉得大柚子可以当球踢，很高兴，也就不再去要那个佛手了。在这个地方，脂砚斋有一条批语："小儿常情，遂成千里伏线。"实际上就是告诉你，佛手和香橼的置换，就说明他们两个最后在一种佛力的保佑下，能够结成一个圆满的姻缘，是一个伏笔。

当然也有另外一种婚姻模式，就是有的富裕家庭、贵族家庭的公子，他自己看中某一个女子，自己回家跟父母说，就娶这个，而父母通过了解和商量，也可能答应他。这种婚配在当时那样一个男权社会里，也是经常出现的。薛蟠娶夏金桂就属于这种模式。

咱们这么捋一遍，书里面小姐定亲、婚配的模式，多少种了？我这儿算了算，已经有十种之多了，可能还有别的情况，您还可以从书里面去翻查。《红楼梦》的文本，确实是封建社会的一个百科全书。那么不管是哪种方式，看起来差别很大，有一点是共同的，就是作为闺中小姐，作为一个春情萌动的女性，即使你贵为侯府的千金，公府的千金，你本身没有择偶的自由，在婚配上，完全处于被动的状态。相对来说，贵族家庭的公子，还多少有那么点选择的自由，当然也只是非常有限的那么一点选择权。

我们梳理这些个婚配模式，目的是什么啊？是为了探讨史湘云的定亲，属于其中哪一种。您觉得是哪一种呢？这好像是个简单的问题，可是回答起来又不那么简单，书里面没有明写。但是书里扇面般地展现了这么多种小姐定亲、婚配的模式，我们可以作为参照系，来破解史湘云的定亲之谜。

从王夫人的口气："只怕如今好了。前日有人家来相看，眼见就有婆婆家了。"我个人认为，这就意味着，是官媒婆到了她叔婶家，这官媒婆之所以到史家去，未必是有男方点名来说亲，多半是她叔婶急着想把湘云打发出去，主动跟官媒通了气，说我们这儿有个小姐，年岁到了准备出嫁，看能不能给找个门当户对的人家，官媒婆于是就摇摇晃晃地来了，来了以后就相看，当然史湘云的面貌体态、举止修养都很中看，官媒婆拿上她的生辰八字，去为她寻一个门第相当的公子，绝非难事，很快就有了反馈，她的叔婶一听，很不错，于是就给她定了亲。史湘云自己完全没有办法掌握自己的婚姻命运，只能听天由命。

有个"红迷"朋友跟我讨论，他说从史湘云那性格上看，她可未必是个听天由命的人，她应该主动争取嫁给贾宝玉呀！我告诉他，从前八十回书里的描写来分析，湘云、宝玉他们两个相处得非常好，但是所流溢出来的，应该只是一种兄妹之情，或者叫做同龄男女之间的天真烂漫的友情，在他们两个人的接触当中没有出现什么爱情因素，而且曹雪芹还有意识地写到他们两个思想上的差距与抵牾。薛宝钗不断劝贾宝玉读书上进，林黛玉从来不说那样的"混账话"，史湘云介乎薛宝钗和林黛玉之间，有时候她跟着薛宝钗学舌，有时候她跟林黛玉一样无视封建礼教规范，甚至有过之而无不及。对于宝玉和黛玉之间的特殊情感关系，她是非常清楚的。像二十二回，当时宝、黛、钗、湘他们发生了一些微妙的情况，后来贾宝玉就在湘云面前发誓，说"我要有外心，立刻化成灰，叫外人践踏"——贾宝玉的誓言都是古古怪怪的——这个时候湘云就说："大正月里少信嘴胡说。这些没要紧的恶誓散话歪话，说给那些小性儿，行动爱恼的人，会辖治你的人听去，别叫我啐你。"真是快人快语，给林黛玉定位定得那个准啊，当然同时也给宝玉定了位，她就知道，在整个府第里，只有一个人能辖治宝玉。谁啊？就是黛玉，她知道他们俩关系不一般，当然宝钗也知道二玉关系不一般，但宝钗装愚守拙，不动声色，湘云却心胸坦荡，不怕大声说出，这就是因为她对宝玉并无情爱需求，也不认为黛玉是个情敌，自己也绝对无意充当"第三者"。湘云和宝玉既然并不构成一对恋人关系，她内心里当然不会有争取嫁给宝玉的自主意识，行为上就更不可能有相关的表现。前八十回里的湘云是个在恋爱、婚姻方面还完全处于无追求状态的天使般纯净的女孩。你要注意到，书里当王夫人和袭人先后跟史湘云点出来她定亲了后，史湘云否认了吗？解释了吗？都没有。这就是史湘云当时的生命状态。

虽然是被动地进入婚姻，史湘云却嫁了个才貌仙郎。有人嫌我絮叨，说你上一讲末尾就提出一个问题，问湘云所嫁的那个才貌仙郎是谁？是不是贾宝玉？您现在说了这么半天，该把答案讲出来了吧？

当然要向大家提供我的答案。但要得出答案实在并非一件简单的事。要讨论清楚这个问题，先得把一个障碍排除，什么障碍啊？就是《红楼梦》第三十一回，故事里边出现了金麒麟，而且回目里有"因麒麟伏白首双星"的预言。可见，史湘云所嫁的那个才貌仙郎，一定跟金麒麟有关。很抱歉，这一回的末尾我还不能告诉你这个才貌仙郎究竟是谁。那么请听我下一回从金麒麟说起，把这个谜彻底揭开。

史湘云金麒麟之谜

要把史湘云"厮配得才貌仙郎"和她之后的命运搞清楚，绕不过金麒麟这件事情。

金麒麟怎么回事呢？大家都记得在清虚观打醮那回故事里，张道士当时拿着一个托盘出来，说想把贾宝玉的通灵宝玉请下来，托着给他的徒子徒孙见识一下，因为这是一个很稀罕的东西，是生下来就衔在嘴里的，而且上面还镌着吉利词语，值得让道观里的众道士们开开眼，同时也接收些吉祥的气息。贾母同意了，贾宝玉就从脖颈上取下通灵宝玉，张道士就托着拿出去展示了。张道士再回来的时候呢，托盘里不仅有通灵宝玉，还多出好多东西来。原来张道士的那些徒子徒孙看到通灵宝玉以后，为了表示祝贺和尊敬，纷纷把自己的一些珍贵的佩带物——道士佩带这些东西不是为了装饰自己，那是些传道的法器，有宗教方面的特殊意义——献出来，放在那个托盘上。贾宝玉把自己的通灵宝玉取回戴上以后，就翻弄那些道士奉献的东西，注意书里是这样写的：那些东西里，有一个赤金点翠的金麒麟，首先是引起了贾母的兴趣，贾母把那金麒麟拿到手里，就产生出一个联想——谁家的孩子也戴着这么一个，谁呢？贾母一时想不起来，于是薛宝钗告诉贾母，史湘云有一个，比这个小一些。贾宝玉就表示惊讶，说她常来住，可是自己从来没有见到过呀。探春在旁边说，宝姐姐心细，什么都记得。这是一句赞扬的话，但是黛玉跟上一句，说她在别的上头心思还有限，唯独对这些人的佩带物越发留心。这话显然就是讥讽了，宝钗装没听见。事情到这里，本来应该也就一阵风似的过去了，但是，宝玉听说湘云有个金麒麟，一下就增加了对那只金麒麟的兴趣，贾母已经放下了，他却伸手取出揣在了怀里，当然，就被黛玉看见了，于是，引发出黛玉跟他越闹越大的冲突。

曹雪芹为什么要写金麒麟？历来有许多读者、评家进行过热烈的讨论、分析，但分歧不小，难以形成共识。

我们都知道，有一种通行本，书名就叫《金玉缘》。《金玉缘》这个叫法，跟曹雪芹一点关系都没有。在古本里面，曹雪芹列举了许多此书的异名，有《石头记》《情僧录》《红楼梦》《风月宝鉴》《金陵十二钗》等等，并没有《金玉缘》一说，最后大多称其为《石头记》。程伟元、高鹗他们攒出的一百二十回本子，定名《红楼梦》，《金玉缘》的叫法跟他们也没有关系。作为一种通行本，《金玉缘》出现在晚清，尽管一度流行，但从书名上看，就知道它离曹雪芹的原笔原意已经很远。

当然，《红楼梦》一书里，贾宝玉的通灵宝玉和薛宝钗的金锁，是两个非常重要，而且贯穿始终的道具。但是，抛开高鹗所续的四十回不去理它，单看曹雪芹的前八十回，书里已经很明确地写出，尽管有所谓和尚的预言，有王夫人和薛姨妈的努力，乃至有元春表达指婚意向，而且薛宝钗后来压抑不住也明显流露出了对贾宝玉的爱情，贾宝玉却是坚决抵制"金玉姻缘"的，第三十六回他在梦中大声喊出："和尚道士的话，如何信得！什么金玉姻缘，我偏说是木石姻缘！"——在程、高弄出的一百二十回通行本里，他们虽然篡改了一些曹雪芹前八十回里的文字，但贾宝玉这些旗帜鲜明的"梦话"他们还是保留的，那种把书名叫做《金玉缘》的通行本里也是有的。从书中贾宝玉这位大主角来说，他的一生，从某种程度上说，就是抵制、摆脱"金玉姻缘"的一生。即使在高鹗那"沐皇恩""延世泽"的续书里，贾宝玉被骗娶薛宝钗后，也还是挣脱"金玉姻缘"的樊笼，出家当了和尚。可见，用"金玉姻缘"来概括这部小说，是不合适的。

书里在第八回，正式写到了通灵宝玉和金锁，有非常细致的描写，还绘出图形。没想到在第二十九回，又出现了一个与通灵宝玉关联的金麒麟。这个金麒麟，到第三十一回更被凸显出来。金锁只是一个，金麒麟却有两个，一个小的，应该是雌的，由史湘云佩带；一个大的，应该是雄的，由贾宝玉得到。贾宝玉在清虚观将那只金麒麟揣在怀里，为的是拿去送给史湘云，好让一雌一雄的金麒麟凑成一对。

那么，贾宝玉留下金麒麟，并且想把它送给史湘云，是不是意味着贾宝玉想跟史湘云示爱呢？当然不是。书里写得很清楚，这个金麒麟的出现，首先扰乱了黛玉的心，本来宝钗的那个金锁，就时时刺痛着她的心，现在一金未除，又添一金，三角关系，似乎变成了四角关系。加上在清虚观里，张道士又当着众人给宝玉提亲，尽管贾母对张道士提亲加以了回绝，而且话里有话，骨子里是向着"木石姻缘"的，但黛玉并没有听懂。偏那金麒麟又来自于张道士那里，使得"金玉姻缘"的阴影变得更加浓酽。黛玉就觉得，钗、湘都有金，可以拿金跟玉相配，自己却没有可以拿来跟玉相配的物件，就跟宝玉闹，说什么别挡了宝玉的好姻缘，宝玉也就急了，赌咒发誓，闹得沸反盈天。书里有这样一段话："原来那宝玉，自幼生成有一种下流痴病，况从小时和林黛玉耳鬓厮磨，心情相对，既如今稍明时事，又看了那些邪书僻传，凡远亲近友之家所见的那些闺英阁秀，皆未有稍及黛玉者，所以早存留一段心事，只不好说出来……"他不好说出来，我们读者可以替他很明快地说出来，就是他爱黛玉，想娶黛玉为正妻，在这一点上，他是绝不考虑宝钗、湘云的。因此，他留下从清虚观里得到的金麒麟，并且打算送给史湘云以凑成一对，绝对与爱情无关，在那个时候，他只是觉得有趣而已。

黛玉关注金麒麟，是在清虚观打醮之后，而宝钗早就注意到，湘云是有一只小些的金麒麟的。曹雪芹写得很细，也很准确。贾母对湘云的金麒麟只有个模糊的印象，一来她老眼昏花，二来她也不必关注身边女孩子都佩带些什么。宝玉长期跟贾母住，以往湘云来了也是跟贾母住，他们在一个空间里玩耍，但金麒麟一般情况下是佩带在外衣里面的，并不显眼，偶尔露出来，宝玉也不会特别注意。书里没写黛玉早已关注湘云佩带金麒麟，但写到她俩同床睡觉，林黛玉当然看见过，不过在清虚观出现另一只金麒麟之前，黛玉可能觉得那不过是一件一般的佩带物罢了，没往意识里镶嵌，她心地确实有单纯的一面。宝钗却是个有城府的人，故事的那个阶段，宝钗还并没有跟湘云同住过，但女孩子间亲密接触，她就注意到湘云大衣服里头，佩带着一只金麒麟，当清虚观里出现另一只金麒麟后，她立刻会有体积上的比较，这当然并不一定意味着她对湘云身上的金麒麟早有戒备，但至少也说明她对任何小姐身上的金饰物都有超常的敏感性。

第二十九回清虚观打醮，是书里仅次于元妃省亲的大场面，而且故事的空间扩展到了宁、荣两府之外，但这两个大场面里，都没有史湘云出现。我在上几讲里分析过了，元妃省亲虚构性极强，作者写史湘云完全从生活的真实出发，凡虚构性太强的情节里，就不安排她出现；但清虚观打醮这段情节，我觉得却没多少纯虚构的成分，应该是非常之写实，没有史湘云出现，是因为在那次真实的打醮活动里，确实并没有这个人物的原型参与。元妃省亲的那些描写里，既没有史湘云出现，也没有关于她的任何信息，但是清虚观打醮的情节里，史湘云本人没有出现，却通过金麒麟，增加了关于她的信息。

关于金麒麟的事情，并没有就此结束。第三十一回，史湘云又来到了荣国府，她和她的丫头翠缕在大观园里面行走的时候，就有一段论阴阳的对话，翠缕问她什么是阴什么是阳，她就举出很多例子说明这个问题，说着说着，最后呢，在蔷薇花架底下，发现有一个不知道什么人失落的金麒麟，翠缕捡起来给史湘云看，史湘云一看，哟，文采辉煌，跟自己佩戴的那个一模一样，只不过更大更好。那么这个金麒麟是谁掉在那里的呢？看过前面一回的读者，不难猜出，那是贾宝玉不慎掉落的。从张道士那儿得到金麒麟以后，贾宝玉把它揣在怀里，后来可能穿上绦绳，佩带着玩儿；在上一回，就是第三十回，有一场戏，表现他站在蔷薇花架边上，隔着花架，看见一个女孩子蹲在那边，在地上不断地画出"蔷"字，当时宝玉只觉得奇怪，模模糊糊认出来那女孩子是府里养的小戏子——所谓"红楼十二官"之一——但究竟是哪一"官"，无法确定，她为什么反反复复地用簪子画"蔷"字？真是百思不得一解。后来忽然下起雨来，宝玉先劝那女孩子避雨，那边女孩子反过来提醒他，他才觉得被雨淋了，慌慌张张地跑开。曹雪芹没有明写宝玉慌张中掉落了金麒麟，但是读者读到湘云、翠缕在蔷薇花架下发现金麒麟时，应该能够明白，那就是宝玉从清虚观得到的金麒麟。

为金麒麟的事，黛玉跟宝玉大闹一场，但是通过宝玉"负荆请罪"，两个人有所沟通，基本上和好了。黛玉对金麒麟不那么戒备了，宝玉也不觉得金麒麟构成个什么事端了，就有一搭没一搭地佩带着它。宝玉为避雨竟将金麒麟失落，说明他是戴着玩儿，并不是特别珍惜它，可能佩带的绦绳不是特别结实，为躲雨一转身，就挣断了，就掉在那儿了，回到怡红院，他也没发觉。史湘云又来了，他本是准备把那金麒麟送给她的，见到她，也没有马上想起这件事，直到人家已经捡到那金麒麟了，他才想起来，而且还以为在袭人那里收着，袭人说你不是一直带着的吗？宝玉才发觉弄丢了。于是湘云这才知道，捡到的金麒麟是宝玉打算送给自己的，湘云就亮出那个金麒麟，宝玉一看，果然是在清虚观得到的那个。这个情节一直延续到第三十二回开头，有一个细节大家一定要记清楚，就是湘云把捡到的金麒麟亮出来以后，宝玉就伸手接过来了。他不是留着想送给湘云吗？现在正好在湘云手里，他应该说你别还我了，我本来就是要送给你的呀。但是书里这个地方写得有点怪，宝玉并没有实现赠送湘云的初衷，他还是把那金麒麟留下了。当然在这个过程里，宝、湘两个人有一些调侃性的对话，史湘云说，幸而是这个，明儿倘或把印也丢了，难道也就罢了不成？宝玉就说，倒是丢了印平常，若丢了这个，我就该死了。这些话，有些论家就总给上纲上线，说你看宝玉对官印嗤之以鼻，可见是反封建的。湘云呢？却把官印看得那么重要，可见湘云在思想上是落后的。其实大可不必这样看问题，我认为，这不过是少男少女之间在开玩笑。这两句玩笑话过去，前八十回里，就再没有涉及到金麒麟的情节了。

关于金麒麟的这些文字，究竟表达着怎样的意思？金麒麟上了回目，第三十一回下半回叫做"因麒麟伏白首双星"——在现存的古本里，除了杨藏本，其余的本子在回目里全强调了金麒麟，可见金麒麟至关重要，跟前面比如说第八回贾母送给秦钟的一个金魁星，那种过场戏里一晃而过的道具，不可同日而语。

　　什么叫"双星"？过去多指天上的牛郎星和织女星，引申开去就是指一对恋人、一对夫妻。那么"因麒麟伏白首双星"的意思，分解开来，应该就是"因为一对金麒麟，埋伏下一对白发夫妻"。

　　这就很费琢磨了。

　　确实，故事发展到第二十九回到第三十二回，情节里出现了一对金麒麟，一只是史湘云本来就有的，小一些，雌的；一只是贾宝玉从清虚观得到的，大一些，雄的。那么，最现成的解释，就是后来史湘云嫁给了贾宝玉，他们这对夫妻白头偕老。也就是说，史湘云"厮配得才貌仙郎"，那个"才貌仙郎"就是贾宝玉。

　　但是，恰恰在第二十九回到第三十回，重点写了宝玉对黛玉稳定不变的爱，以及贾母为他们的"木石姻缘"保驾护航。而第三十回和第三十一回，又写到史湘云叔婶已为她定亲，所定的夫君绝对不是贾宝玉。

　　本来，曹雪芹已经设计出了与贾宝玉那通灵宝玉相对应的，戴在薛宝钗脖子上的金锁，构成了"金玉姻缘"的阴影。把"金玉姻缘"和"木石姻缘"之间的拔河写好已经很不容易，没想到他又写到一对金麒麟，金上添金，构成了关于史湘云命运——也牵扯到贾宝玉——的大团疑云。这样去写，就更不容易了，所谓"何不畏难若此"？脂砚斋把曹雪芹的这种写法，叫做"间色法"。"间色法"本来是中国古典绘画里的一种技法。什么叫间色？大家知道，其实一种颜色是可以细分的，比如红色，红色从浅到深可以形成一个很长的谱系：淡红、微红、浅红、桃红、银红、胭脂红、芍药红、蓼花红、深红、大红、正红、朱红、紫红、金红、黑红……作画的时候，敢于在同一种颜色上再叠加同一谱系的颜色，比如我底子已经是红的，但是我上面还用另外一种红颜色来画，这是很难、很险的，非大画家、大手笔，不敢轻易尝试的。写小说也是这样，你已经设置了一个"金玉姻缘"的阴影了，忽然又再出来一对金麒麟，形成一团疑云，一时间人际关系变得格外复杂，三角，四角，乃至五角，来回扯动，这样展开情节，如果显得很费劲，很混乱，那读者可就读不下去了。但曹雪芹他写得很从容，情节流动仿佛溪水蜿蜒，潺潺有声，尽管一时不知底里结局，但读起来很自然，很舒服。这就是使用"间色法"的胜利。

史湘云在第三十一回就写到她定亲了，八十回里没写到她成婚，但是第五回里暗示了她的婚姻状况，《乐中悲》曲里说："厮配得才貌仙郎，博得个地久天长，准折得幼年时坎坷形状。"——可见八十回后会写到她由定亲到成亲。仅从这三句看，她是很幸运的，尽管她无法掌握自己的命运，任凭叔婶为她包办，但她所嫁的是个"才貌仙郎"，彼此都很满意，打算地久天长地白头偕老，这个婚姻，看来把她早年的坎坷不幸，全都补偿了。但是这个曲子到这里并没有结束，下面几句写的是最终结果："终久是云散高唐，水涸湘江。这是尘寰中消长数应当，何必枉悲伤？"最后那两句宿命论式的感叹姑且不论，"云散高唐"，"高唐"用的是战国时代楚国宋玉《高唐赋》的典故，指的是夫妻生活，那么，很显然，他们成婚时的美好愿望落了空，终久还是没有了夫妻生活；"水涸湘江"，用的是舜的两个妃子因为舜死于苍梧，最后溺于湘江的典故。那么可见史湘云婚后不仅是与丈夫分离，没有了夫妻生活，而且她丈夫后来根本就死掉了。"云散高唐""水涸湘江"，里面嵌进了她的名字，这个原本天真烂漫、爽朗豁达的女子，最后也还是入了"薄命司"里的册页。

史湘云与其定亲，并且最后嫁过去的那个丈夫，也就是那位"才貌仙郎"，越细想，越会觉得绝对不是贾宝玉。第三十一回王夫人提到她定亲，用的完全是议论别人家的口气，如果她定的亲是贾宝玉，王夫人怎么会那么跟她说话？王夫人是贾宝玉他妈啊。第三十二回，袭人跟她道喜，用的也是跟贾宝玉无关的口气。

既然"才貌仙郎"不是贾宝玉，那么，会是谁呢？前八十回里，有没有这位公子的踪迹？

我们现在无法看到曹雪芹写出的八十回后文字，但是，幸好脂砚斋给我们留下两条可贵的批语，使我们在迷茫当中看到了远方的霞光。一条批语是三十一回的回后批，说"后数十回，若兰在射圃所配之麒麟，正此麒麟也。提纲伏于此回中，所谓草蛇灰线在千里之外。"这就是说，曹雪芹是把《红楼梦》写完了的，脂砚斋看过全部书稿，那么脂砚斋再回过头来读到这个地方时，就加了这样一条批语，赞赏曹雪芹设置伏笔的技巧，透露出来，在八十回之后，有一个射圃的情节，其中有一个人叫若兰，若兰是一个简称，我们进行文本细读就会发现，在前八十回里，在第十四回，写到都有哪些王孙公子来参与秦可卿的丧事，所开列的名单里，出现过卫若兰，若兰显然就指的是卫若兰。这个卫若兰在射圃那段情节里，就佩带了一个麒麟，这个麒麟，就正好是翠缕捡起来给史湘云看的那个麒麟，也正是贾宝玉从清虚观所得到的那个大的公麒麟。史湘云一直佩带着一只小的雌麒麟，这个大的公麒麟最后不是佩戴在贾宝玉身上，而是佩戴在卫若兰身上，可见史湘云所定亲和嫁过去的那个"才貌仙郎"，不是贾宝玉而是卫若兰。

其实在金麒麟字样出现于正文之前，第二十六回，老早就出现了一条批语，说："惜卫若兰射圃文字迷失无稿，叹叹。"这条批语更短，但没有使用简称而写全了卫若兰的名字，更可见在八十回后，曹雪芹本已经完整地写出了关于卫若兰射圃的故事，但已经写成的文稿却神秘地"迷失"了，脂砚斋不禁发出无奈的叹息。

那么，一定会有人问：什么叫射圃？射圃跟习射、校射、射鹄子是一类意思。在清代，满人因为是通过武装夺取到政权的，所以后来历代皇帝，尤其是康熙帝，特别强调文治武功，就是既然已经把全中国统治了，当然要重文治，可是也绝对不能够弃武，所以皇帝带头习武，其中一个重要的项目就是练习射箭，贵族家庭里面也形成一种风气，就是男子经常要练习骑马射箭。当然到清朝后期，文治不行了，武功更是衰退，光绪皇帝弱不禁风，哪里还能骑射？八旗子弟也都只知吃喝玩乐，文不能文，武不能武——这是后话，且不多说。在曹雪芹所生活的时代，皇帝以及满洲八旗的男子，习武之风还是有的。那么这种情况，在《红楼梦》里面有没有反映呢？有的。大家如果回忆一下，在第二十六回里有这样一个细节：宝玉从怡红院出来，"只见那边山坡上两只小鹿箭似的跑了来，宝玉不解是何意，正是纳闷，只见贾兰在后面拿着一张小弓追下来"，宝玉问贾兰："好好的射他作什么？"贾兰就冠冕堂皇地回答："演习演习骑射。"当然宝玉对此很不以为然，说："把牙栽了，那时候才不演习呢。"这就是当时满族习武风气的一种反映。同时也是一个伏笔——后来贾府败落，其他人可谓"全军覆没"，唯独李纨、贾兰得以保全，贾兰参加科举的武举考试，考中后当了武官，李纨母以子贵，却喜极而死。另外就是第七十五回，写到贾珍召集一群贵族子弟，在宁国府天香楼下的箭道立了鹄子，在那里习射——鹄子就是箭靶子。当然贾珍他很荒唐，一开头说练臂力，后来就以"歇臂养力"为名开设赌局，闹得乌烟瘴气。贾赦、贾政没看到贾珍的荒唐面，认为自己家族"在武荫之属"，就是祖上所得到的宁国公、荣国公的封号，都是一种为皇帝在战场冲锋陷阵立下汗马功劳而获得的荣耀，往下传，无论是贾赦的一等将军，还是贾珍的三等威烈将军，都是属于"武"的品级，家族的这种以"武"获宠的光荣传统，应该继承，因此都很支持贾珍组织射鹄子，强迫宝玉也去习射，贾兰当然去了，甚至于最懒惰、最不愿意做正经事的贾环也只好去了。所谓射圃，应该就是类似的习射活动，只不过场地是在"圃"里，这个"圃"可能是"花圃"也可能是"菜圃"。卫若兰和一些人在"圃"里习射，那可能就并非贾珍主持的那种假招子，而是实战前的一种严肃认真的演习，而在那段情节里，卫若兰他身上就佩带着那只大的文采辉煌的赤金点翠的雄麒麟。

卫若兰是一位王孙公子，家庭背景、经济根基应该都很不错，从他名字的谐音来看，"气味如兰草一般"，相貌、气质也很好。可能是卫若兰到了适婚年龄，卫家通过官媒，与也正要给史湘云寻婆家的史家接上了头，双方把若兰、湘云的生辰八字一对照，不犯忌，恰可好，卫家再派妇女去史家相亲，见到湘云本人，印象颇佳，于是双方家长包办，就先定了亲，后来又正式成婚。卫若兰可能是个文武全才，飘飘然有仙气，形容为"才貌仙郎"未为不可。有的人坚持认为，只有贾宝玉才能称为"仙郎"，因为书里写明他是天界的神瑛侍者下凡，其实没有天界身份的凡人，如果实在好，也可以用"仙"来形容，妙玉是地上凡人，书里就称道她"才华阜比仙"，"阜比仙"就是超过了天上仙人。

第十四回，卫若兰的名字是跟冯紫英、陈也俊排列在一起的，陈也俊和卫若兰的名字，前八十回里都只出现了那么一次，但绝非废笔赘文，我在前面的讲座里分析出来，陈也俊可能和妙玉有关系，而卫若兰与史湘云有关系，脂砚斋在批语里明说出来。陈、卫既然与冯紫英并列，可见他们的生存状态相近。冯紫英在前八十回里多次暗出、明出，我在前面讲座里分析出，他是以"义忠亲王老千岁"为旗帜的"月"派政治势力的中坚分子，是与以忠顺王为代表的"日"派政治势力互相明争暗斗的，因此，八十回后卫若兰所参与的射圃活动，应该就是"月"派在拼力一搏前的军事演习。所谓"双星"，宽泛的意思指恩爱夫妻，严格地说，则指牛郎、织女相爱、相望却难以聚合，八十回后射圃的情节里，卫若兰应该是与史湘云处在生离死别的状态，分别前卫若兰把大的雄麒麟佩带身上，到进行军事演习时也不摘下。当然最后"月"派是失败了，卫若兰牺牲了，"云散高唐""水涸湘江"，"博得个地久天长"的美好愿望彻底落空。

说到这里，"才貌仙郎"的问题似乎解决了，"因麒麟伏白首双星"的问题似乎也解决得差不离了。

但是，细想一下，"因麒麟伏白首双星"的问题并没有解决，甚至问题的难度变得更大。上面我讲了那么多，只能说解释了"因麒麟伏双星"，"白首"就没解释到。史湘云和卫若兰结合的时候，双方都还非常年轻，故事往下流动，到"月""日"两派一决雌雄的时候，往多了说也无非只过了几年时间，他们怎么就会"白首"呢？如果"白首"不是指他们两个人，那又是说的谁呢？

张爱玲是优秀的小说家，也是红学家，她在《红楼梦魇》一书里，提出她的一种解释。她认为曹雪芹在写这部著作的过程里，不断调整乃至改变他的思路，开头，他是想写"因麒麟伏白首双星"的一段故事，这段故事将在八十回后出现，他预先在第三十一回通过回目加以预言，但是，写着写着，他改变主意了，他放弃了这样一个构思。张爱玲立论的根据，是她发现有一种古本，就是杨继振藏本，又称"红楼梦稿本"里面，第三十一回后半回的回目已经改成了"拾麒麟侍儿论阴阳"。既然曹雪芹已经放弃"因麒麟伏白首双星"的构思了，我们再去探究"白首双星"指的是谁，就没有意义，属于胶柱鼓瑟了。

但在传世的诸多古本里，只有这一种的第三十一回回目异样，因此，张爱玲的说法虽然自成一家，却难以成为共识，我就并不认同。

还有一种说法，乍听比较离奇，细想也不无道理。请问金麒麟是在哪儿出现的？是在清虚观里，跟张道士有关，而且金麒麟首先是被贾母看见的。那么在现场，有没有白头老人呢？当然有，一位就是贾母，另一位就是张道士——道士跟和尚不一样，和尚要剃成光秃，道士是要留胎发的，张道士应该已经是满头白发了——因此，"白首双星"，实际上暗伏的就是贾母和张道士，他们在年轻的时候，有所接触，产生过爱情，但是后来有情人未成眷属。贾母——那时候是史家小姐，她被嫁给了贾代善，而与她相恋的张家公子呢，就愤而到道观当了道士。请注意，张道士有一个特别的身份，他是荣国公的替身，也就是贾母丈夫贾代善的替身，这个身份，我们现代人听来相当古怪，其实在过去也并不多见，意味深长啊！书里写到清虚观打醮那段情节的时候，贾代善早就去世了，贾母守寡多年了，她到了清虚观，见到张道士，张道士说贾宝玉"这个形容身段，言语举动，怎么就同当日国公爷一个稿子"！说完先就泪流满面，贾母也由不得满面泪痕。这一对白发老人怎么回事啊？可见他们爱恋过，却如同牵牛星和织女星一样，永怀爱意而不能聚合一起，这种情形，用"因麒麟伏白首双星"来概括，不正严丝合缝吗？这种解读在清代就有评家提出过，历来的"红迷"也有这么去揣想的，我哥哥刘心化就多次跟我表述过这样的看法。请注意，我在这里只是介绍对"因麒麟伏白首双星"的一种独特理解，这并不是我的观点。

我为什么不认同上述观点呢？就是贾母和张道士见面流泪的情节，是在第二十九回，如果作者真要影射两位白发人的一段悲情前史，那"因麒麟伏白首双星"的回目就应该出现在第二十九回，可是这个回目却安在了第三十一回，第三十一回里已经完全没有了张道士的身影，贾母也退为一个背景人物，前半回描写的是晴雯撕扇，后半回写的是翠缕和湘云一问一答论阴阳，最后拾到金麒麟。《红楼梦》的回目总是起到概括本回故事情节的作用，第三十一的回目不可能例外地去概括第二十九回的内容，因此，把"白首双星"理解成贾母和张道士，固然不无道理也很有趣，却无法解释回目何以和内容错位。

那么，我们无妨再回到贾宝玉身上，来思考这个问题。史湘云定亲、完婚的那位"才貌仙郎"，是卫若兰而不是贾宝玉。但是卫若兰后来在射圃的时候，所佩带的那只金麒麟，就是贾宝玉从清虚观得到的，贾宝玉收起来，本来想送给史湘云，却中途失落了，又恰好被史湘云拾到，史湘云把拾到的金麒麟拿给贾宝玉看，贾宝玉接了过去，没有再送给她。第三十二回开头写到的这个细节，我上面提醒大家注意，注意它干什么呢？就是可以明白，那只大的雄的金麒麟是怎么到了卫若兰那里的。最大的可能，是八十回后交代出来，在卫若兰和史湘云正式完婚的时候，贾宝玉把它当作一个贺礼，送给了卫若兰。那当然是一件非常得体，也非常巧合的礼品：史湘云本来有一只小的雌的，卫若兰这下有了一只大的雄的，雌雄金麒麟合璧，见证他们的婚姻真乃"天作之合"。当然，八十回后还会写到，这桩美满的婚姻终究还是被狰狞的现实政治摧毁了。

那么，在卫若兰牺牲后，史湘云又怎么样了呢？卫若兰牺牲了，他佩带的那只大的雄麒麟又哪里去了呢？

大家应该注意到，第三十一回写到，翠缕捡起金麒麟，史湘云伸手擎在掌上，"只是默默无语，正自出神，忽见宝玉从那边来了"。史湘云是个话多的人，睡在床上还要咭咭呱呱，八十回书里对她抢话有多次描写，写她默然出神，只此一处。这是为什么？我认为，这就说明，史湘云被眼前的巧合震惊了，她可能模模糊糊地意识到，她自己佩带的雌麒麟和这只雄麒麟的遇合，是对她今后命运的一种预示。那么，史湘云未来命运的发展轨迹，在卫若兰牺牲后，会不会由于雄麒麟的依然存在，又有戏剧性的变化呢？虽然说贾宝玉并不是她与之定亲、成婚的那个"才貌仙郎"，却很可能与她在苦难中遇合，那只雄麒麟竟又到了贾宝玉身上，他们两个人"因麒麟伏白首双星"。如果八十回后有这样的情节，则这个回目安在第三十一回后半，就非常合适。

于是，我们的讨论，就必须再深入一步：八十回后，史湘云的命运，会不会有与贾宝玉因麒麟遇合的情节？下一讲再见。

史湘云结局大揭秘

　　第五回的册页里，关于史湘云的那一页，画的是"几缕飞云，一湾逝水"，判词是"富贵又何为？襁褓之间父母违；展眼吊斜晖，湘江水逝楚云飞。"这和《乐中悲》曲是互相呼应的。但无论是画幅、判词和曲子，对她八十回后的命运发展，都表达得比较含混，只是暗示出来，尽管她定亲、成婚，"厮配得才貌仙郎"，最后却未能"博得个地久天长"，云飞水逝，处境悲惨。

　　"才貌仙郎"卫若兰死掉了。怎么死的呢？应该是非正常死亡。

　　我在前面一些讲座里表述我自己的一个观点，就是曹雪芹在整个故事里面，渗透了一个很大的政治背景，就是康熙、雍正、乾隆三朝的权力斗争。当然作为小说，他不能明写，只能曲折隐讳，反映到小说里面，就有"月"派和"日"派之间的明争暗斗。卫若兰属于"月"派阵营，和冯紫英等是一伙，八十回里写了冯紫英跟着他父亲冯唐到铁网山去打围，"大不幸之中又大幸"，实际上就是为了"举事""踩点"去了，险些被"日"派察觉，总算有惊无险。八十回后，"月"派进一步"聚义"，曹雪芹写下了射圃的情节，就是"月"派为正式的军事行动进行演习，后来估计会写到"月"派对"日"派的殊死冲击——如果不正面描写，也会通过概括叙述或人物对话作出交代。但是，"月"派失败了，卫若兰在战斗中阵亡。从"月"派的角度看，他是一位烈士，史湘云就成了烈士遗孀。

　　卫若兰射圃时，佩带着贾宝玉在他迎娶史湘云时送给他的金麒麟，我们可以想见，他甚至在正式投入战斗的时候，也佩带着它，在战斗中受到重创，咽气之前，则委托尚有希望生还的战友，比如冯紫英、陈也俊、柳湘莲或其他人——最大的可能是冯紫英——把那只金麒麟再转交给贾宝玉，意思是把史湘云托付给贾宝玉，让他照顾这个不幸的表妹。

卫若兰死了。那么，史湘云是否立即垮掉了呢？从判词里"展眼吊斜晖"一句来看，她当然很悲痛，不得不凭吊来得如此迅速的陨落，但是，她没有完全绝望，没有夫死妇殉，她还足够坚强，继续在人生的道路上跋涉。因此，八十回后，应该还有她更多的故事。

而这以后的故事里，金麒麟仍是一个重要的道具。如果贾宝玉又重新得到了那只大的雄麒麟，那么，他一定会去找寻史湘云，如果找到，大的雄麒麟就会和小的雌麒麟再次聚集。也就是说，八十回后，应该有贾宝玉和史湘云遇合的重要情节。

有的人会说，史湘云应该很好找啊，他们是亲戚嘛，史湘云嫁到卫家以后，应该一直和贾家保持联系。但是八十回以后，四大家族以及相关的许多家庭，都发生了巨变。我在前面的讲座里，把自己的有关探佚结果跟大家详尽地讲述过，就是在"双悬日月照乾坤"这样一种政治格局下面的权力斗争中，"月"派彻底地覆灭了。在前八十回里，第七十五回就写到甄家已经被皇帝调取进京治罪，甄家是贾家的影子，书里也明写了贾家违反王法，替甄家寄顿财物，所以，八十回后，应该很快就会写到皇帝追究贾家。史家的两个侯爵，保龄侯史鼐、忠靖侯史鼎也在劫难逃——第四回写"护官符"的时候已经明确地告诉读者，贾、史、薛、王这四家是一损皆损的。冯紫英可能侥幸逃脱，把卫若兰托付给他的金麒麟，设法交到了贾宝玉手中，自己再隐姓埋名地去过流亡生活。而贾家很快被皇帝抄检治罪，贾宝玉也被逮捕入狱。在这样的大变故之中，因为卫若兰属于"逆党"，史湘云就是"逆属"，更何况她两家叔叔都倒了台，她就可能被官府作为罚没的"逆产"给拍卖掉了——我在《揭秘〈红楼梦〉》上卷（二）里引用过雍正朝苏州织造李煦被治罪后，家属被押到北京崇文门被拍卖的历史资料，这里不再详引。而书里的史家，原型就是李煦他们家——贾宝玉哪里还找得到史湘云呢？一场令人肠断心摧的离乱，使得他们可能连对方的准确信息都得不到了。

曹雪芹的八十回后的文稿虽然迷失了，但是通过脂砚斋在八十回里的一些批语，我们可以知道后面的若干具体情节，比如贾宝玉入狱后，在狱神庙里，当年被他醉酒后误撵的丫头茜雪，还有在贾府覆灭前就及时抽身离开嫁给贾芸的小红，她们去安慰、救助贾宝玉。贾宝玉年龄毕竟还比较小，而且贾府有关的政治性活动当中，也找不到什么他参与犯罪的证据，又由于有人救助，所以羁押一段以后，可能就把他遣返原籍，这是一种较轻的发落。而他的原籍是金陵，故事往后发展，从空间上说，就应该一度由北京转换到金陵地区。

根据我的探佚，贾宝玉在回金陵原籍的过程当中，又遭到了很多的磨难，因为有人告发贾宝玉新的"罪状"，忠顺王就去追索他。在这样一个情况下，就出现了妙玉。妙玉在最急难的时候，违背她师傅圆寂时的遗言——师傅说她一生不宜还乡——她的原籍也是金陵地区，可是为了救助宝玉，妙玉风尘仆仆，毅然往金陵而去，寻找宝玉的踪迹。在瓜洲渡口，妙玉就和忠顺王达成了一个协议，牺牲自己，救出了宝玉。在这个过程当中，又一个复杂的情节，就是妙玉在见忠顺王之前，又邂逅了史湘云，那时候史湘云经过几次转卖，沦为了瓜洲歌船上的乐女。妙玉赎出了史湘云，并且把放走宝玉、湘云作为跟忠顺王谈判的条件。因此妙玉不仅是为宝玉牺牲，她更使得宝、湘两个在离乱后遇合，遇合后宝、湘在颠沛流离中相濡以沫。

这样看来，第三十一回"因麒麟伏白首双星"的预言，到头来还是落到了宝、湘两个人身上。黛玉先沉湖，宝钗嫁宝玉后抑郁而死，宝玉万没想到，最后和湘云结成了伴侣，湘云更是始料未及。而他们的遇合，得力于妙玉的成全，也确实是因为一对金麒麟，埋伏下了一段姻缘。

我的探佚，除了对曹雪芹的前八十回进行文本细读，扒剔出伏笔线索，以及依据古本中的脂砚斋批语，还使用了曹雪芹在世时以及跟他生活时段相近的一些其他人的文献资料，不便一一列举。在这一讲，我只把跟史湘云命运大结局当中的最关键那一点的证据，跟大家陈述一下，以期共同进行讨论。

最关键一点，就是八十回后，贾宝玉和史湘云是不是遇合了？

我个人有一个比较独特的观点，在前面的讲座中提出来以后，引起很大的争论。看到各种不同的意见特别是批驳我的意见以后，我是很高兴的。我觉得《红楼梦》这一部奇书，它当中有一些需要去破解的文本现象，这不是少数专家就能够把它解决的，需要大家共同地来平等探讨，而且需要长时间探讨，各种不同的观点可以长时间地各自保留。通过不断地探讨，大家可以去加深对这部书的内涵以及曹雪芹写作的艺术手法的认识。

我个人对《红楼梦》十二支曲当中的《枉凝眉》这一支曲，有一个独特解释。我认为这支曲是以贾宝玉的口气来咏叹两个人：一个是史湘云，一个是妙玉。我认为，前面那一曲《终身误》里面，是以贾宝玉的口气咏叹了薛宝钗和林黛玉。为什么这四个人要用两支曲来加以咏叹呢？我又有一个独特的看法，就是在第五回，太虚幻境有四个仙女报了名字，她们的名字，影射着贾宝玉一生中最重要的四个女子，就是林黛玉、薛宝钗、史湘云和妙玉。我提出这个看法，完全不意味着我以为自己真理在手，别人就都是错的，我只是经过反复考虑以后觉得，我这个思路有它一定的道理，无妨讲出来供大家参考。

实际上，对《红楼梦》十二支曲的讨论是很繁难的，因为它会碰到一个均衡性的问题。比如有的人认为《终身误》就是写宝钗一人的，是用宝玉的口气咏叹宝钗；《枉凝眉》呢，则是用宝玉的口气咏叹他和黛玉的关系。可是，如果是这样，它就不均衡了。实际上，在《终身误》这首曲里面不仅是说到宝钗，分明也说到黛玉，它和前面那个薄命司册页一样，金陵十二钗正册的第一幅画、第一首诗，它就是黛、钗合一的，《终身误》明明白白也是黛、钗合一的。如果是这样的话，为什么又单给黛玉来一个《枉凝眉》呢？它就有一个均衡性方面的问题。

我关于《枉凝眉》的说法，也遇到一个均衡性的问题。我认为《终身误》是黛、钗合一的咏诵，《枉凝眉》是湘、妙合一的喟叹，这固然与太虚幻境四仙姑名字的隐喻可以相合，但后面的曲子里，为什么又单有关于湘云的《乐中悲》和关于妙玉的《世难容》两支曲呢？

　　这种不均衡，可能是曹雪芹故意的。你可以认为在《红楼梦》套曲里黛、钗不必均衡，那么我也可以认为湘、妙在套曲里也不必与其他各钗均衡，在有了关于她们两个合一的《枉凝眉》以后，因为她们的重要性——特别是在八十回后的重要性，可能曹雪芹就是刻意要为她们再各写一曲。

　　我的思路目前还没有改变，在我个人看来，《枉凝眉》曲里面有一些句子应该指的是史湘云，是从贾宝玉的角度，以他的口气咏叹到史湘云本身，以及史湘云和他的关系。

　　比如说"一个是阆苑仙葩"。我在前面讲座里一再跟大家说，林黛玉在天界是绛珠仙草，草与花有区别，这里的措辞却是"仙葩"，"葩"只有一个含义，就是花。在大观园的怡红院，种了一株海棠树，第十七回描写到它的时候（虽然那时候那处地方还没有命名为怡红院），曹雪芹特意用了"丝垂翠缕、葩吐丹砂"的字眼来形容。后来我们就发现，史湘云的丫头恰恰就叫翠缕。第六十三回"寿怡红群芳开夜宴"，参与者抽花签，史湘云抽到的，就是海棠花。曹雪芹以海棠花来喻史湘云，已经深入读者之心。"阆苑仙葩"指的应该就是史湘云。有人会说，"阆苑"是仙苑，"葩"又是"仙葩"，可是史湘云并没有仙界的身份呀。其实大观园的景象，堪比仙境，第十八回元妃省亲，众才女奉命作诗，迎春有句"谁信人间有此境"，李纨诗里用"蓬莱"、"瑶台"形容，林黛玉则明书"仙境别红尘"，可见"阆苑"就是指人间的园林；卫若兰可以称"才貌仙郎"，妙玉可赞其"才华阜比仙"，用"仙葩"形容史湘云这枝美丽的海棠花，有什么不可以呢？

　　在《枉凝眉》曲里，接着有这样的句子："若说没奇缘，今生偏又遇着他。"我认为这句话应在了贾宝玉和史湘云身上。贾宝玉在大观园里面嬉游的时候，他和史湘云相处得非常好，兄妹之情，处处流溢。可是，他们两个之间那时候并没有产生爱情，两个人都没觉得，他们之间会有一种奇异的缘分。可是，随着世事的变迁，在有生之年，他们两个居然在离乱后奇妙地遇合了。

　　再下面，"一个枉自嗟呀"，"一个是水中月"，发出嗟呀的是贾宝玉，所嗟呀的对象"水中月"，影射的也是史湘云。第七十六回在凹晶馆，史湘云和林黛玉两个人联诗，联到后来，两个人就想不出妙句了，这个时候，史湘云就看见有一个黑影，她就用一个小石片向湖中打去，只听得得水响，于是，"一个大圆圈将月影荡散复聚者几次"，一只鹤就惊飞了，史湘云马上吟出"寒塘渡鹤影"的妙句。"一个大圆圈将月影荡散复聚者几次"这句描写，实际上也暗示着史湘云后来更加坎坷的命运，她和贾宝玉的关系，就仿佛月影被石片打破一样，荡散复聚者几次。我觉得这也是一种暗示。

当然会有人说，这支曲最后的词句是："想眼中有多少泪珠儿，怎禁得秋流到冬尽，春流到夏！"说这更说明唱的是林黛玉了，林黛玉爱流泪嘛。您这个思路我很尊重，有一定道理。但是，贾宝玉他也可以流泪。因为大家知道，在第二十八回，贾宝玉到冯紫英家里面去喝酒聚会，聚会中大家轮流唱曲，贾宝玉就以自我咏叹的口气唱了一支《红豆曲》，《红豆曲》当中有一句就是"滴不尽相思血泪抛红豆"，宝玉他也有一腔痛泪，所以《枉凝眉》这个地方虽然出现了流泪，不一定非得往林黛玉身上去想，它也可能就是宝玉想起与妙玉、史湘云的奇异邂逅、生离死别，就觉得有流不尽的泪水。

如果说，把《枉凝眉》曲拿来证明八十回后会有宝、湘遇合的情节，难以服人，那么好，我们再看看，从前八十回书里，能不能找到其他相关的伏笔。

在书里，湘云是一个大诗人，她的诗才不让黛玉、宝钗、宝琴，往往还显得更敏捷，更灵动。那么，我们看看在湘云的诗里面，有没有那样的句子，能够让我们产生出关于她后来命运的联想。当然是有的，先来看她第三十七回的《咏白海棠》。她后来居上，一口气写了两首。别人都说，我们各写一首，觉得把话说尽了，哪里还写得出来？你怎么一下子就写出两首啊？她创作力就那么旺盛。在她的《咏白海棠》诗里，有这样的句子："自是婵娥偏耐冷，非关倩女亦离魂。"什么意思呢？"婵娥"这个"婵"，它用了一个"女"字边，什么叫"婵"？寡妇嘛，曹雪芹通过她的诗，再次向读者传递出这样的信息：她婚后会守寡。当然第五回通过判词和有关她的曲子——我现在说的还不是《枉凝眉》，是大家没有争议的《乐中悲》——就已经非常清楚地表明，她会成为寡妇，那么《咏白海棠》就跟第五回呼应，透露出她会成为"媚娥"。但诗里增添了新的信息，就是她成为寡妇后，没有丧失在严寒般的环境里继续活下去的勇气，"自是媚蛾偏耐冷"，多么顽强啊！那么继续活下去，会出现一个什么情况呢？叫做"非关倩女亦离魂"。倩女离魂是个有名的故事，最早被唐代的陈玄祐写成传奇《离魂记》，元代又被郑德辉写成杂剧《迷青琐倩女离魂》，清代时舞台上经常演出，它是一个爱情故事，简单来说，就是一个叫倩娘的小姐，与她表兄相爱，她父亲却偏把她许给了别的人家，她就病了，卧床不起，她表兄娶不到她，愤而远行，没想到夜里倩女忽然出现，说是来追赶他的，他们就共同生活，后来他们一起回倩娘家，倩娘父母大吃一惊，说倩娘一直昏睡不醒，没有离开家呀。谁知那个昏睡的倩娘忽然起来了，迎向回家的倩娘，两个倩娘就合为一体了——原来昏睡的倩娘的魂魄离开了肉体，去追赶她的表哥。那么曹雪芹就通过史湘云的这句诗，告诉我们：她虽然并非倩女，因为她跟表哥贾宝玉以前并没有爱情关系，但是她后来的命运遭遇，也等于是灵魂出了窍，直到与贾宝玉在离乱中遇合，才魂魄归体。这两句是对史湘云八十回后命运的最明显的暗示。当然，像"玉烛滴干风里泪，晶帘隔破月中痕。幽情欲向嫦娥诉，无奈虚廊夜色昏"这些句子也含有"月"派失败后，宝、湘命运发生逆转的不祥预告。

再比如说，第三十八回，是写菊花诗了。史湘云写的《对菊》里有这样一些句子："数去更无君傲世，看来惟有我知音。秋光荏苒休辜负，相对原宜惜寸阴。"使人感觉到好像是写一种经过苦难以后与亲友遇合、相对苦守的那种情形。《供菊》这首诗里面，她又写道："霜清纸帐来新梦，圃冷斜阳忆旧游。"就是在非常贫困、寒素的一种生活境遇中，她和另外一个人共度怀旧的岁月。当然，这样为人物设计所吟出的诗句，向读者喻示人物今后的命运，是曹雪芹的一种艺术手法，搁到那段故事里的具体情境里，当时写诗的人，并不知道那都是些"谶语"，似乎是无意识地"为艺术而艺术"地在写出了那些句子。

诗的意蕴总是比较朦胧的，《红楼梦》里的诗又是以角色的名义吟出，一般都包含着两层以上的喻义，就更加玄妙。一个诗句，人们可以从不同角度来理解它，因此，我这样来分析，也可能你还是不能信服，希望我再提供一些论据。那么，还能不能找到另外的佐证呢？我觉得还是有的。

大家知道，曹雪芹在创作《红楼梦》的过程当中，他还有一些社交活动，跟他交往的一些朋友留下了一些诗。比如说，他有两个最好的朋友是两兄弟，一个叫敦敏，一个叫敦诚，这敦敏、敦诚在他们流传至今的诗集里面，就都有涉及到曹雪芹的诗。敦敏有一本个人诗集《懋斋诗抄》，里面有一首《赠芹圃》——曹雪芹的正名叫曹霑，字芹圃，雪芹是他的号，当然他还有芹溪居士、梦阮等别号，只是我们现在习惯把他叫做曹雪芹。《赠芹圃》也就是赠给曹雪芹的一首诗，诗里面写到了曹雪芹的生活状态，发出了诗作者的感慨。诗里没有明显地涉及到《红楼梦》，但后四句是："燕市哭歌悲遇合，秦淮风月忆繁华；新愁旧恨知多少，一醉酕醄白眼斜。"燕市就是北京这座城市，秦淮是金陵的代称，当然金陵在过去是个比较宽泛的概念，把扬州、南京、苏州等一大片地方全包括在内，但秦淮河是在南京，而且至少从宋代起，直到清代，那里一直是所谓的"狎邪之地"，也就是妓馆密集的地方。那么在燕市这个空间里，发生了什么事情呢？发生了一个人与另一个人的"遇合"，其中一个人应该就是曹雪芹，因为这首诗是为他而写的，那么另一个人是谁呢？尽管诗句用了很含蓄的写法，还是不难判断出来，另一位是曾经沦落到秦淮青楼的女子。那个时代男子去妓院或在妓院外与妓女交往，都是常见的现象，《红楼梦》里就写到贾宝玉去冯紫英家赴宴，有锦香院的妓女云儿在座，而且云儿还知道袭人。但这句诗里写到的"秦淮风月"，一点没有寻欢作乐的意思，而是散发出非常悲苦的味道，它所传达出的信息，分解开来就是：曹雪芹跟一位不幸沦落到青楼的故旧女子遇合，二人回想起原来各自家族在金陵的繁华生活，不禁长歌当哭。前面我多次讲过，曹家三代四人担任江宁织造，金陵地区、秦淮河边，是他们家族发迹之地，不说别的，康熙六次南巡，四次住在他们家，经历的繁华景象到了不堪的地步。那么，谁家的女子会在跟他遇合后，就此产生强烈共鸣呢？应该就是多年来担任苏州织造的李煦家。李煦跟曹寅一起在金陵接待南巡的康熙，《红楼梦》第十六回赵嬷嬷说："只预备接驾一次，把银子都花的淌海水似的！""别讲银子成了土泥，凭你世上所有的，没有不是堆山塞海的，那罪过可惜四个字竟顾不得了。"那就是当年曹、李两家接驾情况的真实写照。大家更别忘记，李煦的妹妹嫁给曹寅为妻，就是曹雪芹的祖母，那么，曹雪芹在家败离乱后遇合的同辈女子，很可能就是李家的一位小姐，也就是他的一个表妹。

有类似内容的诗，敦敏写了不止一首，他另外一首诗题目很长，在讲薛宝钗的时候引过，现在必须再引：《芹圃曹君霑别来已一载余矣，偶过明君琳养石轩，隔院闻高谈声，疑是曹君，急就相访，惊喜意外，因呼酒话旧事，感成长句》。从诗题可以知道，曹雪芹在写作、修订《红楼梦》的过程里，曾经南下一年，这首诗里又有两句："秦淮旧梦人犹在，燕市悲歌酒易醨。"这两句可以跟上面引的几句比照着理解，表达的是同样的意蕴，但是，强调了"人犹在"。我推敲的结果是：曹雪芹跟这个能一起重温"秦淮旧梦"的"人"，并不是这次他下江南时才遇合的，他们早就遇合了，而且是在"燕市"也就是北京遇合的，那位女子可能是自己从秦淮沦落之地辗转回到北京，遇到曹雪芹，如同倩女魂归原身，与曹雪芹共同生活。曹雪芹离京到金陵一年，据周汝昌先生考证，是到两江总督尹继善那里暂做幕宾，实际上他是为完成与修订《红楼梦》，体验生活并补充素材去了。他回来后，敦敏与他闻声相聚，兴奋异常，写成此诗，句中的"人犹在"字样，说明那位与曹雪芹遇合的女子，在曹雪芹离京后，一直坚守，而曹雪芹既然回来，也必然会继续"悲歌"——"悲歌"可以理解成写作《红楼梦》，曹雪芹的另一位朋友张宜泉在他病逝后伤悼他的诗里，就有"白雪歌残梦正长"的句子，也是以"歌"代书，而且点出所写的书是个"长梦"，可惜著书人逝去，"歌"成了"残"的了。

前面所引的《红楼梦》里的曲词诗句，毕竟都是曹雪芹代小说角色所拟，而敦敏、张宜泉是生活中实有之人，他们写给曹雪芹的诗不是虚构"代拟"，而是实实在在地写曹雪芹的生活状况。因此，我们可以得出这样的结论：曹雪芹的《红楼梦》八十回后的内容里，关于贾宝玉和史湘云遇合的情节，是有真实的生活依据的。当然，他以真实的生活为素材，但在表现八十回后史湘云这个角色的命运时，比起八十回里那种基本排除虚构的写法，他有所变化，显然增加了"真事隐"、"假语存"的力度。

有人可能要进一步追问了，说你现在说了这么多，我还是不大相信。你怎么就见得在八十回后，必有贾宝玉和史湘云又遇在一起、共同生活的情节呢？你能不能举出更多的、过硬一点儿的证据呢？我还是可以举出来的。

《红楼梦》成书、流传的时间已经很长了，即使从甲戌本出现的一七五四年算起，也已经超过了二百五十年。在最早时候，它以手抄本形式流传，现在我们所能看到的古本，只是当年流传的手抄本当中的沧海之一粟，大量的都在社会动荡中湮灭掉了。可是，从乾隆朝中期一直到清末，再到辛亥革命以后的中华民国初期，都有一些人在他们的著作里，记载了一些他们所看到的古抄本的情况，下面举些例子。

在咸丰年间，有一个叫赵之谦的人，他写了一部著作叫做《章安杂说》，里面就记载了他所知道的《石头记》的八十回后的情节。他说有什么情节呢？有"宝玉作看街兵，史湘云再醮与宝玉"。什么叫再醮？就是寡妇再嫁，这是很重要的线索。

大家知道乾隆时期有个大文人叫纪昀，也就是纪晓岚，他写过一部《阅微草堂笔记》，后来有人用甫塘逸士的署名写了部《续阅微草堂笔记》，作者说他认识一个叫戴诚夫的人，看见过一个《石头记》的"旧时真本"，这个真本八十回后"皆不与同"，就是和当时社会上已经广泛流传的程伟元、高鹗他们所推行的那种一百二十回本子的那些情节完全不同。怎么个不同呢？他说"旧时真本"里的情节是这样的："宁、荣籍没后"——"籍没"就是被皇帝抄家了——"皆极萧条，宝钗亦早卒，宝玉无以作家，至沦于击柝之流"——"击柝"就是打更，打更有各种方式，击柝是拿一个盒形的木头，再拿一个木槌子来敲击它，发出"梆梆"的响声——"史湘云则为乞丐，后乃与宝玉仍成夫妇。"而且，这条记载最后还有一个结论，说为什么这个书里面有一个回目叫做"因麒麟伏白首双星"呢？就是因为是这样的结局。"因麒麟伏白首双星"到头来应在了宝玉和史湘云的身上。这位记述者还说，当时吴润生中丞家还有这么一个抄本，他打算抽工夫去拜访，借来一睹为快。

这样的记述虽然宝贵，但是过于简略。我们读了仍然会有疑问，特别是这一点："白首"怎么理解？如果说是贾宝玉跟史湘云白头偕老，那不到头来还是个喜剧吗？而《红楼梦》它整个是一个彻底的大悲剧的构思，曹雪芹通过第五回，非常明确地告诉我们，最后的大结局是"好一似食尽鸟投林，落了片白茫茫大地真干净"。如果贾宝玉和史湘云后来遇合，虽然是身为乞丐，物质生活非常的匮乏，回想往事不堪回首，但是，毕竟他们两个从小一块儿长大，知心合意，这样的一对男女生活在一起，他们内心应该还是有幸福感的，何况他们白头偕老，也就没有了宝玉的悬崖撒手了——而这也是前八十回里一再暗示，脂砚斋在批语里也一再提及的。可见，"白首"应该不是"白头偕老"的意思，而是说他们遇合时，因为经历了太多的惊恐磨难，白了少年头。

实际上关于"旧时真本"的记载还有很多。同治时期，又有一个叫濮青士的，他说在京师看到过《痴人说梦》一书，他转引《痴人说梦》里的记载，说有一个古本里面写的是："宝玉实娶湘云，晚年极贫。""拾煤球为活。"所谓拾煤球，其实就是拾煤核，北京过去冬天人们取暖都是用煤炉子，烧煤球，煤球烧完了以后，就变成了灰白色，但是有的没有烧透，煤核里面还有点黑，还可以把它捡拾出来作为燃料，或者自己用来取暖，或者加工以后卖给别人。据他说，宝玉和湘云最后就是靠拾煤核过日子。那个本子里还写道："宝、湘其后流落饥寒，至栖于街卒木棚中。"街卒，就是看街兵，北京现在前门外还有一条街，它的名称写出来是大栅栏，但是老北京人称呼它却是"大市烂儿"。乾隆时期它就是一条商业街道，街里的商家每家出点钱，购置了一批活动栅栏，白天挪开，入夜拿来封街，管理栅栏和夜里巡逻的，就是街卒，街卒往往也兼更夫。当然这样使用街卒的街道不止一条。据濮青士说《石头记》八十回后的情节里，就有宝玉、湘云遇合

460

后贫无所居，宝玉就当了街卒，晚上两个人就在街卒歇脚的木棚里栖息。

到了清末民初，有一个叫陈弢庵的，这个人就口气更大一点，他说他直接看到过"旧时真本"，他说前面那些人只是听说，转述别人的见闻，他说我可是真看见了。当然他也可能是吹牛，不过我们现在不好去判断，估计他是真看过。因为在当时，议论《红楼梦》，研究《红楼梦》，说你看到过真正的古本，既得不到名也得不到利，朋友之间讨论可能很热闹，搁到社会的正式台面上，还是吃不开的，主流文化还是排斥《红楼梦》这种"旁门左道"的，所以想必他那么说，是真有那么回事。

他说他得到一个本子，这个本子他读得很细，他说八十回后写的是：薛宝钗嫁给贾宝玉不久，就病死了。史湘云出嫁不久也守寡了。后来，史湘云跟贾宝玉遇合，就结缡了——结缡就是结婚的意思。宝玉曾落魄为看街人，住堆子中。堆子是什么地方？清代的北京，在城边上，或者在一些胡同边上，有一些破烂的半截墙围成的肮脏空间，连屋顶都没有，跟废墟差不多，叫做堆子，是最没有办法的穷人过夜的地方。这和前面有人说看到宝玉落难后住在街卒木棚里，大同小异。

再往下，陈弢庵提供的"旧时真本"内容就更具体也更独家了，他说书里是这样写的：有一天，北静王从街头经过——八十回里北静王正面出场，暗写、旁及也有好几次，八十回后北静王还存在，并且依然保持着原来的状态，这也合理，这个角色和"月派"比较近乎，跟"日"派忠顺王之间有过对蒋玉菡的争夺，但是他跟皇帝的关系一直比较和谐，是一个能够在权力博弈中取得平衡的人物，"四大家族"覆灭后，他并没有被皇帝整治——前面有仆从喝道，根据那时候的规矩，听见了喝道，在贵人来到之前，看街兵就都必须从木棚或堆子里出来垂手侍立，可是街边堆子里的看街兵却没有出来，于是仆役就大怒，就冲到里面把那个街卒薅出来了，并且立即就要痛加挞伐。在这种情况下，那个街卒就高声地喊冤枉。北静王一听，这个声音很熟悉呀，于是，就让仆役且不要打人，让他们把喊冤的人带过来，亲自讯问。结果带过来一看，并不认得；但是询问时听那声音，确实熟悉；

再细看、细想，哎呀，是贾宝玉啊。大家一定还记得《红楼梦》第十四、十五回里面关于贾宝玉路谒北静王的那些描写，北静王对他是多么赞赏啊，没想到竟在这种情况下邂逅了，北静王就把贾宝玉带回王府，让他痛说前因后果。可惜陈弢庵没有说出更多的内容，但仅就他说出来的而言，已经足以调动起我们寻找、阅读迷失掉的古本的热情。

这些有关"旧时真本"的记载不尽可信，但是，这些不同时代的人在不同的书里所记载的虽然也有所不同，其中相同部分却很多，相同的部分就是贾宝玉和史湘云后来遇合了，结为夫妻了。如果说有的情节是生发出来，甚至是空想出来的，可是其中那个合理内核我们应该是可以承认下来的。

曹雪芹将怎么样保持他整部小说的大悲剧结局呢？他会写到史湘云悲惨地死去，他会写到贾宝玉悬崖撒手，彻底地对人间失望，回归天界。就这一点而言，它不符合生活当中曹雪芹和他那个李氏表妹的真实情况，虽然史湘云这个角色，我在上几讲说了，在八十回里面的情节，应该和生活原型距离最近，虚构成分最少，但是为了保持一个全书的大悲剧结局，他可能不得不在八十回后让史湘云这个角色也终于死掉。这样来处理，会在他的创作心理上形成一些障碍——原型就在身边，角色却还是要写死。我一开始讲史湘云的时候就提出一个问题：为什么史湘云出场前后始终没有一段叙述性的文字来概括她的来龙去脉？就是因为曹雪芹和史湘云原型他们两个斟酌再三，觉得非常为难，你前面都非常真实，可是最后呢，"秦淮旧梦人犹在"，你拿我做原型写成一个艺术形象，到头来却要把角色的生命结束。虽然这样处理原型也能同意，可是怎么来写一段关于这个人物的概括性叙述文字呢？就比较费神思。所以我们现在看到八十回的文本里面，就始终没有一段这样的文字。

当然新的问题就来了：既然史湘云的原型就在曹雪芹身边，那么，她会不会就是脂砚斋呢？下一讲，我就来说说自己的见解。

史湘云脂砚斋之谜

现在我们要探讨一下，脂砚斋究竟是谁？会不会就是书中史湘云的原型？

脂砚斋是曹雪芹写作《红楼梦》的一个合作者，一个助手，在有一种古本叫甲戌本里面，干脆就把脂砚斋的名字写进了正文："后因曹雪芹于悼红轩中披阅十载，增删五次，纂成目录，分出章回，则题曰《金陵十二钗》……至脂砚斋甲戌抄阅再评，仍用《石头记》。"

脂砚斋这个人，就在曹雪芹身边生活，曹雪芹写《红楼梦》，脂砚斋整理文稿，进行编辑。甲戌本的那个甲戌，指的是乾隆十九年，也就是公历一七五四年，既然叫做"抄阅再评"，可见这之前就有初评，不是第一次整理出来的本子了。初评的时候，还没有确定这部书究竟怎么定名，因为曹雪芹和他的一些亲友，想出了很多种书名：《石头记》《情僧录》《红楼梦》《风月宝鉴》《金陵十二钗》，到了再评的时候，脂砚斋在这本书的各种不同名字里，选定了一个，"仍用《石头记》"。现在我们所能看到的古抄本，大约有十四五种，其来源基本上都是脂砚斋阅评本，因此绝大多数都叫《石头记》。当然有的在一种之中又衍生出变异的文本，如戚蓼生作序的本子，把所有的这些本子全算上，那种数就更多了。

脂砚斋留下的抄阅评点本，除了甲戌本以外，现在比较有名的还有一个叫做己卯本，这个己卯指的是乾隆二十四年，即公历一七五九年，叫做四阅评本。初评本我们现在没找到，再评本我们现在有一个甲戌本，但是甲戌本不完整，只留下十六回，不是第一回到第十六回，是断断续续的，加起来一共十六回。己卯本回数多一些。较为完整的是庚辰本，就是乾隆二十五年，公历一七六〇年的古本，这个本子有七十八回之多。庚辰本书上有"四评秋月定本"字样，可见脂砚斋第四次抄阅评点，是从己卯年冬天延续到了庚辰年秋天。初评本我们没找到，三评我们现在也没找到，五评我们也没找到。但是有这个再评和四评，我们已经很欣慰了，尽管它们都不是最原始的脂砚斋的自用本，都是经过至少一轮过录——就是照着脂砚斋的自用本再誊抄出来——但它们的文字应该是最接近曹雪芹原笔原意的，可以使我们大饱眼福。

脂砚斋主要的工作是整理文稿，进行编辑。有时候脂砚斋会提醒曹雪芹，你写成的这部分，还缺什么，该补什么。比如在古抄本第七十五回，就有一则校阅记："乾隆二十一年五月初七日对清。缺中秋诗，俟雪芹。"什么叫对清？就是脂砚斋有一个曹雪芹的手稿本，自己有一个抄阅本，曹雪芹写书可能用行草，笔走龙蛇，一般人读起来困难，脂砚斋熟悉他的笔体，就用清晰的字迹来进行抄录，一边抄一边编辑评点。这一步工作告一段落以后，脂砚斋就会回过头来，再将曹雪芹的原稿和自己的抄录比照校对，完成了就叫对清了。对清以后，有时就会有简短的编校记录。乾隆二十一年五月初七日对清以后，脂砚斋就发现第七十五回"缺中秋诗"，需要提醒曹雪芹补上。第七十五回当中应该有三首吟中秋的诗，贾宝玉一首，贾环一首，贾兰一首。这也可见曹雪芹的写作习惯，他往往先把叙述性文字写出，里面需要嵌入的诗词歌赋先空着，等有了兴致的时候再去补入。第七十五回的三首中秋诗，虽然有脂砚斋郑重地以单页校对记提醒，不知道为什么曹雪芹始终未及补入，我们现在看到的所有古本里都仍然空缺。这当然是件无比遗憾的事情。但就这一个例子已经充分说明，在《红楼梦》成书的过程中，脂砚斋是一个非同小可的人物。

有时候，脂砚斋会提出很重要的建议，比如说要求对已完成的书稿进行删改。最有名的例子就是第十三回，原来叫做"秦可卿淫丧天香楼"，脂砚斋就要求曹雪芹把它改掉，最后就改成了"秦可卿死封龙禁尉"。不仅是改了回目，曹雪芹还听从其建议，删去了很多文字，大约有四五叶之多——线装书一叶相当于现在正反两面两个页码，量非常大。这说明脂砚斋在雪芹面前，很有权威性，不是一般的编辑。

有时候，脂砚斋甚至直接来写，比如说第二十二回，有一条批语说："凤姐点戏，脂砚执笔事，今知者寥寥矣，不怨夫！"在书里面写到贾母喜欢看戏，大伙儿就给贾母点戏，点她喜欢看的戏，凤姐点了一出什么戏呢？点的是《刘二当衣》。《刘二当衣》是一出插科打诨的滑稽戏，能让贾母一笑忘忧。那么这一笔是谁写的呢？"脂砚执笔"。可能是曹雪芹写到这个地方的时候，停笔琢磨：写凤姐给贾母点出什么戏合适呢？曹雪芹一时没想好，没写出来，脂砚斋就干脆替他来写，《刘二当衣》就是脂砚斋想出来、写进去的。当然对于这条批语，也有不同的理解。一种理解是：书里的凤姐文化水平比较低，点戏时要把戏名拿笔写出来，凤姐自己不会写，就由旁边一个人来代为执笔，那么可见脂砚斋就是书里的一个角色，在那段情节里就在现场，在贾母、凤姐身边，当然那个角色不叫脂砚斋，经过分析可以判断出，替凤姐执笔写《刘二当衣》戏名的，应该是史湘云，那么，这样一种解释，也就常用来证明，脂砚斋就是史湘云的原型。还有一种理解，就是这条批语感叹的是书外的一件事情，就好像第八回写到贾母送给秦钟的表礼有一个金魁星时，脂砚斋写下一条批语："作者今尚记金魁星之事乎？抚今思昔，肠断心摧！"脂砚斋从书里想到书外，想到作者和自己都知道的一件真实生活里的事情，感慨良多，于是写下批语。那么这条条批语，也可以等同于关于金魁星一类的批语，批语里的"凤姐""脂砚"都指的是生活原型，当年有过那么一种情况，可是"今知者寥寥"，令脂砚斋很伤感，"不怨夫"！这样去理解也很好，说明曹雪芹写这部书，是有坚实的生活依据的，不仅人物有原型、事件有原型，细节乃至道具，都有原型。不过这三种解释里，我个人认同第一种。用今天的话语来说，就是脂砚斋在强调这一个细节写作的著作权，凤姐点戏这一笔的著作权不属于曹雪芹，属于脂砚斋。当然在那时候写《红楼梦》这样的书是寂寞的事，不但无名无利，还要担风险，曹雪芹和脂砚斋不存在著作权纠纷，他们亲密合作，互相激励。脂砚斋写下这条批语，应该是比较晚的时候了，多少也有一些调侃的味道。这条批语，也使我们知道《红楼梦》成书有着复杂的过程。写了十年啊！脂砚斋也是反复地抄阅评点，那些批语不是一次写下的，最早的和最晚的之间会差很多年，写这条批语时，脂砚斋觉得作者以及其他能陆续接触到书稿的人，大都把自己执笔写这个细节的情况忘怀了，就特意发出感叹，在伤感中记载下成书的艰辛。

　　脂砚斋在编辑过程当中，写出的批语数量很大，方式非常多，有总批、回前批、回后批、眉批、侧批，还有双行夹批，在大字写出的正文当中，夹进用双行小字写下的批语，有时候还用红颜色的墨来写批语，叫朱批，在回目前面，有时候还写出诗词。可惜现在的古本上的批语虽然保留得不少，可是丧失的可能更多，原因是在辗转抄录的过程当中，负责誊写的人觉得太麻烦——把那么多形式复杂、分散各处的批语逐一按原样抄下来也确实很费工力，还有就是抄书的人对批语的价值缺乏认识，不懂得这是一部奇异的书，脂砚斋的那些批语与曹雪芹的正文有着血肉相联的关系，于是在抄批语时偷工减料，甚至把批语全部省略，只录正文。所以，现存的各个古本上，有的回里批语很少，有的回几乎一句批语都没有了。当时抄书也往往不是一个人抄，全书篇幅很大，由若干人分抄，不嫌麻烦或者看重批语的抄手，就多留或全抄批语，偷懒的就抄成没有批语的"白文"。还有一个人念几个人听写的产物，那样的抄本往往更轻视批语，呈现的面貌就更差了。

　　尽管在流传的过程里，脂砚斋批语有很多流失，但现在我们所能看到的还是不少，不算双行夹批，光是各种古本里可以找到的基本不重样的批语，就有一千八百多条，这些批语的内容非常丰富，是我们理解《红楼梦》文本内涵、写作依据以及创作过程的宝贵财富。

　　脂砚斋对曹雪芹在书中表达的重要观点，提出了权威性的阐释。仅举一例：第五回里，警幻仙姑提出了一个概念，叫做意淫。意淫这个词，现在你打开平面传媒也好，特别是你打开电脑，看网络上的语言也好，往往都把它当作是一个贬义词。这是望文生义，认为意淫既然由"意"和"淫"两个字组合而成，一定是"意识里淫荡"的意思，说某某人意淫某某，就是指斥这个人心术不正，在心里头去猥亵别人，甚至想跟别人发生不正当关系，很卑劣，很下流。意淫这个词是曹雪芹发明的，他在《红楼梦》第五回里，通过警幻仙姑之口说出来。请您仔细读读《红楼梦》原文，体会一下，你就会发现，在曹雪芹笔下，它是一个褒义词。脂砚斋对曹雪芹杜撰的这样一个重要语汇，进行了最权威的解释，先说"二字新雅"，然后说："按宝玉一生心性，只不过体贴二字，故曰'意淫'。"脂砚斋认为意淫等同于体贴，与"皮肤滥淫"相对立。我在《揭秘〈红楼梦〉》上卷（二）里讲到贾宝玉时，有比较详尽的分析，这里不再展开。从这一个例子就可以看出，脂砚斋的批语很厉害，对曹雪芹的思想进行直截了当的权威性阐释。他们生活在一起，共同完成《红楼梦》的创作，脂砚斋的阐释不能不信。

另外，脂砚斋还对人物进行褒贬。书里面写到各种角色，脂砚斋对某些角色提出看法。比如说第二十四回写到贾芸，贾芸想到荣国府去谋一个差事，老谋不上，苦闷，还曾经到他舅舅家里去想借点钱，好作为活动经费，来打通王熙凤的关节获得职位，结果他舅舅对他非常不好，回到家里面，面对母亲，他就隐瞒舅舅对他不好的表现。这个地方，脂砚斋就对贾芸作出评价："有志气，有果断"，"孝子可敬，此人后来荣府事败，必有一番作为"。这当然就不仅是评价人物，连贾芸在八十回以后的情节里会起到什么作用，都有所提示了。

有时候，脂砚斋还会对人物原型直截了当地进行指认。我现在进行原型研究，有人说你是不是太牵强啊？有人认为小说就是纯虚构，讨论小说不必讨论什么原型。这种看法，起码是片面的。世界上有各种各样的小说，没有原型彻底虚构的小说当然是其中一种，但是有原型的写实性质的小说更是重要的品类。《红楼梦》是一部具有自传性、自叙性、家族史性质的小说，它就是有原型的，首先人物大都有原型。脂砚斋作为曹雪芹身边的一个合作者，他们共享原型资源，在批语里就常常指出原型。比如说第二十五回里出现了一个马道婆，按说这个马道婆是一个很次要的角色，只出场那么一回，应该是个纯虚构的人物。有人就说，肯定是作家灵机一动，想出这么一个人物，就把她写进来了，为的是推动情节的发展嘛。马道婆在贾母面前为了骗灯油钱，说了一大篇话，后来又去见赵姨娘，帮赵姨娘去魇王熙凤和贾宝玉。马道婆这个人物有没有原型呢？脂砚斋就告诉我们，不但马道婆这个人是真的，而且马道婆当时骗灯油钱那些话，全是真的：" 一段无伦无理信口开河的浑语，却句句都是耳闻目睹者，作者与余，实实经过！"你看，书里写的那些马道婆的浑话，根本就是当年脂砚斋和曹雪芹共同在场亲见亲闻的！

上面已经提到，脂砚斋还不时由书里想到书外，比如第八回写秦钟要到贾氏家塾附读，贾母就赠了他一个荷包并一个金魁星。一般读者读到这个地方，往往会忽略不计，好像很无所谓的泛泛一笔。什么是魁星？过去读书是为了能够在科举当中名列前茅，认为有一个魁星神能够保佑参加科举的人夺魁，因此当时社会上有魁星崇拜的风气，除了在魁星阁一类地方供奉魁星，也会用一些材料——包括镀金乃至使用纯金制作出魁星的形象作为赠予读书人的礼品。魁星的形象接近于我们平常看到的佛寺里的罗汉、金刚之类，但是戴着官帽，意味着今后能够官运亨通。魁星这种东西现在已经不流行了，很少见到，如果偶然觅到，你千万好好收藏，是一种很有研究价值的文物。书里写了一笔金魁星，连一句形容都没有，有什么可特别注意的？但是脂砚斋一看到这句，就情不自禁写下声泪俱下的评语。脂砚斋并不是说自己相当于秦钟，而是提醒作者，在真实的生活中，自己也从长辈那里得到过金魁星，而"余"在现场，时过境迁，不堪回首。类似这种见到书里不过一笔带过的叙述，就大受触动写出批语的例子还有很多，比如第三回写到宝玉"色如春晓之花"，脂砚斋立刻回忆起："'少年色嫩不坚牢'以及'非夭即贫'之语，余犹在心，今阅至此，放声一哭！"第三十八回写到宝玉让丫头把用合欢花酿的酒烫一壶来，脂砚斋就发出感叹："伤哉！作者犹记矮𩥇舫前以合欢花酿酒乎？屈指二十年矣！"这都进一步说明，脂砚斋评点《红楼梦》，跟清初金圣叹评点《水浒》、毛宗冈评点《三国演义》、陈士斌评点《西游记》不是一回事，金、毛、陈虽然是大批评家，可是他们和所评点的著作的作者不是同一时代的人，更不是合作者，他们不可能提供关于成书过程及作者的背景资料。程伟元、高鹗印行一百二十回的通行本以后，历代出现的评点本的那些评家，如护花主人、大某山民等等，他们连通行本的后四十回根本不是曹雪芹写的都闹不清，就更不可与脂砚斋同日而语了。

有时候，脂砚斋会发出对世道人心的喟叹，一些批语类似现在的杂文。比如第四回写到薛蟠视人命官司为儿戏，"自为花上几个臭钱，没有不了的"，有的古本"臭钱"又写作"臭铜"，都是一个意思。这个时候，脂砚斋就有这样的批语："是极！人谓薛蟠为呆，余则谓是大彻悟。"这是很沉痛的语气，正话反说，实际上也是对腐败、黑暗的社会现实的一种批判。

脂砚斋还有大量的批语是对曹雪芹的艺术手法进行分析，使用了很多独特的词汇，有的被我不断重复，如"草蛇灰线，伏延千里"；再比如"一树千枝，一源万派，无意随手，伏脉千里"；还说曹雪芹使用了"倒食甘蔗法"，渐入佳境。会吃甘蔗的人是从梢吃起，越到底下越甜。在第一回的批语里，脂砚斋有一个对曹雪芹艺术手法的总概括："事则实事，然亦叙得有间架，有曲折，有顺逆，有映照，有隐有见，有正有闰，以至草蛇灰线、空谷传声、一击两鸣、明修栈道、暗度陈仓、云龙雾雨、两山对峙、烘云托月、背面傅粉、千皴万染诸奇……"第二十七回又说："《石头记》用截法、岔法、突然法、伏线法、由近渐远法、将繁改简法、重作轻抹法、虚稿实应法，种种诸法，总在人意料之外，总不见一丝牵强，所谓'信手拈来无不是'是也。"请注意，里面有许多其实是中国画技法的专业语汇，可见曹雪芹和脂砚斋本身一定都擅绘画。脂砚斋还善于巧引诗词来借喻曹雪芹写作技法的高妙，前面我引过"柳藏鹦鹉语方知"，类似的还很多，如"五尺墙头遮不得，留将一半与人看""日暮倚庐仍怅望""隔花人远天涯近""一鸟不鸣山更幽"……有时又借用俗谚："一日卖了三千假，三日卖不出一个真""人若改常，非病即亡""不如意事常八九，可与人言无二三""人在气中忘气，鱼在水中忘水"等等。脂砚斋有时会把现成的词语和自己独创的形容词混合运用，比如第四十六回写到鸳鸯抗婚，鸳鸯在急难中提到一起度过许多岁月的姊妹们，在那个地方，脂砚斋就批道："余按此一算，亦是十二钗，真镜中花，水中月，云中豹，林中之鸟，穴中之鼠，无数可考，无人可指，有迹可寻，有形可据，九曲八折，远响近影，迷离烟灼，纵横隐现，千奇百怪，眩目移神，现千手千眼大游戏法也！"

当然，对于想知道曹雪芹在八十回后迷失的文稿里究竟写了些什么的人们来说，脂砚斋批语里对八十回情节内容的不少引用、透露和逗漏，至为宝贵。前面我已经讲到不少，这里再强调一处：第十九回写宝玉在宁国府里"见繁华热闹到如此不堪的田地"，就想摆脱，想出去玩儿，他的小厮焙茗就偷偷带着他去了袭人家。袭人当时回家过年，见他来了以后大出意料，也大为欢喜，就热情招待他。在这个过程当中，袭人就想找点东西给宝玉吃，可是，"袭人见总无可吃之物"，可见宝玉平常多么娇贵，当时袭人家已经不穷了，小康了，过年炕桌上摆满了吃的，可是袭人觉得哪样也不能给他吃。这个地方，脂砚斋就有一个批语："以此一句，留与下部后数十回'寒冬噎酸齑，雪夜围破毡'等处对看。"这就透露出来，八十回后宝玉会沦落到那样穷困潦倒的地步。

当然，脂砚斋在批语里面也有一些很异常的文笔。比如记载这部书"被借阅者迷失"，还有一次是记下"索书甚急"。这些记载从语气上看，有难言之隐。我们由此可以推测出，这部书稿的命运是非常坎坷的。有人借去一些文稿读了以后就不还了，如果是粗心大意倒也罢了，后来又有人索书甚急，这是干什么呀？这就使我们想到了文字狱，想到了文字狱的阴影。曹雪芹和脂砚斋就是在这种情况下进行写作和编辑的。

在批语里面，脂砚斋记载了曹雪芹的去世。在第一回的批语里面有这样的句子："能解者方有辛酸之泪，哭成此书。壬午除夕，书未成，芹为泪尽而逝。余尝哭芹，泪亦待尽……"这就更说明他们俩的关系非常亲密，不是一般的编辑者，不是一般的批书者，他们根本就生活在一起。这里写下的壬午年，是乾隆二十七年，因为阴历和阳历总要错位，壬午年前面数月按阳历算，是公历一七六二年，但壬午除夕，则已是公历一七六三年。有的专家经过严密考证认为，这条批语因为是很多年后写下的，脂砚斋误记了，曹雪芹应该是癸未年除夕去世的。曹雪芹究竟是乾隆朝代的那个壬午年除夕去世的呢？还是癸未年除夕去世的呢？换句话说，究竟是公历一七六三年去世的呢？还是一七六四年去世的呢？学术界对此有争议。我们不去讨论这个问题，反正相差只在一年之间。我们要记住的是：曹雪芹去世以后，脂砚斋还继续活着，并且还在翻阅曹雪芹的遗稿——也是自己先前的抄阅评点的定本，在上面不断增添一些新的批语。

　　读者们一定注意到了，我用了这么多篇幅介绍脂砚斋，可是一直避免使用"他"或"她"的代称，因为，要确定脂砚斋是谁，特别是要说明其人就是史湘云的原型，首先必须弄清性别。那么，脂砚斋究竟是男是女呢？在《红楼梦》第二十回和第二十一回之间有一首诗，它前面有一句话："有客题《红楼梦》一律，失其姓氏，惟见其诗意骇警，故录于斯。"脂砚斋不说是自己写的，说是别人写的，自己只是把它记录在那里。其实这首诗很可能就是脂砚斋自己写的，因为诗里提到了"脂砚"，不便于"自我供认"。这首诗是这样的："自执金戈又执矛，自相戕戮自张罗。茜纱公子情无限，脂砚先生恨几多？是幻是真空历遍，闲风闲月枉吟哦。情机转得情天破，情不情兮奈我何！"这首诗的内容，我曾在前面的讲座里分析过，这里不重复分析了。我在这里只是再次提醒大家注意：它模糊了小说文本和小说之外的界限，把"茜纱公子"和"脂砚先生"并举。

　　我曾经指出来，脂砚斋应该是一个女性，有人跟我争论，说这里面分明写的是"脂砚先生"呀，"先生"就只能是男性。其实在古代，对自己所尊敬的女性称先生是可以的。唐朝大诗人王维迷恋道教，对有道行的道士特别崇敬，他写有《赠东岳焦炼师》诗，头两句是："先生千岁（一作载）余，五遍岳曾居。"那么焦炼师是男道士还是女道士呢？她是盛唐时期著名的女道士，当时许多大诗人都崇敬她，为她写诗，大诗人李白也写有赠她的诗，李白的《赠嵩山焦炼师》一诗前面有序，头几句就是："嵩丘有神人焦炼师，不知何许妇人也。又云生于齐、梁时，其年貌可称五六十。"可见古人有称女性为"先生"的先例。虽然在过去有称女士为先生的例子，特别是称有学问的女士，可是毕竟"先生"有两解，你还是可以认为"脂砚先生"就是男的。好在有古本《红楼梦》可查，如果你读的是甲戌本，你就会发现，它有凡例——凡例是全书开始时候的一段文字，应视为正文，凡例里有一首诗："浮生着甚苦奔忙，盛席华筵终散场。悲喜千般同幻渺，古今一梦尽荒唐。谩言红袖啼痕重，更有情痴抱恨长。字字看来皆是血，十年辛苦不寻常！"第二十回和第二十一回之间那首"客题诗"和这首"凡例诗"，二者的亲缘关系非常清楚，那首诗里面出现了两个人物，一个是茜纱公子，一个是脂砚先生；这首诗里面也有两个人物，一个是红袖，一个是情痴。情痴与茜纱公子对应，红袖与脂砚先生对应，而红袖是女性的符码，当无异议。所以说，脂砚斋是一个女性，我们可以初步把她肯定下来。

通读脂砚斋批语，许多批语都明显是女性口吻；有的是中性口吻，男女都可以那么说；少数批语分明是男性口吻。

我们现在看一看，有哪些批语可以证明脂砚斋是女性，而且不是一个一般的女性。比如说第二十六回有这样一条批语："玉兄若见此批，必曰：'老货！他处处不放松，可恨可恨！'回思将余比作钗、颦乃一知己，余何幸也！一笑。"当时他们两个年纪虽然不是很大，但是白了少年头。而且，那个时代，人寿命也比较短，人过了三十就过了半生了，所以互相之间开玩笑，作者可能就称这个批书者为老货，这个老货是男是女呢？这个老货自己就说清楚了，曹雪芹"将余比作钗、颦乃一知己"，能够和宝钗、颦儿——就是黛玉——相提并论的"知己"，从书里看，只能是史湘云啊！脂砚斋在另一条批语里说："一部大书起是梦……故'红楼梦'也，余今批评，亦在梦中，特为梦中之人，特作此一大梦也。"她坦白自己是"梦中人"，也就是作为一个人物原型，构成了书里的一个角色。第三十八回贾母在藕香榭回想起史家当年有一个枕霞阁，在前面讲座里我已经发表了看法，小说里贾母和湘云那个史家的生活原型就是康熙朝苏州织造李煦家，贾母原型是李煦的妹妹，湘云原型是李煦侄孙女，那么在书里这个地方脂砚斋就写下这样的批语："看他忽用贾母数语，闲闲又补出此书之前，似已有一部《十二钗》一般，令人遥忆不能一见！余则将欲补出《枕霞阁中十二钗》来，岂不又添一部新书？"试想，如果脂砚斋原型跟贾母原型不属于同一家族，她怎么会有补出《枕霞阁十二钗》的念头？怎么会具备那样的素材、拥有那样的能力？

甲戌本上还有这样的"泪笔"，就是在曹雪芹去世以后，脂砚斋继续加批语，含泪执笔说："今而后惟愿造化主再出一芹一脂，是书何幸，余二人亦大快遂心于九泉矣！""一芹一脂"，这就是夫妻关系了，"余二人"这种称谓，就说明不但是女性，推进一步就是相当于妻子那样的一种女性。

我在前面几讲说了，史湘云的出场安排得很古怪，前面没有一段介绍史湘云是谁的话，之后也没有一段叙述性的文字来概括史湘云是谁，可是，综合全书八十回的描写，我们仍然可以对史湘云得出一个完整的印象。可是，你要仔细读批语的话就会发现，脂砚斋对史湘云可是很早就注意了。在第十三回，写秦可卿的丧事，忽听喝道之声，忠靖侯史鼎的夫人来了，在曹雪芹的正文里面并没有史湘云出现，有一种通行本上写史湘云领头出迎，那是乱加的，他为什么乱加？因为他可能看到过一条脂砚斋批语，这条批语写在忠靖侯史鼎夫人出现的地方："史小姐湘云消息也。"就可见批书的人她就知道史湘云和忠靖侯史鼎的夫人之间的关系，那就是她婶婶嘛！由此也可以判断出，批书的脂砚斋就是史湘云的原型，她对书里关于自己的间接信息也很敏感，所以她才加这样的批语。

第二十五回，写王夫人抚爱宝玉，本来这样的描写按说也犯不上你批书人大批特批。结果，这个地方就出现了这样的批语："普天下幼年丧母者齐来一哭！"后面写宝玉被魔后经解救苏醒过来，"王夫人如得了珍宝一般"，又批道："哭煞幼而丧父母者。"书里黛玉幼年丧母、宝钗幼年丧父，只有湘云襁褓中父母双亡，能写出这样批语的，就是史湘云的原型。

有"红迷"朋友可能会说，行了，不必再罗列更多例子了，你说到这儿，我承认，确实有不少批语能证明脂砚斋是女性，而且不是一般的女性，是跟宝钗、黛玉齐肩的一种女性，而且和生活当中的曹雪芹关系密切，简直就是夫妻的女性，可能就是史湘云的原型，可是你刚才不是说了吗，书里面还有一些分明男子口吻的批语，这怎么解释？这可不能回避开呀！

书里面搞不清是男是女的批语数量不少，且不论。分明是男子口吻的批语也有，比如第十八回写到元妃省亲，龄官她们十二官演出非常成功，元春看了觉得很好，点名让龄官加演，管理她们的贾蔷就让龄官演《游园》《惊梦》，龄官就说这不是本角之戏，执意不演，非要演《相约》《相骂》。这儿就有一条批语，说"余历梨园弟子广矣"，就是说我见到的梨园弟子太多了，"各各皆然"，都这德性，而且，"亦曾与惯养梨园诸世家兄弟谈议及此"，写这条批语的人当然是男的，那个时代闺中小姐怎么可能养梨园弟子，又怎么可能与"诸世家兄弟"见面聚谈各自养戏子的情况呢？而且，这个人对小说里面写的这个情节，觉得生活当中是存在过的："余三十年前目睹身亲之人，现形于纸上……"

这是怎么回事呢？我有我自己一个解释，就是在脂砚斋整理文稿、写大量批语的同时，也有一些其他的和曹雪芹关系密切的人，或亲或友，拿到稿本以后，也在上面添加一些批语，这些批语也随着古抄本流传了下来。这类批语的作者有的还署了名，自觉地跟脂砚斋区别开来。比如第十三回，有一个人读到秦可卿托梦那段话，批道："语语见道，字字伤心，读此一段，几不知身为何物矣！松斋"松斋就是写批者的署名。还有一个人，落下自己的名字叫梅溪。其实在第二回，脂砚斋有一个批语，把这个事儿挑明了。她说："余批重出。余阅此书，偶有所得，即笔录之，非从首至尾阅过复从首加批者。故偶有复处。"她把她批书的情况说得清清楚楚，又说："且诸公之批，自是诸公眼界；脂斋之批，亦有脂砚取乐处……"她就告诉我们，除了她，还有一些人，她统称为"诸公"，说他们的批语体现他们的眼界；我写我的心得，是我的乐趣。但她是一个主批人，其余的都只不过偶尔批上一点。因此，在古本的批语里出现一些男人口气的批语，是一点也不奇怪的。像谈到三十年前养戏子情况的那条批语，就是一位当时年纪应该在五十岁左右的男子写下的。

当然，在讨论脂砚斋身份的时候，往往又会碰到另外一个困难，就是如果你熟悉古本，你会发现，什么松斋啊，梅溪啊，还有什么叫做立松轩的，叫玉蓝坡的，这些人的名字出现都是非常偶然、非常少的。但是，另外一个署名后来频频出现，就是畸笏叟。畸笏叟和脂砚斋究竟是一个人，还是两个人呢？而且，畸笏叟这个署名最后一个字是"叟"，"叟"就是老头的意思，那不就是一个男性吗？所以，这个问题也不能回避，不得不加以讨论。

如果你仔细翻阅古本的话，你就会发现，这个问题看起来很难解释，实际上也不是不能够加以辨别的。在早期的抄本里，在庚辰本以前，也就是乾隆二十五年以前的古抄本上，署名最多的就是脂砚斋，畸笏叟为零。到了乾隆二十七年，壬午年之后，批语开始出现畸笏叟的署名，而一旦有了畸笏叟的署名以后，就没有脂砚斋的署名了。这个文本现象，对我们讨论这个问题是有利的，于是可以这样理解：史湘云的原型，她开头一直署名脂砚斋。后来，她改署畸笏叟。

在有些古本当中，比如说第二十七回，先有一条批语，它是脂砚斋的："奸邪婢岂是怡红应答者。"是评小红的。小红这个人物出现的时候，表现得非常诡异，在那样一个时代，她胆敢"遗帕惹相思"，她是真遗帕吗？她就是在和贾芸调情，她很大胆地通过交换手帕来与贾芸定情，打定主意今后去嫁给这个人。看到这样的描写，脂砚斋就有这样一个批语，判定她是一个"奸邪婢"，"岂是怡红应答者"，就是这样一个危险的人物，怎么能留在怡红院里面来供宝玉使唤呢？脂砚斋写下这条批语时，她还没有读到曹雪芹后面的文稿，当时曹雪芹跟她合作可能也很有趣，曹雪芹在有的地方还不先告诉她以后怎么写，您先看着、先编着再说，于是她有这样的批语。这条批语有时间上的落款："己卯冬夜"。这个己卯年应该是乾隆二十四年。就在这个批语旁边，突然又有一条批语，是后补上去的："此系未见抄后狱神庙诸事。丁亥夏，畸笏。"畸笏无疑就是畸笏叟的简称。这个丁亥年应该是乾隆三十二年，写在前一条批语的八年之后。这不就是她自己在纠正吗？当然那时候她已经看过曹雪芹八十回后的文稿，知道了曹雪芹笔下的小红原来是一个被肯定的人物，后面有她到狱神庙救助宝玉的情节，无论如何不能说小红是"奸邪婢"。脂砚斋和畸笏叟是同一人在不同年代的不同署名，显而易见。

周汝昌先生对史湘云有专门的研究，他的一些观点我不尽认同，但是他有很精彩的论述，比如说他提出来在书里面有三种禽类是史湘云的象征。

给一般读者印象最深的，当然是鹤。因为她和林黛玉在第七十六回联诗时有"寒塘渡鹤影"的名句。其他两种一般读者就都很可能忽略。第六十二回，大家一起喝酒，湘云赢了宝玉，逼着宝玉说一串话，要求很高："酒面要一句古文，一句古诗，一句骨牌名，一句曲牌名，还要一句时宪书上有的话，总共凑成一句话。"这很难的，宝玉才思没有敏捷到那个程度，最后黛玉说我帮你说，黛玉帮着宝玉说了，是这样："落霞与孤鹜齐飞，风急江天过雁哀，却是一只《折足雁》，叫的人《九回肠》，这是鸿雁来宾。"这一串话都象征着史湘云后来的命运。那一串话里，"孤鹜"和"折足雁"也是史湘云的象征，"鹜"是鸭子的意思。鹜、雁、鹤分别是史湘云一生当中不同阶段的不同生命状态的象征，周汝昌先生指出，"孤鹜"跟"畸笏"的意思相通，"孤"和"畸"都是孤独失依的意思，史湘云褓褓中父母双亡，以"孤鹜"自比当然贴切。当然，"孤"和"畸"也有特立独行的意思。史湘云婚后痛失夫君，成了"折足雁"。后来与贾宝玉遇合，穷困中相濡以沫，如鹤渡寒塘。周先生指出，"鹜"和"笏"的古音是一样的，所以，"畸笏叟"其实就是"孤鹜嫂"的谐音——来自金陵的人"嫂"字发"叟"的音，"叟"是"嫂"的调侃性写法。这样，就把性别的问题也解答了。周汝昌先生的这个解释，可供大家参考。

归根结底，我的结论是什么呢？就是史湘云的原型就是曹雪芹祖母家族的一个李姓表妹，她的家族败落以后，她历经磨难，和曹雪芹遇合，共同生活，并且帮助曹雪芹撰写了《红楼梦》。当然，她个人更主张把这部书叫做《石头记》。她前期化名脂砚斋，后期化名畸笏叟，对这部书不断地进行编辑整理、加批语。古本里标明年代最晚一条批语是"甲午八月"，我们由此可以推算出，那是乾隆三十九年的八月。曹雪芹去世是在乾隆二十七年或二十八年的除夕，则她在曹雪芹去世以后，起码还继续存活了十一二年。

下编

红楼心语

观花修竹能几时？

1

观花修竹，后面还有四个字：酌酒吟诗。这是《红楼梦》第一回，写到甄士隐这个人物，介绍他的生存状态时出现的语汇。

书里说甄士隐的身份是"乡宦"。查《现代汉语词典》，没有"乡宦"的词条，查《辞海》，连增补本也查了，也没有这个词条，到百度网上去查电子词典，也没有这个词汇，但是点击网页，却有一系列涉及"乡宦"两个字的信息出现，多半是古典小说或者相关评论里的内容，也包括《红楼梦》里关于甄士隐的文字。那么，乡宦是一种什么身份呢？

从书里描写看来，甄士隐住在姑苏阊门外十里街仁清巷葫芦庙隔壁，从空间位置上说，不在城里，但也还不是乡野，用今天的语汇说，是居住在"城乡接合部"，城里人认为那里已经是"郊区"，真正的农村里的农夫可能又会认为那里是"街市"。从社会族群的归属来说，甄士隐一定是当过官，但书里看不到他还在继续当官的迹象，显然他已经用不着上班理事了，过的是闲居的生活。但是他的年龄呢，说是"如今年纪半百，膝下无儿，只有一女，乳名英莲，年方三岁"，也不能算很老，脂砚斋说曹雪芹的写法是"不出荣国大族，先写乡宦小家"。后来写到荣国府，贾政出场，那员外郎贾政的形象，似乎比第一回的甄士隐还要略老些，每天去上班，案牍劳烦，有时还要出长差，虽然住在豪华的大宅院里，但真正能够跟亲属一起享受闲适的机会很少。他在大观园建成后去验收时，看到稻香村的景象，说了句

479

"未免勾起我归农之意"，过去有的论家就说他是虚伪，我倒觉得贾政那样说，起码是"一时的真诚"。

甄士隐年纪不过是刚及半百，何以就可以有官宦的身份而又不必去打理官宦的事务？他"每日只以观花修竹、酌酒吟诗为乐"，成为"神仙一流人品"，"家中虽无甚富贵，然本地便也推他为望族了"。书里没有更多的交代，我们无法知道他没到退休的年龄，怎么就挂冠而居，看来不大像是被贬斥的，即使是被罢了官，用今天官场的行话来说，也是"软着陆"，权力是没有了，尊严还在，自己"禀性恬淡，不以功名为念"，主动取边缘生存的姿态，倒也悠哉游哉，自得其乐。

2

甄士隐在整部《红楼梦》里，只是个起引子作用的人物，他和贾雨村一样，具有象征意义，即"真事隐，假语存"，实际上也就是作者告诉读者，他是从生活原型出发来写这部书的，"至若离合悲欢，兴衰际遇，则又追踪摄迹，不敢稍加穿凿，徒为供人之目而反失其真传也"。

在故事正式开始前的"楔子"里，曹雪芹还有这样的说法："今之人，贫者，日为衣食所累；富者，又怀不足之心。"那时的社会，呈葫芦形态，两头大，中间小。所谓两头大，不是两头一边大，富者那一头，好比接近葫芦嘴的那个小鼓肚，四大家族，宁、荣二府，都属于其中的一部分，这个社会族群的基本心态，就是贪得无厌，第七十二回贾琏对王熙凤说："这会子再发个三二百万的财就好了！"听听这口气，胃口有多大！贫者那一头呢，好比葫芦底部的那个大鼓肚，书里写到的王狗儿家，算是较穷的了，其实比起那些社会最底层的更大量的生命存在，还是强许多，王狗儿的岳母刘姥姥毕竟还能挖掘出跟葫芦那头的富贵鼓肚里的人际关系来，破着脸跑到荣国府里去"打秋风"，凭借装傻充愣插科打诨竟然满载而归，这是葫芦底下那个大鼓肚里的更多人家不可能有的幸运。曹雪芹写《红楼梦》，他主要是写葫芦嘴下边那个小鼓肚里的故事，葫芦底部大鼓肚的事情写得很少，但是，他的了不起之处，就在于通过写贵族家庭的荣辱兴衰，让读者对那个时代的整个"葫芦"的形态，通过阅读中的想象和补充，都能了然于心。

甄士隐出场的时候，既不在葫芦的小鼓肚里，也不在葫芦的大鼓肚里，而是在两个鼓肚之间的那个细颈当中，具体而言，也就是非贫非富。今天把这种人叫做中产阶层，这个社会族群在漫长的中国历史进程中，始终似有若无，是"两头大中间小"的那个"小中间"。直到上个世纪后二十年以后，这个"葫芦颈"才开始拉长、变粗，但也只是跟过去比，长了一点、粗了一点，跟两头比，就还是显得势单力薄、幼稚脆弱。

中产阶层最可自慰之处是衣食无忧。说甄士隐是乡宦，他有没有定期发放的宦银呢？看来是没有，如果有，他后来也就不一定非去依靠岳丈。但他有带夹道的住宅，书房外有小花园，至少有两个使唤丫头和一个男仆一个小童，生活可谓小康。他的经济来源，应该是当官宦时积攒了一些俸禄，后来置了点田庄，从中取租。

在那样一个时代，中产阶层尤其是一个变动最大的社会族群。葫芦上头小鼓肚里的一些人，会因为种种原因，从那个小鼓肚里坠落到葫芦颈里来，比如书里的柳湘莲，就是破落世家的飘零子弟，从生存状态上看，比甄士隐更暧昧，具有游动、冒险的浪漫特征，但从经济生活小康和政治上的边缘化上看，可以与甄士隐一起划归到中产阶层一类中。葫芦底下的大鼓肚里，也会有一些人通过这样那样的办法，使自己从大鼓肚上升到葫芦颈中，刘姥姥的努力使王狗儿家达到小康便是一个例子；像醉金刚倪二，虽说是市井无赖泼皮之流，但是经济上逐渐增加着积累，可以在一定程度上不受主流政治约束自由生活，其实也是补充入中产阶层的一员。

中产阶层的成员，有安分不安分之别。甄士隐属于安分者。他满足已达到的经济状态和生活格局，过着享受琐屑生活乐趣的雅致而悠闲的生活。书里写到他抱着爱女到街门前看那过会的热闹。过会，曹雪芹没有展开描写，但那种乡俗直到上世纪仍活跃在中国民间，鲁迅先生写过一篇《五猖会》，记录他目击的景况："开首是一个孩子骑马先来，称为'塘报'，过了许久，'高照'到了，长竹竿揭起一条很长的旗，一个汗流浃背的胖大汉用两手托着；他高兴的时候，就肯将竿头放在头顶或牙齿上，甚至于用鼻尖。其次是所谓'高跷'，'抬阁'，'马头'了……""却只见十几个人抬着一个金脸或蓝脸红脸的神像匆匆地跑过去……"过会，虽然多半有迷信的成分，比如祈雨，但那华丽的游行方式，却构成了俗世的共享欢乐。

据周汝昌先生考证，曹雪芹出生于雍正二年闰四月二十六日芒种节，《红楼梦》第一回写一僧一道要把幻化为通灵宝玉的女娲补天剩余石拿到太虚幻境警幻仙姑那里，让警幻仙姑将它夹带到"一干风流孽鬼"当中，让它下凡历劫，实际就是让贾宝玉落草时，嘴里衔上它，因此贾宝玉和通灵宝玉在人世间的"凡龄"，总是一致的。书里写到甄士隐梦中见到一僧一道，还与通灵宝玉有一面之缘，还跟到了太虚幻境的大牌坊下，但就在这时，"忽听得一声霹雳，有若山崩地陷"，从梦中惊醒，他大叫一声"定睛一看，只见烈日炎炎，芭蕉冉冉"，可见是久旱景象，接下去写他抱着英莲看过会的热闹，那过会的内容，应该就是祈雨。而曹雪芹诞生时，恰逢久旱后降下倾盆大雨，金陵一带旱情得到缓解，这也是他父亲给他取名为"霑"的缘由。细读《红楼梦》里第一回的文字，就觉得周先生的论述很有道理，这一回暗写了贾宝玉的降生，元妃省亲那年贾宝玉十三岁，往回推十三年，就是甄士隐抱着女儿在门前看过会的这一年。

3

甄士隐的中产阶层生活，被曹雪芹写得很生动，也很透彻。

中产阶层的居住条件，比贫者要好，但跟宁、荣两府那样的贵族阶级比起来，就不仅是寒酸，而且，有一个最鲜明的差别，那就是无法享受"隔离带"的保护。

《红楼梦》里的宁、荣二府，之间是有小巷隔开的，但那小巷也属于他们的私产，外人不得擅入，他们也可以根据生活需求加以改造利用。府第有高大的围墙，门禁森严。书里写刘姥姥一闯荣国府，"来至荣府大门石狮子前，只见簇簇轿马……蹭到角门前，只见几个挺胸叠肚指手画脚的人，坐在大板凳上，说东谈西呢"。刘姥姥上前低声下气地去求他们往里通报，那些人连撵逐她的兴致都没有，"都不瞅睬"，诓她到一边去傻等，要不是内中一位老年人发了点善心，支使她绕到后门去寻机会，那刘姥姥就是等到太阳落山，也难迈进府门。把贵族阶级跟贫民阻隔开的不仅有建筑格局上的空间距离，更有由下属仆人所形成的人际距离和心理距离。

中产阶层就难以那么居住了。甄士隐虽然有还比较宽敞的居住空间，但隔壁就是葫芦庙，以及其他邻居。甄士隐本人对这样的居住条件非常适应，他会抱着女儿到门外看过会。贾赦、贾政乃至贾珍，会出现在府第门外，抱着或牵着自己的孩子，看街上的热闹吗？贾母在大观园探春住的秋爽斋里，忽然听到鼓乐声，以为那是街上传来的哪家娶媳妇的热闹，围随她身边的人们就都笑着跟她解释，平头百姓住的那些街巷离得很远，就是有人娶媳妇，哪里听得见？那鼓乐声，是从府里梨香院那边传过来的，是他们家的小戏班子的女孩子们，在演练呢。社会上的富人，其富贵程度越高，住宅越高级，跟社会贫民的空间距离就越大，情感和心理距离也越远，这是一种规律性现象。

不仅是进入自己的官衙和住宅会有一个隔离带，就是出行时，贵族人物也有保护性屏障。贾雨村发达后，以新太爷身份重回故地，甄家在门前买线的丫头早被喝道声吓回家门，"隐在门内看时，只见军牢快手，一对一对的过去，俄而大轿抬着一个乌帽猩袍的官府过去"。

有些中产阶层的人士，为自己还不能富贵羞愧，主要就羞愧在财不够巨大、宅不能独立、行不能气粗上。

甄士隐却属于深谙"小康胜大富"的中产阶层成员。他不但会抱着女儿出门去看过的热闹，而且，还会踏着月光，去隔壁葫芦庙，邀淹蹇寄居在那里的穷儒贾雨村到自己书房里共酌节酒，欢度中秋。

4

麦当劳快餐店的"巨无霸"汉堡包，两个面包片当中的内容，相当丰富，这里不去讨论其究竟有无营养价值，只是作为一个比喻，可以形象地知道，当今一些发达国家社会的构成，已经很像那个模样，就是中产阶层已经坐大，成为社会中最主要，也最丰富多彩、多滋多味的一种构成。但是，《红楼梦》所描写的那个社会，像甄士隐那样的中产阶层存在，就很难拿肉末火烧里的肉末来比喻。实际上拿任何一种带夹馅的食物比拟都不恰当。甄士隐那样的人物在那个社会里，即便他主观上再想超脱，也还是逃不出"受夹板气"的总体处境。

书里写了甄士隐两次约请贾雨村到书房小酌。中秋节已经是第二次。第一次就在抱女儿看过会之后，那还是白天很长的夏日里。"来至书房中，小童献茶，方谈得三五句话，忽家人飞报：严老爷来拜！"这位严老爷是不速之客。按说甄士隐已无官职，无涉公务，可以不必接待这种未预先约定的客人，但是，"家人飞报"，一个"飞"字，打破了平日甄宅的宁静，要么是那来客身份非同小可，家人早已知晓，要么是虽然以前没来过，但未入宅门便排场来头吓坏了家人，显然，这是来自社会葫芦那上鼓肚的一员，尽管甄士隐已经无职赋闲，也依然不能不立即接待。甄士隐不得不把贾雨村晾在一边，且去应付。谁知那严老爷哪里是那么好打发的，甄士隐竟不得不留饭招待，连过书房来招呼一下贾雨村的工夫也抽不出来，贾雨村只好从夹道中出门，自回葫芦庙去了。

原来我读"严老爷来拜"这一细节，只觉得是为了展开甄家丫头娇杏隔窗望见贾雨村，与贾雨村缔结出一段姻缘的情节，后来看到带脂砚斋批语的本子，发现在"严老爷来拜"旁边批着："炎也。炎既来，火将至矣！"才知道曹雪芹下笔更有深远的喻意。原来这位"严老爷"是不祥之兆，先是甄英莲被人拐走，后来葫芦庙炸供，导致火灾，"接二连三、牵五挂四，将一流街烧得如火焰山一般"，甄家被烧成了一片瓦砾场。曹雪芹在谐音字上，没选择"言老爷""阎老爷"，而偏选了"风刀霜剑严相逼"的"严"字构成"严老爷"的称谓，从创作心理上说，我以为，他是想凸显甄士隐欲隐难隐的严峻处境——他主观上要疏离上层，而上层却会在必要时挟目的"来拜"，并令他难以脱身。这也是许多中产阶层的共同处境，上层对他们的"惠顾"往往并非什么幸事，而是不祥的阴影。

但是，对于中产阶层来说，最易给予他们致命打击的，是来自下层的刑事犯罪。

5

贾府里的巧姐儿，在家败之前，是不会被人拐走的。巧姐生活在一个被严密封闭的贵族大宅院里，社会上的刑事犯罪分子很难混进那个门禁森严的空间里去。第二十九回写贾府女眷几乎是倾巢而出，随贾母去清虚观打醮，巧姐也被带去，你看那描写，有多少奴仆围随，到了道观，族长贾珍亲去坐镇指挥，一群族中子弟到场各司其职，哪有闲杂人等混入的缝隙。一个剪灯花的小道士回避得晚了点，不慎撞到了凤姐身上，被凤姐一巴掌打翻在地，吓得混身乱战，而仆人们的"拿！拿！拿！打！打！打！"的喊声响成一片。

不是说上层社会绝对不会遭到刑事犯罪袭击，皇帝偶尔也会遭到那种袭击，清朝的嘉庆皇帝就在神武门外遭到过城市贫民的行刺，但跟社会的中产阶层比较起来，贵族阶级由于居住和行动都有足够的屏蔽与保卫，遭逢民间刑事犯罪袭击的几率当然很低，而贫袭贫的几率也不高，社会刑事犯罪的主要目标，是中产阶层，因为中产阶层从空间上来说离他们最近，从被屏蔽和被保护的程度上来说，比贵族阶级差很多，而油水呢，却很值得一掠。像甄士隐，元宵佳节，女儿要看社火灯花，他和夫人都麻痹了，没有细想，就轻率地让仆人霍启抱出去看，哪想到半路上霍启要去小解，便将英莲放在一家门槛上坐着，就在那么一小会儿工夫里，拐子就把甄英莲偷抱走了。

社会的刑事犯罪，有的是偶然性、随机性的，"人穷志短"，"迫于无奈"，一般小偷小摸、小窃小盗多属这类；有的则是职业性的，拐走甄英莲的，即属此类。后来葫芦庙还俗当了官衙门子的前和尚，跟贾雨村汇报说："这一种拐子，单管拐偷五六岁的儿女，养在一个僻静之处，到十一二岁，度其容貌，带至他乡转卖。"甄英莲五岁被拐，到冯渊和薛蟠争买时，已经被圈养了七八年，十二三岁了。人口贩卖，在当今世界还是颇为盛行的刑事犯罪活动，我们国家也不例外。像元宵灯会这类的俗世共享性社会狂欢，现在有称为"嘉年华会"的，一般贵族阶级是很少参与的。《红楼梦》里详细描写了贾府的年节活动，他们是在自己的府第里开宴筵看表演放烟火猜灯谜的，属于封闭性活动，非常安全。而贵族府第门外街市上的年节活动，属于开放式，则是以中产阶层为主体，许多底层百姓也积极投入的，而刑事犯罪分子就很容易混迹其中。霍启那样的单身仆人抱持小女孩游逛，早成他们锁定的目标之一，在有预谋有技巧而且往往是有组织有网络的刑事犯罪分子的威胁下生存，中产阶层真的是安全系数很差，非常的脆弱。

6

曹雪芹所生活、写作的时代，大体是清朝的雍、乾时期。康熙朝曹家的荣华富贵，对于曹雪芹来说，主要是听家里大人"说古"，第五回写贾宝玉在太虚幻境进入薄命司，看到存有金陵十二钗簿册的橱柜，不禁脱口道："常听人说，金陵极大，怎么才十二个女子？""常听人说"，口气可思。第十六回写凤姐说："可恨我小几岁年纪，若早生二三十年，如今这些老人家也不薄我没见世面了。说起当年太祖皇帝仿舜巡的故事，比一部书还热闹！"可见小说里年轻一辈的人物原型，凤姐原型也好，宝玉原型也好，都没赶上康熙朝的盛世。

康、雍、乾三朝，因为雍正在位只有十三年，而他前后两位皇帝在位达一百二十年，因此被后人简称为康乾盛世。

这三朝，特别是从康熙朝后期，直到乾隆朝初期，统治集团内部的权力斗争十分激烈。先是康熙和自己选立的皇储之间发生越来越明显的摩擦冲突，有两立两废太子的大风大浪；然后是康熙的八阿哥、九阿哥、十四阿哥、四阿哥等为继承皇位而进行的暗中较量，结果是四阿哥取胜，成为雍正皇帝；雍正当政以后，不得不花大力气来继续扑灭皇族内部的反叛力量，但他仍是一个暴死的下场；乾隆继位后，努力去抚平皇族内部的政治伤痕，却仍然在乾隆四年出现了弘皙逆案。皇族内部的权力斗争会波及到依附于各派政治力量的贵族官僚，包括内务府的包衣世家，曹雪芹家就是因为接连被牵扯进去，而终于"树倒猢狲散"，"家亡人散各奔腾"的。但是，统治集团内部的这些权力斗争，对世俗生活，对社会上一般的小康人家，也就是对中产阶层的直接影响，并不那么大。

尽管这三朝大兴文字狱，实施非常严厉的思想管制和文化专制，但是也并没有堵住所有的宣泄渠道，俗世的文化消费依然相当丰富多彩，戏曲和曲艺都在走向繁荣，《红楼梦》《儒林外史》《聊斋志异》都被创作了出来，并且终于流传到了今天。

这是中国国力大提升的时期。康熙元年，人丁户口为一千九百二十万余，地五百三十一万余顷，征银二千五百七十六万余两。到康熙六十一年，人丁户口达到二千五百三十余万，外加享受"永不加赋"政策的滋生人丁四十五万，可耕地增加到八百五十一万余顷，征银达二千九百四十七万余两。雍正暴死前一年，即雍正十二年的统计数字显示，人丁户口达到了二千六百四十一万余，"永不加赋"的滋生人丁则有九十三万余，耕地面积达到八百九十万余顷，征银数是二千九百九十万余两。到乾隆二十年——那是乙亥年，在那一年之前，甲戌本的脂砚斋重评《石头记》已经整理出来，其中有不连贯的十六回一直保存到了今天，我们可以查到这样的统计数据：人口（不是户口）达到了一亿八千五百六十一万余，各省仓储米谷总数三千二百九十六万余石。可以说，那一百来年里，中国的GDP在飞速增长，那期间国家版图也得到展拓和稳定。

历史的宏阔脚步，对家族、个人命运往往是忽略不计的。曹家的兴衰荣辱，以及那个历史时期里青春花朵的陨落，理想的破灭，道德的沦丧，主流文化的空洞，自由心灵的窒息，都成为一些需要另外讨论的问题。总体而言，不止一位历史学家会正襟危坐地告诉我们，就国力的提升而言，那是中华盛世。

《红楼梦》，有的论家认为是一部阶级斗争的教科书。作为证据之一，第一回里写到火灾后的甄士隐只好和妻子商议，且到田庄上去安生，以下的这些句子曾被反复地引用："偏值近年水旱不收，鼠盗蜂起，无非抢田夺地，鼠窃狗偷，民不安生，因此官兵剿捕，难以安身。"似乎曹雪芹是在写农民起义对统治集团的冲击。其实，康、雍、乾三朝，特别是曹雪芹生活和写作的那几十年里，是农民起义相对比较少的时期，当然阶级矛盾是一种恒久的存在，贫苦民众的小规模的反抗是持续不断的，但大规模成气候的农民起义，那阶段里就是很少，甚至可以说基本上没有，也是历史的真实。

那是一个诡谲的时代。在那样的社会状况下，像甄士隐那样的中产阶层人物，毁灭他和他家庭的因素，既不一定是卷入上层权力斗争，也不一定是受到农民起义军的冲击或胁迫，最主要的生存威胁，是"鼠盗蜂起"，那主要是尚无明确政治目的，只为谋取一己利益的零星反抗行为，说白了，其中一大部分就是刑事犯罪活动。当然，天灾往往也会掺和到人祸里，甄士隐先是爱女被窃，紧接着就遭遇回禄，人财两空，而更可怕的，是遭遇到人性的黑暗，他投奔到岳丈家，不但没有获得人间的温暖与慰藉，他把自己所存积蓄完全交给了岳丈，岳丈却对他"半哄半赚，些须与他些薄田朽屋……每见面时，便说些现成话"，导致甄士隐"贫病交加，竟渐渐的露出那下世的光景来"，最后在听到疯癫道人的《好了歌》后，大彻大悟，当即说出一大串《好了歌注》，说完竟将道人肩上褡裢抢过去背着，随那道人飘飘而去，不知所终。

曹雪芹把甄士隐岳丈命名为封肃，谐"风俗"的音。甄士隐原来居住的地方十里街仁清巷，谐的"势利""人情"的音。这谐音里有作者很沉痛的心曲。那个时代国力的增强，只体现在版图的拓展与经济的提升上，而没有相应的文化进步，用今天的话来说就是没有精神文明的建设，人心都往坏处发展，势利眼，暴富心，嫌贫爱富，妒才嫉能，逆向淘汰，宵小猖獗。

曹雪芹没有去写农民起义。整部《红楼梦》里也许只有第十五回里写到的二丫头算得上是个贫下中农。他开篇写了位甄士隐，从中产阶层人物的脆弱入手，去展开温柔富贵乡里的生死歌哭。

7

中产阶层人物，多有慈善助人之心。甄士隐知道贾雨村淹蹇小庙，未能北上求取功名，是因为没有凑够路费，就主动提及："愚虽不才，'义利'二字却还识得，且喜明岁正当大比，兄宜作速入都，春闱一战，方不负兄之所学也。其盘费余事，弟自代为处置，亦不枉兄之谬识矣。"说完当即命令小童进去，速封五十两白银并两套冬衣。"小童进去"，当然不会是自己取银取衣，银子和衣服应该都是甄夫人封氏取出来的，书中特别点明甄士隐"嫡妻封氏，情性贤淑，深明礼义"，丈夫慷慨助人，她不仅绝无嗔怨，还积极配合。

荣国府的王熙凤也帮助过刘姥姥，后来由于刘姥姥讨得了贾母的欢心，第二次离开荣国府时不仅得到赠银，还带回了满车的东西。刘姥姥是个感恩知报的人，根据前八十回里的一再暗示，我们可以知道八十回以后，当贾府遭难倾塌，巧姐被狠舅奸兄欺凌，几乎要永堕娼门的关口，得到刘姥姥一家援救，后来得以和板儿成亲，虽然丧失了贵族小姐的身份与荣华富贵的生活，但比起惨死的母亲和贾府诸多人物那或打、或杀、或卖的下场，到底还能喘息苟活，度其余生。

甄士隐帮助贾雨村，并不希求回报。他为贾雨村选择了一个吉日，并且还打算为贾雨村写两封推荐信，带去京城有利其发展，但是贾雨村接受帮助时只略谢一语，得到银子冬衣后，号称"读书人不在黄道黑道，总以事理为要"，三更从甄家告辞，五鼓就上路奔其仕途前程去了。

第四回写贾雨村补授了金陵应天府，审理的第一桩案子就涉及到被拐子拐走的甄英莲。这一回的文字在似乎平静的叙述中，格外地令读者惊心动魄。门子告诉他当官必须知道"护官符"，他因此"乱判葫芦案"，任由薛蟠占有甄英莲，并给贾政和王子腾写信，告知"令甥之事已完，不必过虑"，以为进一步攀附的资本。这一回里有一句写薛蟠内心见识的话，会像鼓槌敲击甚至锥子扎下般令读者心悸血流："自为花上几个臭钱，没有不了的。"有权就有钱，有钱可买权，权钱结合，腐权臭钱，所向披靡，谁可禁治？

所以革命家会特别重视第四回，会认为这一回是全书的总纲。

读这一回，我不仅感受到那个时代那种制度的本质性黑暗，更感受到人性深处恶的阴鸷。当贾雨村知道那被两家争买闹出人命的女孩子，就是甄士隐的女儿英莲时，我觉得他除了吃惊，应该多少有些知恩图报的念头，就算甄士隐已经失踪了，应该还可以找到甄夫人，找到英莲的外祖父外祖母，尽量让这个恩人的女儿摆脱噩运，他可以在既不得罪薛蟠又让英莲回家二者之间去寻求一个变通的办法。即使到头来他考虑来考虑去，还是不得不照顾薛蟠的利益，他内心里总该有一些，哪怕是几丝愧疚和不安吧？但是，一丝一毫也没有！

贾雨村被曹雪芹刻画成一个"奸雄"，他为满足贾赦的私欲，陷害石呆子，把石呆子收藏的古董折扇抄没献上，连贾琏那样的浪荡公子都看不过去，他的忘恩负义、势利阴险、心狠手辣、毫无操守，是那个时代"弄潮儿"良心泯灭的真实写照。

中产阶层的甄士隐无私地帮助了落魄的贾雨村，使其得以跃入上层社会，成为超中产的政治暴发户。但是，当甄士隐自己从中产阶层堕入贫困窘迫的境地，当他的女儿被拐子养大卖给富人家做侍妾，当他的夫人先失女再失夫绝望孤独，而贾雨村在知道这些并且握有相当权柄，如果想报恩行善不是没有办法的情况下，却选择了冷酷与背叛。这是甄士隐的悲剧，也是整个中产阶层的悲剧。个人的行善无助于社会的改进，更无法剔除阴鸷灵魂中恶的存在。

8

　　曹雪芹没有更多地去展现中产阶层的生活，在前八十回的第四回以后，就没有甄士隐的故事了。当然，八十回内有些角色，似乎还勉强可以归入中产阶层范畴，比如秦钟、柳香莲、倪二、贾芸、贾芹、贾璜及其璜大奶奶、冷子兴、已经摆脱了贫困状态的袭人哥哥花自芳一家，得到经济援助后生活大有改善的王狗儿一家等等，但无论从经济上的小康程度和人格上的独立意识来衡量，他们都离现代社会的中产阶层还很远很远，基本上全是夹在贵族与赤贫者之间的一些暧昧的存在。

　　中产阶层的不能壮大成熟，社会贫富两极的悬殊越来越大，社会的稳定就主要靠皇权的威严和统治者对社会矛盾的一再调适，也就是所谓的"恩威并施"，来取得效果。称"康乾盛世"，也就说明在那期间效果确实不错。就是雍正，在忙于收拾政敌的时候，也非常认真地出台一系列平息贫富矛盾以求社会稳定的政令措施：雍正二年，二月，禁里长、甲首招揽代纳钱粮；五月，禁官弁剥削运丁；十一月，免陕西康熙五十七年至六十年地丁钱粮；十二月，免江南水灾区额赋。再看雍正十三年，他八月暴死前的作为：正月，命禁私盐不得株连，并不许禁捕挑负四十斤之老少、男妇；六月，禁松潘各镇私敛番民；七月，命州、县查灾杂费动用公帑，不得摊派于民。这些政令措施很明显有制止官员贪污腐化、鱼肉贫民和予民实惠、休养生息的特点。

　　但是，人类社会的发展，终于证明靠皇权专制和皇帝及其统治集团的自我调节，是无法使大地上建立起真正公平合理而又人道健康的生活的。

　　曹雪芹是二百多年前的人，他不可能用我们今天习用的那些观念来思考和诠释问题，何况他撰写的《红楼梦》是一部小说，不是社会学（更不是政治学）著作，但是，我们今天按"接受美学"的原理来读《红楼梦》，却也可以从中获得启发。

曹雪芹通过贾宝玉之口，宣布"世法平等"。《金刚经》里有"是法平等"的说法，曹雪芹是故意把"是法平等"写成"世法平等"的，就像他故意把"好事多磨"写成"好事多魔"一样，有他深刻的用心。

只有让社会的中产阶层壮大起来，使社会上的大富与大贫都成为"一小撮"，才能够大体说是一个平等的社会。经济上的平等会带来政治上的以协商和契约为内涵的社会民主。

面对贫富苦乐不均的社会，激烈的社会革命，以暴力改变现实，一旦出现，天然合理，却多半又会以暴易暴，派生出新的问题和危机。最好的办法还是坚持改良，和平渐进。而改良的第一步，是实现均富。

曹雪芹在《红楼梦》里，表达出了他的均富理念。

9

十几年前，那样的文章颇多，就是从《红楼梦》里探春理家的情节里，揭示出经济承包的做法，早在大观园里就存在了。探春理家，李纨、薛宝钗襄助，她们首先强化管理，比王熙凤的做派更细密，惹得里外仆众抱怨："刚刚的倒了一个'巡海夜叉'，又添了三个'镇山太岁'。"曹雪芹的高明，就在于不是一味站在探春一边看问题，他提示读者，管理者固然有他们的道理，但被管理者的感受，也是决定事态发展的一个重要方面。

薛宝钗协助李纨探春理家，先说了一句"天下没有不可用的东西"，可谓至理名言。她们从赖大家那里获得启发，原来一个破荷叶、一根枯草根子，都是值钱的，赖家的花园子比贾府大观园小许多，但就靠着把一切东西皆转化为金钱的经营方式，除了自家戴花、吃笋等不用外买节约出许多开销，还可将多余东西外卖出二百两银子来。天下东西皆可用，宝钗接着说："既可用，便值钱。"探春算起账来，越

492

算越兴奋，于是三人就计议了一番，在大观园实行兴利剔弊的新政，实施承包责任制，以提升大观园的GDP值。

承包的前提，是将个人责任与个人利益紧密联系在一起，说破了，也就是首先承认人皆有私心，人性中皆有恶，因此顺其心性，加以驾驭，"使之以权，动之以利"，因为所承包的事项关系到自身收益，所以会尽心尽力，一定会努力地降低成本、减少浪费、提升技术、珍惜收益，一个一个的承包者皆是如此，则大局一定繁荣。用宝钗的话说，就是光一年下来的生产总值，就"善哉，三年之内无饥谨矣"！

但承包的做法，是挥动了一把双刃剑，一边的剑刃用于提高生产积极性，很锋利，一边的剑刃却很可能因为没能辖制住人性恶，而使获利者的私心膨胀，伤及他人，形成不和谐的人际龃龉，甚至滚动为一场危机。曹雪芹的厉害，就在于他不仅写出了"敏探春""时宝钗"她们的"新政"之合理一面与繁荣的效果，也用了很多笔墨写出了因为没有真正建立起公平分配机制所形成的大大小小的风波，仅从看角门的留杌子盖头的小幺儿与柳家的口角就可以知道承包制使大观园底层仆役的人际关系比以往更紧张了，一个个两眼就像那鬸鸡似的，眼里除了金钱利益，哪里还有半点温情礼让？

薛宝钗是个头脑极清醒的人，所谓"时宝钗"，用今天的话来说就是"摩登宝钗"，就是既能游泳于新潮，又能体谅现实的因循力量，总是设法在发展与传统之间寻求良性的平衡。她一方面肯定岗位责任制，一方面又提出了"均富"的构想，这构想又细化为：一、大观园里的项目承包者，既享受税收方面的优惠，不用往府里的账房交钱，但他们也就不能再从账房那里领取相关的银子或用品，比如原来他们服侍园里的主子及大丫头们要领的头油、胭粉、香、纸，或者是笤帚、撮簸、掸子，还有喂各处禽鸟、鹿、兔的粮食等等，此后都由他们从承包收益里置办；二、承包者置办供应品外的剩余，归他们"粘补自家"；三、除"粘补自家"外，还须拿出若干贯钱来，大家凑齐，散与那些未承包项目的婆子们。薛宝钗在阐释这一构想时，一再强调"虽是兴利节用为纲，然……失了大体统也不像"，"凡有些余利的，一概入了官中，那时里外怨声载道，岂不失了你们这样人家的大体？"

她特别展开说明，为什么要分利与那些并没有参与承包的最下层的仆役："他们虽不料理这些，却日夜也是在园中照看当差之人，关门闭户，起早睡晚，大雨大雪，姑娘们出入，抬轿子，撑船，拉冰床，一应粗糙活计，都是他们的差使，一年在园里辛苦到头，这园内既有出息，也是份内该粘带些的。"

薛宝钗的"大体统"，当然是指贾府的稳定，起码是表面上的繁荣与和谐。过去人们读这回文字，兴趣热点多在"承包"的思路上，对与之配套的"均富"构想重视不够。我们的现实社会，实行"承包"已经颇久了，甚至有人已形成了"改革即承包"的简单思维定势。实际上"承包"不是万能的，有的领域有的项目是不应该承包给私人的，而实行承包也不能只保障直接承包者的利益，而忽略了没能力没兴趣没必要参与承包的一般社会成员，特别是社会弱势族群的利益。薛宝钗的"均富"构想，虽然很不彻底，而且在她所处的那样一种社会里，也不可能真正兑现，但是对我们今人来说，还是很有参考价值的，特别是她能考虑到如何让大观园里抬轿、撑船、拉冰床的做"粗糙活计"的苦瓜子们，也能"粘带些"体制改革的利益，以保持社会不至于因"失了大体统"而"不像个样子"，这一思路，无论如何还是发人深省的。

10

回过头来说甄士隐。他那观花修竹、酌酒吟诗的神仙般的中产阶层生活为什么不能持续，很轻易地就被击打得粉碎？就是因为他生不逢时，没赶上今天中国的大转型、大变革。

写到这里，忽然想起已故前辈吴祖光先生。吴先生生于一九一七年，二〇〇三年驾鹤西去。他穿越了二十世纪，跨到了二十一世纪。晚年的吴先生，最喜欢挥毫书写的四个字就是"生正逢时"。

以宏阔的历史眼光看待我们所处的时空，个人的荣辱悲欢都卑微渺小。

二百多年前曹雪芹呕心沥血写成的《红楼梦》，尽管有如古希腊那尊米罗的维纳斯般残缺，其凄美的艺术魅力和超前的人文思想穿越时代，将霹雳闪电般的启蒙光亮一直照射到今天。

观花修竹能几时？对于当今中国的中产阶层来说，焦虑虽然依然存在，却已经渐渐不再那么脆弱。

以适合于自己个人处境、性格的方式，参与社会变革，以理性驾御感情，争取社会公平、公正、公决的实现，推动建立和完善全民共享的社会保障体系，以和平渐进的步伐使居者有其屋，病者有其医，老者有所养，少者有所学。

在这样的前提下，过好自己的"小日子"，观花修竹，酌酒吟诗，长远地享受心灵净化的如歌生涯，该是可持续性的了吧？

二〇〇五年十二月十二日　绿叶居

独在花阴下穿茉莉花

1

我特别喜欢曹雪芹的叙述方式，有的人把小说家如何进行叙述，叫做"文本策略"或"叙述策略"，你读古本《红楼梦》——现在咱们能看到的古抄本，这部书的书名都称《石头记》，但乾隆朝，跟曹雪芹同时代的一些人，说起这本书，却已经称做《红楼梦》——特别是甲戌本的楔子和第一回，那些句子流动得那么自然，但是，细追究，那是第一人称，还是第三人称呀？却不那么好区分。

"红迷"朋友们都会注意到，第六回开头，把第五回的情节收束住以后，曹雪芹往下写，就有这样一段话："按荣府中一宅人合算起来，人口虽不多，从上至下也有三四百丁；事虽不多，一天也有一二十件，竟如乱麻一般，并没个头绪可作纲领。正寻思从那一件事自那一人写起方妙，恰好忽从千里之外、芥豆之微，小小一个人家，因与荣府有些瓜葛，这日正往荣府中来，因此便就此一家说来，倒还是头绪……"于是，我们紧跟着就看到了"刘姥姥一进荣国府"的生花妙文。曹雪芹真有意思，他把自己的叙述策略的形成，爽性直接告诉读者。

我自己研究《红楼梦》，动机之一就是跟他学习用方块字写小说，当然也不是仅仅学技巧，学文本策略，更重要的，是体味他那悲天悯人的博大情怀。

我阅读、研究《红楼梦》，心得真是不少。但这回究竟从哪里说起？学一下曹雪芹写第六回的办法，就是那天忽有一白领女士来访，她是受我一亲戚之托，从外地出差回来，顺便给我带来一盒藏雪莲，说是可以改善我的身体状况。道谢后，留她茶话，她对我的《揭秘》讲座很关注，书也读过，就问我，关于迎春，能不能再作些分析？这令我颇为惊诧，因为一般"红迷"朋友，迷这个，迷那个，很少特别关注迎春这个角色的。我就问她：怎么会对迎春感兴趣？

那女士，让我叫她阿婵，微微低下头，多少有些羞涩地说："我觉得，自己跟迎春一样地懦弱。像我这样的家庭、学历背景，又从事这份白领职业，可以说，比那些民工，不知强了多少倍，比您在《当代》杂志发表过的《泼妇鸡丁》《站冰》里头那些底层人物，甚至算得是人在福中了。可是，我还是常常心里发慌、发怵……"我说了句："时代完全不同了哇。"她抬起头，问："那么，性格即命运，这话，难道不是贯穿于各个时代吗？"当时，我被她问住，一时无语。我们又聊了些别的，她告别，我送出，转身离去前，她还跟我说："反正，希望能再分析分析迎春。"

阿婵的建议，一直响在我的耳边，关于迎春的思绪，也就在我脑海中旋转不已。是啊，何不多琢磨琢磨迎春这个形象呢？《红楼心语》就话说一下迎春，不也很有意思吗？

2

直到父母包办，被嫁给中山狼以前，迎春应该算是幸福的。

迎春的出身，我在《揭秘〈红楼梦〉》上卷（二）里提出了自己的判断。我曾指出，邢夫人是贾赦续娶的填房，有读者来信跟我讨论，他说，邢夫人没有生育，并不一定就是填房，因为贾琏和迎春可能都是妾生的。通行本上，说迎春是姨娘所生。但是，在甲戌本上，明确写着她"乃赦老爹前妻所生"。通过对第七十三回里邢夫人数落迎春的一番话的细致分析，我的判断是：贾赦先有一正妻，生贾琏后死去；贾赦一个"跟前人"，又生下了迎春，但这个"跟前人"后来比贾政的"跟前人"赵姨娘"强十倍"，迎春完全可以比探春腰杆硬，可见，迎春的生母一度被扶正，在那种情况下，说迎春"乃赦老爹前妻所生"当然就说得通了；但是，这个填房夫人竟然又死了，于是才又娶来邢夫人为正妻，而邢夫人没有生育，自称"一生干净"。因为贾母喜欢女孩，迎春打小就被贾政接到荣国府来"养为己女"（至少两个古本上有这样的交代），一直在贾母身边生活，大观园建成以后，宝玉和众小姐奉元春旨意入住园内，书里交代迎春住在紫菱洲的缀锦楼。

第三回写黛玉进府，只带了一个自幼奶娘王嬷嬷，一个一团孩气的小丫头雪雁，贾母疼爱她，就把自己身边一个二等丫头鹦哥给了黛玉，后来这个丫头被唤作紫鹃。书里写道，除此以外，贾母的安排是："外亦如迎春等例，每人除自幼乳母外，另有四个教引嬷嬷，除贴身掌管钗钏盥沐两个丫鬟外，另有五六个洒扫房屋来往使役的小丫头。"可见对迎春的奴婢配备数量，已成了荣国府里小姐待遇的一个标准，这个标准是非常高的。我们从书里的交代又可以知道，迎春这些小姐，每月的零花钱标准是二两银子，第三十九回，刘姥姥感叹荣国府吃一顿螃蟹就费去二十多两银子，"阿弥陀佛！这一顿的钱够我们庄家人过一年了！"那么，光是迎春等小姐一个人每月的零花钱，就够刘姥姥那样的庄户人家过一个月的丰足日子了。逢年过节，迎春等小姐还会得到宫中赏赐。参加节庆活动的时候，家里还给她们准备好了一些昂贵的饰物，比如头上要戴攒珠累丝金凤。

迎春没有探春那样的因是庶出而形成的心理阴影，这当然是因为她的生母后来比探春的生母强了十倍，冷子兴演说荣国府，说她"乃赦老爹前妻所出"，人们既然这样看待她，她也就没有遭遇到探春那样的一些尴尬事。

第二十三回，写贾政夫妇召见众公子小姐，宝玉去得最晚，"一见他进来，惟有探春、惜春、贾环站了起来"，为什么迎春仍然坐着？因为她年龄比宝玉大，是堂姐。根据那个时代那种宗法社会的伦常秩序，迎春即使性格懦弱，也无需站起来，并且不能站起来。荣国府的日常生活是按封建礼法组织起来的，在这个前提下，迎春不用自己争取，该享受到的礼遇她全能享受到。

迎春在那个社会里，是侯门小姐，亲父袭着一等将军爵位，养父在朝廷里担任有职有权的官吏，过着衣来伸手、饭来张口的悠闲生活，她没为社会生产出任何价值，却每天消耗着劳动者的血汗。这样一个生命，有什么好为她惋叹的呢？

阿婵又来做客。我们就讨论这个问题。

阿婵说，迎春属于社会强势集团里的弱势人物啊！

在这一点上，我们形成了共识：社会各族群各阶层，固然有强势与弱势之分，但在所谓强势族群和阶层里，也有其边缘人物，他们相对而言，可以说成是强势中的弱势。

阿婵说，她常有那样的联想，就是自己跟迎春有某些类似之处。从她自身的状况而言，在当前的社会里，属于职业不错、收入颇丰的中产阶层，她有时会接触到快递公司的快递员、快餐厅和超市的服务员、开出租车的"的哥""的姐"、物业公司的保安和绿化工人等等，想想那些人的状况，她知足。但是，她却不能"常乐"，甚至于，常常陷于忧郁。她说她的心理状态还算好的，她的一位同事，同龄的"白领丽人"，就已经患上了抑郁症，虽然已经投入了治疗，但效果不佳。阿婵说很怕自己也跌入抑郁症的坑穴。

我理解，阿婵他们那一代都市人，之所以忧郁甚至抑郁，主要是社会的竞争机制给予他们心理上很大的压力。阿婵在和我讨论中，常提及我近年的小说，她说我那发表在二〇〇四年《当代》的《站冰》，里面的几个底层人物，或者被历史的记忆所困扰，或者面对现实的阴暗面可以用比较粗糙的方式应对，但是，像她这样的"都市白领一族"，历史于他们而言淡如烟云，现实的刺激呢，却敏感得要命。虽然坐在星巴克咖啡馆品一杯卡布其诺，翻阅着一份时尚杂志，似乎是在轻松地阅读关于妮可·基德曼私人生活的一篇报道，其实，心里塞满的是苦杏仁，血管里流淌的是黄连汁。为什么往往是扔开那精美的时尚画报，而如痴如醉地翻阅朱德庸的《关于上班这件事》？个中原由，不必点破道明。

阿婵向我建议，今后无妨写写"当代迎春"的生活。她说，你写底层，哪位底层的人士能读到你的小说？当然，把底层写给中产阶层看，也有一定意义，但是，中产阶层自己也接触底层，何劳你来展示其生存状态？要说唤起同情与关注，那么，也不需通过小说来触动良知。那么，你竟是写给上层看？那就更会希望落空，大概看到你写底层人物小说的上层，比看到你那小说的底层人物还要少，甚至于接近于零。你不如多写写中产阶层，读小说相对还多些的这个社会族群，让他们从亲切的文学场景里，去获得些启迪为好。

阿婵跟我来往不久，就能这样坦诚建言，令我感动。不过她对题材的褒贬，我还不能马上认同，容当思考后细论。我对她说，听了你这些话，我对你为什么对迎春这个角色感兴趣，有了更深一层的理解。咱们就细说迎春。

3

迎春在荣国府里，说她是强势群体（主子）里的弱势个体（懦小姐），当然说得通。曹雪芹实际上也是这样来给她定位的。

荣国府里的主子之间，有明争，有暗斗。邢夫人虽然不住在荣国府里，但是她每天要从自己住处到荣国府来，给贾母请安。邢夫人跟王夫人的暗中较劲，书里写得不少。贾政王夫人把贾琏夫妇请到荣国府来管家，按说，对贾赦邢夫人而言，是一桩体现家族和睦、弟兄互助的美事，但实际上出现的事态，却是贾政不问家事，王夫人把大权完全给予了凤姐，贾琏成了个被凤姐辖制的配角甚至傀儡。邢夫人怎能甘心自己作为长房长媳而毫无发言权、控制权的局面呢？她就常常通过给凤姐出难题来扫王夫人的脸面。绣春囊事件，由邢夫人把那囊封起来交付王夫人而引发，邢夫人实际上就是对王夫人发难：你不是荣国府正牌诰命夫人吗？看看你当的什么家！看看你那内侄女拿权使势，把大观园弄成了什么样儿？

对迎春，邢夫人何尝有什么感情，本来那也不是她"身上吊下来的"（这是她自己使用的语言），但是，她也还是把迎春当作一张牌，必要的时候，也会算进赌注里。第七十一回，写贾母八旬大寿，来了贵客南安太妃，南安太妃提出来要见宝玉和小姐们，贾母随口吩咐，让凤姐去叫宝玉、黛玉、宝钗、湘云，"再只叫你三妹妹陪着来吧"，这显然是对迎春和惜春的轻视，两位小姐自己倒无所谓，"邢夫人自为要鸳鸯之后讨了没意思，后来见贾母越发冷淡了他，凤姐的体面反胜自己；且前日南安太妃来了，要见他姊妹，贾母又只令探春出来，迎春竟似有如无，自己心内早已怨忿不乐"，于是抓住荣国府两个值夜班的婆子说了"各家门，另家户"的话后凤姐决定对其处罚一事，便"嫌隙人有心生嫌隙"，在贾母的寿诞庆典还没落幕的时候，当着众多的人，以所谓替婆子求情的幌子，给凤姐一个大没脸，当然也是"敲山镇虎"，给王夫人一点颜色看。

在贾氏家族中，即使身为千金小姐，生存也有艰难的一面，心气越高，压力感就会越重。探春"才自精明志自高"，但是"生于末世"，又是庶出，她就常常因此不快乐，甚至于气恼、愤慨。探春在心理上升腾点定得颇高，"我但凡是个男人，可以出得去，我必早走了，立一番事业，那时自有我一番道理"；而承受点又非常之敏感，"我们这样人家人多，外头看着我们不知千金万金小姐，何等快乐，殊不知我们这里说不出来的烦难，更利害！""我但凡有气性，早一头碰死了！""咱们倒是一家子亲骨肉呢，一个个不像乌眼鸡，恨不得你吃了我，我吃了你！"探春的性格，决定了她是抗争型、脱颖型生存。

迎春跟探春恰成鲜明对比。她在心理上，没有为自己设定什么升腾点，元宵节猜灯谜，只有她和贾环没猜对，因此没得到元春赏赐，她"自为顽笑小事，并不介意"；大家打牙牌，她说错牌令被罚，笑饮一口酒，全无心理阴影。她不仅满足于自己的生活现状，就是那应有的生活品质被外部因素所干扰导致降低，她也得过且过。她是知足型、将就型生存。邢夫人的侄女儿邢岫烟被派住到迎春处后，本来也每月发二两银子，邢夫人却让邢岫烟拿出一两银子给其父母，这样，邢岫烟的零花钱就不够用了，在缀锦楼里闹出许多或明或暗的纠纷，迎春呢，对之不闻不问，这倒也罢了，毕竟那是表妹的事情。可是，后来事态发展到她的乳母把她的攒珠累丝金凤偷拿去当掉，作为赌资，并且在荣国府里成为仆人中的大赌头之一，被查出来以后，乳母的儿媳不仅不去赎出那攒珠累丝金凤，还大摇大摆走进内室，催促迎春去贾母跟前为其婆婆求情宽免，这情景被探春等看到，探春就敏感得不行，首先认为这是违背了封建大家族的基本法规，"还是他原是天外的人，不知道理？还是有谁主使他如此，先把二姐姐制伏，然后就治我并四姑娘了？""物伤其类"，"唇竭齿亡"，"我自然有些惊心"，但是迎春依然麻木不仁，她宣布她的处世法则是："问我，我也没什么法子。他们的不是，自作自受，我也不能讨情，我也不去苛责就是了。至于私自拿去的东西，送来我收下，不送来我也不要了。太太们要问，我可以隐瞒遮饰过去，是他的造化，若瞒不住，我也没法，没有个为他们反欺枉太太们的理，少不得直说。你们若说我好性儿，没个决断，竟有好主意可以八面周全，不使太太们生气，任凭你们处治，我总不知道。"于是，她就继续读《太上感应篇》，真个是心平气和。具有革命性叛逆性的黛玉，就批判她是"虎狼屯于阶陛尚谈因果"。

阿婵听我分析到这里，就问：您认为曹雪芹是在批判迎春吗？她说她自己，真的很像迎春，比如对公司里的一些积弊，对与公司有关系的某些政府职能部门里的某些"公仆"的腐败，以及公司同事之间的一些恩怨纠纷，她就采取了迎春式的态度和应对方式：坏的事我不卷入，但我也无力量无信心去杜绝它；"太阳下面无罕事"，就是辞了这里，到了另一处，甚至国外，"天下乌鸦一般黑"，哪位老板不是为利润而雇用你的？哪家公司能真正跟宁国府门前那两个狮子似的干净？哪里的同事间能没有明争暗斗？哪个政府里全无腐败？联合国还存在"石油换食品"的腐败案哩！而且，现在的她，贷款买了房子，每月必须挣钱供房，目前又正在驾校考本，准备贷款买车，挣钱的压力很大，又哪里经得起折腾变化？眼下所在这家公司，好的一面坏的一面都是常态，自己靠自己的一份能力，可以挣到够用的钱，比上不足，比下有余，也就无妨迎春式地得过且过，当一个善良的懦小姐足矣！

我就对阿婵说，你能看透，目前世界上任何一处地方，无论什么种族，什么文化传统，什么社会制度，哪一个具体的社会细胞，都没有达到理想的状态，都没成为化作了现实的乌托邦，这是好的。这就可以不必焦躁，不必试图以爆破性的、一次性解决的、激进的方式来改变世界。

我们所面对的种种社会阴暗，种种实际问题，实际上，最深处都是人性的诡谲。我们活着，必须直面人性，不仅要直面人性的光亮与善良，更要直面人性的阴暗与诡谲。

我认为，曹雪芹写这些人物，写金陵十二钗，很难说他一定是在歌颂谁批判谁，他写出了人生存的艰难。每一个人的性格跟别的人都不一样，像迎春和探春，反差多么大啊，但是，无所谓探春就对迎春就错，也不能说迎春就值得同情探春只值得叹息。

我对阿婵说，我很理解她的具体处境，以及她的处世策略。像她这样的中产阶层人士多起来以后，贷款所形成的社会链条关系，以及物质生活的优化，是社会生活的稳定剂，这样的人士很难再采取激进革命的方式来改变社会，因为那样的话，首先遭到毁灭的就是他们自己的小康生活。迎春般的性格，以及迎春式的"我自己绝不坏，我也不故意纵容坏，但是坏的偏要坏，我也没有办法"的生活哲学，也就在这个中产阶层里获得了存活的空间。

但是，我们今天来读《红楼梦》，来研究迎春这个角色，除了承认这样的生命存在的某种合理性，也确实还需要从其悲剧命运里汲取教训。

4

我对阿婵说，你虽然自比迎春，但是，迎春在出嫁以前，她内心里，没有什么挣扎，而你呢，尽管采取了迎春式的生存方式，内心里却时时泛出苦涩。所以，迎春懦弱而并不忧郁，你呢，却在孤立无援的感觉中，常以自责而痛苦。

阿婵承认，是这样一种情况。

曹雪芹写迎春，以拨动纷乱如麻的算盘象征她的不幸，那就是她始终不能自己掌握自己的命运，任凭命运的巨手随意拨弄她脆弱的生命。第二十二回，大家做灯谜诗，她那首的谜底就是算盘。第三十七回结海棠诗社，她和惜春诗才逊色，自身也没多大的诗兴，众人明知，也就给她和惜春各戴一顶高帽，算是副社长，迎春负责限韵。当时大家要咏白海棠花，不是木本的海棠树的那个海棠，是栽在花盆里的草本海棠花——大家让迎春限韵，她就说："依我说，也不必随一人出题限韵，竟是拈阄公道。"后来，她果然以拈阄的方式，也就是一切托付给随机性、偶然性，先从书架上随便抽一本书，随手一揭，是一首七律，于是就确定大家写七律；再让一个小丫头随口说一个字，那丫头正倚门而立，说了个"门"，这就选定了"十三元"的韵，再让小丫头从韵牌匣子"十三元"那一屉里，随手抽出四块，是"盆""魂""痕""昏"四块，于是，她的限韵任务就完成了。

曹雪芹的《红楼梦》几乎是使用每一个细节，每一次人物的话语，来无休止地象征人物的性格与命运。脂砚斋在批语里多次告诉读者，"草蛇灰线，伏延千里"是曹雪芹最擅长的技巧。有的当代读者不习惯这一叙述策略，当我指出这一点，并一再举例时，就总是疑惑：是吗？可能吗？那曹雪芹写得累不累啊？您让我这么去读，我累不累啊？您怕累，您可以不这么去读，但是，我越研究就越相信，那就是曹雪芹呕心沥血所在，也是他慨叹"都云作者痴，谁解其中味"的原由。他写下的这个文本不是那种直露的文本，或者是仅仅有些个含蓄之处而已，他就是埋伏下了无数的玄机，要我们去一一破解，深入内里，去进入"解味"的境界。

爱尔兰的那位乔依斯，他的那部《尤利西斯》，据介绍，就是大象征套着小象征，每章一个隐喻，合起来则又是一个大隐喻；句子表面一层意思，内里却又暗含一层甚至数层意思。可惜我不懂英文，只好读中文译本，译本当然大失原味，却也能模模糊糊意会到原作的玄妙，很是佩服。不少读者都说，看人家乔依斯，还有美国的那个福克纳，嗬，那文本多了不起啊！读起来费力吗？那才叫高级啊！当然高级。但是，为什么一到读我们自己老祖宗的《红楼梦》，却又总觉得未必有那么玄妙，不相信曹雪芹——他在世可比乔依斯、福克纳早太多了——能做到文本里有多重喻意呢？

说到这里，不由得再多岔出去说两句。有的国人，一听《红楼梦》就烦，对有人研究"红学"，很反感。他们的意见，一是"《红楼梦》能当饭吃吗"？觉得社会现实中有那么多迫切需要解决的问题存在，如官员腐败、矿难如麻、下岗失业、欠薪赖账、失学失医……读《红楼梦》、研究《红楼梦》，岂非"吃饱了撑的"？另一个说法，就是"一部《红楼梦》养活了这么些人，实在可笑、可悲"！持这种看法的人，他的心情，我是理解的，但是，我不能同意他们的观点和态度。一个社会应该是一种复合式的存在，在任何时候，都不能要求社会上的每一个人，以同样的方式投入社会的中心课题。比如苏联在卫国战争时期，许多文学艺术家都参军去前线抗敌，但是斯大林那样一位政治家，却在那样的时刻，花很大的资金，把莫斯科电影制片厂搬迁到后方的阿拉木图，而且，也并不让迁去的电影艺术家全拍结合现实的抗敌片，他就批准拨出很大的一笔资金，让著名的电影导演爱森斯坦去拍摄古装文艺片《伊凡雷帝》。你可以批评斯大林这样不对那样不好，但是，他就懂得，一个民族除了最切近的事业，还有延续其文化传统的长远事业，即使是敌人已经打了进来，在全民抗敌的形势下，让爱森斯坦那样的电影艺术家仍去沉浸在古典文化传统里，去自由发挥其艺术想象力，去拍摄并没有隐喻抗击外敌内容的俄罗斯古代宫廷故事，甚至是必不可少的一项安排，因为这实际上也就是向人类宣布，俄罗斯的伟大，不仅在于能够战胜来敌，解决切近的问题，而且，更在于它有久远的传统，以及延续那传统的能力！

　　在中国抗日战争时期，也有类似的例子，国民政府一方面以军队抗击日本，一方面花大力气把故宫博物院的主要藏品，迁运到后方秘藏，不使日本飞机轰炸掉；又组织几所著名大学，迁往云南，在昆明成立西南联合大学，大学里当然有浓烈的抗战气氛，但该研究的古典文化还要研究，还要传授。如果说，那时候的斯大林和蒋介石，尚且懂得解决社会切近问题时，不能不特别地保持对非直接致用的古典传统和文化事业的尊重与保护，我们今天的人们，难道认识水平还能落后于他们吗？

　　二〇〇〇年我曾应英中文化协会和伦敦大学邀请，到英国伦敦进行了两次关于《红楼梦》的讲座。英国也有许多的社会问题，社会各阶级各阶层各利益集团之间也都时时刻刻存在摩擦冲突，在街上会看到示威游行的队伍，在报纸上会看到刚发生的灾难和银行抢劫案。但是，一位英国教授就告诉我，从英国女王到街头流浪汉，从银行总裁到银行劫匪，从流水线上的工人到摇滚明星，在莎士比亚及其戏剧是否伟大这样一个问题上，没有分歧，因为莎士比亚用英语写出的戏剧，是他们所有英国人的骄傲，是他们母语的胜利，对莎士比亚及其戏剧的尊重甚至敬畏，是他们在相互冲突中各方都能达成的共识。在英国，人们对有些剧团没完没了地演莎剧，对层出不穷的研究莎士比亚的论著，对有的人一辈子靠莎士比亚吃饭，不但毫不惊异，绝无讽词，而是觉得那是最自然不过的事情。"如果没有莎士比亚，没有对莎士比亚的研究，英国还成其为英国吗？"这是那位伦敦大学教授的原话，他会汉语，用标准的中国普通话说给我听的。

因此，我要再一次说，世界上每个民族，无论它现在处在什么状况中，它的成员，都不能只是去解决最切近的问题，都还应该对支撑其族群生存的文化根基做加固与弘扬的工作，当然，在社会成员中应该有分工，那么，被分派，或者自愿投入对其民族文化传统的研究、承传工作的人士，理应得到理解、尊重与支持。

世界上一个民族，一个国家，以其母语结晶出的文学作品为其民族骄傲，把那作家和那代表作当成民族和国家的"名片"，例子真是太多了，除了上面已举出的莎士比亚，还有如印度的迦梨陀娑及其戏剧，阿拉伯世界的《天方夜谭》，意大利的但丁及其《神曲》，西班牙的塞万提斯及其《唐·吉诃德》，法国的巴尔扎克及其《人间喜剧》，德国的歌德及其《浮世德》，俄罗斯的列夫·托尔斯泰及其《战争与和平》，日本的紫式部及其《源氏物语》，朝鲜的《春香传》，丹麦的安徒生及其童话，美国的马克·吐温及其幽默小说，捷克的卡夫卡及其《变形记》……

而我们中国，古典文化里的叙事作品，我以为，能作为民族和国家"名片"的，就是曹雪芹和《红楼梦》。

解决社会的实际问题，是治病；研究《红楼梦》，推广《红楼梦》，则有利于铸造国人的灵魂。

再回到我们原来的话题:《红楼梦》里的迎春。她是一个完全放弃了自主性的懦弱女性。结果,她就被她那昏聩的父亲,等于拿她去抵债,嫁给了孙绍祖,落入了"中山狼"口中。

5

阿婵注意到,我在谈论迎春的时候,说了很刻薄的话,就是说迎春养尊处优,没为社会创造财富,却终日消耗着劳动人民以血汗创造的事物。阿婵对我说,您太苛责了,难道宝玉和黛玉就为社会创造出财富来了吗?人们对他们俩,不都赞美有加吗?

确实,这样来评说大观园里的儿女们,太苛刻了。金陵十二钗们,即使贵为小姐,在那样一个皇权与神权、夫权结合的社会里,她们的性别,就已经决定了她们的"薄命"。大门不许随便出,二门也不许随意迈,像迎春这样的生命,不是她自己选择了那样的生活方式,是那样的生活方式桎梏了她。探春虽然有自主性,也只能保持一种向往:"我但凡是个男人……"她对外部世界的信息也少得可怜,她发现外边有一些直而不拙、朴而不俗的民间工艺品,就央求宝玉帮她买些来欣赏;她一度代凤姐管理府务,展示出了自己的裁决能力与组织才干,管理工作也是一种增进社会财富的奉献。宝玉和黛玉虽然没有做任何生产物质财富的事情,但是他们"生产"出了新的思想,并通过自己的诗文加以了体现,书里说了,他们的一些诗作被传抄到了府外,向社会上渗透,这也是很有意义的。

对迎春,确实不必那样苛责。她没有为社会生产出东西,物质的精神的都没有,但是,她毕竟也没有直接参与对劳动人民的剥削与压迫。她不能对自己的那样一种生命状态负责,而那样的一种社会制度,具体来说,就是婚姻制度,却应该为她如花美眷的生命陨落负全责。

平心而论,光从外在的条件上看,贾赦为迎春选的夫婿,也并不差。那孙绍祖袭着指挥之职,生得相貌魁梧,体格健壮,弓马娴熟,应酬权变，年未满三十，且又家资饶富，并且还将提升官职，他此前又并未有正室，迎春过去并非填房，怎见得就一定是个悲剧？

"竟是拈阄的好"，迎春把命运被动地交付给了偶然性、随机性，万没想到，命运给她抓的阄，竟是一个下下阄！

第五回金陵十二钗册页里，关于她的那一页画着个恶狼追扑她，判词是："子系中山狼，得志便猖狂；金闺花柳质，一载赴黄粱。"中山狼是忘恩负义的代名词，那么，究竟孙绍祖怎么对贾赦忘恩负义了？从前八十回里，我们看不明白。有学者指出，现存的八十回，最后一回也并非曹雪芹的手笔，从第八十回最后的交代里，我们可以知道孙绍祖家曾放在贾赦那里五千两银子，贾赦一直没还给孙家，所以孙绍祖对迎春说，你等于是那注银子折变来的。但这样的交代，只能说是贾赦欠银不还拿女儿变相抵债可耻，却不能说明孙绍祖忘恩负义呀！从现在我们得到的信息，只能说孙绍祖是一匹色狼，此人肯定是性欲亢进，欲壑难填，家里的媳妇丫头几乎淫遍，对迎春没有丝毫的人格尊重，完全是皮肤滥淫，"觑着那，侯门艳质同蒲柳；作践的，公府千金似下流"，迎春的死因，是孙绍祖的性虐待与性放纵。

迎春是值得怜惜的，是那个时代作为女性在那种婚姻制度下的牺牲品。

但是，有意思的是，曹雪芹偏写了迎春的大丫头，司棋，是一个性格泼辣，富于进攻性的生命存在。她为了争取大观园内厨房的控制权，使尽了心机。柳嫂子掌握厨房，这不符合她的心意，她让小丫头莲花儿去给柳嫂子出难题，要柳嫂子给她炖一碗嫩嫩的鸡蛋，柳嫂子抱怨了一番，莲花儿回去一学舌，司棋大怒，"伺候迎春饭罢，带了小丫头们走来……便命小丫头们动手，'凡箱柜所有的蔬菜，只管丢出来喂狗，大家赚不成！'小丫头子们巴不得一声，七手八脚抢上去，一顿乱翻乱掷的……"这时候迎春在缀锦楼里做什么呢？午睡，还是看《太上感应篇》？她哪里知道，在她这懦小姐身边的一群大小丫头，竟是那么强悍，打砸抢抄，全挂子武艺，把平日心理上行为上的压抑，火山喷发般地宣泄了一番。这就说明，即使在大观园那样的世外桃源般的空间里，作为个体生命，仍可以找到张扬生命力的理由与方式。

司棋率众亲征厨房，大搞打砸抢的行为，不值得恭维。但是，在那样一个禁锢森严的空间里，司棋居然就敢把自己青梅竹马的恋人潘又安，通过贿赂看门的将其招进园来，放胆享受情爱，这一行为，确实令人佩服。抄检大观园，事情败露，"凤姐见司棋低头不语，也并无畏惧惭愧之意"。司棋当然也曾希望迎春对她死保赦下，但迎春哪有那样的能力和魄力？不知司棋被撵出去之后，迎春是否多少有一些思想活动？恐怕她是永远也理解不了司棋。司棋对其情爱与生命的自主虽然仍以悲剧告终，但总算享尝到了一些自由支配感情和行为的甜蜜，这份自主性的甜蜜，却是迎春终其一生所没有尝到过的。

我对阿婵说，同情迎春，但要以她为戒，那就是不能丧失自己对生命的自主性。

阿婵点头。她对我说，这正是一方面她觉得自己很像迎春，甚至采取了某些迎春式的生活态度与处世方式，一方面又很痛苦，很忧郁，时时发怵，自责自愧，总想从那状态里自拔的根本原因。

我就对阿婵说，我信奉中庸之道。对社会，一定要有责任心，要竭尽微薄的力量，推进它的公平度，但是，最好采取渐进改良的方式，一步步，一环环地，去通过做实事来往前拱。对自己，也是这样，性格是无法改变的，不要太苛刻地自责自悔自惭自否，自己可能成不了社会改革家，多半还是在随波逐流，但是，在社会的潮流中，自己毕竟还算一票，自己做不到，可以用有形无形的方式，把自己那一票，那体现神圣自主性的一票，投向能够做到改进社会的力量一边。

6

吟菊花诗，这是《红楼梦》第三十八回里的重要情节。在做诗之前，书里有一段描写，非常优美："林黛玉……自令人掇了一个绣墩，倚栏坐着，拿着钓竿钓鱼。宝钗手里拿着一枝桂花，玩了一回，俯在窗槛上，掐了桂蕊掷向水面，引的游鱼浮上来唼喋。……探春和李纨惜春立在垂柳阴中看鸥鹭。迎春又独在花阴下拿着花针穿茉莉花。"

我对阿婵说，我每当读到这里，读到关于迎春那一句，特别是沉吟那"独在"两字，心中就会涌出一种莫可名状的感慨……

阿婵说，知道，你那《揭秘〈红楼梦〉》上卷（二）里，不就强调了这一句吗？迎春在她生命的那一瞬，总算有了自主选择，她不是随李纨、探春、惜春她们去看鸥鹭，她有自己小小的乐趣，她独在花阴下穿茉莉花！这确实是她那个生命最具有尊严和美感的一段时间，给你的书画插图的画家，根据这一句，画出了非常有韵味的新派绣像图……

独在花阴下穿茉莉花，这可以成为一种生命尊严的象征。大地上应该有公平的社会，有容纳弱势族群和懦弱个体的温暖空间，有更多的怜悯与宽容，有更多的供普通生命选择的可能……

讨论《红楼梦》，议论迎春，到了这个份儿上，是我和阿婵都没有想到的。我们忽然都沉默了，各自朝窗外望去。窗外是深秋明净的蓝天，那上面仿佛有无形的字，无形的画，无声的乐音，正缓缓沁入我们的心膛。

二〇〇五年十一月十五日　绿叶居

夹缝里的人生

1

　　林黛玉初到荣国府，先去见外祖母。书里交代得很清楚，荣国府中轴线上的主建筑群，正房挂着皇帝赐的金匾，以及一副谦称"同乡世教弟勋袭东安郡王穆莳拜手书"的银联（实际是书中"义忠亲王老千岁"所题），那是贾政和王夫人居住的空间。贾母则住在这组中轴线主建筑的西边的一处院落，林黛玉的轿子是从西角门抬进府里的，走了一射之地，下这轿子后，再换另一乘轿子，又抬了一段以后，才到达贾母院落的垂花门前，林黛玉再下轿，众婆子围随，进垂花门，两边是抄手游廊，当中是穿堂，转过穿堂的大插屏，现出三间厅，厅后方是正房大院，正房五间，皆是雕梁画栋，两边以穿山游廊连接厢房。

　　贾母的院落相当气派，住房面积很大，房架很高。五间正房里有套间，套间里有暖阁，还有碧纱橱，所以不但她自己住得很舒服，还可以把最喜爱的孙辈宝、黛都留在同一个大空间里居住，史湘云来了也常跟她住在一起。第四十回刘姥姥这样表述她对贾母住房的印象："人人都说大家子住大房。昨儿见了老太太正房，配上大箱大柜大桌子大床，果然威武。那柜子比我们那一间房子还高。怪道后院子里有个梯子，我想并不上房晒东西，预备个梯子作什么？后来我想起来，定是为开顶柜收放东西……"

　　贾母的院落与贾政王夫人的院落之间，是一条南北向的宽夹道，两院各有角门与夹道相通。这夹道的南边，是倒座儿三间小小的抱厦厅，北边呢，立着一个粉油大影壁，后有一半大门，小小一所房舍，那是贾琏王熙凤的住所。王熙凤可谓荣国府的CEO，但她辈分低，居住空间当然也就只好小一些。第六回，曹雪芹透过一进荣国府的刘姥姥的眼光感受，把那空间里的景象描写得很细腻，凸显着豪门贵族的荣华奢靡。

附带说一下，书里对荣国府内部建筑格局的交代，是随着情节的推移，不断将其细化的。比如，林黛玉入府，进西角门走了"一射之地"，"一射"就是武夫用力拉弓射箭，那支箭飞过的距离，怎么说也有五十米以上，那么，在贾母院门以外，那么大的一片空间，难道都是旷地吗？看到后面，我们就知道，在荣国府西南的那个位置，以及相对应的东南一带，还有供下人住的群房，金钏被撵出去以后，就暂时被发落在那里，结果她无法承受羞辱感，就投入那东南角的水井"烈死"。第三十九回写刘姥姥二进荣国府，正"信口开河"讲"茗玉小姐抽柴"的故事，结果外面人吵嚷起来，原来是府里南院马棚"走了水"，也就是发生了火灾，贾母扶了人出至廊上来瞧，"只见东南上火光犹亮"，当然那火很快被扑灭了。这就进一步证实，贾母院东南边，还有一片级别比较低的建筑群，而贾母正房的房基很高，站在廊上，能望见那边的火光。

到第四十三回，写"闲取乐偶攒金庆寿"，给凤姐过生日，交代说贾母院里新盖了个大花厅，在里面坐席听戏。可见贾母的院落非常宏阔。估计盖了新花厅，仍有足够栽花种树的露地存在。

书里不少情节，集中发生在贾母、王夫人和王熙凤生活的这三个居住空间里。

值得提醒读者注意的是，设定为贾母长子并袭了一等将军爵位的贾赦，却并不住在荣国府里，不就近侍候自己的生母，这很奇怪。书里很清楚地交代邢夫人带黛玉去他们那边，是要先出荣国府西角门，坐一辆翠幄青绸车，路过荣国府正门，另入一黑油大门，才能抵达。"黛玉度其房屋院宇，必是荣府中花园隔断过来的，进入三层仪门，果见正房厢庑游廊，悉见小巧别致，不似方才那边轩峻壮丽"，这也很奇怪，书里未说贾母两个儿子分了家，为什么袭爵的大儿子却把荣国府中轴线的正房大院，让给并没有爵位的弟弟去住？既然两兄弟居所挨着，为什么不在隔墙上开门相通，互相来往竟需要先出大门乘轿坐车，再进对方大门？我在《揭秘〈红楼梦〉》上卷（一）里对此有所分析，这里从略。

书里（指曹雪芹留下的八十回）直接写到发生在贾赦邢夫人那个院落里的事情只有两次，除了第三回，还有第二十四回，写宝玉奉贾母之命去探望生病的伯父，在那里见到了黑眉乌嘴的贾琮。

至于宁国府，书里有些篇幅写到那边的事情，在具体的屋宇园林的描写上，或极度夸张（如对秦可卿卧室），或比较含混（如从王熙凤眼中看出的《园中秋景令》），尤其是在各个建筑物的平面关系上，缺乏明确的交代。第七十五回写到贾珍在天香楼下箭道内立了鹄子，早饭后约请一些公子哥儿来"习射"，那箭道的形状应该与夹道类似。

当然，从第十七、十八回以后，书里的大量情节就都发生在为元春省亲所建造的大观园里了。

曹雪芹写这部书，估计他对发生在荣国府里的故事空间的设计一是有原型依据，二是他会绘制出一幅从原型出发而加以艺术想象的屋宇园林示意图，怪道他笔下的空间转换基本上流畅自如，前后接榫，滴水不漏。大体而言，他对大观园的描写想象的成分多，显得非常夸张，属于浪漫性质的文笔，而对于荣国府原有建筑群的描写，则非常写实，甚至有些个回忆录的味道。

现在我要特别地研究一下，在曹雪芹笔下，除了发生在荣国府那些大大小小的院落里的故事，他还写了哪些发生在建筑群之间的夹道里的事情？

2

荣国府里不止一个夹道。除了上节写到的那个位于贾母院和王夫人院之间的南北向夹道，第四回就写到，薛姨妈一家来了，被安排住进府里东北角一处叫梨香院的房舍，"原来这梨香院即当日荣公暮年养静之所，小小巧巧，约有十余间房屋，前厅后舍齐全，另有一门通街……西南有一角门，通一夹道，出夹道便是王夫人正房的东边了。"这夹道应该也是南北向的。后来因修建大观园，预备迎驾元妃省亲，梨香院又腾出来给贾蔷管理的十二官戏班子使用，薛姨妈一家就又挪到了府里更东北边的一处院落里居住。

第七回写王夫人陪房周瑞家的欲找王夫人回话，谁知王夫人不在上房，到梨香院找她妹妹说话去了，周瑞家的便转出东角门至荣国府东院，通过夹道，往东北边的梨香院去。所谓陪房，就是一房人，夫妻连带儿女，被当作陪嫁物，随富豪家的小姐一起嫁到了其夫君家，在那边继续服役。周瑞家的，是周瑞的媳妇，因为得到王夫人信任，王熙凤一辈的都唤她周姐姐，算是有头有脸有一定权势的仆妇，但不管怎么说，到头来，她的身份还是一个地道的奴才，是一个夹缝里求生存的卑微生命。

第七回写周瑞家的奉薛姨妈之命去给众位小姐、媳妇送宫花，把她送花的路线写得非常细致。她出了梨香院，先携花来到王夫人正房后头，当时迎、探、惜三位小姐分住在王夫人房后三间小抱厦内，贾母命李纨陪伴照管，周瑞家的把花分别送给迎、探、惜后，"便往凤姐儿处来，穿夹道从李纨窗下过，隔着玻璃窗户，见李纨在炕上歪着睡觉呢，遂越过西花墙，出西角门进入凤姐院中"。在凤姐那边完成任务后，才往贾母这边来，过了穿堂，忽然遇见了她女儿，跟女儿说完话，才进入贾母正房，在宝玉住的那间屋子里，见到正跟宝玉解九连环玩的黛玉，周瑞家的把两枝花献给黛玉，黛玉冷笑道："我就知道，别人不挑剩下的也不给我！"周瑞家的听了，一声儿不言语。

确实，周瑞家的能说什么呢？读者从前面的描写里清楚地看出，她送花的路线，由近而远，循序渐进，并没有什么错失。但黛玉是何等身份，她系何等角色，哪有辩解的余地？只得忍气吞声。

从这样很细腻的文笔里，我们仿佛随着周瑞家的脚步，进一步了然了荣国府里建筑的空间布局：当中是正房大院，正院西边是贾母院，这两个院落的后缘基本上平齐，当中是一条南北向夹道，夹道北是凤姐院，勾连夹道的有角门，有穿堂，正院东边的院落，应该很大，梨香院在东院东北角，它的下缘比王夫人的那个院子还要靠北，从梨香院出来，要通过一条南北向夹道，才能到达王夫人院后面的抱厦，那抱厦外则有一条东西向的夹道，尽头是花墙，花墙上有角门，出那角门可通凤姐院。这样，我们就至少知道了三个互相连属的夹道了。

3

送宫花，为什么不送给李纨？李纨是寡妇，连脂粉都不能涂抹，遑论戴花？第七十五回写尤氏到荣国府来，进大观园，至李纨住的稻香村，想洗个脸补补妆，因为李纨没有脂粉，大丫头素云就把自己的拿出来，请尤氏将就着用，李纨责备她："我虽没有，你就该往姑娘们那里取去，怎么公然拿出你的来……"尤氏好脾气，也就用了，这个细节再一次让我们知道，李纨只能甘如槁木死灰般生存，戴花的乐趣都被剥夺了，那是非常残酷的封建礼教，有一大套繁缛的规矩维护着那个社会的伦理秩序。

像王夫人院、贾母院、王熙凤院，一般人未经特许，是绝不能擅入的，那是贵族府第里的伦理秩序。曹雪芹把这一点写得非常清晰。府里其实有着多样的生命存在，有大大小小的管家、办事人员、清客相公、小厮仆妇、门房杂役，厨子马伕……第六十三回还透露，荣国府里还有皇帝征戎大胜后，赏给府里的几家土番。那么这些生命，多半就只能在划定的区域里活动，他们如果有幸遇见主子，也多半是在夹道里偶然邂逅。

第八回写宝玉一时兴起往梨香院看望宝钗，"若从上房后角门过去，又恐遇见别事缠绕，再或可巧遇见他父亲，更为不妥，宁可绕远路罢了"，于是他仍从贾母院往南出二门，跟从的丫鬟嬷嬷以为他是去宁国府，结果他到了穿堂，又折向东边再往北边，绕厅后而去，显然他是选了一个从南往北的角度，要去通向梨香院的夹道，他倒是躲过了动辄逼他读书上进的父亲，可是，"偏顶头遇见了门下清客相公詹光、单聘仁二人走来，一见了宝玉，便都笑着赶上来，一个抱住腰，一个携着手，都道：'我的菩萨哥儿，我说作了好梦呢，好容易得遇见了你！'说着，请了安，又问好，劳叨半日，方才走开。"打听得当时贾政正在梦坡斋小书房里歇中觉，宝玉才算松了口气。那梦坡斋，位置应该就在上房院东北后角门附近。

书里在"大观园试才题对额"和"老学士闲征姽婳词"两段情节里，集中刻画了詹光、单聘仁等清客相公的嘴脸。这是些典型的社会填充物。妓女是以色事人，他们是以才事人，都有很酸辛的一面。这些清客相公一般都通琴棋书画，可以在主子面前陪读、陪吟、陪聊、陪笑、陪奏、陪歌、陪棋、陪卜、陪绘、陪书、陪观、陪游……当然，更重要的是看主子脸色，揣摩主子心思，赔尽小心。曹雪芹把詹、单二清客的首次亮相，特意安排在了荣国府的东夹道一带，既符合生活的真实，更是具有隐喻的空间安排。

宝玉那天真是刚历一劫，再遭一劫。他满心满意要去见的是宝姐姐，谁知往北去那梨香院所经过的东院里有府里一片办事房，"可巧银库房的总领名吴新登与仓上的头目名戴良，还有几个管事的头目，共有七八个人，从账房里出来，一见了宝玉，赶来都一齐垂手站住。独有一个买办名唤钱华，因他多日未见宝玉，忙上来打千儿请安，宝玉忙含笑携他起来"，那些人就恭维宝玉斗方儿写得好，宝玉并不停步，敷衍他们两句，径往梨香院而去。注意曹雪芹笔下所写的这两拨子在东夹道附近跟宝玉相遇的人，肢体语言大不一样，前二人轻佻，后七人恭肃，都很符合他们在府里扮演的角色，清客相公相当于宫里的"弄臣"，本是供主子取乐的，他们适度轻佻乃职业本色；但办事员们就不一样了，虽然背地里坑坏主子，表面上则争先表现出自己的中规中矩。

第十七、十八回（古本两回未分开）里，写到宝玉在贾政对他"试才题对额"后，不得不跟到贾政书房，贾政把他喝退，忙从那里回贾母院，出贾政院时，被跟贾政的几个小厮拦腰抱住，把他身上挂的荷包等佩带物尽行解去，那应该也是发生在夹道里的事。

第三十回写宝玉大中午的"从贾母这里出来，往西过了穿堂，便是凤姐院落，只见院门掩着……进去不便，遂进角门，来到王夫人的上房内……"空间转换写得一丝不苟，与前面的交代完全对榫。

第十一回、十二回，贾瑞想占有凤姐反被凤姐耍弄，最后死去的情节，估计是曹雪芹从旧作《风月宝鉴》里取用化入的。里面写凤姐毒设相思局，先利用了凤姐院和贾母院之间的穿堂，后来又利用了她那小院后面的夹道空房，那里有高大的房基形成的台矶，与仆人们的住房区域相通，再往北就是府第的后门了。这样的空间交代与前面的描写是相符的，第六回刘姥姥好不容易摸进后门，找到周瑞家，周瑞家的就是从北边把她带到凤姐院里的。贾瑞也属于一种社会填充物，而且是最无聊的一种，他那夹缝里的卑劣人生，很快由他自己以妄想型的纵欲而结束。

4

夹道对于荣国府的主子们来说，不过是从一处使用空间转换到另一处使用空间的一片过渡地带，他们经过时，很少特意停留。

但是，对于像贾芸那样的角色——论血统跟荣宁二府同谱，论现实社会地位和经济状态却与二府有天壤之别——荣国府里的夹道，却是他们攀附贵亲的可利用空间。

贾芸以同宗亲戚的身份，混进荣国府角门二门不难，但想登堂入室，那就得费尽心机才行了。他一般情况下是总在那夹道里徘徊蹀躞，希图逮机会"偶遇"府里的主子，趋前建立起较为亲密的关系，以谋取自己的利益。

第二十四回，写到贾赦偶感风寒，贾琏从那边请安回来，宝玉则正要奉命也去请安，一个下马，一个正待上马，哥儿俩对面，少不得寒暄几句，那位置，应该是在贾母院外，离夹道很近的地方。他们刚说了两句话，忽然转出一个人来，就是贾芸，贾芸显然老早就埋伏在夹道里听动静，有此良机，焉能错过？就转出来"给宝叔请安"，宝玉根本不认得他，贾琏就告诉说："他是后廊上住的五嫂子的儿子芸儿。"（第二十二回贾琏跟凤姐提起他时，则说是住"西廊下"）宝玉随口应酬几句，更随意说出了一句："你倒比先越发出挑了，倒像我的儿子！"贾琏笑道："好不害臊！人家比你大四五岁呢，就替你作儿子了？"原来那贾芸已经十八岁了，没等宝玉反应过来，伶俐乖觉的贾芸意识到机会难得，良机绝不可失，便马上笑道："俗话说的，'摇车里的爷爷，拄拐的孙孙'，虽然岁数大，山高高不过太阳，只从我父亲没了，这几年也无人照管教导，如若宝叔不嫌侄儿蠢笨，认作儿子，就是我的造化了！"宝玉听此甜言，就糊里糊涂地认了个干儿。

贾芸家住西廊下，所谓廊下，指的是庙宇正院两侧厢房后边的夹道。我童年时代住在北京钱粮胡同，挨着隆福寺，那时候寺庙建筑还相当完整，两侧的厢房由一些市民杂居，厢房有廊子相连属，所以叫廊下，住在那里也可以说是"住廊上"，那些房屋既有门通庙也有门通街，所谓通街，其实那街就是原来厢房与庙墙之间的夹道，后来两头开通，变成了胡同。隆福寺两侧的胡同，一侧叫东廊下，一侧叫西廊下，我那时从与之垂直的钱粮胡同去隆福寺小学上学，天天都可以穿过东廊下或西廊下来回。当然，北京不止一处庙宇有西廊下和东廊下，据有的红学家考证，荣、宁二府的原型，大体在北京的西北城，则书里贾芸、泼皮倪二等所居住的"西廊下"的原型，很可能是也位于北京西北部的护国寺一侧，这与书里写到的二尤的故事，贾琏偷娶尤二姨安家在花枝巷，都是对应的，花枝巷干脆直接用了真实的地名，现在北京城西北什刹海附近就还有条一直把名称延续了几百年的花枝胡同。我青年时期任教十多年的那所中学，也就在那儿附近，所教过的学生，有的就居住在花枝胡同里。我读《红楼梦》，确实有特殊的亲切感。

我感觉，北京的小市民，特别是什刹海一带的小市民，至今身上还延续着贾芸的人格基因，那就是特别善于在夹缝里求生存。甚至在"文化大革命"期间，只要那斗争有一隙的松缓，就会有人苦中作乐，重新栽种点玻璃翠那样的花草，养几尾小金鱼，而在前海与后海相交的银锭桥畔，就会在早晨和傍晚出现卖碎马掌片（用做花肥）和鱼虫（用来喂鱼）的身影，这是些顽强的生命，在大时代的缝隙里，他们有自己不以言辞表达的生存哲学，他们算什么样的角色呢？正是在那个时候，我就意识到，那是些不容忽视的社会填充物。那时候，我在银锭桥头，看到过一辆军用吉普车在一个卖鱼虫市民脏兮兮的钢种盆（钢种是北京市民对铝的代称）前停住，一个军人下车，用二分钢镚儿买下那市民用钢种勺给他舀出的一勺红粟般的鱼虫，装在了一个薄而半透明的塑料袋里，那军人虽然生活在"激情燃烧的年代"，但家里也还是养了金鱼，或者他本人并不喜欢，但是他妻子却喜欢，于是他也就来做一件让妻高兴的事。这说明即使社会已经非常单调板结的情况下，社会填充物（无论是鱼虫还是卖鱼虫的市民），仍是延续超政治人情的一种载体。

我就这样来理解《红楼梦》里的贾芸。他与上面提到的清客相公和账房管事等生命存在还有所不同，那些人身上有太明显的势利眼与贪婪心，虚伪是有损人性的；贾芸却只是朴素地为自己生计着想，他的虚伪只是一种小市民的庸俗客套，即使为了利己，却并不损人。

贾芸在书里，好几次出现在夹道一类的地方。他向贾琏求份差事不成，去向亲舅舅卜世仁求援更遭排揎，但他并未灰心丧气，巧遇醉金刚倪二，意外地从其义侠之举中，换取了向凤姐献媚的麝香、冰片。于是，在同回书里，他又出现在夹道里，这次是在那条夹道的北端，到了贾琏王熙凤那个院门前，"只见几个小厮拿着大高笤帚在那里打扫院子呢"，正待时机，天赐良机，一群人簇着凤姐出来了，他忙把手逼着（就是双臂下垂手掌紧贴身体），恭恭敬敬抢上去请安，凤姐哪里用正眼瞅他，只顾往前走，随口几句话打发他，他却进一步发挥小市民那嘴里涂蜜的舌上功夫，把凤姐奉承得浑身舒坦，于是，凤姐不但满脸绽笑，还居然停下了脚步，贾芸赶紧边继续奉承边把装麝香、冰片的锦匣举起献上。尽管机关算尽的凤姐并没有马上派他差事，但他后来终于得到了承包在大观园里补种花草树木的美差，他的人生境遇，由此有了个良性的转折。

贾芸认宝玉作干爹，主要是想借机混进大观园，扩眼界，觅生计。还是第二十四回——这回书的主角是贾芸和小红，曹雪芹非常细腻地描写这两个生命的存在状态与人生追求，那种一提《红楼梦》就只记得宝、黛爱情的读者，现在应该懂得，《红楼梦》是极其丰富的文学画廊，即使完全把十二钗的故事暂搁一边，书里仍有非常丰富的人物刻画与极具深度的人生戏剧——曹雪芹写到贾芸又一次来到荣国府，他开始依然只能在主建筑空间外围一带寻觅机会。书里补写出在贾母院仪门外有处外书房，叫绮霰斋。就在那个地方，他有了一次艳遇。而巧遇他的小红，知道他是本家爷们儿，"便不似先前那等回避，下死眼把贾芸钉了两眼"。在那样的社会里，一对青年男女敢于互相正视，而且你言我语，算是非常大胆，可谓一见钟情。

贾芸和小红的爱情故事，是曹雪芹在《红楼梦》里安排的一个大关目、大过节，读者切不可漠然轻视。八十回后，据脂砚斋批语透露，贾芸和小红有情人终成眷属，贾府被抄家治罪，他们没有被触及，但他们不怕受株连，主动去营救凤姐和宝玉，小红和另一个比她更早离开荣国府的茜雪，到监狱的狱神庙去安慰他们，贾芸则"仗义探庵"。可惜因为那些已经写成的文稿都被"借阅者迷失"，我们目前已经很难想象，贾芸探的是哪个庵？（拢翠庵？馒头庵？水月庵？）探的是庵里的谁？那探望是想达到什么目的？究竟达到了没有？大结局是什么？

曹雪芹所塑造的贾芸这样一个小市民的形象，其丰富的人文内涵，值得我们深入探究。

5

对《红楼梦》进行文本细读，我们会拾回很多过去匆读草读所忽略的文句情节，从而产生出更浓酽的探秘兴趣。

比如，上一节提到，第二十四回，写到荣国府里有一处外书房叫绮霰斋，而宝玉的丫头里，就有一位叫绮霰。绮霰这个名字跟晴雯分明是对应的，就像麝月跟檀云对应一样，但绮霰作为丫头写得模模糊糊，没什么"戏"（檀云也没"戏"），那么，她的名字怎么会与外书房的斋名相重呢？

也有细读后可以有所领悟的地方。比如，因为曹雪芹笔下避免写清代男子的薙发留辫和长袍马褂，再加上后来改编的戏剧影视多让男角穿戏装，于是有人怀疑书里写的生活景象究竟是不是清代的？上面引用了关于买办钱华在夹道里见到宝玉，"忙上来打千儿请安"，"打千儿"是清代特有的男人向人致敬的肢体语言：左膝前屈，右腿后弯，上身微俯，左臂后背，右手下垂，口中问好。"打千儿"这种礼节名称和方式，在清代以前直到明朝，都是没有的。因此，尽管作者托言笔下所写的故事"无朝代年纪可考"，其实却是"大有考证"（脂砚斋语）的，就是写的清朝的事。

还有贾芸引的那句俗话："摇车里的爷爷，拄拐的孙孙。""摇车"不是汉族的摇篮，是满族特有的一种育儿工具，男婴出生第七天，要举行"上摇车"的仪式，那是很重要的一个日子，"摇车"据说是吊在屋梁上的一种摇篮，为什么偏叫"车"？在满语里有特别吉祥的含义，而那"车"里会搁放若干满族特有的吉祥物。这说明《红楼梦》里所写的，是一种满、汉文化互相交融的社会生活。

不进行文本细读，还会忽略一些其实是非常重要的伏笔。比如第二十八回，这回的主体情节是"蒋玉菡情赠茜香罗　薛宝钗羞笼红麝串"，但其中有一个"过场戏"用了三百多个字，篇幅不算很小了，那"过场戏"的空间位置，就在凤姐院门外，那条夹道的尽北头。

宝玉从王夫人院出来，往西院贾母那边去，"可巧走到凤姐儿院门前，只见凤姐蹲着门槛子拿耳挖子剔牙，看着十来个小厮们挪花盆呢"。凤姐的肢体做派经常如此，形成她个人的"性格符码"，第三十六回她从王夫人屋里出来，"把袖子挽了几挽，趿着那角门的门槛子，笑道：'这里过门风倒凉快，吹一吹再走！'"接着就跟众人说了一番狠话。但二十八回在那夹道尽头她的院门前，她对宝玉却全是温言软语，她让宝玉进屋去帮她写个单子，要求写上"大红妆缎四十匹，蟒缎四十匹，上用纱各色一百匹，金项圈四个"。宝玉觉得奇怪，问："这算什么？又不是帐，又不是礼物，怎么个写法？"凤姐道："你只管写上，横竖我自己明白就罢了。"宝玉在这类事情上照例是"浅思维"，绝不深入探究，写完再应答几句，忙慌慌去贾母那边院里找林妹妹去了。

凤姐为什么要劳宝玉驾写这么个单子？书里前面早就交代，凤姐有个文字秘书，记账写礼单查书念占卜文等等事情一律都由这个人承担，这人叫彩明，是个未弱冠的小童，本是随叫随到、言听计从的，凤姐的这个单子却偏不叫彩明写而让宝玉代劳。

曹雪芹写这样一笔，难道是在写一串废话吗？当然不是。我在《揭秘〈红楼梦〉》上卷（一）里分析出，书里实际存在着"日"、"月"两派政治势力，一派是以"义忠亲王老千岁"为首的"义"字派，一派是以"忠顺王"为首的"顺"字派，荣、宁二府在这样的大格局里，其实也是"夹缝里求生存"。荣国府当家人凤姐，她应付宫里面，应付"日"边的元妃，当然不必忌讳，文字方面的事情命令彩明书写就是了；但是，她若应付"坏了事"但余党仍在的"义"字派这边呢，就不得不格外隐秘，让一个完全不懂"仕途经济"的宝玉帮她写下单子，是非常巧妙的办法。

我以为，曹雪芹把这个"过场戏"的起首安排在夹道里也颇值得玩味。估计八十回后的情节里，凤姐和宝玉的双双被逮入狱，跟这张"没头脑"的单子被查抄出来也有一定的关系。

在第二十三回，写到宝玉从贾政王夫人院里听训出来，如获大赦，往贾母院里跑，这段情节跟凤姐没有关系，但有条脂砚斋批语却指出："妙！这便是凤姐扫雪拾玉处，一丝不乱。"凤姐扫雪拾玉，显然是八十回后的一个情节，从脂砚斋这条批语的口气，以及另外很多条批语，我们可以知道，曹雪芹并不是只写出了八十回书，八十回后他也写了，他在世时，整部书稿已经大体完成，只待进一步修订，剔毛刺，消瑕疵，但出于我们无法细知的原因，八十回后的书稿竟被"借阅者迷失"！凤姐扫雪拾玉，曹雪芹写成，脂砚斋读到，但今天的读者却不得一睹。凤姐怎么会沦为扫雪的粗工？她拾到的是什么玉？曹雪芹写这一笔用意何在？我在《揭秘〈红楼梦〉》上卷（二）里有详尽探讨，这里不重复。我只想再强调一下：曹雪芹几次把跟凤姐有关的情节，安排在夹道、穿堂这样的空间里，不管他主观上有没有那样的用意，作为读者，我们会感觉到，那是对凤姐在"日月双悬照乾坤"的政治夹缝，以及邢王二夫人对峙的家族夹缝中，"机关算尽太聪明，反误了卿卿性命"，"枉费了，意悬悬半世心"的一种艺术隐喻。

6

从某种意义上说，贾宝玉何尝不是一个"夹缝里的生命"？贾宝玉要由着自己的性子生活。他"懒于与士大夫诸男人接谈，又最厌峨冠礼服贺吊往还等事"，"潦倒不通事务，愚顽怕读文章"，他跟父亲之间发生激烈冲突，因素之一就是父亲"恨铁不成钢"，怎么把他往仕途经济上引也是徒劳枉然。但如果把贾宝玉笼统地定位于"反封建的新人"，则未必符合书里的描写。

第五十二回，又一次写到荣国府夹道，这回呈现出了值得注意的一幕：宝玉穿着贾母给他的雀金裘，出发去他舅舅王子腾家拜寿，他并不想去，却不得不去。老嬷嬷跟至厅上，只见六个大男仆和四个小厮，笼着一匹雕鞍彩辔的白马，已在那里立候多时，宝玉被他们护卫着上了马，说："咱们打这角门走吧，省得到了老爷的书房门口又下来。"这时男仆周瑞就侧身笑道："老爷不在家，书房天天锁着的，爷可以不用下来罢。"细心的读者会记得，早在第三十七回，还是秋天的时候，贾政就被皇帝点了学差，到外省去了，直到第七十一回，已是再一年的初秋，才交代贾政回到家里，按说第五十二回过年的时候，父亲不在家，宝玉更可以大肆地"反封建"，讲究什么"过父亲书房必须下马"的"破礼节"，偏要大摇大摆骑马从那书房边过一下，示示威！岂不过瘾？但是，书里怎么写的呢？宝玉对周瑞笑道："虽锁着，也要下来的。"这就说明，宝玉并不为一个先验的观念去选择生存方式，他只不过是希望父亲也好，宝钗也好，别的什么人也好，不要勉强他去投入仕途经济，至于封建伦常秩序的礼数，他觉得并未怎么伤及他的个性，甚至有时还能从中获得温馨乐趣，他是并不想去破坏、对抗的。

于是，宝玉就骑着那白马，让过书房的位置，出了角门。这时的空间位置应该是在夹道当中了，结果顶头遇见了大管家赖大，宝玉忙拢住马，意欲下马——在清朝满族贵族家庭，服侍过上一辈的老仆，特别是府里的大管家，小辈主子按规定是必须要尽到礼数的——宝玉其实完全可以拒绝这一套，但他并没有丝毫反叛性行为，倒是赖大忙上去抱住了他的腿，宝玉呢，还要施礼，"便在镫上站起来"，这是一个替代下马的姿态，并且还携着赖大的手，说几句客气话。

这就是曹雪芹笔下的宝玉。他企图在摆脱封建礼教桎梏个性的方面进行一些抗争，又在遵守享受封建伦常的温情方面表现出一些乖觉，求得在那样一个社会家庭环境中的生态平衡。这实际上也就是在把自己从封建社会的"砖瓦"中抽出，却又仍然还在"砖瓦缝"里成为了一种"填充物"。这种"填充物"并不起到黏合"砖瓦"的作用，从长远的效果来说，由于只是一种寄生状态，是疏松的，随时可能游离的，作为"消极填充物"，它最终可能会起到使"砖瓦"松动的作用，但要达到"忽喇喇似大厦倾"，那就还得靠"厦墙"外的真正具有革命性的力量，跟那样的存在相比，宝玉也好，黛玉也好，就还只能算"夹缝中的生命"，显得脆弱、渺小。

值得注意的是，紧接着这个情节还出现了一个场景："接着又见一个小厮带着二三十个拿扫帚簸箕的人进来，见了宝玉，都顺墙垂手立住，独那为首的小厮打千儿，请了一个安，宝玉不识名姓，只微笑点了点头儿。马已过去，那人方带人去了。"于是出了角门，门外又有男仆小厮马夫一大群，再出角门，才是府外，前引旁围的一阵风去了。

《红楼梦》里很少出现底层人物，书里的那些大小丫头，从社会阶级属性上可以算作女奴，但跟府外的奴隶们相比，她们的衣食住行就强太多了。书里也还出现了二丫头等农民形象，但浮光掠影，一闪而去。夹道里的这二三十个拿扫帚簸箕的小厮，也只偶然露了下脸，且是群像。曹雪芹为什么特意写夹道，写夹道中有这样一些最底层的生命？我想，他是要让读者知道，这诗礼簪缨族、温柔富贵乡，不是凭空存在的。

在"大府戏"里安排"夹道"的场次，说明曹雪芹的确是大手笔，也说明《红楼梦》文本确实是丰厚细密。这"一粒米"，把大千世界呈现得多么精微剔透！

二〇〇六年夏　绿叶居—温榆斋

五月之柳梦正酣

1

大观园是怎样的景象？《红楼梦》第十七、十八回对之有细致入微的描写。那些宏大的华丽空间不去说它了，在贾政和一群清客以及贾宝玉初游大观园时，有一笔过场戏性质的描写：转过山坡，穿花度柳，抚石依泉，过了荼蘼架，再入木香棚，越牡丹亭，度芍药圃，入蔷薇院，出芭蕉坞……光这些点缀在正景之间的园林小品，就足令人心醉神迷了。

曹雪芹有意不在前面把大观园的景物写尽，在刘姥姥二进荣国府，薛宝琴邢岫烟李纹李绮"一把子四根水葱"的美人儿来荣府客居，寿怡红摆寿筵，以及第七十六回中秋品笛、黛湘联诗等后面的情节里，他很自然地补充描写了大观园里的许多景物，如秋爽斋、红香圃、芦雪广、凸碧堂、凹晶馆、翠樾埭……

"刘姥姥进大观园"，成为了一句流传甚广的民间俗语。已故著名文学理论家，也是红学家的何其芳先生曾提出过"典型共名说"，认为衡量一个文学形象够不够得上艺术典型，就看这一形象是否被广大读者当成了一种社会生命存在的"共名"，比如贾宝玉，人们读过《红楼梦》以后，往往就会把生活中那种自己特别愿意在少女群中玩耍，而少女们也都特别愿意跟他交往那样的少男，称作"贾宝玉"，因此判定贾宝玉达到了艺术典型的高度；像王熙凤、林黛玉、刘姥姥……都达到了"共名"的效果。"她可真是个凤辣子！""你真是个林妹妹！""我可真成刘姥姥进大观园啦！"这类人们在生活里的随口议论，都是这些文学人物因取得"共名"效应而可以判定为艺术典型的例证。但是，几乎没有人会对生活中的某人指认为"真是一个王夫人"，或感叹"哪里跑来个薛姨妈"。王夫人和薛姨妈尽管也是写得颇为生动的文学人物，却还够不上是艺术典型。何其芳先生的立论在当时（上世纪六十年代初）就受到一些人批评，引起不小的争论，有兴趣的人士可以找出当年那些论辩的文章来读，不管读后是否认同何其芳先生的"典型共名说"，但是对何先生善于独立思考，敢于发表新颖的见解，大概还都是会佩服的。任何学术课题，允许提出新说，容纳"惊世骇俗"的见解，应该是推动学术进步的一个前提，海纳百川，方呈浩瀚。

刘姥姥够得上艺术典型，"刘姥姥进大观园"也够得上是典型的人生处境。所谓"刘姥姥进大观园"，就是指一个大老粗进入了一个他或她本没有机会进入的高档空间，意味着侥幸，也往往表示着"猪八戒吃人参果，那么好的东西却品不出味儿来"的意思。顺带说一下，以何其芳先生的"典型共名说"来衡量《西游记》里的角色，那么孙悟空、猪八戒、唐僧、白骨精都能成为"共名"因而够得上是艺术典型，沙和尚难以成为"共名"，因而就够不上。

刘姥姥不仅是侥幸，简直是幸运，贾母把她带进大观园让她逛了个够，问她："这园子好不好？"她念佛说道："我们乡下人到了年下，都上城来买画儿贴，时常闲了，大家都说，怎么得也到画儿上去逛逛。想着那个画儿也不过是假的，那里有这个真地方呢，谁知我今儿进这园里一瞧，竟比那画儿还强十倍……"刘姥姥比猪八戒强一些，对大观园这个"人参果"还算有点"比年画还强"的审美感受，但从粗陋空间闯进精致空间，她出恭后一个人迷路绕到了怡红院，虽然对呈现于眼前的各种事物不断吃惊，却全然没有审美愉悦产生，最后竟仰身倒在宝玉卧榻，一顿臭屁，酣然一觉。一个生命的惯常空间，养成了一个生命的惯常思维、惯常情感和惯常的行为方式，那是很难改变的，除非他或她还年轻，对于从现有的粗陋的生存空间挣脱出去，进入一个精致的高层次空间，并且能在其中长久立足，还抱有热切的憧憬与付诸行动的勇气。

曹雪芹写大观园，最厉害的一笔我以为是在第六十回，大观园什么模样？"也没什么意思，不过见些大石头大树和房子后墙……"大观园宜作面面观，在有的人眼里，所看到的景色，竟不过尔尔。

那是谁眼里的大观园？

2

那样形容大观园的，是柳五儿。

柳五儿是内厨房管事柳嫂子的女儿。

大观园建成以后，在很长一段时间里没有单设厨房，住在园子里的宝玉、李纨和众姐妹们，到吃饭的时候还得走出大观园，到上房，也就是王夫人那里，或者贾母那里去吃饭，这在书里是有描写的。大观园里的丫头们又到哪里吃饭呢？书里没有明确交代，估计更是要走出园子，去跟园子外的那些丫头们一起吃饭。大观园本身不小，出了大观园到王夫人或贾母那边，还要走很多路，到了秋冬和春寒时分，园子里的人吃饭真是很不方便。于是，作为荣国府实际上的总管，王熙凤有一次就提出来，在大观园后身单设一个厨房，也就是区别于府里总厨房的内厨房，专门供应住在园子里的主子和丫头们的饭食。这是在第五十一回末尾交代的。王夫人首先赞同："这也是好主意。刮风下雪倒便宜，吃些东西受了冷气也不好；空心走来，一肚子冷风，压上些东西也不好。不如后园门里头的五间大房子，横竖有女人们上夜的，挑两个厨子女人在那里，单给他们姊妹们弄饭，新鲜菜蔬是有分例的，在总管房里支去，或要钱，或要东西；那些野鸡、獐、狍各样野味，分些给他们就是了。"贾母道："我也正想着呢，就怕又添一个厨房多事些。"王熙凤就更坚定地表态："并不多事。一样的分例，这里添了，那里减了。就便多费些事，小姑娘们冷风朔气的，别人还可，第一林妹妹如何禁得住？就连宝兄弟也禁不住，何况众位姑娘。"于是拍板定夺，大观园内厨房开张。

主子们一项新政的推行，会给下面仆役层里的一部分人带来实际利益。

"挑两个厨子女人在那里",从后面的描写里我们看到,实际上被挑为内厨房总管的只是一个女人,就是柳嫂子。

柳嫂子原来在梨香院里管点事,可能就是那里的厨子。梨香院原是荣国公用来打坐静养的一个空间,一度闲置,薛姨妈一家从南方进京投奔荣国府后,在里面住过,后来又从那里搬到另一处院落。为筹备元妃省亲,贾府派贾蔷从南方买来十二个女孩子,训练他们唱戏,每个女孩都认一个妇人为干妈,十二个女孩也就是"红楼十二官",在梨香院集中居住排练时,女孩们和那里的妇人们关系就很复杂,有处得好的,有处得不好的,而其中唱小旦的芳官,和柳嫂子关系非常之好。再后来,由于朝廷里薨了老太妃,元妃不再省亲,贵族家庭不许演戏,贾府就解散了梨香院的戏班子,十二官里死掉了一个,有三个不愿意留在贾府另谋生路去了,还有八个则被分配给贾府的主子当丫头,芳官很幸运地被分配到了怡红院,并且很快得到宝玉宠爱;八个留下的唱戏姑娘的干妈,随干女儿到各房中为仆,而芳官的干妈的亲女儿春燕和小鸠儿,也正是怡红院的丫头,人际关系交错纠结,写得很有意思。

芳官的干妈何婆,开始对芳官很不好,掌握着芳官的那份月钱,却不往芳官身上使,芳官洗头都洗不痛快,于是爆发了怡红院里有名的"洗头事件",闹得沸沸扬扬。芳官的干妈对芳官很苛啬,但是,柳嫂却对芳官非常好,投桃报李,芳官因此也对柳嫂格外关照。

曹雪芹写大观园,写大观园里的生命,是立体的写法,他不仅写主子,写丫头,也写相对底层的仆役小厮,写他们不同的生存状态和生命诉求。第六十一回开头,他特意写了一段剃杩子盖头——杩子就是马桶——的小厮跟柳嫂子在后角门发生口角的情节,这些"过场戏"绝非可有可无的文字,而是使《红楼梦》的文本更丰满更精致、更能揭示世道人心的精彩笔触,建议大家读时不要草草掠过。

那杩子盖发型的小厮扭着柳嫂子,求她从园子里摘些果子来给他吃,柳嫂子就说他是"仓老鼠和老鸹去借粮——守着的没有,飞着的有",意思是那小厮的舅母姨娘就是园子里承包管理果树的,不问她们去要，却要到自己跟前来。小厮听了，就反唇相讥，揭出柳家的一桩隐私来，那就是柳家的女儿"有了好地方了"。柳家的不承认，笑道："你这个小猴精，又捣鬼吊白的，你姐姐有什么好地方了？"那小厮就笑道："别哄我了，早已知道了。单是你们有内牵，难道我们就没有内牵不成？我虽在这里听哈，里头却也有两个姊妹成个体统的，什么事瞒了我们！"

柳家的女儿柳五儿，正谋求到"好地方"去"成个体统"，此事正进行中，尚未实现，但是，就连看角门的芥豆小厮，也都知悉。柳家的内牵，就是芳官，芳官已经跟宝玉推荐了柳五儿，因为林红玉口角伶俐办事爽快被王熙凤要走，怡红院的丫头编制恰有空缺，柳五儿的补进，正逢机会。本来这事也不复杂，但是，柳五儿自己有个弱症，需调养好才行，而大观园里又正逢"多事之秋"，一波未平，一波又起，乱哄哄的情况下，贾宝玉也顾不上点名要人。于是，虽然前景美妙，柳五儿一时却还只能窝在大观园之外，灰色生存。当然，因为她母亲是大观园内厨房的管事，她能够进入角门，在大观园后身作为厨房的那五间大房子内外活动，那也算是大观园的一部分了，再往里，她是不敢随便去的，但又常常忍不住把脚步往里迈，把身子往里移，一颗心怦怦然，想偷窥一下园中美景。但那山子野设计的园林，把主子活动区与厨子杂役类奴才劳作区，分割得非常清晰，用许多的大山石大树木和高墙屋壁，形成一道屏障，将二者互相遮蔽。于是咫尺天涯，人间两域，柳五儿在"不成体统"的时候，是不能越雷池而触戒律的。

可怜的柳五儿，她胆气壮时，也曾试图多往里走走，但所看到的，当芳官问起来时，也只能感叹："今儿精神些，进来逛逛。这后边一带，也没什么意思，不过见些大石头大树和房子后墙，正经好景致也没看见。"

一个生命，向往着一个自己暂时去不了的空间，这是人世间最常见的心态。

3

生命和空间的关系，是一个特别值得探讨的问题。

当然，生命和时间的关系，也需要探讨，但对于一般的人来说，似乎不那么迫切。"我为什么没生在唐朝而生在了现在？"有这种追问的人实在很少。"我为什么没赶上抗日战争？要那时候出生参加打鬼子的战斗多来劲儿！"这类话语虽然会偶尔听到，但完全用不着认真回应，不过说说而已。绝大多数人都能坦然接受自己的出生时间，珍视自己的生日，即使对于所处的时代有诸多不满，但深知自己的生命不可能更易到另外的时段，因此，对于自己生命和时间的关系，也就往往不再去深想细究。

但是，在同一时间段里，生命和空间的关系，就存在着一个转移的可能性。在改革开放以前，拿北京来说，同在一城，都是少年，"大院里的"和"杂院里的"，两种生活空间，生活状态、心理定势、语言特点、情感表达……就会很不一样。那"机关（或部队）大院"的空间，与"杂院"的空间，可能就在同一条胡同里，甚至相互间只有一墙之隔，但墙两边，两种空间里，人生状态却会有明显的不同。还有一种高级四合院的空间，也就是首长住宅，那个空间里的生活状态，跟"大院"里的又有所不同。在那个历史阶段里，一个"杂院"空间里的少男或少女，就往往会羡慕"大院"空间里的"革干"（或"革军"）子弟，有的就可能会像《红楼梦》里的柳五儿一样，憧憬着自己有一天也能转移到那样一个比自己所出身的空间更高级的空间里，去品尝人生的更甜蜜的滋味。

改革开放以后，生命对空间选择的自由度被空前展拓。农村的剩余劳动力拥进城市，城市的青年人出国留学，近十几年来，更有许多国人拥到世界各地经商，有的人甚至不惜采取非法手段，借高利贷，筹重金交给蛇头，去偷渡到自己心目中的"大观园"，结果酿成悲剧甚至惨剧。

"进入大观园啊！去到怡红院啊！"柳五儿那样的追求，直到今天，仍是许多普通中国人的人生目标。

二〇〇〇年春天，我和妻子吕晓歌应法国方面邀请，在巴黎访问。英国的英中文化协会和伦敦大学顺便发出邀请，请我携夫人往伦敦讲两场《红楼梦》，一场在伦敦大学给东亚系汉学专业的研究生讲，一场则面向普通伦敦市民。我接受了邀请，但是，英国没有加入欧盟的申根协议，我和妻子虽然有法国给的签证，持那签证可以免签前往意大利、德国、荷兰、比利时等许多参加了申根协议的国家，却不能前往英国，去英国还需到英国驻巴黎大使馆的领事处再办签证。

我和妻子去了英国在巴黎办理赴英签证的地方，那里的签证官见我们是中国人，眼光似乎有些异样。他找来一位负责的女士，那女士板着个脸，说我们不应该到她这里来申请签证，我们应该在北京申请。她这话是有道理的，我就跟她解释，已经跟他们英国驻巴黎大使馆的文化参赞通过电话，参赞说因为邀请我们的机构是英中文化协会，此协会的背景就是英国外交部，所以可以破例。那位女负责人当即与他们的主管部门通了电话，得到证实，于是决定给我们签证。就在这时，她跟陪同我们的法国朋友用法语说了几句话，法国朋友把大意翻译给我听，我一听就急了，就说我不去了，别给我签证了，把我的中国护照还给我！

我为什么生了大气？原来，那位负责发放签证的女士嘀咕的是：你们中国人，总想到西方……当然，刘先生跟那些多佛的中国人不一样……可是，我们不能不特别谨慎啊！

原来，就在我们去办签证的前一天，正好发生了一件轰动英国的大事：一批中国偷渡客，藏在集装箱里，从法国渡海到了英国多佛口岸；本来，那集装箱上有个通气口，可是开车的司机怕检查时露馅，渡海时给堵上了；但英国口岸的海关抽查，偏查到那辆车，打开集装箱，挪开货物，立即发现了若干已经窒息毙命的中国偷渡客。英国报纸在报道这件事情时特别强调，有几个负责检查的海关工作人员，因为突然目睹了扭曲的死尸，不仅生理上立即发生呕吐晕眩等症状，而且也很快派生出心理问题，已经有心理医生在对他们进行治疗云云。

那些离乡背景的中国偷渡客，不管怎么说，是我的同胞！他们违法，他们糊涂，他们冤枉，他们不幸，但是，他们毕竟是想通过转移自己的生存空间去谋求更幸福的生活啊！

我跟他们，一样的黄皮肤，一样的黑头发，血管里，流淌着同一祖宗传下来的血液。"你们中国人，总想到西方"，尽管那位英国外交官试图把我和我妻子跟我的这些惨死的同胞区别一下，但乍见到我们时，那冰冷的眼光，那板起的面孔，不也分明表达着一种对中国人的"特别谨慎"，实际上也就是一种潜在的歧视吗？

人家那个签证厅，是不许大声喧哗的，可是在那一刹那，百感交集的我大声嚷了起来："还我护照！我不去了！"

法国朋友制止了我，妻子也低声批评我，英国外交官莫名惊诧，但最终还是给了我们签证。我和妻子是在复杂的心情中乘海底隧道火车，从巴黎前往伦敦的。

从那以后到现在，六年过去，在报纸上，仍有中国人以偷渡手段前往国外，被查获遭返，或侥幸抵达而惨遭变相囚禁、剥削虐待的新闻。

而在这篇文章刊发以后，相信也还会有类似的情况出现，只是，或许会逐步减少些吧。

为什么总有一些中国人，孳孳汲汲地谋求生存空间的大转移？如果所有的这类转移都只是悲剧，那就无法解释其心理依据。我们必须承认另一方面的事实，那就是有数量很不少的转移者，在那边空间里立了足，融进了那个空间，有了物质和精神上都很不错的生活，请他们的父母去探视、旅游，也偶尔回来探亲访友，令亲人欣慰乃至引为骄傲，被邻里旧识羡慕甚或嫉妒；还有一些转移者，其中不乏开头以非法手段转移，又非法滞留不归，但终究还是从非法转换为合法，又以合法身份发了财，衣锦还乡，光耀乡里，成为来当地投资的"外商"，被当地政府官员高规格接待那样的更具传奇性、喜剧性的人物存在。

我在伦敦的演讲没有提到柳五儿，但也就在那期间，我存下一个念头，探究一番柳五儿的"移民美梦"。

4

在我少年和青年时代，那时候对我那一代人的教育就是惟独我们所生活的空间最美好。那以外的地方，开头还有不少好的，后来苏联"变修"，若干本来同属一个阵营的国家也随之成为"小修"，或需要存疑观察（因为他们还跟苏联保持某些合作关系），只有欧洲的"一盏社会主义明灯"，也就是阿尔巴尼亚，那个空间还算得是个纯洁健康的空间，除了那样的地方以外，世界上绝大部分空间，生活在那里的人民都处在水深火热之中，需要我们发誓去加以解救。

对世界空间的这种主观狭隘的理解，也同样表现在那前后的历史阶段里对文艺作品的欣赏理解上。

那时期对《红楼梦》的诠释，主导性的观点先是由"两个小人物"发表出来，后被伟大领袖充分肯定，大体而言就是这是一部写封建社会里的新兴力量，反抗封建社会主流政治和思想的书，书中的贾宝玉、林黛玉，代表着反封建的新兴社会力量，是一种"新人"，而薛宝钗那样的角色，本质上则是顺应封建甚至捍卫封建的艺术形象。直到如今，我很尊重这样的观点。用这样的观点分析《红楼梦》，确实能够形成一个体系，也能给人一些启发。但那个时期存在的问题是，把这样的观点一肯定，其他的研究角度、其他的观点，就都被批判，被摒除了。应该允许各种不同的研红观点存在。但学术上的包容，实在是一桩很艰难的事情，往往需要时间的耐心培育，才能在一个不断进步的社会里成为风气。

到了"文革"时期，各地方各系统都成立了写作组，除了撰写直接进行革命大批判的文章，也还有专门将领袖关于《水浒》和《红楼梦》的观点加以展开阐述的写作班子。经历过那个时代的人们，应该都还记得这些署名：梁效（清华大学和北京大学联合写作组的笔名），初澜（当时于会咏担任文化部长的文化部写作组的笔名，因是专门阐释原来叫过蓝苹的江青的文艺思想，所以谐"青出于蓝胜于蓝"的音），罗思鼎（上海市写作组笔名，那时候"永做革命的螺丝钉"是一句响亮的口号，这个笔名谐音正是"螺丝钉"）……当时北京市写作组被安排在原来的一所古庙弘光寺里，笔名更别致一些，叫做洪广思，既谐了场所空间的名儿，也有弘扬光大领袖思想的含义。由于当时关于评《水浒》的文章被"四人帮"利用，对"宋江投降派"的批判，演变成对周恩来总理的影射攻击，所以"四人帮"倒台之后，那个时间段里评《水浒》的文章就全站不住脚了，有关的笔杆子，后来多数也都很难进入改革开放以后的文化格局中。但是，评《红楼梦》的情况不大一样，"四人帮"没怎么往里头塞进现实"路线斗争"的政治影射，而伟大领袖关于《红楼梦》是中国封建社会的阶级斗争教科书的论断也确实自成一理，特别是他判定第四回，也就是有"护官符"的那一回才是《红楼梦》总纲的观点，非常新颖，也相当有据，直到今天，也是极需尊重的一种独到的学术见解，而那时比如说洪广思写出的相关阐释文章，先被康生赞许，后来康生拿去给伟大领袖看，领袖也表示赞赏，这样的情况，当时文章的起草者现在回想起来仍感到激动与荣耀，也是顺理成章的事。"文革"结束后，评《水浒》的班子解散了，而北京评《红楼梦》的班子保留了下来，先负责《红楼梦》新普及本的校注工作，后来逐渐演变成专门的研究机构，又产生出相关学会，有了学刊。

　　任何一个人都生活在特定的时空之中。"文革"后期参与甚至主持洪广思的写作，特别是评红文章的写作，对于一个普通知识分子来说，应视为一桩平常的事。至今对之引以为荣，也是可以理解的；但因此觉得自己就成了权威，成了惟一不二的内行，容不下不同的观点，那就不好了。

　　认为《红楼梦》是一部表现封建社会阶级斗争的书，在具体阐释这一观点时，把书里的丫头们说成女奴，把书里许多情节解释为女奴对奴隶主的抗争，我以为是值得尊重的观点，但是，这不应该是终结性的具有法定裁判性质的观点。如何理解《红楼梦》，是应该允许从多种角度，以多种方法去加以探讨的一个纯学术问题。正是伟大领袖鲜明地提出，文学艺术，学术问题，要实行百花齐放、百家争鸣的方针，这是他思想的精华。

改革开放以后，我逐渐学会用一种摒除了简单化倾向的立体思维来认知世界。世界上确实存在着剥削与压迫，西方国家自身有很多问题，不公正的现象就是在我们身边也大量存在着。所有这些与我们理想相悖的客观存在都应该通过不懈的努力去耐心地加以解决，一蹴而就是不可能的，人们应该在和平渐进中提升这个世界。

把自己的思路理顺以后，我就更能理解为什么直到今天，中国还有相当一部分普通人，把生活空间的大转移视为能使自己过上好日子的一种契机。自己或者年纪大了，转移不了了，就拼力把孩子转移过去，不能正式移民，就先取得临时居留的签证先过去再说，在那边滞留不归，"黑下来"，再争取某个机会，转为合法居留；实在连临时签证也拿不下来，就不惜东借西凑，交钱给蛇头，冒险进行偷渡。同样是中国地区，香港、澳门、台湾的居民，现在很少有偷渡到外国的案例，一般西方国家，对那些地区的进入者，进海关时放行得就比较痛快，而对持中国内地护照的一般人士，态度上就严格得多。

我是一个定居北京的中国人。我热爱自己生活的土地，我没有移居国外的想法，但是我理解我的一些同胞的空间选择。

改革开放以后的中国，经济迅猛发展，国力增强的速度令全球瞩目。崛起的巨人，这是许多西方评论家包括政坛要人对当下中国经常使用的形容词。中国的社会生活的进步性变化也表现在更多的方面，希望的曙光确实在闪烁。平心而论，希图移居到外面以改变自己生活质量的中国人，应该是在逐步减少，但仍然存在着数量不小的、热衷于外移的中国普通人，这也是鲜活的事实。

我想表达的是这样一个意思，就是既然还有很不少的普通中国人在采取转移生存空间的方式去谋求自己的幸福，那就说明，除了对社会空间的政治性评价以外，一般人更多关注的是那空间的另外属性，比如，所能提供给个体生命的自由发展、公平竞争的可能性达到了什么样的程度。

这样再来读《红楼梦》，来讨论柳五儿向往进入怡红院，就简便得多了。

贾府是一个封建主子剥削压迫奴隶的地方，这个总体性的、本质性的判断，不应推翻，确实如此。但是，贾府这个生活空间里，除了政治性因素外，还有别的许多因素，主奴间除了剥削被剥削的关系外，也还存在着相互依存的其他方面的关系。

　　强调《红楼梦》是部主子压迫奴隶的书，可以从计算贾府里死了多少条奴才的命来说明，金钏投井，晴雯夭亡，还有高鹗在续书里写到的鸳鸯之死、司棋之死，当然还可以加上第十三回里交代的瑞珠触柱而亡等等，都是"血淋淋的活例证"。从这种角度来读《红楼梦》，非常值得尊重。

　　但是，细读《红楼梦》就会感觉到，曹雪芹他本人，似乎并没有把贾府的丫头们当作女奴来写的明确意识。在他的笔下，凡成为主子近身丫头的青春女性，她们既然同主子处在一个共同的富贵空间里，也就程度不同地享受到了与主子没有太大区别的优越生活。

　　贾府里小姐们的头等丫头，身份地位，以及生活享受，相当于副小姐。抄检大观园之后，司棋首罪被撵，周瑞家的押着她出园，正巧遇上宝玉，司棋哭着请求宝玉援助，这时候周瑞家的就发躁向司棋说："你如今不是副小姐了，若不听话，我就打得你！"这话也反证着在没有被撵逐时，司棋那样的丫头，是连周瑞家的这样的女仆也惹她不起的。像袭人，她的生活状态更难称作女奴，她母亲病危，主子不仅特许她回家探视，王熙凤还特意让平儿找出自己上好的衣服来，让她穿回家去，这当然一方面是用以显示贾府的体面，一方面你也可以认为这是由于袭人以告密方式取得了王夫人信任，王熙凤也意在优待一个"女奴中的叛徒"。但是，我们还可以翻出一大串关于晴雯的情节描写来，晴雯根据那样的解释框架，可是被定性为富有叛逆反抗精神的女奴的，但是，她的衣食住行何等讲究，又由于她本是贾母看中的丫头，派去服侍宝玉后又深得宝玉宠爱，在抄检大观园之前，任凭她如何娇嗔任性，主子们也没有怎么去责罚她，反倒是她，动不动就对比她身份低的丫头仆妇横眉立眼，动辄以"撵出去"为威胁。

　　按说，贾府包括大观园既然是女奴们被剥削压迫的空间，那么，具有反抗性的女奴的首要的反抗意识，就应该是想方设法逃离那个空间，其行动，也应该是越早挣脱那牢笼般的空间越好，但是，书里的大量描写，尤其是关于晴雯的大量描写，却表现的是无论如何不愿被撵出去的意识，以及拼命要保住那女奴位置的大小行动。我在《刘心武揭秘〈红楼梦〉》上卷（二）里，对于晴雯的这种思维与行为有比较详尽的分析，特别指出第三十一回里，当她因为性格原因跟宝玉发生冲撞，宝玉气急中说要回王夫人把她打发出去时，她当然还是反抗，但她是怎么反抗的呢？她哭着宣布："我一头碰死了也不出这门儿！"

晴雯珍惜她所置身的空间。书里的绝大多数丫头都舍不得离开那温柔富贵乡的空间。金钏投井，不是因为主子逼迫她在那个空间里生活，而是因为主子认为她不再够格待在那个空间里而被撵了出去，她因为"失乐园"丢脸面而"烈死"。入画、司棋被撵逐时都还苦苦哀求主子能开恩让她们留下。

已经进入那种空间的女奴，宁愿"一头碰死"也舍不得离开，而没进入那样空间的少女却希冀能到那样的空间里去为奴。柳五儿就热切地盼望着有那么一天能成为怡红院的丫头，从而可以名正言顺地越过大石头大树和房子后墙构成的区域屏障，大摇大摆地在大观园的主景区里优游。

5

柳五儿作为贾府世仆的女儿，到了能干活的年龄，本该立即被府里的总管部门分派到某主子房中充当丫头，究竟会被分配到何处，自己没有抉择权，命运全凭别人支配。在贾府这个大空间里，各个小空间的区别有时候还是很大的，比如，如果分配到赵姨娘身边当丫头，那就跟分配到林黛玉身边当丫头，在生活质量和生活氛围上会有天壤之别。

谁甘心自己的命运完全被别人支配？总要想方设法谋求一个好的生存空间来容纳自己的身心。

书里交代，柳五儿十六岁了，"虽是厨役之女，却生的人物与平、袭、紫、鸳皆类"。脂砚斋指出，她名柳五儿，除了因为排行第五，还有谐音的含义，"五月之柳，春色可知"。她之所以十六岁了还没有划拨到某房为丫头，是因为素有弱疾，故总处于待分配状态。有弱疾就暂不奴使，并非是主子人道，而是主子的一种卫生保护措施，怕有病会传染给主子，即使没有传染性也怕不健康而降低服务质量。按说十六岁了还可以不被奴役，应该被柳五儿父母和她自己视为幸事，但这状况倒成了他们的心病，他们全家，特别是柳五儿本人，都为此陷于焦虑，都巴望能快些被安排一个"体统"的位置。正巧跟柳家长期交好的芳官分配到了怡红院，又被宝玉宠爱，两个人有说私房话的亲密关系，那么，利用芳官这一"内牵"，向宝玉倾力推荐，而宝玉处因为走了小红正需补员，柳五儿的进入怡红院，真是只差最后一步罢了。

当了丫头，首先，会有月钱；其次，在衣食住行上，都有福利性享受；尤其是进入到了怡红院，那主子贾宝玉是个讲究"世法平等"的人物，不仅极会怜香惜玉，甚至达到能够"情不情"的境界，就是对世上那些无情的事物，他也要付之以一腔真情；更何况，芳官告诉了柳家的和柳五儿，宝玉还放出话来，就是凡他房里的丫头，年龄大了，将来都不让府里的主管部门拿去强行婚配——按府里老规矩，丫头到了婚嫁年龄，是要"拉出去配小子"，以完成为奴隶主孳生新奴隶的生殖任务的——而是一律让她们获得人身解放，出去自主择婿；这就使得宝玉所在那样一个小空间，更成了那个世界里的一个桃源乐土，甚至于到了那里，不过是应个名儿，月钱照拿，活路不做，只等"任届期满"就可"安然回家"。这样的一个空间，难道不应该梦寐以求吗？

五月之柳梦正酣。水往凹处聚，人往沃土移。柳五儿朝思暮想的就是进入怡红院，去充当一个"成体统"的女奴。

不同的空间，在俗人的眼里，有不同的含权量、含金量、含体统量、含情量、含趣量，以及花尽可能小的付出而获得尽可能大的好处的"应名儿量"。经过综合评估，人们就会作出自我空间抉择，去追求，去落实，去把梦想转换为现实。

当然，不俗的人会是另样的人生态度，他们对空间的抉择甚至会与俗人完全逆向，哪里艰苦哪里去，他们怀有的不是梦想而是理想，在理想光辉的照耀下，他们宁愿牺牲自己，去成全别人，去推进世界的进步、人类的昌明。

但是，世界上俗人最多。做着柳五儿般酣梦的，在我们身边很容易找到。

俗人圆梦，必用俗招。书里第六十二回有这样的情节：主子们和最成体统的丫头们，聚在红香圃大摆寿筵，芳官毕竟不是头等丫头，竟不得与宴，闷闷地待在怡红院里，好生无聊，饿了，自然向柳嫂子发话。按说那柳嫂子伺候主子们的寿筵正大忙中，哪里还顾得上为没资格与宴的丫头准备精致饭食？但要餐的不是别人，而是与柳五儿进入怡红院至关紧要的内牵芳官，结果怎么样呢？书里就详细描写了柳嫂特为芳官供奉上的一盒套餐：一碗虾丸鸡皮汤，一碗酒酿清蒸鸭子，一碟腌的胭脂鹅脯，还有一碟四个奶油松瓤卷酥，并一大碗热腾腾碧荧荧蒸的绿畦香稻粳米饭。闭眼想想，是怎样的色、香、味？咽咽唾液，是否觉得食欲陡提？宝玉趁空回到怡红院，正巧赶上这盒套餐摆出，竟然被吸引，忍不住吃了起来。可见柳嫂子为了柳五儿"成体统"，对芳官供奉到了什么地步！

当然，书里也写出，柳氏母女和芳官之间，除了利益关系，也还有真情交往的一面。"玫瑰露引来茯苓霜"及"判冤决狱平儿行权"两回里，芳官给柳氏母女送玫瑰露，以及柳五儿黄昏冒险进园，花遮柳隐地去以茯苓霜回报芳官，这样的情节，就把人际间的关系写得更立体，把人性也写得更微妙了。

书里的故事大家都很熟悉：柳五儿的冒险行为给她和她母亲带来了几乎灭顶的灾难，多亏最后宝玉出面"顶缸"，平儿推行了"大事化为小事，小事化为没事，方是兴旺之家"的政策，平冤决狱，使柳氏母女化险为夷，躲过一劫。但柳五儿经过一夜的囚禁，身遭摧残心被羞辱，一病不起，而且，即使她健康了，经历了这样的官司，也难再提进怡红院的事情。五月之柳的酣梦，被惊醒，破灭了。

抄检大观园后，一批丫头被撵，芳官也被王夫人亲自训斥发落，王夫人先斥责芳官"调唆宝玉无所不为"，芳官毕竟是芳官，她笑辩

道："并不敢调唆什么。"王夫人也就笑道——那应该是冷酷的狠
笑——"你还强嘴。我且问你，前年我们往皇陵上去，是谁调唆宝玉
要柳家的丫头五儿了？幸而那丫头短命死了，不然进来了，你们又连
伙聚党遭害这园子呢……"这确实是奴隶主的语言，王夫人这样的经
验老到的贵妇，最惧怕的就是奴仆的"连伙聚党"。

柳五儿夭折了。这应该是曹雪芹的原笔。高鹗续书时把她起死回
生，还设计了宝玉对她"承错爱"的情节，当然他有他的创作自由，
但在我读来，总觉得那是画蛇添足。柳五儿怀着热切的梦想，要进入
怡红院，但是她的一次"偷渡"失败，令她不仅梦碎，最后还短命夭
折。天下所有亟欲进行生存空间的转移，而竟事败梦碎的卑微生命，
同来一哭！

6

我也曾一度觉得，柳五儿那样向往去当稳一个女奴，实在是空间
认知与抉择上的一个失误。

顺着那样的感觉，可以很顺溜地推导出来一串逻辑：柳五儿的正
确抉择，应该是去寻觅农民起义的空间，投奔其中，并将自己的生命
火焰在那样的空间里燃放出夺目的光彩。

把目光投向现实，似乎就应该谴责那些力图将生存空间移往境
外，或在国内总是"这山望着那山高"的同胞。

但是，冷静下来，我就觉得，《红楼梦》里所描绘的生存空间，真
实可信，其中每个生命的空间追求与存在状态都包含着一定的天理。

生命都是平等的，寻求幸福是每一个生命的天赋人权。对生存空
间的选择，可以用自己觉得是正确的理念加以引导，却不可轻易对他
人进行谴责，进行粗暴的禁制。现在世界各个不同空间之间的生命流
动，包括我们中国国内不同空间，对进入也都是有游戏规则的，不应
该违规。

但是，归根结底，是要通过我们共同的努力，使人世间的不同空

间逐步地减少贫富差距，提升公平度，增加机遇率，奖励而又抑制强者，善待而又激励弱者，容纳异见，提倡协商，和谐共存，相依相助。

愿脚下的这片土地，能够终于具有人家那些空间的优点，而减弱所有空间都还难以消除的那些缺点，愿"多佛惨案"那样的事例终成远去的噩梦。

静夜里，因《红楼梦》的柳五儿，竟浮想联翩到这样的程度。感谢曹雪芹，你的文字，启迪、滋润着我的心灵。

二○○六年三月八日　绿叶居

得了玉的益似的

1

凤姐虽是荣国府的当家人，也难把府里的丫头认全。在大观园里，她偶然发现了小红办事爽利口声简断，就想收归自己麾下，于是问小红岁数名字，小红告诉她自己十七岁了，原名林红玉，凤姐听说将眉一皱，把头一回，说道："讨人嫌的很！得了玉的益似的，你也玉，我也玉。"

实在也是，《红楼梦》一书里，名字里带玉字的角色真不少。贾宝玉不消说了，跟他同辈的名字带玉字边的不算，单算名字里确实有玉字的，男的，就有甄宝玉、蒋玉菡、玉爱（闹学堂的顽童之一）等；女的，则有林黛玉、妙玉、玉钏、玉官（荣府戏班的小戏子之一）、茗玉（刘姥姥随口道出的抽柴小姐）等。

玉，确实是个好字眼儿。

中国人取名字，一个时代有一个时代的风尚。

其实，针对王熙凤这个名字，别人也可以说这样的闲话：你也凤，我也凤，得了凤的益似的！过去中国父母在女儿的名字里用个凤字，从农村到城里，真可谓十分流行，就是时下，给女孩子取名用凤字的也大有人在。本来对凤凰这种传说中的美禽，是规定它凤为雄凰为雌，男性名字里用凤才恰切，但多有父母给女儿取名用凤字，鲜有用凰字的，那用意就是把女孩当作男孩一般珍爱。《红楼梦》第五十四回写史太君破陈腐旧套，就写到雇来凑趣的女先儿，也就是说书的人，想给说一段《凤求鸾》，那段子里的贵公子恰叫王熙凤，凤姐倒开明，说怕什么，重名重姓的多了，贾母听了几句觉得俗不可耐，就进行了一番讥讽，这段情节也说明中国人为求吉利，取名上往往容易用些陈腐字眼，失却新鲜感。

远了不说，上个世纪初，清朝烂透，革命潮流汹涌，于是汉人给子女取名多有用梦醒、醒狮、光汉、天华的；但革命成功以后，又有一派文学艺术家，仍觉中华民族那东亚病夫的帽子难摘，于是取些哀惋的名字，有的是艺名笔名，如病梅、独鹤、瘦鸥、瘦鹃之类；那么到了抗日战争时期，像我父亲给我取名字，那是正当最艰难的相持阶段，汪精卫之流鼓吹"和平救国"的汉奸理论，父亲是坚定的爱国者，对其深恶痛绝，因此，我这一辈心字是排行，心什么呢？他就选定了武字，表达他赞成武装抵抗到底的信念。我成为作家以后，常有人调侃我：你该叫刘心文才对啊！其实我哥哥分别叫刘心人、刘心化，从字眼上都比我这名字艺术味儿浓，但父亲给我取名时是那么个时代那么个心情，也就不奇怪了。

一九四九年以后，许多孩子降生后父母给取的名字一直用到现在，一看那名字，我就能准确地判断出他或她的出生年头，比如解放、分田、抗美、超英、跃进、学锋、四清、文革、立新、爱武、援越、纪周、继东、四化、新征……

随着近三十年来社会的变化，到目前，取名越来越趋向于个性化，重名的情况在减少，使用生僻字眼的个案在增加。最近我去成都签名售书，一位姑娘说她名字是一个单立人一个思字，这字她要不先念出音来，我就不知道怎么发音，不查字典，也不知道这个字是什么意思。由于一些家长给孩子取的名字里使用着一些电脑字库里暂时没有的僻字，已经派生出诸如户籍登记发生困难一类的情况。在网络上更出现了一些怪异的署名，有的是四个字以上，有的把英文字母和汉字混在一起，蔚成大观。

名字有那么要紧吗？现在有很不少替人取名字的商家，有的是公司有的是个人，有的注册过有的没注册，但都有生意，有的收费不菲，有的门庭若市，这样的现象就说明人们对名字的重视度总体而言是在提升而不是在淡化。

2

曹雪芹给《红楼梦》里的人物取名字大体是三种方式。

一是精心设计。贾、史、王、薛四大家族的成员，特别是贾家，男子，他给排定了代字辈、文字辈、玉字辈和草字头辈的四代系列。其中贾赦字恩侯，贾政字从周，都有特殊含义。文字辈生下的女儿，他把各人名字里中间那个字设计成连读谐"原应叹息"的音，她们的大丫头名字最后一字合起来又构成了"琴棋书画"。又用甄应嘉、甄宝玉等名字，形成与贾家互为"倒影"的迷离扑朔的喻意效果。另外像林黛玉、薛宝钗、史湘云、邢岫烟等名字都与其性格相映照。丫头的名字，像晴雯与绮霰、麝月与檀云对仗，金莺恰巧姓黄，玉钏则刚好姓白。宝玉的小厮通常是茗烟、锄药、扫红、墨雨四个，象征着贵公子日常的四桩雅事等等，显然都是特别下了功夫来拟定的。

二是随事命名。写到与某事相关的人物，就随手拈来一个姓氏或名字。比如甄士隐的岳父叫封肃（对穷女婿很不好，含风俗如此的意思）；大观园的设计者因为重点是处理园林山石野趣，就命名为山子野；贾芸得到在大观园里补种花草树木的差事，去买花木，正当春天，那卖花木的就取名方椿；探春理家时决定在大观园里搞岗位责任制，分派去种稻香村庄稼的就叫老田妈，管竹林的就叫老祝妈等等。

以上两种命名方式里，已经多用谐音的手段，那么，大量地使用谐音来表达他对人物的评价和爱憎，则是最重要的命名方式，在书中屡见不鲜。冯渊，意味他遭遇冤枉；大太监戴权，通过谐音说明他权力很大；赖尚荣，谐"赖祖上荣光"的意思。他用谐音表爱的情况很少，倒是有大量名字通过谐音表达出他的讥讽乃至憎恨，如吴新登（荣国府里银库总领，那时候银子使用有戥子准星的天平来称量，但此人居然"无星戥"）、戴良（荣国府管粮仓的，只会"大斗往外量"）、钱华（荣国府买办，本应为府里省钱，却"使钱如开花"）；一些清客在他笔下更是其名不堪：詹光（沾光）、单聘仁（善骗人）、胡斯来

（胡乱厮混来）、卜固修（不顾羞耻）；程日兴（成日里兴风作浪，是个古董商）；贾芸的那个舅舅，他取名为卜世仁，那就简直是宣布他"不是人"了，切齿之声穿透纸背。

我在《刘心武揭秘〈红楼梦〉》上卷（一）里，一开始就探讨了秦可卿的原型问题，我注意到，有的古本《红楼梦》里，第十七、十八回里跟王夫人汇报妙玉情况的仆人，写作秦之孝，那显然是曹雪芹原来的设计，他还设计了另一对夫妻：秦显和秦显家的，虽然后来的书里把秦之孝的名字改成了林之孝，但六十回前后写大观园里司棋等与芳官等争夺内厨房的控制权，当厨头柳家的被扳倒后，林之孝家的自作主张，派去了新的厨头，就是秦显家的，这难道不值得深思吗？显然，在曹雪芹初期的构思里，书中从上到下都有秦氏的踪影，秦之孝夫妇控制住了"肥水"，那就一定不让其流入外姓田，他们必让秦显夫妇得油水。

大观园试才题对额那一回，有个细节极其微妙，值得特别注意，就是当大家来到一处水景，一些清客相公认为可取名为"秦人旧舍"，贾宝玉立刻截住说："这越发过露了。'秦人旧舍'是避难之意，如何使得？"虽然最后没有用那"避难之意"，取了"蓼汀花溆"四个字（到元妃行幸时元妃又认为"花溆二字便妥，何必蓼汀？"），但贾府是有"秦人"来"避乱"而不能轻易泄露这一点，却是被作者巧妙地影射出来了。

总之，曹雪芹先把荣国府大管家写作秦之孝，后来又改成林之孝，太值得玩味。按说荣国府有一对大管家夫妇也就够了，书里写到，他们本有几代跟从的大管家赖大夫妇，赖大的母亲赖嬷嬷还出场有戏，赖大儿子得官后贾府的人还去赖家的花园里宴游，荣国府不必再设跟赖大权力平行的大管家，但偏偏又写出一对秦（林）之孝夫妇来，这对大管家夫妇据说是一个天聋，一个地哑，很低调地生存，秦（林）之孝家的年纪比凤姐大，却认凤姐为干妈，这真有些奇怪。我们都知道宁国府按家族排序，地位是高过荣国府的，但它的大管家只有一位赖升，又被称作赖二，似乎是赖大的弟弟在那里当权。

《红楼梦》的这些文本现象，都值得探究。

3

《红楼梦》的文本，总体而言是"真事隐、假语存"，也就是说，它把生活的真实加以艺术虚化。你若把书里的人物跟清代康、雍、乾三朝的真实人物，跟曹雪芹家族里的真实人物去一一画等号，那说明你不懂得这是一部小说，它不是报告文学，更不是一部历史书或家史；但你如果硬把它当作完全没有生活依据的纯虚构作品，则我不取苟同。我赞同鲁迅先生对它的判断："正因写实，转成新鲜。"这是一部把生活原型升华为艺术形象的，带有家族史、自传性、自叙性特色的小说（注意：我是说有这样的特色，并非说它是家族史、自传）。

书中的秦可卿，我认为其原型是康熙朝废太子胤礽的一个女儿。胤礽在当太子的时候，和曹雪芹祖父、父亲辈过从甚密，政治经济上有千丝万缕的联系，在太子得势时，太子把自己的仆人送给曹家，是完全可能的。秦之孝夫妇的原型，应该就是太子送给曹家的。写到小说里，把来自太子一系的上中下人物，全设计成姓秦，是顺理成章的。

正因为秦之孝夫妇的原型来自太子家，太子彻底被废黜后，这样的人物就很尴尬。他们原来光彩的背景变成了不洁，因此他们只能是装聋作哑，女方去认凤姐为干妈，在别人面前喊凤姐为娘，目的就是希望在时间的流逝里，人们听惯了，就会渐渐忘记了他们的来历，而觉得他们天然就是跟凤姐等贾府主子一体的。但是，当他们回到自己的私密空间里时，他们却难免要窃窃私语，谈起"义忠亲王老千岁""坏了事"的事情，慨叹不已。

按说他们在荣国府里已经攀到了大管家的地位，完全可以把女儿红玉安排到头二等丫头的地位上，但他们却没有那么做。红玉出场时，只是怡红院里一个拢茶炉子喂鸟描花样子的三等丫头，这也是他们处事谨慎的一种表现吧。

可是，也正因为出身在这样的家庭，从小听到过父母关于时局白云苍狗与人生多变之叹的话语，红玉也才能说出"千里搭长棚，没有个不散的筵席，谁守谁一辈子呢"那样惊心动魄的话来。

仔细研究各个古本《石头记》，就能感觉到，曹雪芹在写作过程中，不断调整自己的思路，写过秦可卿"画梁春尽落香尘"和元妃省亲以后，他似乎就不再打算加强书里的政治性因素，甚至还做了些减弱政治因素超越政治诉求的努力。其中一项调整，就是把秦之孝改姓了林，那么，本来该叫秦红玉的角色，也就改叫林红玉，更进一步简称为小红。

小红在曹雪芹笔下成为一个重要的角色。在前八十回里，小红两次上了回目，一次是第二十四回，一次是第二十六回，这是非同小可的待遇。

曹雪芹究竟想通过小红这个角色，表达出什么样的意蕴呢？

4

"你也玉，我也玉，得了玉的益似的！"凤姐的鄙夷之声里包含着这样的意思：幸福只属于某些有特权的人，普通人，特别是奴仆，不配使用幸福的符码；如果使用了，那就特别地令特权享有者不齿。

玉是一个好看、好听，又意味吉祥幸福的符码。据脂砚斋一条批语透露，曹雪芹把秦可卿、秦钟设计成姓秦，跟一首南北朝时候梁朝刘瑗写的诗有关系，那首诗里有两句是"未嫁先名玉，来时本姓秦"。古本《石头记》第七回又有首回前诗："十二花容色最新，不知谁是惜花人？相逢若问名何氏，家住江南姓本秦。"这么合起来一想，很明显了，秦可卿是十二钗里跟宫花有"相逢"关系的人，她未嫁到贾家来以前，"先名玉"！如果小红父母确是来自秦氏一系，则给她取名为红玉，想沾点玉字的光，也就不奇怪了。

但是，有一位"二十年来辨是非"的人，她可是政治警惕性特别地高，那就是贾元春。她回荣国府进大观园省亲，见到贾宝玉给怡红院题的匾是"红香绿玉"，立刻改成了"怡红快绿"，尽管她弟弟名字里有玉字，但是她那时一定想到了"未嫁先名玉"的秦可卿，就算秦可卿已经死了，她也还是要尽量避免在题咏上使用玉字。曹雪芹这些细微的描写，如果不进行文本细读，进行深入探究，那可真辜负了他的一片苦心。

薛宝钗是一个敏感的人，她虽然弄不明白元春为何见不得玉字，但看到贾宝玉的诗稿上仍写出"绿玉春犹卷"的字样，便立即提醒他应用"蜡"字来取代"玉"字，以免跟元春"争驰"。宝玉听从了，但也一样不明白他姐姐何以那么见不得玉字。

一个字，当它的符码性质引起人特定联想时，会产生出很强烈的心理效应。

林红玉后来虽然不被称呼大名而被称为小红，但她必欲成玉而绝不甘为瓦，她对幸福的追求，始终保持着旺盛的心劲。

5

贾府里的丫头，吃的是青春饭，像小红出场时已经十七岁，那么，她能继续在那个位置上当丫头的时间就所剩无多了。

这些丫头，她们的前途无非以下几种：

一是被公子老爷看中，被纳为姨娘。贾政身边的周姨娘、赵姨娘，以前就是府里的丫头。袭人就把自己的前途锁定为宝玉的宠妾。如果不是贾家后来忽喇喇似大厦倾、家亡人散各奔腾，她这愿望是笃定实现的。宝玉很喜欢袭人，在生活上对袭人有百分之百的依赖性，袭人做他的首席乃至惟一的姨娘，是他心满意足的人生乐事。鸳鸯抗婚期间，在大观园里遇见平儿和袭人，当鸳鸯嫂子跑来动员鸳鸯接受贾赦纳其为姨娘时，鸳鸯骂了她嫂子一顿，那嫂子抓住鸳鸯的话里有"小老婆"字样，就往平儿、袭人身上引，因为平儿已经是通房大丫头，袭人受宠只待正名，离姨娘也就是小老婆的地位只有一步之遥，但平儿、袭人都坚决否认自己跟小老婆名分有任何关系，站在鸳鸯一边顶回了那嫂子的挑拨。这就说明，府里的一等丫头，她们内心里只愿意被所爱的公子纳为宠妾，而万万不愿意被贾赦那样一把花白胡子的色鬼老爷看中强纳为妾的。针对鸳鸯的遭遇，袭人就说："这个大老爷也太好色了，略平头正脸的，他就不放手了。"被老爷、公子相中纳为姨娘，如果那老爷、公子并非善类，其命运也是很悲苦的。姨娘在府里的地位是低下的，尤其是丫头出身的姨娘。当赵姨娘跟小戏子出身的芳官冲突时，芳官骂赵姨娘："梅香拜把子，都是奴才！"也就是说双方都属于奴才身份，谁也别自以为高人一等。姨娘苦熬，最后居然扶正，几率是很小的。通过探佚，我们可以知道，平儿后来是跟凤姐"换一个过子"，扶正为贾琏之妻，但那段时间非常短暂，贾家事发被抄，贾琏获罪流边，她的结局是很悲惨的。

另一种前途，就是小姐的丫头，可以被当作活的陪嫁，跟往小姐夫婿家。书里王夫人的陪房周瑞家的、邢夫人的陪房王善保家的，过去就是王、邢夫人在娘家时的大丫头。陪房因为是从娘家跟过来的，一般都会成为夫人的亲信，有一定的权势，因此也算不错的人生归宿。但毕竟还是奴才身份，有脆弱的一面，周瑞家的平时那么拿权揽事，在刘姥姥面前把威风抖足，女婿冷子兴跟人发生纠纷要被遭送原籍，女儿来找她设法化解，她嘲笑女儿年轻没经过什么事，后来果然轻松了结，但她儿子在凤姐生日时办事不力，还把一盒馒头撒了满地，凤姐就要把那小子撵出去，周瑞家的只得跪下替儿子求饶，尽管后来经有老脸面的赖嬷嬷求情，留下继续当差，却还是挨了四十板子的责罚。陪房的依附性是很强的，没有人身自主权，主子获罪，一定连坐，官府对他们或打、或杀、或卖，周瑞家的在八十回后一定是这样的下场。

第七十回一开头就写到，林之孝开了一个人名单子来，共有八个二十五岁的单身小厮应该娶妻成房，等里面有该放的丫头们好求指配。凤姐看了，先来问贾母和王夫人，大家商议，虽有几个应该发配的，奈各人皆有原故：第一鸳鸯发誓不去……第二个琥珀，又有病，这次不能了；彩云因近日和贾环分崩，也染了无医之症，只有凤姐和李纨房中粗使的大丫环出去了。那些没得到府里分配的丫头的小厮，才准许他们外头自己去娶老婆。鸳鸯是因为贾母在生活上百分之一百依赖她，琥珀和彩云因病暂不配嫁，并非是贾府多么人道，须知这些小厮丫头多是府里家生家养的奴才，说白了就是府里的一种动产，像拿钱生钱一样，到年龄让这些小厮丫头配对生殖，可以为府里增加新的动产，为保证这新生的动产的质量，那有病的小厮丫头当然不能让其婚配。第二十回写宝玉奶妈李嬷嬷跑到他住处，看见袭人躺在炕上，就骂她："忘了本的小娼妇！……一心只想妆狐媚子哄宝玉……你不过是几两臭银子买来的毛丫头……好不好拉出去配一个小子！……""拉出去配一个小子"，确实是府里丫头们最常规的前途。

还有就是被撵出去。丫头们谁也不愿意被撵出去。被撵出去一定是因为犯了事，如金钏被撵是因为王夫人恨她勾引宝玉，坠儿被撵是因为窃金事发，抄检大观园后晴雯、司棋、入画、四儿等纷纷被撵，都各有罪状罪名。被撵前虽然身为奴才，但生活待遇很不错，特别是首席大丫头，周瑞家的都说，那简直就是副小姐，一旦被撵，于她们来说就是"失乐园"，而且，因为有罪，那就脸面丧尽，任人唾骂，死活无人管。像金钏就想不开，投井"烈死"，晴雯则如同一盆才抽出嫩箭来的兰花，被强送到猪窝里被臭气熏蒸夭亡。

但是，青春短暂，岁月无情，哪个丫头能永葆芳华，永享盛宴？

曹雪芹一支笔好厉害，他不仅写出了一群性格各异的丫头，还写出了她们各自对前途的不同态度。

有的丫头，最典型的是晴雯，对前途毫无忧患意识，整天只在那里任性，慵懒时也真慵懒，补裘时也真玩命，仗着贾母喜欢、宝玉宠爱，就对王夫人麻木不仁，读者多半会喜欢她，因为生命最难得的是无遮拦真性情。但是，书里不止一次写到，晴雯对小丫头和婆子们，动不动就以"撵出去"相詈骂相威胁，她还擅自作主扎骂坠儿实行撵逐，直到噩运袭来前，她就一点也没有去想自己也是可能被主子撵出去的。曹雪芹对晴雯的聪明灵巧活泼洒脱充满了赞美、怜惜，但也不留情面地刻画出了她那毫无忧患意识的生存状态。因为事前没有丝毫准备，一旦被撵，她只能死亡。

有的丫头却对前途有所忧患，从而早作打算。坠儿为什么窃走平儿的虾须镯？想必不是为了戴在自己腕上。坠儿在怡红院是地位很低的丫头，她知道自己到头来会"拉出去配一个小子"，总体而言，她无法掌握自己的命运，但是，如果她小有积蓄，有一定的财力，那么，在被"拉出去配小子"前，至少可以通过贿赂参与处理此项事务的人，比如林之孝家的，来避免被强配给丑陋酗酒的小厮。书里写到，贾琏房里的男仆来旺的儿子酗酒赌博、容颜丑陋，可是来旺家的仗恃凤姐的威势，就要强娶王夫人屋里的彩霞，可见"拉出去配小子"往往是会遭遇到很恶劣的情况的，坠儿的窃金，显然是她因忧患前途才铤而走险。

比坠儿高明的是小红，这是曹雪芹重墨刻画的一个具有忧患意识，而又正面努力去争取个人幸福的丫头形象。书里特别写出，小红和坠儿是密友，她们之间是可以说悄悄话，并互伸援手的。

6

第二十三回极其重要，通过宝、黛同读《西厢》和黛玉聆听《牡丹亭》曲而心动神摇，写出一对贵族青年男女对恋爱自由与婚姻自主的向往，也揭示出他们那进步思想的精神来源，这是给《红楼梦》读者印象最深，历来论家分析最多，也是将《红楼梦》文字转换为影剧绘画等其他艺术形式时必然首选的经典场景。

第二十三回是书里写宝玉和众小姐还有李纨等迁入大观园后的第一个篇章。按说，宝、黛的爱情故事刚入佳境，大观园里又有那么多重要的角色，该有多少故事可写啊，到第二十四回，该接着写那些公子小姐的"正传"才是，怎么忽然笔锋一转，却先将场景移到了远离大观园的市井。下半回虽写大观园，却将黛、钗、探、惜等一律靠边，将"舞台追灯"去圈定了一个三等丫头小红！这回的回目竟是"醉金刚轻财尚侠义　痴女儿遗帕惹相思"。

据书里交代，小红是在宝玉他们搬进来之前，怡红院还是空置状态时，被父母安排到那里去看守空房的，这一笔也很有意思，进一步印证我在前面的分析，就是林之孝本姓秦，与秦可卿来自同一背景，秦可卿"画梁春尽落香尘"后，他虽然不必跟着去死（秦可卿是"义忠亲王老千岁"那边违法藏匿到宁府的，他那一家是"老千岁"未坏事前赠送过来的，性质有些区别，不是"私盐"是"官盐"），但毕竟来历不洁，所以在荣国府里必须低调，那样安排女儿也算既实惠也隐蔽。但后来元妃下旨让宝玉和众姐妹住进大观园，宝玉选了怡红院，带进一群有头有脸的一、二等丫头，小红就只能屈居三等了。小红也曾想在宝玉跟前争个宠，无奈平时根本近不了身，偶然一次恰好别的丫头都不在，去给宝玉倒了杯茶，宝玉却问她是否也是自己屋里的，而且刚好遇到给宝玉提洗澡水回来的秋纹和碧痕，那两个发现她"趁虚而入"，大为愤慨，后来就跑到下房去对她兴师问罪，这样当然就更加深了小红的忧患意识，她就进一步决心抛开宝玉，丢掉幻想，另谋前途，回目里说她"痴"，其实她是非常地清醒，是个"醒女儿"（这样的三个字恰可与"醉金刚"相对仗），她在外书房偶然见到贾芸，就勇敢地下死眼把对方看个清楚，后来又在蜂腰桥上，近距离地用与旁人的对话和眼神儿与贾芸"传心事"。她丢了块手帕，知道是贾芸捡到了，贾芸通过坠儿把自己的手帕转给她，她的故事一直延续到第二十七回，她明知那是贾芸的手帕，却认下为自己的，又把自己一方手帕，再托坠儿交付贾芸。

薛宝钗在扑蝶时来到滴翠亭，隔窗听见了她和坠儿的私房话，听出了她的声音，宝钗知道小红素习眼空心大，是个头等刁钻古怪的东西，于是使用了"金蝉脱壳"法，嫁祸黛玉，使得开窗后被惊的小红和坠儿，都真以为是黛玉听去了她们的绝密隐私。曹雪芹真是写得花团锦簇、七穿八达，尽管黛玉和小红都是有勇气争取恋爱婚姻自由的女性，但八十回后她们之间很可能因宝钗在无奈中使出的计策而发生起码是侧面的冲突，这就写足了人性的复杂和人事的诡谲。

跟小红相比，黛玉对自主恋爱与婚姻的追求，那勇敢度可就差太远了，总有心理障碍，死不愿主动表达，宝玉明白地表达出来，她还往往要佯装生气，到后来宝玉诉肺腑心，把对她的情爱表达得淋漓尽致了，她很感动，却也难有很明确的回应。这当然与黛玉的身份有关，她所遭受的礼教禁锢与思想禁锢，比小红要厉害多了。有意思的是，曹雪芹实际是把二玉之爱的故事，跟芸红之爱的故事，交叉着写的，而且里面都有用手帕作为定情物的生动情节。

小红眼空，就是说她有"千里搭长棚，没有个不散的筵席"的眼界，她能看穿，不像晴雯那么懵懂；她心大，就是说她决定自己把握自己的命运，在钱花日偶然被凤姐叫住，让她去办事传话，她不放过这个机遇，大展奇才，这样就从怡红院里一个受压抑的屈才丫头，攀升为凤姐麾下的一员精明干将。但她也仍然清醒，那地方何尝能长久待下去？她的目的，只是为的学些眉眼高低，出入上下，大小的事也得见识见识。由于她和贾芸双双都成了凤姐一系的办事人员，他们成就好事的几率当然也就大为提升。

曹雪芹写出了一个头等刁钻古怪的丫头小红，他这样写，起初连批书的脂砚斋也莫名其妙，甚至产生误解，在批语里称小红为"奸邪婢"。

无论在任何时代，任何社会环境里，幸福都需要个体生命自己去奋力争取。林红玉——很可能原来叫秦红玉——战胜了她生命周围森严的壁垒，有计划、有步骤、抓机会、善应变，去缔造自己想得到的生活。这是可歌可泣的。

"得了玉的益似的，你也玉，我也玉！"——让鄙夷者鄙夷去吧，怎么着，帝王将相，宁有种乎？偏就叫红玉！其实，大家仔细想想，玉字倒也罢了，红字在《红楼梦》一书里，不是一个具有更多意蕴的好字眼吗？曹雪芹这样来命名这个他在第二十四回到二十七回里精雕细刻的艺术形象，难道是毫无用心的吗？脂砚斋在批语里有个说法，就是红玉这个名字，玉字明白地与宝玉的玉重叠，而红则是绛，也就是绛珠，也就是影射着黛玉，这个角色似乎一人而兼含宝、黛二人的心灵奥秘。脂砚斋这个说法牵强吗？

7

高鹗的续书，把小红写丢了，简直够不上个角色；又把贾芸写成家难当头时与"狠舅"王仁合谋拐卖巧姐的"奸兄"，这完全不符合曹雪芹的本意。

脂砚斋批书时，在涉及贾芸的情节流动中，他对贾芸印象都很好，称赞他"有志气，有果断"，"孝子可敬。此人后来荣府事败，必有一番作为"。可见到八十回后，他不可能是"狠舅奸兄"里的那个"奸兄"，那使奸耍猾、见死不救、一毛不拔、不积阴骘的奸兄，应该指的贾兰，我在《揭秘〈红楼梦〉》上卷（二）中有具体分析，可以参看。值得当代读者注意的是，由于汉字简化，贾蘭的蘭字被简化为了兰，显示不出其草字头辈的特点，有的读者会忘记他与贾蔷、贾蓉、贾芸、贾芹、贾菖、贾菱等一样的辈分，都是巧姐的堂兄或从堂兄。

脂砚斋头一遍读文稿就觉得贾芸是个正面形象，但头一遍接触关于小红的描写，就实在参不透曹雪芹究竟是怎么给这个人物定位的，以正统封建礼教为圭臬来衡量，就觉得小红很糟糕，写下了"奸邪婢岂是怡红应答者"的批语。但后来就在旁另写一条批语："此系未见抄后狱神庙诸事，故有是批。"后面这条纠正性的批语署名畸笏叟，从其自我更正的口气，令人觉得脂、畸应为一人。

曹雪芹是把《红楼梦》大体写完了的，八十回后许多文稿脂砚斋是看到过的，前面既然花这么大力气来写小红，让她两次上了回目，那八十回后她不可能没戏，脂砚斋在批语里透露："狱神庙回有茜雪红玉一大回文字，惜迷失无稿，叹叹！"那么茜雪和小红到狱神庙干什么去了呢？另一条批语就说："余见有一次誊清时，与狱神庙慰宝玉等五六稿被借阅者迷失，叹叹！"茜雪是一个在第八回里因为一杯枫露茶无辜被撵的丫头，小红后来应该是与贾芸离府，建立了自己的小家庭，他们在贾府"树倒猢狲散"以后，到狱神庙里去安慰被逮入狱的宝玉。可见他们不但有自救的能力，还有救人于危难的高尚情怀。曹雪芹通过这样的情节，也是为了告诉读者，你也玉，我也玉，谁也别自以为只有自己配称玉，仿佛别人都只是在拿玉字来沾光得益，世事难料，人生多变，指不定那一天，你这块玉就陷于泥淖了，到头来，那你原本看不起的玉，觉得人家不该称玉的，却来救援你，闪烁出真正的光彩，体现出真正的玉精神来！

贾府被抄后，凤姐下场最惨，银铛入狱之后，"哭向金陵事更哀"，一命呜呼。那时监狱里都设有狱神庙，在特定的情况下，允许犯人去拜狱神，而同情和救援他们的人，也就多半会通过贿赂狱卒或托付人情，利用那一机会来与犯人相见。茜雪小红既然到狱神庙慰宝玉，应该也慰凤姐，特别是贾芸小红两口子，他们都是被凤姐任用提拔的，在贾府倾覆之前，小红就获自由身出去跟贾芸结合，落户西廊下，因此贾府被抄，他们得以幸免，他们不避嫌疑风险，跑到狱神庙去安慰凤姐和宝玉，体现出知恩能报的美德和助人于危难的勇气。虽然他们的安慰和援助可能并不能解决凤姐和宝玉的问题，特别是凤姐，她还是会面临灭顶之灾，但在那样屈辱狼狈的情况下，她忽然看到小红也来探望她，一定大为感动。她或者已经忘记自己说过"讨人嫌的很！得了玉的益似的，你也玉，我也玉！"在狱神庙与小红也就是林红玉邂逅的一瞬间，也许，她从心底里浮出的一句话倒是——"得了玉的益啊！"

二〇〇六年三月二十五日　绿叶居

秋纹器小究可哀

1

清末民初，热爱《红楼梦》的人士写下了大量题咏，以诗词的形式，对书中的人物、情节进行概括与评价。拿人物来说，几乎书里所有的角色都咏到了，连傅秋芳、真真国女子那样的仅仅被提到一次的，以及南安太妃、周姨娘那样面目模糊的，全都成为诗词咏叹的对象。与贾宝玉关系密切的小姐、丫头当然更被热咏。有一位姜祺，他写了一本《悼红咏草》，里面不厌其烦地以诗歌形式评价到书中的每一位角色，其中有一首是咏秋纹的：

> 罗衣虽旧主恩新，受宠如惊拜赐频。
> 笑语喃喃情琐琐，拾人余唾转骄人。

诗末还缀有考语："一人有一人身份，秋姐诸事，每觉器小。"

第六十三回，"寿怡红群芳开夜宴"，明文交代出，当时怡红院伺候宝玉的一等丫头共四位，排名顺序是袭人、晴雯、麝月和秋纹；二等丫头也是四位，排名顺序则是芳官、碧痕、小燕和四儿。这里面芳官原是荣国府里养的戏子，因为朝廷里薨了一位老太妃，皇帝规定贵族家庭一年内不能排筵唱戏，元妃也不能省亲，所以遣散了戏班，愿意留下的女孩们全分配到各处当差，芳官被分到怡红院，深得宝玉喜爱，竟成了二等丫头里的头名。在大观园尚未修建前，宝玉身边还有叫茜雪的丫头，该能列入一等，却在第八回的"枫露茶事件"过后，被无辜地撵出去了；还有一位叫媚人的，第五回出现一次，后来不复提及；还有名字与晴雯相对应的绮霰、与麝月名字对应的檀云，以及一个叫紫绡的，影影绰绰，似有若无；还有叫可人的，在故事开始前已经死掉了；另外一些丫头，林红玉（小红）戏份很多，但在怡红院充其量只是三等丫头，攀上凤姐高枝后地位才得提升；佳蕙、坠儿等在怡红院地位比小红更低；还曾经有一个叫良儿的，因为偷玉早被逐出。这样看来，稳定地留在宝玉身边，算是一等而排名第四的秋纹，读者实在不该将其忽略。

秋纹的戏份，不算多，却也不能算少。第三十七回里，有一段文字虽然是"群戏"，却以秋纹为轴心，说那段文字是"秋纹正传"也未为不可。

2

第三十七回回目是"秋爽斋偶结海棠社　蘅芜苑夜拟菊花题"，主要情节是写贾宝玉和众小姐以及寡嫂李纨结社吟诗，但海棠社初起时，史湘云不在，缺了她怎么行呢？怎么很自然很合理地把她安排进来呢？于是曹雪芹精心设计了约一千一百字左右的"过场戏"：袭人派宋妈妈去史侯家给史湘云送东西，史湘云接到东西偶然问"二爷作什么呢"，宋妈妈随口道"和姑娘们起什么诗社作诗呢"，史湘云反应强烈，说"他们作诗也不告诉他去，急的了不得"，这反应反馈到宝玉那里，也就着急起来，立逼叫人去接史湘云，贾母说天晚了，于是第二天一大早就派人去接，史湘云午后到达，大家自然欢喜，史湘云一人独作两首咏白海棠诗，又兴冲冲跟薛宝钗熬夜商讨赏菊食蟹作菊花诗的雅集。

这一回的两段主要情节，如果让俗手来过渡，那么像我上面这么简单地一交代，也就衔接上了。但曹雪芹誓不写平板文字，他把袭人派送东西这么一段"过场戏"，写得花团锦簇、七穿八达，使其具有十分丰富的内涵，特别是把怡红院里四位头等丫头的不同性格，还有她们之间的人际心理，描摹得入木三分，而在四个人里，又特别让秋纹成为"主唱"，仅仅通过这一段文字，就使这个角色成了一个典型形象。戚蓼生为石印古本作序，盛赞曹雪芹"一声也而两歌，一手也而二牍，此万万所不能有之事，不可得之奇，而竟得之《石头记》一书，嘻，异矣"！他的赞叹，并不过火。

这一场戏，实在可以用现代话剧剧本的形式改写如下：

布景：怡红院内室。早在第十七回大观园初建还没有启用，就交代那一处建筑的内室设计十分独特：四面皆是雕空玲珑木板，一槅一槅，或有贮书处，或有设鼎处，或安置笔砚处，或供花设瓶、安放盆景处；且满墙满壁，皆系随依古董玩器之形抠成的槽子，诸如琴、剑、悬瓶、桌屏之类，虽悬于壁，却都是与壁相平的。十九世纪末二十世纪初俄罗斯作家安东·契诃夫既是小说家也是剧作家，他的剧本对布景的规定非常具体，他曾说，如果布景的屋子墙上挂着一把枪，那么，一定要在剧情发展到某一阶段时，让那个道具枪派上用场！他的《万尼亚舅舅》就是那么设定的，布景上挂的枪，在第三幕被万尼亚舅舅取下来射击了尸位素餐的教授。曹雪芹是比契诃夫早一百多年的，十八世纪中期的作家，他的《红楼梦》文本早有这样的特点：他前面写了怡红院室内的"多宝槅"与"嵌壁物"，那么，槅上壁里的某些道具，到后面就一定会起到作用。

〔幕启。场上晴雯、秋纹、麝月三个大丫头分坐各处，或缝纫或刺绣。〕

〔袭人从外屋进来。〕

袭人：我让宋妈妈给史大姑娘送东西去，要用那嵌在墙上的碟子给她盛东西。咦，怎么墙上是空槽子？这一个缠丝白玛瑙碟子哪儿去了？

〔另三人停针，你看我我看你，一时都想不起来。〕

晴雯：〔想起来，笑〕啊，给三姑娘送荔枝时候拿去的，她们那里还没给还回来呢！

袭人：家常送东西的家伙也多，巴巴地拿这碟子去！

晴雯：我何尝不也这么说！偏二爷说，这个碟子配上鲜荔枝才好看。我送去，三姑娘见了也说好看，叫连碟子放着，就没带回来。[稍停顿，望望] 你再瞧，那橱子尽上头的一对联珠瓶，也还没收来呢！

秋纹：[笑] 提起瓶子，我又想起笑话。我们宝二爷说声孝心一动，也孝敬到二十分。那天见园子里桂花，折了两枝，原是自己要插瓶的，忽然想起来说，这是自己园子里才开的新鲜花，不敢自己先玩，巴巴地把那一对瓶拿下来，亲自灌水插好了，叫个人拿着，亲自送一瓶进老太太，又进一瓶给太太。谁知他孝心一动，连跟的人都得了福了……

[袭人站住听，麝月刺绣听，晴雯心不在焉。]

秋纹：[略作停顿后] 可巧，那天是我跟着二爷，捧着瓶子把花进上去的。老太太见了那瓶花，高兴得无可无不可的，那时候正有不少人去给她老人家请安，老太太见人就指着那瓶花说：到底是宝玉孝顺我，连一枝花也想得到，别人还只抱怨我疼他……

[袭人走动着取东西，麝月静静地做针线活，晴雯取下头发上的一丈青掏耳朵。]

秋纹：[自我陶醉] 你们知道，老太太素日不大同我说话的，有些不入她老人家的眼的……可那天怎么样呢？她竟让鸳鸯姐姐拿几百钱给我，说我可怜见的，生的单柔。这可是再想不到的福气。几百钱是小事，难得这个脸面！

[袭人拿着东西去往外屋，麝月微笑，晴雯掏好耳朵，插回一丈青，拿起绣绷子打算继续刺绣。]

秋纹：[越发沉浸在自我快感里] 及至到了太太那里，太太正和二奶奶，赵姨奶奶 [晴雯听到她这样尊称那个女人，撇嘴一笑]，周姨奶奶，好些个人，翻箱子呢，在找太太当日年轻时候留下的颜色衣裳，也不知为的是要给哪一个。一见我捧着花瓶去了，连衣裳也不找了，且看花儿。二奶奶就在旁凑趣儿，一个劲夸宝玉又是怎么孝敬，又是怎样知好歹，有的没的说了两车话。当着众人，太太自为又争了光，堵了众人的嘴，太太是越发地喜欢了！[提高声音] 你们猜怎么着？太太一高兴，现成的衣裳就赏了我两件！你们说说看，衣裳也是小事，年年横竖也得，却不像这个彩头！[得意地晃头]

晴雯：[辅之以肢体语言，笑]呸！没见过世面的小蹄子！那是把好的给了人，挑剩下的才给你，你还充有脸呢！[麝月一旁微微点头笑。]

秋纹：[真诚地]凭她给谁剩的，到底是太太的恩典啊！

晴雯：[高声]要是我，我就不要！[稍作停顿后]若是给别人剩下的给我，也罢了。一样这屋里的人，难道谁又比谁高贵些？[掷下绣绷，站起，用手帕给自己扇风]把好的给她，剩下的才给我，我宁可不要，冲撞了太太，我也不受这口软气！

[袭人从外屋进来，碧痕、小燕、四儿随进，麝月站起来接应。]

秋纹：[站起来走近晴雯]给这屋里谁的？我因前儿病了几天，家去了，不知是给谁的。好姐姐，你告诉我知道知道。

晴雯：[扭开身子]我告诉了你，难道你这会子去退给太太不成？

秋纹：[笑]胡说！我白听了喜欢喜欢。哪怕给这屋里的狗剩下的，我只领太太的恩典，也不犯管别的事！

麝月：[笑]骂得巧！

碧痕：[同时笑道]可不是给了那西洋——

小燕、四儿：[跟上去，齐声]——花点子哈巴儿了！

[晴雯乐不可支，秋纹愕然。]

袭人：[尴尬，强笑]你们这起烂了嘴的！得了空就拿我取笑打牙儿！一个个不知怎么死呢！

秋纹：[恍然大悟，恢复常态，笑]啊呀，原来是姐姐得了，我实在不知道啊。[走到袭人跟前福了几福]我赔个不是吧。

[其余几位围观，笑，互相推搡，晴雯夸张地模仿秋纹向袭人赔礼的神态动作。]

袭人：行啦行啦，都少轻狂些罢。谁去取了碟子来是正经。

麝月：那联珠瓶得空也该收来了。老太太屋里还罢了。太太屋里人多手杂，别人还可以，赵姨奶奶一伙的人见是这屋里的东西，又该使黑心弄坏了才罢。太太也不大管这些，不如早收来是正经。

晴雯：[本已拾起针线，听这话又忙掷下]这话倒是，我取去！

秋纹：还是我取去吧。你取你送到三姑娘那里的玛瑙碟去，岂不正好？

晴雯：[双手叉腰，笑道] 我偏去太太屋里取一遭！是巧宗儿你们都得了，难道不许我得一遭儿？[脸虽对着秋纹，眼睛却斜睨袭人。]

麝月：[一旁微笑] 通共秋丫头得了一遭儿衣裳，那里今儿又巧，你也遇见找衣裳不成？

晴雯：[冷笑，环顾众人，却并不特别将眼光扫到袭人。] 虽然碰不见衣裳，或者太太看见我勤谨，一个月也把太太的公费里分出二两银子来给我，也定不得。

[麝月转身离开，秋纹追上她低声询问，碧痕、小燕和四儿凑拢叽叽咕咕，袭人只当没听见。]

晴雯：[往外走，走到门边忽然扭头对着屋里，并不特别对着袭人，而是对所有的人，大声笑道] 你们别和我装神弄鬼的，什么事情我不知道！

[随着晴雯跑出，闭光，幕急落。]

3

上世纪六十年代初，中国作家协会在大连召开了一个农村题材的小说座谈会，当时作协的负责人邵荃麟在会上提出了写"中间人物"的主张。小说什么人物都能写，这本来是一个根本用不着讨论的问题，中国的古典小说也好，外国的古典小说也好，都有着极其丰富的人物画廊。但在那个历史的节点上，邵荃麟感觉到受教条主义理论的束缚，小说创作的路子越走越窄，都落入了写"英雄人物"与"反面人物"斗争一番，最后取得胜利的窠臼里，这样的小说不仅违背了社会生活的真实状态，也不可能具有艺术感染力，作家越写越苦恼，读者越读越乏味。不消说，邵荃麟是一片好心、苦心，为的是繁荣社会主义文学创作。但是，会刚开完，阶级斗争的弦就更加紧绷，作家们遭遇到的已经不是一般教条主义的捆绑，而是更加肃杀的极"左"浪潮的席卷。不久，邵的言论就遭到猛烈批判，"写'中间人物'是资产阶级修正主义的文学主张"，这场批判跟批判电影《早春二月》《北国江

562

南》《林家铺子》，戏剧《李慧娘》《谢瑶环》等文化批判一样，成为了"文化大革命"的前奏。

其实，把生活与小说里的人物按"英雄"（或"先进"）、"中间"（或"落后"）、"反动"（或"反面"）来"三分"，已经是不科学的了。没有比人更复杂的宇宙现象了。无论按照什么样的标准来衡量社会上的活人，都会发现，那些活人构成了一个长长的谱系，在可以用"好"与"坏"界定的社会角色之间，会有非常宽阔并且变化多端的芸芸众生的谱段存在。况且，就是谱系两极的，可以称为"伟人"和"人渣"的那些生命，倘若再从纵向解剖他们的灵魂，那么，也会发现他们的复杂性、暧昧性。"伟人"与"伟人""伟"得不一样，而且其与"伟"相伴的，还会有不同的"非伟"甚至阴暗的成分；而即使被指认为"人渣"了，也有可能在其心灵深处发现亮点。作家应该本着自己的生命体验，把自己熟悉的人物那生命存在的复杂性描摹出来。曹雪芹在《红楼梦》的创作里，就成功地做到了这一点。

《红楼梦》和《金瓶梅》很不一样。后者没有在书里表达出超过"指奸责佞""因果报应"的社会理想与人文关怀，对笔下的人物刻画生动却缺乏审美指向。曹雪芹却在他那长长的人物画廊里，赋予了对人物的审美判断。他笔下有贾宝玉、林黛玉那样的洋溢着个性解放光芒，使读者从审美中获得人生启迪的形象，也有像赵姨娘那样"蝎蝎蛰蛰"狠毒而又愚蠢、王善保家的那样挟势兴风招来耳光等作者不藏其鄙夷，更令读者齿冷的猥琐角色。但总的来说，他写的尽是"不好不坏、亦好亦坏、中不溜儿"那样的芸芸众生。在大观园的丫头形象谱系里，他把每一个角色的性格都勾勒得鲜活跳脱，秋纹在上面那场戏里，就一下子与别的丫头区别了开来，成为了独特的"这一个"。

4

跟怡红院里别的丫头们相比，秋纹确实堪称"中间人物"。

晴雯不消说了，是一块爆炭，由着自己性子生活，她虽然喜欢宝玉，宝玉更喜欢她，却从来没有对宝玉私情引诱或娇嗔辖制，对王夫人她毫无"权威崇拜"，对袭人所谋取到的"半合法姨娘"身份嗤之以鼻，她算得是一个反抗性的人物，秋纹跟她的心灵距离不啻千里之遥。

袭人与晴雯思想境界、性格特征、处事方法全然相异，就思想倾向而言与薛宝钗的封建正统观念强烈共鸣，但不能因此就把她定位于"反面形象"，或简单地责备她"虚伪""奸诈"，曹雪芹是把她作为一个复杂的艺术形象来塑造的。袭人外表的柔顺掩盖着内心的刚强，她那股刚强劲儿以无微不至地渗透到宝玉生活的每一个毛孔中的"小心伺候，色色精细"，加以"情切切"地"娇嗔"，牢牢地笼络住了宝玉，使宝玉视她为生活中不可或缺的依靠，并且也是很理想的长期性伴侣，她具有很强的主动进取精神，按部就班、耐心韧性地去争取个人幸福——成为宝玉除正室外的第一号侧室。袭人是清醒的。她知道自己该做什么不该做什么，她该收时能收该放时能放。秋纹跟她一比，那就太浑噩了。袭人对王夫人与其说是效忠不如说是主动去参与合谋，她对家族权威"忠"而不"愚"。秋纹呢，对贾母也好，王夫人也好，除了仰望，没有别的视角；不过是得了一点唾余，就感恩戴德到不堪的地步。在晴雯与袭人之间，她的生存状态和言谈做派显得那么颟顸可笑。

或许她的性格与麝月比较相近。麝月是恬淡平和的，左有以天真魅惑宝玉的晴雯，右有以世故控制宝玉的袭人，她能与世无争，左右不犯，实属不易。宝玉曾惊叹麝月"公然又是一个袭人"，并在与她单独相处时替她篦头，但麝月的效袭人"尽责"，只不过是一种性格使然的惯性，并没有谋求地位提升，更没有取袭人地位而代之的因素在内；对宝玉给她"上头"的意外恩宠，也并没有仿佛得了彩头似的得意忘形。麝月虽也很"中间"，却比秋纹境界稍高。

秋纹真是不堪比较。小红攀上凤姐那高枝之前，偶然给宝玉倒过一杯茶，恰好被合提一桶洗澡水来的秋纹和碧痕（有的古本"碧痕"写作"碧浪"，想来与她专负责伺候宝玉洗澡相关）撞见，秋纹和碧痕一起醋意大发，后来找到小红将其羞辱一番，当时秋纹的话听来也颇锋利："没脸的下流东西！正经叫你催水去，你说有事故，倒叫我们去，你可等着做这个巧宗儿，一里一里的，这不上来了！难道我们倒跟不上你了？你也拿镜子照照，配递茶递水不配！"但她真好比燕雀难知鸿鹄之志，小红表面上只是软语辩解，心里呢，秋纹辈做梦也想不到，人家早把怡红院乃至整个贾府的前景看破，"千里搭长棚，没有个不散的筵席"，"谁守谁一辈子呢？不过三年五载，各人干各人的去了，那时谁还管谁呢"？就是后来攀凤姐的"高枝"，也绝非希图在那"高枝"上永栖，不过是为的"学些眉眼高低，出入上下，大小的事也得见识见识"。秋纹等凡俗人物怎会知道，就在她们以为小红是要在怡红院里"争巧宗儿"而泼醋詈骂的时候，人家已然大胆"遗帕惹相思"，锁定了府外西廊下的贾芸，为自己出府嫁人的生活前景早作打算，一步步坚实前行了。拿秋纹跟小红相比，她不仅太"中间"，也太庸俗，太卑琐。难怪姜祺说："一人有一人身份，秋姐诸事，每觉器小。"所谓"器小"，就是精神境界卑微低俗，没有什么亮点。

确实如此。芳官的性格锋芒不让晴雯，王夫人对她兴师问罪，她敢于随口顶撞。四儿，原叫蕙香，她跟宝玉生日相同，就敢说出"同日生日就是夫妻"的玩笑话，为这一句话她被撵逐，但也不枉在怡红院一场。春燕，也就是小燕，她够平庸的了，但毕竟她还记得宝玉说过的一段关于女儿从珠宝变成失去宝色，嫁人后竟变成鱼眼睛的一段话，她或许并不懂得那段话的深刻内涵，但她听了记住，并在关键时刻能完整地引用出来，说明她的精神世界里，多少还渗透进了一点新鲜的东西。连坠儿的偷窃虾须镯，我在另文有过分析，指出也是一种对现实的消极反抗，总算做了件不平庸的事情。最接近秋纹状态的是碧痕，第三十一回里晴雯透露，一次碧痕伺候宝玉洗澡，足足两三个时辰，洗完了别人进去收拾，发现水淹着床腿，连席子上都汪着水，可见碧痕起码还享受过一点浪漫。晴雯的话头里并没有提到秋纹，秋纹虽然跟碧痕共提一桶为宝玉准备的洗澡水，但她似乎到洗澡时就不再参与了，否则"嘴尖性大"的晴雯不会不点她的名。这样看来，秋纹可真是既无大恶也乏小善，既无城府也不浪漫，成为那个时代那个社会那个具体环境里最庸常鄙俗的一个生命。

5

安东·契诃夫的全部作品，包括他的小说与戏剧，贯穿着一个主题，就是反庸俗。过去有论者论及这一点，一唱三叹。

契诃夫当然了不起。反庸俗，这确实算得是人类各民族文学作品最相通的一个伟大主题。但有论者提出契诃夫是世界上头一位着力于反庸俗的作家，则尚可商榷。我以为，曹雪芹的《红楼梦》，其实也自觉地贯穿着反庸俗这一伟大的主题。

什么是庸俗？平庸不是罪过。世人里平庸者属于绝大多数，对这绝大多数"不好不坏，亦好亦坏，中不溜儿"的芸芸众生，总体上说，不应该责备，而应该怜惜，尊重他们的生存，理解他们的心境，说到底，革命者倡导革命也好，改革家推行改革也好，其目的，都应该是造福于这数目最大的社会群体。平庸的生命不要去伤害，不要去反对。不要把反庸俗错误地理解为针对社会芸芸众生，去否定他们的生存权，对他们实行强迫性改造。庸俗，指的是一种流行甚广的精神疾患，这种疾患犹如感冒，一般情况下，虽然具有多发性、反复性，却并不一定致命。但是如果一个社会庸俗泛滥，那就像流行性感冒肆虐一样，会死人，会造成整个社会的损伤，绝不能等闲视之。

庸俗这种社会疾患，不仅"中间人物"大都感染，某些"先进人物"乃至"英雄人物"，有时也未能免俗。恶人那就更不消说了，尽管也真有"高雅的恶人"，但"俗不可耐"是绝大多数"反面人物"的典型特征。

这里只说集中体现在一般庸人精神里的庸俗疾患。秋纹就可以作为个案加以剖析。

惧上欺下。这是庸俗的典型表现。秋纹对上层主子的"权威崇拜"，上面已经揭示过了，她对地位比自己低的小红"兜脸啐了一口"

然后破口大骂，上面都已经讲到。而且，在其他丫头们都并不觉得以"西洋花点子哈巴儿"影射袭人，以及讽刺一下王夫人赏赐袭人衣服算是什么罪过的氛围里，秋纹明明"不知者不为罪"，却还要真诚而谦卑地去跟袭人赔不是，这场景想必也已经刻进大家心中了，而这一切又都并非是她为了谋求自己的进一步发展，只不过是希望稳住既得利益而已，正所谓"器小"，令人哀其精神世界的浅薄、狭隘。

书里其实还有一些涉及到秋纹的细节，表现出她那样的生命的庸俗疾患的另一方面，就是"背景意识"。什么叫"背景意识"？社会上的每一个人，都自动或被动地处于社会网络的一个结点上。每个结点的社会等级是不一样的。社会结点其实是会变化的，个人的"结点背景"随社会的变化也会转换，甚至会发生翻覆性的转换。庸俗疾患的表现，就往往会反映在为人处事时，以自己的优势"背景"自傲，而从比自己"背景"差的人物的谦恭中获得廉价的满足。

第五十四回，浓墨重笔写的是"史太君破陈腐旧套 王熙凤效戏彩斑衣"，曹雪芹却也在两大主情节之外，特意写了字数不菲的若干"过场戏"，其中就有秋纹的"戏份"。他写的是，元宵节荣国府大摆宴席，热闹不堪，宝玉忽然想回怡红院静静，没想到回去还没进屋，发觉鸳鸯正陪处理完母亲丧事的袭人在里边喁喁私语，就没进屋，悄悄地又往回返，在园林里他内急，走过山石撩衣小解，当时随身伺候他的是麝月和秋纹。正如第三十七回秋纹自己所说，就贾母而言，"有些不入她老人家的眼"，贾母只记得袭人，看宝玉回屋并无袭人在侧，说"他（指袭人）如今也有些拿大，单支使小女孩子出来"，可见虽然贾母因为送桂花赏过秋纹几百钱，却根本记不得她名字，认为是无足轻重的"小女孩子"；当然后来听人解释，知道袭人是因为丧母热孝不便前来，才不再深究。那么，秋纹明明刚听见贾母对袭人看重而轻蔑她和麝月的说法，按说应该心中不快才是，至少，应该不必马上引贾母这个"背景"为荣吧，但曹雪芹很细腻地写到，宝玉小解后自然需要洗手，"来至花厅后廊上，只见那两个小丫头一个捧着个小沐盆，一个搭着手巾，又拿着沤子壶在那里久等。秋纹先忙伸手向盆内试了一试，说道：'你越大越粗心了，那里弄的这冷水？'小丫头笑道：

'姑娘瞧瞧这个天，我怕水冷，巴巴的倒的是滚水，这还冷了。'正说着，可巧见一个老婆子提着一壶滚水走来，小丫头便说：'好奶奶，过来给我倒上些。'那婆子道：'哥哥儿，这是老太太泡茶的，劝你走了舀去吧，那里就走大了脚！'秋纹道：'凭你是谁的，你不给？我管把老太太茶吊子倒了洗手！'那婆子回头见是秋纹，忙提起壶来就倒。秋纹道：'够了。你这么大年纪也没个见识，谁不知是老太太的水！要不着的人就敢要了！'婆子笑道：'我眼花了，没认出这姑娘来。'宝玉洗了手，那小丫头子拿小壶倒了些沤子在他手内，宝玉沤了，秋纹、麝月也趁热洗了一回，沤了"，这才跟宝玉回到贾母跟前，继续与宴看戏。秋纹就是这样以自己依附的"强势背景"，把那老婆子震慑了一回，获得了极大的心理满足。这是非常生动也非常深刻的对庸俗心态的刻画，同时也是对庸俗的一次不动声色的批判。

这里附带指出一点，就是通过上面我引出的这节文字可以清楚地知道，作者虽然在全书开篇时声言，所写是"亲自经历的一段陈迹故事……然朝代年纪、地舆邦国反失落无考"，其实大量的细节是把朝代和邦国逗漏得很清楚的。你看那老婆子开头拒绝给滚水，是怎么开口说话的？她先讽刺性地叫了声"哥哥儿"，那当然不是叫宝玉，而是叫跟她要滚水的丫头，有的年轻的读者看到这里可能就糊涂了，曹雪芹怎么这样写呢？就算那婆子老眼昏花，认不清叫她的是哪屋里的丫头，总也不至于连男女也分不清呀？这你就应该知道，"哥哥儿"就是"格格儿"，是满语的音译，意思是贵族家庭的小姐，这种语汇是只有清朝才有的，可见作者写的是清朝的故事。那老婆子明知道问她要水的不过是丫头，不愿意给，就故意讽刺地称她为"哥哥儿"，意思是你配吗？你以为你是谁？当然，秋纹挺身而出，抛出"背景"，老婆子才意识到遇见的是比"格格"更尊贵的公子屋里的人，满贾府谁不知道贾母对宝玉的疼爱，捧凤凰似的，别说自己泡茶的水舍得给他用，就是宝玉忽然想要天上的星星，恐怕也会立即派人去取下来！另外，那老婆子还说了句讽刺话："劝你走了舀去吧，那里就走大了脚！"可见那问她要滚水的丫头是缠足的。《红楼梦》是一部交融着满、汉两种文化的书，书里的女性，有的是天足，因为满族妇女是不缠足的，书里"四大家族"的女性，应该都是天足，有的丫头是满族人，也是天足，但有的女主子，却可能是汉族，缠足的。比如第六十三回写宝玉"忽见邢岫烟颤颤巍巍的迎面走来"，就是形容小脚女子的步伐；丫头里很多都是汉族，缠足，所以她们互相笑骂，有个词是"小蹄子"。而这一细节里，老婆子说"那里就走大了脚"，就是讽刺这类丫头缠了足不愿意跑路。

再说秋纹的庸俗。她那"背景意识"在第五十五回又一次发作。当时因为府里头层主子都参与朝廷里老太妃的丧事去了，凤姐又病着，因此王夫人委托探春理家，再由李纨、宝钗襄助。几件事过去，人们就普遍感觉到，探春精细处不让凤姐，加上文化水平高，有杀伐决断，却比凤姐更精明沉着。平儿很快就意识到，在探春面前绝不可有什么"背景仗恃"的特权心理，必须以绕指柔来应付探春的刚毅决断，这就是平儿的不俗、超俗之处。但秋纹怎么样呢？她大摇大摆去往探、纨、钗办公所在的议事厅，厅外尝到探春厉害的众媳妇马上告诉她，里头摆饭呢，劝她等撤下饭桌子再进去回话。秋纹是怎么个反应呢？她嘻笑着说："我比不得你们，我那里等得！"她觉得自己有"背景"，应该享受"特权"，就不停步地要往厅里闯，这时候也在厅外的平儿立刻叫她："快回来！"秋纹回头见了平儿，笑道："你又在这里充什么外围的防护？"直到平儿把已经发生过的情况，以及大家共同面临的形势细细地告诉了她，指出这回探春理家可是"六亲不认"，而且专门要拿几家"背景"硬的来"作法子"，以树权威，秋纹才清醒过来。如果秋纹不俗，她也仍可坚持争一下"特权"，充一条"好汉"，但她是怎么个表现呢？听了，伸舌笑道："幸而平姐姐在这里，没的臊一鼻子灰……"来时气吼吼，去时灰溜溜。

庸俗者就是这样，他们并不能捍卫"光荣"而只是谋逐"虚荣"，并不能坚持"进取"而随时可以"退避"；他们随波逐流，得空隙就泄，见堤坝就退；他们欺软怕硬，崇拜"权威"，却既不能从低于自己的存在里捞到多少好处，更不能改变不入"权威"眼的卑微地位。

6

庸俗不是一种政治品质问题，甚至也不是一个道德问题。企图通过政治教育、政治批判或者道德说教、"道德法庭"来消除人们心灵中的庸俗，是不可能取得效果的。

庸俗是一种超政治的东西。三十年前，"文革"快要结束了，一次我同一位年纪比我大两轮的人士骑车路过北京西四南大街，那里有一幢旧房子忽然引出了那位人士的喟叹。后来我们在一家小饭馆喝啤酒闲聊，他说起，一九四八年，那幢房子是个邮政局，他去那里面寄东西，因为他说自己是"市党部"的，邮政局里的人就把他奉为上宾，请他坐，给他倒茶，赔他笑脸，向他道乏，完了事，出门还给他"叫车"（当然，不是汽车而是黄包车）。那天那回他得到的"背景礼遇"，竟令他经历过那么多的政治社会风云以后，偶一回忆，仍满心欢喜。这令我十分震惊。一九四八年的"市党部"，当然是国民党的机构。一九四九年十月以后，尤其在"文革"当中，此公因为曾加入过国民党并一度在"市党部"跑腿，不知受了多少审查，遭到多少批判甚至批斗，为此"背景"他可以说是已经付出了许多惨烈的人生代价，但那天在一起喝啤酒，酒涌上脸，他所引为得意的"人生片段"，竟依然是那回因有强势"背景"而获得的"礼遇"！当然，他能在我面前放言，是因为他信得过我，知道我绝不会把他的"怀旧"上纲上线、加以揭发。但他也绝对想不到，我心里在怎样地腹诽他。一九四八年，那时共产党解放军已经围住北平，那些邮局职员那样"善待"他，不过是一种敷衍，但人家以庸俗待他，他也就以庸俗为乐。现在那位对一九四八年的"邮局礼遇"一忆三叹的人士已经作古，不可能再看到我这篇文章。我现在要对大家说，总体而言，他那样一个"中间人物"实在算得是一个善良的、本分的、怕事的、谦卑的人，但他那天所自我暴露出的一种心态，和《红楼梦》里的秋纹一样，都如同一面镜子，照出了人世间庸俗疾患的"症结"。

秋纹一类的生命确实"器小",但我们对这些有着庸俗疾患的个体生命应该理解多于批评、怜悯多于嘲讽。秋纹器小究可哀。我们要哀其不幸感染了庸俗病毒而不自知。

什么办法能够疗治庸俗?其实回答可以非常明确,那就是由一部分文学艺术承担起这个心灵熏陶的任务。曹雪芹的《红楼梦》就具有反庸俗,或者说是疗治庸俗的潜移默化的作用。细读细品这样的文学艺术精品吧,树立起个体生命的尊严感,将自我与他人,与群体,与天地宇宙和谐地融为一体。

二〇〇六年八月十六日　绿叶居

原是天真烂漫之人

1

一位来访的年轻朋友看见我在电脑上敲出这个题目，不假思索地说："啊，你这回是要写晴雯吧？"

我对他说，会提及晴雯，但"原是天真烂漫之人"这句考语，曹雪芹可不是写给晴雯的。他就猜："黛玉？芳官？……"

这位年轻朋友对《红楼梦》文本不熟悉，产生这样的反应是不稀奇的。

我就告诉他，这个对人物的直接性评价，出现在第七十四回，是曹雪芹对王夫人秉性的一个概括。年轻朋友吃了一惊："真的吗？怎么会呢？王夫人她'原是天真烂漫之人'？！"

2

从一九五四年以后，把王夫人定位于迫害女奴的封建女主，已经成为许多论家乃至受其影响的读者的思维定势。这种以角色阶级地位为其定性的观点，应当尊重。曹雪芹的《红楼梦》文本具有浪漫色彩，不是严格地写实，他还特别爱使用"烟云模糊"的艺术手法，一开篇就宣称他所讲述的故事朝代年纪、地舆邦国"失落无考"，但是，通过文本细读，我们还是不难认定，他写的朝代就是清代康、雍、乾三朝，而主要情节背景是在乾隆朝初期，我认为从第十六回到八十回，大体是写了乾隆朝一春、二春、三春里发生的事情，到八十回后，则"三春去后诸芳尽，各自须寻各自门"；邦国呢，就是中国，地舆呢，从第三回以后至八十回，基本上都写的是北京。因此，总体而言，《红楼梦》的文本特性，还是写实的。它的人物、事件、物件乃至细节和某些具体的人物话语，多半是有原型的。鲁迅先生对它的评价是"正因写实，转成新鲜"，抓住了它本质的一面。请注意，我说到原型时，说"多半是有"，并没有绝对化。我对某些书中角色进行原型研究时，并不是把生活原型去跟艺术形象画等号，我的目的，只在于揭示这类写实性作品从生活真实升华为艺术真实的奥秘。

书中有一大事件和一大空间，显然是艺术想象大大地超越了生活真实。一大事件就是元妃省亲，一大空间就是因元妃省亲而派生出的大观园。余英时先生早在三十多年前就有《红楼梦的两个世界》的论述，对《红楼梦》文本的写实世界和虚构世界有严格区分，也论及其相互交融。

我现在要强调的是《红楼梦》文本的写实成分。曹雪芹生活在十八世纪中叶，马克思创立历史唯物主义学说，以及恩格斯关于写实性质的小说应该塑造出"典型环境中的典型人物"的论断，都是十九世纪下半叶的事情了，但一些论家仍能根据《红楼梦》的文本论出书中人物的阶级特性，并将主要的一些艺术形象纳入"文学典型"的范式。当然不能据此去判定曹雪芹早于马、恩就具有了唯物史观的阶级分析能力，以及刻意要塑造"典型环境中的典型人物"的艺术自觉，曹雪芹不可能有那样的历史观和艺术观。但他写下的文本能让二十世纪的一些论者并不特别困难地使用阶级分析和艺术典型的方法来诠释这部作品，却也证明着曹雪芹的伟大——正因为他从自身生命体验出发，以真实为目的，因此，他就提供了后世论家对这样一部基本写实的长篇小说的开放式阅读欣赏的可能。这是写实的胜利，可谓"真实就是力量"或"真实就是魅力"。

3

　　小说中王夫人的原型，应该就是康熙朝后期至雍正朝初期江宁织造曹頫的正妻。当然，从原型到艺术形象，曹雪芹有许多的变通之处。曹頫和其正妻本是过继给康熙宠臣曹寅未亡人李氏的，李氏哥哥苏州织造李煦也是康熙的宠臣，李氏这个原型到了小说里，化为了贾母。小说里回避了原型人物间的过继关系，甚至把本没有一起过继到李氏这边的曹頫的一位哥哥，也虚构为贾母的儿子，而且是大房长子，袭了爵位——但在具体的情境描写上，曹雪芹还是忠于生活的真实，他宁愿有悖那个宗法社会的伦理常规，把贾赦安排到与荣国府隔开的另房别院里住，让贾母那并未袭爵（只当了个员外郎）的二儿子贾政和王夫人住在荣国府中轴线的主建筑群里，溪流汇江再奔腾入海般展开着小说里的生活流程。

　　曹雪芹笔下的王夫人，和其他许多艺术形象一样，显得非常真实。这真实的魅力源于什么？我以为，他是进入了人物的内心，把握住了人性的真实。这是小说艺术中最重要的一种功力。说王夫人是一个封建礼教的推行者，戕害了若干丫头，有人命案，最后更扼杀了儿子宝玉的爱情，使他活得无趣，终于悬崖撒手，那是近半个世纪一些论者的论说。这样的论说当然有一定道理，但曹雪芹绝对不是心存这样的道理来刻画王夫人这个角色的。从道理出发，即从概念出发，是绝对写不好小说，塑造不了生动的艺术形象的。

　　《红楼梦》前八十回里除了某些片段有比较激烈的冲突呈现，在大多数篇章里，其实是一派平静，无非是晚辈对长辈的晨昏定省，吃了这顿吃下顿，或者再在饭前饭后饮茶吃点心，要么就是红白喜事，过节摆宴唱戏，老一辈的多半在那里客气来客气去，小一辈的吟诗填词，人们互相说一些话，而且多半是"因笑说""遂笑道"。王夫人除了在一次午睡时突然起身打骂金钏，以及后来抄检大观园前后怒斥晴雯、芳官、四儿等人，算是偶尔露峥嵘，在更多的情节流动中，她基本上是安静的，甚至还显得有些木讷。一般论家、读者因此也就多从撵金钏、逐晴雯等"大动作"来认知她。

其实，曹雪芹是着力来写荣国府的家族政治的。所谓政治，就是权力与财富的配置。在荣国府里，最重要的家族政治，就是宝玉的婚姻。从王夫人的立场来考虑这个问题，不消说，最理想的方案就是把薛宝钗嫁给宝玉。这还不仅是因为宝钗符合封建道德的规范，更重要的是，宝钗的母亲薛姨妈是她妹妹，这桩婚事成功，也就意味着她们王氏姐妹牢牢地控制住了荣国府的内部权力。第八回第一次写到"金玉姻缘"之说，还只是借莺儿发端，表达得比较含蓄，但是到第二十八回，就通过宝钗自己的心理活动，挑明了写："因往日母亲同王夫人等曾提过金锁是个和尚给的，等日后有玉的方可结为婚姻……"可见王氏姐妹联手大造"金玉姻缘"的舆论，对她们来说，那是势在必得的。

按说，宝玉的婚事，决定权在贾政手上。但书里写得很清楚，贾政中年以后几乎完全不理家务，凡事都交给王夫人去处理，对于处理结果，往往以一句"知道了"打住。曹雪芹笔下的贾政，从典型论的角度分析，确实也很典型。这是一个那个时代常见的，把政务、家务、性事截然分开的官僚。关于这一点，我在本书中《薛宝钗雪洞之谜》中已作过说明，在此不再复述。因此，娶宝钗为宝玉正妻，只要王夫人择时提出，贾政绝对不会阻挠。

宝玉虽然跟所有的青春女性都愿意亲近、非常友好，但是，他爱的是黛玉而不是宝钗，这一点王氏姐妹是看在眼里，痛在心中的。但那个时代，青年公子和千金小姐的婚事，都得听凭父母之命、媒妁之言，宝玉笃信"木石姻缘"而排拒"金玉姻缘"固然是个麻烦，但对于王氏姐妹来说，也还不是什么难以克服的麻烦。

那么，王氏姐妹所遇到的难以逾越和排除的障碍是什么呢？是贾母。

不少读者因为读的《红楼梦》都是包括高鹗续写的四十回在内的一百二十回通行本，因此，深受高续中"调包计"情节的影响，高鹗笔下的贾母不仅成全"金玉姻缘"，甚至还非常冷酷地对待黛玉，使黛玉彻底绝望，焚稿断痴情，魂归离恨天。在这种影响下，也就读不懂曹雪芹前八十回里许多重要的篇章。

其实，在第二十九回清虚观打醮那段情节前后，曹雪芹的生花妙笔，着力写到在宝玉婚事问题上，贾母与王氏姐妹的短兵相接。不过，那是一场没有硝烟，甚至连吵闹也没有的战斗，是家族政治中的"微笑战斗"。

4

薛姨妈守寡以后把全部的生活希望几乎都集中到了女儿薛宝钗身上。她有儿子薛蟠，这儿子也算子承父业，依然充当皇家的买办，支撑着她家的经济，但这个儿子能不给她惹事就阿弥陀佛了，家庭的进一步发展，绝对指望不上。

书里在第四回交代得很清楚，薛姨妈一家从金陵跑到京城，原由并不是薛蟠为抢香菱打死冯渊要"畏罪潜逃"，抢夺香菱对薛蟠来说不过是生活中一个偶然插曲，"人命官司一事，他却视为儿戏，自为花上几个臭铜，没有不了的"。（读者注意：我在本文中所引《红楼梦》原文，大多根据人民出版社二〇〇六年十二月第一版的周汝昌汇校本，周先生用十一种古本逐字逐句比较，从中选出最符合曹雪芹原笔原意的字句，连缀成一个善本，其中选字选句多有与以往一百二十回通行本不同之处。如此句中"臭铜"通行本作"臭钱"。以后此类情况不再详注。）薛蟠带着母亲、妹妹及一大群家人往京城去，是按早就拟订的计划行事。而他家上京的首要目的，是送宝钗参加选秀女。因此，薛姨妈最开始所向往的，还未必是把女儿嫁给带通灵宝玉的贾宝玉，如果宝钗选秀女选上了，那么，无论是像元春那样被皇帝宠幸，还是到王爷身边，也就是"充为才人、赞善之职"，都比嫁给宝玉风光，那些皇族的男人，都拥有象征权力的玉玺啊！

那么，宝钗究竟参加了选秀没有呢？曹雪芹他是写了的，不过，不是明写，而是暗写。他实际上写到了宝钗选秀失利。

宝钗参加选秀，元春当然关注。元春虽然才选凤藻宫，加封贤德妃，但选秀女是户部和宫中主管太监等拿事，她不能干预，宝钗最后被淘汰出局，她应该知道得最早，那么，她就通过颁赐端午节的节礼，表明了她的一个态度，这是在第二十八回末尾，通过袭人向宝玉汇报，巧妙地写出来的。

　　端午节颁赐节礼，是每年都有的例行公事，但这年却有所不同：在对平辈人的颁赐上，元春这回特意让宝钗和宝玉所得份额一样，黛玉却只和迎、探、惜取齐，无论是数量上还是质量上，都无法相比。元妃这样做，一是对宝钗选秀出局进行抚慰，另一层意思——这是更主要的——就是表达了对二宝指婚的意向，元妃的这个想法是可以理解的，她很欣赏她的这位姨表妹，既然进不了皇家圈子了，那么嫁给她的爱弟也很不错。因此，她就通过颁赐节礼来进行暗示。对于具体通过哪种节礼表达出此种意向，我在本书的《薛宝钗红麝串之谜》一文中有很详细的解读，在此也不重复。

　　对于元妃对二宝指婚，贾母和王夫人、薛姨妈的反应如何呢？不进行文本细读，囫囵吞枣地读，会浑然不觉，其实曹雪芹虽然没有明写，却是刻意进行了暗写的，要把《红楼梦》读出味道来，做一个"知味者"，就绝对不能忽略这些暗写之妙笔。

　　第二十九回，曹雪芹写到了清虚观打醮这一事件，通过这个事件，曹雪芹细致入微地写出了贾母、王夫人、薛姨妈对元妃指婚的不同反应。我在本书前面几讲中对此已有过分析，读者可自行翻看。

5

　　在表面无事的温柔面纱遮蔽下，王夫人在跟贾母的家族政治博弈中败下阵来。贾母这个角色曹雪芹写得真绝。许多读者读得不仔细，形成一个模糊印象，似乎贾母只是个一味享乐的贵族老太太，其实这是一个在家族政治中纵横捭阖而游刃有余的优胜者。

　　王夫人在家族政治上，还有另一条重要战线，那就是必须时刻防备、排除赵姨娘的威胁。赵姨娘的优势在于她也为贾政生了一个儿子——贾环。王夫人的大儿子贾珠故事开始前就死掉了，如果剩下的二儿子宝玉再死去，那她在家族中就徒有个大老婆的头衔而已，荣国府今后的继承人就是贾环，那么赵姨娘也就至少是部分地获得了府第的控制权。赵姨娘和贾环黑了心要整死宝玉，贾环推蜡台要烫瞎宝玉的眼，赵姨娘通过马道婆几乎魇杀宝玉和凤姐，这是第二十五回里明写的。根据我对曹雪芹后二十八回的探佚，他们还通过府里专管配药的贾菖、贾菱，故意给黛玉"配错药"，促使黛玉沉湖离世，目的也还是想让宝玉灭亡。因为他们深知宝玉爱黛玉极深，黛玉一走，宝玉不立刻死掉也丢魂一半。

把握王夫人这个人物，要把她在家族政治中的这些明争暗斗放在首位。

至于王夫人对丫头的迫害，曹雪芹则解释为她"原是天真烂漫之人，喜怒出于胸臆，不比那些饰词掩意之人"，无论她的撵逐金钏，还是怒斥晴雯，都并非理性思考支配下与预定计划中的作为。

第三十回写她午睡时，宝玉来到她卧着的凉榻跟前，与一旁乜斜着眼乱晃的金钏调笑。有"红迷"朋友跟我讨论，说金钏怎么敢于那样？我就告诉他我的阅读心得：金钏本是最了解王夫人的生活规律和生理状态的，平日那时候王夫人肯定已入梦乡，她低声与宝玉调笑应该是听不见、发觉不了的，因此是无碍的。但她哪里知道，那几天里接连发生的几件事使得王夫人心烦意乱——宝钗选秀失利；元妃指婚竟被贾母漠视；清虚观打醮回来，薛姨妈把贾母的"黑话"学舌给她；贾母竟毫无顾忌地宣布二玉"不是冤家不聚头"，并公开表示只要活一天就要为二玉护航一天……王夫人心里藏着这些败兴之事，在丫头面前当然尽量不去流露。因此，金钏就万没有想到，王夫人那天中午只是假寐，根本没有入睡，她和宝玉的那些出格的调笑话语，竟句句入耳。结果，当王夫人听到最恶劣的几句后，就"翻身起来，照金钏儿脸上就打一个嘴巴子，指着骂道：'下作小娼妇，好好的爷们，都叫你们教坏了！'"王夫人那"你们"里，除了金钏，还包括谁？值得深思。但王夫人打骂金钏只是一场遭遇战，跟与贾母、与赵姨娘之间的明争暗斗，往往是有目标、有计划、有策略、有步骤的那种格局全然不同。

6

王夫人对晴雯的呵斥撵逐，确实是一时兴起，偶然发作。

对于晴雯这样的生命存在，王夫人贵为一府女主，本是根本不放在眼里心上的。书里写得很明白，王夫人把侄儿媳妇王熙凤——也是她的亲侄女——请到荣国府里来管家，她是"抓大放小"，只注重家族政治中的大关节，对于诸如丫头婆子配置这类琐细的人事安排，一般是懒于过问的。

王夫人甚至在很长时间里，根本就不知道晴雯的名字和来历。

晴雯的被撵逐，从故事流程来看，出于一连串的偶然。

第七十三回一开头，忽然有个叫小鹊的丫头，大老晚跑到怡红院来报信。小鹊是赵姨娘的丫头。按说"喜鹊"应该报喜，但这位丫头却分明起着乌鸦的作用——她听到赵姨娘在贾政耳边说了宝玉坏话，让宝玉留神"明儿老爷问你话"，宝玉一听慌了神，临时抱佛脚，连夜温书，闹得一屋子丫头陪着熬夜。晴雯对宝玉的关爱，首先表现在斥骂小丫头打瞌睡上，后来，芳官出屋（应该是方便去了），偶然地被一个黑影吓了一跳，回屋就说有人跳墙，晴雯就借机把事情闹大，宣称宝玉被吓病了，上夜的人只好灯笼火把找寻一夜，何尝有什么踪影？本来，事情到了这一步，别再闹大，也许就能躲过老爷的召唤考问了，却偏偏是晴雯，故意跑到王夫人那边要安魂丸药，非要让事态滚雪球般无限放大。晴雯那时得理不让人，跟上夜看门的人说起话来口气刚硬，她觉得自己跟王夫人是一头的。那时王夫人似乎也没有特别注意她，王夫人觉得兹事体大，不敢瞒过贾母，结果贾母从息政离休状态，变为亲自临朝，"贾母动怒，谁敢狗私"，于是严厉查办夜间赌局，犯案者跪了一院子，给贾母磕响头，贾母亲下命令，严惩不贷。

查出的三个聚赌的大头家里，有迎春的乳母。迎春是"大老爷那边的"，邢夫人虽然不是她的生母，但名义上是她的监护人，别的姊妹屋里都没人犯事，偏迎春乳母涉案，迎春没脸，邢夫人扫兴。王夫人在家族政治里，跟邢夫人之间的矛盾也是一个方面。邢夫人身为长房长媳，在贾母面前却毫无分量，虽然她儿子儿媳在荣国府里管事，却完全不顾及她的利益，现在荣国府里查赌，偏又查到她女儿乳母头上，邢夫人不仅不快，而且，更觉得你二房夫人把好端端的一个府第治理得如此混乱，你狂什么狂？偏偏就在这种心理状态下，又是一个偶然——傻大姐捡到了绣春囊，迎面撞见了邢夫人，邢夫人得到后，吃惊之余，也就觉得天假人愿——得到了一个给王夫人大没脸的现成武器，她就把那囊封起来，交给了王夫人，那意思就是说：您看看吧，这就是您当家当出来的！王夫人觉得脸面丢尽，所以急匆匆去往凤姐屋里，翻脸轰出平儿，流泪责备凤姐荒唐——倘若那囊真是凤姐的，事态到此也可能就暗中止息了，谁知又确实并非凤姐所有。

在雪球滚得这么大的时候，晴雯在怡红院里还一直懵然无知。

晴雯作为女奴，她由着自己性子生活，当然，思想行为很不规范，但她绝对没有反抗王夫人的主观战斗精神，她也绝没有想摆脱"牢笼"，争取自由身的意识。她本以为，她就可以那么样自自然然地在宝玉身边逍遥下去。

王夫人呢，在家族政治中，她要对付婆婆贾母，要敷衍大房太太邢夫人，要防范蝎蝎蜇蜇的赵姨娘……晴雯这样一个小生命本不在她算计之中。

曹雪芹接着写偶然。到了第七十四回，如何查出绣春囊的来历，凤姐提出"平心静气，暗暗访查"的方针，王夫人本来也是同意的，如果事态定格于此，晴雯也无妨再在怡红院里撕扇补裘、嬉笑怒骂，但偏偏在王夫人、凤姐召唤自己这边的五家陪房来听命时，"忽见邢夫人陪房王善保家的走来"，王夫人出于客气（为的是缓和与邢夫人的紧张关系），就顺口留下她来帮忙。这一偶然事态，就酿成了晴雯的迅疾夭折。

"风起于青蘋之末"。偶然是必然的呈现方式。一场惊天动地的抄检大观园风暴，那起始的"青蘋之末"，就是那一晚晴雯执意要把子虚乌有的"夜贼跳墙"闹大。说"搬起石头砸了自己的脚"，于晴雯毕竟不忍，但细读《红楼梦》的文本，曹雪芹又确实是那么一路写下来的。

他写出了世事的荒唐，命运的诡谲。

王善保家的喧宾夺主，大肆攻击大观园里的"副小姐"，是她，明确提出了公开大抄检的丑恶方案，而且，是她点了晴雯的名。

王夫人本来心中乱麻一团，并不存在晴雯这么个小角色。可是听了王善保家的的谗言，"猛然触动往事，便问凤姐道：'上次我们跟了老太太进园逛去，有一个水蛇腰，削肩膀，眉眼又有些像你林妹妹的，正在那里骂小丫头。我的心里狠看不上那个轻狂样子，因同老太太走，我不曾说得，后来要问是谁，偏又忘了。今日对了槛儿，这丫头想就是他了。'"

底下的情节我不再复述了，几乎所有读《红楼梦》的人士都会铭心刻骨，永难忘却。晴雯死矣！

王夫人趁怒叫来晴雯，当面痛斥，正是在这个地方，曹雪芹写下了对王夫人的考语："王夫人原是天真烂漫之人，喜怒出于心臆，不比那些饰词掩意之人，今既真怒攻心，又勾起往事"，所以顿生掐灭一个嫩芽般生命之意。

7

把王夫人怒斥撵逐晴雯，依照阶级分析的模式解释成封建女主对女奴的一场镇压，我是基本赞同的。

虽然事发偶然，但其中的必然因素不难揭橥——尤其是王夫人觉得晴雯眉眼有些像林黛玉，逗漏出依据她的封建道德意识，林黛玉、晴雯都属于不符合封建规范的生命存在，理应被排除、被剿灭。

但曹雪芹所写却分明用一连串偶然来推导王夫人对晴雯的扼杀。

他说王夫人"原是天真烂漫之人"，我以为并无讥讽之意。

黛玉、晴雯的性格，固然可以用不符合封建礼教规范来解释，但凤姐的性格表现，难道就处处符合封建礼教规范吗？王夫人不是可以容纳吗？

对于晴雯的任性，凤姐就不像王夫人那么反感，当王善保家的下了谗言，勾起王夫人对晴雯的坏印象，王夫人向凤姐求证时，凤姐出言谨慎："若论这些丫头们，共总比起来，都没晴雯生的好。论举止言语，他原轻薄些。方才太太说到的到狠像他，我也忘了那日的事，不敢乱说。"

至于贾母，她对黛玉、晴雯的性格只有好感。第七十八回当王夫人向贾母汇报了撵逐晴雯的事，贾母的反应是："……晴雯那丫头，我看他甚好……我的意思，这些丫头的模样、爽利、言谈、针线，多不及他，将来只他还可以给宝玉使唤得……"晴雯原是贾府老仆妇赖嬷嬷买来的一个小生命，带到荣国府来玩，贾母一眼看中，十分喜欢，赖嬷嬷就把她当作一件小玩意儿孝敬给了贾母。

贾母是比王夫人级别更高的封建女主，按说对丫头更应有封建礼教方面的要求，但是她全面肯定晴雯，不但认为模样好，言谈也好。那天王夫人看见晴雯骂小丫头，她是陪同贾母进大观园的，贾母当然也看见了，那时候王夫人还根本不知道骂人的是谁，贾母却一定认出是晴雯，贾母却并不产生恶感。这就说明，曹雪芹的描写固然给阶级分析的评论角度提供了可能，但就他自己而言，他只在写真实的生活，刻画活生生的生命存在。他明点"王夫人原是天真烂漫之人"，依我看来，王夫人对晴雯的生命不能相容，还是出于人性深处的东西使然。政治、社会、道德的理念与情感，对人与人的冲突固然起着作用，但人际间的生死悲剧，往往还有说不清道不明的因素使然。天真，就是无需后天训练，生命中固有的本能；烂漫，就是不加掩饰径直呈现。

王夫人体现于晴雯身上的天真烂漫，就是本能地觉得晴雯讨厌。

8

晴雯好比一盆才抽出嫩箭的兰花被送往猪窝一般，宝玉对她的被撵逐，大惑不解，哭道："我究竟不知晴雯犯了何等滔天大罪！"

晴雯犯的是讨厌罪。

无须其他理由。王夫人觉得她讨厌。

如果是在一个阶层里，一个人觉得另一个人讨厌，一般情况下，也不能直接地把那被讨厌者怎么样。但如果是一个社会地位高权力大的人，对一个社会地位低又无权势可倚仗的人感到讨厌，那么，甚至无须调动政治、社会、道德的"道理"，只要宣布"你讨厌"，就足以致被讨厌者于窘境，于困苦，甚至于死地。

权势者越"天真烂漫"，越不加掩饰，被讨厌的弱势生命就越接近灭顶之灾。

好一个"本是天真烂漫之人"啊！

我读《红楼梦》读到这个地方，总不由得放下书，痴痴地冥想一阵。

个体生命的苦楚是不能单独生存，他或她必须参与社会，与其他生命一起共处。俄罗斯十九世纪末的小说家陀斯妥耶夫斯基，他那部长篇小说《被侮辱与被损害的》，我也是常在阅读中不由得停下来，痴痴地冥想。曹雪芹写《红楼梦》比陀氏早，二者在民族、文化、时代方面的差异非常巨大，但他们在表现、探究人性这一点上却惊人地相通。人类中现在仍然存在着侮辱与损害他人的强者，和被侮辱被损害的弱者。什么时候强者能收敛他们在表达对弱者讨厌时的那份"天真烂漫"和"不加掩饰"？靠什么来抑制强者以"讨厌罪"侮辱和损害弱者？革命？法制？道德诉求？宗教威严？

我会继续痴痴地冥想。

二〇〇七年二月二十日至二十三日　绿叶居—温榆斋

惜春懒画大观图

1

惜春作画，常被认为是《红楼梦》中可以与黛玉葬花、宝钗扑蝶、湘云醉卧相媲美的一个场景。在由《红楼梦》文本衍生出的绘画、雕塑等造型艺术里，惜春作画被一再表现，例如天津民间艺术大师泥人张，就有惜春作画的情景泥塑，那作品大约创作于上世纪五十年代，原作据说被中国美术馆收藏，它被一再地复制，当作高档工艺美术品出售，流传到海外，其照片也被当时许多报刊杂志广泛刊登，给我个人留下的印象极其深刻，现在一闭眼，还恍若就在眼前。

记忆里，那作品的妙处就是不仅塑造出了画案前捏笔凝神构思的惜春，还环绕着那画案，塑造出了一旁观赏的宝玉、黛玉、宝钗、湘云、探春等诸多的形象，个个独具与性格吻合的神态，而且布局疏密得宜，整体上氤氲出一种诗情画意。

但是后来对《红楼梦》作文本细读，就发现其实在前八十回文本里并没有一段文字具体地描摹出惜春作画的情况，更没有众人围观欣赏的那么一个场景。只在第四十五回里有淡淡的这么几句："一日外面矾了绢，起了稿子拿进来，宝玉每日便在惜春这里帮忙。探春、李纨、迎春、宝钗等也都往那里来闲坐，一则观画，二则便于会面。"再有就是第四十八回，李纨领着众人到了惜春那里，"惜春正乏倦，在床上歪着睡午觉。画缯立在壁间，用纱罩着。众人唤醒了惜春，揭纱看时，十停方有了三停"。有观画的交代，并无作画的描写，而且惜春显得慵懒不堪。那么，曹雪芹会在八十回后去描写惜春作画吗？书至七十四回，没等外头抄进来，贾府窝里斗，自己已经抄检大观园了，而惜春就"矢孤介杜绝宁国府"了，她的大丫头入画，在她坚持下被尤氏带走，这当然是一个喻意——"入画"已去，还能有作画的心情和举动吗？曹雪芹在后二十八回里，肯定更不会有惜春精心作画、众人围赏的描写。

但是，惜春作画，历来的读者都有一种"作者未写我自写"的阅读想象。一位"红迷"朋友乍听我说书里并没有泥人张塑出的那样一个场景，颇为疑惑："真的吗？"后来他回去细检全书，证实果然如此。那位"红迷"朋友感叹："曹雪芹真大手笔！其不写之写，也能令读者获得丰富的审美感受啊！"

2

惜春这个角色，曹雪芹从其大丫头的命名上就预设出她有一定的绘画才能。贾氏四姝——元、迎、探、惜，名字谐"原应叹息"；大丫头呢，分别是抱琴、司棋、待书、入画。这意味着她们出生在诗礼之家，都有一定的文化修养，元春可能会操琴，迎春在书里有下棋的表现，探春所居住的秋爽斋（又叫秋掩书屋）里的布置，显示出她绝非一般的书法爱好者，而惜春呢，明说她会画画儿。附带说一下，诸多古本里面，探春的大丫头有"侍书""待书"两种写法，都说得通，但比较而言，更接近曹雪芹原笔原意的应该是"待书"。"待书"与"入画"形成巧妙的对应：一个是"等待书写出来"，一个却是"已经画了出来"。

惜春平时作画，不过是随兴消遣。探春平时挥毫，却是大家风范——屋里的花梨大理石大案上，"磊着各种名人法帖并十数方宝砚，笔海内插的笔如树林一般"，好生了得！书里没怎么具体描写惜春屋里的景象，据惜春自己说，她并没有什么正经的画具，"不过写字的笔画画罢了，就是颜色，只有赭石、广花、滕黄、胭脂这四样，再有不过是两枝着色笔就完了"，用如此简单的工具和材料，只能是画些写意的小品，气象比探春挥洒书法相去很远。

惜春本来不过是来了情绪随便画上几笔，没想到却突然被府里老祖宗贾母派定了一桩浩大的绘画工程。

刘姥姥二进荣国府，贾母带她到大观园里足逛。在园中最关键的一个景点沁芳亭——那里能够观览到园中最精华的部分——贾母坐在丫鬟铺在栏杆榻板的大锦褥子上，命刘姥姥也坐在旁边，问她："这园子好不好？"刘姥姥念佛说道："我们乡下人到了年下，都上城来买画儿贴，时常闲了，大家都说怎么得到那画儿上去逛逛，想着那个画儿，也不过是假的，那里真有那么个地方。谁知我今儿进了这园子一瞧，竟比那画儿上还强十倍。怎么得有人也照着这个园子画一张，我带了家去，给他们见见，死了也得好处。"听刘姥姥这么说，贾母就指着惜春笑道："你瞧我这个小孙女儿，他就会画，等明儿叫他画一张如何？"刘姥姥偏又反应过度，跑过去拉着惜春的手说道："我的姑娘，你这么大年纪儿，又这么个好模样，还有这个能干，别是个神仙脱生的罢。"这么一来，惜春就等于被规定了一项任务——画大观园全景图。

贾母派惜春画大观园全景图，当然并非真是把画成的巨作送给刘姥姥，刘姥姥即使一直记得这件事，也肯定不会主动来讨要这样一幅长卷。看去似乎只是因戏言而起，实际上贾母命惜春画这个作品有她内心的一种需求。这位自称以重孙媳妇身份嫁进贾家，历经五十四年，眼见贾家又有了重孙媳妇的老祖宗（她说这话在第四十七回，那时贾家的重孙子媳妇应该是贾蓉续娶的妻子——通行本写作"胡氏"，不对，曹雪芹笔下是许氏），深知整个家族实际上已经进入了黄昏期，但她仍执拗地要精细地享受眼下的每一时刻，要把"夕阳无限好"通过孙女儿惜春的画笔永驻自己和家族心中。

贾母对这幅（应该是画成一个至少几米长的卷轴）画儿非常重视。本来，似乎把大观园的园林胜景画下来也就行了，但贾母有明确的指示，惜春听了这样诉苦："原说只画这园子的，昨儿老太太又说，单画园子成了个房样子了，叫连人都画上，就像行乐图似的才好。我又不会这上细画楼台，又不会画人物，又不好驳回，正为这个为难呢！"

"上细画楼台"是什么意思？"上细画"就是工笔细绘，惜春原来画写意小品，可能也偶尔画几笔亭台楼阁，不过是笔到意到，点到为止，现在按贾母的指示必须"上细画"那些园子里的楼台，这已经不对惜春的专长，何况贾母定下的主题是"园中行乐"，此图完成如果题款，还不能题为《大观园全景图》，必得题为《大观园行乐图》才行。行乐，就必须画上不少的动态人物。中国画凡写意的这一派，画人物都比较弱，甚至根本不涉及人物题材，像我们所熟知的近代国画大师齐白石，他的写意画，精彩的还是虾米小鸡蝌蚪，或菜蔬花卉，人物画数量少，精彩的更少。

贾母的命令，在贾府就是圣旨，理解的要执行，不理解的也要执行，能做到的固然马上就去做，做不到的，创造条件也一定要将其完成。惜春向大观园的诗歌团体海棠社请一年的假，来争取完成这桩艰难的创作任务（后来是先给她半年的"创作假"）；薛宝钗大展通才，本着"工欲善其事必先利其器"的圣训，不仅发挥了一番关于绘画的高论，还在具体的画具、原料、辅助器材方面开列出了长长的单子；凤姐作为管家，也腾出工夫先到府里仓库寻出许多工具原料，欠缺的又安排人拿着银子到外面去购买齐全，并且宝玉又宣称将代为去向两位会画画的清客相公——一位詹光字子亮的擅画工细楼台，一位程日兴画仕女美人是绝技——咨询，后来更找出了当年建造省亲别墅的图纸，让人先矾了绢，在上头起了稿子，拿来作为艺术创作的基础，真是诸事具备，只欠东风——东风就是惜春本人，但这东风却懒懒迟迟，总未见其劲吹。

3

贾母算得是一位有相当学识和艺术鉴赏力的贵族妇女，她的"文艺思想"也并不保守，她在正经的"表演艺术家"（说书的"女先儿"）面前，能够"破陈腐旧套"，按说她布置惜春绘制《大观园行乐图》，即使算不上是"内行领导内行"，起码不能算是"外行领导内行"的

"瞎指挥"。

贾母的审美情趣确实属于上乘。雪天在大观园里优游,"一看四面,粉粧银砌。忽见宝琴披着凫靥裘站在山坡上遥等,身后一个丫鬟抱着一瓶红梅"。她就问身边的人:"你们瞧这雪坡上配上他这人品,又是这件衣裳,后头又是这样梅花,像个什么?"众人都笑道:"就像老太太屋里挂的仇十洲画的《艳雪图》。"贾母摇头笑道:"那画的那有这件衣裳,人也不能够这样好。"在这之前,她已经视察过惜春的住处,"进入房中,贾母并不归坐,只问画儿在那里。惜春因笑回:'天气寒冷了,胶性皆凝涩不润,画了恐不好看,故此收起来。'贾母笑道:'我年下就要的,你别托懒儿,快拿出来给我快画。'"惜春提出的客观困难,在越来越冷的严冬是无法克服的,贾母作为其"创作任务"的命令者,却丝毫不考虑创作者的难处,只嫌惜春"托懒",宣布"年下就要",而且,在看到宝琴、小螺雪坡抱梅的"镜头"后,更再命令惜春:"不管冷暖,你只画去,赶到年下,十分不能便罢了。第一要紧把昨日琴儿和丫头、梅花,照样一笔别错,快快添上!"惜春听了,虽是为难,只得应了。

惜春毕竟还缺乏"艺术家的脾气"。我们都应该记得,贾府里是有真正的艺术家的,那就是龄官。龄官是贾府为准备元妃省亲,专门派贾蔷往姑苏买来的十二个小戏子之一。元妃省亲,她们"红楼十二官"果然派上了用场:"贾蔷忙张罗扮演起来。一个个歌欺裂石之音,舞有天魔之态,虽是粧演的形容,却作尽悲欢的情状……太监又道:'贵妃有谕,说龄官极好,再作两出戏,不拘那两出就是了。'贾蔷忙答应了,因命龄官作《游园》《惊梦》二出。龄官自为此二出非本角之戏,执意不作,定要作《相约》《相骂》二出,贾蔷扭他不过,只得依他作了。"那时候京剧还没有产生,演员的行当究竟怎么划分,我们很难搞清楚,一位"红迷"朋友跟我讨论时说,反正龄官唱的是旦角,按说《游园》《惊梦》和《相约》《相骂》都是旦角戏,又没让她反串,她怎么能以"非本角之戏"拒演呢?而且元妃省亲是何等严肃庄重的场合,她非唱《相骂》,从戏名上也犯忌讳啊!但曹雪芹就写出了这么一位优伶,她以全部的人格尊严,捍卫自己艺术创作的绝对自由，当然，她的目的也并不是要"抗上"，她没有丝毫政治上的诉求，她就是"为艺术而艺术"，她执意不按"行政命令"而作，到头来"命令者"也"只得依他"，而她也就在"本角之戏"中大放光彩。结果呢，"元妃甚喜，命不可难为了这女孩子，好生教习"，额外又给了许多赏赐。

"上细画楼台"，还要画许多行乐的人物，更要把指定的雪中折梅美人"照样一笔别错"地"快快添上"，这是惜春的"本角之戏"吗？当然不是，但惜春却无法"拒演"，这是惜春的悲苦之处。她惟一的对策也就是"托懒"。

4

有可靠的资料证明，曹雪芹本人就善画。他的好友敦敏有《题芹圃画石》的诗，芹圃是曹雪芹的号，这首诗是这样的："傲骨如君世已奇，嶙峋更见此支离。醉余奋扫如椽笔，写出胸中块垒时。"可见曹雪芹画得非常好，而且通过画幅显示出桀骜不驯的性格，人如其画，画如其人，可惜现在我们只能看到这首题画诗，而寻觅不到曹雪芹的原画。从诗里形容推测，曹雪芹也是以写意风格来作画的。

曹雪芹后来贫居京郊西山脚下，他虽作为正白旗包衣世家的子弟，会领到一定数额的钱粮，但嗜酒如狂的他，少不得还要"卖画钱来付酒家"——这也是敦敏诗里的句子，他们交往如至亲，这样的诗句绝不会是凭空想象，而是曹雪芹生活状态的白描。

曹雪芹在西郊还有一位密友张宜泉，他也留下了若干首与曹雪芹有关的诗，至为宝贵。其中一首《题芹溪居士》，题目后有小注："姓曹，名霑，字梦阮，号芹溪居士，其人工诗善画。"诗曰："爱将笔墨逞风流，结庐西郊别样幽。门外山川供绘画，堂前花鸟入吟讴。羹调未羡青莲宠，苑招未忘立本羞。借问古来谁得似？野心应被白云留。"其中"青莲""立本"两句，是引用唐代典故，青莲指诗人李白，立本就是大画家阎立本，当时唐玄宗把他们召进宫苑写御用诗画御用画，被许多人艳羡，但张宜泉却通过这两句诗，点明曹雪芹在艺术创作上绝不甘心御用的野心傲骨。据周汝昌先生考证，曹雪芹一度在内务府的"如意馆"参与流水线式的"画作"，他本是正白旗包衣的后代，家里世代在内务府当差，康熙朝他家三代四人任江宁织造几十年，炙手可热一时，雍正朝初年即被抄家治罪，乾隆朝初期因乾隆皇帝实行怀柔政策，原来被罪的人员几乎都被宽免，曹雪芹父辈也重回内务府当差，那时曹雪芹已经长大成人，被安排到"如意馆"画应制画，是很自然的事情，如果他肯钻营，愿意把自己的绘画才能奉献给皇家，他可以争取从"如意馆"的"画工"，晋级为比"如意馆"高一档的"画院处"的"画师"，但他却"苑招未忘立本羞"—— 当年阎立本奉唐玄宗之命画宫廷"行乐图"，为了当场"照样一笔别错"，只得匍匐在地上挥笔写生，人格上蒙受奇耻大辱——最后终于脱离内务府，结庐西郊，著书黄叶村，呕心沥血地写出了《红楼梦》。

很显然，《红楼梦》里面关于惜春奉严命作画，她内心的那份苦楚，不得不以"托懒"的方式消极怠工的情节，里面都融会进了曹雪芹自己的生命体验。

5

惜春是宁国府贾敬的女儿、贾珍的胞妹——她和贾珍是否同母所生，书中未明确交代——从很小起，她就和贾赦的女儿迎春一样，被贾母接到荣国府里去居住。书里说贾母爱女孩，不仅嫡亲的外孙女儿黛玉，娘家的血脉湘云，也不仅是贾家自己的女孩，亲戚家的女孩，宝钗、宝琴不消说了，就是远房的穷亲戚的女孩如喜鸾、四姐儿，她都喜欢。有位"红迷"朋友对此不大理解，他跟我讨论说：封建社会不是重男轻女吗？怎么贾母除了喜欢宝玉，其他男孩子，如对重孙子贾兰，感情就一般，对贾环则分明不喜欢——若说是因为庶出，那么探春同样是赵姨娘生的，她却非常看重——见到贾蓉、贾蔷等，哪有半点看到喜鸾、四姐儿的欢喜。这是为什么？当然，曹雪芹这样写，是为了刻画出贾母性格中的一种独到之处。同是贵族妇女，邢夫人就未见喜欢女孩，连迎春——虽非她亲生，毕竟算是其母亲——她都只知数落不懂体恤。但这种人际现象，在清代也有其特殊的社会来由。在八旗人家，因为女孩子们到了十三四岁，都有机会参加宫廷选秀，选进宫去就有可能接近皇帝，存在着辉煌的前景；即使不能伺候皇帝，服侍妃嫔也很不错；再不济，分配到王府、公主府里，当陪读、女官，到头来其社会地位和生活状态可能都会比父母家高许多。当然，到清朝晚期，能具有参与选秀资格的在旗女子衍生得太多，而宫廷的需求量反在减少，旗人家庭里的女孩子通过选秀跃升的几率大大降低，女孩也就不那么金贵了。但在康、雍、乾三朝，在旗人家的女孩总数还不那么大，而宫廷以及诸王子、公主的需求量又极大，因此，家族里的女孩"好风频借力，送我上青云"的可能性很高，家族因之"一人得道，鸡犬升天"的前景，也就分外诱人，远比家族的男子通过科举成功而带动全家升腾简便易行，这就形成了旗人家不怕生女孩，甚至更加喜欢女孩的风气。在旗人家，女孩不缠足，性格泼洒些也没事儿，在家族活动中，女孩和男孩平起平坐。《红楼梦》虽然一开头就宣布"朝代年纪、地舆邦国失落无考"，却忠实地把清代康、雍、乾时期旗人家庭那并不重男轻女，甚或更重视女孩的"真事隐"去后，又以"假语存"放到了小说里。

惜春在第三回正式出场，与迎春、探春同时呈现在刚进府的黛玉的眼前，对迎、探，曹雪芹都有具体的肖像描写，但对惜春，只说她"身未长足，形容尚小"，她的形象一直比较模糊。第七回写周瑞家的奉薛姨妈之命给众小姐及凤姐送宫花，有一笔对惜春的描写，算是给了她一个"特写镜头"，读者都会留下印象：她和到府里来的小尼姑智能儿一处顽笑，对于宫花，她的反应是："我这里正和能儿说我明儿也剃了头同他作姑子去呢，可巧又送了花儿来。若剃了头，把这花可带在那里？"这当然是一个重要的伏笔。故事才开始不久，还要经历许多烈火烹油、鲜花着锦的美事，离盛极而衰还有好几十回文字呢，但在这个地方，曹雪芹就伏下了惜春命运的归宿。无意随手之间，乍看不过是"过场戏"或"闲言碎语"，实际全是"草蛇灰线，伏延千里"，这是曹雪芹贯穿全书的艺术手法，不懂这一条，莫读《红楼梦》。

6

按说大观园里有拢翠庵（古本中对庵名有"拢翠""梂翠"两种写法，"拢翠"的"拢"与"沁芳"的"沁"相对应，同为动词，似更符合曹雪芹原笔），庵里有带发修行的妙玉，惜春既然从小就有剃度出家的想头，她怎么不找机会去亲近妙玉，只是跟贾氏宗族家庙水月庵的尼姑们一起玩？这当然可能是妙玉拒人于千里之外，但更重要的原因是，虽然妙玉和后来的惜春都遁入空门，但她们二人所"了悟"的，并不一样。

妙玉自称"槛外人"，有病态的洁癖，她的精神境界很高，喜欢庄子的文章，对世界和人生有一种俯瞰的宏大气度，现实的政治功利并没有主动来袭击她，她也并不主动与现实功利发生关系，她在适当的距离之外，冷眼旁观，透视判断。根据我的探佚分析，她在八十回后，牺牲自己，解救了湘云和宝玉，被玷污而玉未碎，她与卑污的忠顺王同归于尽，完成了自己的人生使命。她的"了悟"层次，不仅在政治功利之上，更在凡俗道德之上，具有崇高的内涵，她不仅是在才华上，在生命本体的价值追求上，都"阜比仙"。

惜春也是一个"了悟"者。但她的"了悟"，却只是在狰狞的现实政治社会面前的一种坚定的"杜绝"，也就是逃避，或者说是提前了断尘缘以求自保脆弱的生命。

第五回是关于金陵十二钗命运的一个总纲，对于惜春，曹雪芹在"金陵十二钗正册"里将她排在第八位，给她的那个册页设计的画面是"一座古庙，里面有一美人在内看经独坐"，判词则是："勘破三春景不长，缁衣顿改昔年粧；可怜绣户侯门女，独卧青灯古佛旁。"画上和判词都强调是"古佛""古寺"，可见不会是拢翠庵——拢翠庵是为元妃省亲新盖的，而从那以后到贾府"家破人亡各奔腾"才不过三个春天，绝非"古寺"，也绝无"古佛"——高鹗续书写成惜春后来

"就地出家"入住拢翠庵，随着贾家的"沐皇恩""延世泽""兰桂齐芳"，她也得以在庵中富足生活，显然不符合曹雪芹原来的构思，曹雪芹在八十回后，会写惜春寄身破败的古庙，苟延余生，每天是要托钵"缁衣乞食"的。

7

第十三回写秦可卿天香楼自尽前给凤姐托梦，最后留下两句恐怖的偈语："三春去后诸芳尽，各自须寻各自门。"我多次表述自己的研究心得："三春"不是指元、迎、探、惜里的三个人，而是指"三个美好的年头"。把岁月说成"几春"或"几秋"，这种语言习惯在如今年纪大些的人士口中，仍然时不时迸出。

如果对第五回里曹雪芹为惜春设计的判词和《虚花悟》曲加以推敲，那就更加清楚了。判词第一句是"勘破三春景不长"，不少人理解为"惜春看破预感到三个姐姐的好光景都长不了"，因此接着有第二句"缁衣顿改昔年粧"，其实这是说不通的。她既然能先知先觉，应该把自己的不幸也预知进去，应该说"勘破四春景不长"或"勘破诸春景不长"；而且，按后面的命运轨迹，元、迎两个姐姐惨死固然属于"景不长"，探春远嫁总比她缁衣乞食好一点吧？

细读《红楼梦十二支曲》里面关于惜春的那一阕《虚花悟》，劈头两句"将那三春看破，桃红柳绿待如何"，问题就更清楚了。"三春"就是一个时间概念，或者说是一个时空概念，就是说尽管能经历三个美好的春天，但要把事情看破，这三个春天里的那些"桃红柳绿"又能够怎么样呢？永远保持吗？不会的！接下去一句逼一句地把对现实的绝望和出家逃避的决心淋漓尽致地表述出来："把这韶华打灭，觅那清淡天和。说什么，天上夭桃盛，云中香蕊多！到头来，谁见把秋挨过？则看那，白杨村里人呜咽，青枫林下鬼吟哦。更兼着，连天衰草遮坟墓。这的是，昨贫今富人劳碌，春荣秋谢花折磨。似这般，生关死劫谁能躲？闻说道，西方宝树唤婆娑，上结着长生果。"其中"谁见把秋挨过?""春荣秋谢"等字样,更说明"春"是与"秋"匹配的时间概念。

8

正如第四十一回"拢翠庵品茶梅花雪"是"妙玉正传",第七十三回"懦小姐不问累金凤"是"迎春正传"一样,第七十四回后半回"矢孤介杜绝宁国府"则是曹雪芹重笔写下的"惜春正传"。

曹雪芹一支笔真不得了。他笔下的晴雯、芳官,不仅身份、年龄相近,性格也属于热辣任性一类,但他却能在具体的描写中,使我们将这两个人物严格地区分开来。那么,他写妙玉、惜春这两个小姐级的人物,一个早入空门,一个向往空门,妙玉的性格被定位于"放诞诡僻",惜春则被说成"天生成一种百折不回的廉介孤独僻性",妙玉万人不理,惜春不喜扎堆,就性格而言,她们是很"靠色"的,但曹雪芹偏使用"间色法","特犯不犯"——这都是脂砚斋批语里的语汇——来写,"何不畏难若此"——这也是脂砚斋的赞叹,曹雪芹笔下的这两个先后因"了悟"遁入空门的闺秀,性格虽有相通处,却又完全是两个味道绝不重叠的艺术形象。而尤其值得赞叹的是,第四十一回的"妙玉正传"与第七十四回的"惜春正传",那把人物性格活跳出来的文字,都仅仅只有一千三百字左右!

"惜春正传"这段情节,起于在抄检大观园后,惜春主动把嫂子尤氏请到她的住处——《红楼梦》里对惜春在大观园的住处前面说是藕香榭,后来具体写到贾母到她房里视察作画进度,则点明是藕香榭旁边的暖香坞,有的古本更写作"暖春坞"或"暖香岛"——要尤氏将入画带走,"或打,或杀,或卖,我一概不管"。曹雪芹把惜春那种冷面冷心冷情冷意惟求自保得一个冷生存的内心世界和人际表现刻画得入木三分。在头晚上凤姐领着一群人到她屋里抄检时,从入画箱子里搜出了宁国府那边她哥哥私自传递到她那里保存的一些赏赐物——确实是贾珍赏的并不是偷的——事情原委还没有搞清楚,惜春就说:

"二嫂子，你要打他，好歹带他出去打罢，我听不惯的。"这表面上跟妙玉那让抬水来庵里洗地的小厮"抬了水，只搁在山门外头墙根下，别进门来"异曲同工，但妙玉的洁癖并不意味着她那冰冷的外部形态所包裹的内心里没有与人为善甚至舍己为人的热情，惜春却是将生命萎缩于自保的层次，是彻里彻外的冷狠。

尤氏按说算得是一个宽厚随和通情达理的妇人——脂砚斋在第七十五回批语里指出，她的缺点只是"过于从夫"，其实她"心术慈厚宽顺，竟可出于阿凤之上"——她一方面责备入画不该私下传送，使得"如今官盐竟成了私盐了"，一方面希望惜春能够大事化小、小事化了，留下入画照常过日子。没想到惜春竟然决定以抄检大观园为契机，宣布与宁国府一刀两断："不但不要入画，如今我也大了，连我也不便往你们那边去了。况且近日我每每风闻得有人背地里议论，多少不堪的闲话！我若再去，连我也编派上了！"尤氏先还竭力劝解，没想到她说出更惊心动魄的话来："……古人说的好，'善恶生死，父子不能有所勖助'……我只知道保得住我就好了，不管你们去。从此以后，你们有事别累我。"两人越说越麻花满拧，尤氏说惜春："可知你是个心冷口冷，心狠意狠的。"惜春就干脆把话说到最绝处："古人曾也说的，'不作狠心人，难得自了汉'，我清清白白的一个人，为什么叫你们带累坏了我？"尤氏"心内原有病，怕说这些话，听见有人议论，已是心中羞恼激射"，于是在忍无可忍中，也就带着入画拔腿走掉。

以往绝大多数读者对惜春所说的"近日我每每风闻得有人背地里议论"，以及尤氏"怕说这些话"的心病，理解成类似柳湘莲在宝玉面前发的议论："你们东府里除了那两个石头狮子干净，恐怕连猫儿、狗儿都不干净。"这样的理解当然并没有错，宁国府的秽闻糗事确实很多，惜春听了难以为情，尤氏知道恶声播于外更觉得堵心。但我个人的看法是，惜春所焦虑和尤氏所避忌的，其实是更隐蔽也更险恶的风声。请注意惜春所强调的是"近日我每每风闻"，倘若单是那些男男女女的秽闻糗事，早在元妃省亲前，惜春还很小的时候，焦大醉骂"爬灰的爬灰，养小叔子的养小叔子"，多少人听见了，还等得到"近日"才传进惜春的耳朵吗？惜春决意杜绝宁国府，说到底，还是她早就预感到秦可卿的事情并没有真正结束，曹雪芹把她设计成和秦可卿一样，对贾家经过烈火烹油、鲜花着锦的瞬息繁华，将在从元妃省亲算起的三个春天过去后，在四春里陨灭，具有先知先觉的意识，秦可卿在给凤姐的托梦里公开了"三春去后诸芳尽，各自须寻各自门"的可怕预言，那么，惜春在与嫂子尤氏的这番对话里，实际上也表述出了她"勘破三春景不长"的"了悟"，只不过她表达得比较含蓄罢了。在场的其他人可能始终没听懂，尤氏最后是听懂了。惜春说"你们有事别累我"，"我清清白白一个人，为什么叫你们带累坏了我？"这话究竟是什么意思？如果说贾珍有秽行，声播于外，尤氏并无这方面的恶名声，怎么叫"你们有事别累我"？而且，惜春那时虽然已经略大，谁会去在男女关系一类事情上污她清白呢？惜春究竟怕什么事情连累到她呢？尤氏怎么会听到最后"心中羞恼激射"呢？倘若只是秽行丑态的风言风语，尤氏不当如此，第七十五回，那已经是尤氏跟惜春分崩离析之后，尤氏从荣国府回到宁国府，还悄悄地隔窗窥听了贾珍、邢大舅等一群狐朋狗友的秽言丑语，对此她的反应是也只能随他们去，并没有"羞恼激射"。

因此，惜春既然说"近日我每每风闻得有人背地议论"，就必须到"近日"里去找依据。那么，"近日"究竟发生了一些什么特别的事情，招致府里上下议论纷纷呢？在紧接着的下一回即第七十五回开头，曹雪芹就交代出，政局发生了变化，江南甄家被皇帝治罪查抄，这件事已经上了"邸报"——一种在贵族官员中普遍散发的皇家公告——就是说这已经不是多大的秘密，这事情已经公开了。而甄家是贾家的"老亲"，属于"一荣俱荣，一枯俱枯"的社会关系，宁荣两府里难免就会出现惊惊咋咋的风言风语。惜春本是一个"勘破三春景不长"的先知先觉者，她当然也就预感到"漫言不肖皆荣出，造衅开端实在宁"——宁国府收养"义忠亲王老千岁"女儿秦可卿的事，别以为几年前那个"体面了结"是真了结，很快皇帝就要新账旧账一起算，藏匿"坏了事"的政治力量的遗血这件事，会成为贾氏宗族"造衅"的"首罪"，率先被皇帝重新追究，因此，听了政治性的风言风语以后，第一步，惜春就"杜绝宁国府"，荣国府虽然也风雨飘摇，绝不能久住，但尚可暂住一时，宁国府是绝对不能回去的了。"如今我也大了，连我也不便往你们那边去了。况且近日我每每风闻得有人背地里议论，多少不堪的闲话！我若再去，连我也编派上了！"惜春怕编派她什么呢？仅仅是怕编派她在男女之事上"不干净"吗？荣国府难道就干净吗？杜绝宁国府留在荣国府就能避免道德方面的流言蜚语吗？我认为，她是觉得自己已经"大了"，属于要担待法律责任的了，如果她回宁国府，会有人编派她对藏匿秦可秦的事"知情不报"，甚至编派她的真实身份也和秦可卿一样可疑，因此，她第一步就是跟宁国府彻底划清界限，脱离干系。第二步，当然就是毅然剃发出家，在贾氏宗族在皇帝来打击前就遁入空门，当皇帝的重拳打击来到时，她一来提早跟宁国府一刀两断，二来荣国府的种种"罪行"更与她了无关系，因此，就可能被皇帝放过一马，由她去"缁衣乞食"，她也就不管什么"父子兄弟"，更不管姊妹姑嫂，惟求保住自己，不被连累，不至于被"或打，或杀，或卖"——她为什么把"或杀"排在"或卖"前面，我在别的文章里有详尽解释，这里不再重复。

9

惜春杜绝宁国府没多久，"三春"就渐行渐去，进入到"昏惨惨灯将尽"的"四春"，"家亡人散各奔腾"，"各自需寻各自门"，惜春寻到的就是"空门"，她的"奔腾"方式就是"顿改昔年粧"，白日"缁衣乞食"，晚上"独卧青灯古佛旁"，她的肉身苟活于世，她的心却已经死如冰块。曹雪芹通过惜春这样一个形象，提供了一个在威权政治和炎凉世道中以杜绝人际惟求自保的生命个案。其惨痛的内涵，值得我们在体味中旋转出无尽的喟叹与警觉。

惜春的那幅《大观园行乐图》，贾母后来再无心思过问，大观园的众儿女们也再无心去观她作画，她自己更一定从懒画发展到罢画，乃至毁画弃画。

曹雪芹的后二十八回里，会怎样具体交代乃至描写到惜春那幅画的下落呢？二百多年后，留给我们的想象空间仍是那么阔大、缥缈。

二〇〇七年八月二十九日　绿叶居

附录：刘心武创作大事记

1958年　16岁　在《读书》杂志发表书评《谈〈第四十一〉》，是首次投稿成功。

1959年　17岁　在《北京晚报》发表儿童诗、小小说；为中央人民广播电台学龄前儿童节目《小喇叭》写稿，其中广播剧《咕咚》成为保留节目。

1960年　18岁　在《人民日报》副刊发表散文《丁香花开》。

1962年　20岁　在《中国青年报》发表随笔《水仙成灾之类》。

1966年　24岁　至此年5月，已在《人民日报》《光明日报》《大公报》《北京晚报》《中国青年报》《中国体育报》《儿童时代》《大众电影》等报刊上发表出约70篇小小说、散文、随笔、小品、寓言、杂文、戏剧评论、电影评论等文章。

1976年　34岁　儿童文学作品《睁大你的眼睛》由北京人民出版社出版。

1977年　35岁　在《人民文学》杂志发表短篇小说《班主任》，被认为是"伤痕文学"的发轫之作，引起轰动，走上文坛。

1978年　36岁　在《十月》杂志发表短篇小说《爱情的位置》。在《中国青年》杂志发表短篇小说《醒来吧，弟弟》。

1979年　37岁　《班主任》获全国首届优秀短篇小说奖第一名，从茅盾前辈手中接过奖状。中国青年出版社出版短篇小说集《班主任》。在《人民文学》杂志发表短篇小说《我爱每一片绿叶》。

| 1980年 | 38岁 | 《我爱每一片绿叶》获第二届全国优秀短篇小说奖。在《十月》杂志发表中篇小说《如意》。 |

1980年　38岁　《我爱每一片绿叶》获第二届全国优秀短篇小说奖。在《十月》杂志发表中篇小说《如意》。

1981年　39岁　在《十月》杂志发表中篇小说《立体交叉桥》。

1982年　40岁　北京人民出版社出版中篇小说集《如意》。北京电影制片厂将《如意》搬上银幕，担任编剧。

1985年　43岁　长篇小说《钟鼓楼》由人民文学出版社出版。《钟鼓楼》获第二届茅盾文学奖。在《人民文学》杂志发表《5·19长镜头》和《公共汽车咏叹调》，再次引发轰动。这期间，儿童文学作品《看不见的朋友》《我可不怕十三岁》获得全国优秀儿童文学奖。

1986—1987年　44—45岁　在《收获》杂志开辟《私人照相簿》专栏，进行图文交融的文本实验。

1990年　48岁　由香港中文大学翻译中心出版英文中短篇小说集《黑墙》，收入短篇小说《黑墙》《白牙》《5·19长镜头》《公共汽车咏叹调》《她有一头披肩发》和中篇小说《如意》。

1992年　50岁　由中国青年出版社出版中篇小说集《风过耳》。由上海人民出版社出版《献给命运的紫罗兰——刘心武谈生存智慧》。

1993年　51岁　由上海文艺出版社出版长篇小说《四牌楼》。后获上海优秀长篇小说大奖。由华艺出版社出版《刘心武文集》8卷。到此年年底，除文集外，在海内外出版的个人专著按不同版本计已达56种，品种包括长篇小说、中短篇小说集、散文随笔集、理论批评集、儿童文学作品集、低幼儿童读物等。

1996年　54岁　由人民文学出版社出版长篇小说《栖凤楼》。由《钟鼓楼》《四牌楼》《栖凤楼》构成的"三楼系列"到此告竣。

1998年　56岁　由中国建筑工业出版社出版《我眼中的建筑与环境》。引起建筑界重视，标志着建筑评论方面的成就。

1999年　57岁　由山东画报出版社出版长篇纪实作品《树与林同在》。由华艺出版社出版《红楼三钗之谜》。

2002年—2008年　60岁—66岁　法国密集翻译出版纪实作品《树与林同在》、小说《护城河边的灰姑娘》《尘与汗》《人面鱼》《蓝夜叉》《泼妇鸡丁》、歌剧剧本《老舍之死》。此前长篇小说《钟鼓楼》及若干中篇小说、短篇小说、小小说在境外被译为日文、英文、俄文、德文、法文、意大利文、韩文、捷克文、瑞典文、希伯来文等文字发表、出版。

2005年—2008年　63岁—66岁　由书海出版社出版《红楼望月》，是历年来研究《红楼梦》的最新成果。

应邀录制《刘心武揭秘〈红楼梦〉》节目，在中央电视台科教频道（CCTV-10）《百家讲坛》陆续播出，共45集。获高收视率，引发新一轮《红楼梦》热，激起争议，遭到抨击，也出现了自称"柳丝"的大量粉丝。同名图书初自自版分四部，成为畅销书。

至2008年年底在海内外出版的个人专著以不同版本计达167种。

2009年　67岁　写作上继续种"四棵树"，即"小说树"、"随笔树"、"建筑评论树"、"《红楼梦》研究树"。

在《上海文学》开辟《十二幅画》专栏，每期提供一篇大散文并附一幅与之相关的自己的画作。

图书在版编目（CIP）数据

刘心武揭秘《红楼梦》. 下卷 / 刘心武著 .—北京：作家出版社，2021.10（2023.6 重印）

（共和国作家文库 . 典藏书系）

ISBN 978-7-5063-9597-7

Ⅰ . ①刘…　Ⅱ . ①刘…　Ⅲ . ①《红楼梦》研究

Ⅳ . ① I207.411

中国版本图书馆 CIP 数据核字（2017）第 180864 号

刘心武揭秘《红楼梦》（下卷）

作　　者：刘心武	
统　　筹：张亚丽	
责任编辑：杨兵兵	
装帧设计：今亮后声·王秋萍	
出版发行：作家出版社有限公司	
社　　址：北京农展馆南里 10 号	邮　　编：100125
电话传真：86-10-65067186（发行中心及邮购部）	
86-10-65004079（总编室）	

E-mail:zuojia @ zuojia.net.cn

http://www.zuojiachubanshe.com

印　　刷：唐山嘉德印刷有限公司

成品尺寸：152×230

字　　数：547 千

印　　张：38

印　　数：8001-11000

版　　次：2021 年 10 月第 1 版

印　　次：2023 年 6 月第 3 次印刷

ISBN 978-7-5063-9597-7

定　　价：68.00 元

作家版图书，版权所有，侵权必究。

作家版图书，印装错误可随时退换。